ERIKA JOHANSEN

DIE KÖNIGIN DER SCHATTEN

DIE TEARLING-SAGA 1

Roman

Aus dem Amerikanischen von
Kathrin Wolf

WILHEL[illegible]E VERLAG
MÜNCHEN

Titel der amerikanischen Originalausgabe
THE QUEEN OF THE TEARLING

FSC
www.fsc.org
MIX
Papier aus verantwortungsvollen Quellen
FSC® C014496

Verlagsgruppe Random House FSC® N001967

Taschenbuchausgabe 06/2018
Redaktion: Martina Vogl

Printed in Germany
Karte: Rodica Prato
Umschlaggestaltung: Eisele Grafikdesign, München
Satz: Vornehm Mediengestaltung GmbH, München
Druck und Bindung: GGP Media GmbH, Pößneck

ISBN 978-3-453-31941-7
www.heyne.de

Für Christian und Katie

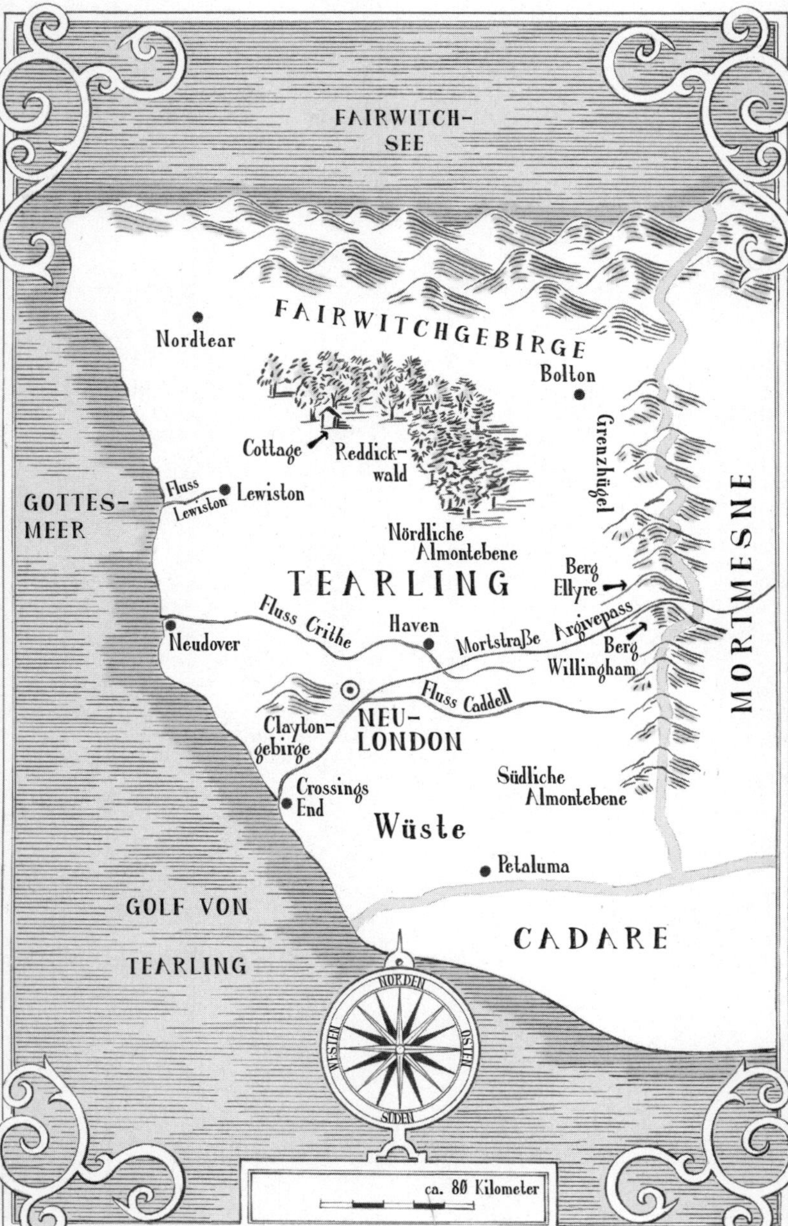
FAIRWITCH-
SEE
FAIRWITCHGEBIRGE
Nordtear
Bolton
Cottage
Reddick-
wald
Grenzhügel
Fluss
Lewiston
Lewiston
GOTTES-
MEER
Nördliche
Almontebene
MORTMESNE
TEARLING
Berg
Ellyre
Fluss Crithe
Haven
Mortstraße
Argivepass
Neudover
Berg
Willingham
Fluss Caddell
Clayton-
gebirge
NEU-
LONDON
Südliche
Almontebene
Crossings
End
Wüste
Petaluma
GOLF VON
TEARLING
CADARE
NORDEN
WESTEN
OSTEN
SÜDEN
ca. 80 Kilometer

ERSTES BUCH

1

DAS ZEHNTE PFERD

»DIE GLYNN-KÖNIGIN – Kelsea Raleigh Glynn, siebte Königin von Tearling, auch bekannt als: die Gezeichnete Königin. Aufgezogen von Carlin und Bartholemew (Barty der Gute) Glynn. Mutter: Königin Elyssa Raleigh. Vater: unbekannt. Für Vermutungen siehe Anhang IX.«

Die Frühgeschichte Tearlings, wie Merwinian sie erzählt

Kelsea Glynn verharrte reglos, während sie zusah, wie sich die Reiter ihrem Zuhause näherten. Eine geschlossene Kompanie Männer, allesamt in das Grau der königlichen Garde von Tearling gekleidet. Ihre Umhänge wehten hinter ihnen her und gaben den Blick auf kostbare Waffen frei, auf Schwerter und kurze Messer, die aus Mortstahl gefertigt waren. Ein Reiter führte sogar einen Morgenstern mit sich. Kelsea konnte den dornigen Eisenkopf aus seinem Sattel herausragen sehen. Der Missmut, mit dem die Männer ihre Pferde in Richtung Cottage lenkten, offenbarte eins in aller Deutlichkeit: Sie wollten nicht hier sein.

In einen Umhang gehüllt und die Kapuze über dem Kopf, saß Kelsea in der Astgabel eines Baums, ungefähr neun Meter von der Eingangstür ihres Cottage entfernt. Von ihrer Kopfbedeckung bis zu den dunklen Stiefeln war sie vollständig in Tiefgrün gekleidet. An einer Kette aus reinem Silber hing ein Saphir um ihren Hals. Das Schmuckstück hatte die lästige Angewohnheit, nur wenige Augenblicke nachdem sie es in den Ausschnitt ihres Hemds gesteckt hatte, herauszurutschen. Und irgendwie schien das zur Situation zu passen – denn heute war der Saphir der Grund all ihrer Probleme.

Neun Männer, zehn Pferde.

Als die Soldaten das geharkte Fleckchen Erde vor dem Cottage erreichten, stiegen sie ab. Sie schlugen ihre Kapuzen zurück, und Kelsea sah, dass sie nicht mal annähernd in ihrem Alter waren, sondern in den Dreißigern und Vierzigern. Ihr hartes, verwittertes Aussehen ließ erahnen, welchen Tribut dieses Leben von ihnen forderte. Der Soldat mit dem Morgenstern murmelte etwas, und die Hände der Wachen glitten zu ihren Schwertern.

»Wir sollten das so schnell wie möglich hinter uns bringen.« Der Sprecher, dessen respekteinflößender Ton ihn als den Anführer auszeichnete, trat einen Schritt vor und klopfte dreimal an die Tür. Sie öffnete sich sofort, als hätte Barty die ganze Zeit dahinter gewartet. Sogar hier von ihrem Beobachtungsposten aus konnte Kelsea sehen, wie zerknautscht sein rundes Gesicht aussah. Seine Augen waren rot und geschwollen. Am Morgen hatte er sie in die Wälder geschickt, damit sie seinen Kummer nicht mit ansehen musste. Kelsea hatte protestiert, doch Barty hatte keinen Widerspruch geduldet und sie schließlich mit folgenden Worten zur Tür hinausgeschoben: »Sag dem Wald auf Wiedersehen, Mädchen. Es wird viel Zeit vergehen, bis man dich wieder frei dort herumstreifen lässt.«

Daraufhin war Kelsea gegangen und hatte den Morgen damit verbracht umherzuwandern und über umgefallene

Bäume zu klettern. Hin und wieder war sie stehen geblieben, um dem Schweigen des Waldes zu lauschen, dieser vollkommenen Stille, die in einem so offensichtlichen Widerspruch zu seiner Fülle stand. Um sich die Zeit zu vertreiben, hatte sie einen Hasen gefangen und ihn gleich darauf wieder freigelassen. Barty und Carlin brauchten kein Fleisch, und das Töten bereitete ihr keine Freude. Während sie zusah, wie der Hase hoppelnd das Weite suchte und zwischen den Bäumen verschwand, versuchte sie sich noch einmal an dem Wort, obgleich es sich wie Staub in ihrem Mund anfühlte: Königin. Es klang unheilvoll, wie die Prophezeiung einer finsteren Zukunft.

»Barty«, grüßte ihn der Anführer der Garde. »Lange her.«

Barty murmelte etwas Unverständliches.

»Wir sind wegen des Mädchens hier.«

Barty nickte, steckte sich zwei Finger in den Mund und pfiff, hoch und durchdringend. Lautlos glitt Kelsea von ihrem Baum und trat aus dem Schutz des Waldes hervor. Wie man sich gegen einen einzelnen Angreifer mit einem Messer verteidigte, wusste sie, dafür hatte Barty gesorgt. Diese schwer bewaffneten Männer allerdings, die schüchterten sie ein. Sie fühlte ihre Augen auf sich ruhen, ihre abschätzigen Blicke. Sie sah nicht im Entferntesten wie eine Königin aus, und das wusste sie.

Der Anführer, ein Mann mit einem harten Gesicht und einer Narbe, die über die eine Seite seines Kinns lief, verbeugte sich tief vor ihr. »Eure Hoheit. Ich bin Carroll, der Hauptmann der Königinnen-Garde.«

Ein Moment verstrich, ehe es ihm die anderen gleichtaten. Der Wachmann mit dem Morgenstern neigte den Oberkörper vielleicht zwei Zentimeter und senkte kaum merklich das Kinn.

»Wir müssen das Mal sehen«, murmelte einer der Wachleute, dessen Gesicht fast vollständig hinter einem roten Bart verborgen war. »Und das Schmuckstück.«

»Meinst du, ich würde das Königreich hintergehen?«, fragte Barty rau.

»Sie sieht ihrer Mutter kein bisschen ähnlich«, erwiderte der Rotbärtige scharf.

Kelsea wurde rot. Laut Carlin war Königin Elyssa eine klassische Tearschönheit gewesen, hochgewachsen, blond und schlank. Kelsea war ebenfalls groß, doch von dunklerer Hautfarbe, und sie hatte ein Gesicht, das man im besten Fall als »gewöhnlich« bezeichnen würde. Ihre Erscheinung war in keiner Hinsicht majestätisch; sie bekam zwar genug Bewegung, doch sie hatte auch einen gesunden Appetit.

»Ihre Augen sind die der Raleighs«, bemerkte eine andere Wache.

»Ich würde trotzdem lieber das Schmuckstück und die Narbe in Augenschein nehmen«, antwortete der Anführer, und der Rotbärtige nickte.

»Zeig sie ihnen, Kel.«

Kelsea zog den Saphiranhänger unter ihrem Hemd hervor und hielt ihn ins Licht. Seit sie denken konnte, hatte die Kette um ihren Hals gelegen, und jetzt wünschte sie sich nichts sehnlicher, als sich das Ding herunterzureißen und es den Männern auszuhändigen. Doch Barty und Carlin würden das niemals zulassen. Sie war die Kronprinzessin von Tearling, und heute war ihr neunzehnter Geburtstag – seit Jonathan Tear der Zeitpunkt, da die Monarchen von Tearling den Thron bestiegen. Wenn es sein musste, würde sie von den Wachen schreiend und um sich tretend zur Festung gebracht und an den Thron gefesselt werden. Und dort würde sie dann sitzen, in Samt und Seide gehüllt, bis zum Tag ihrer Ermordung.

Der Anführer nickte in Richtung des Schmuckstücks. Kelsea schüttelte den Ärmel ihres Umhangs zurück. Eine auffällige Narbe in Form einer Messerklinge zog sich von ihrem Handgelenk bis hinauf zu ihrem Bizeps. Einer oder zwei der Männer murmelten etwas. Zum ersten Mal seit ihrer Ankunft ließen sie von ihren Waffen ab.

»Das war's dann also«, verkündete Carroll schroff. »Wir gehen.«

»Einen Moment.« Carlin trat in den Türrahmen und stieß Barty sanft zur Seite. Dabei benutzte sie ihre Handgelenke, nicht etwa die Finger. Die Arthritis musste ihr heute sehr zusetzen.

Sie sah wie immer makellos aus. Ihr Haar war im Nacken ordentlich hochgesteckt, doch ihre Augen waren ein wenig gerötet, was Kelsea überraschte. Carlin weinte normalerweise nicht. Eigentlich zeigte sie kaum je eine Gefühlsregung.

Bei ihrem Anblick strafften sich die Wachleute. Manch einer, unter ihnen auch der Mann mit dem Morgenstern, trat sogar einen Schritt zurück. Kelsea hatte immer schon gefunden, dass Carlin etwas Königliches an sich hatte, doch es verblüffte sie, dass sich selbst Männer mit Schwertern von einer alten Frau einschüchtern ließen.

Gott sei Dank bin ich nicht die Einzige.

»Weist euch aus!«, verlangte Carlin. »Woher sollen wir wissen, dass ihr von der Festung kommt?«

»Wer wüsste sonst, wo das Mädchen zu finden ist?«, fragte Carroll.

»Mörder.«

Ein paar der Soldaten lachten unfreundlich. Der mit dem Morgenstern trat wieder einen Schritt vor und kramte nach etwas in seinem Umhang.

Carlin starrte ihn an: »Ich kenne Euch.«

»Ich habe den Befehl der Königin dabei«, sagte er und zog

einen dicken, vergilbten Umschlag hervor. »Für den Fall, dass Ihr Euch nicht mehr erinnert.«

»Ich bezweifle, dass man Euch je vergessen könnte, Lazarus«, erwiderte Carlin, die Stimme von Missfallen gefärbt. Obwohl ihre Arthritis höllisch schmerzen musste, faltete sie das Blatt hastig auseinander und überflog es. Fasziniert fixierte Kelsea den Brief. Ihre Mutter war schon lange tot. Und doch gab es da etwas, das sie geschrieben hatte. Berührt hatte.

Carlin schien zufrieden und gab der Wache das Schriftstück zurück. »Kelsea muss noch ihre Sachen packen.«

»Aber nur ein paar Minuten, Hoheit. Wir müssen gehen«, sagte Carroll, bereits an Kelsea gewandt, und verbeugte sich erneut. Kelsea begriff, dass Carlin schon jetzt aus dem weiteren Prozedere ausgeschlossen war. Und Carlin hatte es ebenfalls bemerkt. Ihr Gesicht war versteinert. Wie so oft wünschte sich Kelsea, Carlin würde wütend werden, statt sich in diesen stummen Teil in ihrem Inneren zurückzuziehen. So kalt und fern. Carlins Schweigen war etwas Schreckliches.

Kelsea huschte an den Pferden vorbei in das Cottage, Carlin und Barty folgten ihr langsamer. Kelseas Kleider befanden sich schon in ihrer Satteltasche, doch sie machte keine Anstalten hinzugehen, sondern stellte sich stattdessen in den Türrahmen der Bibliothek, wo sich überall an den Wänden Bücher aneinanderreihten. Barty hatte die Regale aus Teareiche gebaut und sie Carlin zu Kelseas viertem Weihnachtsfest geschenkt – eine Zeit, an die sie nur vage Erinnerungen hatte und die ihr rein und hell erschien. Sie hatte Carlin geholfen, die Bücher aufzustellen, und ein bisschen geweint, als sie sie nicht nach Farben hatte sortieren dürfen. Viele Jahre waren seither vergangen, und Kelsea liebte Bücher noch immer, liebte es, sie hier nebeneinander stehen zu sehen, jeder Band an seinem Platz.

Doch die Bibliothek war auch ein Schulzimmer gewesen,

und oft ein ziemlich unangenehmes. Rudimentäre Mathematik, Teargrammatik, Geographie, das alles hatte sie hier gelernt, später die Sprachen der umliegenden Länder. Die seltsamen Dialekte waren ihr zunächst schwergefallen, doch dann war es immer leichter, immer schneller gegangen, bis Kelsea und Carlin ohne Probleme von einer Sprache in die andere hatten wechseln können, ohne auch nur eine einzige Silbe auszulassen – von Mort zu Cadarese und wieder zurück zum weniger dramatischen Tear. Doch was sie vor allem studiert hatte, war Geschichte. Die Geschichte der Menschheit, die zurückreichte bis in die Zeit vor der Überfahrt. Carlin sagte oft, Geschichte sei alles, denn es läge in der Natur des Menschen, immer und immer wieder dieselben Fehler zu begehen. In solchen Momenten blickte sie Kelsea mit zusammengezogenen Augenbrauen an, bereit, ihr Missfallen kundzutun. Carlin war fair, aber auch unnachgiebig. Wenn Kelsea bis zum Abendessen alle Hausaufgaben erledigt hatte, durfte sie sich zur Belohnung ein Buch aus der Bibliothek ausleihen und so lange aufbleiben, bis sie es ausgelesen hatte. Geschichten bewegten sie am meisten, Geschichten von Dingen, die es nie gegeben hatte, die sie aus der ereignislosen Welt ihres Cottage hinaustrugen. Einmal war sie bis zum Morgengrauen wach geblieben, um einen besonders langen Roman zu Ende zu lesen. Den größten Teil des folgenden Tages hatte sie verschlafen und die Hausarbeit ausfallen lassen dürfen. Doch hin und wieder waren auch ganze Monate ins Land gegangen, in denen Kelsea des ständigen Unterrichts müde war und sich weigerte zu lernen. In solchen Zeiten hatte es keine Geschichten und keine Bibliothek gegeben. Nur häusliche Pflichten, Einsamkeit und das granitharte Missfallen in Carlins Gesicht. Bis Kelsea irgendwann zu ihren Unterrichtsstunden zurückgekehrt war.

Barty schloss die Tür und kam näher. Er zog ein Bein hinter

sich her. Vor Ewigkeiten hatte er mal zur Königinnen-Garde gehört, bis ihn ein Schwerthieb in die Kniekehle zum Krüppel gemacht hatte. Entschieden legte er ihr die Hand auf die Schulter. »Du kannst es nicht hinauszögern, Kel.«

Als Kelsea sich umdrehte, sah sie, dass Carlin den Blick abgewendet hatte und aus dem Fenster sah. Vor dem Cottage liefen die Soldaten unbehaglich auf und ab und warfen gehetzte Blicke zum Wald hinüber.

Sie sind geschlossene Räume gewöhnt, dachte Kelsea. *Das offene Land macht ihnen Angst.* Die Erkenntnis, was das für sie bedeutete und was es über ihr Leben auf der Festung aussagte, überwältigte sie. Und das gerade jetzt, da sie geglaubt hatte, alle Tränen seien vergossen.

»Es sind gefährliche Zeiten, Kelsea«, sagte Carlin zum Fenster. Ihre Stimme klang wie aus weiter Ferne. »Onkel oder nicht, nimm dich vor dem Regenten in Acht. Er war schon im Mutterleib auf den Thron aus. Aber die Wachen deiner Mutter sind rechtschaffene Leute. Gewiss werden sie ein Auge auf dich haben.«

»Sie mögen mich nicht, Carlin«, platzte Kelsea heraus. »Du sagtest, es würde ihnen eine Ehre sein, mich zu begleiten. Aber sie wollen gar nicht hier sein.«

Carlin und Barty wechselten einen Blick. Darin sah Kelsea den Geist zahlreicher alter Auseinandersetzungen zwischen ihnen.

Die beiden führten eine seltsame Ehe. Carlin war mindestens zehn Jahre älter als Barty und ging bereits auf die siebzig zu. Es brauchte keine außergewöhnliche Fantasie, um zu erkennen, dass sie einmal sehr schön gewesen war. Doch ihre Schönheit war von all den Entsagungen verhärtet. Barty hingegen war nicht besonders gut aussehend, kleiner als Carlin und entschieden rundlicher. Aber er hatte ein gutmütiges

Gesicht, und unter seinem grauen Haar blitzten lächelnde Augen hervor. Aus Büchern machte er sich nicht viel. Kelsea fragte sich oft, worüber er und Carlin sich unterhielten, wenn sie nicht im Zimmer war. Vielleicht war sie es, die die beiden zusammenhielt. Und wenn ja, was würde jetzt aus ihnen werden?

Endlich antwortete Carlin: »Wir haben deiner Mutter geschworen, dir nichts von ihrem Niedergang zu erzählen, und dieses Versprechen haben wir gehalten. Doch nicht alles auf der Festung wird so sein, wie du es erwartest. Barty und ich haben dir gute Werkzeuge an die Hand gegeben, so wie man es uns aufgetragen hat. Aber wenn du selbst auf dem Thron sitzt, wirst du deine eigenen Entscheidungen treffen müssen, und das wird nicht leicht.«

Barty schniefte missbilligend und humpelte zu Kelseas Satteltasche. Carlin warf ihm einen scharfen Blick zu, den er ignorierte. Ernst wandte sie sich wieder an Kelsea. Die blickte zu Boden, während sich ihr Magen zusammenzog. Einst, vor langer Zeit draußen im Wald – sie waren gerade mitten in einer Unterrichtsstunde über die möglichen Verwendungszwecke von rotem Moos gewesen – war Barty wie aus dem Nichts herausgeplatzt: »Wenn es nach mir ginge, Kel, würde ich den verdammten Schwur brechen und dir alles sagen, was ich weiß.«

»Und warum geht es nicht nach dir?«

Hilflos hatte er auf das Moos in seinen Händen geblickt, und Kelsea hatte verstanden. In dem Cottage ging es nie nach ihm. Carlin hatte das Sagen, denn sie war klüger und außerdem körperlich unversehrt. Er kam an zweiter Stelle. Carlin war keine grausame Frau, doch Kelsea hatte den Stachel ihres eisernen Willens oft genug am eigenen Leib zu spüren bekommen. Sie verstand Bartys Bitterkeit und empfand sie fast als ihre eigene. Und auch in dieser Angelegenheit hatte sich also Carlins Wille durchgesetzt. Kelseas Geschichtskenntnisse wiesen große Lücken auf. Über die Herrschaft ihrer Mutter wusste sie schlicht nichts. Man hatte sie von dem Dorf und den Antworten, die sie dort eventuell bekommen hätte, ferngehalten, ja, sie hatte ihre Kindheit praktisch im Exil verbracht. Mehr als einmal hatte sie Barty und Carlin nachts reden hören, wenn die beiden dachten, Kelsea würde bereits schlafen. Aber immerhin begriff sie jetzt einen Teil des Geheimnisses: Die Wachen des Regenten hatten jahrelang jeden Winkel des Landes durchstreift, um nach dem Kind mit der Kette und der Narbe Ausschau zu halten. Nach ihr.

»Ich habe dir ein Geschenk in die Satteltaschen gesteckt«, fuhr Carlin fort und brachte sie wieder in die Gegenwart zurück.

»Was für ein Geschenk?«

»Eines, das du entdecken wirst, wenn du diesen Ort erst hinter dir gelassen hast.«

Kelsea spürte, wie die Wut erneut in ihr hochkochte. Dass Carlin aber auch permanent Geheimnisse haben musste! Gleich darauf schämte sie sich. Barty und Carlin trauerten … Nicht nur um sie, Kelsea, sondern auch um ihr Zuhause. Die Wachen des Regenten würden den Männern der Königin quer durch Tearling nachsetzen, so viel war gewiss. Die beiden konnten nicht hierbleiben. Kurz nach Kelseas Abreise würden sie nach Petaluma aufbrechen, einem südlich gelegenen Dorf nahe der Grenze zu Cadare, wo Barty aufgewachsen war. Ohne seinen Wald würde er sich verloren fühlen. Doch es gab noch andere Wälder, die er erkunden konnte – Carlin brachte das größere Opfer: ihre Bibliothek. Die Büchersammlung war ihr Leben, zusammengetragen von den Gründern der Festung und über Jahrhunderte erhalten. Sie konnte sie nicht mitnehmen, ein Karren wäre zu leicht aufzuspüren. All ihre Bücher – verloren.

Kelsea griff nach ihrem Bündel, warf es sich auf den Rücken und blickte aus dem Fenster auf das zehnte Pferd. »Es gibt so vieles, das ich nicht weiß.«

»Du weißt alles, was du wissen musst«, erwiderte Barty. »Hast du dein Messer?«

»Ja.«

»Behalt es immer bei dir. Und achte darauf, was du isst und wo es herkommt.«

Kelsea umarmte ihn. Trotz seiner gemütlichen Fülle zitterte sein ganzer Körper vor Erschöpfung, und plötzlich begriff Kelsea, wie müde er geworden war und wie sehr ihre Erziehung Energie aufgezehrt hatte, die er sich besser fürs Altwerden aufgehoben hätte. Einen Moment lang schlossen sich seine dicken Arme fester um sie, dann zog er sich zurück, die blauen Augen stechend. »Du hast noch nie jemanden umgebracht, Kel, und das ist gut. Aber vom heutigen Tag an bist du eine Gejagte, verstehst du? Und so musst du dich auch verhalten.«

Kelsea erwartete, dass Carlin widersprechen würde, sie, die immer sagte, Gewalt sei nur für Narren. Doch stattdessen nickte sie. »Ich habe dich zu einer denkenden Königin erzogen, Kelsea, und das wirst du auch sein. Doch jetzt beginnt eine Zeit, in der dein Überleben über allem anderen stehen muss. Diese Männer da draußen, die dafür sorgen sollen, dass du sicher zur Festung kommst, haben eine schwierige Aufgabe zu bewältigen. Und wenn das erst vollbracht ist, werden dir Bartys Lektionen mehr helfen als meine.«

Sie verließ ihren Platz am Fenster und legte sanft die Hand auf Kelseas Rücken, was diese zusammenzucken ließ. Carlin berührte sie fast nie. Anderen den Rücken zu tätscheln war das Äußerste, zu dem sie fähig schien. Und selbst diese Momente waren wie Regen in der Wüste. »Aber lass dir von deinem Vertrauen auf Waffen nicht den Verstand vernebeln, Kelsea. Dein Geist war immer stark. Pass auf, dass du ihn unterwegs nicht verlierst. So etwas geht schnell, wenn man ein Schwert zieht.«

Eine gepanzerte Hand donnerte gegen die Eingangstür.

»Hoheit?«, rief Carroll. »Der Abend bricht an.«

Barty und Carlin traten einen Schritt zurück, und Barty griff nach Kelseas letztem Gepäckstück. Beide wirkten schrecklich alt. Kelsea wollte sie nicht zurücklassen – diese zwei Menschen, die sie aufgezogen und ihr alles beigebracht hatten, was sie wusste. Eine irrationale Seite in ihr dachte kurz darüber nach, alles fallen zu lassen und einfach zur Hintertür hinauszustürzen. Eine helle, lockende Fantasie, die genau zwei Sekunden lang anhielt und sich dann verflüchtigte.

»Wann ist es nicht mehr gefährlich, euch eine Nachricht zukommen zu lassen?«, fragte sie. »Wann müsst ihr euch nicht mehr verstecken?«

Barty und Carlin sahen sich an. Ein rascher Blick, der ihr beinahe verstohlen vorkam. Endlich antwortete Barty: »Das wird eine ganze Weile dauern, Kel. Weißt du …«

»Du wirst andere Sorgen haben«, unterbrach Carlin ihn scharf. »Denk an dein Volk und daran, dieses Königreich wieder in Ordnung zu bringen. Es dürfte viel Zeit vergehen, ehe du uns wiedersiehst.«

»Carlin …«

»Du musst gehen.«

Als Kelsea aus dem Cottage trat, waren die Soldaten schon auf ihre Pferde gestiegen und starrten auf sie herab, einige mit unverhohlener Verachtung. Lazarus, der Soldat mit dem Morgenstern, würdigte sie keines Blickes, sondern fixierte den Horizont. Kelsea begann, ihr Gepäck auf ihr Pferd zu laden, eine rötlich graue Stute, die ihr sanfter vorkam als Bartys Hengst.

»Ich nehme an, Eure Hoheit können reiten?«, fragte der Soldat, der die Zügel hielt. Aus seinem Mund klang das Wort *Hoheit* wie eine Krankheit. Kelsea riss ihm die Zügel aus der Hand. »Ja, kann ich.«

Sie nahm die Zügel in die andere Hand, während sie in ihren grünen Winterumhang schlüpfte und ihn zuknöpfte. Anschließend stieg sie auf ihr Pferd, sah zu Barty hinab und versuchte, das schreckliche Gefühl von Endgültigkeit zu verdrängen, das sie beschlich. Er war vor der Zeit alt geworden, aber eigentlich gab es keinen Grund, weshalb er nicht noch viele Jahre leben sollte. Und Vorahnungen lösten sich ohnehin oft genug in Luft auf. Barty zufolge hatte der Seher der Mortkönigin vorhergesagt, dass sie keine neunzehn Jahre alt werden würde. Und doch war sie heute hier.

Sie warf Barty ein, wie sie hoffte, tapferes Lächeln zu. »Ich werde bald nach dir schicken.«

Er nickte. Sein Lächeln wirkte gezwungen fröhlich. Carlin war so weiß, dass Kelsea dachte, sie würde auf der Stelle umkippen, doch stattdessen trat sie einen Schritt vor und streckte die Hand aus. Die Geste kam so unerwartet, dass Kelsea einen Moment lang nur verständnislos starren konnte, bevor sie begriff, dass sie die Hand ergreifen sollte. In all den Jahren im Cottage hatte Carlin nie ihre Hand gehalten.

»Du wirst es beizeiten verstehen«, sagte Carlin. »Du wirst verstehen, warum all das nötig war. Aber hüte dich vor der Vergangenheit, Kelsea. Diene deinem Volk weise.«

Sogar jetzt konnte sie nicht frei von der Leber weg reden. Kelsea hatte immer gewusst, dass sie nicht das Kind war, das Carlin gerne erzogen hätte. Dass sie sie wieder und wieder enttäuscht hatte mit ihrem sprunghaften Temperament und der mangelnden Bereitschaft, die Last ihrer Verantwortung zu schultern. Kelsea zog ihre Hand zurück, warf Barty einen Blick zu und spürte, wie sich ihr Ärger in Luft auflöste. Er weinte. Tränenspuren glänzten auf seinem Gesicht. Als sie spürte, wie sich auch ihre Augen mit Tränen füllten, ergriff sie die Zügel und lenkte ihr Pferd zu Carroll. »Wir können aufbrechen, Captain.«

»Zu Befehl, Lady.«

Er gab seinem Pferd die Sporen, und schon preschte er den Pfad entlang. »Ihr alle, in einer Raute um die Königin!«, rief er über die Schulter. »Wir reiten bis Sonnenuntergang.«

Königin. Schon wieder dieses Wort. Kelsea versuchte sich vorzustellen, dass sie die Königin war, doch das ging einfach nicht. Sie glich ihre Geschwindigkeit an die der Gardisten an und verbot es sich strikt zurückzublicken. Nur einmal, kurz bevor sie um die Biegung ritten, wandte sie sich um. Barty und Carlin standen noch immer im Türrahmen und beobachteten, wie sie sich von ihnen entfernte. Ein altes Försterehepaar aus einem lang vergessenen Märchen. Dann versperrten die Bäume ihr die Sicht.

Kelseas Stute schien recht robust, sie bewegte sich souverän über das unebene Terrain. Bartys Hengst hatte im Wald Probleme gehabt. Er sei ein Aristokrat, hatte Barty gemeint, und alles, was keine offene, gerade Strecke war, sei unter seiner Würde. Doch selbst zu Pferd hatte Kelsea es nie gewagt, sich mehr als ein paar Kilometer vom Cottage zu entfernen. Wann immer sie sehnsüchtig von den Dingen dort draußen in der weiten Welt gesprochen hatte, hatte Carlin ihr eingebläut, wie wichtig das Königinnenamt war, das sie erben würde. Und wie wichtig Verschwiegenheit. Für Kelseas Ängste hatte sie kein Verständnis gehabt, und Zweifel hatte sie sowieso nicht hören wollen. Kelseas Aufgabe war es gewesen zu studieren und ohne andere Kinder, andere Menschen oder die weite Welt da draußen glücklich zu sein.

Mit dreizehn war Kelsea mit Bartys Hengst in den Wald geritten und hatte sich verirrt. Weder die Bäume noch die beiden Bäche, an denen sie vorbeikam, sagten ihr etwas. Sie ritt immer im Kreis herum und wollte schon weinend aufgeben, als sie ihren Blick auf den Horizont richtete und in etwa hundert Metern Entfernung Rauch aus einem Kamin aufsteigen sah.

Beim Näherkommen erblickte sie eine kleine Behausung, ärmlicher als das Cottage von Barty und Carlin und aus Holz anstelle von Stein. Vor der Hütte spielten zwei Jungen mit Schwertern. Sie waren ein paar Jahre jünger als sie, und während sie ihnen eine Zeitlang zusah, bemerkte sie etwas, das sie nie für möglich gehalten hätte: eine ganz und gar andere Erziehung als die ihre. Bis zu jenem Moment hatte sie geglaubt, alle Kinder hätten irgendwie das gleiche Leben. Die Kleider der Jungen waren zerschlissen, doch sie trugen bequem aussehende Hemden, deren Ärmel knapp über dem Oberarm endeten. Kelsea hingegen durfte nur hochgeschlossene Oberteile mit langen, schmalen Ärmeln tragen, damit niemand einen Blick auf ihre Narbe erhaschen konnte oder auf ihre Kette, die sie nie ablegen durfte. Sie hörte dem Geplapper der Jungen zu und stellte fest, dass beide kein ordentliches Tear sprachen, was schlicht hieß, dass sich niemand je mit ihnen hingesetzt hatte, um sie Morgen für Morgen in Grammatik zu drillen. Abgesehen davon: Es war mitten am Nachmittag, und sie waren nicht in der Schule.

»Du bist'n Mort, Emmett. Ich ein Tear«, verkündete der Ältere stolz.

»Ich bin kein Mort! Mort is' klein!«, rief der Jüngere. »Mama hat gesagt, du muss' mich zum Tear machen!«

»Na gut. Du bist'n Tear. Aber ich benutz Magie!«

Nachdem sie sie eine Weile beobachtet hatte, offenbarte sich

Kelsea der wahre Unterschied zwischen sich und den Kindern, und er nahm ihre ganze Aufmerksamkeit in Anspruch: Die beiden hatten einander. Auch wenn sie nur wenige Meter weit weg stand, fühlte sie sich angesichts ihrer Verbundenheit so entfernt von ihnen wie der Mond. Und dieses Gefühl wurde noch stärker, als die Mutter, eine rundliche Frau, die so gar nichts von Carlins Anmut hatte, aus dem Haus kam, um die beiden zum Abendessen zu holen.

»He! Martin! Komm dich waschen!«

»Nee!«, gab der Kleine zur Antwort. »Wir sind noch nich' fertig.«

Seine Mutter griff sich einen Stock aus einem Bündel auf dem Boden und hüpfte in die Mitte des Spielfelds, um mit den beiden kichernden und kreischenden Jungen zu fechten. Dann hob sie die beiden hoch, drückte sie eng an sich und ging mit ihnen nach drinnen – der ganze Weg eine einzige Umarmung. Die Dämmerung ging allmählich in Dunkelheit über, und obwohl Kelsea bewusst war, dass sie versuchen sollte, nach Hause zu finden, konnte sie sich nicht von dem Schauplatz lösen. Carlin zeigte nie Zuneigung, nicht einmal für Barty, und das Äußerste, auf das Kelsea hoffen konnte, war ein Lächeln. Gut, sie war die Thronfolgerin von Tearling, und Carlin hatte ihr unzählige Male zu verstehen gegeben, welch unglaubliche Ehre ihr zuteilwurde. Doch während Kelsea den Weg zurück zum Cottage suchte, wurde sie das Gefühl nicht los, dass die beiden Kinder sehr viel mehr besaßen als sie selbst. Als sie endlich nach Hause kam, hatte sie das Abendessen bereits verpasst. Ihre Zieheltern hatten sich Sorgen gemacht, und Barty schrie ein wenig mit ihr, doch Kelsea sah die Erleichterung in seinem Gesicht, und er umarmte sie, bevor er sie nach oben schickte. Carlin hingegen starrte sie einfach nur an und teilte ihr mit, dass ihre Bibliotheksprivilegien für einen Monat aufgehoben waren. In jener Nacht lag Kelsea wie erstarrt im Bett, denn sie begriff, dass sie aufs Schlimmste betrogen worden war. Bis zum heutigen Tag hatte sie Carlin als ihre Pflege-, wenn nicht gar als ihre leibliche Mutter erachtet, doch jetzt erkannte sie, dass sie eigentlich überhaupt keine Mutter hatte. Nur eine kalte Frau, die nichts als Forderungen stellte und ihr alles andere vorenthielt.

Zwei Tage später übertrat sie die von Carlin gesetzte Grenze erneut, diesmal mit voller Absicht, denn sie wollte die Hütte im Wald wiederfinden. Auf halbem Weg gab sie auf und kehrte um. Ihr Ungehorsam verschaffte ihr keine Befriedigung, im Gegenteil, er jagte ihr schreckliche Angst ein. Sie spürte geradezu, wie sich Carlins Augen in ihren Nacken bohrten. Von da an überschritt Kelsea die rote Linie nie wieder, und so gab es auch keine weite Welt für sie. All ihre Erfahrungen stammten aus dem Wald um das Cottage. Im Alter von zehn Jahren kannte sie jeden Quadratzentimeter. Jetzt, als sie inmitten der Gardisten zu einem entfernteren Wald vordrang, lächelte sie in sich hinein und richtete ihr Augenmerk auf das unbekannte Land, das sich ihr nie eröffnet hatte.

Sie ritten südlich durch das Herz des Reddickwaldes, der Hunderte Quadratkilometer des nordwestlichen Teils des Landes bedeckte. Überall um sie herum ragten Teareichen auf – einige von ihnen fünfzehn bis achtzehn Meter hoch – und verzweigten sich zu einem Blätterdach, das sich hoch über ihren Köpfen ausdehnte. An allen Ecken und Enden wucherte niedriges Gestrüpp, das Kelsea nicht kannte. Die Zweige sahen ein bisschen wie Kriechwurzeln aus, denen heilende Eigenschaften nachgesagt wurden und die man gut für Wickel verwenden konnte. Doch diese Blätter hier waren länger, rollten sich auf und hatten eine rötliche Färbung, die auf Eichengift schließen ließ. Kelsea versuchte, ihr Pferd nicht direkt hindurchtraben zu lassen, doch an einigen Stellen ließ es sich nicht vermeiden, denn auf dem abschüssigen Gelände begann sich das Gestrüpp zu verdichten. Sie waren, um nicht gesehen zu werden, inzwischen weit von ihrem ursprünglichen Pfad abgekommen, aber während sie über den knisternden, goldenen Teppich aus herabgefallenen Eichenblättern dahinritten, war es Kelsea, als könne sie die gesamte Welt hören.

Um sie herum gruppierten sich die Wachen zu einer Diamantformation und hielten die Abstände auch dann noch exakt ein, als sie ihre Geschwindigkeit an den unebenen Untergrund anpassen mussten. Lazarus war irgendwo hinter ihr außer Sichtweite. Zu ihrer Rechten ritt der misstrauische rotbärtige Wachmann. Kelsea beobachtete ihn mit heimlichem Interesse. Rotes Haar wurde rezessiv vererbt, und in den drei Jahrhunderten seit der Überfahrt war es langsam, aber stetig aus der Bevölkerung verschwunden. Carlin hatte ihr erzählt, dass sich viele Frauen und sogar einige Männer das Haar rot färbten, weil alles Seltene immer auch begehrt war. Nachdem Kelsea dem Wachmann etwa eine Stunde lang verstohlene Blicke zugeworfen hatte, war sie sicher, dass sie es mit einem echten Rotschopf zu tun hatte. Keine künstliche Farbe war so gut. Der Mann trug ein kleines, goldglänzendes Kreuz, das auf seiner Brust hin- und hersprang. Auch das gab Kelsea zu denken – das Kreuz war ein Symbol der Gotteskirche, und Carlin hatte ihr oft genug eingeschärft, der Kirche und ihren Priestern sei nicht zu trauen.

Dem Rotschopf folgte ein blonder Mann, der so außergewöhnlich gut aussah, dass Kelsea nicht anders konnte, als ihn heimlich zu mustern, auch wenn er mit seinen mehr als vierzig Jahren viel zu alt für sie war. Sein Gesicht glich dem der gemalten Engel, die sie aus Carlins Buch über die Kunst vor der Überfahrt kannte. Die tiefen Schatten unter seinen Augen ließen darauf schließen, dass er seit einiger Zeit nicht mehr geschlafen hatte. Aber aus irgendeinem Grund machten ihn die Spuren der Erschöpfung noch attraktiver. Als er aufblickte und Kelsea dabei ertappte, wie sie ihn anstarrte, fuhr ihr Kopf herum, und in ihren Wangen brannte das Blut.

Zu ihrer Linken wurde sie von einem großen Kerl mit dunklem Haar und gewaltigen Schultern flankiert – die Sorte Mann, mit der man einen anderen bedrohen würde. Vor ihm ritt ein sehr viel kleinerer, fast schmächtiger Typ mit hellbraunem Haar. Kelsea betrachtete auch ihn eingehend. Vom Alter her schien er ihr näher als die anderen, noch nicht mal dreißig vielleicht. Sie versuchte, seinen Namen aus den Unterhaltungen herauszuhören, doch die Wachen sprachen so leise, dass sie nichts mitbekam.

Carroll, der Anführer, ritt an der Spitze der Diamantformation. Sein grauer Umhang war alles, was sie von ihm erkennen konnte. Mitunter bellte er einen Befehl, der eine augenblickliche Richtungsänderung der Truppe zur Folge hatte. Voller Selbstbewusstsein ritt er voran, wartete nicht auf Zurufe oder Orientierungshilfen, und Kelsea traute ihm zu, sie an ihren Bestimmungsort zu bringen. Gewiss brauchte man diese Fähigkeit, Befehle zu erteilen, wenn man eine Garde anführte. Carroll war genau die Art Mann, auf die sie angewiesen war, wenn sie überleben wollte. Doch wie sollte sie die Wachen für sich gewinnen? Wahrscheinlich hielten sie Kelsea für schwach. Wahrscheinlich hielten sie alle Frauen für schwach.

Irgendwo über ihnen schrie ein Habicht. Kelsea zog sich die Kapuze tiefer in die Stirn. Habichte waren wundervolle Kreaturen und gaben außerdem ein vorzügliches Essen ab, doch in Mortmesne und an der Teargrenze wurden sie abgerichtet und als Mordwaffen eingesetzt. Das hatte Barty ihr gesagt. Er hatte es beiläufig erwähnt, wie eine Bagatelle, aber sie hatte es nie vergessen.

»Nach Süden, Männer!«, rief Carroll, und wieder richteten sich die Reiter neu aus. Es wurde jetzt schnell dunkel, und mit der aufziehenden Nacht wurde der Wind eisig. Kelsea hoffte inständig, sie würden bald Halt machen, aber sie wäre eher in ihrem Sattel festgefroren, als sich zu beschweren. Loyalität begann mit Respekt.

»Ohne den Respekt seiner Untertanen war kein Herrscher je lange an der Macht«, hatte Carlin ihr unzählige Male eingetrichtert. »Herrscher, die versuchen, sich ein unwilliges Volk untertan zu machen, vollbringen nichts und finden ihren Kopf meist auf einem Spieß wieder.«

Bartys Rat war noch prägnanter gewesen: »Entweder du nimmst deine Leute für dich ein, oder du verlierst den Thron.«

Weise Worte, das verstand Kelsea jetzt einmal mehr. Aber sie hatte keine Ahnung, was sie tun sollte. Wie um alles in der Welt sollte sie jemandem Befehle erteilen?

Ich bin neunzehn. Ich sollte keine Angst haben.

Doch die hatte sie.

Sie umklammerte die Zügel fester und wünschte, sie hätte daran gedacht, Reithandschuhe anzuziehen. Sie war zu erpicht darauf gewesen, der unbehaglichen Situation vor dem Cottage zu entfliehen. Jetzt waren ihre Fingerspitzen taub, und das Leder hatte ihre Handflächen aufgeschürft und gerötet. So gut es ging zog sie sich die Ärmel ihres Umhangs über die Fingerknöchel und ritt weiter.

Eine Stunde später befahl Carroll der Truppe anzuhalten. Sie befanden sich auf einer kleinen, von Teareichen umrahmten Lichtung. Dichtes Gestrüpp aus Kriechwurzeln und der seltsamen Pflanze mit den roten Blättern wucherte überall. Kelsea fragte sich, ob irgendeiner der Wachen wusste, um was es sich dabei handelte. In jeder Einheit gab es wenigstens einen Wundarzt, und Ärzte sollten sich mit Heilpflanzen auskennen.

Auch Barty verfügte über Medizinkenntnisse, und obwohl er die Anweisung gehabt hatte, ihr nichts über Botanik beizubringen, hatte Kelsea schnell herausgefunden, dass sie fast jede beliebige Lektion mithilfe einer interessanten Pflanze in eine andere Richtung hatte lenken können.

Die Wachen rückten näher an sie heran und warteten ab, bis Carroll bei ihr war. Er musterte ihr gerötetes Gesicht und wie mörderisch fest sie die Zügel gepackt hielt. »Eure Hoheit, wir können die Nacht über Rast machen, wenn Ihr möchtet. Wir liegen gut in der Zeit.«

Mit einiger Anstrengung ließ Kelsea die Zügel los, schob ihre Kapuze zurück und versuchte, nicht mit den Zähnen zu klappern. Ihre Stimme war heiser und zittrig: »Ich vertraue Eurem Urteil voll und ganz, Captain. Wir werden so weit reiten, wie Ihr es für nötig haltet.«

Carroll fixierte sie und ließ seinen Blick dann über die kleine Lichtung schweifen. »Lassen wir's gut sein, Lady. Wir müssen sowieso früh aufstehen. Und wir waren sehr lange unterwegs.«

Die Männer stiegen von ihren Pferden ab. Kelsea – vom ungewohnt langen Ritt völlig steif – sprang ungeschickt zu Boden, fiel beinahe hin und stolperte unbeholfen herum, bis sie endlich das Gleichgewicht wiederfand.

»Pen, das Zelt. Elston und Kibb, ihr geht Holz holen. Der Rest von euch kümmert sich um die Sicherheitsmaßnahmen. Mhurn, besorg uns was zu essen. Lazarus – das Pferd der Königin.«

»Ich kümmere mich selbst um mein Pferd, Captain.«

»Wie Ihr wünscht, Lady. Lazarus wird Euch alles geben, was Ihr braucht.«

Die Soldaten verteilten sich im Wald, um ihren diversen Aufträgen nachzukommen. Kelsea bückte sich und genoss es, wie ihre Knochen knackten. Ihre Oberschenkel schmerzten, als hätten sie ein paar deftige Schläge abgekriegt. Aber vor diesen Männern würde sie keine Dehnübungen machen. Zwar waren sie zu alt, um attraktiv für sie zu sein, dennoch waren es *Männer*, und Kelsea fühlte sich plötzlich unwohler als je zuvor mit Barty.

Sie führte ihre Stute zur gegenüberliegenden Seite der Lichtung und band die Zügel in einem losen Knoten um einen Ast. Sanft strich sie über das seidige Fell am Hals des Tiers, das den Kopf unwillig zurückwarf und wieherte. Kelsea wich nach hinten aus. »Schon gut, Mädchen. Dein Wohlwollen werde ich mir also auch erarbeiten müssen.«

»Hoheit«, knurrte eine Stimme hinter ihr.

Kelsea wandte sich um und erblickte Lazarus, der einen Striegel in der Hand hielt. Er war nicht so alt, wie sie gedacht hatte. Sein dunkles Haar hatte gerade erst begonnen, sich zu lichten. Er konnte gut und gerne noch Anfang vierzig sein. Sein Gesicht war faltig und grimmig, und auf seinen Händen prangten Narben. Aber es war vor allem der Morgenstern an seinem Gürtel, der ihre Aufmerksamkeit auf sich zog: eine schlichte Eisenkugel mit Stahldornen, jede einzelne sorgfältig geschärft.

Ein geborener Killer, dachte sie. Seine Waffe hätte ihr Angst einjagen müssen, stattdessen fühlte sie sich beruhigt von der Anwesenheit dieses Mannes, dessen Leben so offensichtlich von Gewalt bestimmt gewesen war. Sie nahm den Striegel entgegen und merkte, dass er den Blick gesenkt hielt. »Danke schön. Ihr wisst nicht zufällig, wie die Stute heißt?«

»Ihr seid die Königin, Lady. Sie heißt, wie immer Ihr wollt.« Sein leerer Blick streifte sie und entglitt ihr sogleich wieder.

»Es ist nicht an mir, ihr einen Namen zu geben. Also, wie heißt sie?«

»Es ist an Euch, alles zu tun, was Ihr möchtet.«

»Ihr Name, bitte.« So langsam wurde Kelsea wütend. Diese Männer dachten alle nur schlecht von ihr. Aber warum?

»Sie hat keinen richtigen Namen, Lady. Ich habe sie immer May genannt.«

»Danke. Guter Name.«

Langsam entfernte er sich wieder. Kelsea atmete tief ein, um Mut zu fassen, und sagte dann leise: »Ihr seid noch nicht entlassen, Lazarus.«

Mit ausdruckslosem Gesicht wandte er sich um. »Tut mir leid. Noch was, Lady?«

»Warum wurde mir eine Stute zugeteilt, wenn alle anderen Hengste haben?«

»Wir wussten nicht, ob Ihr reiten könnt, Lady«, antwortete er, und diesmal war der Spott in seiner Stimme nicht zu überhören. »Ob Ihr einen Hengst unter Kontrolle halten könnt.«

Kelseas Augen verengten sich zu Schlitzen. »Was zur Hölle glaubt Ihr, habe ich all die Jahre im Wald gemacht?«

»Mit Puppen gespielt, Lady. Euer Haar hochgesteckt. Und vielleicht noch ein paar Kleidchen anprobiert.«

»Wirke ich so mädchenhaft auf Euch, Lazarus?« Kelsea merkte, dass sie laut wurde. Einige Köpfe hatten sich schon nach ihnen umgedreht. »Sehe ich aus, als würde ich Stunden vor dem Spiegel verbringen?«

»Nicht im Geringsten.«

Kelsea lächelte. Es war ein sprödes Lächeln, das sie einige Anstrengung kostete. Im Cottage von Barty und Carlin hatte es keine Spiegel gegeben. Damit sie nicht eitel würde, hatte Kelsea lange Zeit gedacht. Doch als sie zwölf war, hatte sie in dem sauberen Teich hinter dem Cottage einen Blick auf ihr Gesicht erhascht, und da hatte sie verstanden. Zu gut. Denn sie war so unscheinbar gewesen wie das Wasser unter ihr.

»Bin ich jetzt entlassen, Lady?«

Sie blickte ihn abwägend an, dann antwortete sie: »Das kommt darauf an, Lazarus. Ich habe eine ganze Satteltasche voller Puppen und Kleidchen zum Spielen. Wollt Ihr mir nicht das Haar richten?«

Er blieb reglos stehen, seine Augen undurchdringlich. Dann, völlig unerwartet, verbeugte er sich, eine übertriebene Geste, zu tief, um ehrlich zu sein. »Wenn Ihr möchtet, könnt Ihr mich Mace nennen, Lady. Das tun die meisten.«

Dann war er weg. Sein blassgrauer Umhang verschwand in den dunklen Schatten der Lichtung. *Mace also, das alte englische Wort für Morgenstern,* dachte Kelsea, *wie passend.* Dann fiel ihr der Striegel wieder ein, den sie in der Hand hielt. Sie wandte sich ihrem Pferd zu. Als sie sich an die Arbeit machte, irrten ihre Gedanken wild umher.

Vielleicht kann ich sie mit Kühnheit für mich einnehmen.

Du wirst dir den Respekt dieser Männer nie verdienen.

Du kannst ja schon von Glück sagen, wenn du nicht stirbst, bevor du in der Festung ankommst.

Vielleicht. Aber irgendwas muss ich ja probieren.

Du tust so, als hättest du irgendwelche Möglichkeiten. Dabei kannst du nur tun, was man dir sagt.

Ich bin die Königin. Ich bin ihnen zu nichts verpflichtet.

Das denken viele Königinnen, bis die Axt auf sie niedergeht.

Zum Abendessen gab es zähes Wildfleisch, das auch nach dem Rösten über dem Feuer kaum genießbar war. Das Reh musste sehr alt gewesen sein. Obwohl die Vegetation üppig war, hatte Kelsea auf ihrem Ritt durch den Reddickwald nur ein paar Vögel und Eichhörnchen gesehen. Unmöglich konnte hier Wasserknappheit herrschen. Kelsea wollte die Männer fragen, warum es so wenige Tiere gab, doch sie fürchtete, man würde ihr dies als Beschwerde über das Essen auslegen. Also kaute sie schweigend auf dem harten Fleisch herum und versuchte angestrengt, die Soldaten und die Waffen an ihrem Gürtel nicht anzustarren. Keiner sprach ein Wort, und Kelsea nahm an, ihre Anwesenheit war der Grund für die Stille. Dass sie die Männer von einer amüsanten Unterhaltung abhielt, die sie sonst führen würden.

Nach dem Abendessen fiel ihr Carlins Geschenk wieder ein. Sie griff nach einer der vielen leuchtenden Laternen, die um das Feuer standen und ging zu ihrer Stute, um ihre Tasche vom Sattel zu lösen. Zwei Wachleute, Lazarus und der große, breitschultrige Mann, der ihr während des Ritts aufgefallen war, hatten sich vom Lagerfeuer erhoben und waren ihr zum behelfsmäßigen Rastplatz des Pferds gefolgt. Sie bewegten sich fast lautlos. Kelsea begriff, dass sie nach Jahren der Einsamkeit wohl nie wieder allein sein würde. Die Vorstellung hätte sie trösten sollen, stattdessen hinterließ sie ein eisiges Gefühl in ihrer Magengrube. Sie erinnerte sich an ein Wochenende, als sie sieben Jahre alt war und Barty sich für eine Reise ins Dorf fertig gemacht hatte, um dort mit Fleisch und Pelzen zu handeln. Er machte den Weg alle drei, vier Monate, doch diesmal hatte Kelsea ihn begleiten wollen. Und zwar so unbedingt, dass sie allen Ernstes glaubte, sterben zu müssen, wenn sie nicht mitkonnte. Sie hatte einen Tobsuchtsanfall bekommen, mit Tränen, Geschrei und allem Drum und Dran, und wütend mit den Füßen aufgestampft.

Carlin zeigte angesichts eines derartigen Dramas wenig Geduld. Ein paar Minuten lang hatte sie versucht, vernünftig mit Kelsea zu reden, dann war sie in die Bibliothek verschwunden. Erst Barty hatte ihr das verweinte Gesicht abgewischt, sie auf sein Knie gesetzt und gewartet, bis sie sich beruhigte.

»Du bist wertvoll, Kel«, sagte er. »So wertvoll wie Leder

oder Gold. Wenn außer uns jemand wüsste, dass du hier bist, würden sie versuchen, dich uns wegzunehmen. Und das würdest du doch nicht wollen, oder?«

»Aber wenn niemand weiß, dass ich hier bin, bin ich ganz allein«, antwortete Kelsea schluchzend. Sie war sich dieser Schlussfolgerung ausgesprochen sicher: Ihre Anwesenheit war ein Geheimnis, und deswegen war sie einsam.

Barty schüttelte lächelnd den Kopf. »Das stimmt, Kel, keiner weiß, dass du hier bist. Aber die ganze Welt weiß, wer du bist. Denk doch mal nach: Wie kannst du einsam sein, wenn die Welt da draußen jeden Tag an dich denkt?«

Schon mit ihren sieben Jahren empfand Kelsea Bartys Antwort als ausweichend. Sie genügte, um ihre Tränen zu trocknen und ihren Ärger zu dämpfen, doch in den folgenden Wochen drehte und wendete sie sein Argument viele Male, um den Fehler zu finden. Und sie war überzeugt, dass es einen Fehler gab. Ein Jahr später – sie las gerade eins von Carlins Büchern – fand sie das Wort, nach dem sie so lange gesucht hatte: nicht einsam, sondern *anonym*. All die Jahre hatte man dafür gesorgt, dass sie anonym blieb, und sie hatte schon pure Grausamkeit dahinter vermutet. Wenn nicht von Barty, dann doch zumindest von Carlin. Aber jetzt, mit den beiden hoch aufragenden Männern im Schlepptau, fragte sie sich, ob diese Anonymität nicht vielleicht ein Geschenk gewesen war. Wenn ja, dann war dieses Geschenk nun Geschichte.

Die Männer schliefen um das Feuer herum. Für Kelsea hatten sie in ungefähr sechs Meter Entfernung ein Zelt am Rand der Lichtung aufgebaut. Als sie eintrat und die Zeltklappe zuband, hörte sie, wie sich die zwei Wachmänner zu beiden Seiten der Öffnung postierten. Danach nur noch Stille.

Kelsea warf ihr Bündel auf den Boden und stöberte so lange in ihren Kleidern herum, bis sie einen weißen Pergamentumschlag fand, einen von Carlins wenigen Luxusutensilien. Irgendetwas rutschte darin herum. Kelsea ließ sich auf ihr Bettzeug sinken und starrte den Brief an. Sie wünschte sich so sehr, er würde Antworten auf ihre Fragen enthalten. Man hatte sie aus der Festung geholt, als sie gerade ein Jahr alt war, und sie hatte keinerlei Erinnerung an ihre leibliche Mutter. Über die Jahre hatte sie nur ein paar Fakten über Königin Elyssa in Erfahrung bringen können: Sie war hübsch, las nicht gerne und war mit achtundzwanzig verstorben. Kelsea hatte keine Ahnung wieso. Das war verbotenes Terrain. Jeder Vorstoß, den sie in diese Richtung unternommen hatte, endete immer auf die gleiche Weise – mit der kopfschüttelnden Carlin, die murmelte: »Ich habe es versprochen«. Was auch immer es war – vielleicht lief das Versprechen mit dem heutigen Tag aus. Kelsea starrte den Umschlag noch eine Weile an, bevor sie Carlins Siegel aufbrach.

Eine feine Silberkette mit einem blauen Stein fiel heraus.

Kelsea griff danach und ließ sie von ihren Fingern baumeln. Es war das exakte Pendant zu der Kette, die schon ihr ganzes Leben lang um ihren Hals lag: ein Saphir im Achtkantschliff, der fröhlich im Laternenschein glitzerte und flackernde, blaue Tupfen an die Zeltwände warf.

Noch einmal griff Kelsea in den Umschlag, um nach einem Brief oder einer kurzen Notiz zu suchen. Sie inspizierte beide Ecken. Nichts. Dann hielt sie den Umschlag ins Licht und entdeckte Carlins Handschrift unter dem Siegel, nicht mehr als ein einziges Wort.

Vorsicht.

Eine Lachsalve, die vom Lagerfeuer zu ihr herüberdrang, ließ Kelsea zusammenfahren. Mit hämmerndem Herzen lauschte sie nach den beiden Wachen vor dem Zelt, doch es war nichts mehr zu hören.

Sie nahm ihre Kette ab und hielt sie neben die andere. Beide waren bis ins kleinste Glied identisch. Das perfekte Abbild. Sie zu verwechseln wäre nur zu leicht. Rasch legte sich Kelsea ihre Kette wieder um.

Die andere hielt sie erneut ins Licht und sah verwirrt zu, wie der Stein vor- und zurückschwang. Carlin hatte ihr gesagt, jeder Thronfolger habe den Stein vom Tag seiner Geburt an getragen. Einer weit verbreiteten Legende zufolge war das Schmuckstück eine Art Talisman, der den Tod fernhalten sollte. Als Kelsea noch jünger war, hatte sie mehr als einmal daran gedacht, die Kette einfach abzulegen, doch ihr Aberglaube war stärker gewesen. Was, wenn sie auf der Stelle vom Blitz getroffen würde? Sie hatte sich schlicht nicht getraut. Von einem zweiten Schmuckstück war nie die Rede gewesen, und doch musste es die ganze Zeit über in Carlins Besitz gewesen sein. Geheimnisse … Alles, was mit ihrer Ziehmutter zu tun hatte, war ein Geheimnis. Kelsea hatte keinen Schimmer, weshalb man sie ausgerechnet ihr anvertraut hatte oder wer Carlin in ihrem alten Leben gewesen war. Jemand von großer Wichtigkeit, vermutete sie. Carlins ganze Haltung war viel zu erhaben für ein Cottage im Wald. Selbst Barty schien zu verblassen, wenn sie den Raum betrat.

Kelsea konzentrierte sich auf das in den Umschlag gekritzelte Wort. *Vorsicht.* Einmal mehr eine Mahnung, in ihrem neuen Leben achtsam zu sein? Das glaubte sie eigentlich nicht. Dazu hatte sie in den letzten Wochen schon alles gehört. Es schien wahrscheinlicher, dass die neue Kette irgendwie anders war. Vielleicht sogar gefährlich. Aber inwiefern? Kelseas Exemplar hatte ganz gewiss nichts Bedrohliches an sich, sonst hätten Barty und Carlin ihr wohl kaum befohlen, sie tagein, tagaus zu tragen.

Sie fixierte den Zwillingsstein, doch er baumelte einfach nur selbstgefällig vor ihrer Nase herum. In seinen vielen Facetten spiegelte sich der trübe Schein der Laterne. Plötzlich kam sich Kelsea albern vor, und sie ließ die Kette tief in die Brusttasche ihres Umhangs gleiten. Vielleicht würde es ihr bei Tageslicht leichter fallen, einen Unterschied zwischen den beiden Schmuckstücken auszumachen. Sie steckte den Umschlag in das Gestell der Laterne und sah zu, wie die Flammen das dicke Papier verschlangen. Dumpfer Ärger pochte in ihren Schläfen. So was schaffte nur Carlin – mehr Fragen als Antworten aufzuwerfen.

Sie streckte sich auf dem Boden aus und starrte an die Zeltdecke. Trotz der beiden Männer da draußen fühlte sie sich vollkommen allein. In jeder Nacht ihres Lebens hatte Kelsea gewusst, dass ihre Zieheltern im unteren Stockwerk saßen, Carlin mit einem Buch in der Hand und Barty mit einem Schnitzmesser oder irgendeiner Pflanze, die er gefunden hatte und nun zu einem nützlichen Betäubungsmittel oder Antibiotikum verarbeitete. Jetzt hingegen waren die beiden weit weg und schon Richtung Süden unterwegs.

Es gibt nur noch mich.

Wieder wurde ein verhalten polterndes Lachen vom Lagerfeuer zu ihr hinübergetragen. Kelsea erwog kurz rauszugehen und wenigstens zu versuchen, mit den Wachen ins Gespräch zu kommen, doch sie verwarf die Idee gleich wieder. Die Männer sprachen von Frauen oder Schlachten oder vielleicht von alten Kameraden … Sie würde nicht willkommen sein. Abgesehen davon hatten der Ritt und die Kälte sie erschöpft, und ihre Oberschenkelmuskeln schmerzten schrecklich. Sie blies das Licht aus und drehte sich, in Erwartung eines unruhigen Schlafs, auf die Seite.

Am nächsten Tag kamen sie langsamer voran, denn der Himmel hatte sich verdüstert. Zwar war die Luft nicht mehr so eisig wie zuvor, dafür lag ein dünner, bleicher Nebel über der Landschaft, wickelte sich um Baumstämme und wanderte in sichtbaren Wellen über den Boden. Das Land wurde flacher und die Wälder mit jeder Stunde dünner. Die Bäume wichen dichtem Gestrüpp. Immer mehr Tiere ließen sich blicken, Kelsea kannte die meisten nicht: Geschöpfe, die wie kleine Eichhörnchen aussahen, und sabbernde, hundeähnliche Kreaturen, Wölfen gleich, wären sie nicht so zahm gewesen und beim Anblick der Reiter geflohen. Rehe hingegen waren keine zu sehen, und als der Morgen längst vorüber war, wurde Kelsea ein weiterer Grund für ihr Unbehagen bewusst: Es lag kein Vogelgesang in der Luft, nicht eine einzige Note.

Auch unter den Wachleuten schien die Stimmung gedrückt. In der Nacht war Kelsea mehrfach von dem fortwährenden Gelächter am Lagerfeuer geweckt worden, und sie hatte sich gefragt, ob die Männer je Ruhe geben und sich schlafen legen würden. Jetzt schien sich all ihre Fröhlichkeit mit dem schönen Wetter verzogen zu haben. Während der Tag voranschritt, fiel Kelsea auf, wie sich mehr und mehr Wachen umdrehten und gehetzte Blicke hinter sich warfen. Doch da war nichts außer Bäumen.

Gegen Mittag rasteten sie an einem kleinen Bach, der den Wald durchschnitt, um ihre Pferde zu tränken. Carroll zog eine Landkarte hervor, und er und ein paar Wachleute steckten die Köpfe zusammen. Aus den Bruchstücken, die Kelsea mitbekam, erfuhr sie, dass der Nebel wichtige Orientierungspunkte verbarg und ihnen daher Probleme bereitete.

Sie hinkte zu einem breiten, flachen Felsen neben dem Bach. Sich hinzusetzen bereitete ihr entsetzliche Schmerzen. Sobald sie die Knie beugte, schien sich ihre Hüftmuskulatur von den

Knochen zu lösen. Nach einigen ungeschickten Manövern gelang es ihr, sich im Schneidersitz niederzulassen, wobei sie feststellte, dass auch ihr Hintern vom stundenlangen Sitzen im Sattel wehtat.

Elston, der bullige, breitschultrige Wachmann, der die meiste Zeit neben ihr hergeritten war, kam ihr nach und postierte sich ungefähr eineinhalb Meter neben dem Felsen. Als sie aufblickte, grinste er unangenehm und enthüllte eine Reihe abgebrochener Zähne. Sie versuchte, ihn zu ignorieren, streckte die Beine aus und griff nach ihren Füßen. Ihre Oberschenkel brannten wie Feuer.

»Tut's weh?«, fragte Elston. Wegen seiner Zähne hatte er Schwierigkeiten, sich zu artikulieren. Kelsea musste einen Moment nachdenken, um zu begreifen, was er gesagt hatte.

»Überhaupt nicht.«

»Zur Hölle, Ihr könnt Euch doch kaum bewegen!« Er kicherte und fügte dann hinzu: »Lady.«

Kelsea streckte die Arme aus und umfasste ihre Zehen. Ihre Muskeln schrien vor Schmerzen, fühlten sich an wie rohes Fleisch, wie aufplatzende Nähte, die in ihren Körper hineinbluteten. Sie hielt ihre Füße vielleicht fünf Sekunden lang umklammert und ließ dann los. Als sie wieder hochsah, hatte Elston immer noch sein zerklüftetes Lächeln im Gesicht. Er sagte nichts, sondern stand einfach nur da, bis es an der Zeit war, sich wieder auf die Pferde zu schwingen.

Kurz vor Sonnenuntergang schlugen sie ihr Lager auf. Kelsea war kaum abgestiegen, als ihr die Zügel aus der Hand genommen wurden. Sie wandte sich um und sah, wie Mace ihre Stute wegführte. Sie öffnete den Mund, um zu protestieren, besann sich jedoch eines Besseren und drehte sich wieder zu den Wachleuten um, die ihren jeweiligen Aufgaben nachgingen. Ihr Blick fiel auf den Jüngsten, der gerade dabei war, die Einzelteile ihres Zelts aus seiner Satteltasche zu fischen.

»Ich mache das!«, rief sie und lief mit entschiedenen Schritten über die Wiese. Sie streckte die Hand nach einem Werkzeug oder auch nach irgendeiner Waffe aus. Es kümmerte sie nicht, was. Noch nie hatte sie sich so nutzlos gefühlt.

Die Wache reichte ihr einen Hammer mit einem flachen Kopf und sagte: »Für den Aufbau braucht es zwei Leute, Hoheit. Darf ich Euch behilflich sein?«

»Natürlich«, erwiderte Kelsea erfreut.

Wenn einer die Pflöcke festhielt und der andere sie in die Erde klopfte, war die Sache mit dem Zelt eigentlich ganz einfach, und Kelsea unterhielt sich locker mit dem Wachmann, während sie mit dem Hammer weiterwanderte. Er hieß Pen und schien tatsächlich noch relativ jung, nicht älter als dreißig vielleicht. Keine Spur von diesen Falten, die sich in die Gesichter der anderen Männer gegraben hatten. Mit seinem dunklen Haar und dem offenen, freundlichen Gesicht war er ziemlich attraktiv. Andererseits sahen die Gardisten ihrer Mutter allesamt gut aus, auch die über vierzig, und sogar Elston (wenn sein Mund geschlossen war). Aber ihre Mutter hatte sich ihre Wachen doch gewiss nicht nach dem Aussehen ausgesucht?

Kelsea fand es leicht, mit Pen zu reden. Als sie ihn nach seinem Alter fragte, sagte er, er sei vor vier Tagen dreißig geworden.

»Dann seid Ihr zu jung, um meiner Mutter gedient zu haben.«

»Das stimmt, Lady. Ich habe Eure Mutter nicht gekannt.«

»Warum wurdet Ihr dann mit dieser Aufgabe hier betraut?«

Pen zuckte die Achseln und machte eine Geste in Richtung seines Schwerts, die für sich selbst sprechen sollte.

»Wie lange seid Ihr schon Wachmann?«

»Mace hat mich entdeckt, als ich vierzehn war, Lady. Seitdem wurde ich ausgebildet.«

»Ohne einen Herrscher? Habt Ihr meinen Onkel beschützt?«

»Nein, Lady.« Ein Ausdruck des Widerwillens huschte über Pens Gesicht, so rasch, dass Kelsea es sich eingebildet haben könnte.

»Ich verstehe.« Sie schlug einen weiteren Pflock in die Erde, erhob und streckte sich dann, bis sie ihren Rücken knacken hörte.

»Gewöhnt Ihr Euch langsam an das Tempo, Hoheit? Ich nehme an, Ihr habt bisher nur wenige lange Ritte bestritten.«

»Das Tempo ist in Ordnung. Und nötig, soweit ich es mitbekommen habe.«

»Allerdings, Lady.« Pen senkte die Stimme und blickte sich um, bevor er fortfuhr: »Wir werden auf Schritt und Tritt verfolgt.«

»Woher wisst Ihr das?«

»Die Habichte.« Pen deutete in den Himmel. »Sie sind uns auf den Fersen, seit wir die Festung verlassen haben. Wir waren gestern so spät dran, weil wir mehrere Umwege genommen haben, um sie abzuhängen. Aber Habichte kann man nicht in die Irre führen. Wer auch immer die Kontrolle über sie hat, wird inzwischen dicht hinter uns sein …«

Pen hielt inne. Kelsea griff nach einem weiteren Pflock und bemerkte beiläufig: »Ich habe heute keine Habichte gehört.«

»Morthabichte bewegen sich lautlos, Lady. Darauf sind sie abgerichtet. Doch hin und wieder kann man sie am Himmel sehen, wenn man nach ihnen Ausschau hält. Sie sind teuflisch schnell.«

»Warum greifen sie uns nicht an?«

»Weil wir so viele sind.« Pen breitete die letzte Ecke des Zelts aus, sodass Kelsea sie anpflocken konnte. »Die Mort bilden ihre Habichte wie Soldaten aus, und die Tiere würden niemals eine zahlenmäßig überlegene Streitmacht angreifen. Vielmehr werden sie versuchen, sich einen nach dem anderen herauszupicken, wenn es irgendwie geht.« Pen hielt erneut inne, und Kelsea schwenkte den Hammer in seine Richtung.

»Ihr braucht Euch nicht zu sorgen, dass Ihr mir Angst einjagt. Ich muss den Tod so oder so fürchten, ganz gleich, was Ihr mir erzählt.«

»Das mag sein, Lady, aber Angst kann auf ihre Art sehr hinderlich sein.«

»Diese Verfolger – wurden sie von meinem Onkel gesandt?«

»Wahrscheinlich, Lady, aber die Habichte lassen darauf schließen, dass Euer Onkel Unterstützung hat.«

»Erklärt mir das.«

Pen warf einen Blick über die Schulter und murmelte: »Das war dann also ein ausdrücklicher Befehl der Königin. Sollte Carroll fragen, werde ich ihm das sagen. Euer Onkel hatte über Jahre hinweg mit der Roten Königin zu tun. Manche glauben, sie hätten heimlich eine Allianz geschmiedet.«

Die Königin von Mortmesne. Niemand wusste, wer sie war oder woher sie kam, doch sie war zu einer mächtigen Herrscherin aufgestiegen, die auf eine lange, blutige Regentschaft zurückblickte. Eine Allianz mit dem benachbarten Königreich könnte eine gute Sache sein, aber Carlin hatte Mortmesne als Bedrohung erachtet. Bevor Kelsea weitere Fragen stellen konnte, fuhr Pen fort: »Die Mort dürfen den Tear eigentlich keine Waffen verkaufen, trotzdem kann sich jeder, der genug Geld hat, auf dem Schwarzmarkt einen Morthabicht beschaffen. Ich schätze, uns sind die Caden auf den Fersen.«

»Die Assassinengilde?«

Pen schnaubte. »Gilde. Damit traut Ihr denen zu viel Organisation zu, Lady. Aber ja, es sind Mörder, sehr fähige noch dazu. Es geht das Gerücht um, Euer Onkel hätte eine hohe Belohnung für denjenigen ausgesetzt, der Euch aufspürt. Und die Caden leben für solche Herausforderungen.«

»Aber wird es sie nicht aufhalten, wenn sie sehen, wie viele wir sind?«

»Nein.«

Kelsea blickte sich um und versuchte, die Information zu verdauen. In der Mitte des Lagers hatten sich drei Wachen um das Feuerholz versammelt und fluchten, da es sich nicht anzünden ließ. Die übrigen zerrten gefällte Bäume herbei, um das Lager behelfsmäßig einzufrieden. Der Zweck all dieser Abwehrmaßnahmen war offensichtlich, und Kelsea empfand Furcht, gemischt mit einem Gefühl von Schuld. Neun Männer, und alle wurden gemeinsam mit ihr zur Zielscheibe.

»Sir!«

Carroll stürzte zwischen den Bäumen hervor. »Was ist los?«

»Ein Habicht, Sir. Aus Nordwesten.«

»Gut aufgepasst, Kibb.« Carroll rieb sich die Stirn, überlegte einen Moment und näherte sich dann dem Zelt.

»Pen, geh und hilf den anderen mit dem Abendessen.«

Pen warf Kelsea ein kurzes, spitzbübisches Lächeln zu und verschwand in der Dämmerung.

Carrolls Augen waren dunkle, runde Höhlen. »Sie kommen näher, Lady. Wir werden gerade aufgespürt.«

Kelsea nickte.

»Könnt Ihr kämpfen?«

»Gegen einen einzelnen Angreifer kann ich mich zur Not mit meinem Messer zur Wehr setzen. Aber von Schwertern verstehe ich wenig.«

Mal abgesehen davon, es war ja nur Barty gewesen, der sie in der Kunst der Selbstverteidigung unterrichtet hatte, und, na ja, seine Reflexe waren keineswegs die eines jungen Mannes, das wurde ihr jetzt schlagartig bewusst. »Ich bin keine Kämpferin.«

Carroll neigte den Kopf. Humor blitzte in seinen dunklen Augen auf. »Da wär ich mir nicht so sicher, Lady. Ich habe Euch auf dieser Reise beobachtet und muss sagen, Ihr versteckt Eure Beschwerden recht gut. Aber so langsam gelangen wir an einen Punkt …« Carroll blickte sich um und fuhr mit gesenkter Stimme fort: »Wir gelangen an einen Punkt, wo ich meine Männer aufteilen muss, um unseren Verfolgern zu entkommen. Und sollte dieser Fall eintreten, hängt es sehr von Euren Fähigkeiten ab, welche Leibwache ich für Euch aussuche.«

»Nun, ich kann schnell lesen, und ich weiß, wie man einen Eintopf zubereitet.«

Carroll nickte anerkennend. »Ihr habt Euch Euren Sinn für Humor bewahrt. Den werdet Ihr brauchen. Vor Euch liegt ein Leben voller Gefahren.«

»Nun, Ihr habt Euch ja auch in große Gefahr begeben, um mich zur Festung zu eskortieren, nicht wahr?«

»Eure Mutter hat uns diesen Auftrag erteilt, Lady«, erwiderte Carroll steif. »Unser Ehrgefühl würde uns nichts anderes gestatten.«

»Ihr wart ein Mann meiner Mutter, richtig?«

»Ja, das war ich.«

»Und wenn ich erst in der Festung bin, werdet Ihr dann auch der meine sein?«

»Das habe ich noch nicht entschieden, Lady.«

»Kann ich nichts tun, um Eure Entscheidung zu beeinflussen?«

Mit sichtlichem Unbehagen wandte er den Blick ab. »Lady …«

»Sprecht freiheraus.«

Carroll machte eine hilflose Geste. »Lady, ich glaube, Ihr seid sehr viel stärker, als Ihr wirkt. Auf mich macht Ihr den Eindruck, als könntet Ihr eines Tages eine wahre Königin sein, aber Euch ist ein gewaltsamer Tod vorherbestimmt. Genauso wie denen, die Euch folgen. Ich habe eine Familie, Lady. Kinder. Ich würde meine Kinder in keinem Kartenspiel als Pfand einsetzen. Ich kann ihr Leben nicht riskieren, um an Eurer Seite zu sein. Nicht, wenn die Chancen so stehen …«

Kelsea nickte und versuchte, ihre Enttäuschung zu verbergen. »Ich verstehe.«

Carroll wirkte erleichtert. Vielleicht hatte er erwartet, sie würde anfangen zu heulen. »Aufgrund meines Ranges weiß ich nichts von einem Komplott gegen Euch. Bei Lazarus, unserem Mace, werdet Ihr mehr Glück haben. Er hat schon immer das herausgefunden, was anderen verborgen bleibt.«

»Wir haben uns bereits kennengelernt.«

»Ein Rat noch: Nehmt Euch vor Gottes Kirche in Acht. Ich bezweifle, dass der Heilige Vater eine besondere Zuneigung für die Herrscherin hegt, andererseits muss er jeden lieben, der auf dem Thron sitzt und den Schlüssel zur Schatzkammer sein Eigen nennt. Er wird alles riskieren, genauso wie wir das müssen.«

Wieder nickte Kelsea. Erst vor ein paar Tagen hatte Carlin etwas ganz Ähnliches gesagt.

»Meine Truppe besteht aus guten Leuten. Dafür würde ich mein Leben verwetten. Wenn Euer Scharfrichter auftaucht … wird es keiner von uns sein.«

»Danke, Captain.« Kelsea sah zu, wie die Wachen endlich das Feuer entfachten und der kleinen Flamme Luft zufächelten. »Schätze, von jetzt an wird es ein harter Weg.«

»Das hat Eure Mutter auch gesagt, als sie mich vor achtzehn Jahren beauftragte, Euch zurückzubringen.«

Kelsea blinzelte. »Hat sie Euch nicht auch aufgetragen, mich aus der Festung wegzubringen?«

»Nein. Es war Lazarus, der Euch als Baby aus der Festung geschmuggelt hat. Was das betrifft, ist er von unschätzbarem Wert.«

Carroll lächelte, während er sich an etwas erinnerte, das Kelsea nicht teilen konnte. Er hatte ein nettes Lächeln, doch ihr fiel auf, wie ausgemergelt sein Gesicht aussah, und sie fragte sich, ob er wohl krank war. Sein Blick verweilte auf dem Saphir, der ihr wieder einmal aus dem Hemd gerutscht war. Abrupt wandte er sich ab und ließ sie mit einem Wirrwarr an Informationen zurück, das sie erst einmal sortieren musste. Kelsea griff tief in die Tasche ihres Umhangs und tastete nach dem zweiten Stein, der sich in den Stoff schmiegte.

»Eure Hoheit!«, rief Pen vom Lagerfeuer aus, das inzwischen hell loderte. »Richtung Osten gibt es einen kleinen Bach, falls Ihr Euch waschen möchtet.«

Kelsea nickte, während sie immer noch über Carrolls Aussage nachdachte und versuchte, das Ganze wie ein praktisches Problem zu analysieren. Sie würde einen eigenen Leibwächter und einen Stab benötigen. Doch wo sollte sie loyale Leute herbekommen, die den Drohungen und den Bestechungsversuchen ihres Onkels widerstanden? Loyalität konnte man nicht auf nichts aufbauen und erst recht nicht kaufen. Trotzdem musste sie so lange irgendwie durchkommen.

Sie wünschte, sie hätte daran gedacht, Carroll über ihre Mutter auszufragen. Schließlich hatte er Königin Elyssa jahrelang beschützt und musste alles über sie wissen. Doch nein, jedes Mitglied der Königinnen-Garde legte einen Verschwiegenheitseid ab. Carroll würde nichts preisgeben, auch ihr nicht. Sie biss die Zähne zusammen. Irgendwie hatte sie wie selbstverständlich vorausgesetzt, ihr Übergang in ein neues Leben würde die Geheimniskrämerei beenden. Immerhin würde sie zur Königin ernannt. Doch diese Männer hier waren kein bisschen williger als Carlin, ihr irgendetwas zu offenbaren.

Eigentlich hatte sie heute nach ihrem Ritt ein Bad nehmen wollen. Ihr Haar war fettig, und so langsam roch sie bei jeder Bewegung ihren eigenen Schweiß. Der nahe gelegene Bach wäre sicherlich geeignet gewesen, doch der Gedanke, unter Pens, Elstens oder – noch schlimmer – Lazarus' wachsamen Blicken zu baden, war schlichtweg unvorstellbar. Sie würde all den Dreck ertragen und sich mit der Tatsache trösten müssen, dass ihre Wachleute bestimmt auch nicht besser rochen. Also steckte sie ihr öliges Haar zu einem Dutt hoch und machte sich auf die Suche nach dem Bach, um sich wenigstens das Gesicht zu waschen.

In jener Nacht hatte sich wieder eine ausgelassene Runde um das Lagerfeuer versammelt. Kelsea lag in ihrem Zelt, wo sie zunächst noch zu schlafen versuchte, bald jedoch vor Wut kochte. Es war ja schon schwer genug einzudösen, wenn man den Kopf voller Fragen hatte, doch angesichts der ständig aufbrandenden volltrunkenen Lachsalven wurde es zu einem Ding der Unmöglichkeit. Sie wickelte ihren Kopf in ihren Umhang, entschlossen die Männer zu ignorieren. Als diese jedoch ein obszönes Lied über eine Frau mit einem Rosentattoo anstimmten, riss sie sich das Ding wieder vom Kopf, warf ihn sich um und verließ ihr Zelt.

Die Wachen hatten Schlafsäcke um das Feuer platziert, von denen bislang, wie es schien, keiner benutzt worden war. Ein unangenehmer, intensiver Geruch durchzog die Luft, und obwohl es im Cottage nie Alkohol gegeben hatte (Carlin war dagegen gewesen), folgerte Kelsea, dass es sich um Bier handeln musste.

Nur Carroll und Mace standen auf, als sie näher kam. Sie schienen nüchtern, doch der Rest der Gruppe fixierte sie mit glasig starrem Blick. Kelsea sah, dass Elston eingeschlafen war. Sein Kopf ruhte auf einem dicken Eichenklotz.

»Braucht Ihr etwas, Lady?«, fragte Carroll.

Am liebsten hätte Kelsea ihren ganzen Ärger, der sich in den letzten beiden schlaflosen Stunden in ihr aufgestaut hatte, herausgebrüllt, doch nach einem Blick in die geröteten Gesichter der Wachen besann sie sich eines Besseren. Carlin hatte immer gesagt, es sei einfacher, mit einem Kleinkind zu diskutieren, als mit einem Betrunkenen. Abgesehen davon plauderten Betrunkene oft Geheimnisse aus. Vielleicht konnte sie die Männer dazu bringen, endlich mal Klartext zu reden.

Sie ließ sich zwischen Elston und Pen auf ihrem Umhang nieder. »Ich möchte wissen, was passiert, wenn wir in Neulondon ankommen.«

Pen sah sie aus trüben Augen an. »Was dann passiert?«

»Wird mein Onkel versuchen, mich zu töten, wenn ich erst in der Festung bin?«

Die Männer starrten sie lange an, bevor Mace schließlich antwortete: »Wahrscheinlich.«

»Euer Onkel ist gar nicht dazu in der Lage, jemanden umzubringen«, murmelte Coryn. »Ich würde mich eher vor den Caden fürchten.«

»Aber wir *wissen* doch gar nicht, ob die uns überhaupt auf den Fersen sind«, widersprach der Rotbärtige.

»In der Tat, wir wissen gar nichts«, unterbrach Carroll die beiden resolut und wandte sich dann wieder an Kelsea. »Lady, wäre es nicht besser, wenn Ihr einfach darauf vertrautet, dass wir Euch beschützen?«

»Eure Mutter hat das immer getan«, fügte der Rotbärtige hinzu.

Kelsea kniff die Augen zusammen. »Wie heißt Ihr?«

»Dyer, Lady.«

»Nun, Dyer, Ihr habt es nicht mit meiner Mutter zu tun, sondern mit mir.«

Der Wachmann blinzelte eulenhaft im trüben Licht. Dann murmelte er: »Ich wollte Euch nicht zu nahetreten, Lady.«

Sie nickte und wandte sich wieder an Carroll. »Ich hatte gefragt, was passiert, wenn wir dort eintreffen.«

»Ich bezweifle, dass wir uns in die Festung vorkämpfen müssen, Lady. Wir bringen Euch einfach bei Tag dorthin. Am Wochenende wird die Stadt gerammelt voll sein, und der Regent ist nicht mutig genug, um Euch vor aller Welt zu ermorden. Aber man wird Euch in der Festung aufspüren. Zweifellos.«

»Wer ist ›man‹?«

Jetzt meldete sich Mace zu Wort: »Euer Onkel ist nicht der Einzige, der Euren Tod will, Lady. Die Rote Königin hat großes Interesse daran, dass der aktuelle Regent auf dem Thron bleibt.«

»Ist das Schloss in der Festungsanlage denn nicht sicher?«

»Es gibt kein Schloss. Die Festung ist riesig, aber eben ein einziger, übergreifender Bau.«

Kelsea wurde rot. »Das wusste ich nicht. Mir wurde nie viel darüber erzählt.«

»Was zur Hölle habt Ihr denn die ganzen Jahre über gelernt?«, fragte Dyer.

Carroll kicherte. »Ihr kennt doch Barty. Er ist ein großartiger Mediziner, aber mit den Details hat er es nicht so, es sei denn, es geht um seine geliebten Pflanzen.«

Kelsea hatte keine Lust, sich anderer Leute Erfahrungen mit Barty anzuhören. Bevor Dyer antworten konnte, fragte sie: »Was ist mit unseren Verfolgern?«

Carroll zuckte die Achseln. »Sind wahrscheinlich Caden, die Unterstützung von den Mort bekommen. Die Habichte, die wir gesehen haben, könnten harmlose Tiere gewesen sein, aber das glaube ich eigentlich nicht. Euer Onkel ist sich nicht zu schade, um bei den Mort um Hilfe zu bitten.«

»In der Tat nicht«, lallte Elston, als er sich von seinem Klotz erhob und sich Speicheltropfen aus den Mundwinkeln wischte. »Es grenzt an ein Wunder, dass er seine eigenen Frauen nicht als Schutzschild benutzt.«

»Ich dachte, Tearling sei arm«, unterbrach ihn Kelsea. »Was könnte mein Onkel im Austausch für eine solche Allianz bieten? Holz?«

Die Wachen warfen einander unbehagliche Blicke zu, und Kelsea spürte, wie sie sich stillschweigend gegen sie verbündeten. Es war so offensichtlich, als hätten sie es laut ausgesprochen.

»Lady«, sagte Carroll schließlich entschuldigend. »Viele von uns haben Eure Mutter ihr Leben lang bewacht. Wir hören nicht auf, sie zu beschützen, nur weil sie tot ist.«

»Ich war nie Teil von Königin Elyssas Garde«, meinte Pen vorsichtig. »Könnte ich nicht …«

»Pen, du bist ein Wachmann der Königin.«

Pen verstummte.

Kelsea blickte sich im Kreis der Männer um. »Weiß jeder von Euch, wer mein Vater ist?«

In stummer Auflehnung starrten sie sie an. Kelsea spürte, wie sie wütend wurde, und biss sich in die Innenseite ihrer Wange. Ein alter Reflex. Carlin hatte sie mehrfach ermahnt, dass man sich als Herrscher kein ungezügeltes Temperament leisten konnte, also hatte Kelsea gelernt, sich in ihrer Gegenwart zu beherrschen. Und Carlin war darauf hereingefallen. Barty hingegen hatte es besser gewusst. Er war es gewesen, der vorgeschlagen hatte, Kelsea solle auf etwas beißen. Der Schmerz übertünchte die Wut, zumindest teilweise, und vertrieb sie. Nur leider ging ihre Wut nie irgendwohin. In gewissem Sinne war es wieder wie im Schulzimmer mit Carlin. Diese Männer hier wussten so viel und gaben dennoch nichts preis, nicht die kleinste Kleinigkeit. »Nun gut, was könnt Ihr mir über die Rote Königin erzählen?«

»Sie ist eine Hexe«, platzte der gut aussehende Blonde heraus. Es war das erste Mal, dass Kelsea ihn sprechen hörte. Das Feuer erhellte sein symmetrisches Gesicht, das wie gemeißelt aussah. Seine Augen waren von einem klaren, frostigen Blau. Hatte ihre Mutter die Wachen etwa *wirklich* nach ihrem Aussehen ausgesucht? Kelsea schob den Gedanken beiseite. Sie hatte ein sehr konkretes Bild von ihr, eine Vorstellung, die sie schon in frühesten Kindertagen entworfen und mit jedem Jahr, das sie verborgen im Wald verbracht hatte, weiter ausgeschmückt hatte: Ihre Mutter war eine wunderschöne, freundliche Frau. Warm und offen, wo sich Carlin kalt und distanziert verhielt. Nie würde sie ihr etwas vorenthalten. Und eines Tages würde sie Kelsea in einer großangelegten Rettungsaktion aus dem Cottage und der täglichen Lern- und Übungsprozedur befreien. Es dauerte einfach nur etwas länger als gedacht.

Als Kelsea sieben war, hatte sich Carlin mit ihr in die Bibliothek gesetzt und gesagt, dass ihre Mutter längst tot war. Diese Offenbarung hatte ihren Fluchtträumen ein jähes Ende bereitet, doch sie hatte Kelsea nicht davon abgehalten, immer neue und immer ausgefeiltere Fantasien zu entwickeln. Königin Elyssa war eine großartige Herrscherin gewesen, vom Volk geliebt, eine Heldin, die dafür gesorgt hatte, dass die Armen zu essen hatten und die Kranken ärztlich behandelt wurden. Königin Elyssa saß auf ihrem Thron und ließ all jenen Gerechtigkeit widerfahren, die nicht selbst dafür sorgen konnten. Als sie starb, wurde ihr Körper in einem feierlichen Defilee durch die Straßen der Stadt getragen. Die Menschen weinten, und ein Bataillon der Teararmee schwang salutierend die Schwerter. Kelsea hatte ihre Vision immer weiter gesponnen und poliert, bis sie sie jederzeit heraufbeschwören konnte. Die Vorstellung, mit neunzehn in die Stadt zurückzukehren, um selbst den Thron einzunehmen und von einer Parade in Empfang genommen zu werden, hatte ihre Furcht gedämpft. Vom Jubel und den Freudentränen der Menschen begleitet, würde sie zur Festung reiten und dabei wohlwollend winken.

Jetzt, als sie Männer musterte, die um das Lagerfeuer saßen, fühlte sie Unbehagen in sich aufsteigen. Was wusste sie wirklich über ihre Mutter, die Königin? Was konnte sie überhaupt wissen, wo Carlin ihr doch jede Auskunft verweigert hatte?

»Komm schon, Mhurn«, sagte Dyer kopfschüttelnd zu dem Blonden. »Keiner konnte je beweisen, dass die Rote Königin wirklich eine Hexe ist.«

Mhurn starrte ihn an. »Sie *ist* es einfach. Egal, ob sie über magische Kräfte verfügt oder nicht. Jeder, der die Mortinvasion überlebt hat, weiß, dass sie eine Hexe ist.«

»Was ist bei der Mortinvasion passiert?«, fragte Kelsea interessiert. Carlin hatte ihr die Umstände nie genau erläutert. Sie wusste nur, dass die Mort vor zwanzig Jahren in Tearling eingefallen waren, sich durch das Land vorgekämpft und schließlich die Mauern der Festung erreicht hatten. Und dann ... Nichts. Die Invasion war so schnell vorbei gewesen, wie sie begonnen hatte. Und was auch immer passiert war, Carlin hatte es in jeder einzelnen Geschichtsstunde übersprungen.

Mhurn ignorierte Carroll, der ihn finster anblickte, und fuhr fort: »Lady, ich habe einen Freund, der die Schlacht am Crithe erlebt hat. Die Rote Königin hat drei Legionen der Mortarmee nach Tearling gesandt und ihnen auf dem Weg nach Neulondon freie Hand gelassen. Crithe war ein Massaker. Die Männer Tearlings, überwiegend Dorfbewohner, haben mit Holzkeulen gegen Mortsoldaten gekämpft, die ihrerseits mit Eisen und Stahl bewaffnet waren. Als alle tot waren, wurde jedes weibliche Wesen zwischen fünf und achtzig …

»Mhurn«, murmelte Carroll. »Denk dran, mit wem du sprichst.«

Unerwartet ergriff Elston das Wort: »Ich habe sie den ganzen Tag beobachtet, Sir. Sie ist ein zähes, kleines Ding.«

Fast hätte Kelsea gelächelt, doch der Impuls verflüchtigte sich schnell, als Mhurn mit seiner Erzählung fortfuhr und dabei wie hypnotisiert ins Feuer starrte. »Als die Armee im Anmarsch war, ist mein Freund mit seiner Familie geflohen. Er wollte den Fluss Crithe überqueren und zu den Dörfern im Norden weiterziehen, doch er war nicht schnell genug. Er hatte eine sehr schöne Frau … Sie starb vor seinen Augen, während der zehnte Mortsoldat noch in ihr war …«

»Guter Gott, Mhurn!« Dyer stand auf und strauchelte an den Rand des Camps.

»Wo gehst du hin?«, rief Carroll.

»Was glaubst du? Ich muss pissen.«

Kelsea vermutete, dass ihr Mhurn die Geschichte nur erzählt hatte, um sie zu erschrecken, also zeigte sie keine Regung. Doch als sich die allgemeine Aufmerksamkeit von ihr abkehrte, schluckte sie schwer und hatte einen sauren Geschmack in der Kehle. So eine Geschichte war schon etwas anderes, als in einem Buch über unkontrollierte Kriegsführung zu lesen.

Mhurn sah sich am Lagerfeuer um, den blonden Haarschopf gesenkt. »Glaubt sonst noch jemand, dass es sich um eine Auskunft handelt, die der Königin vorenthalten werden sollte?«

»Ich stelle lediglich dein Timing infrage, du Arsch«, erwiderte Carroll leise. »Für deine Märchen ist noch genug Zeit, wenn sie erst auf dem Thron sitzt.«

»Sollte sie je dort ankommen.« Mhurn entdeckte seinen Krug, nahm einen kräftigen Schluck und würgte ihn krampfhaft hinunter. Seine Augen waren blutunterlaufen, und er wirkte so müde, dass Kelsea sich fragte, ob er nicht lieber mit dem Trinken aufhören sollte. Andererseits wusste sie nicht, wie sie ihn darauf hinweisen sollte.

»Vergewaltigungen und Morde haben den Weg der Soldaten gesäumt, Lady, in jedem Dorf, in einer einzigen schnurgeraden Linie durch das Land und den ganzen Weg vom Argivepass zu den Mauern Neulondons. Sogar Babys haben sie abgeschlachtet. Ein Mortgeneral namens Ducarte hat sich eine Kinderleiche auf seinen Schild geschnallt und ist damit von der Almontebene aus weitergezogen.«

Eigentlich wollte Kelsea fragen, was an den Mauern Neulondons geschehen war, denn genau hier hatten Carlins Berichte geendet. Andererseits war sie Carrolls Meinung: Man musste Mhurn zügeln. Und sie war sich nicht sicher, ob sie noch weitere solche aus erster Hand vorgetragene Geschichtslektionen aushalten konnte. »Worauf wollt Ihr hinaus?«, fragte sie also.

»Ich will sagen, dass die meisten Soldaten nicht so grausam geboren wurden, ja, sie wurden noch nicht mal darauf trainiert. Kriegsverbrechen erwachsen entweder aus der Situation, oder es liegt an der jeweiligen Führung. In unserem Fall gab es keinen nennenswerten Widerstand. Die Mortarmee ist durch Tearling gepflügt wie ein Messer durch warme Butter. Es waren Festtage für sie. Zu solchen Massakern konnte es nur kommen, weil die Rote Königin das *wollte*. Laut der letzten Zählung leben über zwei Millionen Menschen in Tearling, und ich glaube nicht, dass sie wissen, wie prekär ihre Situation ist. Aber, Lady, ich denke, *Ihr* solltet das wissen.«

Kelsea schluckte und fragte dann: »Was ist mit Eurem Freund passiert?«

»Sie haben ihm ein Messer in den Bauch gerammt und ihn zum Sterben auf der Erde liegen lassen, während sie weiterzogen. Aber sie haben schlechte Arbeit geleistet. Er überlebte. Die Mort haben seine zehnjährige Tochter in die Finger bekommen. Er hat sie nie wieder lebend gesehen.«

Dyer kam zwischen den Bäumen hervorgeschlendert und ließ sich auf seinen Schlafsack plumpsen. Kelsea starrte ins Feuer, während sie sich an einen Morgen in der Bibliothek erinnerte. Sie hatte an ihrem Pult gesessen, und Carlin hatte ihr auf einer alten Karte die Grenze zwischen Tearling und dem Neuen Europa gezeigt. Eine ausgefranste Linie, die am östlichen Ende des Walds von Reddick und der Almontebene entlanglief. Carlin war eine große Bewunderin des Neuen Europa. Auch in der ersten Zeit nach der Überfahrt, als Grenzen noch kaum gezogen und die südliche Neue Welt nichts weiter war als ein Schlachtfeld der Kriegsherren, hatte im Neuen Europa eine blühende parlamentarische Demokratie mit nahezu ausnahmsloser Wahlbeteiligung vorgeherrscht. Doch die Rote Königin hatte vieles verändert. Das Neue Europa hieß jetzt Mortmesne und von Demokratie keine Spur.

»Was will die Rote Königin?«, hatte Kelsea gefragt, denn Karten interessierten sie nicht, und sie wollte die Unterrichtsstunde möglichst schnell hinter sich bringen.

»Was Tyrannen immer wollen, Kelsea. Alles. Und kein Ende soll in Sicht sein.«

Ihr Tonfall hatte in Kelsea Gewissheit hervorgerufen: Carlin, die vor nichts Angst hatte, fürchtete sich vor der Roten Königin. Und auch die Gesichter der Wachen, die sich eigentlich ebenfalls vor nichts fürchten sollten, sprachen Bände. Kelsea schlug einen beiläufigeren Ton an: »Nun, dann sollte ich wohl am besten dafür sorgen, dass die Rote Königin nicht wieder in Tearling einfällt.«

Dyer schnaubte. »Wenn sie sich das erstmal in den Kopf gesetzt hat, werdet Ihr herzlich wenig dagegen ausrichten können.«

Carroll klatschte in die Hände. »Also, jetzt, da wir unsere Gute-Nacht-Geschichte von Mhurn zu hören bekommen haben, ist es Zeit, uns aufs Ohr zu legen. Und wenn ihr noch einen Gute-Nacht-Kuss von Elston wollt, sagt ihm Bescheid.«

Elston gluckste in seinen Krug und breitete seine gewaltigen Arme aus. »Aye, alle, die liebevolle Strenge zu schätzen wissen.«

Kelsea erhob sich und zog ihren Umhang fester um sich. »Werdet Ihr nicht alle morgen einen Riesenkater haben?«

»Wahrscheinlich«, murmelte Kibb, der dunkelhaarige Wachmann.

»Glaubt Ihr wirklich, es ist eine gute Idee, Euch jetzt zu betrinken?«

Carroll schnaubte. »Lazarus und ich sind die wirklichen Wachleute, Lady. Der Rest ist nur Staffage.«

Die gesamte Gruppe brach in brüllendes Gelächter aus. Kelsea, die sich einmal mehr ausgeschlossen fühlte, wandte sich ab und ging zu ihrem Zelt zurück. Keiner der Männer folgte ihr, und sie fragte sich schon, ob heute Nacht überhaupt jemand über sie wachen würde. Doch als sie sich umdrehte, war Mace dicht hinter ihr. Seine hoch aufragende Silhouette war sogar in der Dunkelheit noch auszumachen.

»Wie macht Ihr das?«

Er zuckte die Achseln. »Ist eben ein Talent.«

Kelsea duckte sich in ihr Zelt, band die Klappe zu, streckte sich auf ihrem Bettzeug aus und legte eine Hand unter ihre Wange. Am Lagerfeuer hatte sie sich bravourös behauptet, doch jetzt zitterte sie, zuerst nur in der Brust, dann am ganzen Körper. Laut Carlin belauerte Mortmesne seine Nachbarn. Die Rote Königin wollte Macht, und die hatte sie. Und wenn sich der Regent wirklich mit ihr verbündet hatte, dann hatte sie jetzt auch Macht über Tearling.

Irgendjemand am Lagerfeuer hustete trocken, doch diesmal irritierte das Geräusch sie nicht. Sie griff in ihren Umhang, holte die zweite Kette hervor und drückte sie fest. In der anderen Hand hielt sie ihren eigenen Saphir. Und während sie so an die Zeltspitze starrte, dachte sie an all die vergewaltigten Frauen, an die von Schwertern aufgespießten Babys … und konnte lange nicht einschlafen.

2

DIE JAGD

»Tearling ist kein großes Königreich, doch vielfältig in seiner geographischen und klimatischen Gestalt. Das flache Landesinnere wird von einem gemäßigten Klima bestimmt und besteht überwiegend aus fruchtbarem Ackerland. Im Westen grenzt das Königreich an den Golf von Tearling, dahinter erstreckt sich das Gottesmeer, das bis zur Machtergreifung der Glynn-Königin nicht überquert worden war. Im Süden, an der Grenze zu Cadare, wird das Land staubig und trocken. An der Nordgrenze, hinter dem Reddickwald, erheben sich kleine Berge zum unüberwindbaren Fairwitchgebirge. Und im Osten teilt bekanntlich eine schroffe Grenze Tearling von Mortmesne ab. Im Laufe der Jahre und der Regentschaft der Roten Königin beobachteten die Herrscher von Tearling die Grenze im Osten mit zunehmender Sorge … und das aus gutem Grund.«

Tearling als Militärnation, Callow der Märtyrer

Früh am Morgen, noch bevor die Sonne überhaupt daran dachte, über den Horizont zu spähen, schreckte die Königin von Mortmesne aus einem Albtraum hoch.

Einen Augenblick lang lag sie wie erstarrt und rasch atmend da, bis sie das vertraute Scharlachrot ihrer Gemächer erkannte. Die Wände waren mit Teareiche verkleidet. Rot gemusterte Drachen zierten das Holz. Das Bett der Königin war riesig und mit nahtloser, weicher, scharlachroter Seide bezogen, das Kissen unter ihrem Kopf schweißdurchtränkt. Dieser Traum … Derselbe Traum, der ihr seit zwei Wochen den Schlaf raubte: das Mädchen, das Feuer, der Mann in Blassgrau und sein Gesicht, das sie nie wirklich erkennen konnte. Am Ende dann die Flucht zur Grenze ihres Landes.

Die Königin erhob sich und schritt zu den Fenstern, die zur Stadt hinausgingen. Die Scheiben waren am Rand von einer opaken Eisschicht überzogen, und das, obwohl es in ihren Gemächern eigentlich recht warm war. Die Glasmacher von Cadare bekamen eine so unglaublich gute Dämmung hin, dass viele behaupteten, Magie müsse im Spiel sein. Doch die Königin wusste, dass dem nicht so war. Sie hatte es den Cadarese nicht gestattet, ihr Glas oder irgendetwas anderes mit einem Zauber zu belegen, und ohne ihre Erlaubnis durfte in den benachbarten Königreichen keinerlei Magie praktiziert werden. Dennoch, dass es überhaupt Isolierungen gab, war schon eine beeindruckende Errungenschaft. Ein nicht unerheblicher Teil des jährlichen Cadaretributs wurde in Glas entrichtet.

Zu Füßen des Palastes lag die Kronstadt Demesne still und noch überwiegend dunkel da. Ein Blick in den Himmel verriet ihr, dass die vierte Stunde gleich anbrechen würde und nur die Bäcker bereits wach waren. Im Schloss hinter ihr herrschte Totenstille, denn alle wussten, dass die Königin nie vor Sonnenaufgang aufstand.

Bis jetzt.

Das Mädchen, das Mädchen. Sie war das geheim gehaltene Kind, Elyssas Kind, daran bestand kein Zweifel. In den

Träumen der Königin war sie kräftig und dunkelhaarig, hatte ein derbes, entschlossenes Gesicht und die grünen Raleigh-Augen ihrer Mutter. Doch im Gegensatz zu Elyssa war sie ein unscheinbares Ding, und aus irgendeinem Grund war das am schlimmsten, denn es kündete von Wahrheit. Der Rest des Traumes bestand aus den verschwommenen Bildern einer Verfolgungsjagd. Momente, in denen sie an nichts anderes dachte als an ihre Flucht, daran, dass sie der Feuersbrunst entkommen musste. Und dem Mann in Grau … Sobald sie erwachte, blieb nur das Gesicht des Mädchens in ihren Gedanken haften: rund und gewöhnlich, so wie auch das ihre einst gewesen war.

Die Königin hätte sich den Traum von einer ihrer Seherinnen deuten lassen, wären sie nicht allesamt Betrügerinnen gewesen, die sich gerne in Schleier hüllten. Liriane hatte als Einzige wirklich Talent besessen, doch nun war sie tot. Abgesehen davon war eine Deutung auch gar nicht nötig. Die Botschaft des Traumes war klar und eindeutig: Unheil drohte.

Ein tiefer, kehliger Laut ließ die Königin herumwirbeln. Doch es war nur der Sklave in ihrem Bett. Den hatte sie ganz vergessen. Da er sich so geschickt angestellt hatte, hatte sie ihn die Nacht über hierbehalten. Guter Sex vertrieb die schlechten Träume sofort. Aber sie hasste Schnarchen. Einen Moment lang beobachtete sie ihn mit zusammengekniffenen Augen und wartete, ob er es noch einmal tun würde. Als er nur leise grunzte und sich auf die Seite drehte, wandte sich die Königin wieder dem Fenster zu. In Gedanken war sie bereits woanders.

Das Mädchen. Wenn es nicht schon tot war, würde es das bald sein. Doch es wurmte die Königin, dass sie die Steine all die Jahre nicht hatte finden können. Selbst Liriane hatte das Kind nicht aufspüren können, dabei hatte sie Elyssa gut gekannt, besser als sie selbst. Es war zum Verrücktwerden …

Ein Mädchen, dessen Alter bekannt war und das eine derart auffällige Narbe am Arm hatte? Selbst wenn es den Schmuck verbarg, hätte man es ohne Probleme ausfindig machen müssen. Tearling war kein großes Königreich.

Wo hast du sie versteckt, du Schlampe?

Wahrscheinlich irgendwo außerhalb, doch eine solche Strategie hätte einen gewissen Einfallsreichtum erfordert. Abgesehen davon, hätte sich das Kind jenseits der Teargrenze im Hoheitsgebiet von Mortmesne befunden. Elyssa hatte bis zum Schluss geglaubt, die größte Gefahr für ihr Kind würde außerhalb von Tearling lauern. Wieder etwas, worin sie sich geirrt hatte. Nein, das Kind war noch in Tearling. Das musste einfach so sein.

Erneut drang ein lautes Grunzen zu ihr herüber.

Die Königin schloss die Augen und rieb sich die Schläfen. Sie *hasste* schnarchen. Sehnsüchtig blickte sie zum Kamin und überlegte, ob sie ihn anzünden sollte. Vielleicht würde ihr das Geschöpf der Dunkelheit ein paar Antworten geben, wenn sie nur den Mut aufbrachte, Fragen zu stellen. Andererseits wollte es nur in Zeiten größter Not herbeigerufen werden, und für Schwächlinge hatte es rein gar nichts übrig. Wenn sie um Hilfe bat, offenbarte sie ihre Zweifel, das Kind jemals selbst zu finden.

Sie ist kein Kind mehr. Ich darf sie nicht mehr so betrachten. Das Mädchen musste mittlerweile neunzehn sein, und Elyssa war keine komplette Närrin. Wo immer das Kind auch abgeblieben war, jemand hatte ihr beigebracht zu überleben. Zu herrschen.

Und ich kann die Steine nicht sehen. Dieser Gedanke beunruhigte sie. In ihren Träumen trug das Kind nie eine Halskette. Von den beiden Saphiren keine Spur. Was hatte das zu bedeuten? Hatte Elyssa die Steine an einem anderen Ort versteckt?

Der Sklave stieß inzwischen regelmäßige Schnarcher aus, die wie Wellen harmlos aufbrandeten, sich dann jedoch zu einer derartigen Lautstärke auftürmten, dass sie vermutlich noch in den Backstuben zwanzig Stockwerke unter ihr zu hören waren. Die Königin hatte ihn wegen seines dunklen Teints und der gebogenen Nase ausgewählt, ein klares Zeichen von Mortblut. Er war einer der Ausgestoßenen, ein Nachkomme der Mortverräter, die man in das westliche Protektorat Callae verbannt hatte. Obwohl es die Königin selbst gewesen war, die sie dorthin hatte verfrachten lassen, war die Vorstellung, einen Ausgestoßenen bei sich zu haben, seltsam aufregend. Ein Sklave, der schnarchte, war allerdings niemandem nützlich.

An der Wand neben dem Fenster gab es zwei Knöpfe, einen schwarzen und einen roten. Die Königin überlegte kurz und drückte dann auf den schwarzen.

Nahezu lautlos traten vier Männer der schwarzgekleideten Palastwache ein, allesamt mit gezogenem Schwert. Ghislaine, der Captain der königlichen Garde, war nicht unter ihnen, aber das war nicht weiter verwunderlich. Er war zu alt, um nachts noch Dienst zu tun.

Die Königin deutete auf ihr Bett, woraufhin die Wachen auf den schnarchenden Mann zustürzten und ihn an Armen und Beinen packten. Wild um sich schlagend, schreckte der Sklave hoch, trat erst nach einer Wache, um sich dann herumzuwerfen und sich bis zum Bettende vorzukämpfen.

»Majestät?«, fragte der Anführer mit zusammengebissenen Zähnen, während er den zuckenden Arm des Mannes festhielt.

»Bringt ihn runter ins Labor. Lasst ihm die Zunge und das Gaumenzäpfchen entfernen. Und trennt ihm zur Sicherheit noch die Stimmbänder durch.«

Der Sklave kreischte und wehrte sich noch heftiger, während der Gardist versuchte, ihn aufs Bett zu drücken. Eins musste man ihm lassen – Kraft hatte er. Es gelang ihm, seinen rechten Arm und das linke Bein freizubekommen, als ihm eine Wache den Ellbogen ins Kreuz rammte. Der Sklave stieß einen Schmerzensschrei aus und blieb reglos liegen.

»Und nach der Operation, Majestät?«

»Sobald er genesen ist, überbringt ihn mit den besten Wünschen Lady Dumont. Sollte sie ihn nicht wollen, schenkt ihn Lafitte.«

Während die königliche Garde den immer noch brüllenden Mann aus dem Raum zerrte, wandte sich die Königin wieder dem Fenster zu. Helene Dumont würde den Sklaven auf jeden Fall wollen. Da sie zu dumm war, ein Gespräch in Gang zu halten, bevorzugte sie schweigende Männer. Als die Garde die Tür hinter sich schloss, wurden die Schreie leiser und verstummten irgendwann ganz.

Die Königin trommelte mit den Fingern auf die Fensterbank und dachte nach. Der Kamin lockte sie, fast schien er darum zu bitten, sie möge ein Feuer in ihm entfachen. Doch sie wusste, dass dies der falsche Weg war. So ernst war die Lage nicht. Der Regent hatte die Caden in seine Dienste genommen, und obwohl sie alles verachtete, was aus Tearling stammte, unterschätzte sie deren Fähigkeiten nicht. Und wenn es Elyssas Tochter dennoch gelang, Neulondon lebend zu erreichen, würden sich Thornes Leute um sie kümmern. Was auch geschah, bis März würde der Kopf des Mädchens an der Wand ihres königlichen Gemachs prangen und sie selbst beide Halsketten in Händen halten. Und endlich wieder ruhig schlafen können. Sie streckte die Hände aus, drehte die Handflächen nach oben und schnipste mit den Fingern. Weit entfernt, an der westlichen Teargrenze, zuckten Blitze am Horizont.

Sie drehte sich um und ging wieder zu Bett.

Der dritte Reisetag begann weit vor Sonnenaufgang. Als Kelsea in der Dunkelheit Waffen vor ihrem Zelt klirren hörte, stand sie auf und zog sich an. Sie war entschlossen, ihr Zelt selbst abzubauen, bevor eine der Wachen versuchen würde, das für sie zu erledigen. Gerade wollte sie die Laterne anzünden, als sie bemerkte, dass um sie herum bereits alles zu erkennen war. Das Zeltinnere wurde von einem blassen Schein erleuchtet, und da entdeckte sie auch schon ihr Hemd in der Ecke. Aber es sah … blau aus.

Suchend blickte sie sich nach der Lichtquelle um. Erst als sie sich zweimal um die eigene Achse gedreht hatte, fiel ihr auf, dass sie keinen Schatten an die Zeltwand warf. Im Gegenteil, das Licht ging von ihr aus! Der Saphir um ihren Hals leuchtete, jedoch nicht in jenem glitzernden Kobaltblau, zu dem ihn der Schein des Feuers provozierte, sondern in einem tiefen Aquamarinblau, das aus seinem Inneren zu kommen schien. Als Kelsea eine Hand um den Anhänger schloss, machte sie eine zweite Entdeckung: Der Stein war warm, und zwar um gut zwanzig Grad mehr als ihre eigene Körpertemperatur.

Sie öffnete die Hand und sah, wie das blaue Licht über die Zeltbahnen tanzte. Ihr ganzes Leben lang hatte sie den Saphir um den Hals getragen, und abgesehen von seiner lästigen Angewohnheit, ihr aus dem Ausschnitt zu rutschen, war nie etwas Besonderes an ihm gewesen. Und nun leuchtete er plötzlich in der Dunkelheit.

Zauberei, dachte Kelsea verwundert, während sie auf das himmelblaue Licht starrte. *Wie aus einem von Carlins Büchern.*

Sie griff nach ihrem Umhang und kramte in dessen Tasche nach ihrer zweiten Halskette. Erwartungsvoll zog sie sie hervor, nur um sich gleich darauf enttäuscht zurückzulehnen. Der Zwillingsstein sah noch genauso aus wie vorher, ein großer, blauer Saphir in ihrer Hand – der nicht leuchtete.

»Galen! Hilf mir, die Pferde zu satteln!«

Die Stimme draußen vor dem Zelt, das barsche Knurren, das Kelsea inzwischen Mace zuordnen konnte, brachte sie wieder in die Gegenwart zurück. Sie hatte jetzt keine Zeit, das Licht zu bestaunen, sie sollte es lieber verstecken. Sie stöberte in ihrem Bündel, zog ihr dickstes, dunkelstes Hemd aus burgunderroter Wolle hervor und streifte es sich über, um ihre Halskette darunter verschwinden zu lassen. Dann band sie sich das Haar zu einem straffen Knoten und stülpte einen derben Strickhut darüber. Wie ein kleines Kohlestück hing der Stein zwischen ihren Brüsten und verströmte eine angenehme Wärme, welche die bitterkalte Morgenluft linderte. Trotzdem würde er sie nicht den ganzen Tag warmhalten können, also legte sie noch eine weitere Kleiderschicht sowie ihre Handschuhe an, bevor sie sich schließlich nach draußen wagte.

Im Osten hob sich nur ein schmaler, kornblumenblauer Streifen vor den dunklen Hügeln ab. Als sich Kelsea den Männern näherte, löste sich Galen aus einer Gruppe, die gerade dabei war, die Pferde zu bepacken. Er brachte ihr ein paar Stücke halbgaren Schinkenspeck, die sie gierig verschlang. Ihr Zelt baute sie allein ab und registrierte zufrieden, dass ihr niemand Hilfe anbot. Carroll nickte ihr kurz zu, als er über die schmale Lichtung zu den Pferden ging, doch sein Gesicht war immer noch ausgezehrt, und er sah aus, als hätte er keine Minute geschlafen.

Kelsea packte ihr Zelt auf Pens Pferd und kümmerte sich dann um ihre Satteltasche. Sogar May schien über Nacht sanftmütiger geworden zu sein. Als Kelsea ihr eine Karotte aus einem Bund hinhielt, den Mace ihr in die Hand gedrückt hatte, schien sie vollkommen einverstanden damit, ihr aus der Hand zu fressen.

»Habichte, Sir! Zwei im Osten am Horizont!«

Kelsea suchte den sich aufhellenden Himmel ab, konnte jedoch nichts entdecken. Die Totenstille zehrte an ihren Nerven. Sie war in einem Wald voller Habichte aufgewachsen, deren wilde, spitze Schreie einem das Blut in den Adern gefrieren ließen. Doch diese Ruhe hier war schlimmer.

Carroll war gerade dabei, ein paar Satteltaschen auf seinem Pferd festzuschnallen, als er innehielt und nachdenklich zum Himmel blickte. Dann rief er: »Kommt alle her! Pen, mach das Feuer aus!«

Sofort scharten sich die Männer um ihn, die meisten von ihnen schleppten noch Vorräte. Pen stieß als Letzter zu ihnen, sein Gesicht war von Asche verschmiert. Als die Wachen Anstalten machten, ihre Vorräte auf die Satteltaschen zu verteilen, befahl Carroll ihnen barsch: »Lasst alles hier!«

Er rieb sich die müden Augen. »Wir werden verfolgt, Männer. Und mein Gefühl sagt mir, dass sie nicht mehr weit sind.«

Einige der Gardisten nickten.

»Pen, du bist der Kleinste von uns. Gib der Königin deinen Umhang und deine Rüstung.«

Pens Miene verdüsterte sich, doch er knöpfte gehorsam seinen Umhang auf und begann, seine Rüstung abzulegen. Kelsea tastete nach ihrer zweiten Halskette und vergrub sie in ihrer Faust, bevor auch sie ihren Umhang abstreifte. Nacheinander legten ihr die Männer die Einzelteile von Pens Rüstung an. Das Eisen war unglaublich schwer, und Kelsea musste ein Stöhnen unterdrücken, sobald ihr ein neues Rüstungsstück aufgebürdet wurde.

Kelsea schwankte leicht, als Mhurn ihr schließlich noch den flachen, auf einen Mann zugeschnittenen Brustharnisch über die Schultern legte, und ihre Brüste pulsten schmerzhaft, als er ihn am Rücken zusammenschnallte.

»Wir teilen uns auf«, verkündete Carroll. »Wahrscheinlich ist es keine große Truppe, und sollten sie uns aufspüren, können wir nur hoffen, dass sie nicht vollzählig sind. Reitet, wohin ihr wollt, aber auf keinen Fall gemeinsam. Wir treffen uns auf dem Rasen vor der Festung.«

Er wandte sich an Pen: »Tausch dein Pferd mit dem der Königin. Wenn wir Glück haben, werden unsere Verfolger alle Energie darauf verwenden, ihre Stute ausfindig zu machen.«

»Wer bleibt bei der Königin?«, fragte Dyer und zog ein Gesicht, als würde er insgeheim beten, es möge jeden anderen treffen, nur nicht ihn.

»Lazarus.«

Kelsea sah zu Mace hinüber, der hinter Carroll am Rand der Truppe stand und so gleichgültig dreinblickte wie eh und je. Wahrscheinlich hätte man ihm genauso gut befehlen können, einen besonders wichtigen Baum zu bewachen. Kelseas Zweifel mussten ihr ins Gesicht geschrieben stehen, denn Mace musterte sie mit hochgezogenen Augenbrauen, sein Blick eine klare Herausforderung zum Streit.

Sie ging nicht darauf ein.

Carroll lächelte den Männern aufmunternd zu, doch auf seinem Gesicht lag ein gehetzter Ausdruck. Kelsea fühlte den Tod an ihm haften, ja, sie konnte förmlich sehen, wie er ihm als schwarzer Schatten im Genick saß. »Dies ist unser letzter und gleichzeitig wichtigster gemeinsamer Auftrag. Die Königin muss die Festung erreichen, und wenn es uns das Leben kostet.«

Als er das Zeichen zum Aufbruch gab und die Männer sich zum Gehen wandten, nahm Kelsea all ihren Mut zusammen: »Wartet!«, rief sie.

»Lady?« Carroll drehte sich um, und auch die anderen Männer verharrten auf dem Weg zu ihren Pferden. Kelsea musterte sie. Im fahlen Licht der Dämmerung wirkten ihre

Gesichter hart und entschlossen. Sie wusste, dass einige sie tief in ihrem Inneren hassten, ihre Würde als Mitglieder der Königinnen-Garde es ihnen jedoch nicht gestattete, das zuzugeben.

»Ich weiß, dass sich keiner von Euch diese Aufgabe ausgesucht hat, dennoch danke ich Euch für alles. Ich würde jeden von Euch in meiner Garde willkommen heißen, aber für Eure Familien wird so oder so gesorgt, das schwöre ich …«

Sie wandte sich wieder an Carroll, der sie mit einem Ausdruck musterte, den sie nicht recht zu deuten wusste. »Wir können aufbrechen, Captain.«

»Lady.« Er nickte, und die Männer stiegen auf ihre Pferde. »Lazarus, auf ein Wort!«

Mace stapfte zu den beiden hinüber. »*Mein* Pferd nehmt Ihr mir nicht, Captain.«

»Das würde ich nie wagen.« Ein Lächeln kräuselte Carrolls Mundwinkel. »Bleib bei der Königin, Lazarus. Aber halte Abstand, sodass es aussieht, als wäre jeder von euch allein unterwegs. An deiner Stelle würde ich zum Caddell reiten und seinem Lauf bis zur Stadt folgen. Die Strömung wird eure Spuren verwischen.«

Mace' Nicken konnte Kelsea nicht täuschen. Eine seltsame, blitzartige Eingebung verriet ihr, dass er den Vorschlag in Sekundenschnelle abgewogen und verworfen hatte. Er würde einen anderen Weg einschlagen.

»Für lange Erklärungen ist keine Zeit, Lady, aber unser Lazarus ist dafür bekannt, noch den schwierigsten Situationen zu entkommen. Und wenn wir Glück haben, wird er heute sein größtes Wunderwerk vollbringen.«

Inzwischen war Kelseas Rüstung komplett. Pen warf sich den grünen Umhang des Mädchens über, der auf seinen Schultern spannte. »Gute Reise, Lady«, murmelte er. Einen Augenblick später war er weg.

»Captain.« Kelsea dachte an Carlin und Barty, wie sie im Türrahmen des Cottage gestanden hatten, an ihren entsetzlich unaufrichtigen Optimismus. »Ich sehe Euch vor dem Thron.«

»Nein, Lady, das werdet Ihr nicht. Ich weiß, dass ich auf dieser Reise sterbe. Aber es genügt mir zu wissen, dass Ihr dort sitzen werdet.« Carroll stieg auf sein Pferd. Die schreckliche Gewissheit und die Hoffnungslosigkeit hatten sein Gesicht gezeichnet. Mace reichte ihm die Hand, und Carroll ergriff sie. »Pass auf sie auf, Lazarus.«

Dann gab er seinem Pferd die Sporen und verschwand im Wald.

Kelsea und Mace blieben allein zurück. Der Atem ihrer Pferde dampfte in der Luft, und Kelsea merkte einmal mehr, wie kalt es eigentlich war.

Sie griff nach Pens grauem Umhang, entdeckte auf Brusthöhe eine Innentasche, ließ die zweite Halskette darin verschwinden und warf sich das Kleidungsstück über. Das Lager um sie herum wirkte verlassen, nichts als ein paar tote Blätter, dünne Rauchfäden, die sich aus der Feuerstelle erhoben, und die nackten Zweige der Bäume über ihren Köpfen.

»Wohin?«, fragte sie.

»Über die Lichtung zu Eurer Linken.« Mace half ihr, auf Pens Pferd zu steigen, einen dunkelbraunen Hengst, der gut eine Handbreit höher war als ihre Stute. Selbst mit seiner Hilfe ächzte Kelsea unter der Anstrengung, ihren Körper mitsamt Pens Rüstung in den Sattel zu hieven. »Ihr müsst nur ein paar hundert Meter nach Norden reiten, Lady, und dann einen Bogen nach Osten beschreiben, bis Ihr Richtung Süden unterwegs seid. Ihr werdet mich nicht sehen, aber ich bin in Eurer Nähe.«

Kelsea spürte die einschüchternde Größe des Pferds und gab

zu: »Ich kann nicht besonders gut reiten, Lazarus. Und wirklich schnell geritten bin ich noch nie.«

»Das ist mir schon aufgefallen, Lady. Aber Rake ist einer unserer sanftesten Hengste. Wenn Ihr ihn mit losem Zügel dirigiert, wird er nicht versuchen, Euch abzuwerfen, selbst wenn er Euch nicht kennt.« Abrupt blickte Mace nach oben, sein Blick blieb an einer Stelle über Kelseas Kopf haften. »Geht, Lady. Sie kommen.«

Kelsea zögerte.

»Herrgott noch mal!« Mace gab dem Pferd einen Klaps auf das Hinterteil, und Rake preschte derart schnell los, dass es Kelsea beinahe die Zügel aus der Hand gerissen hätte. Hinter sich hörte sie Mace rufen: »Puppen und Kleidchen, Lady! Da müsst Ihr schon härter werden!«

Dann tauchte sie in den Wald ein.

Der Ritt war eine einzige Tortur. Sie ließ ihren Hengst einen weiten Bogen beschreiben, genau wie Mace es ihr aufgetragen hatte. Ihr ganzer Körper brannte darauf, endlich geradeaus reiten und eine schnellere Gangart anschlagen zu können. Als Kelsea glaubte, weit genug gekommen zu sein, prüfte sie das Moos auf den Steinen und dirigierte ihr Pferd Richtung Süden. Pens grauer Umhang flatterte hinter ihr her. Am Anfang wog die Rüstung noch schwer und schien ihren ganzen Körper durchzurütteln, wenn Rake auf den Vorderhufen aufkam. Doch nach einer Weile spürte sie das bleierne Gewicht nicht mehr. Nun zählte nur noch die Geschwindigkeit, das schiere Tempo, das sie mit Bartys alterndem Hengst nie erreicht hatte. Der Wald flog nur so an ihr vorbei. Ab und an schienen die Bäume weit weg und dann wieder so nah, dass die Zweige gegen ihren gepanzerten Körper peitschten. Ein eisiger Wind pfiff ihr um die Ohren, und tief in ihrer Kehle schmeckte sie bitteres Adrenalin.

Von Mace keine Spur, doch Kelsea wusste, er war in ihrer Nähe. Immer wieder kam ihr seine letzte Bemerkung in den Sinn und brachte ihr Gesicht zum Glühen, obwohl es eigentlich hätte taub sein müssen vom Wind. Sie hatte geglaubt, die ganze Reise über stark und tapfer gewesen zu sein, hatte sich eingeredet, die Männer beeindruckt zu haben. Carlin hatte immer gesagt, ihr Gesicht sei ein offenes Buch. Und wenn nun alle ihren Stolz bemerkt hätten? Könnte sie den Männern dann je wieder gegenübertreten?

Hör sofort mit diesem Blödsinn auf!

Carlins Stimme hallte in ihrem Kopf wider, lauter als je eine Demütigung, lauter als je ein Zweifel. Kelsea presste ihre Schenkel fester in Rakes Flanken und trieb ihn noch mehr an. Sobald ihr die Schamesröte wieder ins Gesicht steigen wollte, gab sie sich eine Ohrfeige.

Nachdem sie ungefähr eine ganze Stunde lang in rasantem Tempo galoppiert war, endete der Wald, und Kelsea fand sich plötzlich auf dem Ackerland der Almontebene wieder. Sie zügelte ihr Pferd und sah sich um. So weit das Auge reichte, dehnten sich sorgfältig gezogene grüne Reihen vor ihr aus. Die ebene Beschaffenheit und Gleichförmigkeit des Landes machte sie traurig. Zwar gab es ein paar vereinzelte Bäume, doch die hatten nur schwächliche, kahle Stämme, die sich gen Himmel wanden, und keiner von ihnen war stark genug, um Deckung zu bieten. Kelsea ritt weiter, wobei sie die schmalen Wege benutzte, die sie zwischen den Getreidereihen fand. Nur wenn es keine andere Möglichkeit gab, galoppierte sie direkt über die Felder. Niedrige, strohgedeckte Gehöfte aus Holz – im Prinzip nichts weiter als gewöhnliche Hütten – säumten das Ackerland. In der Ferne erspähte Kelsea ein paar höhere, massivere Holzbauten, vermutlich die Häuser der Aufseher oder Adeligen.

Unterwegs begegnete ihr eine Vielzahl Bauern. Einige reckten sich, um sie besser erkennen zu können, andere winkten, als sie vorbeiritt. Doch die meisten beschäftigten sich mit ihrer Feldarbeit und beachteten sie nicht weiter.

Tearlings Wirtschaft beruhte auf Ackerbau. Dafür, dass sie den Grund und Boden bewirtschafteten, wurde den Bauern Wohnrecht auf dem Land der Adligen gewährt. Doch mit Ausnahme der Steuern für die Krone strich der Adel den gesamten Gewinn ein. Kelsea hörte Carlin in der Bibliothek sprechen, ihren abfälligen Tonfall, der von den Bücherwänden widerhallte: »Leibeigenschaft, Kelsea – um nichts anderes geht es hier. Schlimmer noch, um eine vom Staat geduldete Leibeigenschaft. Man zwingt diese Menschen, sich für den komfortablen Lebensstandard der Adeligen aufzuarbeiten. Und wenn sie Glück haben, werden sie mit dem Überleben belohnt. William Tear kam mit der Vision von wahrer Gleichheit und Gerechtigkeit in die Neue Welt, und das ist nun daraus geworden.«

Carlin hatte ihre Meinung immer wieder unmissverständlich deutlich gemacht, doch die Realität nun mit eigenen Augen zu sehen war etwas ganz anderes. Die Menschen, die auf den Feldern arbeiteten, sahen hungrig aus. Die meisten steckten in ausgebeulter Kleidung, die um ihre mageren Körper schlackerte. Den Aufsehern hingegen, die hoch zu Ross über den Getreidereihen leicht auszumachen waren, schien es offensichtlich gut zu gehen. Sie trugen breite, flache Hüte, und jeder von ihnen besaß einen Holzknüppel, dessen Zweck schmerzlich offensichtlich war. Als sich Kelsea einem von ihnen näherte, stellte sie fest, dass das Ende des Knüppels rötlich braun verfärbt war.

Im Osten entdeckte Kelsea ein Haus, das Adligen gehören musste: ein hoher Turmbau aus rotem Ziegel. Echter Ziegel!

Ziegel aus Tearling war bekanntermaßen ein minderwertiger Baustoff im Vergleich zu Mortziegel, der aus besserem Mörtel gefertigt wurde und mindestens ein Pfund pro Kilo kostete. Barty hatte Carlin einen Ofen daraus gebaut, und Kelsea hatte sich mehr als einmal gefragt, ob Barty das Material auf dem Schwarzmarkt von Mortmesne erstanden hatte. Eigentlich war es Morthandwerkern nicht erlaubt, Waren an die Tear zu verkaufen, dennoch erzielten ihre Luxusgüter jenseits der Landesgrenzen hohe Preise, und Barty hatte gemeint, wenn man nur bereit war, genug zu zahlen, könne man alles bekommen. Doch nicht mal mit seinen gelegentlichen Schwarzmarktgeschäften hätten er und Carlin sich ein ganzes Haus aus Ziegeln leisten können. Die Adelsfamilie, die dort wohnte, musste unfassbar reich sein. Kelseas Blick wanderte zu den Menschen auf den Feldern, zu ihren ausgemergelten Wangen und dünnen Hälsen. Blanke Wut stieg in ihr auf. Einen Großteil ihres Lebens hatte sie Angst davor gehabt, Königin zu sein. Sie wusste, sie war schlecht vorbereitet, auch wenn Barty und Carlin ihr Bestes gegeben hatten. Sie war weder auf einem Schloss aufgewachsen, noch hatte sie ein privilegiertes Leben geführt. Die Weite des Landes, über das sie herrschen sollte, schüchterte sie ein, doch beim Anblick der Männer und Frauen, die hier auf den Feldern schufteten, regte sich ein Empfinden in ihr, das sich nun zum ersten Mal entfaltete: Sie trug die Verantwortung für all diese Menschen.

Links von Kelsea erhob sich die Sonne über den Horizont. Als sie sich im Sattel umwandte, um ihr beim Aufsteigen zuzusehen, erspähte sie einen schwarzen Schatten, der über den gleißenden Himmel flog und lautlos wieder verschwand.

Ein Morthabicht!

Abrupt stieß sie Rake die Hacken in die Flanken und ließ die Zügel so weit locker, wie sie es sich gerade noch traute. Der Hengst wurde schneller, doch es half nichts. Kein Pferd mit

Reiter konnte einem jagenden Habicht entkommen. Ihre Blicke irrten umher, doch nicht mal die kleinste Baumgruppe war zu sehen, die ihr Schutz hätte bieten können. Nur endloses Ackerland und in der Ferne das blaue Glitzern eines Flusses. Hektisch tastete sie unter ihrem Umhang nach dem Messer.

»Runter!«, schrie Mace hinter ihr. Kelsea duckte sich und hörte Klauen durch die Luft pfeifen, wo gerade noch ihr Kopf gewesen war.

»Lazarus!«

»Flieht, Lady!«

Sie drückte sich eng an Rakes Hals und ließ die Zügel noch lockerer. In einer schnurgeraden Linie preschte der Hengst über das Land, so schnell, dass Kelsea die Bauern auf den Feldern nicht mehr erkennen konnte, sondern nur einen einzigen verschwommenen Streifen aus Braun und Grün. Es würde nur eine Frage der Zeit sein, dachte sie, bevor das Pferd sie abwarf und sie sich das Genick brach. Selbst dieser Gedanke hatte etwas seltsam Befreiendes … Wer hätte je gedacht, dass sie überhaupt so lange leben würde? Sie hörte sich lachen, ein wildes, außer Kontrolle geratenes Lachen, das ihr der Wind sogleich entriss.

Der Habicht schoss erneut auf sie herab. Wieder duckte sich Kelsea, doch diesmal eine Spur zu langsam. Seine Krallen streiften ihren Hals und rissen ihr die Haut auf, bevor er wieder in den Himmel stieß. Dickes, warmes Blut troff auf ihr Schlüsselbein. Kelsea blickte dem Habicht nach. Sie spürte, wie die Wunde an ihrem Hals pulsierte.

Sie hörte Hufgetrampel neben sich, doch sie wagte nicht, den Kopf zu wenden. Der Habicht kreiste nun direkt vor ihr und zielte auf ihre Augen. Er war größer als jeder andere Vogel, den sie je gesehen hatte, und tiefschwarz wie ein Geier, statt wie üblich braun. Wieder attackierte er sie mit ausgestreckten

Klauen, woraufhin sich Kelsea zum dritten Mal duckte und sich schützend den Arm vors Gesicht warf.

Über ihrem Kopf erklang ein dumpfer Aufprall. Als der Schmerz ausblieb, riskierte sie einen Blick nach oben. Nichts.

Sie schaute zur Seite. Der Schmerz, den die Bewegung verursachte, trieb ihr die Tränen in die Augen. Sie sah Mace und den Körper des Habichts, der an der dornigen Kugel seines Morgensterns baumelte. Ein matschiger Klumpen aus Federn und blutig glänzenden Innereien. Mace schüttelte die Waffe so lange, bis der Vogel abfiel.

»Ein Morthabicht?«, rief sie über den Wind hinweg und versuchte, ihre Stimme fest klingen zu lassen.

»Richtig, Lady. Sie sind anders als alle anderen Habichte, schwarz wie die Mitternacht und groß wie Hunde. Nur der Himmel weiß, wie die Königin sie züchtet.« Mace ritt näher heran und musterte Kelsea. »Ihr seid verletzt.«

»Eine kleine Schramme am Hals.«

»Diese Tiere sind nicht nur Killer, sondern auch Späher. Aller Wahrscheinlichkeit nach ist uns inzwischen ein Mördertrupp auf den Fersen. Könnt Ihr noch reiten?«

»Ja, aber mein Blut wird eine Spur hinterlassen.«

»Ungefähr fünfzehn Kilometer südwestlich von hier befindet sich die Feste einer Edelfrau, die Eurer Mutter sehr ergeben war. Schafft Ihr es bis dorthin?«

Kelsea starrte ihn an. »Für wen haltet Ihr mich, Lazarus? Für ein schwaches Heimchen? Ich blute, das ist alles. Und ich habe mich noch nie so gut amüsiert wie auf dieser Reise.«

In Mace' Augen blitzte Begreifen auf. »Ihr seid jung und tapfer, Lady. Für einen Krieger ist das eine erstrebenswerte Eigenschaft. Für eine Königin jedoch nicht.«

Kelsea runzelte die Stirn.

»Lasst uns weiterziehen, Lady. Nach Südwesten.«

Die Sonne stand inzwischen voll über dem Horizont, und Kelsea glaubte, in der Ferne ihr Ziel ausmachen zu können – wieder ein Ziegelturm, der sich vor einem blau glitzernden Fluss abzeichnete. Aus der Entfernung wirkte er wie ein Spielzeug, doch sie wusste, dass er viele Stockwerke in die Höhe ragen würde, wenn sie ihm erst näher kam. Kelsea fragte sich, ob die Adlige, die dort wohnte, einen Zoll für die Furt verlangen würde. Carlin hatte ihr erzählt, dass es sich die meisten, die an einem Fluss oder einer Straße wohnten, nicht nehmen ließen, Reisende zu erleichtern, um sich so einen Zuverdienst zu verschaffen.

Als sie weiterritten, wandte Mace unablässig seinen Kopf hin und her, als rolle dieser auf einem Kugellager. Seinen Morgenstern hatte er einfach wieder in seinen Gürtel gesteckt, ohne sich vorher die Mühe zu machen, ihn abzuwischen. Die Überreste des Habichts schimmerten in der Morgensonne, und Kelsea wurde übel von dem Anblick. Sie wandte sich ab, um die Landschaft um sich herum zu betrachten. Sie tat ihr Bestes, die Schmerzen an ihrem Hals zu ignorieren. Zweifellos befanden sie sich im Herzen von Almont, der großen Ackerbauebene von Tearling. Flaches Land, so weit das Auge reichte. Bei dem Fluss vor ihnen musste es sich entweder um den Caddell oder den Crithe handeln. Ohne zu wissen, wie weit sie nach Westen geritten waren, konnte Kelsea das nicht genau sagen. Weit im Südwesten erspähte sie ein paar undeutliche braune Hügel und dahinter einen großen schwarzen Fleck – Neulondon vermutlich. Schweiß rann ihr in die Augen, und als sie endlich wieder sehen konnte, hatten sich die braunen Hügel wie eine Fata Morgana in Luft aufgelöst. Vor ihr nichts als grünes Land. Tearling kam ihr riesengroß vor, viel größer, als es je auf einer von Carlins Karten gewirkt hatte.

Als sie etwa die Hälfte der Strecke zum Turm zurückgelegt

hatten, streckte Mace die Hand aus und versetzte Rakes Hinterteil einen kräftigen Schlag. Der Hengst protestierte wiehernd und preschte so abrupt auf den Fluss zu, dass Kelsea beinahe aus dem Sattel geflogen wäre. Sie versuchte, sich dem Rhythmus des Pferdes anzupassen, doch jedes Mal, wenn seine Hufe donnernd den Boden berührten, schien ihre Wunde am Hals ein Stück weiter aufzureißen. Tapfer versuchte sie, den Schwindel niederzukämpfen, der sie in Wellen überkam.

Eine Weile hörte sie nur Mace hinter sich, doch allmählich drang das unverkennbare Geräusch weiterer Hufe an ihr Ohr. Während sich ihre Verfolger näherten, schien der Fluss in atemberaubender Geschwindigkeit auf Kelsea zuzurasen. Als sie einen Blick über ihre Schulter warf, sah sie ihre schlimmste Vermutung bestätigt: Ungefähr fünfzig Meter hinter ihnen ritten vier Caden, leuchtend rot wehten ihre Umhänge im Wind. Als Kind hatte Kelsea Geschichten über sie gehört und wissen wollen, weshalb sich Attentäter in einer derart grellen und auffälligen Farbe zeigten. Bartys Antwort war wenig beruhigend ausgefallen: Die Caden seien so von sich und ihrer mörderischen Kunst überzeugt, dass sie es sich leisten könnten, mitten am Tag in flammend roter Kleidung aufzukreuzen. Und wirklich, ihre Umhänge sandten eine klare Botschaft. In Kelseas Innerem erstarrte etwas.

Hinter ihr stieß Mace einen Fluch aus. »Rechts von Euch!«, schrie er.

Kelsea drehte sich um und erblickte eine weitere Gruppe von vier oder fünf Männern mit schwarzen Umhängen, die rasend schnell von Nordwesten näher kamen, um ihnen den Weg zum Fluss abzuschneiden. Selbst wenn Rake beide Verfolgergruppen abschütteln konnte – am Fluss wäre Kelsea zur Umkehr gezwungen. Er war bestimmt zwanzig Meter breit. Schon aus der Entfernung sah sie die tiefgrüne, rasch dahinfließende Strömung sowie die hier und da aufspritzende Gischt, die auf Felsbrocken unter der Wasseroberfläche schließen ließ. Schwimmend würde sie den Fluss niemals durchqueren können, und Boote waren weit und breit keine in Sicht. Kelsea wusste keinen Ausweg. Hilflos streiften ihre Gedanken über das riesige, grüne Land, das sich in alle Himmelsrichtungen bis zum Horizont erstreckte. Zu den Menschen auf den Feldern. Für die sie die Verantwortung trug.

Wenn sie Richtung Westen am Fluss entlanggaloppierte, dachte sie, wären beide Verfolgergruppen gezwungen, ihr am Ufer zu folgen, und niemand könnte ihr mehr den Weg abschneiden. Wahrscheinlich würde man sie trotzdem einholen, aber immerhin konnte sie Zeit gewinnen. Zeit, in der vielleicht ein Wunder geschah. Sie straffte die Zügel und preschte geradewegs auf den Fluss zu, dabei spritzte ihr Blut aus ihrer Wunde auf Kinn und Wangen.

Als das Wasser nur noch zehn, fünfzehn Meter entfernt war, riss Kelsea an den Zügeln, um ihre Verfolger durch einen Rechtsbogen zu überraschen. Doch Rake verstand ihren Befehl nicht und blieb abrupt stehen. Mit einem Salto flog Kelsea vom Pferd, sah den Fluss erst unter, dann über sich, und landete schließlich unsanft auf dem Bauch. Alle Luft war aus ihren Lungen gewichen. Sie wollte sich aufrappeln, doch ihre Beine gehorchten ihr nicht. Als sie versuchte, tief einzuatmen, brachte sie nur ein kraftloses Japsen zustanden. Das anschwellende Donnern der herannahenden Pferde schien die ganze Welt auszufüllen.

Zu ihrer Linken rief ein Mann: »Das Mädchen! Das Mädchen, verdammt noch mal! Um Mace könnt ihr euch später kümmern, holt euch das Mädchen!«

Etwas krachte vor ihr auf den Boden. Kelsea blickte auf und sah Mace, das gezogene Schwert in der einen Hand, den erhobenen Morgenstern in der anderen, wie er sich vier Männern entgegenstellte. Die Caden waren von unterschiedlicher Gestalt, dunkelhäutig und hell, größer oder kleiner. Einer hatte sogar einen Schnurrbart. Doch auf allen Gesichtern lag der gleiche harte, leere Ausdruck: antrainierte Grausamkeit. Der Hellhäutige versuchte, Mace' Abwehr zu durchbrechen, und bekam sogleich die Spitze seines Schwertes am Schlüsselbein zu spüren. Blut sickerte in das Scharlachrot seines Umhangs. Mace nutze die Verwundung des Caden und rammte ihm sein Schwert in die Kehle. Gurgelnd und röchelnd sackte der Mann in Rot in sich zusammen.

Mace trat zurück, um sich direkt vor Kelsea zu positionieren. In jeder Faust eine Waffe wartete er ab. Als ein weiterer Caden auf ihn zustürzte, ließ sich Mace auf die Knie fallen und sein Schwert durch die Luft sausen. Schreiend vor Schmerzen ging der Caden zu Boden. Das Schwert hatte sein Bein genau unterhalb des rechten Knies abgetrennt. Blut schoss in Fontänen aus dem Stumpf und färbte das Ufer tiefrot. Nach einem kurzen Moment des Schocks begriff Kelsea, dass sie den Pulsschlag eines sterbenden Mannes beobachtete, dessen Herz den Lebenssaft aus seinem Körper in den Sand pumpte.

In ihr regte sich der dumpfe Gedanke, etwas tun zu müssen, doch ihr versagten immer noch die Beine, und ihre Rippen schmerzten höllisch. Die beiden übrigen Caden griffen Mace aus verschiedenen Richtungen an, doch er duckte sich geschickt unter ihnen weg, drosch den Morgenstern gegen die Schläfe des einen Mannes und zerschmetterte ihm den Schädel zu einem Sprühregen aus Blut und Knochen. Mace kam nicht schnell genug zu Atem, und so erwischte ihn der andere Angreifer und durchtrennte in einem sauberen Schnitt das Lederband um seinen Bauch. Mace tauchte unter ihm hindurch, rollte über den Boden, kam behände wie ein Tier auf den Füßen auf und schwang den Morgenstern mit einer alles zermalmenden Wucht gegen die Wirbelsäule des Gegners. Kelsea hörte ein Knacken, das klang, als hätte Mace einen Ast entzweigebrochen. Mit einem dumpfen Schlag stürzte der letzte Caden zu Boden. Nun waren auch die Männer mit den schwarzen Umhängen bei ihnen angekommen und stiegen mit gezogenen Schwertern von ihren Pferden. Mace wirbelte herum und stürzte auf sie zu, während Kelsea die Szene mit einer Art enttäuschtem Erstaunen beobachtete … Es schien so eine Verschwendung, dass Mace ausgerechnet hier sterben sollte. Noch nie hatte sie gehört, dass jemand einen Caden bezwungen hatte, geschweige denn vier auf einmal. Kelsea nahm die Hand von ihrem Hals. Sie war blutverschmiert. Konnte man an einer oberflächlichen Wunde verbluten? Über den Tod oder das Sterben hatte Barty ihr leider nichts beigebracht.

Jemand packte sie unter den Armen und warf sie auf den Rücken. Schwarze Punkte tanzten ihr vor den Augen, ihre Wunde am Hals riss weiter auf. Zugleich kehrten die Empfindungen in ihre Beine zurück. Ein grausamer Schmerz meldete sich, als würden ihr Glassplitter in die Waden getrieben. Ein Gesicht beugte sich über sie, ein Gesicht so bleich wie der Tod. Wo andere Augen hatten, klafften zwei bodenlose schwarze Löcher, und der Mund war blutverschmiert. Kelsea konnte einen Schrei nicht unterdrücken, doch dann merkte sie, dass es sich nur um eine Maske handelte.

»Sir. Was machen wir mit Mace?«

Kelsea blickte auf und sah einen zweiten Mann vor sich stehen, dessen Maske glücklicherweise einfach nur schwarz war.

»Schlag ihn bewusstlos«, befahl der Mann mit der weißen Maske. »Wir nehmen ihn mit.«

»Sir?«

»Sieh dich um, How. Vier Caden, er allein! Er wird uns garantiert Ärger machen, aber es wäre eine Schande, einen so begnadeten Kämpfer hopsgehen zu lassen. Er kommt mit uns.«

Obwohl ihr Hals schmerzhaft protestierte, hievte sich Kelsea in eine sitzende Position und sah, dass Mace aus mehreren Wunden blutete und von den maskierten Männern umringt wurde. Flink wie ein Wiesel, machte einer von ihnen einen Satz, um das Schwert mit der flachen Klinge auf Mace' Hinterkopf sausen zu lassen.

»Nicht!«, schrie Kelsea, als er in sich zusammensackte.

»Der wird schon wieder, Mädchen«, sagte der Weißmaskierte über ihr. »Reiß dich zusammen.«

Mühsam kam Kelsea auf die Beine. »Was wollt Ihr von mir?«

»Du hast keine Fragen zu stellen, Mädchen.« Er hielt ihr eine Flasche Wasser hin, die sie ignorierte. Der Mann musterte sie und betrachtete eingehend ihren Hals. Hinter den Löchern seiner Maske schimmerten schwarze Augen.

»Sieht gemein aus. Wie ist das passiert?«

»Ein Morthabicht«, erwiderte Kelsea widerwillig.

»Gott segne deinen Onkel. Bei der Wahl seiner Verbündeten beweist er ebenso schlechten Geschmack wie bei der Wahl seiner Kleider.«

»Sir! Mehr Caden! Aus dem Norden!«

Kelsea wandte ihren Blick in die angegebene Richtung. Eine Staubwolke schwebte über den Feldern des Ackerlands. In der Ferne wirkte sie trügerisch klein, doch Kelsea schätzte die Verfolgertruppe auf mindestens zehn Mann. Ein rötliches Knäul, das sich immer deutlicher vom Horizont abhob.

»Noch mehr Habichte in Sicht?«, fragte der Anführer.

»Nein. How hat einen abgeschossen.«

»Na, Gott sei Dank. Fangt die beiden Pferde ein, die nehmen wir auch mit.«

Kelsea wandte sich zum Fluss um. Er war tief und wild. Das gegenüberliegende Ufer säumten Büsche und Bäume, die sich flussabwärts auf einer Länge von mindestens fünfhundert Metern über das Wasser beugten. Wenn es ihr gelang, durch den Fluss zu schwimmen, würde sie sich danach vielleicht an ihnen an Land ziehen können.

»Was für eine begehrte Trophäe du doch bist«, meinte der Anführer neben Kelsea. »Dabei siehst du eigentlich nach nichts aus.«

Kelsea sprang auf, wirbelte herum und sprintete Richtung Fluss. Sie kam nicht mal drei Schritte weit, als der Weißmaskierte sie auch schon am Ellbogen packte und zu einem zweiten Mann hinschubste, der groß wie ein Bär war und sie geschickt unter den Armen auffing.

»Versuch bloß nicht abzuhauen, Mädchen«, sagte der Anführer mit kalter Stimme. »Wir töten dich vielleicht, aber die Caden töten dich *bestimmt*, und deinen Kopf präsentieren sie dem Regenten auf einem Silbertablett.«

Kelsea wog ihre Optionen ab und kam zu dem Schluss, dass sie keine hatte. Fünf maskierte Männer standen um sie herum, und Mace lag in fünf Metern Entfernung auf dem Boden. Kelsea konnte ihn atmen sehen, doch sein Körper war schlaff. Als einer der Männer ihn an den Händen gefesselt hatte, hoben ihn zwei weitere hoch und banden ihn auf sein Pferd. Kelsea hatte kein Schwert, aber sie hätte es ohnehin nicht zu gebrauchen gewusst. An den Anführer gewandt, nickte sie.

»Morgan, sie reitet mit dir.« Der Anführer drehte sich um, stieg auf sein Pferd und sagte mit erhobener Stimme: »Und jetzt schnell weiter! Haltet nach berittenen Truppen Ausschau!«

»Hoch mit Euch, Lady«, sagte Morgan. Im Gegensatz zu seiner kräftigen Statur und der bedrohlich schwarzen Maske war seine Stimme überraschend sanft. »Hier.«

Kelsea stellte den Fuß in seine zu Steigbügeln verschränkten Hände und schwang sich aufs Pferd. Ihre Wunde am Hals blutete noch immer. Auf der rechten Schulter war ihr Hemd bereits blutdurchtränkt, und über ihren Unterarm liefen scharlachrote Rinnsale. Ein kupferartiger Geruch ging davon aus, ähnlich den alten Pennymünzen, die Barty daheim in seiner Andenkenschachtel verwahrte. Einmal in der Woche hatte er sie akribisch poliert und Kelsea gezeigt – langweilige, runde Geldstücke mit einem stattlichen, bärtigen Mann vorne drauf. Ein Überbleibsel längst vergangener Tage. Schon merkwürdig, dass der Geruch von Blut so schöne Erinnerungen auslösen konnte.

Morgan setzte sich hinter sie, und Kelsea spürte deutlich, wie der Rücken des Pferdes unter seinem Gewicht nach unten sackte. Seine Arme boten ihr zu beiden Seiten festen Halt. Sie trennte ein Stück Stoff von ihrem Ärmel ab und presste sich den Fetzen an den Hals. Die Wunde musste definitiv bald genäht werden, doch bis dahin wollte sie auf keinen Fall eine Blutspur hinter sich herziehen.

Eine Zeitlang galoppierten sie am Ufer entlang. Kelsea fragte sich, wohin sie wohl ritten, denn der Fluss war zu schnell und zu reißend, als dass die Pferde ihn hätten durchqueren können. Und eine Brücke war weit und breit nicht zu sehen. Als sie nach Norden blickte, sah Kelsea, dass ihre rotgewandeten Verfolger eine andere Richtung eingeschlagen hatten, um sich ihnen direkt in den Weg zu stellen. Die maskierten Männer um sie herum ließen nicht erkennen, wohin sie wollten und ob sie einen Fluchtplan hatten. Der Anführer ritt voran, auf Mace' Hengst folgten ein Mann und der quer über den Sattel geworfene Mace selbst, dessen Körper im Galopp ständig erschüttert wurde. Kelsea sah nur wenig Blut, allerdings verdeckte der graue Umhang ihn fast vollständig.

Die maskierten Männer schienen sich ausschließlich auf den Weg vor ihnen zu konzentrieren. Nicht einmal blickten sie hinter sich, um zu prüfen, wie nah ihnen die Verfolger bereits gekommen waren. Auch Kelsea würdigten sie keines Blickes. Ihre Hilflosigkeit versetzte ihr einen Stich. Auf sich allein gestellt, wäre sie im Handumdrehen gestorben.

»Jetzt!«, rief der Anführer.

Die Erde drehte sich unter Morgans Pferd, und plötzlich preschten sie geradewegs in den Fluss hinein. Kelsea schloss die Augen, hielt den Atem an und bereitete sich innerlich auf das eiskalte Wasser vor. Doch nichts geschah. Um sie herum donnerte die Strömung, eisige Tropfen sprühten durch die Luft und durchnässten ihre Hose bis zu den Knien. Doch als sie die Augen öffnete, stellte sie fest, dass sie den Fluss auf wundersame Weise unbehelligt durchquerten, und wenn auch die Gischt um die Hufe der Pferde spritzte, fassten sie doch festen Tritt.

Unmöglich, dachte sie und riss ungläubig die Augen auf. Doch der Beweis lag direkt vor ihr: Die Pferde zogen eine breite Schneise quer durch den Fluss, und jeder Schritt brachte sie näher ans gegenüberliegende Ufer. Sie ritten zwischen zwei aus dem Wasser ragenden Felsbrocken hindurch, denen sie so nah kamen, dass Kelsea smaragdgrüne Moosflecken auf ihnen erkennen konnte. Sie dachte an den leuchtenden Stein um ihren Hals und musste beinahe lachen. Der Tag hatte wirklich voller Wunder gesteckt.

Sobald sie festen Boden erreichten, galoppierten die Pferde in den nahen Wald. Zum zweiten Mal an diesem Tag peitschen Kelsea Zweige ins Gesicht. Sie zog den Kopf ein und gab keinen Mucks von sich.

Tief im Schatten einer kräftigen Eiche hob der Anführer die Hand, und die Männer brachten ihre Pferde zum Stehen. Durch die Bäume hindurch war der Fluss kaum noch zu erkennen. Reglos saß der Weißmaskierte auf seinem Pferd und starrte zum fernen Ufer zurück.

»Das sollte sie für eine Weile verwirren«, brummte einer der Männer.

Kelsea wandte sich um, ignorierte die aufsteigende Übelkeit und spähte durch die Zweige der Eiche. Außer dem Sonnenlicht, das auf dem Wasser glitzerte, sah sie nichts. Einer der Schwarzmaskierten kicherte. »Jetzt wissen sie nicht weiter. Das wird sie noch ein paar Stunden beschäftigen.«

Auch Kelsea konnte ihre Verfolger nun hören: aufgeregte Stimmen und die laut gebrüllte Antwort: »Ich weiß es doch auch nicht!«

»Die Lady muss genäht werden«, riss Morgan sie aus ihren Gedanken. »Sie verliert zu viel Blut.«

»Das stimmt wohl«, erwiderte der Anführer, während seine schwarzen Augen sie musterten. Sie erwiderte seinen Blick und versuchte, sich von der Maske nicht irritieren zu lassen. Sein Gesicht war das eines Harlekins, nur viel düsterer. Es war auf eine Art schrecklich, die sie nicht in Worte fassen konnte und die sie an die Albträume ihrer Kindheit erinnerte. Dennoch zwang sie sich, sich aufzurichten und ihn ungerührt anzustarren. »Wer *seid* Ihr?«

»Ich bin der lange Tod von Tearling. Vergib uns.« Er nickte über ihren Kopf hinweg, und bevor Kelsea sich noch umdrehen konnte, wurde es schwarz um sie.

3

Der Fetch

»Einen wahren Helden erkennt man daran, dass er sein heroischstes Werk im Geheimen vollbringt. Und wir nichts davon mitbekommen. Und doch, liebe Freunde, wissen wir es irgendwie.«

Pater Tylers gesammelte Predigten, aus dem Archiv des Arvath

»Wach auf, Mädchen.« Als Kelsea die Augen öffnete, war der Himmel so blitzblau, dass sie noch zu träumen glaubte, doch nach einem kurzen Blick auf ihre Umgebung begriff sie, dass sie sich in einem Zelt befand. Sie lag, in irgendeine Tierhaut gewickelt, auf der Erde. Kein Reh, das hätte sie erkannt. Aber es war warm, so warm, dass sie sich nur widerstrebend aufrappelte.

Sie blickte zu der Person auf, die mit ihr gesprochen hatte, ein Mann, von Kopf bis Fuß in Dunkelblau gekleidet. Seine angenehme Baritonstimme war derart charakteristisch, dass sie ihn auch ohne die furchterregende Maske wiedererkannte. Er hatte ein attraktives, glatt rasiertes Gesicht, hohe Wangenknochen und einen freundlichen Mund. Abgesehen davon schien er wesentlich jünger, als sie am Flussufer gedacht hatte, auf keinen

Fall älter als fünfundzwanzig. Sein Haar war dicht und dunkel, und sein faltenfreies Gesicht wurde von zwei schwarzen Augen beherrscht, die wesentlich erfahrener wirkten, als sein Aussehen vermuten ließ. Augen, die Kelsea innehalten ließen.

»Wo habt Ihr Euer hübsches Gesicht gelassen?«

»Ich bin zu Hause«, erwiderte er lässig. »Kein Grund, sich schick zu machen.«

Kelsea setzte sich aufrechter hin. Die Bewegung verursachte ein warnendes Stechen in der rechten Seite ihres Halses. Vorsichtig befühlte sie die schmerzende Stelle und ertastete eine klaffende Wunde, über der eine Art klebriges Pflaster pappte.

»Das wird schnell heilen. Ich habe den Schnitt eigenhändig versorgt.«

»Danke«, antwortete Kelsea, als ihr plötzlich auffiel, dass sie gar nicht ihre eigene Kleidung trug, sondern einen Talar aus irgendeinem weißen Stoff. Leinen vielleicht. Sie griff sich ins Haar. Glatt und weich. Jemand hatte sie gebadet. Mit geröteten Wangen blickte sie zu dem Mann auf.

»Ja, das war auch ich.« Sein Lächeln wurde breiter. »Aber du musst dir keine Sorgen machen, Mädchen. Du bist viel zu unscheinbar für meinen Geschmack.«

Das tat weh, sehr sogar, doch Kelsea verbarg den quälenden Stich hinter einem angespannten Gesichtsausdruck. »Wo ist mein Umhang?«

»Dort drüben.« Mit dem Daumen deutete er auf einen Kleiderhaufen in der Ecke. »Aber da ist nichts drin. Um diesem Ding hier nicht nachzujagen, bräuchte es einen rechtschaffeneren Mann als mich.«

Er hielt eine Hand hoch und ließ Kelseas Saphirkette baumeln. Unwillkürlich fasste sie sich an den Hals, um den noch ihre eigene Kette lag.

»Ganz schön optimistisch, Mädchen, dir beide auszuhändigen. Manche sagen, das Schmuckstück des Königs sei verloren gegangen.«

Da er es so offensichtlich darauf anlegte, dass sie nach der Kette griff, beherrschte sie sich, doch ihre Augen folgten dem vor- und zurückschwingenden Saphir.

»Die hier hast du nie getragen«, bemerkte er.

»Woher wisst Ihr das?«

»Andernfalls hätte ich dir den Stein nie wegnehmen können. Er hätte es mir nicht gestattet.«

»Bitte?«

Er warf ihr einen ungläubigen Blick zu. »Weißt du denn gar nichts über dein Schmuckstück?«

»Ich weiß, dass es mir gehört.«

»Und was hast du getan, um es dir zu verdienen? Zu was bist du ausersehen? Zu einem Dasein als zweitklassige Königin mit einem Brandmal am Arm.«

Zweitklassig. Was sollte das heißen? Kelsea beschloss, seinen Kommentar im Hinterkopf zu behalten, und erwiderte vorsichtig: »Ich habe mir nichts von alldem gewünscht.«

»Vielleicht nicht.«

Etwas in seinem Tonfall jagte Kelsea eisige Schauer über den Rücken. Eine Warnung vor der Gefahr, in der sie sich befand. Aber warum, wenn ihr der Kerl am Flussufer doch das Leben gerettet hatte? Sie betrachtete den Stein, der ihre Haut blaufunkelnd besprenkelte, und sann über ihr Problem nach. Ein Handel setzte voraus, dass es etwas zu handeln gab. Sie brauchte mehr Informationen. »Darf ich Euch nach Eurem Namen fragen, Sir?«

»Das ist unwichtig. Du kannst mich der Fetch nennen.« Er lehnte sich zurück und wartete auf ihre Reaktion.

»Das sagt mir nichts.«

»Wirklich nicht?«

»Ich wurde in vollkommener Einsamkeit aufgezogen, wisst Ihr.«

»Ja, andernfalls würdest du meinen Namen kennen. Der Regent hat eine beträchtliche Summe auf meinen Kopf ausgesetzt, die er ständig erhöht.«

»Warum?«

»Ich habe sein Pferd gestohlen. Unter anderem.«

»Ihr seid ein Dieb?«

»Die Welt ist voller Diebe. Wenn überhaupt, dann bin ich der Vater aller Diebe.«

Widerwillig musste Kelsea lächeln. »Tragen Eure Männer deswegen Masken?«

»Natürlich. Die Menschen sind neidisch auf Güter, die sie nicht haben.«

»Vielleicht mögen sie einfach keine Verbrecher.«

»Man muss kein Verbrecher sein, um in Schwierigkeiten zu geraten, Mädchen. Auf deinen Kopf steht auch eine hübsche Summe.«

»Auf meinen Kopf?«, wiederholte Kelsea schwach.

»Jawohl, auf deinen Kopf. Und dein Onkel ist bereit, die Summe zu verdoppeln, sollte er bei Zustellung noch identifizierbar sein. Ein Geschenk für die Mortschlampe, ohne Zweifel. Schätze, sie will ihn sich irgendwo aufhängen. Dein Onkel aber verlangt nach anderen Beweisen. Nach dem Stein und einem Arm von dir.«

Kelsea dachte daran, was Carlin über das unweigerliche Schicksal von Königen gesagt hatte. Sie versuchte, sich ihren Kopf auf einem Spieß vorzustellen, doch es gelang ihr nicht. Carlin und Barty hatten nur selten über ihren Onkel, den Raleigh-Regenten, gesprochen, doch wenn, dann war ihr Tonfall unmissverständlich gewesen. Sie mochten ihn nicht, und ihre Geringschätzung war auf Kelsea übergesprungen. Dass er ihr nach dem Leben trachtete, hatte sie nicht gekümmert. Sie hatte ihn nie für wichtig erachtet, ganz anders als ihre Mutter. Er war nichts weiter als ein Hindernis, das es zu überwinden galt. Sie holte tief Luft und wandte sich wieder an den Fetch, der inzwischen sein Messer gezogen hatte und es auf seinem Knie balancierte.

»Also Mädchen«, fuhr er trügerisch sanft fort. »Was mache ich jetzt mit dir?«

Kelseas Magen zog sich zusammen, ihre Gedanken rasten. Diesem Kerl hier würde es nicht gefallen, wenn sie bettelte.

Ich muss beweisen, dass ich ihm von Nutzen sein kann. Schnell.

»Wenn Ihr wirklich ein so gesuchter Mann seid, könnte ich Euch begnadigen.«

»Das könntest du in der Tat, sofern du länger als ein paar Stunden auf dem Thron säßest, was ich bezweifle.«

»Aber ich könnte es«, wiederholte Kelsea fest. Ihre Wunde am Hals stach gemein, doch sie ignorierte den Schmerz. Ihr fiel ein, was Carroll auf der Lichtung gesagt hatte. »Ich bin sehr viel stärker, als ich aussehe.«

Lange und eingehend starrte der Fetch sie an. Kelsea begriff, dass er etwas von ihr wollte, auch wenn sie keine Ahnung hatte, was das sein konnte. Mit jeder Sekunde wurde ihr unbehaglicher, doch sie konnte den Blick nicht von ihm abwenden. Schließlich platzte sie mit der Frage heraus, die schon die ganze Zeit in ihrem Hinterkopf rumorte: »Warum habt Ihr meine Mutter eine zweitklassige Königin genannt?«

»Schätze, du hältst sie für erstklassig.«

»Ich weiß so gut wie nichts über sie. Niemand will mir etwas sagen.«

Seine Augen weiteten sich. »Unmöglich. Carlin Glynn ist

eine außerordentlich fähige Frau. Wir hätten keine bessere wählen können.«

Kelsea klappte die Kinnlade runter. Niemand außer der Leibgarde ihrer Mutter wusste, wo man sie aufgezogen hatte. Andernfalls hätten die Männer ihres Onkels schon vor Jahren vor der Tür ihrer Hütte gestanden. Sie wartete, dass der Fetch fortfuhr, doch er sagte nichts. »Wie kommt es, dass Ihr wusstet, wo ich mich aufhalte, die Mort und die Caden aber nicht?«

Er machte eine wegwerfende Handbewegung. »Die Mort sind Dummköpfe, und die Caden haben sich erst an deine Fersen geheftet, als dein Onkel verzweifelt genug war, in ihre exorbitanten Geldforderungen einzuwilligen. Hätten sie von Anfang an nach dir gesucht, wärst du schon seit Jahren tot. So gut hat deine Mutter dich nicht versteckt. Es fehlte ihr an Fantasie.«

Bei diesen Worten keine Regung zu zeigen fiel Kelsea nicht leicht. Der Fetch sprach so verächtlich von ihrer Mutter. Carlin hingegen hatte nie ein schlechtes Wort über Königin Elyssa verloren.

Hätte sie sowieso nicht, flüsterte eine perfide Stimme in ihrem Kopf. *Sie hat es versprochen.*

»Warum hegt Ihr so eine Abneigung gegen meine Mutter? Hat sie Euch irgendwie Unrecht getan?«

Der Fetch neigte den Kopf und musterte sie berechnend. »Du bist sehr jung, Mädchen. Unglaublich jung für eine Königin.«

»Ja gut, aber wollt Ihr mir nicht verraten, weshalb Ihr meiner Mutter grollt?«

»Ich sehe keinen Anlass dazu.«

»Fein.« Kelsea verschränkte die Arme. »Dann halte ich sie eben weiterhin für erstklassig.«

Der Mann lächelte anerkennend. »Du magst jung sein, aber

du hast mehr Hirn als deine Mutter in ihren besten Momenten.«

Kelseas Wunde schmerzte inzwischen heftig. Schweiß benetzte ihre Braue, was er nur einen Augenblick nach ihr zu bemerken schien. »Leg den Kopf zur Seite.«

Kelsea gehorchte, ohne nachzudenken. Der Fetch zog ein Fläschchen aus seiner Kleidung und trug etwas Feuchtes auf ihren Hals auf. Der erwartete Stich blieb aus. Sanft strichen seine Finger über ihre Haut. Kelsea begriff, dass sie gut daran tat, besser auf sich aufzupassen. Resigniert schloss sie die Augen. Ein Fragment aus Carlins Büchern fiel ihr ein: *jeder geschickte Halunke …* Ihre Zehen krümmten sich angesichts ihrer Dummheit.

Das Betäubungsmittel zeigte rasch Wirkung. Innerhalb von Sekunden dämpfte es den Schmerz, bis er nicht mehr war als ein schwaches Pochen. Der Fetch ließ von ihrem Hals ab und steckte das Fläschchen ein. »Später noch ein bisschen Met, dann dürfte sich auch das letzte bisschen Schmerz verflüchtigen.«

»Ihr braucht mich gar nicht zu bevormunden!«, blaffte Kelsea. Sie war wütend auf sich, weil sie den Mann attraktiv fand, und es schien ihr äußerst wichtig, dass er nicht Wind davon bekam. »Wenn Ihr mich töten wollt, dann macht schon!«

»Das erledige ich lieber in meinem eigenen Tempo.« In den schwarzen Augen des Fetch glitzerte etwas, das Kelsea für Respekt hätte halten können. »Du überraschst mich, Mädchen.«

»Dachtet Ihr vielleicht, ich würde betteln?«

»Hättest du das getan, hätte ich dich auf der Stelle getötet.«

»Warum?«

»Weil deine Mutter gebettelt hat.«

»Ich bin nicht meine Mutter.«

»Vielleicht nicht.«

»Warum sagt Ihr mir nicht, was Ihr wollt?«

»Wir wollen, dass du eine gute Königin wirst.«

Leider verstand Kelsea nur allzu gut, was er damit andeuten wollte. »Weil meine Mutter keine gewesen ist?«

»Hast du irgendeine Ahnung, wer dein Vater war?«

»Nein, und es ist mir auch egal.«

»Aber ich weiß es. Ich habe eine Wette mit einem meiner Männer am Laufen.«

»Eine Wette?«

Seine Augen funkelten. »Kein Thema hat je so viele Wetten provoziert wie dieses. Ich kenne eine alte Frau, die ganz unten im Süden in einem Dorf lebt und vor fast zwanzig Jahren ihr Pferd verwettet hat. Seitdem wartet sie darauf, dass die Wahrheit ans Licht kommt. Das Feld potenzieller Kandidaten ist, sagen wir mal, ganz schön weit.«

»Wie reizend.«

»Du bist von königlichem Blut, Mädchen. Nichts in deinem Leben wird jemals wieder deine Privatsache sein.«

Kelsea schürzte die Lippen. Ihr gefiel die Wendung nicht, die das Gespräch genommen hatte. Genau wie ihr Onkel war auch ihr Vater nie von Bedeutung für sie gewesen. Ihre Mutter war wichtig, die Frau, die über das Reich geherrscht hatte. Wer auch immer ihr Vater war – er hatte sie nach ihrer Geburt verlassen. Und doch hatte sie das nicht so sehr verletzen können wie die Tatsache, dass ihre Mutter sie alleingelassen hatte. Kelsea dachte daran, wie sie tagelang vor dem großen Fenster des Cottage ausgeharrt hatte. Irgendwann war die Sonne untergegangen. Und ihre Mutter immer noch nicht gekommen.

»Wir haben lange gewartet, um zu sehen, aus was für einem Holz du geschnitzt bist, Mädchen«, sagte der Fetch. »Aber ich werde nicht schlau aus dir. Du bist nicht, was wir erwartet haben.«

»Wer ist wir?«

Der Fetch deutete hinter sich. Erst jetzt fielen Kelsea die Männerstimmen auf, die von draußen ins Zelt drangen. In etwas weiterer Entfernung hackte jemand Holz.

»Was hält Eure Gruppe zusammen?«

»Das ist eine scharfsinnige Frage, und du erhältst selbstverständlich keine Antwort.« Er sprang so plötzlich auf, dass Kelsea zusammenzuckte und die Knie gegeneinander presste. Selbst wenn sie ein Messer gehabt hätte, dieser Typ hätte sie in weniger als einer Minute erledigt. Von ihm ging eine unterschwellige Gefährlichkeit aus, und dass er sie unterdrückte, machte ihn nur noch tödlicher. Darin erinnerte er sie an Mace. Apropos, sie hatte ganz vergessen, sich nach ihm zu erkundigen. Doch jetzt war nicht der geeignete Zeitpunkt dafür. Als der Fetch das Messer wieder unter die Schnur schob, die um seine Hüften lag, empfand sie diffuse Erleichterung.

»Zieh dich an, Mädchen, und folge mir.«

Er verschwand durch die Zeltklappe, und Kelsea richtete ihre Aufmerksamkeit auf den dunklen Stoffhaufen am Boden. Männerkleider, viel zu groß für sie, aber vielleicht war es so am besten. Schließlich machte sie sich nicht vor, eine besonders wohlgeformte Figur zu haben.

Wen kümmert schon deine Figur?

Niemanden, antwortete sie Carlin mürrisch, während sie sich das knittrige Leinen über den Kopf zog. Sie war nicht so dumm, dass sie die Gefahr nicht erkannt hätte: ein gut aussehender, intelligenter Mann, mehr als nur ein bisschen ungezogen … Nicht alle von Carlins Büchern hatten zur Sachliteratur gezählt.

Aber ich tue doch nichts Schlechtes, beharrte sie. *Wenn ich die Gefahr kenne, kann ich den Schaden begrenzen.*

Doch selbst in ihrem eigenen Kopf klang diese Feststellung nicht ganz aufrichtig. Der Fetch war gerade erst gegangen, und schon war sie bestrebt, ihm nach draußen zu folgen. Ihn wiederzusehen.

Sei kein Dummkopf, blaffte die Stimme in ihren Gedanken. *Du bist zu hässlich für ihn, das hat er selbst gesagt.*

Inzwischen war sie fertig angezogen. Sie spähte nach draußen und kämmte sich mit den Fingern durchs Haar. Die Männer mussten sie ziemlich weit in den Süden gebracht haben. Die Landschaft um das Lager bestand nicht aus Wald und auch nicht aus Ackerland. Sie waren auf einem kleinen, flachen Hügel, der über und über mit gelblich ausgedörrtem Unkraut bewachsen war. Rundherum erhoben sich ähnliche Hügel, ein Meer aus sanft ansteigendem Gelb. Das Land mündete noch nicht in die Wüste, konnte aber nicht allzu weit von der Grenze nach Cadare entfernt sein.

Auf den ersten Blick hätte man das Lager für eine Zirkustruppe halten können. Mehrere knallrote, gelbe und grüne Zelte gruppierten sich um eine Feuerstelle herum, auf der irgendwas vor sich hinbrutzelte. Rauch stieg gemächlich auf, und Kelsea roch gebratenes Fleisch. Ein kleiner blonder Mann, der die gleiche formlose Kleidung wie sie selbst trug, hackte auf der anderen Seite der Feuerstelle Holz.

In der Nähe von Kelseas Zelt saßen drei Männer und steckten leise tuschelnd die Köpfe zusammen. Einer von ihnen war der Fetch. Bei dem anderen konnte es sich – seiner Größe und den Schultern nach zu urteilen – nur um den riesigen, blonden Morgan handeln. Sein Gesicht blieb freundlich, als Kelsea näher kam. Der dritte Mann war schwarz, was Kelsea kurz in der Bewegung innehalten ließ. Sie hatte noch nie einen Schwarzen gesehen und war fasziniert von seiner im Sonnenlicht glitzernden Haut.

Keiner der drei verbeugte sich – nicht dass Kelsea das erwartet hätte –, doch der Fetch bedeutete ihr, näher zu kommen. Kelsea setzte sich wieder in Bewegung, ließ sich aber viel Zeit dabei. Schließlich sollte er nicht glauben, dass sie nach seiner Pfeife tanzte. Er zeigte auf seine beiden Gefährten. »Meine Partner, Morgan und Lear. Sie werden dir nichts antun.«

»Es sei denn, Ihr befehlt es ihnen.«

»Natürlich.«

Kelsea hockte sich hin und merkte, dass die drei Männer sie auf eine Art musterten, die man nur als kaltschnäuzig bezeichnen konnte. Der Eindruck einer drohenden Gefahr schien sich zu verstärken. Doch wenn sie getötet würde, überlegte sie, würde ihr Onkel auf dem Thron bleiben und wohl auch König werden. Schließlich war er der Letzte in der Reihe ihrer Ahnen. Kein besonders gutes Druckmittel, aber besser als nichts. Carlin zufolge war der Regent in Tearling nicht besonders beliebt, aber vielleicht hatte sie Kelsea auch diesbezüglich belogen. Sie richtete den Blick in die Ferne und versuchte, ihren Ärger runterzuschlucken. Ihre Mutter, der Regent, die Rote Königin … Irgendjemand musste ihr die Wahrheit sagen.

Aber was, wenn du die Wahrheit gar nicht hören willst?

Sie wollte dennoch Bescheid wissen. Plötzlich dämmerte ihr, dass es jemanden gab, der sämtliche Antworten kannte. »Wo ist Lazarus?«

»Dein Mace? Dort drüben.« Der Fetch deutete auf ein Zelt in ungefähr neun Metern Entfernung. Einer seiner Männer stand davor Wache.

»Kann ich ihn sehen?«

»Aber gerne doch, Mädchen. Sieh zu, ob du ihn beruhigen kannst. Er ist ein ziemlicher Plagegeist.«

Ein wenig besorgt, eilte Kelsea zu dem Zelt. Die Männer mochten nicht bösartig sein, aber sie waren hart, und Mace gab bestimmt keinen mustergültigen Gefangenen ab. Der Mann vor dem roten Zelt starrte sie an, ließ sie jedoch passieren, als sie ihm zunickte.

Mace lag mit verbundenen Augen und an einen Pflock gefesselt auf der Erde. Seine Wunden schienen ebenso geschickt genäht worden zu sein wie Kelseas. Um seine Hand- und Fußgelenke wie auch um seinen Hals lagen Seile. Kelsea stieß einen unfreiwilligen Zischlaut aus. Mace wandte den Kopf zu ihr hin. »Seid Ihr verletzt, Lady?«

»Nein.« Kelsea war sich des vor dem Zelt postierten Wachmanns nur allzu bewusst. Im Schneidersitz ließ sie sich neben Mace nieder und sagte leise: »Mir wurde nur ein paarmal mit dem Tod gedroht.«

»Wenn sie Euch hätten umbringen wollen, wärt Ihr längst tot. Lebend seid ihr Eurem Onkel nicht von Nutzen.«

»Sie sind nicht ...« Kelsea senkte ihre Stimme noch mehr und rang nach Worten, um den seltsamen Eindruck zu formulieren, den ihr die Entführer vermittelten. »Ich glaube nicht, dass mein Onkel sie geschickt hat. Sie wollen irgendetwas von mir, aber sie sagen nicht, was.«

»Ihr könntet mich nicht zufällig losbinden? Die Kerle haben einen Knoten gefunden, aus dem ich mich nicht befreien kann.«

»Ich denke nicht, dass eine Flucht der richtige Weg ist, Lazarus. Diesen Männern können wir sowieso nicht entkommen.«

»Wollt Ihr mich nicht lieber Mace nennen?«

»Carroll tut das nicht.«

»Carroll und ich kennen uns schon sehr lange, Lady.«

»Daran habe ich keinen Zweifel.« Kelsea dachte kurz nach und begriff, dass er in ihren Gedanken immer Mace gewesen war. »Dennoch, ich bevorzuge Lazarus. Es ist ein Name, der Gutes verspricht.«

»Wie Ihr wünscht.« Als Mace versuchte, seine geschundenen Muskeln zu strecken, dehnten sich die Seile um seine Hand- und Fußgelenke.

»Habt Ihr Schmerzen?«

»Eher ein Unbehagen. Ich war gewiss schon schlimmer dran als jetzt. Wie sind wir überhaupt vom Fluss weggekommen?«

»Magie.«

»Was für …«

»Lazarus«, schnitt Kelsea ihm energisch das Wort ab. »Ich brauche ein paar Antworten.«

Er zuckte sichtlich zusammen und wand sich in seinen Fesseln.

»Ich weiß, dass mein Onkel ein Kopfgeld auf mich ausgesetzt hat. Aber was hat er Tearling angetan?«

»Sucht Euch etwas aus, Lady. Er hat's wahrscheinlich getan.«

»Erklärt mir das.«

»Nein.«

»Warum nicht?«

»Ich werde diese Unterhaltung nicht mit Euch führen, Lady.«

»Aber weshalb nicht? Wart Ihr in der Leibgarde meines Onkels?«

»Nein.«

Kelsea wartete auf weitere Erklärungen, doch er lag einfach nur da. Aus irgendeinem Grund wusste sie, dass er seine Augen unter der Binde fest geschlossen hielt. Ein Mann in einem harten Verhör. Sie biss sich fest auf die Wange und versuchte, ihre Wut zu beherrschen. »Ich verstehe nicht, wie ich kluge Entscheidungen treffen soll, wenn ich über nichts Bescheid weiß.«

»Warum in der Vergangenheit verharren, Lady. Ihr habt die Macht, eure eigene Zukunft zu schaffen.«

»Was ist mit meinen Puppen und den Kleidchen?«

»Ich habe Euch mit einem Stöckchen gepikt, um zu sehen, ob Ihr Euch wehrt. Und das habt Ihr.«

»Was, wenn ich Euch befehle, mir alles zu sagen?«

»Tut das ruhig, Lady, und seht, wie weit Ihr damit kommt.«

Sie dachte einen Moment nach und entschied sich dann dagegen. Das war der falsche Weg bei Mace. Selbst wenn sie ihm einen Befehl erteilte, würde er sich von seiner Urteilskraft leiten lassen. Nachdem sie ihm eine weitere Minute dabei zugesehen hatte, wie er sich in seinen Fesseln wand, merkte Kelsea, wie sich auch der Rest ihres Ärgers in Mitleid auflöste. Sie hatten ihn ziemlich fest zusammengeschnürt. Er hatte kaum die Freiheit, sich auszustrecken.

»Wie geht es Eurem Kopf?«

»Gut. Der Bastard hat mir ganz schön eine übergezogen, und zwar genau an der richtigen Stelle. Gut gezielt.«

»Haben sie Euch etwas zu essen gegeben?«

»Ja.«

»Carroll sagte, Ihr habt mich aus der Festung geschmuggelt, als ich ein Baby war.«

»So ist es.«

»Wart Ihr immer schon in der Königinnen-Garde?«

»Seit meinem fünfzehnten Lebensjahr.«

»Und habt Ihr es je bereut, Euch dieses Leben ausgesucht zu haben?«

»Kein einziges Mal.« Erneut streckte Mace die Beine aus und entspannte sie wieder. Mit Erstaunen sah Kelsea, wie sich sein Fuß aus den Fesseln löste.

»Wie habt Ihr das gemacht?«

»Das kann jeder, Lady, der sich die Mühe macht, ein bisschen zu üben.« Um die Starre loszuwerden, zog er den Fuß an. »Noch eine Stunde und auch meine Hand ist frei.«

Kelsea musterte ihn einen Augenblick und rappelte sich dann hoch. »Habt Ihr Familie, Lazarus?«

»Nein, Lady.«

»Ich hätte Euch gerne als Captain meiner Königinnen-Garde. Denkt darüber nach, während Ihr Euch befreit.«

Bevor er etwas entgegnen konnte, verließ sie das Zelt.

Die Sonne war gerade dabei unterzugehen und eine Reihe orangefarbene Wolken am Horizont zu hinterlassen. Als Kelsea sich umblickte, merkte sie, dass der Fetch ein Stück abseitsstand und sie anstarrte. Er wirkte nachdenklich. Sie erwiderte seinen Blick, und er lächelte. Ein düsteres, eisiges Lächeln, das sie erstarren ließ.

Nicht nur ein Dieb, sondern auch ein Mörder. Unter der gut aussehenden Oberfläche witterte Kelsea einen anderen Mann, einen schrecklichen, dessen Leben so schwarz war wie das Wasser eines zugefrorenen Sees. *Jemand, der viele, viele Male gemordet hat.*

Die Vorstellung hätte sie erschrecken müssen. Sie gab sich einen Moment lang Zeit, doch was ihr stattdessen dämmerte, war noch viel schlimmer: Es war ihr egal.

Das Abendessen war eine unerwartet üppige Angelegenheit. Wie sich herausstellte, handelte es sich bei dem Fleisch, das Kelsea gerochen hatte, um ein Reh, und zwar um ein sehr viel genießbareres als das, was sie vor ein paar Tagen gegessen hatte. Auch die gekochten Eier überraschten sie, bis sie hinter ihrem Zelt einen Hühnerstall entdeckte. Morgan hatte fast den ganzen Tag lang Brot über der Feuerstelle gebacken. Es war perfekt geworden, außen knusprig und innen wunderbar weich. Howell mit dem sandfarbenen Haar schenkte ihr einen Krug Met ein, den Kelsea noch nie probiert hatte und mit dem sie überaus vorsichtig umging. Alkohol vertrug sich nicht mit

Regieren – ihre Bücher schienen zu suggerieren, dass sich Alkohol mit nichts vertrug.

Sie aß nur wenig. Zum ersten Mal seit langer Zeit machte sie sich über ihr Gewicht Gedanken. Im Cottage hatte es immer genug Vorräte gegeben, und für gewöhnlich hatte sich Kelsea beim Abendessen ohne nachzudenken eine zweite Portion aufgeladen. Doch jetzt stocherte sie auf ihrem Teller herum, weil sie nicht wollte, dass die Männer sie für einen Vielfraß hielten. Vor allem *er* sollte das nicht tun. Der Fetch setzte sich neben sie, und wann immer er lächelte oder freiheraus lachte, war es, als würde ein unsichtbares Band an ihr ziehen.

Er drängte sie, von ihrer Kindheit, tief verborgen im Wald, zu berichten. Sie konnte sich nicht vorstellen, weshalb er Interesse daran haben sollte, doch er setzte ihr derart zu, dass sie schließlich alles erzählte. Hin und wieder errötete sie unter den eindringlichen Blicken der Männer, doch der Met schien ihre Zunge zu lösen, und plötzlich hatte sie eine Menge zu sagen. Sie erzählte von Barty und Carlin, vom Cottage und ihren Unterrichtsstunden. Barty hatte sich bis zum Mittagessen mit ihr beschäftigt und Carlin bis zum Abendessen. Carlin hatte sie aus Büchern unterrichtet, Barty im Freien. Sie erklärte, dass sie einem Reh die Haut abziehen und das Fleisch räuchern konnte, damit es über Monate hielt; dass sie einen Hasen mit einem eigens angefertigten Käfig in die Falle locken und mit einem Messer umgehen konnte, dabei aber leider nicht besonders flink war. Schließlich sagte sie, dass sie nach jedem Abendessen einen Roman angefangen und ihn für gewöhnlich noch vor dem Schlafengehen ausgelesen hatte.

»Du liest schnell, was?«, fragte Morgan.

»Sehr schnell«, erwiderte Kelsea errötend.

»Klingt nicht so, als hättest du viel Spaß gehabt.«

»Ich glaube nicht, dass es darum ging, Spaß zu haben.« Kelsea nahm noch einen Schluck Met. »Abgesehen davon hole ich das jetzt alles nach.«

»Man wirft uns selten vor, spaßig zu sein«, bemerkte der Fetch. »Offensichtlich verträgst du keinen Alkohol.«

Kelsea runzelte die Stirn und stellte ihren Krug auf den Tisch. »Aber ich mag das Zeug.«

»In der Tat. Mach lieber langsam, sonst sage ich How, dass er dir nichts mehr geben darf.«

Wieder wurde Kelsea rot, und die anderen lachten.

Auf das Drängen der Männer hin stand Lear, der Schwarze, auf und erzählte die Geschichte vom Weißen Schiff, das während der Überfahrt gesunken und fast alles medizinische Wissen aus der Alten Welt mit sich genommen hatte. Lear war ein guter Erzähler, besser als Carlin, und als das Schiff untergegangen war, hatte Kelsea Tränen in den Augen.

»Warum wurden alle Ärzte auf ein Schiff verfrachtet?«, fragte sie. »Wäre es nicht logischer gewesen, jedes Schiff hätte seinen eigenen Arzt gehabt?«

»Die Geräte«, antwortete Lear mit einem leichten Schnauben, aus dem Kelsea schloss, dass er zwar gerne Geschichten erzählte, Nachfragen aber nicht besonders schätzte. »Lebensrettende medizinische Gerätschaften waren die einzige Technologie, die William Tear auf der Überfahrt gestattet hat. Aber auch die gingen, zusammen mit dem Wissen, verloren.«

»Nicht ganz«, erwiderte Kelsea. »Carlin meinte, in Tearling gäbe es Empfängnisverhütung.«

»Eine sehr ursprüngliche Art der Empfängnisverhütung, die mithilfe heimischer Pflanzen und nach dem Prinzip ›Versuch und Irrtum‹ neu entdeckt werden musste. Echte Wissenschaft hat in Tearling nie existiert.«

Stirnrunzelnd fragte sich Kelsea, warum Carlin ihr das nicht gesagt hatte. Aber ihrer Ansicht nach war Geburtenkontrolle natürlich nur eine von vielen Ziffern gewesen, die es bei einem Bevölkerungsdiagramm zu berücksichtigen gab. Der Fetch sah sie an, und Kelsea fühlte, wie ihr das Blut in die Wangen stieg. Über so ein Thema nachzudenken war gefährlich, während er im Dunkeln neben ihr saß.

Nachdem sie das Abendessen abgeräumt hatten, schoben die Männer zwei Tische zusammen und brachten ihr bei, wie man Poker spielte. Kelsea, die Kartenspiele bislang noch nicht einmal gesehen hatte, fand großes Vergnügen daran – das erste Mal, dass ihr irgendetwas Vergnügen bereitete, seit die Garde der Königin vor Carlins Tür gestanden hatte.

Wieder setzte sich der Fetch neben sie, um ihr in die Karten zu spähen. Kelsea merkte, wie sie ab und an rot wurde. Sie betete, er möge es nicht bemerken. Er war zweifellos attraktiv, doch sein Zauber rührte ganz woanders her – denn ganz offensichtlich scherte es ihn keinen Deut, was Kelsea von ihm dachte. Sie fragte sich, ob ihn überhaupt irgendjemandes Meinung interessierte.

Nach einigen Partien hatte sie begriffen, wie der Hase lief, auch wenn es ihr noch schwerfiel, die vielen Variationen im Kopf zu behalten, die ihr mit einer High Card den Gewinn zuspielten. Irgendwann hörte der Fetch auf, ihre Wahl zu kommentieren, was sie als Kompliment auffasste. Trotzdem verlor sie weiter jede Partie und verstand nicht, weshalb. Die Mechanismen des Spiels waren eigentlich recht simpel, und für gewöhnlich legte einem der gesunde Menschenverstand nahe, wann man auszusteigen hatte. Doch jedes Mal, wenn sie das tat, gewann ein niedrigerer Kartensatz, und immer kicherte der Fetch in seinen Krug.

Endlich fing ein ungepflegter, blonder Mann (Kelsea war sich ziemlich sicher, dass er Alain hieß) ihren Blick auf und sagte beim Mischen und Austeilen der Karten: »Du musst dir unbedingt ein Pokerface zulegen.«

»Ganz meine Meinung, Mädchen«, bestätigte der Fetch. »Man sieht jeden Gedanken in deinen Augen.«

Kelsea nahm noch einen Schluck Met. »Carlin sagt, ich sei ein offenes Buch.«

»Nun, dann solltest du etwas dagegen unternehmen, und zwar schnell. Wenn wir beschließen, dich nicht umzubringen, wirst du dich in einer Schlangengrube wiederfinden. Ehrlichkeit schadet dir da nur.«

Die Beiläufigkeit, mit der er davon sprach, sie zu töten, verursachte ihr Magenziehen. Dennoch versuchte sie, jeden Ausdruck aus ihrem Gesicht verschwinden zu lassen.

»Besser«, bemerkte der Fetch.

»Warum könnt Ihr Euch nicht einfach entscheiden, ob Ihr mich umbringen wollt und Schluss?«, fragte Kelsea. Der Met schien sie klarer und zugleich verwirrter zu machen. Sie sehnte sich nach einer ehrlichen Antwort.

»Erst wollen wir sehen, was für eine Königin du abgeben würdest.«

»Warum testet Ihr mich dann nicht einfach?«

»Ein Test!« Das Grinsen des Fetch wurde breiter, und seine schwarzen Augen funkelten. »Was für eine interessante Idee.«

»Aber das hier ist doch ein nettes Spiel«, grummelte Howell. Er hatte eine breite Narbe auf der rechten Hand, die aussah, als würde sie schmerzen. Ein Brandmal offenbar. Klar, dass er weiter Poker spielen wollte. Er gewann ja auch am häufigsten, und das mit den schlechtesten Karten.

»Wir spielen jetzt ein anderes Spiel«, verkündete der Fetch und schubste Kelsea unsanft von der Bank. »Das wird eine echte Prüfung, Mädchen. Komm schon, beweg dich hier rüber.«

»Für eine Prüfung hatte ich zu viel Met.«

»Zu dumm.«

Kelsea starrte ihn wütend an, entfernte sich jedoch von der Bank und stellte zu ihrem Erstaunen fest, dass sie leicht wankte. Die fünf Männer wandten sich vom Tisch ab, um sie zu beobachten. Alain, der die Karten ausgeteilt hatte, sammelte sie ein und steckte sie in seine Tasche, und das alles so flink, dass man der Bewegung unmöglich folgen konnte.

Der Fetch beugte sich zu ihr hinab und betrachtete sie aufmerksam. »Was wirst du tun, solltest du wirklich Königin werden?«

»Was ich dann tun werde?«

»Hast du dir schon ein Programm überlegt?«

Seine Worte klangen beiläufig, doch in seinen schwarzen Augen lag ein heiliger Ernst. Kelsea witterte eine unendliche, tödliche Geduld hinter seiner Frage, auf seltsame Weise gepaart mit dem verzweifelten Bedürfnis, ihre Antwort zu hören. Ein Test, in der Tat, und sie begriff instinktiv, dass die Unterhaltung vorbei war, sollte sie etwas Falsches sagen.

Ohne zu wissen, was sie antworten würde, öffnete sie den Mund, und Carlins Worte schwappten in die Dunkelheit. Carlins Vision, die sie in der Bibliothek so oft wiederholt hatte, dass Kelsea sie jetzt wie eine Litanei herunterbeten konnte, als würde sie aus der Bibel von Gottes Kirche vorlesen: »Ich werde zum Wohle meiner Untertanen regieren. Ich werde sicherstellen, dass jeder Bewohner eine ordentliche Ausbildung und ärztliche Versorgung erhält. Ich werde jegliche Verschwendung einstellen und die Last von den Schultern der Armen nehmen, indem ich das Land, die Güter und die Besteuerung umverteile. Ich werde Recht und Ordnung in diesem Königreich wiederherstellen und dem Einfluss Mortmesnes entgegenwirken.«

»Also weißt du davon!«, bellte Lear.

»Von Mortmesne?« Verständnislos blickte sie ihn an. »Na ja, also ich weiß, dass die Macht unserer Nachbarn mit jedem Tag wächst.«

»Was sonst noch?«, donnerte Morgan, dessen gewaltige Silhouette im Feuerschein wie die eines Bären anmutete.

Kelsea zuckte die Achseln. »Ich habe über die ersten Jahre der Regenschaft der Roten Königin gelesen. Und man hat mir gesagt, dass mein Onkel aller Wahrscheinlichkeit nach eine Allianz mit ihr eingegangen ist.«

»Sonst noch was?«

»Nein. Nur ein paar Informationen über ihre Bräuche.«

»Das Mortabkommen?«

»Was ist das?«

»Gütiger Gott«, murmelte Howell.

»Sogar ihre Zieheltern wurden zur Geheimhaltung verpflichtet«, meinte der Fetch kopfschüttelnd. »Wir hätten es wissen müssen.«

Kelsea dachte an Carlins Gesicht, an die Reue in ihrer Stimme: *Ich habe es versprochen.*

»Was ist das Mortabkommen?«

»Hast du wenigstens von der Mortinvasion gehört?«

»Ja«, erwiderte Kelsea eifrig, froh, endlich über etwas Bescheid zu wissen. »Sie sind bis zu den Mauern der Festung vorgedrungen.«

»Und was dann?«

»Ich weiß es nicht.«

Der Fetch wandte sich von ihr ab und starrte in die Dunkelheit. Kelsea hob den Blick in den Nachthimmel, wo Tausende und Abertausende Sterne funkelten. Hier draußen waren sie meilenweit von jeder Behausung entfernt, und der Himmel dehnte sich unendlich über ihnen aus. Als sie sich wieder den

Männern am Tisch zuwandte, wurde ihr schwindlig, und fast wäre sie gestolpert.

»Für dich gibt's keinen Met mehr«, verkündete Howell kopfschüttelnd.

»Sie ist nicht betrunken«, widersprach Morgan. »Sie kann ihre Beine vielleicht nicht kontrollieren, aber ihr Kopf funktioniert einwandfrei.«

In diesem Moment kehrte auch der Fetch an den Tisch zurück, dabei wirkte er so bestimmt wie ein Mann, der eine schwere Entscheidung getroffen hat. »Setz dich wieder, Mädchen. Und du, Lear, erzähl uns eine Geschichte.«

»Was denn für eine?«

»Eine kurze Geschichte der Mortinvasion, von der Überfahrt bis zur Großen Katastrophe.«

Kelsea kniff die Augen zusammen. Er behandelte sie schon wieder wie ein Kind. Grinsend drehte er sich zu ihr, als hätte er ihre Gedanken gelesen.

»Wie eine Geschichte habe ich das noch nie erzählt«, bemerkte Lear.

»Dann sieh zu, dass es ein spannendes Märchen wird.«

Lear räusperte sich, nahm einen Schluck Met und fixierte Kelsea. In seinem Blick lag keine Spur von Barmherzigkeit. Sie musste gegen das Bedürfnis ankämpfen, auf ihre Füße zu gucken.

»Es war einmal ein Königreich, und das hieß Tearling. Es ward begründet von einem Mann namens William Tear, einem Utopisten, der von einem Land des Überflusses träumte, von einem Leben im Luxus für alle. Doch ironischerweise war Tearling ein Reich mit spärlichen Ressourcen, denn die Briten und Amerikaner hatten ihre Anlegestelle nicht besonders glücklich gewählt. Tearling hatte kein Erz und keine Industrie, und seine Bewohner waren Bauern. Alles, was sie zu bieten hatten, waren die Nahrungsmittel aus ihrem Anbau, die Tiere, die sie züchteten, und eine begrenzte Menge Holz, die von heimischen Eichen stammte. Sie führten ein hartes Leben, das selbst ihren Grundbedarf nur schwer stillen konnte. Über die Jahre verarmten viele Bewohner, wurden zu Analphabeten und mussten sich das, was sie brauchten, aus den umliegenden Landstrichen beschaffen. Und da sie sich in einer so misslichen Lage befanden, war das keine billige Angelegenheit.

Für das benachbarte Königreich hatte sich die Überfahrt als glücklicher erwiesen. Dort gab es alles, was in Tearling fehlte. Ärzte, die Zugang hatten zu jahrhundertaltem europäischem Wissen, Steinmetze, brauchbare Pferde sowie einige technische Errungenschaften, die William Tear verboten hatte. Und – das Wichtigste – der Boden verfügte über reiche Eisen- und Zinnvorkommen, sodass sich die Menschen nicht nur ihres Bergbaus rühmen konnten, sondern auch ihrer Armee und hochwertiger Waffen. Und dieses Königreich nun, das hieß Neues Europa, und eine lange Zeit war man dort zufrieden mit dem hiesigen Reichtum, dem Gefühl von Unverwundbarkeit und der Tatsache, dass ein jeder gesund war und in angenehmen Verhältnissen lebte und starb.«

Kelsea nickte. Das alles wusste sie bereits. Doch Lears Stimme war tief und hypnotisch, und er ließ die Begebenheit tatsächlich wie ein Märchen klingen, eine Erzählung aus den Märchen der Brüder Grimm, die sie von zu Hause her kannte. Kelsea fragte sich, ob Mace die Geschichte in seinem Zelt hören konnte und ob er seine Hand schon aus den Fesseln befreit hatte. Sie hatte das Gefühl, als würden ihre Gedanken abdriften, und als Lear fortfuhr, schüttelte sie den Kopf, um ihn klarzubekommen.

»Gegen Ende des zweiten Tearjahrhunderts tauchte eine Magierin auf, die die Herrschaft über das Neue Europa an sich reißen wollte. Sie tötete die demokratisch gewählten Volksvertreter, deren Frauen, ja, sogar die Kinder in ihren Wiegen. Bürger, die sich zur Wehr setzten, erlebten eines Morgens ein schreckliches Erwachen. Ihre Familien waren ermordet worden, ihre Häuser brannten. Es dauerte fast ein halbes Jahrhundert, bis die Demokratie einer Diktatur gewichen war, doch irgendwann war das Volk unterworfen, und jeder in den umliegenden Königreichen vergaß, dass dieses Land einst das Neue Europa gewesen war. Stattdessen wurde es zu Mortmesne, einem dunklen Reich ohne Bürgerrechte, und die namenlose Magierin zur Roten Königin. Heute, hundertdreizehn Jahre später, sitzt sie immer noch auf dem Thron.

Doch anders als ihren Vorgängern genügte es der Roten Königin nicht, über ihr eigenes Reich zu herrschen, nein, sie wollte die gesamte Neue Welt. Nachdem sie ihre Regentschaft gefestigt hatte, baute sie die Mortarmee zu einer gigantischen Militärmaschinerie aus, die niemand besiegen konnte. Vor ungefähr vierzig Jahren begann sie, die Grenzen ihres Reichs zu überschreiten und zuerst Cadare anzugreifen, dann Callae. Die Länder kapitulierten sofort und unterstanden von jenem Zeitpunkt an Mortmesne. Wie jede Kolonie entrichteten sie Tribute und erlaubten es den Garnisonen, sich in ihren Häusern einzuquartieren und auf den Straßen zu patrouillieren. Niemand leistete Widerstand.«

»Das stimmt nicht«, widersprach Kelsea. »Es gab durchaus einen Aufstand in Mortmesne. Carlin hat mir davon erzählt. Aber die Rote Königin hat alle Rebellen nach Callae ins Exil verbannt.«

Lear starrte sie wütend an, und der Fetch kicherte. »Du darfst ihn nicht einfach unterbrechen, wenn er eine Geschichte erzählt, Mädchen. Der Aufstand der Callae hat ungefähr zwanzig Minuten gedauert. Er hatte recht, das auszulassen.«

Verlegen biss sich Kelsea auf die Lippen. Lear warf ihr einen warnenden Blick zu, bevor er fortfuhr: »Nachdem die Rote Königin Cadare und Callae unterworfen hatte, richtete sie ihre Aufmerksamkeit auf Tearling. Doch Königin Arla stellte sich ihr entgegen.«

Meine Großmutter, dachte Kelsea. *Arla, die Gerechte.*

»Königin Arla war ihr ganzes Leben lang kränklich, dabei aber klug und mutig, und es gefiel ihr, eine freie Nation zu regieren. Doch die Grundbesitzer, allen voran die Gotteskirche, sorgten sich um ihr Land und forderten ein Übereinkommen mit der Roten Königin. Die Teararmee war schwach, schlecht organisiert und den Mort zahlenmäßig weit unterlegen. Dennoch, Arla lehnte alle Angebote aus Mortmesne ab und forderte die Rote Königin heraus – wenn schon, dann müsse sie das Reich mit Gewalt erobern. Kurz darauf fielen Mortsoldaten ins östliche Tearling ein.

Die Teararmee schlug sich besser als gedacht, besaß sie doch nichts weiter als Waffen aus Holz. Die wenigen Schwerter, die ihr zur Verfügung standen, stammten vom Schwarzmarkt. Die Mortarmee hingegen war bis an die Zähne mit Eisen bewaffnet und verfügte über Stahlschwerter sowie Pfeile mit Stahlspitzen. Damit pflügte sie mühelos Schneisen durch die Tearsoldaten. Als Königin Arla im Winter 284 an einer Lungenentzündung starb, hatten die Mort bereits die Osthälfte des Landes eingenommen. Die Herrscherin hinterließ zwei Kinder, Kronprinzessin Elyssa und ihren jüngeren Bruder Thomas. Sobald Elyssa den Thron bestiegen hatte, unterbreitete sie der Roten Königin ein Friedensangebot, konnte allerdings keinen Tribut entrichten, auch wenn sie das gerne getan hätte. Es gab einfach nicht genug Geld.«

»Warum hat sie ihr kein Holz angeboten?«, fragte Kelsea. »Ich dachte, die umliegenden Reiche würden Teareichen schätzen.«

Wieder fixierte Lear sie wütend, weil sie ihn unterbrochen hatte. »Das reichte aber nicht. Mortkiefern sind zwar qualitativ schlechter als Teareichen, aber wenn es sein muss, können sie trotzdem zum Bau verwendet werden. Die Verhandlungen scheiterten, und die Mortarmee rückte nach Neulondon vor. Auf ihrem Marsch in die Hauptstadt hinterließ sie eine Schneise niedergebrannter Ortschaften; Massenvergewaltigungen und Massaker waren an der Tagesordnung.«

Kelsea dachte an Mhurns Freund, der seine Frau und sein Kind verloren hatte. Wieder starrte sie in den Nachthimmel hinauf. Wo sich die anderen Gardisten jetzt wohl befanden?

»Die Situation war mehr als verzweifelt. Die Mortarmee war drauf und dran, die Festungsmauern zu überwinden, als Königin Elyssa endlich eine Einigung mit der Roten Königin erzielte. Nur ein paar Tage später wurde das Mortabkommen unterzeichnet, das den Frieden wiederherstellte.«

»Und die Mort? Haben sie sich zurückgezogen?«

»Ja. Gemäß der ausgehandelten Übereinkunft verließen sie die Stadt ein paar Tage später. Und es gab auch keine weiteren Opfer mehr.«

»Lear«, unterbrach ihn der Fetch. »Nimm dir noch ein bisschen von dem Ale.«

Kelsea wurde warm im Bauch vor Stolz. Warum hatte Carlin ihr nie davon erzählt? Das war genau die Art Geschichte, die sie immer hatte hören wollen: Königin Elyssa, die Heldin! Sie stellte sich vor, wie sich ihre Mutter in der Festung verbarrikadiert und heimlich Nachrichten nach Demesne geschickt hatte, während draußen Horden von Mort lauerten und ihre Vorräte langsam schwanden … Und dann hatte sie die Katastrophe im letzten Moment abwenden können. Das klang wie eine Geschichte aus Carlins Büchern. Und doch … und doch … Als sie sich am Tisch umsah, fiel ihr auf, dass keiner der Männer lächelte.

»Das ist eine schöne Geschichte«, sagte sie an Lear gewandt. »Und Ihr habt sie sehr gut erzählt. Aber was hat das alles mit mir zu tun?«

»Schau mich an, Mädchen.«

Sie drehte sich um und sah, dass der Fetch wie auch der ganze Rest der Männer sie düster anstarrte.

»Warum hast du nicht um dein Leben gebettelt?«

Kelsea zog die Augenbrauen zusammen. Was um alles in der Welt wollte er von ihr? »Weshalb hätte ich das tun sollen?«

»Es ist durchaus verständlich, wenn ein Gefangener im Gegenzug für sein Leben alles anbietet, was er anzubieten hat.«

Kelsea begriff, dass der Fetch schon wieder mit ihr spielte, und bei dem Gedanken loderte erneut Ärger in ihr auf. Tief und zittrig holte sie Luft und sagte: »Wisst Ihr, Barty hat mir einst eine Geschichte erzählt. Es gab da diesen Farmer, dessen Sohn in den ersten Jahren nach der Überfahrt schwer krank wurde, noch bevor die britischen Schiffe in Tearling ankamen. Es gab also noch keine Ärzte. Dem Sohn ging es schlechter und schlechter, und sein Vater, der glaubte, dass sein Sohn bald sterben müsse, verzehrte sich vor Kummer.

Dann, eines Tages tauchte ein Mann in einem schwarzen Umhang auf, der sich als Heiler auswies und behauptete, die Krankheit des Jungen heilen zu können, sofern ihm der Vater einen Finger seines Sohnes aushändigte. Die Götter müssten besänftigt werden. Der Vater hatte Zweifel an den Fähigkeiten des Mannes, trotzdem hielt er das Ganze für einen guten Handel. Was war schon ein nutzloser Finger im Vergleich zum Leben seines Sohnes? Und natürlich würde der Heiler den Finger nur bekommen, wenn seine Methoden Erfolg hatten. Zwei Tage lang sah der Vater zu, wie der Heiler seinen Sohn mit Zaubersprüchen und Kräutern behandelte. Und siehe da, der Junge wurde gesund.

Der Vater dachte darüber nach, noch einmal neu zu verhandeln, der Mann im schwarzen Umhang jagte ihm aber zu viel Angst ein. Also wartete er, bis sein Sohn schlief, und griff sich ein Messer, um ihm den kleinen Finger der linken Hand abzuschneiden. Danach verband er ihn und stillte die Blutung, doch ohne Antibiotika dauerte es nicht lange, bis sich der Junge mit Wundbrand infizierte – und starb.

Wutentbrannt verlangte der Vater eine Erklärung, woraufhin der Heiler seinen Umhang zurückschlug und eine furchterregende Dunkelheit offenbarte, die vogelscheuchenartige Silhouette eines Nichts. Der Vater schlug die Hände vors Gesicht und kauerte sich vor ihn hin, doch die Silhouette donnerte: ›Ich bin der Tod. Ich komme schnell, ich komme langsam, aber betrügen kann man mich nicht.‹«

Lear nickte bedächtig, und das erste Lächeln, das sie je auf seinem Gesicht gesehen hatte, zuckte in seinen Mundwinkeln.

»Was willst du damit sagen?«, fragte der Fetch.

»Jeder muss irgendwann gehen. Und ich glaube, es ist besser, mit Würde zu sterben.«

Er sah sie noch einen Augenblick lang an und hielt dann die zweite Kette hoch. Der Saphir schwang in der Dunkelheit vor und zurück und fing das Licht des Feuers ein. Der Stein schien groß und so tief, dass Kelsea auf seinem Grund etwas erkennen konnte, dunkel und weit weg. Sie griff danach, doch der Fetch zog die Kette zurück.

»Du hast die Hälfte des Tests bestanden, Mädchen. Und die richtigen Dinge gesagt. Wir werden dich am Leben lassen.«

Die Spannung schien von den Männern um den Tisch abzufallen. Alain holte seine Karten hervor und begann erneut, sie zu mischen. Howell erhob sich, um sich noch ein wenig Ale zu holen.

»Aber«, fuhr der Fetch leise fort, »Worte waren der leichte Part. Ich glaube nicht, dass du lange genug leben wirst, um wirklich über dieses Reich zu herrschen. Du hast ein gutes Herz, bist intelligent und meinetwegen sogar mutig. Aber du bist auch sehr jung und erschreckend naiv. Mace' Protektion mag dein Leben über den auserkorenen Zeitpunkt hinaus verlängern, aber auch er kann dich nicht retten. Dennoch …«

Er griff nach Kelseas Kinn und durchbohrte sie mit seinem schwarzen Blick. »Solltest du es allerdings wirklich auf den Thron schaffen, erwarte ich, dass du deine Pläne umsetzt. Man muss natürlich noch kräftig daran feilen, und aller Wahrscheinlichkeit nach sind sie in der Ausführung sowieso zum Scheitern verurteilt. Aber im Großen und Ganzen ist das schon in Ordnung und zeugt von einem historischen Geschichtsverständnis, das sich die meisten Monarchen nie aneignen, weil sie sich die Mühe gar nicht machen. Du wirst nach deinen hier vorgestellten Prinzipien regieren und versuchen, die Zerstörung im Land rückgängig zu machen, was auch immer es dich kosten mag. So also sieht mein Test aus, und wenn du ihn nicht bestehst, wirst du dich vor mir verantworten müssen.«

Kelsea hob die Augenbrauen und versuchte, den Schauer zu verbergen, der sie durchfuhr. »Ihr glaubt also, Ihr könntet zu mir vordringen, wenn ich in der Festung bin?«

»Ich kann zu jedem in diesem Königreich vordringen. Ich bin gefährlicher als die Mort und gefährlicher als die Caden. Ich habe dem Regenten einiges gestohlen und hatte ihn schon mehrfach vor meiner Schwertspitze. Unzählige Male hätte ich ihn töten können. Aber damit werde ich warten müssen.«

»Auf was?«

»Auf dich, Königin von Tearling.«

In einer einzigen fließenden Bewegung erhob er sich und entfernte sich vom Tisch. Kelsea starrte ihm hinterher. Ihr Gesicht brannte, wo seine Finger sie berührt hatten.

4

Der Weg zur Festung

»O Tearling, mein Tearling,
Die Jahre flogen dahin,
Du harrtest aus, du hast gelitten,
Dich gesehnt nach einer Königin.«

Klagegesang der Mütter, anonym

Kelsea erwachte mit Kopfschmerzen und einem trockenen Mund. Dass sie einen Kater hatte, begriff sie allerdings erst beim Frühstück. Trotz ihres Unwohlseins war sie geradezu entzückt über diese Erfahrung, die sie bisher nur aus Büchern kannte. Wenn aus einem Leseerlebnis Wirklichkeit wurde, fiel ein rebellierender Magen nicht weiter ins Gewicht. Das Fest hatte bis weit in die Nacht gedauert, und Kelsea hatte keine Ahnung, wie viel Met sie getrunken hatte. Ein schmackhaftes Gebräu. In Zukunft sollte sie wohl lieber die Finger davon lassen.

Als sie sich angezogen hatte, brachte ihr der Fetch einen Rasierspiegel, damit sie den langen, hässlichen Schnitt begutachten konnte, der sich rechts über ihren Hals zog und den er mit einem schwarzen Faden fein säuberlich genäht hatte.

»Gute Arbeit«, lobte Kelsea. »Aber das gibt trotzdem eine Narbe, nicht wahr?«

Der Fetch nickte. »Leider bin ich weder Gott noch der Leibarzt Ihrer Majestät.« Spöttisch verneigte er sich vor ihr. »Zumindest wird die Wunde nicht eitern, und Ihr könnt den Leuten erzählen, Ihr hättet sie Euch im Kampf zugezogen.«

Nicht ohne Genugtuung stellte Kelsea fest, dass er sie nicht länger duzte. Vielleicht, weil er endlich eine Königin in ihr sah? Sie schluckte und antwortete dann: »In einem Kampf?«

»Na ja, Euch die Rüstung abzunehmen war tatsächlich ein ziemlicher Kampf, und ich beabsichtige, die Welt davon in Kenntnis zu setzen.«

Lächelnd legte Kelsea den Spiegel beiseite und wandte sich zum Fetch um. »Danke, Sir. Ihr habt mir viele Gefälligkeiten erwiesen. Ich verdanke Euch mein Leben. Wenn ich erst auf dem Thron sitze, werde ich Euch begnadigen.«

Belustigt funkelte er sie an.

»Was ist, liegt Euch nichts daran?«

Er lächelte weiter, und Kelsea staunte über seine Wandlungsfähigkeit. Der grimmige Mann von gestern Abend schien mit dem Sonnenaufgang verschwunden. »Selbst wenn Ihr mir meine Strafe erlasst, Tearkönigin, würde ich Eure Gunst doch nur wieder verspielen. Ihr wisst doch, dass ich gerne stehle.«

»Habt Ihr Euch denn nie nach einem anderen Leben gesehnt?«

»Es gibt kein anderes Leben für mich. Und abgesehen davon: Eine Begnadigung könnte Eure Schuld nicht annähernd begleichen. Mein Geschenk an Euch ist größer, als Ihr ahnt.«

»Welches Geschenk?«

»Das werdet Ihr schon noch herausfinden. Aber als Gegenleistung erwarte ich, dass Ihr gut darauf aufpasst.«

Kelsea griff erneut nach dem Spiegel. »Großer Gott, Ihr habt mich doch nicht etwa im Schlaf geschwängert?«

Der Fetch warf den Kopf in den Nacken und brach in schallendes Gelächter aus. Kameradschaftlich legte er ihr eine Hand auf den Rücken. Ihre Haut kribbelte unter seiner Berührung.

»Tearkönigin, entweder seid Ihr in einer Woche mausetot oder die furchterregendste Herrscherin, die dieses Königreich je gesehen hat. Wenn Ihr mich fragt – dazwischen gibt es nichts.«

Kelsea betrachtete sich prüfend im Spiegel, während sie mit einem Kamm durch ihr Haar fuhr. Zwar hatte sie schon am Teich im Wald einen Blick auf ihr Antlitz erhascht, aber das hier war trotzdem etwas völlig anderes. Zum ersten Mal begriff sie, wie sie wirklich aussah. In allen Einzelheiten. Und die waren nach wie vor nicht gerade umwerfend. Gut, ihre Augen waren zugegebenermaßen recht hübsch, mandelförmig und von einem leuchtenden Grün. Ein Erbe der Raleighs, wie sie von Carlin wusste. Alle aus ihrer Familie mütterlicherseits hatten denselben katzengrünen Blick. Aber ihr Gesicht … Es war rund, tomatenrot und – man konnte es nicht anders nennen – gewöhnlich.

Der Fetch hatte ihr wunderschöne, mit Amethysten besetzte Haarnadeln geschenkt, die wie Schmetterlinge aussahen. Eigentlich hätte Kelsea schon wieder eine Haarwäsche nötig gehabt, doch der Schmuck machte einiges wett. Hatte der Fetch ihn vom Kopf einer Edelfrau geklaut? Sein Lächeln im Spiegel wurde breiter, und Kelsea wusste, dass er ihre Gedanken gelesen hatte. »Ihr seid ein Ganove«, schimpfte sie, während sie die letzte Nadel feststeckte. »Ich sollte das Kopfgeld, das auf Euch ausgesetzt ist, erhöhen.«

»Nur zu. So steigert Ihr meinen Ruhm.«

»Was für ein Leben habt Ihr vorher geführt? Eure Grammatikkenntnisse sind besser als meine, und auch Euer Wortschatz wirkt nuancierter. Dabei habe ich eine so strenge Ausbildung genossen.«

Der Fetch antwortete in schönstem Cadarese: »Was Tear betrifft, mögt Ihr recht haben. Aber in Mort und Cadarese seid Ihr mir zweifellos überlegen. Beide Sprachen habe ich erst spät gelernt und spreche sie nicht akzentfrei.«

»Nun weicht mir doch nicht aus! Wenn ich erst auf der Festung bin, werde ich sowieso alles herausfinden, was ich wissen muss.«

Betrübt lächelnd, wechselte er ins Tear: »Dann habe ich erst recht keinen Grund, wertvolle Energien auf Erklärungen zu verschwenden. Übrigens weiß ich nicht mehr, wie man ›Energie‹ auf Caderese sagt. Ich bin eindeutig aus der Übung.«

Kelsea neigte den Kopf und blickte ihn fragend an. »Kann ich wirklich nichts für Euch oder Eure Männer tun? Nicht das Geringste?«

»Mir fällt nichts ein. Abgesehen davon liegt eine gewaltige Aufgabe vor Euch, Lady. Da würde ich Euch ungern eine zusätzliche Last aufbürden.«

»Wenn Ihr mir schon nicht gestattet, Eurer drohenden Enthauptung Einhalt zu gebieten, wäre es wahrscheinlich erst recht albern, mich um ein paar Schafe oder eine neue Armbrust zu bitten.«

»Eines Tages werde ich meine Schulden eintreiben, Tearkönigin, verlasst Euch darauf. Und mein Preis wird kein geringer sein.«

Kelsea musterte ihn scharf, doch sein Blick war bereits nach draußen gerichtet, in weite Ferne, über die gelben Hügel hinweg zur Festung.

Mit einem Schlag wurde ihr klar, dass sie künftig alles daransetzen sollte, ihn zu meiden. Er war ein Verbrecher, ein Gesetzloser und zweifellos eine Gefahr für den Rechtsstaat, den sie in ihrem Reich errichten wollte. Und doch wusste sie nicht, ob sie je den Willen aufbringen würde, ihn ins Gefängnis zu werfen oder gar zum Tode zu verurteilen, wie es wohl angebracht gewesen wäre.

Ich muss einem anderen Mann begegnen, der mich von ihm ablenkt. Jemandem, der akzeptabler ist.

Sie legte den Spiegel endgültig beiseite. »Kann ich jetzt gehen?«

Mace (so hatte der Fetch berichtet) hatte in der Nacht zwei Fluchtversuche unternommen, und als ihn die Männer heute endlich aus dem Zelt lassen wollten, hatte er seine Beine schon wieder aus den Fesseln gelöst. Trotz der Augenbinde gelang es ihm, Alain einen gemeinen Tritt gegen das Schienbein zu verpassen, woraufhin dieser fluchend zu Boden ging. Howell und Morgan, die Mace in den Sattel heben sollten, kamen einigermaßen glimpflich davon. Seine Hände blieben gefesselt, und noch mitsamt der Augenbinde war die Mordlust in seinem Gesicht nicht zu übersehen.

Kelsea fiel der Abschied vom Fetch und seinen Männern merkwürdig schwer. Dankbar nahm sie zur Kenntnis, dass wenigstens Morgan ihren Weggang zu bedauern schien. Er schüttelte ihr auf eine männlich kumpelhafte Art die Hand und überreichte ihr ein Extrafläschchen des Betäubungsmittels, mit dem schon der Fetch ihren Hals behandelt hatte und das den Schmerz in Sekundenschnelle linderte.

»Was ist das für ein Zeug?«, fragte Kelsea, als sie die Ampulle in ihrem Umhang verschwinden ließ. »Ziemlich gut für ein Schmerzmittel.«

»Opium.«

Kelsea zog die Augenbrauen hoch. »*Flüssiges* Opium? So was gibt's?«

»Ihr habt ein behütetes Leben geführt, Lady.«

»Ich dachte, Opium ist in Tearling verboten.«

»Genau deswegen hat Gott den Schwarzmarkt erschaffen.«

Die ersten paar Kilometer ritt der Fetch noch neben ihnen her. Da Mace seine Fesseln samt Augenbinde anbehalten sollte, bis sie sich weit genug vom Lager entfernt hatten, musste Kelsea seinen Hengst führen. Seltsam, dass man ihnen die Pferde gelassen hatte. Rake war ja schon ganz ansehnlich, aber Mace' Wallach war schlichtweg eine Schönheit – eine Schönheit aus Cadare, die ein Vermögen wert sein musste. Kelsea wunderte sich über so viel Großzügigkeit, stellte aber keine Fragen.

Unter ihrem Umhang trug sie Pens schwere Rüstung, die sie nicht hatte zurücklassen wollen. Etwas verdrießlich stellte Kelsea fest, dass sie sich eine robustere Kondition zulegen musste, denn Rüstungen würden künftig wohl zu einem festen Bestandteil ihrer Garderobe werden.

Auf einer Böschung brachte der Fetch sein Pferd zum Stehen und deutete auf die vor ihnen liegende Landschaft, in der sich ein schmaler Weg durch braungelbe Hügel schlängelte. »Dies ist die einzige Hauptstraße der Gegend. Sie mündet in die Mortstraße, die direkt nach Neulondon führt. Ob Ihr sie nehmt oder nicht, bleibt Euch überlassen, aber in jedem Fall solltet Ihr Euch nicht zu weit von ihr entfernen. Spät in der Nacht werdet Ihr in ein Sumpfgebiet kommen, und ohne einen Anhaltspunkt könnte es gut sein, dass Ihr auf ewig im Morast herumirrt.«

Kelsea überblickte das Land. Die ersten Hügel verstellten die Sicht auf die Straße, doch dahinter kam die ockerfarbene Linie wieder zum Vorschein. Sauber trennte sie die Ackerflächen voneinander und lief auf die nächste braune Hügelkette zu, an deren Hänge sich Hunderte Gebäude schmiegten. Und das alles überschattete ein gigantischer grauer Monolith. Die Festung.

»Würdet Ihr die Straße denn nehmen?«, fragte Kelsea an den Fetch gewandt.

Er überlegte kurz und sagte dann: »Ja, würde ich. Mein Leben ist vielleicht nicht so bedroht wie Eures, aber dennoch glaube ich, dass der direkte Weg oft der beste ist, auch wenn man den Grund dafür zunächst nicht kennt.«

»Wenn er mir nur die dämliche Augenbinde abnehmen würde«, knurrte Mace. »Dann könnte ich selbst entscheiden, welcher Weg der beste ist, und den Kerl zum Teufel schicken.«

»Ihr lasst die Augenbinde gefälligst an, bis ich weg bin«, erwiderte der Fetch.

Neugierig blickte Kelsea ihn an. »Hegt Ihr einen Groll gegeneinander?«

Der Fetch lächelte, doch sein auf die Festung gerichteter Blick wurde hart. »Nicht so, wie Ihr denkt.«

Er wendete sein Pferd und hielt ihr die Hand hin. Was folgte, war ein sachlicher, fester Händedruck, und doch wusste Kelsea, dass sie diesen Moment nie vergessen würde, gleichgültig, ob sie den Fetch nun wiedersah oder nicht.

»Noch etwas, Lady.« Er griff in sein Hemd und holte ihre zweite Halskette hervor, an die sie überhaupt nicht mehr gedacht hatte. Wieder überkam sie das dringende Bedürfnis, sich von ihm loszureißen. Nur weg von diesem Mann, der sie alles, Gewöhnliches und Wichtiges, vergessen ließ.

»Die Kette gehört Euch, und ich will sie Euch nicht wegnehmen. Trotzdem ist es besser, wenn ich sie noch eine Weile behalte.«

»Bis wann?«

»Bis Ihr sie Euch verdient habt.«

Kelsea öffnete den Mund, um zu widersprechen, besann sich dann aber eines Besseren und schloss ihn wieder. Dieser Mann tat nichts aus einem spontanen Impuls heraus. Jede seiner Taten war wohlüberlegt, und wenn sie glaubte, ihn allein durch Worte umstimmen zu können, standen ihre Chancen denkbar schlecht.

»Viel Glück, Tearkönigin. Ich werde Euer Tun mit Interesse verfolgen.«

Nach einem letzten wohlwollenden Lächeln ritt er davon. Sein Pferd legte hangabwärts an Tempo zu und passierte im Handumdrehen den nächsten Hügel.

Auch als er ihrem Blick längst entschwunden war, sah Kelsea ihm noch nach. Um Mace scherte sie sich nicht – was er nicht wusste, brauchte ihn auch nicht zu kümmern. Erst als sich irgendwann die letzten Staubwolken gelegt hatten, die der Fetch hinter sich hergezogen hatte, lenkte Kelsea ihr Pferd neben seines und löste die Knoten um seine Handgelenke. Sofort riss er sich die Augenbinde herunter und blinzelte heftig. »Himmel, ist das hell.«

»Ihr habt eine bemerkenswerte Zurückhaltung an den Tag gelegt, Lazarus. Bei dem Ruf, der Euch vorauseilt, hätte ich gedacht, Ihr würdet Eure Fesseln durchbeißen und ein paar Männern den Garaus machen.«

Statt einer Antwort rieb sich Mace die Handgelenke, auf denen sich die tiefen Einschnitte der Seile abzeichneten.

»Am Fluss habt Ihr Euch beeindruckend geschlagen«, fuhr Kelsea fort. »Wo habt Ihr so kämpfen gelernt?«

»Wir sollten weiterreiten.«

Kelsea musterte ihn einen Augenblick lang und wandte sich dann der Stadt zu. »Ich weiß, Ihr habt geschworen, mich sicher zur Festung zu bringen. Doch jetzt entbinde ich Euch von Eurem Wort. Ihr habt genug für mich getan.«

»Mein Schwur galt einer Frau, die mittlerweile tot ist, Lady. Davon könnt Ihr mich nicht entbinden.«

»Und was, wenn wir in den Tod reiten?«

»Dann wären wir ein echtes Fey-Paar.«

Kelsea hatte keinen Schimmer, was das bedeuten sollte, doch sie hakte nicht nach, sondern hielt ihr Gesicht in den sanften Wind. »Wenn Ihr keine bessere Idee habt, nehmen wir die Straße.«

Mace ließ seinen Blick über die Landschaft und das ferne Neulondon schweifen und nickte schließlich. »Wir nehmen die Straße.«

Kelsea gab ihrem Pferd die Sporen, und schon preschten sie den Hügel hinab.

Nachdem sie einige Stunden zügig geritten waren, mündete der schmale Weg, wie der Fetch es ihnen gezeigt hatte, in die Mortstraße, eine großzügig angelegte, ungefähr fünfzehn Meter breite Allee, die in erster Linie dem Handelsverkehr zwischen Tearling und Mortmesne diente. Der Boden war so festgetrampelt, dass kaum Staub aufwirbelte. Es herrschte ein reges Treiben, und Kelsea war froh, in ihren dunkelroten Umhang gehüllt zu sein, den der Fetch ihr gegeben hatte. Mace trug nicht länger das Grau der Königinnen-Garde, sondern einen langen schwarzen Umhang. Seinen Morgenstern, den er nach wie vor mit sich führte (zumindest hoffte Kelsea das), hatte er so befestigt, dass man ihn nicht sah. Die meisten Passanten, die sich zur Festung aufgemacht hatten, waren ebenfalls in Umhänge und Kapuzen gehüllt, und jeder schien darauf bedacht, für sich zu bleiben. Kelsea hielt nach Mitgliedern der Caden und nach dem Grau der Königinnen-Garde Ausschau. Doch irgendwann wurde das Gedränge derart dicht, dass sie sich auf nichts mehr konzentrieren konnte. Abgesehen davon hatte Mace sowieso das feinere Gespür für verborgene Gefahren. Also beschloss sie, auf seinen scharfen Blick zu vertrauen, und richtete ihre Aufmerksamkeit wieder auf die Straße. Der Fetch hatte gesagt, Neulondon sei problemlos in zwei Tagen zu erreichen. Kelsea zog in Erwägung, die Strecke in einem einzigen Ritt zurückzulegen, doch bei Sonnenuntergang verwarf sie die Idee wieder. Sie war müde, und ihre Wunde begann zu schmerzen. Als sie Mace leise darauf ansprach, nickte er.

»Ich schlafe ohnehin nicht, Lady. Ihr könnt Euch gerne ein wenig ausruhen.«

»Aber Ihr müsst doch auch irgendwann einmal schlafen.«

»Dafür ist die Welt zu gefährlich.«

»Und als Ihr ein Kind wart?«

»Ich war nie ein Kind.«

Ein Mann stieß gegen Kelseas Pferd und murmelte im Vorbeigehen: »Verzeihung, Sir.« Inzwischen war die Straße gerammelt voll. Von allen Seiten drängten Menschen herbei. Der Gestank nach ungewaschenen Körpern stieg Kelsea schwallartig in die Nase. Aber klar, die Straße kam aus dem Süden, und dort gab es kein Wasser.

Auf einem Karren vor ihnen saß eine Familie mit zwei Kindern, einem Jungen und einem Mädchen, beide nicht älter als acht Jahre alt. Sie hatten Gras und Wurzeln gesammelt und spielten Kochen. Kelsea beobachtete sie fasziniert. Wenn sie früher gespielt hatte, dann immer allein, und natürlich war sie in ihrer Vorstellung stets die Heldin gewesen. Die jubelnde Menge und sogar ihre Freunde hatte sie sich erträumen müssen. In all der Zeit war der Wunsch, mit anderen Kindern zusammen zu sein, nie verblasst. Sie hatte wohl zu lange auf den Karren gestarrt, denn irgendwann begann die Mutter der beiden ihr argwöhnische Blicke zuzuwerfen. Kelsea bat Mace flüsternd, etwas langsamer zu reiten.

»Warum ist die Straße so voller Menschen?«, fragte sie, als die Familie außer Sichtweite war.

»Weil es südlich des Crithe-Flusses keine andere direkte Verbindung nach Neulondon gibt und viele Pfade hierherführen.«

»Aber das ist doch eine Handelsstraße. Wie soll man da mit einer Karawane durch?«

»Es ist nicht immer so überfüllt, Lady.«

Sie ritten bis nach Sonnenuntergang und weit in die Nacht hinein, als die meisten anderen Reisenden längst ihr Lager aufgeschlagen hatten. Feuer säumten den Straßenrand, und im Vorbeireiten hörte Kelsea die Menschen plaudern und singen. Als die Flammen nach und nach erloschen und nichts als Rauch übrig blieb, glaubte sie, Pferdegetrappel in ihrem Rücken zu hören, doch ganz sicher war sie sich nicht. Drehte sie sich um, war dort nichts als Dunkelheit.

Sie beschloss, die Zeit zu nutzen und etwas über den Zustand ihres Reichs in Erfahrung zu bringen. Mace ging auf jede ihrer Fragen ein, doch sie merkte, dass er seine Antworten achtsam zensierte. Und das wahrscheinlich aus gutem Grund, denn schon die wenigen Informationen, die er sich entlocken ließ, zeichneten ein düsteres Bild.

Die meisten Bewohner von Tearling litten Hunger. Der Ackerbau, der in der Almontebene betrieben wurde, taugte allenfalls zur Bedarfswirtschaft. Sämtliche überschüssigen Nahrungsmittel gingen an den jeweiligen Landbesitzer, der sie entweder in Neulondon oder über den Schwarzmarkt nach Mortmesne verkaufte. Auf Gerechtigkeit konnten die Armen kaum hoffen. Weite Teile des Rechtssystems waren unter der vorherrschenden Korruption zusammengebrochen, und den wenigen ehrbaren Richtern, die noch übrig waren, hatte man inzwischen andere Regierungsarbeiten anvertraut. Kelsea begriff, dass sie schlecht vorbereitet war, und dieses Wissen lastete wie Blei auf ihren Schultern. Derlei Probleme erforderten eine schnelle Lösung, nur leider hatte sie keinen Schimmer, wie sie das bewerkstelligen sollte. Carlin hatte ihr so unendlich viel über Geschichte beigebracht und viel zu wenig über Politik. Wie sollte sie ihre Untertanen dazu bringen, ihr zu gehorchen?

»Du hast uns als Fey-Paar bezeichnet, Lazarus. Was heißt das? Ich kenne das Wort nicht.«

»Meine Vorfahren aus der Zeit vor der Überfahrt stammten aus Schottland. ›Fey‹ bedeutet, dass man dem Tod hocherhobenen Hauptes entgegentritt.«

»Klingt nicht nach mir.«

»Vielleicht meint Ihr das nur, Lady.«

Als sie um eine Wegbiegung ritten, glaubte Kelsea erneut, Hufgetrappel zu hören. Und tatsächlich, es war keine Einbildung. Mace brachte sein Pferd abrupt zum Stehen und wandte sich um.

»Da ist jemand. Mehrere Reiter.«

Kelsea sah nichts, nur den blassen Mond am Himmel, aber das musste nichts heißen, denn in der Nacht hatte sie noch nie besonders gut gesehen – ganz im Gegensatz zu Barty, der sich in der Dunkelheit immer wesentlich besser zurechtgefunden hatte. »Wie weit sind sie weg?«

»Ein, zwei Kilometer vielleicht«, antwortete Mace. Seine Finger trommelten auf den Sattel. »Hier gibt es keinen Schutz durch Bäume. Es ist sicherer, wenn wir die Nacht durchreiten und uns morgen früh ausruhen. Aber sollten die Reiter näher kommen, müssen wir die Straße hinter uns lassen. Kommt, lasst uns einen Zahn zulegen.«

Er gab seinem Pferd die Sporen. Kelsea folgte ihm. »Wäre es nicht besser, die Straße schon jetzt zu verlassen und zu warten, bis sie vorbeigeritten sind?«

»Sollten wir wirklich verfolgt werden, wäre das ziemlich

riskant, Lady. Allerdings glaube ich nicht, dass wir es mit Caden oder gar Mort zu tun haben. Von Habichten weit und breit keine Spur. Ich schätze, die Männer haben unsere Spur verloren. Euer Retter, wer auch immer das sein mag, hat ganze Arbeit geleistet.«

Der Fetch … Bei seiner Erwähnung zuckte Kelsea zusammen. Nicht ohne Genugtuung registrierte sie, dass sie in den letzten paar Stunden nicht an ihn gedacht hatte. In ihrem Inneren entbrannte ein heftiger Kampf: Einerseits hätte sie nur zu gerne etwas über ihn in Erfahrung gebracht, andererseits wollte sie seine Identität nicht preisgeben. Sie sollte ihr Geheimnis bleiben. Kelsea ärgerte sich über sich selbst, als schließlich ihre Neugier siegte. »Er sagte mir, dass er der Fetch genannt wird.«

Mace kicherte. »Das hatte ich trotz Augenbinde vermutet.«

»Ist er wirklich ein so überragender Dieb, wie er behauptet?«

»Überragend ist gar kein Ausdruck, Lady. In Tearlings Geschichte gibt es Gesetzlose wie Sand am Meer, aber mit dem Fetch kann es keiner aufnehmen. Allein Eurem Onkel hat er mehr gestohlen, als ich je besessen habe.«

»Er sagte, auf seinen Kopf stünde eine hohe Belohnung.«

»Zuletzt waren es fünfzigtausend Pfund.«

»Aber wer ist er?«

»Das weiß niemand, Lady. Vor zwanzig Jahren ist er zum ersten Mal wie aus dem Nichts mit seiner Maske hier aufgetaucht.«

»Vor zwanzig Jahren?«

»Aye, Lady. Vor exakt zwanzig Jahren. Und das weiß ich so genau, weil er damals eine der Lieblingsfrauen Eures Onkels entführt hat, als sie zum Einkaufen in die Stadt ging. Nur wenige Monate später hat Eure Mutter ihre Schwangerschaft bekanntgegeben.« Mace gluckste. »Für den Regenten muss es das schlimmste Jahr seines Lebens gewesen sein.«

Kelsea dachte nach. Demnach musste der Fetch viel älter sein, als er wirkte. »Aber warum hat man ihn nicht gefasst, Lazarus? Solche Kunststückchen hätten jedem das Genick gebrochen, selbst solchen, die das Glück gepachtet haben.«

»Nun, für das gemeine Volk ist er ein Held, Lady. Wenn der Regent oder ein Adeliger ausgeraubt werden, heißt es, nur der Fetch könne dahinterstecken. Jedes einzelne Stück, das er den Reichen abluchst, lässt ihn im Ansehen der Armen steigen.«

»Verteilt er das Geld denn unter ihnen?«

»Nein, Lady.«

Enttäuscht blickte Kelsea ihn an.

»Und hat er viel erbeutet?«

»Das kann man wohl sagen. Diebesgut im Wert von Hunderttausenden von Pfund.«

»Aber was macht er mit den ganzen Reichtümern? Im Lager hat man jedenfalls nichts davon gesehen. Die Männer leben in Zelten, und auch ihre Kleidung dürfte schon bessere Zeiten gesehen haben. Ich weiß nicht mal, ob …«

Mace packte sie so abrupt am Arm, dass sie mitten im Satz abbrach.

»Ihr habt das *gesehen*?«

»Was?«

»Man hat Euch nicht die Augen verbunden?«

»Na ja, ich bin ja kein so furchterregender Recke wie Ihr.«

»Habt Ihr sein Gesicht gesehen? Ich meine, das vom Fetch?«

»Ja, natürlich, ich bin doch nicht blind.«

»Ihr versteht nicht, Lady. Man hat mir die Augenbinde nicht angelegt, weil mir ein so schrecklicher Ruf vorauseilen würde. Es ging um etwas anderes. Euer Onkel bekommt den Fetch nicht zu fassen, weil weder er noch seine Männer wissen, wie er aussieht. Wenn ich mich recht entsinne, war der Fetch schon zweimal kurz davor, ihn zu töten. Und dennoch hat der Regent nicht *einen* Blick auf ihn erhaschen können. Niemand weiß, wie der Mann unter der Maske aussieht. Höchstens diejenigen, die ihn für kein Geld der Welt verraten würden.«

Kelsea blickte in die Sterne. Kleine, funkelnde Punkte, die den ganzen Himmel bedeckten. Nur schade, dass sie ihr keine Antwort gaben. Obwohl sie gerade noch schläfrig in ihrem Sattel hin und her geschwankt war, war sie jetzt mit einem Schlag hellwach. Eigentlich müsste sie sofort ein Bild vom Fetch anfertigen oder ihn jemandem beschreiben, der gut zeichnen konnte. Und doch würde sie keins von beidem tun, das wusste sie.

»Lady?«

Kelsea holte tief Luft. »Ich würde ihn auch für kein Geld der Welt verraten.«

»Du lieber Gott.« Mace hielt sein Pferd mitten auf der Straße an und verharrte reglos in seinem Sattel. Kelsea spürte seine Missbilligung. Sie fühlte sich wie früher, wenn sie sich in Carlins Bibliothek in einer Ecke zusammengekauert hatte, weil sie die Antwort auf eine ihrer Fragen nicht wusste. Wie Carlin wohl auf die derzeitigen Entwicklungen reagiert hätte? Kelsea beschloss, nicht darüber nachzudenken.

»Ich bin ja auch nicht stolz drauf«, murmelte sie entschuldigend. »Aber was bringt es, wenn ich es abstreite?«

»Wisst Ihr, was ein Fetch ist, Lady?«

»Ein Gauner.«

»Nein. Ein Fetch ist ein Geschöpf aus der Mythologie, ein Vorbote des Todes. Er mag ein Meisterdieb sein, aber viele seiner übrigen Taten sollte man lieber gar nicht erst näher betrachten.«

»Ich möchte jetzt wirklich nichts über die anderen Taten des

Fetch hören, Lazarus«, sagte Kelsea ungehalten, obwohl sie in Wahrheit natürlich *alles* darüber wissen wollte. »Ich habe Euch das nur erzählt, damit Ihr Bescheid wisst.«

»Nun«, erwiderte Mace resigniert, »der Mann übt einen schlechten Einfluss aus. Vielleicht sollten wir nicht mehr über ihn sprechen.«

»Einverstanden.« Während Kelsea ihr Pferd antrieb, suchte sie nach einem neuen Gesprächsthema: »Mein Onkel ist nicht verheiratet, hat Carlin mir erzählt. Was also hat es mit dieser Lieblingsfrau auf sich?«

Widerstrebend berichtete Mace, dass sich der Regent die Herrscher von Cadare zum Vorbild genommen und nach einem Harem verlangt hatte. Die jungen Frauen stammten aus armen Verhältnissen und wurden von ihren Familien an die Festung verkauft. Kelsea war außer sich. Nicht genug damit, dass ihr Reich in Korruption ertrank, nein, jetzt bekam sie es auch noch mit einem Hurenhaus zu tun. Leider weigerte sich Mace, ihr ein paar Soldatenflüche beizubringen, und sie selbst kannte keine Schmähungen, die derb genug gewesen wären, um ihrem Ärger Luft zu machen. Gekaufte Frauen! Genau dieses Verbrechen hätte nach der Überfahrt Geschichte sein sollen.

»Sämtliche Taten des Regenten fallen auf meinen Thron zurück. Das ist so, als hätte ich den Frauenhandel selbst sanktioniert.«

»Das glaube ich nicht, Lady. Keiner kann Euren Onkel wirklich leiden.«

Seine Worte konnten Kelseas Zorn nicht lindern, doch unter all ihrer Wut verbarg sich auch eine tiefsitzende Unsicherheit. Mace' Schilderungen ließen darauf schließen, dass es bereits vor ihrer Geburt Frauenhandel gegeben hatte. Warum war ihre Mutter nicht dagegen vorgegangen? Sie wollte Mace schon fragen, überlegte es sich dann jedoch anders. Er würde ihr ja sowieso keine Antwort geben.

»Ich muss den Regenten loswerden«, sagte sie entschlossen.

»Er ist Euer Onkel, Lady.«

»Das ist mir egal. Wenn ich erst auf dem Thron sitze, werfe ich ihn noch in derselben Sekunde aus der Festung.«

»Euer Onkel steht hoch in der Gunst der Roten Königin. Wenn Ihr ihm seine Macht entzieht, könnte das die Beziehungen zu Mortmesne gefährden.«

»Wieso denn gefährden? Ich dachte, wir hätten einen Vertrag.«

»Den haben wir, Lady.« Mace räusperte sich. »Aber der Friede mit Mortmesne steht auf tönernen Füßen. Jede offen ausgetragene Feindseligkeit könnte verheerende Folgen haben.«

»Warum?«

»Unser Königreich hat keine ausgebildeten Kämpfer, die es mit einer ganzen Armee aufnehmen könnten, geschweige denn mit der von Mortmesne. Und wir haben keinen Stahl.«

»Also brauchen wir Waffen und ein Heer.«

»Kein Heer der Welt wird sich mit Mortmesne anlegen, Lady. Ich bin nicht abergläubisch, aber den Gerüchten über die Rote Königin glaube ich, seit ich sie vor Jahren einmal selbst zu Gesicht bekommen habe …«

»Wie das?«

»Der Regent hatte eine Delegation nach Demesne entsandt, und ich sollte zu ihrem Schutz mitreisen. Zu diesem Zeitpunkt war die Rote Königin seit weit über einem Jahrhundert an der Macht, aber ich schwöre Euch, Lady, sie sah keinen Tag älter aus als Eure Mutter bei Eurer Geburt.«

»Nun gut, aber selbst wenn das Alter ihr nichts anhaben kann, ist sie doch nur eine Frau.« Kelsea sprach mit fester Stimme, doch innerlich war sie angespannt. Mitten in der

Nacht auf einer gottverlassenen Straße über eine Hexenkönigin zu sprechen war keine besonders gute Idee. Die Feuer, die hier und da noch den Straßenrand gesprenkelt hatten, waren inzwischen vollends außer Sichtweite, und sie hatte das Gefühl, als wären sie und Mace ganz allein in der Dunkelheit. Ein süßlich fauliger Gestank lag über der Straße. Irgendwo in der Nähe musste es einen Sumpf geben.

»Seid vorsichtig, Lady. So ehrenvoll Eure Absichten auch sein mögen, der direkte Weg ist nicht immer der beste.«

»Und doch reiten wir nun hier auf dieser Straße, Lazarus.«

»Aus Mangel an Alternativen.«

Kurz vor Tagesanbruch machten sie Rast. Bis zur Stadt würden sie noch ungefähr vier bis fünf Stunden brauchen. Mace verbot Kelsea, ein Feuer zu machen, und als weitere Vorsichtsmaßnahme schlug er ihr Lager hinter einem großen Brombeerstrauch auf, damit es von der Straße aus nicht zu sehen war. Ihre Verfolger mussten sich ebenfalls zur Ruhe gelegt haben, denn das Hufgetrappel war verstummt. Mace nickte, als Kelsea ihn fragte, ob sie ihre Rüstung für die Nacht abnehmen dürfe.

»Aber morgen müsst Ihr sie wieder anlegen, Lady, denn wir werden die Stadt untertags erreichen. Eine Rüstung ohne Schwert taugt vielleicht nicht viel, ist aber besser als nichts.«

»Wie Ihr wünscht«, murmelte Kelsea, die trotz der pochenden Wunde an ihrem Hals schon halb eingeschlafen war. Und das war auch gut so. Auf den morgigen Tag kam alles an. *Fey*, dachte sie. Dem Tod entgegentreten. Sie glitt in den Schlaf und träumte von den endlosen Feldern der Almontebene, von Männern und Frauen, zerlumpten Gestalten, die den Boden bewirtschafteten. Hinter den Feldern ging die Sonne auf, und der Himmel stand in Flammen. In nicht allzu weiter Entfernung erblickte sie eine Bäuerin. Als die Frau sich umwandte, sah Kelsea, dass sie wunderschön war. Sie hatte einprägsame Züge, dunkles, wirres Haar und ein überraschend junges Gesicht. Sie streckte ihr ein Bündel Weizen entgegen, als wolle sie, dass Kelsea es prüfte.

»Rot«, flüsterte die Frau heiser. In ihren Augen leuchtete der Wahn. »Ganz rot.«

Kelsea blickte erneut auf das Bündel und sah, dass die Frau keine Weizengarbe, sondern den verstümmelten, blutenden Körper eines kleinen Mädchens hielt. Man hatte dem Kind die Augen ausgestochen, und in seinen Augenhöhlen sammelte sich Blut. Kelsea öffnete den Mund, um zu schreien, als Mace sie wachrüttelte.

5

Weit wie das Meer Gottes

»An jenem Tag warteten zahlreiche Familien vor der Festung und bereiteten sich darauf vor zu trauern. Sie konnten nicht ahnen, dass sie zu Akteuren auf der Geschichtsbühne würden, einige von ihnen mit sehr viel bedeutenderen Rollen, als sie je vermutet hätten.«

Die Frühgeschichte Tearlings, wie Merwinian sie erzählt

Einige Stunden nach der Mittagszeit erreichten sie Neulondon. Kelsea war erschöpft von der Hitze, vom mörderischen Gewicht ihrer Rüstung und vom Schlafmangel, doch als sie die Brücke überquerten, fühlte sie sich angesichts der schieren Größe der Stadt wie wachgerüttelt.

Sie mussten einen Zoll entrichten, den zwei zu beiden Seiten eines Tors postierte Männer entgegennahmen. Mace gelang das bewundernswerte Kunststück, einen Penny aus seinem Umhang zu fischen, den Torwächter zu bezahlen und gleichzeitig sein Gesicht zu verdecken. Kelsea betrachtete die Brücke – ein technisches Wunderwerk, das mindestens fünfundvierzig Meter lang war, aus einer Reihe grauer Granitblöcke bestand und von sechs gigantischen Pfeilern gestützt wurde, die aus den Fluten des Caddell emporragten. Kelsea wusste, dass der Fluss zunächst dem äußeren Stadtrand folgte, sich dann weitere achtzig Kilometer Richtung Südwesten schlängelte, bis er schließlich als Wasserfall über die Klippen stürzte und in den Golf von Tearling mündete. Unter der Brücke war das Wasser von einem tiefen Azurblau.

»Schaut nicht so auffällig hin«, murmelte Mace. Kelsea fuhr herum und blickte gehorsam wieder geradeaus.

Neulondon war ursprünglich eine Kleinstadt gewesen, erbaut von den ersten Siedlern im Vorland des Ricegebirges. Nachdem sie sich langsam von Hügel zu Hügel ausgedehnt hatte, war sie irgendwann zur Hauptstadt Tearlings avanciert, die sich heute über das gesamte Bergvorland erstreckte. Ihre Gebäude und Straßen waren in die sanft ansteigende und abfallende Topographie modelliert. Aus der Stadtmitte erhob sich die Festung wie ein gigantischer Obelisk aus grauem Stein, der die umliegenden Häuser um ein Vielfaches überragte. In Kelseas Vorstellung war sie vollkommen symmetrisch gewesen, doch der Komplex hier hatte die Form einer Stufenpyramide, mit Zinnen und Balkonen, die sich auf unterschiedlichen Ebenen befanden. Es gab Nischen und Zwischenräume, in denen sich gewiss so einiges verbergen ließ. Gebaut wurde sie während der Herrschaft von Jonathan dem Guten, dem zweiten König Tearlings. Den Namen des Baumeisters kannte niemand, doch er musste wahrlich eine außergewöhnliche Persönlichkeit gewesen sein.

Der Rest der Stadt wirkte weniger prunkvoll. Die meisten Gebäude bestanden aus minderwertigem Holz und neigten sich willkürlich in alle erdenklichen Richtungen. Ein einziges Feuer würde reichen, dachte Kelsea, um die halbe Stadt abbrennen zu lassen.

In der Nähe der Festung, in ungefähr zwei Kilometer Entfernung, befand sich ein weißer, vielleicht halb so hoher Turm, auf dessen Spitze ein goldenes Kreuz aufragte. Das musste der Arvath sein, der Sitz von Gottes Kirche. Auch wenn der Regent nachgegeben und in eine zusätzliche Hauskapelle innerhalb der Festungsmauern eingewilligt hatte, schien es nur natürlich, dass sich der Arvath so nah an der Festung befand. Kelsea hätte nicht sagen können, ob das Kreuz an der Spitze aus echtem Gold war oder nur vergoldet, in jedem Fall glänzte es so hell im Sonnenlicht, dass sie die Augen zukneifen musste.

William Tear hatte die Ausübung jeglicher Religion in seinem Utopia verboten. Carlin hatte erzählt, dass er damals sogar einen Mann über Bord seines Flaggschiffs geworfen hatte, weil er draufgekommen war, dass dieser heimlich missionierte. Doch inzwischen hatte sich das Christentum wieder durchgesetzt und war stärker denn je. Kelsea wusste nicht, welche Haltung sie der Kirche gegenüber eingenommen hätte, wäre sie von Carlins Atheismus nicht so geprägt worden. Jetzt war es zu spät. Das Misstrauen, das Kelsea dem goldenen Kreuz entgegenbrachte, war etwas Instinkthaftes, Tiefsitzendes, wobei ihr natürlich klar war, dass sie früher oder später einen Kompromiss würde eingehen müssen. Nur waren Kompromisse selbst bei kleineren Streitigkeiten im Cottage nie ihre Stärke gewesen.

Sie erreichten das Ende der überfüllten Brücke und drangen nun in das Stadtgebiet vor. Mace ritt schweigend neben ihr her und bedeutete ihr nur von Zeit zu Zeit, die Richtung zu ändern. Noch immer waren beide zur Gänze verhüllt und hatten sich die Kapuzen tief ins Gesicht gezogen. Mace glaubte, alle Wege zur Festung seien bewacht. Kelsea registrierte seine Wachsamkeit und dass er hin und wieder Anstalten machte, sie vor irgendetwas abzuschirmen, das ihn aufgeschreckt hatte.

Kelsea nahm nichts Außergewöhnliches wahr. Andererseits: Woher sollte sie wissen, was gewöhnlich war? Stände säumten die Straßen, deren Händler schlichtweg alles verkauften, einfache Früchte und Gemüse wie auch exotische Vögel. Ein Markt unter freiem Himmel, dachte Kelsea. Das Gedränge der Menschen und Buden wurde immer dichter, je weiter sie und Mace ihre Pferde in den Stadtkern hineinmanövrierten. Als sie dort ankamen, stach ihr die Vielzahl von Geschäften ins Auge, von denen jedes mit einem fröhlich bunten Aushang versehen war – ein Schneider, ein Bäcker, ein Heiler, ein Friseur, ja, sogar ein Hutgeschäft! Was für eine Art Eitelkeit musste hier herrschen, die so einen Laden florieren ließ?

Die schiere Masse an Leuten überraschte sie. Nach Jahren der Einsamkeit mit Barty und Carlin fiel es ihr schwer zu akzeptieren, dass sich so viele Leute an ein und demselben Ort aufhalten konnten. Sie waren überall und dabei so verschieden – groß, klein, alt, jung, dunkelhaarig oder blond, dünn und dick. In den letzten Tagen hatte Kelsea viele neue Menschen kennengelernt und sich dennoch nie klargemacht, was ein Gesicht alles ausdrücken konnte. Da war ein Mann mit einer langen, gebogenen Nase fast wie ein Vogelschnabel und eine Frau mit wellig blondem Haar. Es funkelte und schien das Sonnenlicht tausendfach zu reflektieren. Alles war so übertrieben hell, dass ihr die Augen tränten. Und die Geräusche erst! Überall um sie herum das Getöse unzähliger, gleichzeitig aufbrandender Stimmen. Nie zuvor hatte sie etwas Derartiges gehört. Von Zeit zu Zeit drangen einzelne Stimmen in ihr Bewusstsein: Verkäufer, die ihre Waren anpriesen, oder Leute, die einander über den Trubel hinweg von der anderen Straßenseite her grüßten. Doch die Stimmen waren nichts im Vergleich zum tosenden Lärm der Menge – eine Attacke auf Kelseas Ohren, eine physische Gewalt, und fast drohte ihr das

Trommelfell zu zerreißen. Und dennoch empfand sie all das Chaos als seltsam tröstlich.

Als sie um eine Ecke bogen, erregte ein Straßenkünstler ihre Aufmerksamkeit, der gerade dabei war, eine Rose in eine Vase zu stellen. Wie aus dem Nichts zauberte er ein identisches Gefäß herbei, um die Rose verschwinden und gleich darauf in der anderen Vase wieder auftauchen zu lassen. Kelsea hielt ihr Pferd an und sah ihm zu. Der Magier zauberte die Vasen samt Rose weg, griff sich in den Mund und förderte ein quicklebendiges, schneeweißes Kätzchen zutage, das sich in seiner Hand wand, während die Menge applaudierte. Kelsea lächelte verzückt, als er es einem kleinen Mädchen aus dem Publikum schenkte, das aufgeregt kreischte.

Statt mit Magie war der Mann wahrscheinlich einfach nur mit einer außergewöhnlichen Geschicklichkeit gesegnet. Sie konnte wirklich keinen Patzer entdecken, der ihm bei der wundersamen Verwandlung seiner Objekte unterlaufen wäre.

»Hier wartet Gefahr auf uns, Lady«, murmelte Mace.

»Was für eine Gefahr?«

»Keine Ahnung, es ist nur ein Gefühl. Aber für gewöhnlich trügt mich mein Gefühl bei so etwas nicht.«

Kelsea gab ihrem Pferd die Sporen. »Der Magier, Lazarus. Merkt ihn Euch für mich.«

»Lady.«

Je weiter der Tag voranschritt, desto mehr griffen Mace' Befürchtungen auf Kelsea über. Inzwischen waren die Menschenmassen nicht mehr so neu für sie, doch wo immer sie auch hinsah, starrte jemand sie an. Sie fühlte sich mehr und mehr wie eine Gejagte und wünschte sich nichts sehnlicher, als dass ihre Reise bald enden möge. Mace hatte zweifellos die schlauste Route gewählt, doch sie sehnte sich nach dem offenen, weiten Land, wo Bedrohungen auf einen fairen Kampf hinausliefen.

Obwohl, sie wusste ja gar nicht, wie man kämpfte.

Obwohl Neulondon wie ein Labyrinth anmutete, gab es offensichtlich einige Viertel, die besser waren als andere. Die reicheren Gegenden hatten gepflegte Straßen, gut angezogene Leute und sogar ein paar Backsteinhäuser mit Glasfenstern. In anderen drängten sich hingegen fensterlose Gebäude dicht aneinander, vor deren Fassaden hinterhältig aussehendes Volk herumlungerte. Ab und an waren Kelsea und Mace gezwungen, durch eine stinkende Wolke zu reiten, die darauf schließen ließ, dass die Häuser nur über mangelhafte oder gar keine Aborte verfügten.

Und wir haben erst Februar, dachte Kelsea angewidert. Wie musste es hier erst im Hochsommer stinken?

Auf halbem Weg durch einen besonders heruntergekommenen Stadtteil begriff sie, dass sie sich in einem Rotlichtviertel befand. Die Straße war so eng, dass die Bezeichnung Gasse treffender gewesen wäre. Die Häuser bestanden allesamt aus einem billigen Holz, das Kelsea nicht kannte, und viele von ihnen neigten sich extrem zur Seite – die Tatsache, dass sie überhaupt noch standen, war schon ein Wunder. Während sie weiterritten, hörte sie vereinzelte Schreie und das Bersten von Gegenständen. Die Luft war erfüllt von einem Lachen, einem eisigen Lachen, das sie erschauern ließ.

Ärmlich gekleidete Frauen tauchten in verzogenen, krummen Türrahmen auf und lehnten an Holzwänden. Ebenso hilflos wie fasziniert starrte Kelsea im Schutz ihrer Kapuze zu ihnen hinüber. Ein undefinierbares Elend haftete den Prostituierten an, etwas, das man nicht in Worte fassen konnte. Die Qualität ihrer Kleidung war es nicht, auch nicht der Schnitt, obwohl sie beträchtlich viel Haut zeigten. Vielmehr war es etwas in ihren Augen, selbst in den Augen der korpulentesten unter ihnen, etwas, das ihre Gesichter zu verzehren schien.

Junge wie alte wirkten verlebt, und viele schienen Narben zu haben. Kelsea mochte sich nicht vorstellen, was sie für ein Leben führten, doch sie konnte nicht anders.

Ich werde dieses gesamte Viertel schließen, dachte sie. *Ich werde es schließen und ihnen eine richtige Arbeit geben.*

In ihrem Kopf meldete sich Carlins Stimme: *Ach, und willst du ihnen vielleicht auch die Länge ihrer Kleider vorschreiben? Und Romane verbieten, die dir zu pornographisch vorkommen?*

Da gibt es einen Unterschied.

Nein, den gibt es nicht. Sittengesetze sind und bleiben Sittengesetze. Wenn du den Menschen Moral vorschreiben willst, dann geh in den Arvath.

Mace dirigierte sie nach links zwischen zwei Gebäuden hindurch. Kelsea war erleichtert, als sie kurz darauf auf einem breiten Boulevard anlangten, den hübsche Geschäfte säumten. Das graue Massiv der Festung rückte näher und versperrte die Sicht auf die umliegenden Berge und einen weiten Teil des Himmels. Die Straße war voller Menschen. Erneut wurden Kelsea und Mace von der Menge eingeschlossen und mussten sich ihrem Tempo anpassen. Kelsea fühlte sich unwohl und irgendwie ausgeliefert, trotz ihres Umhangs und der schützenden Kapuze. Auch wenn niemand wusste, wie sie aussah, musste immerhin Mace an jeder Ecke mit einem bekannten Gesicht rechnen. Er selbst dachte wohl ähnlich, denn er gab seinem Hengst die Sporen und drängte die anderen Reiter und Fußgänger rücksichtslos zur Seite, bis sich ein schmaler Weg vor ihm auftat. Links und rechts murrten die Leute.

»Geradeaus«, murmelte er. »So schnell wir können.«

Trotzdem kamen sie nur langsam voran. Rake, der die ganze Reise über folgsam gewesen war, begann sich Kelseas Anweisungen zu widersetzen. Es war schon anstrengend genug, den Hengst unter Kontrolle zu halten, und dazu kam noch das Gewicht von Pens Rüstung. Schweiß rann ihr in dicken Tropfen über Nacken und Rücken. Mace warf immer häufiger wilde Blicke über seine Schulter. Während sie sich langsam der Festung näherten, schloss sich die Menge wieder dichter um sie.

»Können wir nicht einen anderen Weg nehmen?«

»Es gibt keinen«, erwiderte Mace, der sein Pferd mit nur einer Hand lenkte, während die andere auf seinem Schwert ruhte. »Wir haben keine Zeit mehr, Lady. Treibt Euer Pferd an, es ist nicht mehr weit.«

In den nächsten Minuten kämpfte Kelsea gegen eine drohende Ohnmacht. Die späte Nachmittagssonne knallte unbarmherzig auf ihren dunklen Umhang, und das erstickende Engegefühl in der Menge verschaffte ihr erst recht keine Erleichterung. Zweimal schwankte sie in ihrem Sattel und konnte sich nur halten, weil Mace sie beherzt an der Schulter packte.

Endlich mündete der Boulevard auf einen weiten, um die Festung und ihren Graben herumführenden Rasen. Angesichts des Ortes spürte Kelsea eine atavistische Begeisterung in sich aufsteigen. Hier also war die Streitmacht der Mort mit ihren Belagerungsmaschinen in Stellung gegangen, um die Mauern zu durchbrechen, als man sie in letzter Minute zurückbeordert hatte. Der Festungsrasen fiel gemächlich ab. Beinahe direkt unter Kelsea führte eine breite Steinbrücke über das Wasser zum Tor der Festung. Zwei Reihen von Wachen waren in gleichmäßigen Abständen zu beiden Seiten der Brücke positioniert. Der graue Monolith der Festung selbst ragte hoch über Kelsea auf, und als sie zu seiner Spitze hinaufsah, musste sie rasch wieder den Kopf senken, da es ein Gefühl des Schwindels auslöste.

Überall auf der Rasenfläche standen Leute herum, und Kelseas erste Reaktion war Überraschung: Hätte ihre Ankunft nicht ein Geheimnis bleiben sollen? Erwachsene, Kinder und sogar ein paar Alte strömten wie Wasser nach unten in Richtung Graben. Dieser Moment war so anders, als sie ihn sich in ihren Tagträumen ausgemalt hatte. Wo waren die jubelnden Menschen, wo die durch die Luft fliegenden Blumen? Einige weinten, allerdings keine Freudentränen, wie Kelsea es sich vorgestellt hatte. Genau wie die Bauern der Almontebene sahen auch diese Leute aus, als könnten sie mehrere Hundert ordentliche Mahlzeiten vertragen, und ihre Kleidung bestand aus derselben dunklen, formlosen Wolle. Das Elend hatte sich tief in ihre Gesichter gegraben. Kelsea fühlte eine gewaltige Woge der Angst in sich aufbranden. Irgendetwas war hier ganz und gar nicht in Ordnung.

Noch einmal wanderten ihre Blicke über den Festungsrasen, und sie begriff, dass, während die meisten Leute ziellos herumliefen, sich andere in langen, geraden Schlangen, die bis an den Rand des Grabens heranreichten, aufgereiht hatten. Als die Menge sich teilte, sah Kelsea, dass mehrere Tische dort aufgestellt waren. Dahinter dunkelblau gekleidete Männer, wahrscheinlich Beamte. Kelsea fühlte sich erleichtert, aber auch ein kleines bisschen enttäuscht. Die Leute waren also gar nicht ihretwegen gekommen. Die Schlangen schienen endlos und bewegten sich kein Stück. Die gesamte Menschenmenge schien zu warten.

Aber worauf?

Sie wandte sich an Mace, der den Rasen scharf im Auge behielt und den Griff seines Schwerts fester umklammerte. »Lazarus, was tun all die Menschen hier?«

Er antwortete ihr weder, noch blickte er sie an. Eine eisige Schlinge legte sich um ihr Herz. Wieder tat sich eine Öffnung in der Menge auf, sodass Kelsea einen Blick auf weitere Einzelheiten erhaschte, nämlich auf irgendwelche Vorrichtungen aus Metall. Um besser sehen zu können, richtete sie sich in ihren Steigbügeln auf. Das da unten waren mehrere, ungefähr drei Meter hohe, rechteckige Kisten mit Decken und Böden aus Holz sowie metallenen Seitenwänden. Neun davon standen in einer Reihe, die über den gesamten Rasen hinweg bis zur Festung reichte. Kelsea kniff die Augen zusammen (sie hatte noch nie besonders gut gesehen). Genaugenommen bestanden die Wände aus Metallgittern. Plötzlich war es, als entglitte ihr die Zeit und sie würde in die Vergangenheit zurückversetzt. Vor ihrem inneren Auge erschien Barty, der Drähte durch Löcher in geschmirgeltem Holz zog, und sie hörte seine Stimme, als würde er direkt neben ihr stehen: »Kel, wir müssen den Draht so fest ziehen, dass uns der Hase nicht entkommt, aber ersticken soll der arme kleine Bastard nicht. Die Menschen müssen Fallen stellen, um zu überleben, aber im Idealfall macht man es so, dass das Tier dabei so wenig wie möglich leidet.«

Noch einmal ließ Kelsea einen prüfenden Blick über die aufgereihten Kisten schweifen, als ihr Innerstes zu Eis gefror.

Keine Kisten. Käfige.

Sie packte Mace am Arm, ohne an seine Wunden zu denken, die sich unter seinem Umhang verbargen. »Lazarus.« Ihre Stimme klang nicht wie ihre eigene. »Sagt mir, was hier vor sich geht. Sofort.«

Endlich sah er sie an. Der düstere Ausdruck auf seinem Gesicht genügte, um Kelseas Vermutung zu bestätigen. »Die Lieferung, Lady. Zweihundertfünfzig Menschen, jeden Monat, präzise wie ein Uhrwerk.«

»Eine Lieferung wohin?«

»Nach Mortmesne.«

Kelsea wandte sich dem Festungsrasen zu. In ihrem Kopf

herrschte völlige Leere. Langsam, aber unerbittlich begannen sich die Schlangen in Bewegung zu setzen, hin zu den Tischen beim Graben. Sie sah, wie ein Beamter eine Frau zu den Käfigen führte, vor Nummer drei stehen blieb und einem Mann in schwarzer Uniform ein Zeichen gab (die Uniform der Teararmee, wie Kelsea schwach registrierte), woraufhin dieser eine geschickt verborgene Seitentür des Käfigs öffnete. Unterwürfig schritt die Frau hinein. Der schwarze Soldat schloss hinter ihr ab.

»Das Mortabkommen«, murmelte Kelsea wie betäubt. »So also hat meine Mutter Frieden erwirkt.«

»Die Rote Königin hat einen Tribut gefordert, Lady. Und Tearling hatte sonst nichts zu bieten.«

Ein stechender Schmerz durchfuhr Kelseas Brust. Nach einem raschen Blick unter ihr Hemd stellte sie fest, dass ihr Saphir in einem wütenden, gleißenden Blau leuchtete und langsam so heiß wurde, dass er ihre Haut noch durch den Stoff hindurch versengte. Doch der Schmerz war nichts im Vergleich zum Brennen in ihrer Brust, das mit jeder Sekunde stärker wurde, bis es sich in etwas anderes verwandelte. Nicht in Schmerz … in etwas anderes eben. Kelsea hinterfragte es nicht, sie war längst jenseits von jedem Erstaunen. Stumm starrte sie auf die Szene vor ihr.

Immer mehr Beamte eskortierten Menschen zu den Käfigen. Die Menge wich zurück, um ihnen Platz zu machen, und jetzt sah Kelsea die riesigen, an die Käfige montierten Holzräder. Am anderen Ende der Festung hatten Tearsoldaten begonnen, Maultiere vor einen Käfig zu spannen. Sogar aus der Entfernung konnte Kelsea erkennen, dass die Gefängnisse stark ramponiert waren. Die Gitter hatten Schrammen, als wären sie mit Gewalt traktiert worden.

Rettungsversuche, murmelte es in ihrem Kopf. *Mehrere.*

Plötzlich fiel ihr wieder ein, wie sie als Kind wieder einmal vor dem großen Fenster ihres Cottage gestanden und über irgendetwas geweint hatte – ein aufgeschürftes Knie vielleicht oder eine Hausarbeit, die sie nicht hatte erledigen wollen. Stundenlang hatte sie in den Wald gestarrt, felsenfest davon überzeugt, dies sei der Tag, an dem ihre Mutter kommen würde. Kelsea konnte nicht älter als drei oder vier gewesen sein, doch sie wusste noch genau, wie sicher sie sich gewesen war. Ihre Mutter würde kommen, sie in ihren Armen halten und nichts anderes als gut sein.

Ich war eine Närrin.

»Aber warum genau diese Leute?«, fragte sie Mace. »Wie werden sie ausgewählt?«

»Durch eine Auslosung, Lady.«

»Auslosung«, wiederholte sie schwach.

Angehörige versammelten sich um die Käfige. Sie sprachen mit den Gefangenen, hielten ihre Hand oder standen einfach nur tatenlos herum. Neben jedem Käfig waren schwarze Soldaten postiert, die die Menge mit versteinerter Miene beobachteten. Offensichtlich rechneten sie damit, dass ein Angehöriger früher oder später zur Bedrohung würde. Doch die Menschen blieben passiv, und genau das war das Schlimmste für Kelsea. Ihre Untertanen waren geschlagen, das sah man an den langen, schnurgeraden Reihen vor den Tischen, an der Art, wie die Familien einfach nur warteten, bis ihre Liebsten fortgebracht wurden.

Kelseas Blick fiel auf zwei Käfige, die kleiner waren als die anderen und deren Gitterstäbe einen geringeren Abstand zueinander hatten. Darin befanden sich ein paar zierliche Gestalten. Kelsea blinzelte und merkte, dass sich ihre Augen mit Tränen gefüllt hatten. Langsam rannen sie über ihr Gesicht, bis sie Salz schmeckte.

»Sogar Kinder?«, fragte sie an Mace gewandt. »Warum fliehen die Eltern nicht mit ihnen?«

»Wenn auch nur einer der Ausgelosten wegläuft, ist beim nächsten Mal die ganze Familie dran. Seht Euch um, Lady. Das sind große Familien. Oft müssen sie ein Kind opfern, um die anderen acht zu retten.«

»Und meine Mutter hat sich dieses System ausgedacht?«

»Nein. Der Erfinder der Auslosung steht dort drüben.« Mace deutete auf den Tisch eines Beamten. »Arlen Thorne.«

»Aber meine Mutter hat zugestimmt?«

»Ja, das hat sie.«

»Das hat sie«, wiederholte Kelsea. Die Welt begann wild zu schwanken. Sie grub die Fingernägel in ihren Arm, bis er blutete und sich der Nebel in ihrem Kopf lichtete. Was dann folgte, war Wut – ein hasserfüllter, schrecklicher Zorn, der sie zu überwältigen drohte – und das Gefühl, betrogen worden zu sein. Elyssa die Gütige, Elysa die Friedensstifterin. Ihre Mutter war einen Handel eingegangen und hatte ihre Untertanen massenhaft verkauft.

»Es ist noch nicht alles verloren, Lady«, sagte Mace unerwartet und legte ihr eine Hand auf den Arm. »Ich schwöre Euch, Ihr seid nicht im Mindesten wie sie.«

Kelsea biss die Zähne zusammen. »Ihr habt recht. Ich werde nicht zulassen, dass das weitergeht.«

»Lady, das Mortabkommen ist sehr konkret. Es darf keine Bittgesuche und keine Anrufung außenstehender Vermittler geben. Wenn nur eine einzige Lieferung nicht in Mortmesne ankommt, hat die Mortkönigin das Recht, in unser Land einzufallen und Schrecken zu verbreiten. Ich habe die letzte Mortinvasion überlebt, Lady, und ich versichere Euch, Mhurn hat bei der Schilderung des Massakers nicht übertrieben. Also bitte, denkt an die Konsequenzen, bevor Ihr etwas unternehmt.«

Irgendwo begann eine Frau zu wehklagen. Es war ein hohes, unheimliches Kreischen, das Kelsea an die Fee erinnerte, von der Barty ihr erzählt hatte, als sie noch ein Kind war – an die Banshee, eine schreckliche Kreatur, die vom Tod kündete. Die Schreie hallten über die Menge hinweg, und endlich konnte Kelsea ihre Quelle ausmachen: eine Frau, die verzweifelt versuchte, zum ersten Käfig zu gelangen. Ihr Mann tat alles, um sie davon abzuhalten, doch sie war zu behände für seine korpulente Statur. Als sie sich seinem Griff entwand und auf das Gefängnis zustürzen wollte, grub er seine Hand in ihr Haar. Mit einem Ruck riss er sie von den Füßen, und sie sackte zusammen. Doch nur einen Augenblick später sprintete sie schon wieder auf den Käfig zu.

Die vier Wachen waren sichtlich nervös. Beunruhigt musterten sie die Frau, unsicher, ob sie eingreifen sollten. Ihre Stimme wurde leiser, ihre Schreie ebbten ab, waren nur noch ein verwundetes, krähenartiges Krächzen, und auch ihre Kräfte schienen nachzulassen. Schließlich gewann der Mann den Kampf. Er bekam ihr Wollkleid zu fassen und zerrte sie fort, in sichere Entfernung vom Käfig. Die Soldaten nahmen wieder ihre gewohnt entspannte Haltung ein.

Doch das fassungslose Krächzen hörte nicht auf und war von Kelseas Position aus deutlich zu hören. Der Mann und seine Frau fixierten den von Kindern umringten Käfig. Die Welt verschwamm vor Kelseas Augen, und ihre Hände auf den Zügeln zitterten. In ihrem Inneren fühlte sie etwas Schreckliches: Nicht das im Wald versteckte Mädchen, nein, ein Flammenwesen, ein lichterloh brennendes Geschöpf. Der Saphir auf ihrer Brust glühte. Sie fragte sich, ob ihre Haut aufplatzen und einen ganz neuen Menschen offenbaren würde.

Sanft berührte Mace sie an der Schulter. Sie fuhr herum

und blickte ihn mit wilden Augen an. Er hielt ihr sein Schwert hin. »Es mag richtig oder falsch sein, Lady, aber ich sehe, Ihr wollt etwas tun. Nehmt das.«

Kelsea umklammerte den Schwertgriff. Auch wenn die Klinge zu lang für sie war, fand sie Gefallen an dem Gewicht in ihren Händen. »Was ist mit Euch?«

»Ich habe viele Waffen. Außerdem sind Freunde von uns hier. Das Schwert ist nur Tarnung.«

»Was für Freunde?«

Beiläufig reckte Mace seine geöffnete Hand in die Luft, ballte sie zur Faust und ließ sie dann wieder fallen. Fast erwartete Kelsea, dass sich der Himmel öffnete. Sie registrierte, wie sich in der Menge um sie herum etwas regte, eine kaum merkliche Bewegung. Mace schien zufrieden und wandte sich wieder ihr zu. Kelsea blickte ihn prüfend an. Ihn, den Mann, der seit Tagen über ihr Leben wachte. Schließlich sagte sie: »Ihr habt recht, Lazarus. Ich sehe meinen Tod, und ich preise ihn. Doch bevor ich gehe, werde ich eine breite Schneise hier hineinschlagen, so breit wie das Gottesmeer. Ihr solltet gehen, wenn Ihr nicht mit mir sterben wollt.«

»Lady, Eure Mutter war keine gute Königin, aber sie war nicht böse. Sie war schwach. Nie hätte sie so geradewegs in den Tod schreiten können wie Ihr. Ein Fey-Charakterzug hat große Macht, aber Ihr müsst Euch sicher sein, dass die Verwüstung, die Ihr anrichtet, Euren Untertanen zugutekommt, statt Euch einfach nur gegen das Andenken Eurer Mutter aufzulehnen. Das ist der Unterschied zwischen einer Königin und einem zornigen Kind.«

Kelsea versuchte, sich genauso auf seine Worte zu konzentrieren wie auf jede andere Aufgabe, die sie zu lösen hätte. Stattdessen kamen ihr Illustrationen aus Carlins Geschichtsbüchern in den Sinn. Menschen mit tiefbrauner Haut, eine alte, infame Brutalität, die ein gesamtes Zeitalter verdunkelte. Carlin hatte sich lange mit dieser Epoche aufgehalten, und mehr als einmal hatte sich Kelsea gefragt, was daran so ausschlaggebend sein sollte. Hinter ihren geschlossenen Augen sah sie die Geschichten und Bilder: Menschen in Ketten. Männer, die auf der Flucht gefasst und bei lebendigem Leib verbrannt wurden. Mädchen, die in so jungen Jahren schon vergewaltigt wurden, dass sich ihre Körper nie wieder davon erholten. Kinder, die den Armen ihrer Mütter entrissen, auf Auktionen verkauft wurden. Staatlich geförderte Versklavung.

In meinem Reich.

Carlin hatte es gewusst, aber sie hatte nichts sagen dürfen. Und doch war sie ihrer Aufgabe nachgekommen, und das mehr als gründlich, denn in Sekundenschnelle blitzten nun Bilder aus jenen Jahren unvorstellbarer Grausamkeit in Kelseas Kopf auf. »Ich werde das beenden.«

»Seid Ihr sicher?«, fragte Mace.

»Ja, das bin ich.«

»Dann gelobe ich, Euch vor dem Tod zu schützen.«

Kelsea blinzelte. »Ach, ja?«

Mace nickte. Der Entschluss stand ihm deutlich ins wettergegerbte Gesicht geschrieben. »Ihr habt Potenzial, Lady. Carroll und ich konnten das beide spüren. Ich habe nichts zu verlieren, und wenn ich schon sterben muss, dann beim Versuch, das Böse auszulöschen. Dies ist die Bestimmung Eurer Majestät, ich fühle es.«

Majestät. Wie ein Schauer durchfuhr sie das Wort. »Ich wurde noch nicht gekrönt, Lazarus.«

»Das tut nichts zur Sache, Lady. Ich sehe die Königin in Euch. In Eurer Mutter habe ich sie nie gesehen, an keinem Tag ihrer Regentschaft.«

Neuerlich zu Tränen gerührt, wandte Kelsea den Blick ab.

Sie hatte einen Gardisten auf ihre Seite gebracht. Nur einen, aber immerhin den wichtigsten. Sie wischte sich über die nassen Augen und hielt das Schwert noch fester umklammert. »Wenn ich schreie, hören sie mich dann?«

»Lasst mich das machen, Lady, ihr habt ja noch keinen Herold. In Kürze wird alle Aufmerksamkeit auf Euch gerichtet sein. Lasst Eure Hand am Schwert, und nähert Euch nicht der Festung. Ich kann keine Bogenschützen entdecken, aber das heißt nicht, dass sie nicht doch da sind.«

Kelsea nickte fest, obwohl sie innerlich stöhnte. Sie sah schrecklich aus. Der schlichte, saubere Umhang, den der Fetch ihr gegeben hatte, war voller Schlammschlieren und der Saum ihrer Hose ausgerissen. Pens Rüstung schien doppelt so schwer wie heute Morgen. Kelseas langes, ungewaschenes Haar löste sich aus ihrer Frisur und legte sich in dunklen braunen Zotteln um ihr Gesicht. Schweiß rann ihr über die Stirn und brannte in ihren Augen. Ihr Kindheitstraum fiel ihr wieder ein, wie sie auf einem weißen Pony und mit einer Krone auf dem Kopf in die Stadt hatte reiten wollen. Heute sah sie kein bisschen wie eine Königin aus.

Die Frau hatte wieder zu weinen begonnen und schien sich der kleinen Kinder, die aus dem Käfig heraus furchtsam zu ihr aufblickten, nicht bewusst. Kelsea verfluchte sich. *Wen kümmert schon dein Haar, du Dummkopf? Sieh nur, was hier angerichtet wurde.*

»Aus was sind die Käfige, Lazarus?«

»Aus Morteisen.«

»Aber die Räder und das Fahrwerk bestehen aus Holz, oder?«

»Aus Teareiche, Lady. Worauf wollt Ihr hinaus?«

Kelsea starrte auf die Tische mit den schwarzen Soldaten vor der Festung und holte tief Luft. Dies waren die letzten

Momente ihrer Anonymität. Alles würde sich ändern. »Sobald sie leer sind, zünden wir sie an.«

Javel kämpfte gegen die Schläfrigkeit. Das Festungstor zu bewachen stellte keine besondere Herausforderung dar. Achtzehn Monate war es her, seit der Letzte versucht hatte, es zu stürmen. Ein sehr halbherziger Versuch. Ein Betrunkener, der um zwei Uhr morgens, bekümmert über seine hohen Steuern, davor herumgetaumelt war. Nichts war passiert, und nichts würde passieren. Das war eben das Leben einer Torwache.

Abgesehen von seiner Schläfrigkeit fühlte sich Javel elend. Sein Beruf hatte ihm noch nie Spaß gemacht, doch während der Lieferung hasste er ihn regelrecht. Die Menschenmenge an sich stellte kein Sicherheitsproblem dar, sie stand ja einfach nur wie eine Herde Kühe herum, die darauf wartete, geschlachtet zu werden. Doch bei den Kinderkäfigen nahe am Tor kam es jedes Mal zu dem ein oder anderen Zwischenfall, und der heutige Tag war da keine Ausnahme. Javel hatte erleichtert aufgeatmet, als man die Frau endlich zum Schweigen gebracht hatte. Irgend so ein Elternteil gab es immer, meistens war es die Mutter. Und nur Keller, ein Sadist durch und durch, genoss ihre Schreie. Für den Rest der Torwachen war die Lieferung verhasster Pflichttermin. Und wenn überhaupt mal einer der Wachmänner zu einem Handel bereit war, musste man zum Ausgleich zwei komplette Schichten übernehmen.

Das andere Problem war, dass die Lieferung zwei Gruppen der Teararmee auf dem Rasen vereinte. Allgemein war man in der Armee der Ansicht, der Beruf der Torwache sei der Weg des geringsten Widerstands, eine Zuflucht für alle, die als echte Soldaten nicht fähig oder tapfer genug waren. Doch das entsprach nicht immer der Wahrheit. Da war zum Beispiel Vil, auf der anderen Seite der Zugbrücke, direkt gegenüber von Javel. Königin Elyssa hatte ihn nach der Mortinvasion empfohlen und ihm außerdem das Kommando über das Tor erteilt. Aber natürlich waren nicht alle wie er, und die Teararmee ließ sie das nie vergessen. Jetzt gerade erblickte Javel links von sich zwei kichernde Soldaten. Bestimmt lachten sie über ihn.

Das Schlimmste an der Lieferung war, dass sie ihn an Allie erinnerte. Die meiste Zeit dachte er nicht an sie, und wenn doch, dann hielt er nach der nächsten Whiskeyflasche Ausschau, um sein Elend zu ertränken. Doch während der Arbeit durfte er nicht trinken. Selbst wenn Vil außer Dienst wäre – die anderen würden es nicht tolerieren. Loyalität suchte man unter den Torwachen vergeblich. Solidarität hingegen gab es jede Menge. Solidarität, die auf der Einsicht beruhte, dass keiner von ihnen perfekt war. Sie alle schauten weg, wenn es um Ethans exzessive Spielsucht ging, um Marcos Analphabetentum oder auch um Kellers Angewohnheit, Prostituierte unten im Gut zu verprügeln. Keines dieser Probleme beeinträchtigte ihre Arbeitsleistung. Und wenn Javel trinken wollte, musste er eben warten, bis er dienstfrei hatte.

Zum Glück ging die Sonne bereits unter, und die Käfige waren fast voll. Der Priester aus dem Arvath hatte sich von seinem Platz am Tisch erhoben und stand neben dem ersten Käfig. Seine weiße Robe kräuselte sich im Wind des späten Nachmittags. Javel kannte ihn nicht. Es war ein großer, dicker Geselle mit so tiefhängenden Wangen, dass sie ihm fast bis zum Hals reichten. Javel verabscheute ihn, diesen Mann, der sich der Auslosung nie aussetzen musste. Bestimmt war er der Gotteskirche nur deswegen beigetreten. Viele Männer taten das. Javel rief sich den Tag ins Gedächtnis, an dem der Regent die Kirche freigestellt hatte. Es hatte einen Aufschrei gegeben. Die Auslosung war ein wahlloser Jäger, der sich jeden schnappte, den er in die Finger bekommen konnte. Wahllos, aber fair, wohingegen in der Gotteskirche ausschließlich Männer akzeptiert wurden.

Ja, es hatte einen Aufschrei gegeben, doch wie alle Aufschreie war er schnell wieder verebbt.

Javel fummelte an seinen Ärmeln herum und wünschte sich, die Zeit möge schneller vergehen. Jetzt konnte es nicht mehr lange dauern. Der Priester würde die Lieferung segnen, Thorne das Signal geben, und dann würden die Käfige losrollen. Streng genommen war es Aufgabe der Garde, dafür zu sorgen, dass sich die Menge zerstreute, doch auch das kannte Javel schon: Die Menge würde sich von selbst zerstreuen und der Lieferung folgen, wenn sie vom Rasen rollte. Viele Familien würden sie bis zur Brücke Neulondons begleiten, doch irgendwann würden sie aufgeben. Javel schloss die Augen. Er spürte ein plötzliches Stechen im Brustkorb. Als man Allies Namen gezogen hatte, hatten sie über Flucht gesprochen, und einmal hätten sie es fast getan. Doch Javel war damals jung, ein Torwächter, und irgendwann hatte er Allie überzeugt, dass es ihrer beider Pflicht war zu bleiben. Javel hatte an die Auslosung geglaubt, an Loyalität dem Haus der Raleighs gegenüber, an die Opfer, die für einen größeren Frieden erbracht werden mussten. Wäre sein Name gezogen worden, er hätte sich klaglos fortschaffen lassen. Damals war ihm alles so klar erschienen. Erst als er Allie in dem Käfig gesehen hatte, bröckelte seine Gewissheit. Sehnsüchtig dachte er an das Brennen in seiner Kehle, das wie ein Anker in seinen Magen rutschen und alles richten würde. Whiskey stieß Allie immer wieder zurück in die Vergangenheit, wo sie hingehörte.

»Bevölkerung von Tearling!«

Die volltönende, mächtige Stimme des Mannes dröhnte

über den Rasen den Abhang hinunter und hallte von den Mauern der Festung wider. Die Menschen verstummten. Torwachen durften ihre Augen eigentlich nur auf die Brücke richten, doch nun wandten sich alle um, Javel eingeschlossen, und starrten die Anhöhe hinauf.

»Mace ist wieder da«, murmelte Martin.

Er hatte recht. Die Gestalt dort oben war zweifellos Lazarus. Groß, breit, furchteinflößend. Wann immer er am Tor vorbeikam, tat Javel sein Bestes, um so unsichtbar wie möglich zu werden. Stets hatte er Angst, diese tiefsehenden, berechnenden Augen würden auf ihm verweilen, und Javel wollte nicht mal im kleinsten Winkel von Mace' Hirn auftauchen, nicht mal als Sprenkel.

Neben Mace war eine kleinere Gestalt, die in einen tiefroten Umhang gehüllt war und sich ihre Kapuze ins Gesicht gezogen hatte. Wahrscheinlich Pen Alcott. Man hatte ihn trotz seiner zierlichen Statur in die Truppe aufgenommen, auch wenn die Wachen der Königin für gewöhnlich groß und gut gebaut waren. Man sagte, dass Alcott das Schwert gut führte. Plötzlich strich die Gestalt ihre Kapuze zurück, und Javel sah, dass es sich um eine Frau handelte. Um eine recht unscheinbare, mit langen, zerzausten Haaren.

»Ich bin Lazarus, Gardist der Königin!«, dröhnte Mace' Stimme erneut über die Anlage. »Heißt die Königin von Tearling willkommen!«

Javel klappte der Kiefer herunter. Er hatte läuten hören, dass der Regent seine Suche in den letzten Monaten intensiviert hatte, doch er hatte dem Gerede nicht viel Beachtung geschenkt. Ab und an machten Gesänge über die Rückkehr des Mädchens die Runde, doch auch darauf hatte Javel nichts gegeben. Musiker mussten schließlich über irgendwas singen, und die Feinde des Regenten hielten die Hoffnung der Leute gerne aufrecht. Aber es gab nicht genügend Beweise dafür, dass es der Prinzessin tatsächlich gelungen war, aus der Stadt zu fliehen. Die meisten in Neulondon, Javel eingeschlossen, gingen davon aus, dass sie längst tot war.

»Sie sind alle da«, murmelte Martin. »Sieh nur!«

Javel verrenkte sich schier den Hals, um zu sehen, wie sich eine Reihe grau eingehüllter Gestalten in einem Ring um das Mädchen gruppierte. Sie schoben ihre Kapuzen zurück, und Javel erkannte Galen, Dyer, Elston, Kibb, Mhurn und Coryn – die wenigen verbliebenen Gardisten der Königin. Auch Pen Alcott war dabei. Mit gezogenem Schwert und in einen grünen Umhang gehüllt, hatte er sich direkt vor der Frau positioniert. Sie alle, so ging das Gerücht, waren mehrfach vom Regenten aus der Festung verbannt worden. Mal hatte er ihnen angeblich keinen Lohn mehr gezahlt, mal hatte er ihnen andere Aufgaben zuteilen wollen. Doch er schaffte es nie, die Männer für mehr als ein paar Monate loszuwerden. Sie kamen immer wieder zurück. Carroll und Mace erfreuten sich eines großen Einflusses unter den Tearadeligen. Das wahre Problem lag aber eigentlich tiefer: Niemand fürchtete den Regenten. Zumindest nicht so, wie die Menschen Mace fürchteten.

Ein Raunen ging durch die Menge, ein Summen, das mit jedem Augenblick lauter wurde. Javel merkte, dass sich die Stimmung um ihn herum veränderte. Die Lieferung funktionierte wie ein Uhrwerk, Monat für Monat: Abfertigung, Verladung, Abfahrt; Arlen Thorne ganz vorne am Zensus-Tisch, wo er sich wie der Kaiser der Neuen Welt gebärdete; irgendwann verstummten auch die unvermeidlichen Schreie der Eltern, die weinend den Rasen verließen, sobald die Käfige aus der Stadt verschwunden waren ... Dies alles war Teil eines choreographierten Stücks.

Jetzt aber beugte sich Thorne vor, um eindringlich auf

einen seiner Stellvertreter einzureden. Der gesamte Zensus-Tisch schien in Bewegung zu geraten – wie Nagetiere, die eine Gefahr witterten. Erfreut stellte Javel fest, dass die Soldaten vor den Käfigen unbehaglich dreinblickten und viele von ihnen eine Hand auf ihrem Schwert hatten. Der Vertreter aus dem Arvath hatte sich ebenfalls vorgebeugt. Seine Wangen zitterten bei jedem Wort, das er mit Thorne wechselte. Die Priester der Gotteskirche predigten Gehorsam gegenüber dem Zensus. Dafür wurden sie vom Regenten von allen Steuern freigestellt. Der oberste Schatzmeister, Kardinal Walker, trank eine ganze Menge im Gut, und er war nicht besonders wählerisch, wenn es darum ging, wer ihm dabei Gesellschaft leisten sollte. Und so hatte Javel einige Geschichten über die Geschäfte des Heiligen Vaters zu hören bekommen, die ihm das Blut in den Adern gefrieren ließen.

Wie die meisten Schachzüge des Heiligen Vaters war auch dieser hier besonders gewieft. Aufgrund der kirchlichen Doktrin schienen die Forderungen des Zensus reibungsloser akzeptiert zu werden. Fromme Familien erkannte man schon von Weitem an der Ergebenheit auf ihren Gesichtern. Lange bevor ihre Angehörige in die Käfige mussten, hatten sie den Verlust als ihre Pflicht vor Gott und dem Land anerkannt.

Javel war ebenfalls in die Kirche gegangen, aber nur, um Allie glücklich zu machen. Seit ihrer Lieferung war er nie wieder dort aufgetaucht. Je länger der Priester mit Thorne diskutierte, desto cholerischer wurde sein Gesichtsausdruck. Javel stellte sich vor hinüberzugehen und dem fetten Typ in die Eingeweide zu treten.

Plötzlich erhob sich eine Männerstimme über das verhaltene Summen der Menge: »Gebt mir meine Schwester zurück, Majestät!«

Und dann schrien sie alle gleichzeitig:

»Bitte, Lady, Erbarmen!«

»Eure Majestät kann das stoppen!«

»Rettet meinen Sohn!«

Die Königin hob die Hände und gebot Schweigen. In diesem Moment wusste Javel, dass sie wirklich die Königin war, obwohl er nicht begriff, wie und weshalb. Sie richtete sich in ihren Steigbügeln auf. Sie war nicht groß, aber dennoch irgendwie beeindruckend. Kämpferisch hatte sie den Kopf in den Nacken geworfen. Ihr Haar umströmte ihr Gesicht. Sogar wenn sie laut sprach, war ihre Stimme tief und entschlossen. Wie Sirup. Oder Whiskey.

»Ich bin die Königin von Tearling! Öffnet die Käfige!«

In der Menge explodierte ein Schrei, der Javel mit der Wucht eines Schlags traf. Mehrere Soldaten machten Anstalten zu gehorchen und griffen nach den Schlüsseln an ihren Gürteln, doch Thorne bellte scharf: »Bleibt, wo ihr seid!«

Javel hatte Arlen Thorne immer für den dürrsten Menschen gehalten, den er je gesehen hatte. Der Mann war eine einzige Ansammlung langer, stockartiger Gliedmaße. Auch das kräftige Marineblau seiner Uniform trug nichts dazu bei, ihn fülliger wirken zu lassen. Wenn sich Thorne von einem Tisch erhob, war es, als würde man einer Spinne zusehen, wie sie sich für die Jagd bereit machte. Javel schüttelte den Kopf. Königin oder nicht, das Mädchen würde es nie schaffen, die Käfige öffnen zu lassen. Thorne war im Gut groß geworden, aufgezogen von Huren und Dieben. Er hatte sich zur Spitze dieses Scheißhaufens emporgearbeitet und war zum fähigsten Sklavenhändler Tearlings avanciert. Er hatte einen anderen Blick auf die Welt als die meisten anderen Menschen. Vor zwei Jahren hatte eine gewisse Familie Morrell versucht, aus Tearling zu fliehen, weil der Name ihrer Tochter bei der Auslosung gezogen worden war. Thorne hatte die Caden mit der Angelegenheit betraut. Nach einem eintägigen Ritt hatten sie die Morrells an der Grenze zu Cadare in einer Höhle aufgespürt. Doch es war niemand anders als Thorne gewesen, der das Kind vor den Augen seiner Eltern zu Tode gefoltert hatte. Und er hielt seine Untaten nicht mal geheim. Er *wollte*, dass die Welt Bescheid wusste.

Vil, der mutiger war als der Rest von ihnen, hatte ihn gefragt, was er mit einer solchen Tat bezwecke, und hinterher berichtet: »Thorne meinte, die Morrells seien ein Paradebeispiel. Und den Wert eines Paradebeispiels solle man nie unterschätzen.«

Es hatte funktioniert – soweit Javel wusste, hatte seitdem niemand mehr versucht, einen Ausgelosten außer Landes zu schmuggeln. Beide Morrells waren zur nächsten Lieferung erschienen, daran konnte Javel sich noch sehr gut erinnern. Die Mutter war als eine der Ersten zahm wie ein Kaninchen in den Käfig marschiert. Bei einem Blick in ihre leeren Augen hatte Javel gesehen, dass sie im Prinzip schon tot war. Viel später hatte er gehört, sie sei auf der Reise an einer Lungenentzündung gestorben. Ihre Leiche hatte Thorne den Geiern am Rand einer Mortstraße zum Fraß vorgeworfen.

»Die Königin von Tearling ist schon so viele Jahre tot«, verkündete Thorne. »Wenn Ihr behauptet, die ungekrönte Prinzessin zu sein, müsst Ihr dem Reich schon mehr Beweise liefern als Euer Wort.«

»Euer Name, Sir«, befahl die Königin.

Thorne stellte sich aufrecht hin und holte tief Luft. Auch aus sechs Metern Entfernung konnte Javel sehen, wie sich seine Taubenbrust ausdehnte. »Ich bin Arlen Thorne, Oberster Zensor!«

Die Königin griff sich in den Nacken und begann, an etwas herumzuspielen, so wie Frauen es immer taten, wenn ihr Haar in Unordnung war. Eine Geste, die er auch von Allie kannte, an besonders heißen Tagen oder wenn sie sich über irgendetwas aufgeregt hatte. Es schmerzte Javel, diese Art Bewegung an einer anderen Frau zu sehen. Gott war sein Zeuge – die Erinnerung hinterließ viel tiefere Schnitte als Schwerter.

Javel schloss kurz die Augen. Noch einmal sah er Allies helles, blondes Haar aufblitzen, bevor sie vor sechs Jahren über den Hügel Pike nach Mortmesne verschwunden war. Noch nie hätte er so gern getrunken wie gerade jetzt.

Die Königin hielt etwas hoch. Im Licht der letzten Sonnenstrahlen blitzte etwas Blaues auf und war gleich darauf verschwunden. Wieder brach Tumult in der Menge aus. So viele Hände fuhren in die Höhe, dass die Königin einige Augenblicke nicht mehr zu sehen war.

»Jeremy!«, rief Ethan in Richtung Brücke. »Ist es das Schmuckstück der Thronfolgerin?«

Jeremy, der schärfere Augen hatte als alle anderen, zuckte die Schultern und rief zurück: »Es ist ein blauer Stein! Den echten habe ich nie gesehen!«

Mehrere Leute drängten zu den Kinderkäfigen vor. Die Soldaten zogen ihre Schwerter und trieben die Menge problemlos wieder zurück, doch um die Käfige herum war ein heilloses Durcheinander entstanden. Kein einziges Schwert wurde zurück in die Scheide geschoben. Javel grinste. Es gefiel ihm, dass die Armee endlich mal gefordert wurde, selbst wenn der kleine Aufstand hier zum Scheitern verurteilt war. Die Truppen, die über die Lieferung wachten, hatten Anspruch auf einen Bonus von Seiten des Regenten. Zwar sackten sie nicht so viel Geld ein wie die Adeligen, die für die Benutzung der Mortstraße Zoll kassierten, trotzdem handelte es sich, soweit Javel gehört hatte, um einen hübschen Batzen Geld. Gutes Geld für ein böses Werk. Da schien es nur gerecht, dass sie endlich mal in Schwierigkeiten gerieten.

»Jeder kann einem Kind einen Stein umhängen«, erwiderte Thorne, der die schreiende Menge ignorierte. »Woher sollen wir wissen, dass es der echte ist?«

Javel richtete seinen Blick auf die Königin, doch bevor die reagieren konnte, schrie Mace: »Ich bin ein Gardist der Königin, mein Wort ist an dieses Reich gebunden! Dies ist der Stein der Thronfolgerin, und er sieht noch genau aus wie vor achtzehn Jahren, als ich ihn zum letzten Mal zu Gesicht bekommen habe!« Er lehnte sich gegen den Hals seines Pferdes. In seiner Stimme lag ein so drohender Unterton, dass Javel instinktiv zurückwich. »Ich habe mein Leben an das der Königin gebunden, Thorne, um über sie zu wachen! Willst du vielleicht meine Loyalität gegenüber den Tear infrage stellen?«

Die Hand der Königin durchschnitt die Luft, eine Geste, die Mace sofort zum Schweigen brachte. Sie beugte sich vor und rief: »Ihr alle dort unten! Ihr seid Teil *meiner* Regentschaft und *meiner* Armee! Ihr werdet die Käfige öffnen!«

Ratlos blickten die Soldaten einander an und wandten sich nach Thorne um, der den Kopf schüttelte. In diesem Moment bemerkte Javel etwas Außergewöhnliches: Der Stein der Königin, der eben noch beinahe unsichtbar gewesen war, loderte in einem gleißend hellen Aquamarinblau. Sogar aus der Entfernung musste er die Augen zusammenkneifen. Wie ein glühend blaues Pendel schwang die Kette über dem Haupt der Königin hin und her. Sie selbst schien größer zu werden und von einem inneren Feuer erhellt. Sie war nicht länger das Mädchen mit dem runden Gesicht und dem abgetragenen Mantel. Für einen Moment schien sie die ganze Welt auszufüllen, eine große, ernste Frau mit einer Krone auf dem Kopf.

Javel packte Martin an der Schulter: »Siehst du das?«

»Was?«

»Nichts«, murmelte Javel. Martin sollte ihn nicht für betrunken halten. Erneut erhob die Königin die Stimme. Sie klang ärgerlich und fest. Die Vernunft, die aus ihr sprach, verdeckte ihren Zorn.

»Mag sein, dass ich nur einen Tag auf dem Thron sitzen werde, aber wenn ihr nicht sofort die Käfige öffnet, wird meine einzige Tat darin bestanden haben, euch wegen Hochverrats zu verurteilen und jedem Einzelnen von euch beim Sterben zuzusehen. Das schwöre ich beim allmächtigen Gott! Ihr werdet den Sonnenuntergang nicht mehr erleben! *Wollt ihr mich wirklich auf die Probe stellen?*«

Einen Moment lang schien die Szenerie vor den Käfigen wie eingefroren. Javel hielt die Luft an. Er wartete darauf, dass Thorne reagierte oder ein Erdbeben den Rasen aufbrach. Der Saphir strahlte jetzt so hell über der Königin, dass er sich eine Hand über die Augen legen musste. Kurz hatte er das absurde Gefühl, der Stein würde ihn ansehen. Alles sehen. Allie und die Flasche. Die Jahre, die beide miteinander verschlungen in seinem Kopf verbracht hatten.

Die Soldaten setzten sich in Bewegung. Zuerst nur ein paar, dann immer mehr. Obwohl Thorne ihnen wütende Befehle zuzischte, griffen die Kommandeure nach den Schlüsseln an ihren Gürteln und begannen, die Käfige aufzusperren.

Javel stieß den Atem aus und starrte auf das außergewöhnliche Schauspiel, das sich da vor seinen Augen abspielte. Noch nie hatte er gesehen, dass die Käfige nach dem Absperren erneut geöffnet worden wären. Außer den Mort hatte das wahrscheinlich niemand. Er kannte einige Leute, sich selbst eingeschlossen, die der Lieferung bis zum Argivepass gefolgt waren. Doch nur wenige trauten sich über die Mortgrenze hinüber, und noch niemand war der Fracht bis Demesne, seinem endgültigen Bestimmungsort, gefolgt. Würden die Mortsoldaten irgendeinen Tear in der Nähe des Käfigs erwischen, sie würden den Saboteur sofort töten.

Einer nach dem anderen kletterten Männer und Frauen aus den Käfigen heraus. Die Menge empfing sie in einer, wie es schien, riesigen, alles umspannenden Umarmung. Ungefähr drei Meter vom Tisch des Zensus entfernt brach eine alte Frau weinend zusammen.

Thorne stützte sich mit den Armen auf dem Tisch ab und rief mit ätzender Stimme: »Und was ist nun mit Mortmesne, Prinzessin? Wollt Ihr uns die Armee der Roten Königin auf den Hals hetzen?«

Javel wandte sich der Königin zu. Erleichtert stellte er fest, dass sie sich wieder in ein Mädchen verwandelt hatte, in einen Teenager mit unscheinbarem Gesicht und unordentlichem Haar. Seine Vision war verschwunden, wenn es denn eine gewesen war. Die Stimme der Königin allerdings war nicht leiser geworden, sondern hallte womöglich noch lauter über den Rasen. »Ich erinnere mich nicht, Euch zu meinem außenpolitischen Berater ernannt zu haben, Arlen Thorne. Und ich bin auch nicht durch das halbe Königreich geritten, um auf meinem eigenen Festungsrasen sinnlose Diskussionen mit einem Bürokraten zu führen. Mir geht es um das Wohl meiner Untertanen – in diesem Fall und in allen anderen.«

Mace beugte sich vor, um der Königin etwas ins Ohr zu flüstern. Sie nickte und deutete dann auf Thorne: «Ihr! Oberster Zensor! Ich mache Euch persönlich dafür verantwortlich, dass jede Familie ihr Kind zurückbekommt. Und sollte auch nur eines verloren gehen, seid Ihr dran. Verstanden?«

»Ja, Lady«, erwiderte Thorne widerstrebend, und Javel war mit einem Mal sehr froh, sein Gesicht nicht sehen zu können. Die Königin mochte glauben, diesen Hund angeleint zu haben, doch für Arlen Thorne gab es keine Leine, das würde sie noch früh genug herausfinden.

»Gelobt sei die Königin!«, rief jemand gegenüber den Käfigen. Die Menge brüllte zustimmend, und als Familien wieder zusammengeführt wurden, hallten Bekundungen des Glücks über den Rasen. Doch am häufigsten hörte Javel Weinen, und das hasste er. Sie bekamen ihre Liebsten doch zurück – was zur Hölle gab es da zu flennen?

»Nie wieder wird es eine Lieferung nach Mortmesne geben!«, rief die Königin. Der Chor jubelnder Menschen antwortete ihr. Hinter seinen geschlossenen Lidern sah Javel Allie vorbeischweben. An manchen Tagen fürchtete er, ihr Gesicht vergessen zu haben. Denn egal, wie sehr er es auch versuchte, das Gedankenbild war nicht scharf zu kriegen. Für gewöhnlich konzentrierte er sich dann auf ein Detail, an das er sich zu erinnern glaubte, das aber sogleich zu flimmern begann und sich wie eine Fata Morgana verzerrte. Doch hin und wieder kam ein Tag wie heute, an dem er sich an jede Einzelheit erinnerte, an den Schwung ihrer Wangenknochen, ihr energisches Kinn. In solchen Momenten begriff er: Das Vergessen war eine Gnade gewesen.

Bei einem Blick in den Himmel stellte er erleichtert fest, dass die Dämmerung ihn bereits violett gefärbt hatte. Die Sonne war hinter der Festung verschwunden.

»Vil!«, rief er über die Brücke hinüber. »Sind wir nicht schon außer Dienst?«

Vil wandte sich zu ihm. Die Überraschung stand ihm ins runde Gesicht geschrieben. »Du willst *jetzt* gehen?«

»Nein … nein, ich habe ja nur gefragt.«

»Reiß dich zusammen«, antwortete Vil, und in seiner Stimme schwang Spott mit. »Du kannst deinen Kummer später noch ertränken.«

Javels Gesicht glühte. Er sah zu Boden und ballte eine Hand zur Faust. Jemand klopfte ihm auf den Rücken. Er sah auf und blickte in Martins mitfühlendes Gesicht. Mit einem Nicken gab er ihm zu verstehen, dass alles in Ordnung war, und Martin trat zurück an seinen Platz.

Zwei Gardisten der Königin, ein hochgewachsener und ein kleiner, beide in graue Umhänge gehüllt, gingen mit einem Eimer um die Käfige herum. Elston und Kibb wahrscheinlich, die beiden waren unzertrennlich. Javel hatte keine Ahnung, was sie da taten, aber das war ihm eigentlich auch egal. Die meisten Käfige waren inzwischen leer.

Thorne hatte eine umsichtige Prozedur eingeleitet, bei der immer nur ein Kind aus dem Käfig gelassen wurde. Bevor er es den nach vorn drängenden Eltern aushändigte, stellte er ihnen ein paar Fragen, was gewiss eine gute Idee war. Im Gut gab es ein loses Bündnis zwischen Zuhältern und Puffmüttern, die für jede Vorliebe gerüstet sein wollten und widerwärtig genug waren, das eine oder andere Kind zu stehlen. Mehr als einmal hatte Javel, der viel Zeit im Gut verbrachte, darüber nachgedacht, diese Leute aufzuspüren, um sie zur Rechenschaft zu ziehen. Doch immer wenn die Nacht heraufzog, ließ seine Entschlossenheit nach. Und abgesehen davon war das ein Auftrag, den andere erfüllen mussten. Jemand, der Mut hatte.

Alle außer mir.

Kelsea war erschöpft. Sie versuchte, majestätisch und unbeeindruckt dreinzuschauen, während sie Mace' Schwert umklammert hielt, doch ihr Herz hämmerte, und sie war todmüde. Sie legte sich ihre Kette um den Hals und merkte, dass sie es sich nicht eingebildet hatte: Der Saphir glühte, als wäre er in einer Schmiede ins Feuer gehalten worden. Während ihres Streits mit Arlen Thorne hatte sie den Eindruck gehabt, sie müsse nichts weiter tun, als die Arme hochzurecken, und schon würde sich der Himmel spalten. Doch nun war all ihre Kraft verschwunden, wie abgezapft, und ihre Muskeln erschlafft. Wenn sie jetzt nicht bald reingingen, würde sie vom Pferd fallen.

Die Sonne war verschwunden, und der gesamte Festungsrasen versank im Schatten. Die Temperatur fiel rasch. Doch sie konnten noch nicht gehen. Mace hatte mehreren Wachen befohlen, sich unter die Leute zu mischen und diversen Aufträgen nachzukommen. Bislang war keiner von ihnen zurückgekehrt. Kelsea war erleichtert, dass noch so viele Gardisten ihrer Mutter am Leben waren, auch wenn sie beim schnellen Durchzählen entmutigt festgestellt hatte, dass Carroll nicht unter ihnen war. Dafür waren neue Wachen aufgetaucht, Männer, die sie nicht auf der Reise begleitet hatten. Ungefähr fünfzehn mussten gerade um sie herumstehen, ganz sicher hätte Kelsea nur sein können, wenn sie sich umgedreht hätte. Aber aus irgendeinem Grund schien es ihr sehr wichtig, nicht zurückzublicken.

Ungefähr ein Drittel der Leute, die sich bis gerade eben noch auf dem Rasen aufgehalten hatten, entfernten sich. Wahrscheinlich, weil sie Ärger befürchteten. Doch die meisten blieben. Einige Familien schlossen ihre Liebsten noch immer tränenreich in die Arme, andere waren lediglich Zuschauer, die Kelsea neugierig musterten. Die Blicke, die auf ihr ruhten, schienen ein enormes Gewicht zu haben.

Sie erwarten, dass ich irgendetwas Außergewöhnliches tue, begriff sie. *Sie erwarten es jetzt und für den Rest meines Lebens.*

Die Vorstellung war furchterregend.

Sie wandte sich an Mace: »Wir müssen in die Festung.«

»Nur einen Moment noch, Lady.«

»Worauf warten wir?«

»Der Retter Eurer Majestät hat ein wahres Wort gesprochen, eines, an das ich oft denken muss. Der direkte Weg ist oft der beste, auch wenn man den Grund dafür zunächst nicht kennt.«

»Und was genau soll das heißen?«

Mace deutete hinter den Kreis der Gardisten, wo vier Frauen und ein paar Kinder warteten. Eine von ihnen war die Frau, die so geschrien hatte. Ein kleines Mädchen, vielleicht drei Jahre alt, lag in ihren Armen, vier weitere Kinder umringten sie. Als sie sich zu ihrer Tochter hinunterbeugte, fiel ihr das lange Haar ins Gesicht.

»Alle mal herhören!«, rief Mace zu ihnen hinüber.

Als die Frau aufblickte, hielt Kelsea den Atem an. Die Verrückte aus ihrem Traum! Jene, die das blutende Kind umklammert gehalten hatte. Das gleiche lange, dunkle Haar, der gleiche blasse Teint und dieselbe hohe Stirn. Würde sie zu sprechen beginnen, dachte Kelsea, wäre auch ihre Stimme wie die aus dem Traum.

Aber ich habe doch noch nie in die Zukunft blicken können, dachte sie verwirrt. *Noch nie in meinem ganzen Leben.* Dabei hatte sie sich die Gabe als Kind oft gewünscht. Carlin hatte ihr Geschichten von der Seherin der Roten Königin erzählt, einer sehr begabten Frau, die viele bedeutende Ereignisse der Weltgeschichte vorhergesagt hatte. Kelsea hingegen hatte nur die Gegenwart.

»Die Königin braucht Bedienstete!«, verkündete Mace. Sie zuckte zusammen und konzentrierte sich wieder auf die Szene vor ihr.

»Sie braucht …«

»Wartet.« Als Kelsea die Furcht in den Augen der Frau sah,

erhob sie die Hand. Mace' Idee war nicht schlecht, aber wenn er mit dieser Furcht falsch umging, würden sämtliche Bestechungsversuche der Welt wenig nützen.

»Ich werde niemandem befehlen, in meine Dienste zu treten«, sagte sie entschlossen und versuchte, jeder einzelnen der vier Frauen in die Augen zu sehen. »Aber ich verspreche, dass alle, die sich mir anschließen, jeden Schutz genießen, den ich bieten kann. Und nicht nur Schutz, sondern alles, was zum Beispiel auch meinen Kindern irgendwann zuteilwerden wird: eine Ausbildung, das beste Essen, medizinische Versorgung und die Möglichkeit, jedes nur erdenkliche Handwerk zu erlernen. Außerdem gebe ich euch mein Wort, dass jede von euch auf der Stelle und ohne Verzögerung gehen darf, sollte sie zu irgendeinem Zeitpunkt nicht mehr für mich arbeiten wollen.«

Sie überlegte, was sie sonst noch anführen könnte, doch sie war schrecklich müde, und außerdem hatte sie bereits festgestellt, dass sie es hasste, Reden zu halten. Eine Stellungnahme zum Thema Loyalität wäre wohl angebracht. Aber was gab es da schon zu sagen? Schließlich wussten alle, dass es nur allzu leicht wäre, den Tod der Königin herbeizuführen, wenn sie erst in ihren Diensten standen. Und dass sie ihren eigenen immer vor Augen hätten. Sie gab es auf, öffnete die Arme und verkündete: »Entscheidet euch jetzt, in der nächsten Minute. Ich kann es nicht länger aufschieben.«

Die Wartenden überlegten oder starrten vielmehr hilflos auf ihre Kinder. Erst jetzt fiel Kelsea auf, dass Mace offensichtlich nur Frauen gewählt hatte, die keine Männer mehr hatten. Wobei, das stimmte nicht ganz. Ihr Blick wanderte zu der Verrückten aus ihrem Traum und dann in die Menge, wo sie ihren Gatten vermutete. Sie entdeckte ihn in ungefähr drei Metern Entfernung. Breitbeinig und mit verschränkten Armen stand er da.

Sie beugte sich zu Mace vor. »Warum die Dunkelhaarige in Blau?«

»Wenn wir sie erst einmal überzeugt haben, Lady, wird sie Eure loyalste Dienerin sein.«

»Wer ist sie?«

»Keine Ahnung. Aber ich habe ein Gespür für solche Dinge, verlasst Euch darauf.«

»Sieht aus, als wäre sie nicht ganz zurechnungsfähig.«

»Das geht vielen Frauen so, wenn ihre Kinder verladen werden. Ich misstraue eher denen, die sie widerstandslos hergeben.«

»Was ist mit ihrem Mann?«

»Seht genau hin, Lady.«

Kelsea musterte ihn, konnte jedoch nichts Ungewöhnliches an ihm entdecken. Grimmig beobachtete er die Vorgänge, ein großer, dunkelhaariger Kerl mit ungekämmtem Bart und kräftigen Armen, die ihn als Tagelöhner auswiesen. Seine schwarzen Augen waren auf eine schmollende Art zusammengekniffen, die leicht zu interpretieren war: Es gefiel ihm nicht, dass er nicht gefragt wurde. Kelsea richtete ihren Blick auf die Frau, deren Augen zwischen ihrem Mann und ihren Kindern hin und her huschten. Sie war hager, mit Armen dürr wie Zweige, auf denen sich nachdunkelnde Flecke abzeichneten. Sie mussten von vorhin stammen, als ihr Mann sie vom Käfig weggezerrt hatte. Plötzlich entdeckte Kelsea noch weitere Blutergüsse. Einen an der Wange der Frau und einen großen, dunklen am Schlüsselbein, wo ein Mädchen gerade am Kragen ihres Kleids zerrte.

»Himmel, Lazarus, Eure Augen sind scharf. Am liebsten würde ich sie einfach mitnehmen.«

»Ich denke, sie wird von selbst mitkommen, Lady. Bobachtet und wartet ab.«

Pen und einige der neuen Gardisten waren zwischen den korpulenten, schwarzäugigen Mann und seine Frau getreten. Sie würden schnell und kompetent agieren. Trotz der Gefahr um sie herum fühlte sich Kelsea beinahe hoffnungsfroh … Vielleicht würde sie überleben? Gleich darauf fiel ihre Hoffnung in sich zusammen, und sie war nur noch erschöpft. Sie wartete einige Augenblicke ab, bevor sie schließlich verkündete: »Wir machen uns auf den Weg in die Festung. Alle, die mich begleiten möchten, sollen mir willkommen sein.«

Langsam ritt die Kompanie den Abhang hinunter. Aus dem Augenwinkel sah Kelsea, dass die Verrückte ihre Kinder wie einen weiten Rock um sich scharte und fest an sich drückte. Dann nickte sie, murmelte ein paar ermutigende Worte, und das ganze Grüppchen setzte sich in Bewegung. Mit einem Schrei sprang ihr Mann auf sie zu und blieb abrupt stehen, als ihm Pens Schwertspitze entgegenragte. Ruckartig hielt Kelsea ihr Pferd an.

»Reitet weiter, Lady. Sie halten ihn im Zaum.«

»Kann ich den Kindern den Vater wegnehmen, Lazarus?«

»Ihr könnt tun, was immer Ihr wollt, Lady. Ihr seid die Königin.«

»Aber was sollen wir mit all den Kindern anfangen?«

»Kinder sind gut, Lady. Sie machen Frauen berechenbar. Und nun: ganz ruhig.«

Kelsea drehte sich wieder nach vorne und blickte der Festung entgegen. Es fiel ihr schwer, die Gardisten in ihrem Rücken alles allein machen zu lassen. Sie hörte lautstarke Diskussionen und die gedämpften Geräusche eines Handgemenges. Gleichzeitig wusste sie, dass Mace recht hatte: Sich einzumischen hieße, dass sie ihrer Garde misstraute. Also ritt sie weiter, den Blick auch dann noch strikt geradeaus gerichtet, als eine Frau kreischte.

Während sie sich den Käfigen näherten, sah Kelsea, wie eine Menschenmenge ausschwärmte und sich in einem breiten Ring um ihre Wachen scharte. Sie drängten so dicht heran, dass einige von ihnen gegen die Flanken der Pferde gedrückt wurden. Alle schienen gleichzeitig auf sie einzureden, und sie verstand kein einziges Wort.

»Bogenschützen!«, bellte Mace. »Augen auf die Zinnen!«

Zwei Gardisten zückten ihre Bögen und schossen Pfeile ab. Der eine war noch sehr jung, wahrscheinlich sogar jünger als Kelsea, und auffallend hellhäutig. Sein Gesicht war weiß vor Angst und seine Zähne krampfhaft zusammengepresst. Sie wollte etwas Beruhigendes sagen, doch in diesem Moment schrie Mace: »Auf die Zinnen, verdammt!«, und sie machte den Mund wieder zu.

Als sie auf Höhe der Käfige angekommen waren, griff Mace nach Rakes Zügeln, brachte das Pferd zum Stehen und gab Kibb ein Zeichen. Dieser hielt plötzlich eine brennende Fackel in der Hand, die Mace an Kelsea weiterreichte. »Die erste Seite Eurer Geschichte, Lady. Macht was draus.«

Sie zögerte, nahm die Fackel entgegen und ritt zum nächstgelegenen Käfig. Wie ein einziger, riesiger Organismus machte ihr die Menge samt Gardisten Platz. Mace hatte Elston und Kibb mit einem Eimer Öl vorausgeschickt. Hoffentlich hatten sie alles ordentlich vorbereitet, sonst würde sie gleich ziemlich dumm dastehen. Beherzt umklammerte sie die Fackel, doch bevor sie sie werfen konnte, fiel ihr Blick auf einen der beiden Kinderkäfige – augenblicklich loderte die Flamme in ihrem Inneren wieder auf, und ihre Haut glühte.

Alles, was ich bis jetzt angeordnet habe, kann rückgängig gemacht werden. Aber wenn ich das jetzt durchziehe, gibt es kein Zurück mehr.

Wenn die Ladung nicht in Mortmesne ankam, würde die

Rote Königin in Tearling einfallen. Kelsea dachte an Mhurn, ihren gut aussehenden blonden Gardisten, und an seine Geschichte von der letzten Mortinvasion. Tausende hatten gelitten und waren gestorben. Doch hier, direkt vor ihr, gab es einen Käfig, den man eigens für die Jungen und ganz und gar Hilflosen gebaut hatte, um sie Tausende Kilometer weit zu verschleppen, als Arbeitssklaven zu missbrauchen, zu vergewaltigen und verhungern zu lassen. Kelsea schloss die Augen und sah ihre Mutter, sah die Frau, von der sie ein Leben lang geträumt hatte. Die Weiße Königin auf ihrem Pferd. Schon jetzt hatte sich die Vision verdunkelt. Die Menschen, die der Königin zuwinkten, waren Vogelscheuchen, ausgemergelt vom langen Hungern. Das Blumengewinde auf ihrem Kopf welkte. Eine Krankheit ließ das Maul ihres Pferdes von innen heraus faulen. Und die Frau selbst … ein kriechendes, unterwürfiges Ding. Ihre Haut war so weiß wie die einer Leiche und doch in Schatten getaucht. Eine Kollaborateurin. Kelsea blinzelte das Bild weg, doch es war zu spät – es hatte sie bereits zum nächsten Schritt getrieben. Bartys Geschichte vom Tod tauchte in ihren Gedanken auf, die sie seit jener Nacht am Lagerfeuer nie wirklich vergessen hatte. Barty hatte recht. Es war besser, mit Würde zu sterben. Sie holte aus und schleuderte die Fackel in den Kinderkäfig.

Die Bewegung riss die Wunde an ihrem Hals wieder auf. Sie unterdrückte einen Schrei. Doch ein Schrei ging durch die Menge, und das Fahrwerk fing Feuer. Noch nie hatte Kelsea derart hungrige Flammen gesehen. In Windeseile wanderten sie über den Boden und kletterten unerklärlicherweise sogar an den Eisenstangen empor. In einer gewaltigen Stoßwelle breitete sich die Hitze über den Festungsrasen aus und warf die Leute um, die sich zu nah an den Käfig herangewagt hatten. Es war, als würde man vor einem glühenden Ofen stehen.

Wüste Verwünschungen ausstoßend, wogte die Menge auf das Feuer zu. Auch die Kinder wurden von der Hysterie ihrer Eltern erfasst und stimmten mit rot lodernden Augen in das Geschrei mit ein. Während Kelsea den Flammen zusah, spürte sie, wie das wilde Wesen in ihrem Inneren die Flügel anlegte und sie erleichtert, aber auch ein wenig enttäuscht zurückließ. Ein bisschen war es so gewesen, als hätte ein Fremder in ihr gewohnt. Ein Fremder, der aus irgendeinem Grund alles über sie wusste.

»Cae!«, rief Mace über die Schulter.

»Sir?«

»Zünde die anderen an.«

Auf Mace' Signal hin ritt die Kompanie weiter und ließ die Käfige hinter sich. Als sie die Zugbrücke erreicht hatten, stieg Kelsea ein widerlicher Gestank in die Nase, der aus dem Graben zu kommen schien. Ein ranziger Geruch, wie verrottendes Gemüse. Das Wasser war von einem tiefen Dunkelgrün. An der Oberfläche hatte sich eine Schicht aus trüb geliertem Schleim gebildet. Je weiter sie über die Brücke ritten, desto stärker wurde der Gestank.

»Wird das Wasser nicht hin und wieder abgelassen?«

»Vergebt mir, Lady, aber jetzt bitte keine Fragen.« Mace' Blicke schossen in alle erdenklichen Richtungen, über die Festung, in die Dunkelheit darüber, zurück zum Graben und auf die gegenüberliegende Seite. Sie verweilten auf den Torwachen, die zu beiden Seiten der Brücke postiert waren und keine Anstalten machten, Kelsea zu stoppen. Einige verbeugten sich sogar, als sie an ihnen vorbeiritt. Erst als die Menge versuchte, ihr in die Festung zu folgen, traten die Männer widerwillig in Aktion, um die Brücke zu blockieren und die Menschen ans Ufer zurückzutreiben.

Wie ein dunkles Loch klaffte das Tor der Festung vor ihnen

auf. Nur ab und an wurde es vom flüchtigen Flackern einer Fackel erhellt. Kelsea schloss die Augen und öffnete sie dann wieder. Allein das kostete sie schon all ihre Kraft. Drinnen wartete ihr Onkel auf sie, doch sie hatte keine Ahnung, wie sie ihm jetzt gegenübertreten sollte. Ihre Abstammung – einst eine Quelle geheimen Stolzes – schien nicht viel feiner als eine Kloake. Ihr Onkel war Abschaum und ihre Mutter … Sie hatte das Gefühl, in einen Abgrund zu rutschen, in dem es keinen Halt gab.

»Ich kann meinem Onkel heute nicht entgegentreten, Lazarus. Ich bin zu müde. Können wir das nicht verschieben?«

»Wenn Eure Majestät nur still wäre.«

Kelsea war von sich selbst überrascht, als sie zu lachen anfing. Gemeinsam passierten sie den düsteren Torbogen der Festung.

In ungefähr sechzig Metern Entfernung beobachtete der Fetch, wie das Mädchen samt Entourage die Brücke überquerte. Ein kleines Lächeln umspielte seine Lippen. Ein cleverer Schachzug, den Frauen aus der Menge vorzuschlagen, mit zur Festung zu kommen. Bis auf eine waren ihr alle gefolgt.

Wer nur war der Vater des Mädchens? Eine kratzbürstige Intelligenz ging von ihr aus, die Elyssa nie für sich hätte beanspruchen können. Arme Elyssa. Den größten Teil ihres Hirns hatte sie morgens auf die Frage verwendet, was sie anziehen sollte. Kelsea war zehnmal so viel wert wie sie.

Neben dem Graben brannten die Kinderkäfige. Ein lodernder Scheiterhaufen, der hoch in der Dämmerung aufragte. Ein Gardist war zurückgeblieben, um auch die restlichen Gefängnisse in Brand zu stecken, doch die Leute (und selbst einige Soldaten) waren ihm zuvorgekommen. Nacheinander explodierten die Käfige in aufschießenden Stichflammen. Menschen riefen nach der Königin, und die Luft war erfüllt von Weinen.

Bewundernd schüttelte der Fetch den Kopf. »Bravo, Tearkönigin.«

Der Tisch des Zensus sah wie ein Ameisenhaufen aus, in dem ein grausames Kind mit einem Stock herumgebohrt hatte. Beamte eilten hin und her. Die Panik verlieh ihren Bewegungen etwas Flattriges, Fieberhaftes. Natürlich hatten sie die Konsequenzen des heutigen Tages sofort begriffen. Arlen Thorne war verschwunden. Aber er würde dem Mädchen nach dem Leben trachten, und er war ein sehr viel gerissenerer Gegner als ihr idiotischer Onkel. Der Fetch runzelte die Stirn, dachte einen Moment nach und sagte dann über die Schulter: »Alain.«

»Sir?«

»In Thornes Hirn braut sich was zusammen. Geh und finde raus, was es ist.«

Hinter ihm gab Lear seinem Pferd die Sporen, bis er sich auf einer Höhe mit ihm befand. Er wirkte schlecht gelaunt, und das war kein Wunder. Wenn sie ohne Verkleidung unterwegs waren, zog seine schwarze Hautfarbe alle Aufmerksamkeit auf sich. Er liebte es, wenn die Leute ihn wie gebannt anstarrten, während er eine seiner Geschichten zum Besten gab, doch zum Objekt der Neugierde zu werden, das hasste er.

»Thorne wird sich nicht auf Alain einlassen«, murmelte Lear. »Und wenn doch, ist seine Anonymität für immer dahin. Ist das Mädchen das wirklich wert?«

»Unterschätz sie nicht, Lear. Ich tu's ganz bestimmt nicht.«

»Können wir den Regenten loswerden?«, fragte Morgan.

»Der Regent gehört mir, und wenn ich die Kleine nicht falsch eingeschätzt habe, kann ich ihn schon bald schachmatt setzen. Viel Glück, Alain.«

Ohne ein weiteres Wort machte Alain auf seinem Pferd kehrt und ritt zurück Richtung Stadt. Als er in der Menge verschwunden war, schloss der Fetch die Augen und senkte den Kopf.

Jetzt hängt so viel von diesem jungen Mädchen ab, dachte er grimmig. *Gott würfelt mit uns.*

ZWEITES BUCH

6

Die Gezeichnete Königin

»Als ich fünf Jahre alt war, unternahm meine Großmutter einen Ausflug mit mir. Von all ihren Enkeln mochte sie mich am liebsten, wahrscheinlich, weil man mich nach ihr benannt hatte. Es machte mich stolz, ihre Hand zu halten und mit ihr durch die Straßen zu schlendern, während meine Geschwister zu Hause bleiben mussten.

In einem großen Park im Stadtzentrum hielten wir ein Picknick ab, und Großmutter kaufte mir eins der farbig illustrierten Bücher, die nur in Varlings Buchladen zu bekommen waren. Später sahen wir uns ein Stück im Puppentheater des Viertels an, und auf dem Weg zur Festung schenkte mir Großmutter noch meine ersten Erwachsenenschuhe mit Schnürsenkeln. Ein wahrhaft wunderbarer Tag.

Als es Zeit zum Abendessen wurde und wir uns eigentlich auf den Heimweg hätten machen sollen, führte sie mich zum Eingang des Festungsrasens. Das Denkmal der Glynn-Königin, die Statue einer gesichtslosen Frau auf einem Granitthron, ragte vor uns auf. Lange standen wir einfach nur andächtig da, und weil Großmutter nichts sagte, schwieg auch ich. Für gewöhnlich plauderte sie ununterbrochen, sodass wir sie manchmal sogar zur Ordnung rufen mussten, wenn wir Besuch empfingen.

Doch nun verharrte sie geschlagene zehn Minuten mit gesenktem Kopf vor dem Denkmal, ohne dass ihr ein einziges Wort über die Lippen kam. Mir wurde langweilig, ich fing an

herumzuzappeln und fragte schließlich: »Großmutter, worauf warten wir?«
Sanft zog sie mich am Zopf und bedeutete mir,
still zu sein. Dann zeigte sie auf das Denkmal und sagte:
»Ohne diese Frau wärst du nie geboren worden.«

Das Vermächtnis der Glynn-Königin, Glee Delamere

Kelsea erwachte in einem tiefen, weichen Bett mit hellblauem Baldachin. Ihr erster Gedanke war belanglos: Hier gab es eindeutig zu viele Kissen. Das Bett in Bartys und Carlins Cottage mochte klein gewesen sein, aber sauber und bequem. Ein Kissen hatte ihr dort völlig gereicht. Dieses Bett hier war zwar auch komfortabel, aber auf eine übertriebene Art und Weise. Die Bettlaken bestanden aus perlfarbener Seide, auf der blauen Damastdecke lagen unzählige rüschenbesetzte, weiße Kissen, und abgesehen davon hätten hier locker vier Personen Platz gefunden.

Das Bett meiner Mutter. Das hätte ich mir denken können.

Als sich Kelsea auf die Seite drehte, erblickte sie Mace, der es sich in einem Sessel gemütlich gemacht hatte und schlief.

So leise wie möglich setzte sie sich auf und nahm ihr Zimmer in Augenschein: Der hohe Raum war mit hellblauen, auf das Bett abgestimmten Wandbehängen versehen. Auf den ersten Blick wirkte alles recht hübsch, doch als Kelsea genauer hinsah, war sie irritiert. An einer Wand standen verstaubte Bücherregale, in denen sich, abgesehen von ein bisschen Plunder, nichts befand. Irgendjemand schien dafür gesorgt zu haben, dass das Zimmer ihrer Mutter unangetastet blieb.

Mace vielleicht? Nein, das sah eher nach Carroll aus. Mace hatte öfter durchblicken lassen, dass er nicht in allen Belangen mit Königin Elyssa übereinstimmte. Carroll hingegen hatte nichts dergleichen getan.

Links von Kelsea befand sich eine Tür. Sie stand offen und führte zu einem Badezimmer mit einer riesigen marmornen Badewanne, die sie von ihrem Platz aus gerade mal zur Hälfte erkennen konnte. Neben der Tür stand eine Frisierkommode mit einem großen, edelsteinbesetzten Spiegel. Sie zuckte zusammen, als sie sich darin erblickte. Sie sah aus wie ein Kobold. Ihr Haar stand in alle Richtungen ab, und über ihr Gesicht zogen sich schmutzige Schlieren. Kelsea sank in die Kissen zurück, starrte auf den Baldachin und ließ ihre Gedanken fliegen. Wie hatte sich nur so viel an einem einzigen Tag verändern können?

Plötzlich fiel ihr ein, wie sie als Neunjährige eins von Carlins hübschen Kleidern gemopst hatte. Natürlich war ihr klar gewesen, dass sie etwas Falsches tat. Zwar hatte ihr Carlin nie ausdrücklich verboten, sich an ihrem Schrank zu schaffen zu machen, doch das war bestimmt nur ein Versäumnis, das sie in null Komma nichts nachholen würde, sollte sie ihren Schützling erwischen. Aufgeregt schlüpfte Kelsea in das Kleid und setzte sich noch einen selbstgewundenen Blumenkranz auf den Kopf. Obwohl sie ständig über den Saum stolperte und ihr der Kranz vom Kopf rutschte, fühlte sie sich sehr erwachsen und königinnenhaft. Als sie gerade hoch erhobenen Hauptes durchs Zimmer stolzierte, kam Carlin herein.

»Was machst du da?«, fragte sie. Der tiefe Tonfall ihrer Stimme verhieß nichts Gutes. Zitternd versuchte Kelsea, sich zu rechtfertigen: »Ich habe geübt, eine Königin zu sein. Wie meine Mutter.«

Kelsea hatte nicht einmal mehr Zeit zurückzuweichen, so

schnell trat Carlin auf sie zu. Dann waren da nur ihr stechender Blick und die Ohrfeige. Obwohl es kaum wehtat, brach Kelsea in Tränen aus. Sie war noch nie geschlagen worden. Carlin packte die Rückseite des Kleids und zerrte so vehement daran, dass es riss und kleine Knöpfe durchs Zimmer spritzten.

Kelsea fiel zu Boden und weinte jetzt rückhaltlos; doch von so etwas hatte sich Carlin noch nie beeindrucken lassen. Sie verließ das Zimmer und sprach tagelang kein Wort mehr mit ihr, auch dann nicht, als Kelsea das Kleid eigenhändig gewaschen, gebügelt und wieder in den Schrank gehängt hatte. Barty schlich die ganze Woche niedergeschlagen und mit geröteten Augen herum. Wenn Carlin nicht hinschaute, steckte er Kelsea Süßigkeiten zu. Nach ein paar Tagen ging ihre Pflegemutter endlich wieder zur Tagesordnung über, doch als Kelsea wenig später in ihren Schrank schaute, waren all die feinen Kleider verschwunden.

Sie hatte immer geglaubt, Carlin sei so zornig geworden, weil sie nicht um Erlaubnis gefragt worden war. Aber während sie sich jetzt im Zimmer ihrer Mutter umblickte, stellte sich der Vorfall plötzlich in einem ganz anderen Licht dar. Leere Bücherregale an einer Wand. Ein monströser Kleiderschrank aus Eiche, der beinahe die gesamte gegenüberliegende Wand einnahm. Ein Spiegel, in dem gleich mehrere Spiegelbilder Platz gefunden hätten. Das goldene Inventar. Das Bett, bezogen mit meterweise kostbarem Stoff.

Die ausgemergelten Gestalten auf dem Festungsrasen erschienen vor ihrem inneren Auge. Ihre hageren Gesichter. Carlin hatte so viel gewusst und ihr doch nie etwas von alldem erzählt. Am liebsten hätte Kelsea ihren ganzen Zorn in die Stille ihres neuen Zimmers geschrien. Was, wenn noch mehr solcher Überraschungen auf sie warteten? Ihr ganzes Leben lang hatte sie angenommen, ihre Mutter habe sie zu ihrem eigenen Schutz weggegeben. Aber vielleicht war das gar nicht der Fall gewesen. Vielleicht hatte sie Kelsea einfach nur loswerden wollen. Wütend hieb sie mit den Füßen auf das Bett ein und bohrte ihre Fersen in die weiche Federmatratze. Das war vielleicht kindisch, aber trotzdem wirkungsvoll. Nachdem sie ungefähr zwei Minuten lang wild um sich getreten hatte, wusste sie, dass es endgültig an der Zeit war aufzuwachen.

Das Amt einer Königin – an und für sich ja schon schwierig genug – erschien ihr mit einem Mal wie ein schier unüberwindliches Hindernis. Natürlich hatte sie gewusst, dass ein steiniger Weg vor ihr lag. Carlin hatte es ihr indirekt zu verstehen gegeben, indem sie Kelsea jahrelang die Geschichte krisengebeutelter Länder und Königreiche hatte studieren lassen. Carlin mit ihrer Bibliothek voller Bücher …

Kelsea spürte, wie auch das letzte bisschen Groll verflog, das sie gegen ihre Pflegemutter gehegt hatte. Beide Eltern fehlten ihr, Barty *und* Carlin. Alles um sie herum war so fremd. Sie vermisste die ungezwungene Vertrautheit und die beiden Menschen, die sie so gut kannte wie niemanden sonst. Ob Carlin mit ihrer gestrigen Tat einverstanden gewesen wäre?

Kelsea setzte sich auf, schlug die Decke zurück und ließ ihre Füße von der Bettkante baumeln. Ihre Kette hatte sich in ihrem Haar verfangen, und sie brauchte eine Minute, um das Durcheinander zu entwirren. Sie hätte sich gestern Abend die Haare flechten und ein Bad nehmen sollen, doch irgendwann war alles einfach nur noch an ihr vorbeigerauscht. Sie waren durch fackelerleuchtete Gänge gehetzt, und sie hatte nichts wahrgenommen außer Mace' gezischte Anweisungen. Irgendjemand hatte sie eine nicht enden wollende Treppe hinaufgetragen, und Kelsea war so müde gewesen, dass sie noch in den Kleidern, die sie unter Pens Rüstung getragen hatte, eingeschlafen war. Ihre Sachen starrten nur so vor Schmutz und rochen nach salzigem Schweiß. Sie hätte sie wegwerfen können, aber sie wusste, sie würde es nicht tun. Der Fetch hatte ihr die Unterkleider gegeben, und sein Gesicht war es auch, das sie als Letztes vor sich gesehen hatte, bevor sie in einen ohnmächtigen Schlaf gefallen war. Sie war sich sicher, von ihm geträumt zu haben, auch wenn ihr jede Erinnerung daran fehlte. Gewiss, er hatte sie auf die Probe gestellt, und wenn sie versagte, würde er sie töten, daran gab es keinen Zweifel. Dennoch fanden seine Drohungen kaum Platz in Kelseas Gedanken. Stattdessen leistete sie sich den Luxus, noch einige Minuten von ihm zu träumen, ehe sie sich wieder der Realität zuwandte.

Sie brauchte so schnell wie möglich eine Abschrift des Mortabkommens. Bei diesem Gedanken durchströmte sie neue Energie. Mit einem Satz war sie aus dem Bett und schlich auf Zehenspitzen zu Mace hinüber. In den letzten Tagen waren ihm dichte Bartstoppeln gewachsen, ein von grauen Flecken durchsetztes Braun, und die Falten schienen sich noch tiefer in sein Gesicht gegraben zu haben. Sein Kopf war nach hinten gesunken. Alle paar Augenblicke gab er ein sanftes Schnarchen von sich.

»Also schlaft Ihr doch.«

»Nein«, erwiderte Mace. »Ich döse nur.«

Er streckte sich, bis sein Rücken knackte, und hievte sich dann aus seinem Sessel hoch. »Nur ein falscher Atemzug, und ich hätte ihn gehört.«

»Bin ich hier in Sicherheit?«

»Ja, Lady. Wir befinden uns im Trakt der Königin, der rund um die Uhr bewacht wird. Carroll hat das Zimmer vor unserer Abreise noch einmal genau überprüft. Abgesehen davon wäre Euer Onkel gar nicht in der Lage, sich in nur sechs Tagen irgendeinen durchtriebenen Plan einfallen zu lassen. Um ganz sicherzugehen, wird der Raum während Eurer Abwesenheit heute erneut durchsucht.«

»Während meiner Abwesenheit?«

»Ich habe Euren Onkel wissen lassen, dass Ihr, sofern es Euch beliebt, noch heute gekrönt werdet. Er war alles andere als begeistert.«

Kelsea öffnete eine Schublade und erblickte einen Kamm und mehrere Bürsten darin, offenbar alle aus purem Gold. Unwirsch knallte sie die Schublade wieder zu. »Meine Mutter war eine eitle Frau.«

»Stimmt. Sagt Euch der Raum zu?«

»Ich brauche die albernen Kissen nicht«, sagte Kelsea und fegte ein paar von ihnen vom Bett. »Warum in Gottes Namen soll man denn …«

»Es gibt viel zu tun, Majestät.«

Kelsea seufzte. »Als Erstes brauche ich ein Frühstück und ein heißes Bad. Und etwas zum Anziehen für die Krönungszeremonie.«

»Ihr wisst, dass die Zeremonie von einem Priester der Gotteskirche durchgeführt werden muss?«

Kelsea sah auf. »Nein, das wusste ich nicht.«

»So sind die Regeln. Aber selbst wenn ich den Priester Eures Onkels dazu zwingen könnte, die Krönung durchzuführen, wäre er nicht der richtige Mann für uns. Ich hole einen aus dem Arvath. Wahrscheinlich werde ich ungefähr eine Stunde weg sein.«

»Gibt es denn keine Möglichkeit, meine Krönung ohne einen Priester zu legitimieren?«

»Nicht die geringste, Lady.«

Entnervt stieß Kelsea den Atem aus. Über die Zeremonie hatten Carlin und sie nie gesprochen. Es war ihr so abstrakt erschienen, als hätte es gar nichts mit ihr zu tun. Ganz bestimmt würde sie irgendwelche religiösen Schwüre leisten müssen. So stellte die Kirche sicher, dass die Festung sie weiterhin finanzierte.

»Gut, dann macht Euch mal auf den Weg. Aber nehmt einen schüchternen Priester, wenn's irgendwie geht.«

»Wird erledigt, Lady. Und Ihr solltet Euer Messer im Auge behalten, während ich weg bin.«

»Woher wisst Ihr, dass ich ein Messer habe?«

Mace warf ihr einen vielsagenden Blick zu. »Wartet einen Moment, ich stelle Euch Eure Zofe vor.« Als er durch die Tür verschwand, brandete Stimmengewirr auf. Dann, allein inmitten des leeren Raums, spürte Kelsea einen Anflug von Erleichterung. Das Alleinsein hatte ihr gefehlt. Doch jetzt war keine Zeit zum Genießen.

»Es gibt so viel zu tun«, flüsterte sie, während sie vorsichtig über die Naht an ihrem Hals strich. Ihr Blick wanderte über die hohe Decke, die blauen Wandbehänge, das Bett mit seinen unendlichen Kissenreihen und blieb schließlich am allerscheußlichsten haften: an der langen Wand mit den leeren Bücherregalen. Tränen der Wut stiegen ihr in die Augen.

»Sieh dir das an«, zischte sie in den leeren Raum. »Sieh nur, was du mir hinterlassen hast.«

»Lady?« Mace deutete ein Klopfen an und trat dann ein. In seinem Schlepptau befand sich eine große, schlanke Frau, die er mit seiner wuchtigen Gestalt fast verdeckte. Doch Kelsea wusste auch so, wen sie vor sich hatte. Ohne Kinder wirkte die Frau jünger, sie schien nur ein paar Jahre älter als sie selbst zu sein. Sie trug ein schlichtes cremefarbenes Wollkleid, und ihr langes dunkles Haar war ordentlich gekämmt und zu einem straffen Knoten hochgesteckt. Der einzige Makel war die Narbe auf ihrer Wange. Abwartend stand sie vor Kelsea. Ihre Haltung hatte nichts Unterwürfiges. Kelsea hingegen war nach ein paar Sekunden so eingeschüchtert, dass sie sich genötigt fühlte, etwas zu sagen.

»Wenn deine Jüngste noch nicht unbeaufsichtigt bleiben kann, darfst du sie gerne mitbringen.«

»Sie ist in guten Händen, Lady.«

»Lasst uns bitte allein, Lazarus.«

Zu ihrer Überraschung drehte sich Mace auf dem Absatz um, verließ das Zimmer und schloss leise die Tür hinter sich.

»Setz dich.« Kelsea deutete auf den Stuhl vor ihrem Frisiertisch. Die Frau zog den Stuhl heran und ließ sich voller Anmut darauf nieder.

»Wie heißt du?«

»Andalie.«

Kelsea blinzelte. »Hast du Mortwurzeln?«

»Meine Mutter stammte aus Mortmesne, mein Vater aus Tearling.«

Kelsea fragte sich, ob Mace davon wusste. Wobei – natürlich tat er das. »Und zu welchem Reich gehörst du?«

Andalie fixierte Kelsea, die sich schon wünschte, die Frage zurücknehmen zu können. Die Augen der Frau waren von einem kalten, stechenden Grau. »Ich bin eine Tear, Majestät, ebenso meine Kinder mitsamt ihrem nichtsnutzigen Vater. Wenn Ihr wissen wollt, weshalb ich in Eure Dienste getreten bin: hauptsächlich wegen ihnen, denn ich kann sie ja schlecht gemeinsam mit meinem Mann zum Teufel jagen, oder?«

»Nein … wohl nicht.«

»Für eine Frau wie mich war Euer Angebot sehr verlockend. Und die Möglichkeit, meine Kinder außer Reichweite ihres Vaters zu bringen, ein Geschenk des Himmels.«

»Also hauptsächlich wegen deiner Kinder?«

»Ja, hauptsächlich.«

Kelsea war beunruhigt. Hin und wieder nahm man aus

der Not heraus ein paar Emigranten aus Mortmesme auf, weil sie über Kenntnisse verfügten, die den Tear fehlten. In der Eisenverarbeitung zum Beispiel, in der Medizin oder im Steinmetzhandwerk. Und die Mort ließen sich ihre Dienste gut bezahlen. Viele von ihnen lebten in dörflichen Gegenden und im toleranteren Süden. Doch selbst Carlin, die sich so viel auf ihre liberale Einstellung einbildete, traute ihnen nicht recht über den Weg. Ihrer Ansicht nach hatte selbst der mittelloseste Mort etwas Arrogantes an sich, eine Eroberermentalität, die ihm im Laufe der Jahre zur zweiten Natur geworden war.

Doch Andalies Wurzeln waren nur ein Teil des Problems. Für die Frau eines Arbeiters war sie zu gebildet, und sie hatte schlicht zu viele Kinder. Sie hatte etwas Unergründliches an sich, und wie Kelsea vermutete, hatte genau diese Eigenschaft ihren Mann zur Weißglut getrieben. Sie war durch und durch distanziert. Nur wenn die Rede auf ihre Kinder kam, zeigte sie so etwas wie Wärme. Aber gut, Kelsea wollte Mace' Urteil trauen, denn ohne ihn wäre sie längst tot. Aber weshalb nur hatte er sich ausgerechnet für diese Frau entschieden?

»Lazarus hat dich zu meiner Zofe auserkoren. Ist das in deinem Sinn?«

»Nur unter der Bedingung, dass ich mich um meine Jüngste kümmern kann, wenn sie krank ist oder nicht bei den anderen bleiben will.«

»Natürlich.«

Andalie deutete auf den scheußlichen Frisiertisch. »Leider habe ich nicht gelernt …«

Kelsea winkte ab. »Ich bin sicher, du wirst deine Sache gut machen. Darf ich dich Andalie nennen?«

»Wie denn sonst, Lady?«

»Man sagte mir, dass es vielen Frauen bei Hof gefällt, einen

Titel zu tragen. Königliche Kammerzofe oder irgendwas in der Richtung.«

»Mein Name wird reichen.«

»Natürlich.« Kelsea lächelte bedauernd. »Wenn ich meinen Titel nur auch so schnell loswerden könnte.«

»Das einfache Volk braucht Symbole, Lady.«

Kelsea starrte sie an. Genau das Gleiche hatte Carlin auch immer gesagt, und Kelsea wollte nicht gern daran erinnert werden, jetzt, da sie doch glaubte, dem Schulzimmer ein für alle Mal entronnen zu sein.

»Darf ich dir eine unangenehme Frage stellen?«

»Natürlich.«

»In der Nacht, bevor deine Tochter nach Mortmesne verschifft werden sollte – was hast du da gemacht?«

Andalie presste die Lippen zusammen, und Kelsea spürte etwas Wildes an ihr, das ihr in anderen Moment völlig abzugehen schien. »Ich bin nicht religiös, Lady. Es tut mir leid, wenn Euch das Kummer bereitet, aber ich glaube an keinen Gott und noch weniger an eine Kirche. Doch vorgestern Nacht hätte ich beinahe gebetet, denn ich hatte die schlimmste aller Vorahnungen: Ich sah mein Kind leblos am Boden liegen und hatte nichts tun können, um seinen Tod zu verhindern.« Andalie holte tief Luft, bevor sie fortfuhr: »In Mortmesne hätte sie nicht lange überlebt. Mädchen sterben dort viel früher als Jungen. Sie werden zu niederen Hilfsarbeiten degradiert und ab einem gewissen Alter an Fremde verkauft, um ihnen und ihrem Vergnügen zu dienen. Sie können von Glück sagen, wenn sie nicht gleich bei der Ankunft in die Klauen eines Kinderschänders geraten.« Andalie verzog den Mund zu einem bittergrimmigen Lächeln. »In Mortmesne wird so einiges stillschweigend geduldet.«

Kelsea wollte etwas erwidern, doch es gelang ihr nicht. Nach

Andalies Ausbruch war sie wie gelähmt und unfähig zu sprechen.

»Mein Mann Borwen meinte, wir müssten sie gehen lassen. Er war ziemlich … bestimmt, was das betraf. Ich wollte weglaufen, aber ich habe ihn unterschätzt. Er kennt mich, wisst Ihr. Er hat sich Glee geschnappt, während ich geschlafen habe, und sie bei Freunden versteckt. Als ich aufwachte, war sie weg, und wohin ich auch blickte, ich sah nur ihre Leiche … Rot, ganz rot.«

Kelsea zuckte auf ihrem Stuhl zusammen und streckte dann ihr Bein aus, als hätte sie einen Krampf. Andalie schien es nicht zu bemerken – sie hatte ihre Finger zu Klauen gekrümmt, und Kelsea sah, dass drei ihrer Fingernägel herausgerissen waren.

»Nach stundenlanger Verzweiflung blieb mir nichts anderes übrig, als jeden Gott, der mir einfiel, um Hilfe anzuflehen. Aber da ich an keinen dieser Götter wirklich geglaubt habe und es auch immer noch nicht tue, kann man das wohl schwerlich als Beten bezeichnen. Aber ich flehte jede nur erdenkliche Macht an, die mir in den Sinn kam, manche davon so dunkel, dass ich ihren Namen bei Tageslicht nicht über die Lippen brächte.

Als ich zum Festungsrasen kam, hatte man Glee bereits in einen Käfig gesperrt. Ich konnte nichts mehr für sie tun. Mein erster Gedanke war, die anderen Kinder wegzuschaffen und ihr zu folgen, doch zuvor wollte ich noch meinen Mann töten. Als ich mir gerade alle erdenklichen Todesarten ausmalte, hörte ich Eure Stimme, Lady.«

Ohne Vorwarnung erhob sich Andalie. »Nun, ich würde sagen, Eure Majestät braucht ein Bad, Kleidung und etwas zu essen?«

Kelsea nickte stumm.

»Ich kümmere mich darum.«

Als sich die Tür schloss, atmete Kelsea zitternd ein und rieb sich die Gänsehaut von den Armen. Es war, als wäre sie mit einem rachsüchtigen Geist in einem Raum gewesen. Lange nachdem ihre Zofe gegangen war, konnte sie deren Blick noch spüren.

»Hat sie Euch gesagt, dass sie zur Hälfte Mort ist?«

»Ja.«

»Und das hat Euch gar nicht beunruhigt?«

»Bei jeder anderen hätte es mir Sorgen bereitet.«

»Was soll das heißen?«

Mace nestelte an dem kleinen Messer herum, das er sich an den Unterarm geschnallt hatte. »Ich habe nur wenige Begabungen, Lady, aber einige davon sind selten und nützlich. Hätte irgendwo im tiefsten Inneren dieser Frauen eine Gefahr für Eure Majestät gelauert, ich hätte es bemerkt und keine von ihnen in Eure Nähe gelassen.«

»Ich gebe Euch recht, sie ist keine Gefahr für mich – zumindest jetzt noch nicht. Aber das könnte sie werden, Lazarus. Sie könnte für jeden zur Gefahr werden, der ihre Kinder bedroht.«

»Aber Lady, Ihr habt ihr jüngstes Kind gerettet. Ich denke, jeder, der *Euch* droht, wird mit ernsten Konsequenzen zu rechnen haben.«

»Sie ist kalt, Lazarus. Sie wird mir nur so lange dienen, wie es ihren Kindern nützt.«

Mace überlegte einen Augenblick und zuckte dann die Schultern. »Verzeiht, Lady. Ich glaube, Ihr irrt Euch. Und selbst wenn Ihr recht hättet, könntet Ihr im Moment besser für ihre Kinder sorgen als sie allein, geschweige denn mit diesem Schakal von Mann. Warum seid Ihr so besorgt?«

»Wenn mir Andalie gefährlich werden würde, würdet Ihr es dann merken?«

Als Mace nickte, sprach die Gewissheit so vieler Jahre aus

ihm, dass Kelsea es gut sein ließ. »Ist alles für die Krönung vorbereitet?«, fragte sie schließlich.

»Der Regent weiß, dass Ihr zu seiner Audienz erscheinen werdet. Ich habe keine genaue Zeit angegeben. Er soll es nicht zu leicht haben.«

»Wird er versuchen, mich zu töten?«

»Wahrscheinlich, Lady. Der Regent ist nicht zimperlich und will Eure Thronbesteigung um jeden Preis verhindern.«

Kelsea besah sich ihre Wunde im Spiegel. Mace hatte sie noch mal genäht, allerdings nicht so sauber wie der Fetch. Jetzt würde wirklich eine Narbe zurückbleiben, und zwar eine deutliche.

Andalie hatte ein schlichtes, schwarzes Samtkleid gefunden, das gerade an Kelsea herabfiel und bis zum Boden reichte. Ärmellose Gewänder schienen in Mode, denn in der Stadt hatten viele Frauen ihre blanken Arme zur Schau gestellt. Kelsea hingegen mochte ihre Arme nicht, und Andalie hatte das wohl instinktiv gespürt. Die weiten Ärmel des Kleids kaschierten jede Schwachstelle, und der Ausschnitt war gerade so tief, dass man den Saphir noch sehen konnte. Auch bei ihrem dichten, schweren Haar hatte Andalie hervorragende Arbeit geleistet. Sie hatte es zu einem Zopf gebändigt und hochgesteckt. Die Frau war wirklich ein Ausbund an Kompetenz, aber auch Schwarz konnte manchen Makel nicht vertuschen. Kelsea musterte sich im Spiegel und versuchte, selbstbewusster zu wirken, als sie sich fühlte. Eine ihrer Ahninnen, ihre Ur- oder Ururgroßmutter, war als die Schöne Königin bekannt gewesen, die erste einer ganzen Reihe von Raleigh-Frauen, die alle für ihr Aussehen berühmt gewesen waren. Das Gesicht des Fetch kam ihr in den Sinn. Wehmütig lächelte Kelsea ihrem Spiegelbild zu und wandte sich dann mit einem Achselzucken ab.

Ich habe mehr zu bieten als das.

»Ich brauche so bald wie möglich eine Abschrift des Mortabkommens.«

»Hier muss irgendwo eine sein«, sagte Mace.

Kelsea glaubte, Missbilligung in seiner Stimme zu hören. »War es falsch, was ich gestern getan habe?«

»Es ist müßig, sich über Richtig und Falsch zu unterhalten, Lady. Was geschehen ist, ist geschehen, und nun müssen wir alle den Konsequenzen ins Auge sehen. In sieben Tagen ist die Lieferung fällig. Ihr werdet ein paar schnelle Entscheidungen treffen müssen.«

»Ja, aber zuerst möchte ich den Vertrag studieren. Da muss es doch irgendwo ein Schlupfloch geben.«

Mace schüttelte den Kopf. »Wenn dem so wäre, Lady, hätten andere es längst gefunden.«

»Habt Ihr nicht gedacht, dass ich das mit der Lieferung wissen muss, Lazarus? Warum mir etwas Derartiges verschweigen?«

»Ich bitte Euch, Lady. Wie hätte einer von uns Euch dies offenbaren sollen, wo doch selbst Eure Pflegeeltern es ein Leben lang vor Euch geheim gehalten haben? Und vielleicht hättet ihr mir nicht einmal geglaubt. Es schien besser, wenn Ihr es mit eigenen Augen seht.«

»Ich muss das System verstehen, die Auslosung. Wer war der Verantwortliche gestern auf dem Festungsrasen?«

»Arlen Thorne«, sagte Mace, und sein Gesicht verfinsterte sich. »Der Oberste Zensor.«

»Ein Zensus ist nichts weiter als eine Volkszählung.«

»Nicht in diesem Königreich, Lady. Bei uns ist der Zensus eine mächtige Regierungsbehörde und kontrolliert die komplette Lieferung, von der Auslosung bis zum Transport.«

»Und wie ist dieser Arlen Thorne an seinen Posten gekommen?«

»Indem er sich als sehr clever erwiesen hat, Lady. Einmal hätte er sogar mich fast übers Ohr gehauen.«

»Euch doch nicht.«

Mace wollte schon widersprechen, als er ihr Gesicht im Spiegel erblickte. »Wahnsinnig witzig, Eure Majestät.«

»Unterläuft Euch nie ein Fehler?«

»Ein Fehler hat schon viele das Leben gekostet, Lady.«

»Wie um alles in der Welt seid Ihr nur so geworden, Lazarus?«

»Ihr solltet keinen falschen Eindruck von unserer Beziehung bekommen, Lady. Ihr seid meine Dienstherrin, nicht mein Beichtvater.«

Kelsea blickte zu Boden. Sie fühlte sich zurückgewiesen. Es stimmte, für einen kurzen Moment hatte sie vergessen, mit wem sie da sprach. Es war ein bisschen wie früher mit Barty. Mace hielt ihr Pens Brustharnisch hin, doch sie schüttelte den Kopf. »Nein.«

»Lady, Ihr braucht ihn.«

»Nicht heute, Lazarus. Das wäre ein falsches Signal.«

»Das wäre Eure Leiche auch.«

»Will Pen seine Rüstung denn nicht wiederhaben?«

»Er hat mehr als nur eine.«

»Ich lege sie nicht an.«

Mit versteinerter Miene starrte Mace sie an. »Ihr seid kein Kind mehr. Hört auf, Euch so zu benehmen.«

»Oder was?«

»Oder ich lasse ein paar Wachen rufen, damit sie Euch festhalten, während ich Euch mit Gewalt in die Rüstung zwänge. Wollt Ihr das wirklich?«

Kelsea wusste, dass er recht hatte, und im Grunde genommen hatte sie keine Ahnung, weshalb sie sich auf einen Streit mit ihm einließ. Sie führte sich wirklich wie ein Kind auf. Sie dachte an frühere Auseinandersetzungen mit Carlin, wenn sie ihr Zimmer im Cottage hatte aufräumen sollen. »Ich lasse mich einfach nicht gerne herumkommandieren, Lazarus. Das war schon immer so.«

»Was Ihr nicht sagt.« Unerbittlich hielt er ihr den Brustpanzer hin. »Streckt die Arme aus.«

Kelsea gehorchte und verzog das Gesicht. »Ich brauche wirklich bald eine eigene Rüstung. Eine schöne Königin würde ich abgeben, wenn man mir wie bei einem Mann alles plattdrückt.«

Mace grinste. »Ihr wärt nicht die erste Königin in diesem Reich, die man irrtümlich für einen König hält.«

»Das mag sein, aber Gott hat ohnehin schon mit meinen Reizen gegeizt. Das bisschen, was ich habe, würde ich gerne behalten.«

»Später stelle ich Euch Venner und Fell vor, Eure Waffenmeister. Eine Rüstung für eine Frau ist ein seltsamer Auftrag, aber ich bin sicher, sie werden ihn zu Eurer Zufriedenheit erledigen. Sie verstehen ihr Handwerk. Doch bis dahin tragt Ihr Pens Rüstung, und zwar jedes Mal, wenn Ihr den Trakt der Königin verlasst.«

»Na wunderbar.« Kelsea hielt den Atem an, als er einen Riemen um ihren Arm straff zog. »Sie bedeckt nicht mal meinen Rücken.«

»Um den kümmere ich mich.«

»Wie viele Menschen befinden sich im Trakt der Königin?«

»Insgesamt vierundzwanzig, Lady. Dreizehn Gardisten, drei Frauen und ihre sieben Kinder. Und natürlich Eure hilfsbereite Majestät.«

»Ihr könnt mich mal«, murmelte Kelsea. Den Ausdruck hatte sie beim Pokern aufgeschnappt. Er schien perfekt zu ihrer Stimmung zu passen, aber sie war sich trotzdem nicht ganz sicher, ob sie ihn richtig anwandte. »Wie viele Menschen würden hier noch Platz finden?«

»Noch einige mehr«, erwiderte Mace. »Und dem werden wir Rechnung tragen. Drei Gardisten haben ihre Familien an einem sicheren Ort untergebracht. Sobald wir uns eingerichtet haben, lasse ich sie hierher zurückholen.«

Wieder betrachtete Kelsea die Regalwand ihrer Mutter. Der Anblick irritierte sie jedes Mal wieder. Bücherregale sollten nicht leer sein. »Gibt es in der Stadt eine Bibliothek?«

»Eine was?«

»B-i-b-l-i-o-t-h-e-k. Eine öffentliche Bibliothek.«

Ungläubig blickte Mace sie an. »Ihr wollt Bücher?«

»Jawohl, Bücher.«

»Lady«, erwiderte Mace so langsam und geduldig, als spräche er mit einem Kleinkind. »Seit der Ankunft hat es in diesem Königreich keine funktionstüchtigen Druckmaschinen mehr gegeben.«

»Weiß ich«, blaffte Kelsea. »Das war nicht meine Frage. Ich wollte wissen, ob es hier eine Bibliothek gibt.«

»Bücher sind schwer aufzutreiben, Lady. Allenfalls antiquarisch. Wie soll man da eine ganze Bibliothek zusammenbekommen?«

»Ein paar Adlige horten bestimmt noch Bücher.«

Mace zuckte die Schultern. »Nicht dass ich wüsste. Aber selbst wenn, hätten sie kein Interesse daran, eine solche Sammlung für die Öffentlichkeit zugänglich zu machen.«

»Warum nicht?«

»Lady, habt Ihr schon mal versucht, auch nur das kleinste bisschen Unkraut aus dem Garten eines Adligen zu entfernen? Er wird sofort ›Diebstahl!‹ schreien. Ich bin sicher, die meisten lesen nichts von dem, was sie eventuell noch besitzen. Und trotzdem würden sie nie ein Exemplar hergeben.«

»Würden wir denn auf dem Schwarzmarkt welche bekommen?«

»Würden wir wohl, wenn sie für irgendjemanden einen Wert hätten. Aber Bücher sind kein Schmuggelgut. Auf dem Schwarzmarkt werden illegale Waren gehandelt, hochwertige Waffen aus Mortmesne zum Beispiel, Sexsklaven, seltene Tiere oder Drogen …«

Kelsea interessierte sich nicht für den Schwarzmarkt, der ohnehin in jeder Gesellschaft nach denselben Gesetzen funktionierte. Sie ließ Mace weiterreden, während ihr trauriger Blick über die Bücherregale flog. Sie dachte an Carlins Bibliothek: drei Wände voller ledergebundener Bücher, links die Sachbücher, rechts die Literatur. Bis zum frühen Nachmittag fiel Sonnenlicht zum Vorderfenster herein. Sonntagmorgens hatte Kelsea es sich gerne zum Lesen in diesem Lichtfleck gemütlich gemacht. Als sie einmal an Weihnachten, sie musste acht oder neun gewesen sein, in die Bibliothek gekommen war, hatte dort Bartys Geschenk auf sie gewartet: ein behäbiger Lehnstuhl, direkt im Sonnenlicht, der mit weichen Kissen bestückt war. In die linke Armstütze waren die Worte »Kelseas Platz« geschnitzt gewesen. Die glückliche Erinnerung an den Moment, als sie sich in diesen Stuhl hatte fallen lassen, war so stark, dass sie das Gefühl hatte, die Zimtschnecken in Carlins Küche riechen zu können. Und das morgendliche Treiben der Sperlinge um das Cottage herum zu hören.

Barty, dachte sie, und spürte, wie sich ihre Augen mit Tränen füllten. Auf keinen Fall sollte Mace sie weinen sehen. Kelsea riss die Augen auf, um die Tränen am Herauskullern zu hindern, richtete ihren Blick wieder auf die leeren Regale und dachte angestrengt nach. Wo nur hatte Carlin all die Bücher her? Schon lange vor der Überfahrt war jede Art Druckerzeugnis Mangelware gewesen. Die Umstellung auf elektronische Bücher hatte das Verlagsgewerbe geschwächt, und in den letzten beiden Jahrzehnten vor der Überfahrt waren viele Bücher vernichtet worden. Carlin zufolge hatte jeder Anhänger William Tears überhaupt nur zehn Bücher besitzen dürfen. Zweitausend Menschen mal zehn, das machte gerade mal zwanzigtausend Bücher. Und mindestens zweitausend davon standen in Carlins Regalen.

Ihr ganzes Leben lang hatte Kelsea eine riesige Bibliothek zur Verfügung gehabt. Sie hatte sie als etwas Selbstverständliches erachtet und ihren unschätzbaren Wert in dieser bücherlosen Welt nicht begreifen können. Was geschah nun damit? Am Ende würden noch Vandalen im Cottage einfallen oder Kinder auf der Suche nach Feuerholz. Ein ganz ähnliches Schicksal hatte einen Großteil der Bücher ereilt, die es während der britisch-amerikanischen Überfahrt auf die Schiffe geschafft hatten: Die Menschen hatten sie auf der Suche nach etwas Brennbarem verheizt. Bisher hatte Kelsea Carlins Bibliothek immer wie einen festen, unverrückbaren Einrichtungsgegenstand betrachtet. Wieder ein Irrtum. Denn Bücher ließen sich transportieren.

»Ich will, dass sämtliche Bücher aus Carlins und Bartys Cottage hierhergebracht werden.«

Mace verdrehte die Augen. »Das geht nicht.«

»Dafür braucht man eine Woche, bei Regen vielleicht zwei.«

»Die Caden haben die Hütte wahrscheinlich schon vor Tagen niedergebrannt, und in Eurem Gefolge sind Euch nur wenige treu ergeben, Lady. Sollen sie ihr Leben wirklich für einen albernen Botengang aufs Spiel setzen?«, fragte er, während er die letzten Riemen der schweren, eisernen Unterarmschiene festzog.

»Im Königreich meiner Mutter mögen Bücher albern gewesen sein, Lazarus, aber ganz bestimmt nicht in meinem. Verstanden?«

»Ich verstehe, dass Ihr jung seid und Euch gerne übernehmt, Lady. Ihr könnt nicht alles auf einmal machen. Wenn Ihr Euch verzettelt, verpufft Eure Kraft im Wind.«

Als ihr keine Erwiderung einfiel, wandte sich Kelsea wieder dem Spiegel zu. Beim Gedanken an die Hütte war ihr eingefallen, was Barty ihr vor einer Woche gesagt hatte. Vor einer Woche oder vielleicht auch vor einer halben Ewigkeit. »Wo kommt eigentlich mein Essen her?«

»Euer Essen stellt keine Gefahr dar, Lady. Carroll hat dem Koch der Festung nicht über den Weg getraut und da draußen eine Küche errichten lassen.« Mace deutete auf die Tür. »Eine Eurer Bediensteten, Milla, ein zierliches, kleines Ding, hat heute Morgen für alle das Frühstück zubereitet.«

»Sehr lecker«, bemerkte Kelsea, denn es hatte ihr wirklich geschmeckt. Pfannkuchen mit Obst und Sahne. Ihre Portion hätte für mindestens zwei gereicht.

»Milla hat die Küche zu ihrem Hoheitsgebiet erklärt. Da versteht sie gar keinen Spaß. Ohne ihre Erlaubnis traue ich mich kaum hinein.«

»Woher kommen die Zutaten?«

»Keine Sorge, Lady. Das Essen ist ungefährlich.«

»Wirken die Frauen so, als hätten sie Angst?«

Mace schüttelte den Kopf. »Allenfalls ein bisschen besorgt wegen ihrer Kinder. Ein Baby hat Keuchhusten. Aber ich habe schon einen Arzt rufen lassen.«

»Einen Arzt?«, fragte Kelsea überrascht.

»Ja, aber wie Ihr Euch sicher vorstellen könnt, wird man unter den Tear nicht fündig. Doch ich kenne immerhin zwei Mortärzte in der Stadt. Einen hatten wir zuvor schon mal konsultiert. Er ist ziemlich geldgierig, aber kompetent.«

»Sind nicht noch ein paar Ärzte mehr über die Grenze gekommen? Zwei sind schon sehr wenig.«

»Mehr trägt die Stadt nicht. Ärzte emigrieren nur selten, und wenn, dann ist ihr Honorar so exorbitant, dass sich kaum ein Tear von ihnen behandeln lassen kann.«

»Wie sieht es in Bolton aus? Oder in Lewiston?«

»Soweit ich weiß, hat Bolton einen Arzt, aber in Lewiston gibt es wohl gar keinen.«

»Und könnten wir nicht mehr Ärzte aus Mortmesne zu uns locken?«

»Das bezweifle ich, Lady. Die Rote Königin legt Auswanderern alle möglichen Steine in den Weg. Auch wenn sich manche nicht davon abschrecken lassen – Mortärzte führen ein angenehmes Leben. Nur die ganz Habgierigen kommen nach Tearling.«

»Zwei Ärzte«, wiederholte Kelsea kopfschüttelnd. »Es gibt viel zu tun, oder? Und ich habe keinen Schimmer, wo ich anfangen soll.«

»Am besten damit, Euch die Krone auf Euer ehrenwertes Haupt setzen zu lassen.« Mace zog den letzten Riemen fest und trat einen Schritt zurück. »Fertig. Wir können gehen.«

Als Kelsea ihm aus der Tür folgte, gelangten sie in einen großen Raum, der von einem zum anderen Ende ungefähr sechzig Meter maß und dessen Decke in etwa so hoch sein musste wie die im Zimmer ihrer Mutter. Boden und Wände waren aus den gleichen grauen Steinplatten wie die Fassade der Festung. Es gab keine Fenster, nur Fackeln, die in Halterungen steckten und etwas Licht spendeten. Die linke Wand wurde von einem etwa türgroßen Durchgang unterbrochen. Als Kelsea zu ihm trat, sah sie, dass sich dahinter ein etwa fünfzig Meter langer Gang erstreckte, der in einer weiteren Tür endete.

»Dort befinden sich die Unterkünfte«, raunte Mace ihr zu, als sie zu ihm zurückkehrte.

Zu ihrer Rechten öffnete sich die Wand zu einem weiteren Raum, zweifellos die Küche. Kelsea hörte fließendes Wasser und das Klirren von Töpfen, die abgewaschen wurden. Laut Mace war das Carrolls Einfall gewesen. Wirklich genial. Barty hatte ihr mal erzählt, die Küchenräume der Festung würden sich zehn Stockwerke unterhalb des Königinnen-Trakts befinden und über unzählig viele Aus- und Eingänge verfügen. Mehr als dreißig Menschen würden dort beschäftigt. Diesen ganzen Komplex abzusichern war so gut wie unmöglich.

»Glaubt Ihr, dass Carroll tot ist?«

»Ja«, erwiderte Mace. Ein Schatten huschte über sein Gesicht. »Er hat immer prophezeit, dass er sterben würde, wenn er Euch zurück in die Festung bringt.«

»Ich habe versprochen, für seine Frau und Kinder zu sorgen.«

»Darüber könnt Ihr Euch später Gedanken machen, Lady.« Abrupt wandte Mace sich ab und erteilte den an den Wänden stehenden Wachen ein paar barsche Befehle. Aus dem Gang mit den Unterkünften tauchten weitere Gardisten auf. Im Nu war Kelsea umringt, bis sie irgendwann nur noch Rüstungen und Schultern sah. Obwohl die meisten der Männer erst kürzlich gebadet zu haben schienen, wurde alles von einem seltsam männlichen Geruch überlagert, vom Geruch nach Pferden, Moschus und Schweiß. Kelsea hatte das Gefühl, am falschen Ort zu sein. Im Cottage hatte es nach Lavendel geduftet, weil Carlin das am liebsten mochte. Kelsea hatte das süßliche Aroma gehasst, aber wenigstens hatte ihm etwas Vertrautes angehaftet, und sie hatte immer gewusst, wo sie sich befand.

Als Mhurn sich hinter sie stellte, war sie von allen Seiten eingeschlossen. Kelsea überlegte, ob sie ihn grüßen sollte, entschied sich jedoch dagegen. Mhurn sah aus, als hätte er seit Tagen nicht geschlafen. Er war aschfahl im Gesicht, und seine Augen waren rot umrändert. Rechts von ihr befand sich Dyer, der hinter seinem roten Bart ziemlich hart und streitsüchtig dreinblickte. Zu ihrer Linken stand Pen. Kelsea lächelte erleichtert, als sie sah, dass er unverletzt war. »Hallo Pen«, sagte sie.

»Lady.«

»Danke, dass Ihr mir Euer Pferd geliehen habt. Und Eure Rüstung bekommt Ihr so bald wie möglich zurück.«

»Behaltet sie, Lady. Sie hat Euch gute Dienste erwiesen. Was Ihr gestern getan habt, war sehr tapfer.«

»Na ja, aber es wird wohl nichts ändern. Ich habe mich ins Verderben gestürzt.«

»Und uns gleich mit, Lady«, bemerkte Dyer.

»Halt den Mund!«, blaffte Pen.

»Halt selber den Mund, du halbe Portion. Im selben Moment, in dem die Lieferung nicht ankommt, wird sich die Armee von Mortmesne in Bewegung setzen. Und dann sitzt auch du so richtig in der Scheiße.«

»Wir sitzen alle in der Scheiße«, polterte Elston schräg hinter Kelsea. Obwohl ihm seine kaputten Zähne das Sprechen erschwerten, konnte man ihn heute etwas besser verstehen. »Hört nicht auf Dyer, Lady. Wir mussten jahrelang zusehen, wie dieses Königreich im Morast versinkt. Vielleicht ist es zu spät für eine Rettung, aber immerhin versucht Ihr, den Verfall aufzuhalten. Und das ist gut.«

»Aye«, pflichtete ihm jemand bei. Kelsea errötete. Mace, der sich durch den Kreis der Gardisten drängte und sich neben sie stellte, ersparte ihr eine Antwort.

»Näher zusammen, Männer«, schimpfte er. »Wenn ich hier durchkomme, schaffen es andere auch.«

Der Weg zum Audienzsaal war eine einzige Geduldsprobe,

bestehend aus niedrigen grauen, nur von Fackeln beleuchteten Gängen. Kelsea vermutete, dass Mace einen Umweg nahm. Trotzdem war sie eingeschüchtert von den endlosen Korridoren, Treppen und Tunneln. Sie hoffte, dass es irgendwo einen Plan von der Festung gab, anderenfalls würde sie sich nie allein aus ihrem eigenen Trakt wagen.

Sie passierten zahlreiche weißgekleidete Männer und Frauen, die sich ihre Kapuzen tief ins Gesicht gezogen hatten. Carlins Beschreibungen nach musste es sich um die Dienerschaft der Festung handeln. Neben Haushältern und Klempnern waren aber auch unzählige nutzlose Bedienstete beschäftigt: Büfettiers, Friseure und Masseure zum Beispiel. Sie alle standen auf der Gehaltsliste der Krone. Von ihnen wurde erwartet, dass sie sich unauffällig verhielten, wenn sie nicht gebraucht wurden. Als Kelsea an ihnen vorbeiging, wichen sie zurück und pressten sich links und rechts an die Wände. Nachdem sie den vielleicht zwanzigsten Bediensteten passiert hatten, spürte sie Wut in sich aufsteigen, und egal, wie fest sie auch auf ihrer Wange herumkaute, sie konnte sich nicht beruhigen. Luxus und Käfige – für solche Sperenzien also war ihre Schatzkammer in den letzten beiden Jahrzehnten geplündert worden.

Endlich durchquerten sie ein Vorzimmer und schritten dann auf eine Doppeltür aus massivem Eichenholz zu, das nicht aus Tearling zu stammen schien. Die Maserung war zu ebenmäßig, und die Schnitzereien, eine Darstellung der zwölf Sternzeichen, zu kunstvoll. Teareiche ließ sich nicht gut schnitzen. Als Kind hatte Kelsea sich mal mit einem gewöhnlichen Messer daran versucht, woraufhin das Holz sofort gesplittert und abgeplatzt war. Gerne hätte sie einen näheren Blick auf die Türflügel geworfen, doch dafür blieb keine Zeit. Als sie sich wie durch Zauberhand öffneten, drängte die Flut der Gardisten sie in den dahinterliegenden Raum.

Links von ihr rief ein Herold: »Die Thronanwärterin!« Peinlich berührt, verzog Kelsea das Gesicht, doch bald darauf nahm der Saal ihre ganze Aufmerksamkeit in Anspruch. Er war größer, als sie ihn sich je hätte vorstellen können, mit einer mindestens sechzig Meter hohen Decke. Die gegenüberliegende Wand war so weit entfernt, dass sie die Gesichter der Leute dort kaum erkennen konnte. Der Boden bestand aus riesigen, dunkelroten Steinplatten von je neun Quadratmetern. Durch den ganzen Saal zogen sich Reihen massiver weißer Säulen, die nur aus Cadarese-Marmor bestehen konnten. In die Decke hatte man mehrere Oberlichter geschlagen, durch die Sonnenstrahlen hereinfallen konnten. Es sah geradezu gespenstisch aus, wie die grellweißen Lichtbündel den überdimensionierten, von Fackeln erleuchteten Saal durchbrachen. Als Kelsea und ihre Gardisten durch eins der Lichtfelder liefen, spürte sie die Wärme auf ihrem Arm, die gleich darauf wieder der Kälte wich.

Abgesehen vom Scheppern ihrer Rüstungen war es totenstill im Saal. Ihre Gardisten schlossen sich nicht mehr ganz so dicht um sie, sodass Kelsea einen Blick auf die Menschenmenge werfen konnte, auf die endlosen Reihen von Männern und Frauen, hinter denen sie Adlige vermutete. Dicke scharlachrote, schwarze und königsblaue Samtgewänder dominierten das Bild. Samt gab es vor allem in Callae. Allerdings kam man nicht an ihn ran, ohne die Handelskontrolle der Mort zu passieren. Machten etwa all diese Menschen Geschäfte mit Mortmesne?

Wo Kelsea auch hinschaute, überall blickte sie in männliche und weibliche Gesichter, die mithilfe von allerlei kosmetischen Luxusartikeln verschönert worden waren. Um sie herum ein Meer aus dunkel umrandeten Augen und rotbemalten, nachgezogenen Lippen. Einer der Edelmänner schien sogar seine Haut gepudert zu haben. Viele trugen aufwendige Frisuren, auf die sie Stunden verwendet haben mussten. Eine der Frauen hatte ihr Haar zu einer riesigen Spirale aufgetürmt, um die sich eine silberne, mit Amethysten besetzte Tiara wand – eine außerordentlich kunstfertige Schmiedearbeit, das erkannte selbst Kelseas ungeübtes Auge. Doch die Frau trug eine verkniffene Miene zur Schau, die vermuten ließ, dass ihr alles und jeder missfiel. Ihre eigene Frisur wahrscheinlich auch.

Ein Lachen stieg in Kelseas Kehle auf, das sich aus einem sehr düsteren Zorn speiste. Und dabei war die Frisur der Frau noch nicht mal das Schlimmste an der ganzen Veranstaltung hier. Überall ragten Hüte aus der Menge: riesige, pompöse Kopfbedeckungen in allen Farben des Regenbogens, mit breiter Krempe und nach oben hin spitz zulaufend. Die meisten waren mit Edelsteinen, Gold oder Federn verziert. Auf einigen entdeckte Kelsea sogar Pfauenfedern aus Cadare. Wieder ein Luxusgut, das vom Schwarzmarkt stammen musste. Manche Hüte waren so breit, dass sie mehr Platz brauchten als ihre Besitzer. Kelsea entdeckte ein Ehepaar, das die gleichen gemusterten Umhänge trug, aber mehr als einen halben Meter auseinanderstehen musste, weil ihre Hüte so breit waren. Als die beiden Kelseas Blick bemerkten, deuteten sie einen Knicks an und lächelten. Kelsea übersah sie geflissentlich und wandte sich ab.

Mace' Augen ruhten auf der schmalen Empore, die sich über die gesamte linke Wand zog. Kelsea folgte seinem Blick und sah, dass sich dort jede Menge Leute drängten, die offensichtlich nicht zum Adel gehörten. Ihre Kleidung war schlicht und dunkel, nur hier und da funkelte es golden. Händler, vermutete Kelsea, die wichtig genug waren, um in die Festung vorgelassen zu werden, aber nicht wohlhabend genug, um einen Platz unten im Saal zu ergattern. Unter ihnen befanden sich keine Bedürftigen, keine von jenen hageren Gestalten, die sie auf den Feldern der Almontebene oder draußen auf dem Festungsrasen gesehen hatte.

Hunderte Augenpaare waren auf sie gerichtet. Kelsea konnte ihr Gewicht spüren, obwohl sie das Gefühl hatte, als würden Tausende Kilometer zwischen ihr und der Menge liegen. Ob sich Königin Elyssa in diesem riesigen Saal auch so verloren gefühlt hatte? Kelsea verdrängte den Gedanken rasch wieder. Es machte sie wütend, dass sich ein Teil von ihr immer noch mit ihrer Mutter identifizieren wollte.

An der gegenüberliegenden Seite des Saals befand sich ein großes Podium mit einem Thron, der selbst im trüben Fackelschein noch glänzte. Er war aus reinem Silber und von eleganter, fließender Form. Die Armlehnen, das Rückenteil, die Füße – alles schien in einem einzigen Schwung ineinander überzugehen. Die hohe, gewölbte Rückenlehne war mindestens drei Meter hoch, und ein geschnitztes Relief zeigte Szenen der Überfahrt. Auch dies ein wirklich kunstvolles Werk. Doch wie bei so vielen Relikten aus der Tear-Dynastie wusste niemand, wer es ursprünglich geschaffen hatte. Und so war der Thron inzwischen nichts weiter als eine stumme Erinnerung an längst vergangene Zeiten.

Von Rechts wegen hätte seit dem Tod ihrer Mutter niemand mehr auf dem Thron sitzen dürfen, doch Kelsea war nicht überrascht, als sie sah, dass ein Mann dort Platz genommen hatte. Ihr Onkel war klein, hatte dunkles Haar und trug seinen Bart gekräuselt – eine Mode, die Kelsea auf ihrem Weg durch die Stadt viele Male gesehen und die ihr auf Anhieb missfallen hatte. Als sie näher kam, spielte der Regent an seinen Bartlocken herum und zwirbelte sie in kleinen Spiralen um seinen Zeigefinger. Er trug einen eng anliegenden purpurfarbenen

Einteiler, der noch die kleinste Schwachstelle unbarmherzig zur Geltung brachte. Sein Gesicht war blass, aufgedunsen, und seine Augen lagen tief in ihren Höhlen. Die geplatzten Äderchen auf seiner großen Nase und die hängenden Wangen ließen ein ausschweifendes Leben vermuten. Trunksucht oder etwas noch Extravaganteres. Auch wenn es ihr niemand gesagt hatte, war Kelsea sofort klar, dass ihr Onkel kein noch so teures Laster ausgelassen hatte.

Er musterte sie mit undurchdringlicher Miene. Eine Hand ruhte immer noch auf seinem Bart, während die andere unablässig auf die Lehne des Throns trommelte. Er war impertinent – das merkte man sofort –, aber nicht mutig. Das also war der Mann, der jahrelang versucht hatte, sie zu töten. Sie empfand keinerlei Furcht vor ihm.

Auf der obersten Stufe des Podiums, zu Füßen des Regenten, verharrte eine reglose, rothaarige Frau, die ins Nichts starrte. Trotz ihres leeren Blickes war sie von außergewöhnlicher Schönheit, das Gesicht ein perfektes Oval, vollkommen symmetrisch, mit einer feinen, nach oben geschwungenen Nase und einem breiten, sinnlichen Mund. Man hatte sie in einen weichen blauen Schleierstoff gehüllt, und ihre Kleidung hatte so wenige Schichten, dass sie ihre gertenschlanke und dennoch sinnliche Figur erkennen ließen. Ihre Brustwarzen zeichneten sich als rosa Punkte durch den durchsichtigen Stoff ab. Verwundert fragte sich Kelsea, welcher Mann wohl Geld dafür ausgab, dass seine Frauen sich wie Huren kleideten. Als die Rothaarige aufblickte, stieß sie erschrocken die Luft aus. Um den Hals der Frau war ein Seil geschlungen, und das nicht gerade locker. Dort, wo der Strick ihre Haut aufgescheuert hatte, waren geschwollene Striemen sichtbar. Das Ende des Seils hielt der Regent in der Hand.

Auf Mace' Kommando kam Kelseas Garde vor dem Podium

zum Stehen. Ihr Onkel war ebenfalls von Wachen umgeben, doch man konnte auf den ersten Blick erkennen, dass es sich hier um keine echte Garde, sondern lediglich um einen Haufen Söldner handelte. Die Männer trugen ausladende, unpraktische dunkelblaue Uniformen, und ihre Haltung war ebenso anmaßend und salopp wie die ihres Onkels.

Als sich ihre Blicke begegneten, stellte Kelsea überrascht fest, dass er dieselben tiefgrünen, mandelförmigen Augen hatte wie sie selbst. Richtig, er war ja ihr Blutsverwandter. Der einzige, den sie noch hatte ... Der Gedanke ließ Kelsea erstarren. Man sollte doch meinen, dass Verwandte einem etwas bedeuteten. Ihre Augen wanderten wieder zu der gefesselten Frau. In ihren Schläfen begann es zu pochen. Nein, dieser Mann gehörte nicht zu ihrer Familie. Nicht wenn sie es nicht wollte. Sie öffnete die Fäuste und versuchte, ihrer Stimme einen beherrschten Tonfall zu verleihen: »Seid gegrüßt, Onkel. Ich komme, um heute gekrönt zu werden.«

»Willkommen, Thronanwärterin«, erwiderte der Regent näselnd. »Nun, wir wollen natürlich einen Beweis.«

Kelsea griff sich an den Hals. Schon gestern auf dem Festungsrasen hatte sie bemerkt, dass sich die Kette nur widerstrebend abnehmen ließ und dabei unangenehm auf der Haut prickelte. Heute war es noch schlimmer. Der Stein zerrte an ihr, ein Gefühl, als würden Ameisen unter ihre Haut krabbeln. Sie hielt die Kette hoch, damit ihr Onkel sie in Augenschein nehmen konnte. Auf sein Nicken wandte sich Kelsea um und hielt sie dem Saalpublikum hin.

»Wo ist der Zwillingsstein?«, fragte der Regent.

»Das geht Euch nichts an, Onkel. Dies ist der Stein, den ich bei mir hatte, als man mich aus der Festung gebracht hat. Einen anderen Beweis braucht es nicht.«

Er winkte ab. »Natürlich, natürlich. Die Narbe?«

Lächelnd schob Kelsea den Ärmel ihres Kleids hoch und hielt ihren Unterarm ins Licht. Im Fackelschein sah das Brandmal gar nicht so schlimm aus. Trotzdem war die Sache klar: Jemand hatte ihr ein glühendes Messer auf den Unterarm gedrückt. Kelsea konnte die Szene geradezu vor sich sehen: der dunkle Raum, das Feuer, das zornig schreiende Baby, dem zum ersten Mal im Leben Schmerz zugefügt wurde …

Wer hat mir das angetan?, fragte sie sich. *Wer ist zu so etwas in der Lage?*

Beim Anblick der Narbe schien sich der Regent zu entspannen. Kelsea war erstaunt, wie mühelos sie ihn durchschaute. Lag es daran, dass sie verwandt waren? Nein, wohl eher an seiner Einfältigkeit, an der Mischung aus Habgier und Maßlosigkeit. Er brauchte Gewissheit, selbst wenn ihm dadurch ein Nachteil entstand.

»Meine Identität ist bewiesen«, verkündete Kelsea. »Ich kann also jetzt gekrönt werden. Wo ist der Priester?«

»Hier, Lady«, piepste eine dünne, zittrige Stimme hinter ihr. Als Kelsea sich umdrehte, erblickte sie einen großen, hageren Mann von vielleicht sechzig Jahren, der einen weißen, schmucklosen Talar trug – die Standardausstattung eines ordinierten Priesters, der in der Hierarchie nie weiter aufgestiegen war. Etwas Asketisches lag in seinem verhärmten, blassen Gesicht. Sein Haar wie auch seine Augenbrauen waren von einem faden, verblichenen Blond, als hätte das Leben alle Farbe aus ihm herausgesaugt. Nervös und unsicher schlich er näher.

»Gut gemacht, Lazarus«, murmelte Kelsea.

Ungefähr drei Meter vor der Königinnen-Garde blieb der Priester stehen und verneigte sich.

»Lady, ich bin Pater Tyler. Es wird mir eine Ehre sein, die Zeremonie durchzuführen. Bitte, wo ist die Krone?«

»Ach«, erwiderte der Regent, »das ist ein Problem. Meine

Schwester hat sie vor ihrem Tod versteckt, und leider war es uns nicht möglich, sie zu finden.«

»Natürlich nicht«, entgegnete Kelsea, die schon jetzt vor Wut kochte. Was für ein billiger Trick. Das hätte sie sich auch denken können. Zwar war die Krone nur ein Symbol, aber ein überaus bedeutendes. Zumindest hatte sie noch nie gehört, dass einer ohne dieses Unding von Schmuckstück zum Monarchen gekrönt worden wäre. Wahrscheinlich hatte ihr Onkel wirklich alles abgesucht, weil er sie selbst hatte tragen wollen. Aber da er keinen Erfolg gehabt hatte, war sie wohl wirklich unauffindbar.

Der Priester schien den Tränen nahe. Sein Blick flog zwischen Kelsea und dem Regenten hin und her. »Das wird schwierig, Eure Hoheit«, sagte er, während er sich unbehaglich die Hände knetete. »Ich … Wie soll ich die Zeremonie denn ohne Krone durchführen?«

Die Menge wurde unruhig. Kelsea hörte das seltsame Brausen unzähliger raunender Stimmen. Einem plötzlichen Impuls folgend, wandte sie sich von dem Priester ab und richtete ihren Blick auf die versammelten Zuschauer. Die Frau, nach der sie Ausschau hielt, war leicht zu finden. Ihr spiralförmig aufgetürmtes Haar überragte die Umstehenden um mindestens dreißig Zentimeter. »Lazarus, die Dame mit der albernen Frisur. Ich brauche ihre Tiara.«

Verwirrt blickte Mace in die Menge. »Was bitte ist eine Tiara?«

»Das silberne Ding in ihrem Haar. Habt Ihr noch nie ein Märchen gelesen?«

Mace schnippte mit den Fingern. »Coryn. Sag Lady Andrews, dass die Krone sie für ihren Verlust entschädigen wird.«

Rasch lief Coryn die Stufen hinab, während Kelsea sich wieder dem Priester zuwandte. »Wird das reichen, Vater, bis wir die echte Krone finden?«

Pater Tyler nickte. Sein Adamsapfel hüpfte nervös auf und ab. Kelsea kam der Gedanke, dass die Kirche wahrscheinlich dachte, sie sei nach ihren Lehren erzogen worden und eventuell sogar richtig fromm. Der Priester wagte sich noch einen Schritt vor, und Kelseas Lächeln wurde immer breiter, bis es endlich überzeugend wirkte. »Ihre Anwesenheit ehrt uns, Vater.«

»Die Ehre ist ganz meinerseits, Lady«, erwiderte er, doch Kelsea spürte die Angst, die sich hinter seiner sanften Miene verbarg. Fürchtete er den Zorn seiner Vorgesetzten? Ihr fiel ein, wie warnend Carlin von der Macht des Arvath gesprochen hatte. Misstrauisch beäugte sie den bleichen Mann.

»Wie könnt Ihr es wagen!«, schrie eine Frau. Gleich darauf folgte ein deutlich vernehmbares, klatschendes Geräusch. Kelsea spähte zwischen Elston und Dyer hindurch. Eine Rangelei war im Gang. Sie konnte gerade noch sehen, dass Coryns Hände in einem Nest aus dickem, dunklem Haar steckten, ehe er wieder aus ihrem Blickfeld verschwand.

Elstons Körper zitterte. Er war puterrot angelaufen und versuchte offenbar verzweifelt, sich das Lachen zu verkneifen. Und da war er nicht der Einzige: Überall um sich herum hörte Kelsea unterdrücktes Kichern. Mhurn, der links hinter ihr stand, kicherte frei heraus, und auch sein blasses Gesicht hatte zum ersten Mal wieder Farbe bekommen. Selbst Mace hatte die Kiefer fest aufeinandergepresst. Um seine Mundwinkel zuckte es verräterisch. Kelsea hatte ihn noch nie lachen sehen, und auch jetzt war ihr der Anblick nicht vergönnt, denn nach einem kurzen Moment entspannten sich seine Züge, und er blickte wieder forschend zur Empore hinauf.

Mit der Tiara in der Hand trat Coryn aus der Menge. Er sah aus, als wäre er durch ein Himbeerdickicht gekrochen. Ein langer, hässlicher Kratzer zog sich über die eine Seite seines

Gesichts. Die andere war knallrot und sein Ärmel zerrissen. Hinter ihm sah Kelsea, wie die Adelige um ein letztes bisschen Würde bemüht zur Tür schritt. Ihre kunstvolle Frisur war komplett ruiniert.

»Auf Lady Andrews braucht Ihr wohl nicht mehr zu zählen«, raunte Pen ihr zu.

»Ich hätte sie ohnehin nicht gebraucht«, erwiderte Kelsea. Wieder pulsierten ihre Schläfen vor Zorn. »Ich brauche niemanden, der mit so einem Haarputz herumläuft.«

Coryn übergab dem Priester die Tiara und nahm wieder seinen Platz an der Spitze von Kelseas Garde ein.

»Lasst uns das so schnell wie möglich hinter uns bringen, Vater«, sagte sie. »Ich würde Euch nur ungern einer weiteren Gefahr aussetzen.«

Kelseas Worte verfehlten ihre Wirkung nicht: Pater Tyler erbleichte und warf einen vorsichtigen Blick über seine Schulter. Für einen Moment empfand sie Mitleid mit ihm. Wie oft er den Arvath wohl verlassen durfte? Carlin hatte erzählt, manche Priester – vor allem diejenigen, die sich der Kirche schon in jungen Jahren verschrieben hatten – würden ihr ganzes Leben in dem weißen Turm fristen, bis man sie schließlich in einem Sarg hinaustrug.

Die Garde positionierte sich so, dass Kelsea am Fuß des Podiums niederknien und ihr Gesicht dem Thron zuwenden konnte. Die Rothaarige war inzwischen zur Seite gerückt und hockte teilnahmslos neben dem Regenten. Der steinerne Fußboden war kalt, uneben und hinterließ schmerzhafte Abdrücke auf Kelseas Kniescheiben.

Sie fragte sich, wie lange sie wohl so würde ausharren müssen. Die Gardisten schlossen sich enger um sie. Die eine Hälfte behielt den Regenten samt seiner Wachen im Blick, die andere richtete ihre Aufmerksamkeit auf die Menge. Pater Tyler kam bis auf anderthalb Meter an sie heran, gerade so weit, wie Coryn es zuließ.

Rechts hinter ihr stand Mhurn, gleich daneben Mace. Als sie sich zu den beiden umwandte, sah sie, dass Mace sein Schwert gezogen hatte und in der anderen Hand den Morgenstern hielt. Die eiserne Stachelkugel war noch immer von einer Blutkruste überzogen. Eine gefährliche Gelassenheit lag in seiner Miene. Der Tod war ihm derart vertraut, dass er ihn förmlich aufzufordern schien, er möge hervortreten und sich zeigen. Der Rest der Garde hingegen litt unter einer solchen Anspannung, dass die Hälfte schon zum Schwert griff, wenn eine Frau in der Menge nur nieste.

Kelseas Saphir wurde warm, und sie kämpfte gegen die Versuchung, in ihr Dekolleté zu blicken. Auf dem Festungsrasen hatte der Stein bereits wie ein Höllenfeuer gelodert, doch als Kelsea am nächsten Morgen ihre Haut abgetastet hatte, hatte nichts auf eine Verbrennung hingedeutet. Der Saphir gab ihr einige Rätsel auf. Dennoch, die von ihm ausgehende Kraft schien bedeutsamer als alle Fragen. Wenn sie jetzt den Blick senkte, dessen war sie sich sicher, würde sie den Stein in einem hellen, warnenden Blau leuchten sehen. Irgendetwas würde geschehen, so viel war klar.

Leise begann Pater Tyler zu sprechen, und Kelsea hatte Zweifel, ob ihn auch nur einer der Anwesenden verstand. Seine Rede schien in ein Selbstgespräch über das Gottesgnadentum und dessen Bündnis mit der Monarchie abzugleiten. Statt ihm zuzuhören, spähte sie über ihre Schulter. Niemand in der Menge rührte sich. Im Hintergrund, von einer Säule nahezu verdeckt, erblickte sie Arlen Thornes skelettartigen, dürren Körper, der in einer engen marineblauen Uniform steckte. Wie er da so an der Wand lehnte, hatte er etwas von einer giftigen Spinne. Mace hatte gesagt, Thorne sei ein gerissener Geschäftsmann, und das machte ihn nur noch gefährlicher. Als er Kelseas Blick bemerkte, wandte er sich ab.

Der Priester zog eine Bibel aus den Falten seines Talars, um eine Passage über die Herrschaft König Davids vorzulesen. Kelsea unterdrückte ein Gähnen. Sie kannte die Bibel von vorne bis hinten. Zugegeben, die Geschichte von König David war eine der spannendsten – aber eben doch bloß eine Geschichte. Das Buch selbst konnte man nur ehrfürchtig bewundern. Es war uralt, und seine Seiten wirkten so zerbrechlich wie der Pater selbst.

Pater Tyler hielt in seinem Vortrag inne und trat noch näher an Kelsea heran. Mit einer Hand umklammerte er die Tiara. Kelsea spürte die bis zum äußersten gespannte Bereitschaft ihrer Garde und nahm das trockene Schleifen eines Schwerts wahr, das zu ihrer Rechten gezogen wurde. Der Priester fuhr zusammen, als er Mace sah, der wirklich furchterregend dreinzublicken schien. Vor lauter Verwirrung fand Pater Tyler die Stelle nicht mehr, die er eben noch vorgelesen hatte. Fieberhaft irrte sein Blick über die Zeilen.

Dann geschah alles auf einmal. Ein Schrei ertönte hinter Kelsea, und plötzlich spürte sie einen stechenden Schmerz in ihrem linken Schulterblatt. Mace drückte sie auf den Boden und beugte sich über sie, um sie von dem Tumult abzuschirmen. In der Menge kreischte eine Frau, weit weg, in scheinbar unendlicher Entfernung.

Überall wurden Schwerter gekreuzt. Kelsea kauerte sich zusammen und versuchte, nach ihrem Messer zu greifen, das in ihrem Stiefel steckte. Mit der anderen Hand tastete sie nach dem Messergriff, der aus ihrer Schulter ragte. Als sie mit den Fingern dagegenstieß, zuckte der Schmerz bis in ihre Zehen.

Ich habe ein Messer im Rücken, dachte sie benommen. *Mace' Deckung hat versagt.*

»Galen! Die Empore, die Empore!«, brüllte Mace. »Du musst sie räumen!« Jemand riss ihn von Kelsea weg. Sie rappelte sich hoch, ihr Messer fest in der Faust. Überall um sie herum kämpfende Männer. Drei davon, die Wachen ihres Onkels, versuchten, Mace mit ihren Langschwertern zu durchbohren.

Kelsea spürte einen Luftzug hinter sich und wirbelte herum. Ein Schwert zielte auf ihren Hals. Sie duckte sich, schlüpfte unter dem Arm ihres Angreifers durch und trieb ihm das Messer aufwärts zwischen die Rippen. Etwas Warmes spritzte ihr ins Gesicht. Geblendet von dem jähen Rot, schloss sie die Augen. Wie ein gefällter Baum kippte ihr Angreifer vornüber und riss sie mit zu Boden. Als das Messer in ihrer Schulter auf dem Boden aufschlug und sich noch tiefer in sie hineinbohrte, durchfuhr sie ein explosionsartiger Schmerz. Kelsea stieß einen Schrei aus und wälzte den Mann von sich herunter. Sie ignorierte das Blut, das ihr übers Gesicht rann, zog ihr Messer aus seinem toten Brustkorb und stand auf. Vor ihren Augen lag ein roter Schleier. Als eine Hand nach ihrer unverletzten Schulter griff, hieb Kelsea mit dem Messer auf sie ein.

»Ich bin's doch, Lady, ich bin's!«

»Lazarus«, keuchte sie.

»Rücken an Rücken«, sagte Mace, während er sie hinter sich schob. Um ihre Schulter zu schützen, ließ Kelsea etwas Abstand zwischen sich und ihrem Gardisten und wandte sich der Menge zu. Zu ihrem Erstaunen schien keiner der Adligen die Flucht ergriffen zu haben. Noch immer standen sie unbewegt in ordentlichen Reihen im Saal. Am liebsten hätte Kelsea ihre ganze Wut in die Menge gebrüllt. Warum half ihr denn niemand? Die meisten Anwesenden schenkten ihr keinerlei Beachtung, vor allem die Männer nicht. Fasziniert verfolgten sie das Gefecht und ließen ihre Blicke zwischen den Kämpfern hin und her springen.

Wie beim Sport, dachte Kelsea angewidert. Mit einer drohenden Geste richtete sie ihr Messer gegen die Menge, so drohend, wie sie nur konnte. Wie gerne hätte sie jetzt ein Schwert gehabt, auch wenn sie gar nicht damit umgehen konnte. Scharlachrot troff das Blut von der glitschigen Klinge in ihrer Hand. Ihr zehnter Geburtstag fiel ihr ein, als Barty ihr das Messer in einer vergoldeten Schachtel überreicht hatte, zu der ein kleiner silberner Schlüssel gehörte. Die Schachtel musste sich oben im Trakt der Königin in einer ihrer Satteltaschen befinden. Jetzt also hatte sie das Messer gegen einen Menschen geführt, und sie wünschte, sie könnte Barty davon erzählen. Kelsea kämpfte gegen die Schwärze an, die sich in ihrem Kopf ausbreiten wollte. Bunt flimmernde Sterne tanzten vor ihren Augen.

Pen sprang behände vor sie, in jeder Hand ein Schwert. Als eine der Wachen des Regenten versuchte, zu Kelsea durchzudringen, wich Pen ihm geschickt aus, hieb ihm den Arm auf Höhe des Bizeps ab und rammte ihm sein anderes Schwert in den Brustkorb. Der Mann brüllte vor Schmerz, ein hoher, nicht enden wollender Schrei. Sein abgetrennter Arm schlug in einiger Entfernung auf den Steinplatten auf. Die Wache ging zu Boden, und Pen, gänzlich unbeeindruckt von dem Blut, das ihm über den Arm lief, nahm wieder seine Verteidigungshaltung ein. Nur einen Augenblick später trat Mhurn neben ihn, dessen blondes Haar von roten Strähnen durchzogen war. Sein Gesicht wirkte noch blasser als sonst, als wäre er drauf und dran, das Bewusstsein zu verlieren.

Als wie aus dem Nichts zwei Männer neben ihr auftauchten, wirbelte Kelsea herum, ihr blutverschmiertes Messer fest umklammert. Doch es waren nur Elston und Kibb, die sie flankierten und von deren Schwertern ebenfalls Blut troff. Auf Kibbs Hand klaffte ein tiefer Riss, der aussah, als hätte ihn ein Tier gebissen, doch abgesehen davon schienen die beiden unverletzt. Langsam, ganz langsam, ebbte der Lärm um sie herum ab, und das Klirren der Schwerter verstummte. Der Kampf war ausgefochten. Nach einem raschen Blick in die Menge sah Kelsea, dass Thorne verschwunden war. Pater Tyler kauerte in unmittelbarer Nähe an einer Säule, presste die Bibel an seine Brust und fixierte mit schreckgeweiteten Augen eine blaugewandete Leiche, die in einer Blutlache am Fuß des Podiums lag. Trotz ihres Misstrauens spürte Kelsea einen Anflug von Mitleid. Er schien der Sorte Mensch anzugehören, die nie im Leben Stärke gezeigt hatte, nicht mal in der Jugend. Und jung war der Priester beileibe nicht mehr.

Der muss wieder auf die Beine kommen, blaffte eine kalte Stimme in ihrem Kopf. *Und zwar zack zack.* Kelsea nickte zustimmend. Kaum zu glauben, wie wenig eine Krönung doch bedeuten konnte. Und wie viel zugleich. Ihre Beine versagten ihr den Dienst. Sie taumelte gegen Mace und stöhnte, als sich der Schmerz wie der Stachel eines gemeinen Insekts in ihren Rücken bohrte.

Frauen schreien, wenn sie verwundet sind, hörte sie Barty sagen. *Männer, wenn sie sterben.*

Ich werde gar nicht schreien.

»Lazarus, bitte haltet mich.«

Mace schob seinen Arm unter den ihren, sodass sie sich abstützen konnte. »Wir müssen das Messer aus Eurem Rücken ziehen, Lady.«

»Noch nicht.«

»Ihr verliert Blut.«

»Wenn das Messer erst mal raus ist, verliere ich noch mehr. Zuerst die Krönung.«

Mace warf einen oberflächlichen Blick auf ihre Verletzung. Alle Farbe wich aus seinem Gesicht.

»Was ist?«

»Nichts, Lady.«

»*Was?*«

»Die Wunde ist ziemlich tief. Früher oder später werdet Ihr das Bewusstsein verlieren.«

»Dann müsst Ihr mich so lange ohrfeigen, bis ich wieder zu mir komme!«

»Ich soll Euch doch beschützen, Lady. Nicht umbringen.«

»Mein Leben und der Thron sind eins«, erwiderte Kelsea heiser. Das war die Wahrheit, und doch war es ihr bis gerade eben nie wirklich klar gewesen. Sie klammerte sich an Mace' Schulter und deutete auf den Saphir um ihren Hals. »Jetzt bin ich nur noch das, versteht Ihr?«

Mace wandte sich um und rief Galen auf der Empore etwas zu. Zwei blaugewandete Körper stürzten über die Brüstung und kamen mit einem dumpfen Schlag auf den Steinplatten auf. Menschen am vorderen Rand der Menge schrien auf und wichen ein paar Schritte zurück.

»Vorsicht!«, brüllte Mace. »Behaltet die Menge im Auge! Kibb, brauchst du einen Arzt?«

»Leck mich«, antwortete Kibb in gutmütigem Tonfall. Er war kreidebleich und hielt seine verletzte Hand fest umklammert. »Ich bin selbst einer.«

Zahlreiche Wachen ihres Onkels lagen tot auf dem Podium. Von ihren eigenen Leuten waren einige verwundet, doch graugekleidete Leichen konnte sie keine entdecken. Aber wer um alles in der Welt hatte das Messer auf sie geworfen?

Der Regent war auf seinem Platz geblieben. Trotz der Blutspritzer auf seinem Gesicht und obwohl vier königliche Gardisten vor ihm standen und ihn mit ihren Schwertern bedrohten, gab er sich immer noch gelassen. Wer genau hinsah, merkte, dass auf seiner Oberlippe ein Schweißfilm glänzte und seine Augen immer wieder nervös in die Menge zuckten. Der

Anschlag auf Kelseas Leben war ein Narrenstreich gewesen, wenn man bedachte, wie schlecht seine Wachen ausgebildet waren. Eine reine Verzögerungstaktik.

Genau wie Kelsea wusste auch ihr Onkel um die Bedeutung der Krönung. Ihre Schulter strahlte einen unvorstellbaren Schmerz aus, den sie noch nie zuvor gefühlt hatte. Blut rann ihr den Rücken hinab. Sie spürte, dass ihr nur noch wenig Zeit blieb. Sie streckte den Arm aus und griff sich einen ihrer Gardisten, einen der jüngeren, dessen Namen sie nicht kannte. »Hol den Priester.«

Mit skeptischer Miene schleifte der Gardist Pater Tyler zurück aufs Podium. Beim Anblick der verstreuten Leichen wurde der Priester kreidebleich. Als Kelsea den Mund öffnete, sprach die kalte Stimme von vorhin aus ihr, ein Befehlston, der zu jemand anderem zu gehören schien: »Fahrt fort, Vater. Und beschränkt Euch auf das Wesentliche.«

Er nickte und holte mit zitternder Hand die Tiara hervor. Mit Mace' Hilfe kniete sich Kelsea auf den Boden. Wieder öffnete Pater Tyler die Bibel und begann, mit schwacher Stimme daraus vorzulesen. In Kelseas Ohren verschwammen die Worte zu einem einzigen undefinierbaren Brei. Hinter ihm erblickte sie die schöne Rothaarige, die noch immer reglos wie ein Stein neben dem König ausharrte. Ihr ganzer Körper war voller Blut. Es hatte ihr Muster ins Gesicht gemalt und den blauen Schleierstoff ihres Kleids durchtränkt. Sie saß noch am selben Fleck wie zuvor und fixierte den immer gleichen Punkt am Boden, aber sie hatte überlebt. Für einen kurzen Moment schloss Kelsea die Augen, um gleich darauf an die Decke zu blicken. Ein riesiges Gewölbe, das sich über ihr zu drehen begann.

Unsanft stieß ihr Mace seinen Stiefel ins Kreuz. Kelsea unterdrückte einen Schmerzensschrei, doch der Tritt hatte geholfen. Ihr Blick klarte auf. Sie sah, wie der Priester mit geschlossener Bibel und Tiara auf sie zukam. Der Kreis ihrer Gardisten schloss sich enger um sie. Zitternd beugte sich Pater Tyler zu ihr herunter. Alles Blut schien aus seinem bleichen Gesicht gewichen. Auf unerklärliche Weise spürte Kelsea, wie ihr anfängliches Misstrauen schwand. Sie wünschte, sie könnte ihn trösten und ihm sagen, dass seine Aufgabe bald vollbracht wäre.

Ist sie aber nicht, flüsterte die Stimme in ihrem Kopf, die diesmal ruhig, aber bestimmt klang. *Nicht mal annähernd.*

»Eure Hoheit«, fragte er beinahe zaghaft. »Schwört Ihr, für das Königreich und Euer Volk einzutreten und nach den Gesetzen der Gotteskirche zu handeln?«

Kelsea atmete schleppend ein. Sie spürte, wie es in ihrer Brust rasselte und flüsterte: »Ich schwöre, für dieses Königreich und für mein Volk einzutreten und nach dem Gesetz zu handeln.«

Pater Tyler hielt inne. Kelsea rang nach Luft. Sie merkte, dass sie ohnmächtig wurde und nach links wegzusacken drohte. Wieder versetzte ihr Mace einen Tritt, und diesmal konnte sie nicht verhindern, dass ihren Lippen ein leiser Schmerzensschrei entwich. Doch das hätte selbst Barty verstanden. »Ihr kümmert Euch um die Kirche, Vater, und ich mich um das Reich und mein Volk. Das schwöre ich.«

Pater Tyler zögerte noch einen Moment, bevor er die Bibel in den Falten seines Talars verschwinden ließ. Sein Gesicht war zu einer Maske aus Resignation und Bedauern erstarrt, als könne er in die Zukunft sehen und die möglichen Konsequenzen dieses Augenblicks bereits erahnen. Und vielleicht konnte er das auch. Mit ausgestreckten Armen setzte er Kelsea die Tiara auf den Kopf. »Ich kröne Euch zur Königin Kelsea Raleigh von Tearling. Lang währe Eure Herrschaft, Majestät.«

Kelsea schloss die Augen. Eine Erleichterung stieg in ihr auf, die so groß war, dass sie an Ekstase grenzte. »Lazarus, helft mir auf.«

Als Mace sie hochzog, gaben ihre Beine nach. Von hinten schlang er die Arme um sie und hielt sie wie eine Stoffpuppe aufrecht. Um das Messer nicht zu berühren, stieß er ihren Oberkörper ein wenig nach vorne.

»Der Regent.«

Vorsichtig drehte Mace sie um, sodass Kelsea ihrem Onkel ins Gesicht blicken konnte. In seinen Augen spiegelte sich eine irre Verzweiflung. Langsam und mit voller Absicht lehnte sie sich an Mace, bis der Messergriff gegen seine Brust stieß. Der Schmerz ließ sie schlagartig wach werden, doch gleich darauf drohte sie in ein tiefes Dunkel zu sinken. Ein schwarzer Rand trübte ihren Blick.

»Runter von meinem Thron.«

Ihr Onkel rührte sich nicht. Unter Aufbietung all ihrer Kraft beugte Kelsea sich vor. Ein lautes Rasseln entrang sich ihrer Kehle, das in dem riesigen Saal nachhallte. »Ich gebe Euch einen Monat, um aus der Festung zu verschwinden. Danach … zehntausend Pfund auf Euren Kopf.«

Hinter Kelsea keuchte eine Frau erschrocken auf. Ein Raunen ging durch die Menge. Panisch blickte der Regent über Kelsea hinweg auf die Reihen der Adeligen.

»Ihr könnt kein Kopfgeld auf ein Mitglied der königlichen Familie aussetzen.«

Die schmierige Baritonstimme, die sich da hinter ihr erhoben hatte, kannte Kelsea nur allzu gut. Sie gehörte Thorne. Sie ignorierte seinen Einwand und sagte keuchend: »Ich … ich stehe in den Startlöchern, Onkel. Verschwindet auf der Stelle von meinem Thron, oder Lazarus wird Euch aus der Festung werfen. Wie … wie lange glaubt Ihr, werdet Ihr Euch noch an der Macht halten können?«

Ihr Onkel blinzelte und erhob sich schließlich. Sein ausladender Bauch wölbte sich nach vorne. *Zu viel gutes Essen,* dachte Kelsea flüchtig, und dann: *Mein Gott, er ist kleiner als ich!* Plötzlich sah sie das Bild vor sich doppelt, dann dreifach. Sie stieß Mace mit dem Ellbogen an, der sofort verstand und sie mit sich zog, um ihr auf den Thron zu helfen. Es war, als würde sie auf einem eiskalten Felsen Platz nehmen. Kelsea schwankte, schloss die Augen und öffnete sie wieder. Sie hatte noch etwas zu erledigen. Aber was nur?

Neben sich erblickte Kelsea die teilnahmslose Rothaarige. Als der Regent die Treppen des Podiums hinunterstolperte, spannte sich das Seil in seiner Hand.

»Lasst los«, flüsterte Kelsea.

»Lasst los«, wiederholte Mace lauter.

Ihr Onkel fuhr herum, und zum ersten Mal sah Kelsea blanke Wut in seinen Augen. »Die Frau gehört mir! Sie war ein Geschenk.«

»Zu dumm aber auch.«

Hilfesuchend blickte der Regent sich um, doch die Mehrzahl seiner Wachen war tot. Nur drei folgten ihm auf dem Fuß, und auch die wichen seinem Blick aus. Das Gesicht ihres Onkels war weiß vor Zorn, aber Kelsea entdeckte noch etwas weitaus Schlimmeres darin: gekränkte Verwunderung. Es war der Blick eines Mannes, der absolut nicht verstand, weshalb ihm so viel Schreckliches widerfuhr, wo er es doch nur gut gemeint hatte. Er zögerte kurz, ließ das Seil fallen und trippelte rückwärts fort, während er unablässig »Sie gehört mir« jammerte.

»Wir nehmen sie mit. Elston, kümmere dich darum.«

»Majestät.«

»Lazarus, bitte führt mich in meine Gemächer«, keuchte Kelsea. Das Atmen bereitete ihr Höllenqualen. Mace und Pen besprachen sich kurz und gingen dann in die Knie, um mit den Armen einen Stuhl unter ihrem Gesäß zu formen. Kelsea spürte einen Anflug von Dankbarkeit. So konnte sie den

Saal auf würdevolle Art verlassen und wurde nicht wie ein Sack hinter den Männern hergeschleift. Rasch bezogen die Gardisten Stellung um sie herum und schritten langsam die Stufen des Podiums hinab über den Mittelgang. Die Menge verschwamm vor Kelseas Augen. Sie wünschte, die Menschen hätten sie nicht so sehen müssen – voller Blut und geschwächt. Sie passierten eine Adelige in einem roten Samtkleid, das die Nacht in Kelseas Kopf wie ein loderndes Signalfeuer durchdrang. Auch Carlin hatte gern ein so tiefes, sattes Rot getragen. Daheim, im Cottage. Kelsea streckte der Frau die Hand entgegen und flüsterte: »Vor uns liegt ein schwerer Weg.« Doch die Frau stand zu weit weg, um sie berühren zu können. Gesichter streiften vorüber. Für einen Moment glaubte Kelsea, den Fetch in der Menge zu erkennen, aber das wäre ja verrückt. Wieder streckte sie die Hand aus und griff hilfesuchend ins Leere.

»Sir, wir müssen uns beeilen«, raunte Pen. Mace knurrte zustimmend. Sie beschleunigten den Schritt und traten durch die riesige Doppeltür ins Vorzimmer. Kelsea konnte ihr eigenes Blut riechen. So unglaublich intensiv … All ihre Sinne waren in Aufruhr. Jede Fackel strahlte so hell wie die Sonne, nur Mace' Gesicht war von Dunkelheit umhüllt. Die Gardisten unterhielten sich leise. Ihr Flüstern dröhnte in Kelseas Ohren, aber sie konnte kein Wort verstehen. Plötzlich merkte sie, dass ihr die Tiara vom Kopf zu rutschen drohte.

»Die Krone stürzt.«

Sie spürte, wie Mace sie fester umschlang und etwas an der Wand berührte, das Kelsea nicht sehen konnte. Zu ihrer Verblüffung tat sich eine Geheimtür auf, die in endlose Finsternis zu führen schien. »Nicht wenn ich es verhindern kann, Lady.«

»Oder ich«, bekräftigte Pen. Als sie über die Schwelle in die Dunkelheit traten, spürte Kelsea, wie eine behutsame Hand die Krone auf ihrem Kopf festhielt.

7

KRÄUSELUNGEN IM TEICH

»Nach der Krönungszeremonie ward die Glynn-Königin fünf Tage lang nicht in der Festung gesehen. Einen Großteil der Zeit war sie bewusstlos, da man ihr mit einem Messer eine Wunde zugefügt hatte, an der sie fast verblutet wäre. Von nun an würde sie für den Rest ihres Lebens eine Narbe auf dem Rücken tragen, und ebenjener hatte sie den Beinamen »Die Gezeichnete Königin« zu verdanken – und nicht, wie so oft vermutet, dem Brandmal auf ihrem Arm.
Doch während die Königin schlief, hörte die Welt nicht auf, sich zu drehen.«

Die Frühgeschichte Tearlings, wie Merwinian sie erzählt

Als Thomas am nächsten Morgen erwachte, hoffte er, die Krönungszeremonie sei nichts weiter als ein böser Traum gewesen. Mit aller Kraft klammerte er sich an diese Vorstellung, obwohl ein Teil von ihm wusste, dass er falschlag. Irgendwas war schiefgelaufen.

Der erste Hinweis war Anne, die neben ihm schlief und ihre manikürten Hände ins Kissen krallte. Sonst lag immer Marguerite neben ihm. Anne schien nichts weiter als ein dürftiger Ersatz. Sie war kleiner und rundlicher. Außerdem kräuselte sich ihr rotes Haar, während das von Marguerite sie wie ein leuchtender Lavafluss umströmte. Auch wenn Anne den schöneren Mund hatte – eine Marguerite war sie nicht. In Thomas' Kopf pochte es. Wohl der Beginn eines Katers. Marguerite. Sie war definitiv ein Teil des Problems.

Er wälzte sich auf die Seite, vergrub den Kopf in einem Kissen und versuchte, die Geräusche aus dem Nebenzimmer auszublenden. Es klang, als würde jemand Kisten hin und her rücken, eine Mischung aus Schiebegeräuschen und dumpfem Poltern, bei der man unmöglich wieder einschlafen konnte. Doch das Kissen ließ das Hämmern in seinem Kopf nur noch stärker werden. Leise fluchend, legte er es beiseite, läutete nach Pine und zog sich die Decke über den Kopf. Pine würde den Lärm stoppen.

Jetzt erinnerte er sich: Die Kleine hatte Marguerite mitgenommen. Ausgerechnet auf diese eine Person in seinem Leben hatte sie sich kaprizieren müssen, deren Verlust er nicht ertrug. Als das Messer des Gardisten sie getroffen hatte, war für einen kurzen Augenblick Hoffnung in Thomas aufgeflammt. Doch dann hatte er mitansehen müssen, wie sie sich taumelnd aufgerichtet und die Zeremonie zu Ende gebracht hatte – ein Akt absoluter Willenskraft. Sie hatte ihm Marguerite genommen, nun würde sie jeden Abend mit ihr ins Bett gehen … Verfluchte Kopfschmerzen! Als würden sie von einem Blasebalg angefacht.

Und dennoch, vielleicht gab es noch Hoffnung. Schließlich hatte das Mädchen eine Menge Blut verloren.

Inzwischen waren einige Minuten verstrichen und immer noch kein Pine. Thomas schlug die Decke zurück, um erneut nach ihm zu läuten. Neben ihm bewegte sich Anne und seufzte. War sie also auch von dem Lärm geweckt worden. Dann war es nicht bloß der Kater, der ihn so empfindlich reagieren ließ. Sondern der infernalische Radau da draußen. Gestern hatten sie ganze drei Flaschen Wein versoffen, und den vertrug Anne normalerweise schlecht.

Pine kam nicht.

Fluchend setzte sich Thomas auf. Schon oft hatte er eine seiner Frauen für die Nacht an Pine ausgeliehen, doch damit gab der sich selten zufrieden. Eins war klar, wenn Thomas seinen Leibwächter bei Sophie im Bett erwischte, würde er ihm bei lebendigem Leib die Haut abziehen.

Endlich entdeckte er sein Morgengewand unter einem Haufen Kleider in einer Ecke, doch der Seidengürtel hing nicht mehr in den Schlaufen. Wieder fluchte Thomas, lauter diesmal, und blickte zu Anne hinüber, die sich auf die Seite drehte und ihren Kopf unter ein Kissen steckte. Thomas zog das Gewand fest um seinen Körper und hielt es vorne zu. Hätte Pine sich die Mühe gemacht, seine Kleider aufzuhängen, wäre das nicht passiert. Wenn er ihn erst aufgespürt hatte, war es Zeit für ein ernstes Gespräch. Zuerst reagierte er nicht auf das Klingeln, dann die schmutzige Wäsche überall … Und war ihnen nicht vor ein paar Tagen erst der Rum ausgegangen? Himmel, hier brach wirklich alles zusammen, und das zum denkbar schlechtesten Zeitpunkt.

Das Gesicht des Mädchens erschien vor seinem geistigen Auge. Dieses runde Gesicht, das zu jeder x-beliebigen Bäuerin Neulondons gepasst hätte. Ihre Augen allerdings … Dasselbe Katzengrün wie seine eigenen. Und sie hatten sich wie ein Pfeil in ihn hineingebohrt.

Sie durchschaut mich, dachte er hilflos. *Sie sieht alles.*

Aber nein, natürlich sah sie nicht alles. Manches konnte sie vielleicht erahnen, aber wirklich wissen konnte sie nichts. Abgesehen davon war Arlen Thorne stets auf alles vorbereitet und sicher schon dabei, einen seiner berühmten Notfallpläne in die Tat umzusetzen. Sollte die Lieferung nicht klappen, hatte Thorne genauso viel zu verlieren wie er selbst. Allerdings gab sich der Oberste Zensor keine Mühe zu verhehlen, dass er nichts als Verachtung für ihn empfand. Stets hatte er ihm nur das gesagt, was er wissen musste, um seinen Part zu erledigen. Erst jetzt wurde Thomas klar, wie gut Thorne seine Sache gemacht hatte und wie effektiv er jedem Risiko aus dem Weg gegangen war. Denn obwohl er sich den Plan selbst ausgedacht hatte, war aus dem Zensus niemand involviert gewesen. Im Gegenteil, die Ablenkungsmanöver hatten Thomas' Wachen inszeniert. Insofern hätte niemand außer ihm Thorne verdächtigen können. Und jetzt war Thomas selbst der Verdächtige.

Er war schon wieder so gebläht, dass er sein Morgengewand kaum zubekam und es nur über dem Bauch und über der Leiste zusammenhalten konnte. Als er es vor sechs Monaten in Auftrag gegeben hatte, war er noch nicht so fett gewesen. Doch irgendwann hatte er erkennen müssen, dass niemand das Mädchen finden und rechtzeitig töten würde. Und da hatte er immer größere Mengen in sich hineingestopft und auch beim Trinken jedes Maß verloren … Es war aber auch zum Verrücktwerden! Nicht mal die Caden hatten Erfolg gehabt, obwohl die doch sonst alles und jeden zu fassen bekamen.

Thomas ging zur Tür. Selbst wenn Pine die Klingel ignorierte, würde er spätestens dann herbeieilen, wenn er ihn schreien hörte. Der Trakt des Regenten war nicht so groß und luxuriös wie der der Königin, und jeder Laut wurde sofort weitergetragen. Schon vor Jahren hatte Thomas versucht, Elyssas Gemächer für sich zu beanspruchen, doch Carroll und Mace hatten sich ihm vehement in den Weg gestellt. Damals war Thomas aufgegangen, dass sie sich alle noch in der Festung befanden, die gesamte Garde, und dass sie nach wie vor hofften, die Königin eines Tages auftauchen zu sehen. Und was noch schlimmer war – sie rekrutierten Anhänger.

Mace hatte mitten hineingegriffen ins düstere Herz Tearlings, in dem er sich auskannte wie kein Zweiter, und Pen Alcott zutage gefördert, der das Schwert mindestens ebenso gut führen konnte wie die Caden. Und obwohl er als Gardist der Königin nur den halben Sold erhielt, hatte er in das Angebot eingewilligt. Auch Thomas hatte einige Male versucht, Alcott und ein paar der anderen für sich zu gewinnen, doch keiner hatte sich je mit ihm verbünden wollen. Bis gestern hatte Thomas keine Ahnung gehabt, weshalb. Jetzt hingegen sah er die Dinge in einem anderen Licht. Das Mädchen war wirklich überhaupt nicht wie er. Und – wenn er es recht bedachte – auch nicht wie Elyssa.

Sie ist das Kind ihres Vaters, dachte Thomas bitter. Drei Schwangerschaftsabbrüche hatten sie für Elyssa arrangieren müssen (zumindest wusste er nur von dreien), weil sie den verdammten Sirup genauso nachlässig gehandhabt hatte wie alles andere auch. Und ausgerechnet die letzte Abtreibung, die ihm so auf den Nägeln gebrannt hatte, hatte sie verweigert. In ihren letzten Jahren hatte Elyssa schreckliche Angst vor ihrem Arzt gehabt und sogar einen potenziellen Mörder in ihm gesehen. Wenn Thomas ehrlich war, musste er zugeben, dass es wohl wirklich nicht schwer war, eine Frau während eines solchen Eingriffs zu töten. Und ebendieses Wissen verbitterte ihn noch mehr. Das war so unglaublich typisch für Elyssa, erst drei Schwangerschaften abzubrechen und dann aus den völlig falschen Gründen genau das Kind zu bekommen, das alles noch schwieriger machte. Pine hatte ihm gestern gesagt, das Mädchen würde schon im Trakt der Königin wohnen. Die massiven Türen seien verschlossen und überall Wachen postiert. Damit war jede Hoffnung dahin, dass Thomas je in Elyssas Gemächer einziehen konnte.

Dennoch, es hätte schlimmer kommen können. Sein eigener Trakt war schließlich auch recht komfortabel, und es gab genug Platz für seinen persönlichen Leibwächter, sämtliche Frauen und die Kammerdiener. Als Thomas eingezogen war, hatte es hier noch recht trist ausgesehen. Dann hatte er die Zimmer mit ein paar Bildern seines Lieblingskünstlers Powell aufgepeppt. Pine wiederum hatte eine deckende Goldfarbe aufgetan – eine preiswerte Möglichkeit, seine Umgebung so richtig schön königlich aussehen zu lassen. Und seit Thomas sich die Unterstützung der Roten Königin gesichert hatte, ließ sie ihm kostspielige Geschenke zukommen, die mittlerweile über seine gesamten Gemächer verteilt waren. Da gab es zum Beispiel die schweren tiefroten Samtvorhänge, dann die massive Silberstatue, die eine nackte Frau darstellte, und das echte, mit Rubinen veredelte Goldgeschirr. Letzteres gefiel Thomas so sehr, dass er sich jedes Abendessen darauf servieren ließ. Von Zeit zu Zeit allerdings kam ihm der unangenehme Gedanke, dass ihn die Rote Königin genauso benutzte wie der Tearadel seine Aufseher.

Thomas war der Puffer, ein nötiger Mittelsmann zwischen den Mächtigen und den Machtlosen. Seit Elyssas Tod richtete sich der gesamte Hass der Tear auf ihn. Sollten die Armen je aufbegehren, würden sie seinen Kopf fordern. Zweifellos würde ihn die Rote Königin gerne opfern. Ebenso zweifellos würden sich die Adligen verbarrikadieren und ihre Aufseher dem Mob vorwerfen. Eine unangenehme Erkenntnis, die er nicht immer verdrängen konnte … Andererseits war die Vorstellung von einem Aufstand der Armen nicht nur weit hergeholt, sondern schlichtweg lachhaft. Schließlich waren sie viel zu sehr mit der Frage beschäftigt, wo sie ihre nächste Mahlzeit herbekommen sollten.

Als Thomas die Tür öffnete, wurde er von einem gleißenden Licht geblendet. Er kniff die Augen zusammen. Die Szene, die sich ihm in seinem Aufenthaltsraum bot, ließ ihn abrupt innehalten. Das Erste, was er sah, war das goldene Rubingeschirr, das von einem Bediensteten in weißer Uniform in eine Eichenholzkiste gepackt wurde. Und das nicht allzu behutsam. Da die Dienerschaft alles stahl, was nicht niet- und nagelfest war, hatte sie keinen Zutritt zu den Privatgemächern des Regenten. Und doch stand nun einer von ihnen hier, und er schien ziemlich beschäftigt. Laut scheppernd, schichtete er einen goldenen Teller auf den anderen. Thomas schauderte.

Und noch etwas zog seine Aufmerksamkeit auf sich: seine roten Samtvorhänge. Sie waren verschwunden, heruntergerissen von der Wand auf der Ostseite. Durch die weit geöffneten Fenster flutete Sonnenlicht herein. Die beiden Statuen, die sonst gegenüber in den Zimmerecken standen, waren verschwunden. Auf der Nordseite stapelten sich ungefähr zwanzig Bierfässer und daneben Kisten über Kisten mit Mortwein. Ein weiterer Bediensteter stellte Whiskeyflaschen in einer Reihe auf. In einigen davon befand sich richtig guter Stoff. Thomas hatte ihn auf dem Whiskey-Festival erstanden, das jedes Jahr im Juli auf den Straßen Neulondons abgehalten wurde. Neben den Fässern wartete ein riesiger Karren. Der Grund dafür war nur allzu offensichtlich: Seine gesamten Alkoholvorräte sollten fortgeschafft werden.

Thomas umklammerte das Revers seines Gewands und stürmte zu dem Bediensteten hinüber, der mit dem Goldgeschirr hantierte. »Was glaubst du, was du da tust?!«, fragte er.

Ohne ihn anzusehen, deutete der Diener mit dem Daumen über seine Schulter. Thomas' Blick folgte der Bewegung. Er merkte, wie ihm die Knie weich wurden. Neben den Bierfässern stand Coryn und notierte etwas auf ein Blatt Papier. Seinen grauen Umhang trug er nicht, aber die Dienerschaft gehorchte ihm auch so.

»He! Gardist der Königin!«, rief Thomas. Am liebsten hätte er mit den Fingern geschnippt, doch er fürchtete, seine Robe würde sich öffnen. »Was soll das?«

Coryn steckte den Zettel weg. »Befehl der Königin. All diese Güter sind Eigentum der Krone und müssen noch heute von hier verschwinden.«

»Was denn für ein Eigentum der Krone? Sie gehören *mir!* Ich habe das alles hier erworben.«

»Dann hättet Ihr es nicht in der Festung aufbewahren dürfen, denn damit untersteht es dem Zugriff der Krone.«

»Ich habe nicht …« Die Antwort des Wachmanns brachte Thomas ins Grübeln. Konnte das wirklich sein? Aber da musste es doch irgendein Schlupfloch für die Mitglieder der königlichen Familie geben! Er hatte sich nie ernsthaft mit den Gesetzen Tearlings befasst, nicht mal, als er noch ein Kind war und man ihn zum Studium angehalten hatte. Regierungsangelegenheiten waren einfach uninteressant. Abgesehen davon hatte Elyssa auch nie gelernt, und sie war immerhin die Erstgeborene, zur Hölle noch mal. Thomas hielt nach einem anderen Gegenstand Ausschau, über den sich eine Diskussion anzetteln ließ. Wieder fiel sein Blick auf das goldene Geschirr in der Kiste. »Da! Das war ein Geschenk!«

»Von wem?«

Thomas presste die Kiefer aufeinander. Erneut drohte seine Robe aufzuspringen. Er griff in einen Faltenwurf und zog daran, wobei ihm schmählich bewusst wurde, dass Coryn einen Blick auf seinen geblähten weißen Bauch werfen konnte.

»Euch stehen persönliche Gegenstände, Kleidung und Schuhe zu. Ebenso sämtliche Waffen, die sich eventuell in Eurem

Besitz befinden«, fuhr Coryn fort. Seine blauen Augen wirkten aufreizend teilnahmslos. »Aber Euren ausschweifenden Lebensstil wird die Krone nicht länger finanzieren.«

»Und wovon soll ich leben?«

»Die Königin gibt Euch einen Monat Zeit, um die Festung zu räumen.«

»Was wird aus meinen Frauen?«

Coryns Gesicht verharrte in seinem geschäftsmäßigen Ausdruck, doch Thomas spürte die Verachtung, die wie Hitze von ihm abstrahlte. »Eure Frauen können tun und lassen, was sie wollen. Sie dürfen ihre Kleider behalten, nur der Schmuck wurde bereits konfisziert. Sollte eine von ihnen mit Euch gehen wollen, steht ihr dies frei.«

Thomas starrte ihn an. Er dachte über eine mögliche Rechtfertigung nach, darüber, dass diese Frauen ein Leben in tiefster Armut geführt hätten, wären sie nicht zu ihm gekommen. Dass sie allesamt in seinen Handel eingewilligt hatten – nun ja, alle außer Marguerite, aber die war eben einfach schwierig. Die Sonne war zu hell und verlangsamte sein Denken. Wann hatte er zum letzten Mal die Vorhänge geöffnet? Das musste Jahre her sein. Licht durchflutete den Raum und tauchte ihn in ein strahlendes Weiß. Keine Spur mehr von dem gewohnt dumpfen Grauton. An den Wänden wurden plötzlich nie ausgebesserte Risse sichtbar, auf den Teppichen Wein- und Speiseflecke. In einer Ecke lag ein Karobube, wie ein Floß, das ziellos auf dem Gottesmeer trieb.

Du lieber Himmel, wie viele Partien habe ich ohne diese Karte gespielt?

»Ich habe keine meiner Frauen geschlagen«, sagte er.

»Beeindruckend.«

»Sir!«, rief ein Diener. »Wir können jetzt die Spirituosen auf den Karren laden.«

»Dann mal los!« Coryn neigte den Kopf und musterte Thomas. »Noch irgendwelche Fragen?«

Ohne eine Antwort abzuwarten, drehte er sich weg und begann, die erste Kiste zu vernageln.

»Wo ist Pine?«

»Wenn Ihr Euren Leibwächter meint – den habe ich schon länger nicht mehr gesehen. Vielleicht hat er etwas anderes zu tun.«

»Ja«, erwiderte Thomas nickend. »Ja, das hatte er. Ich habe ihn heute früh runter zum Markt geschickt.«

Coryn murmelte etwas Unverbindliches.

»Wo sind meine Frauen jetzt?«

»Keine Ahnung. Aber den Verlust ihres Schmucks haben sie nicht besonders gut aufgenommen.«

Thomas zuckte zusammen. Natürlich nicht. Er fuhr sich mit der Hand durchs Haar und vergaß dabei ganz auf sein Gewand, das nun endgültig aufklaffte. Sofort zerrte er wieder daran. Irgendein Diener kicherte, doch als sich Thomas umsah, gingen sie alle mit unbeteiligter Miene der Erfüllung ihrer Aufträge nach.

»Sobald ich ein bisschen freie Zeit übrig habe, werde ich die Königin um ein Gespräch ersuchen. Aber das könnte noch ein paar Tage dauern.«

»Ja, könnte es.«

Thomas zögerte. Was war denn das für eine Antwort? Hatte eine Drohung darin gelegen? Schließlich drehte er sich um und trottete zu den Gemächern seiner Frauen. Was sollte er ihnen bloß sagen? Petra und Lily würden wohl nicht mit ihm kommen. Sie waren gleich nach Marguerite die rebellischsten. Doch die anderen würde er vermutlich überzeugen können. Allerdings musste er erst mal an Geld kommen. Unter seinen Freunden befanden sich viele Adelige, die ihm helfen würden.

In der Zwischenzeit konnte er im Arvath bleiben. Der Heilige Vater würde nicht wagen, ihn abzuweisen. Nicht nach all dem Gold, das Thomas ihm über die Jahre in den Rachen geworfen hatte. Selbst die Rote Königin würde willens sein, ihn zu finanzieren. Er musste ihr nur klarmachen, dass er in Kürze wieder auf dem Thron sitzen würde. Doch ihm graute vor dem Gedanken, sie darum bitten zu müssen.

Der Aufenthaltsraum der Frauen war mit Papier und Lebensmitteln übersät. Schränke standen offen, Schubladen waren herausgerissen, und überall lagen Kleidungsstücke herum. Wie lange hatte Coryn hier drin gewütet? Er musste ziemlich früh gekommen sein, kurz nachdem Thomas zu Bett gegangen war wahrscheinlich.

Pine hat ihm die Tür geöffnet, begriff er. *Pine hat mich verraten.*

Außer Anne war niemand da. Bestimmt war sie aufgestanden, während er mit Coryn gesprochen hatte. Inzwischen hatte sie sich beinahe vollständig angezogen und ihr eben noch wildes Haar ordentlich hochgesteckt.

»Wo sind die anderen?«, fragte er.

Anne zuckte die Achseln und band ihr Kleid mit schnellen, geschickten Fingern am Rücken zusammen. Thomas fühlte sich hintergangen. Wozu bezahlte er eigentlich all die Zofen, wenn seine Frauen am Ende doch alles selbst machten? »Was soll das heißen?«

»Soll heißen, ich habe sie nicht gesehen.« Anna griff nach ihrem Koffer und begann, ihre Sachen zusammenzupacken.

»Was machst du da?«

»Ich packe. Aber irgendjemand hat meinen Schmuck verräumt.«

»Der ist weg«, erwiderte Thomas gedehnt. »Konfisziert von der Königin.« Er setzte sich auf ein Sofa in unmittelbarer

Nähe und starrte sie an. »Was tust du da? Was soll das? Keine von euch kann irgendwo anders hin.«

»Natürlich können wir das.« Sie wandte sich zu ihm um. In ihren Augen sah Thomas dieselbe Verachtung wie vorhin bei Coryn. Eine Erinnerung kräuselte seine Gedanken, doch er verdrängte sie. Sie hatte etwas mit seiner Kindheit zu tun, das spürte er, und nur wenig aus seiner Kindheit war gut.

»Wo gehst du hin?«

»Zu Lord Perkins.«

»Aber warum?«

»Was glaubst du denn? Weil er mir schon vor Monaten ein Angebot unterbreitet hat.«

Was für ein Verrat! Lord Perkins war sein Pokerpartner und einmal im Monat zum Abendessen bei ihm. Der Mann war alt genug, um Annes Vater zu sein.

»Was für ein Angebot?«

»Das ist eine Sache zwischen ihm und mir.«

»Sind die anderen auch zu ihm?«

»Nein.« Stolz sprach aus Annes Stimme. »Das Angebot hat er nur mir gemacht.«

»Aber das ist doch alles bloß vorübergehend! In ein paar Monaten sitze ich wieder auf dem Thron! Dann könnt ihr alle zu mir zurückkommen.«

Anne starrte ihn an, als wäre er eine Kakerlake, die sich in ihrer Küche herumtrieb. Jetzt gab es kein Halten mehr – die Erinnerung brach mit voller Wucht an die Oberfläche. Thomas versuchte, dagegen anzukämpfen, doch plötzlich war sie da: Königin Arla, die ihn auf genau diese Art gemustert hatte, damals, als er und Elyssa noch gemeinsam unterrichtet worden waren. Das Lernen war ihnen beiden schwergefallen, doch Elyssa hatte meistens noch ein bisschen mehr begriffen. Während Thomas seine Ausbildung nach dem zwölften Jahr abbrach, machte sie mit der Erzieherin weiter. Eine Zeitlang versuchte Mum, mit ihm über Politik zu sprechen, über die Zustände im Reich und über die diversen Abkommen mit Mortmesne. Doch Thomas war nie in der Lage, den Kern ihrer Lektionen zu erfassen – etwas, das ihm wohl intuitiv hätte gelingen müssen. Der Blick in Mums Augen wurde immer intensiver, und irgendwann stellte sie die Unterhaltungen einfach ein. Danach bekam er sie kaum noch zu Gesicht. Endlich durfte er tun, was er schon immer hatte tun wollen: den Tag verschlafen und nachts das Gut aufmischen. Jahrelang hatte keiner gewagt, ihm mit so unverhohlener Verachtung zu begegnen. Und nun stand er hier – und fühlte sich wieder genauso jämmerlich wie damals als Kind.

»Du verstehst es wirklich nicht, oder?«, fragte Anne. »Sie hat uns befreit, Thomas. Vielleicht sitzt du bald wieder auf dem Thron, vielleicht aber auch nicht. Keine Ahnung. Doch von uns wird garantiert keine zurückkommen.«

»Aber ihr wart doch keine Sklavinnen! Ihr hattet von allem nur das Beste! Ich habe euch wie Edelfrauen behandelt. Und ihr musstet nie arbeiten.«

Annes Augenbrauen schossen in die Höhe, und ihr Gesicht verdüsterte sich. Mit donnernder Stimme erwiderte sie: »Nicht arbeiten? Wie würdest du es denn nennen, wenn Pine mich um drei Uhr morgens weckt, um mir zu sagen, dass du bereit für mich bist. Und ich dann in dein Zimmer muss, um Petra die Möse zu lecken. Und das alles nur zu deinem Vergnügen!«

»Ich habe dich bezahlt«, flüsterte Thomas.

»Du hast *meine Eltern* bezahlt. Du hast ein hübsches Sümmchen vorgestreckt, als ich vierzehn war und zu jung, um irgendwas von alldem zu begreifen.«

»Ich habe für dein Essen und deine Kleider gelöhnt! Und ich habe dir Schmuck geschenkt!«

Statt einer Antwort schaute sie durch ihn hindurch. Auch diesen Blick kannte er von Königin Arla, für die er in den letzten zehn Jahren ihres Lebens schlicht unsichtbar gewesen war. Und nichts, was er sagte, hätte daran etwas ändern können.

»Du solltest aus Tearling verschwinden«, bemerkte Anne. »Hier bist du nicht sicher.«

»Was meinst du?«

»Mace ist der Captain ihrer Garde, und du wolltest sie umbringen lassen. Wenn ich du wäre, würde ich das Land verlassen.«

»Aber das ist doch alles nur *vorübergehend!*« Warum verstand das bloß niemand außer ihm? Schon jetzt hatte sich das Mädchen Thorne und ganz Mortmesne zum Feind gemacht. Auch wenn Thomas jede Art von Regierungsgeschäften hasste, das Mortabkommen zumindest hatte er gelesen. Die Verzugsklausel würde in den nächsten sieben Tagen in Kraft treten. Wenn die Lieferung dann nicht in Demesne ankam ... Der Gedanke überstieg seine Vorstellungskraft. Niemand hatte die Rote Königin je wütend gesehen. Schon in ihrem Schweigen lag der Untergang der Welt. Plötzlich tauchte ein schaurig realistisches Bild vor seinem inneren Auge auf: Morthabichte, die um die Türme der Festung kreisten und im Sturzflug herabschossen. Ständig auf der Jagd. »Nächsten Monat hängt ihr Kopf an der Mauer von Demesne.«

Anne zuckte die Achseln. »Wenn du meinst.«

Sie schritt durchs Zimmer, nahm einen weiteren Stapel Kleider aus ihrer Schublade und hob eine Bürste vom Boden auf. Banale Tätigkeiten, die Thomas bedeuten sollten, dass er entlassen war. All die offenen Schubladen ... Jetzt wurde ihm wirklich klar, seine Frauen waren mit all ihren Kleidern auf und davon.

Vielleicht hatte Anne recht. Natürlich konnte er nach Mortmesne reisen und die Königin um Gnade bitten. Andererseits war sie seiner schon lange überdrüssig, und es lag durchaus im Bereich des Möglichen, dass sie ihn direkt an den Scharfrichter weiterreichte. Abgesehen davon: Wie sollte er unbemerkt aus der Festung gelangen? Irgendwo da draußen trieb sich der Fetch herum, der alles zu wissen und alles vorauszuahnen schien.

Das steinerne Bollwerk der Festung war nur ein unzureichender Schutz. Wie ein Geist drang er überall ein. Trotzdem war es besser als nichts, besser, als ihm auf freiem Feld ausgeliefert zu sein. Sollte Thomas jedoch versuchen, zur Mortgrenze zu gelangen, würde der Fetch todsicher dahinterkommen. Und egal, von wie vielen Gardisten sich Thomas auch begleiten ließ, eines Nachts würde er die Augen öffnen und dieses Gesicht über sich sehen. Diese schreckliche Maske.

Das allerdings würde voraussetzen, dass ihm überhaupt noch Gardisten zur Verfügung standen. Mehr als die Hälfte seiner Leute war bei dem Anschlag auf das Mädchen abgeschlachtet worden. Noch hatte niemand Anstalten gemacht, ihn festzunehmen, was ihm zunächst wie ein ausgesprochener Glücksfall erschienen war. Vielleicht, so hatte Thomas gedacht, hatte man seine Garde verdächtigt, die Verschwörung allein angezettelt zu haben? Doch jetzt, da er sich der Gleichgültigkeit in Coryns Stimme bewusst wurde, begriff er, dass dem nicht so war. Man wusste über ihn Bescheid. Es kümmerte keinen mehr.

Anne packte die Griffe ihres Koffers und ging zum Spiegel. Ohne ihren Schmuck sah sie irgendwie nackt aus, aber sie schien mit ihrem Anblick zufrieden. Lächelnd strich sie sich eine widerspenstige Locke hinters Ohr, die sich aus ihrem Dutt gelöst hatte, und wandte sich zu ihm um. Ihre Augen schienen ihn zu versengen. Sie waren von einem warmen, strahlenden

Blau, und Thomas fragte sich, wie er das je hatte übersehen können.

»Ich habe dich nie geschlagen«, erinnerte er sie. »Nicht ein einziges Mal.«

Anne lächelte. Ein freundliches Grinsen, das die in ihren Mundwinkeln sitzende Abschätzigkeit nicht verbarg. »Kleider, Schmuck, Essen und Gold. Du glaubst, du hättest bezahlt, Thomas. Hast du aber nicht. Nicht mal annähernd. Aber das wirst du schon noch.«

Als Pater Tyler den letzten Bissen Huhn runtergeschluckt hatte, legte er seine Gabel mit zitternder Hand zur Seite. Er hatte Angst. Die Einbestellung war genau in dem Moment eingetroffen, als er sich zum Mittagessen niedergelassen hatte. Nur etwas weichgekochtes Huhn, das vollkommen fad schmeckte. Tyler hatte sich nie viel aus Essen gemacht, doch in den vergangenen beiden Tagen hatte er seine Mahlzeiten nur mehr mechanisch zu sich genommen und nichts als Staub geschmeckt.

Zunächst war er ja hocherfreut gewesen ob seiner tragenden Rolle in diesem historischen Moment. Viele solche Momente hatte es in seinem Leben nicht gegeben. Er war als eines von sieben Kindern auf einem Bauernhof groß geworden und mit acht an den örtlichen Priester verkauft worden, damit sein Vater die fällige Abgabe begleichen konnte. Tyler hatte ihm diesen Entschluss nie verübelt. Auch damals nicht. Er war eben eines von zu vielen Kindern, und es hatte nie genug zu essen gegeben.

Der Priester, Pater Alan, war ein guter Mann, der wegen seiner schlimmen Gicht einen Assistenten brauchte. Er brachte Tyler das Lesen bei und schenkte ihm seine erste Bibel. Mit dreizehn half Tyler ihm beim Verfassen der Predigten. Obwohl seine Gemeinde aus gerade mal dreizehn Familien bestand, konnte sich der Pater bald nicht mehr um sie kümmern. Als sich seine Gicht verschlimmerte, übernahm Tyler die Hausbesuche und hörte sich die Sorgen der Familien an. Und auch wenn er noch gar nicht zum Priester geweiht worden war, nahm er den Alten und Schwachen, die es nicht mehr zur Kirche schafften und sich von ihren Sünden befreien wollten, die Beichte ab. Strenggenommen beging er damit wohl selbst eine Sünde, doch er glaubte nicht, dass Gott etwas dagegen hatte. Schon gar nicht, wenn die Betreffenden bald sterben mussten.

Als Pater Alan nach Neulondon in ein höheres Amt berufen wurde, durfte Tyler mit ihm gehen. Er beendete seine Ausbildung im Arvath und empfing im Alter von siebzehn Jahren die Weihe. Man hätte ihm eine eigene Gemeinde zuteilen können, doch seine ranghöheren Amtsbrüder hatten längst begriffen, dass Tyler sich nicht für den Dienst in der Öffentlichkeit eignete. Er hatte mehr Freude an seinen Recherchen als an Menschen, arbeitete gern mit Tinte und Papier. Und so wurde er einer von dreißig Arvath-Buchhaltern, dokumentierte die Zahlungen des Zehnten und sämtliche Abgaben der angrenzenden Gemeinden. Es war ein entspanntes Arbeiten. Hin und wieder versuchte ein Kardinal, seinen Lebensstandard zu verbessern und etwas von dem Einkommen seiner Gemeinde zu hinterziehen. Ungefähr einen Monat lang herrschte dann ein wenig Aufregung. Doch in der Regel war die Buchhalterei ein ruhiges Geschäft, das ihm viel Zeit zum Lesen und Nachdenken ließ.

Tyler starrte auf seine Bücher, die sich auf zehn Regale aus hochwertigem Teareichenholz verteilten und ihn fast einen ganzen Jahreslohn gekostet hatten. Die ersten fünf Bücher stammten von einer verstorbenen Frau aus seiner Gemeinde.

Kardinal Carlyle hatte ihre gesamte Hinterlassenschaft auf die Seite geschafft. Nur die Bücher, die ihm wertlos erschienen waren, hatte er auf Tylers Schreibtisch gepackt und gesagt: »Ihr seid ihr Priester. Überlegt Euch, was Ihr damit anstellen wollt.«

Tyler war damals dreiundzwanzig gewesen und hatte die Bibel bereits einige Male gelesen. Weltliche Bücher hingegen waren etwas vollkommen Neues für ihn. Also hatte er eins davon aufgeschlagen und mit der Lektüre begonnen, zunächst noch etwas flüchtig, dann immer faszinierter. Seite um Seite hatte er umgeblättert, beseelt von der gleichen freudigen Überraschung wie jemand, der Geld auf der Straße gefunden hat. Dies war der Tag, an dem er sich anschickte, zum Gelehrten zu werden. Doch das würde ihm erst Jahre später klar werden. Er konnte das Unvermeidliche nicht länger hinauszögern. Tyler verließ sein kleines Zimmer und schlurfte den Korridor hinunter. Seit sieben oder acht Jahren litt er nun schon an einer schweren Arthritis in der linken Hüfte, doch sein langsames Tempo war weniger dem Schmerz als vielmehr seinem Widerwillen geschuldet. Er war ein guter Buchhalter. Sein Leben im Arvath war komfortabel gewesen, ein unaufhaltsames Fortschreiten der Zeit. Bis vor vier Tagen, als sich alles verändert hatte.

Er hatte das Mädchen in einem Zustand blanken Entsetzens gekrönt und sich dabei immer wieder gefragt, welch abwegige Laune des Schicksals Mace an seine Tür geführt hatte. Tyler war ein ergebener Priester, ein Asket, jemand, der an Gottes allmächtiges Wirken glaubte, das die Menschen die Überfahrt hatte durchstehen lassen. Schon seit Jahrzehnten hielt er keine Predigten mehr, und mit jedem Jahr zog er sich weiter in die Welt der Bücher, in die Vergangenheit zurück. Bei der Frage, wer das Mädchen krönen sollte, hätte der Heilige Vater mit

Sicherheit als Letztes an ihn gedacht. Und doch hatte Mace an seine Tür geklopft. Und Tyler hatte gehorcht.

Ich bin ein Teil von Gottes großer Schöpfung. Der Gedanke kam wie aus dem Nichts, um im selben Moment wieder zu verschwinden. Er kannte die Geschichte der Tearmonarchie bis ins kleinste Detail. Nach der Ankunft war William Tears große sozialistische Vision schrittweise in sich zusammengefallen und hatte mit der Ermordung Jonathan Tears in einer blutigen Katastrophe gemündet. Die Raleighs traten die Thronfolge an – aber sie waren eben nicht die Tears, waren es nie gewesen. Nach ihrer Krönung verhielten sie sich nur noch töricht, genau wie jedes andere Herrschergeschlecht des alten Europa in Zeiten vor der Überfahrt. Zu viele Verwandtenehen und zu wenig Erziehung. Keinen von ihnen kümmerte die Neigung der Menschen, immer und immer wieder dieselben Fehler zu begehen. Aber Tyler wusste, dass Geschichte alles war. Die Zukunft bestand aus vergangenen Katastrophen, die nur darauf warteten, erneut auf den Plan gerufen zu werden.

Zum Zeitpunkt der Zeremonie hatte er noch nichts von den Geschehnissen auf dem Festungsrasen mitbekommen. Dies war der Preis für seine Zurückgezogenheit und seine andauernden Studien – eine beinahe erschreckende Unwissenheit, wenn es um aktuelle Geschehnisse ging. Doch in den letzten Tagen hatten ihn seine Kirchenbrüder nicht mehr in Frieden gelassen und fortwährend an seine Tür geklopft, vorgeblich, um seinen Rat zu einem theologischen oder historischen Problem einzuholen. Keiner von ihnen war bereit zu gehen, ohne etwas über die Thronbesteigung in Erfahrung gebracht zu haben. Im Gegenzug berichteten sie von den brennenden Käfigen und der Befreiung der Ausgelosten.

Heute Morgen schließlich hatte ihm Pater Wyde einen Besuch abgestattet, nachdem er kurz zuvor noch Brot unter den

Bedürftigen verteilt hatte, die sich um die Treppe des Arvath geschart hatten. Die Armen, erzählte Wyde, nannten das Mädchen »Wahrhafte Königin«, ein Begriff, den Tyler kannte. Er stand für eine weibliche Spielart der Artus-Legende aus einer Zeit vor der Überfahrt – für den Traum von einer Königin, die das Land vor allen Gräueln bewahren und den Weg in ein goldenes Zeitalter ebnen würde. Die Wahrhafte Königin: ein Märchen, Balsam für geschundene Seelen. Und doch hatte Tylers Herz einen Satz gemacht, und er hatte aus dem Fenster blicken müssen, um seine tränenglänzenden Augen zu verbergen.

Ich bin ein Teil von Gottes großer Schöpfung.

Er hatte keine Ahnung, was er dem Heiligen Vater sagen sollte. Die Königin hatte sich geweigert, der Kirche Treue zu schwören, und sogar Tyler wusste um die Wichtigkeit eines solchen Schwurs. Dem Regenten mochte jegliches Gefühl für Moral abgehen, aber der Kontrolle des Heiligen Vaters hatte er sich nie entzogen. Im Gegenteil, er hatte riesige Summen gespendet, um eine Hauskapelle in der Festung errichten zu lassen. Würde ein wandernder Mönch des Weges kommen, Luthers alte Thesen predigen und dabei auf eine begeisterte Zuhörerschaft stoßen, er würde sofort von der Bildfläche verschwinden, und niemand würde je wieder von ihm hören. Über solche Dinge sprach man hier nicht. Doch Tyler war ein scharfsinniger Mann, der die Krankheit seiner Kirche nur allzu gut kannte. Und deshalb hatte er die Einsamkeit gewählt. Er liebte Gott aus ganzem Herzen und beabsichtigte, irgendwann in seinem kleinen Zimmer zu sterben, umgeben von Büchern. Stattdessen war er urplötzlich und auf unerklärliche Weise in das bedeutungsvollste Ereignis seiner Zeit hineingezogen worden.

Als Tyler die marmornen Stufen zum Audienzzimmer des Heiligen Vaters erklomm, spürte er sein Herz im engen Käfig seiner Brust klopfen. Er wurde alt, ja, aber jetzt hatte er vor allem Angst. Die einzigen Worte, die der Heilige Vater je an ihn gerichtet hatte, waren Glückwünsche zu seiner Weihe gewesen. Vor fünfzig Jahren. Jetzt wurde er bald hundert. Auch in Tearling, wo sich die Reichen eines langen Lebens erfreuten, war eine solche Spanne beeindruckend. Allerdings hatten ihn Krankheiten heimgesucht – eine Lungenentzündung, Fieber und seltsame Verdauungsbeschwerden, die ihm den Genuss von Fleisch verboten. Doch während sein Körper gebrechlich wurde, war sein Verstand scharf geblieben. Er hatte den Regenten so geschickt manipuliert, dass die Kirchturmspitze des Arvath nun in purem Gold erstrahlte, ein Luxus, von dem man vor der Überfahrt noch nie gehört hatte. Sogar die Cadarese mit ihren unerschöpflichen Reichtümern hatten keinen solchen Tempel vorzuweisen.

Tyler schüttelte den Kopf. Der Heilige Vater war ein Götzendiener. Vielleicht galt das für sie alle. Nach dem unterlassenen Schwur des Mädchens hatte Tyler eine Entscheidung getroffen, vielleicht die erste seines Lebens. Die Bevölkerung von Tearling brauchte keine Königin, die einer von Habgier befallenen Kirche Loyalität entgegenbrachte. Sie brauchte einfach nur eine Königin.

Vor der Tür des Audienzzimmers standen zwei Messdiener. Trotz ihrer kahlen Köpfe und der abrasierten Augenbrauen waren sie vom gleichen wieselhaften Aussehen wie alle Bediensteten des Heiligen Vaters. Beide grinsten, als sie die Türen entriegelten. Ihre Botschaft war eindeutig: *Du bist in Schwierigkeiten.*

Ich weiß, dachte Tyler. *Besser als jeder andere.*

Er trat über die Schwelle und gab sich Mühe, den Blick gesenkt zu halten. Es hieß, der Heilige Vater könne sehr ungemütlich werden, wenn man ihm nicht genügend Respekt zollte. Die Wände und der Boden des Raums waren aus Stein, den von außen eindringende Feuchtigkeit weißlich gefärbt hatte. Durch die verglaste Dachluke fiel Licht herein und ließ den Raum gleißend erstrahlen. Es war extrem warm, und die Hitze konnte nirgends entweichen. Dem Heiligen Vater schien das nichts auszumachen, im Gegenteil. Seit seiner Lungenentzündung, hieß es, würde er Gefallen an der unmäßigen Hitze finden. Sein Eichenholzthron stand etwas erhöht auf einem Podium. Den Kopf achtsam gesenkt, blieb Tyler davor stehen.

»Ah, Tyler. Kommt näher.«

Tyler schritt die Stufen hinauf. Mechanisch griff er nach der ausgestreckten Hand des Heiligen Vaters, küsste seinen Rubinring und kniete vor ihm nieder. Sofort begann es in seiner linken Hüfte zu pochen. Das Niederknien bereitete ihm wegen seiner Arthritis immer entsetzliche Schmerzen.

Als Tyler aufblickte, regte sich Mitleid in ihm. Der Heilige Vater war ein stattlicher Mann gewesen, doch der Schlaganfall vor einigen Jahren hatte seinen Arm dürr und nutzlos werden lassen und das Gesicht schief. Die rechte Seite hing schlaff herab wie ein Segel ohne Wind. In den letzten Monaten hatte das Gerücht vom nahenden Tod des Kirchenoberhaupts den Arvath erschüttert, und Tyler dachte nun, dass die Leute wahrscheinlich recht hatten. Die Haut des Vaters war dünn wie Pergament, und seine Knochen schienen sich durch die kahle Schädeldecke zu bohren. Er war nicht unbedingt vergreist, sondern eher geschrumpft und inzwischen nur noch so groß wie ein Kind, das in den Falten seiner Samtrobe zu ertrinken drohte. Er warf Tyler ein gütiges Lächeln zu. Der war sofort alarmiert, und sein Mitleid schmolz wie Butter in der Sonne.

Neben dem Heiligen Vater stand Kardinal Anders – ganz wie Tyler befürchtet hatte. Stattlich sah er aus in seiner wallenden scharlachroten Robe. Früher hatten die Kardinalsgewänder eher ins Orange tendiert, weil die Färber von Tearling kein richtiges Rot zustande brachten. Anders' Robe hingegen war leuchtend rot – ein eindeutiger Hinweis, dass die Kirche, genau wie der Rest von Tearling, Farben aus Callae vom Mortschwarzmarkt bezog. Abgesehen davon trug der Kardinal noch eine kleine goldene Anstecknadel in Form eines Hammers, ein Andenken an seine Zeit in der Anti-Unzucht-Einheit des Regenten. Er war berüchtigt für seinen Homosexuellenhass, der sogar für einen Repräsentanten des Arvath extrem anmutete. Es hieß, Anders selbst sei es gewesen, der dem Regenten die Gründung einer speziellen Sittenpolizei vorgeschlagen hatte. Vor einigen Jahren war er noch einen Schritt weiter gegangen und hatte sich in seiner Freizeit freiwillig zum Dienst verpflichtet, was einen gewaltigen Skandal losgetreten hatte. Ein amtierender Kardinal, der für die Sittenpolizei arbeitete! Trotz des Gegenwinds hatte Anders sich standhaft geweigert, seine Beschäftigung aufzugeben, und war jahrelang Mitglied der Einheit geblieben. Tyler fragte sich, weshalb er die Anstecknadel nach wie vor tragen durfte, jetzt, da sein Engagement endlich beendet war.

Die Anwesenheit des Kardinals bedeutete Ärger. Obwohl Anders erst dreiundvierzig war – über zwanzig Jahre jünger als Tyler –, hatte ihn der Heilige Vater zu seinem Nachfolger auserkoren. Mit sechs war Anders in den Arvath gekommen. Er stammte aus einem frommen Adelsgeschlecht, und bereits bei seiner Geburt war klar gewesen, dass er irgendwann in den Priesterstand treten würde. Dort hatte er sich mit Schläue, Skrupellosigkeit und in atemberaubender Geschwindigkeit emporgearbeitet. Mit nur einundzwanzig Jahren war er zum jüngsten Bischof Neulondons und wenige Jahre später zum Kardinal ernannt worden. In der ganzen Zeit hatte sich sein

Gesicht kaum verändert. Mit seinen groben Konturen und den Narben, die eine Pubertätsakne vermuten ließen, glich es einem Stück Hartholz. Seine Augen waren so pechschwarz, dass Tyler Iris und Pupille nicht unterscheiden konnte. Als würde man eine Teareiche betrachten.

Tyler war gierigen Priestern begegnet, korrupten Priestern und auch solchen, die von perversen sexuellen Neigungen gequält wurden, die sich mit der Kirche nicht vereinbaren ließen. Doch wann immer er in dieses Holzgesicht blickte, in das Gesicht des nächsten Heiligen Vaters, der Gottes Schöpfung und alle teuflischen Schrecken mit der gleichen klinischen Distanziertheit betrachtete – wenn er also in dieses Gesicht blickte, beschlich ihn ein zutiefst ungutes Gefühl. Es war nicht so, dass Tyler den amtierenden Heiligen Vater mochte, im Gegenteil, eigentlich hatte er ihm nie über den Weg getraut. Aber zumindest verkörperte er eine vorhersehbare Mischung aus Glaube und Berechnung. Mit so einem Mann konnte man arbeiten. Beim Kardinal hingegen lagen die Dinge anders. Tyler hatte keine Ahnung, zu was er fähig wäre, wenn erst einmal alle bisherigen Beschränkungen wegbrachen. Die Kontrolle des Heiligen Vaters war nur noch schwach und würde bald ganz verschwinden.

»Wie kann ich Euch dienen, Eure Heiligkeit?«

Der Vater lachte in sich hinein. »Ihr glaubt wohl, ich hätte nach Euch gerufen, um mich von Euren Geschichtskenntnissen erhellen zu lassen, nicht wahr, Tyler? Mitnichten. Mir ist vielmehr zu Ohren gekommen, dass Ihr letztens in außergewöhnliche Ereignisse verwickelt wart.«

Tyler nickte und verabscheute sich für seine übereifrige, servile Art. »Lazarus hat mich zu Hilfe gerufen, Eure Heiligkeit. Er machte deutlich, dass ich unverzüglich gebraucht würde, sonst hätte ich einen anderen Priester gesandt.«

»Mace ist in der Tat ein furchterregender Besucher«, erwiderte der Heilige Vater jovial. »Und welchen Eindruck hattet Ihr von unserer neuen Königin?«

»In ganz Tearling gibt es wohl niemanden, der die Geschichte noch nicht kennt, Eure Heiligkeit.«

»Ich weiß sehr wohl, was während der Zeremonie passiert ist, Tyler. Ich habe die Geschichte aus vielerlei Quellen gehört. Und jetzt möchte ich sie von Euch hören.«

Während Tyler die Worte der Königin wiederholte, registrierte er, wie sich das Gesicht des Vaters verfinsterte und er sich in seinem Thron zurücklehnte. Etwas Spekulatives lag in seinem Blick. »Sie hat sich also geweigert, den Schwur zu leisten.«

»So ist es.«

Anders mischte sich ein: »Und dennoch hieltet Ihr es für angebracht, die Zeremonie zu Ende zu führen?«

»Es war ein Präzedenzfall, Eure Heiligkeit. Ich wusste nicht, was ich tun sollte. Für eine solche Situation gibt es keine Regeln ... ich hatte keine Zeit ... Und es schien mir das Beste für das Königreich.«

»Euer Hauptanliegen sollte das Geschick der Gotteskirche sein, nicht das Geschick des Reichs«, entgegnete Anders. »Das Reich und seine Bevölkerung sind Sache des Herrschers.«

Tyler starrte ihn an. Der Kardinal hatte praktisch das Gleiche gesagt wie die Königin während der Zeremonie, und doch war die Bedeutung hinter seinen Worten so anders, dass er genauso gut eine Fremdsprache hätte sprechen können. »Das weiß ich, Eure Eminenz, aber ich hatte keine Zeit nachzudenken und musste eine Entscheidung treffen.«

Die beiden blickten ihn mit zusammengekniffenen Augen an. Dann zuckte der Heilige Vater die Achseln und lächelte derart breit, dass Tyler wünschte, es wäre ihm möglich, auf den Stufen zurückzuweichen. »Nun, dann ging es wohl nicht anders. Wie bedauerlich, dass ihr in eine solche Situation manövriert wurdet.«

»Ja, Eure Heiligkeit«, antwortete Tyler. Seine Hüfte bereitete ihm inzwischen höllische Schmerzen, und er überlegte kurz, ob er den Heiligen Vater bitten sollte, aufstehen zu dürfen. Doch er entschied sich dagegen. Es wäre ein Fehler, vor diesen beiden Männern Schwäche zu zeigen.

»Die Königin braucht einen neuen Priester, Tyler. Pater Timpany war ein Mann des Regenten. Sie wird ihm misstrauen. Und sie tut gut daran.«

»Ja, Eure Heiligkeit.«

»Und aufgrund Eurer Rolle während der Zeremonie ist es nur folgerichtig, wenn ihre Wahl auf Euch fällt.«

Tyler maß der Aussage keinerlei Bedeutung bei. Er wartete ab.

»Sie wird Euch vertrauen«, fuhr der Heilige Vater fort. »Mehr als jedem von uns, eben weil Ihr sie ohne den Schwur gekrönt habt.«

Als Tyler begriff, dass es ihm ernst war, stammelte er: »Aber würde die Kirche nicht jemand anderen bevorzugen? Jemanden, der etwas weltlicher ist?«

Wieder war es Anders, der antwortete: »Wir alle sind Männer des Herrn, Pater, und die Hingabe an Gott ist wichtiger als Eure Auffassung von Pflichterfüllung gegenüber der Obrigkeit.«

In Tylers Bauch rumorte es. Die ganze Sache glich einem leibhaftig gewordenen Albtraum. Er hatte erwartet, getadelt zu werden und vielleicht ein paar zusätzliche Pflichten aufgebürdet zu bekommen. Normalerweise mussten Priester, die sich eines Vergehens schuldig gemacht hatten, in der Küche schuften, das Geschirr abwaschen oder den ganzen Abfall wegräumen. Das alles hätte er ertragen, aber an den königlichen Hof beordert zu werden war unendlich viel schlimmer, wenn man nichts anderes wollte, als mit seinen Büchern allein zu bleiben. Wahrscheinlich sogar das Schlimmste überhaupt.

Vielleicht braucht sie gar keinen neuen Priester. Vielleicht wirft sie uns alle aus der Festung, dann kann diese gottlose Kirche zu Staub zerfallen.

»Wir müssen Augen und Ohren offen halten, Tyler«, fuhr der Heilige Vater fort. Sein Tonfall war immer noch täuschend mild. »Sie hat keinen Schwur geleistet. Gottes Kirche ist unter ihrer Herrschaft in großer Gefahr.«

»Ja, Eure Heiligkeit.«

»Ihr werdet mir in regelmäßigen Abständen Bericht erstatten.«

Direkt an den Heiligen Vater berichten? Jetzt bekam Tyler noch mehr Angst. Anders war es doch, der zwischen dem Heiligen Vater und dem Rest der Kirche, ja dem Rest des ganzen Königreichs vermittelte. Warum also nicht er? Die Antwort offenbarte sich ihm sofort: Der Heilige Vater mochte Anders als seinen Nachfolger ausgewählt haben, aber trauen tat er ihm trotzdem nicht.

Ich sitze in einem Wespennest, dachte Tyler elend.

»Was soll ich Euch berichten, Eure Heiligkeit?«

»Alles, was sich in der Festung zuträgt und irgendwie mit der Kirche zu tun hat.«

»Aber Eure Heiligkeit, sie wird es merken! Sie ist nicht dumm.«

Die Augen des Heiligen Vaters bohrten sich in ihn hinein. »Ich werde Eure Loyalität an den Details Eurer Berichte festmachen. Verstanden?«

Ja, Tyler hatte verstanden. Er würde ein Spion sein. Wieder dachte er voller Sehnsucht an sein Zimmer, an die dort aufgereihten Bücher, die der harten Hand des Heiligen Vaters so schutzlos ausgeliefert waren.

»Tyler? Versteht Ihr mich?«

Tyler nickte und dachte: *Ich bin ein Teil von Gottes großer Schöpfung.*

»Gut«, sagte der Heilige Vater sanft.

In einen grauen Umhang gehüllt, schlich Javel die Treppe des Knochenhauers hinunter. Wenn ihn jemand sah, würde er ihn für ein Mitglied der Königinnen-Garde halten, und genau das war der Plan. Damals, zu Beginn seiner Karriere, hatte er versucht, dort aufgenommen zu werden. Zu seinem Leidwesen hatte man ihn abgelehnt und zur Torwache degradiert. Noch heute übte der Umhang die gleiche machtvolle Anziehung auf ihn aus wie früher. Jeder, der ihm auf der Straße Platz machte oder eine Verbeugung andeutete, ließ ihn ein Stück größer werden, ein Stück aufrechter. Und eine Illusion war immerhin besser als gar nichts.

Am Fuß der Treppe fand er sich in einer schmalen Gasse wieder. Nebel hing schwer wie ein Vorhang über ihm. Er legte eine Hand auf sein Messer und schlich weiter. In diesem Teil des Guts waren die Straßenlaternen schon seit Jahren kaputt, und das Mondlicht, das nur spärlich durch die Nebeldecke drang und die Allee in einen trüb-blauen Glanz tauchte, half kaum, potenzielle Straßenräuber auszumachen. Javel trug kein Gold bei sich, aber die Mörder, die sich hier herumtrieben, würden sich ganz bestimmt nicht die Mühe machen, vorher nachzusehen, sondern ihm sicherheitshalber gleich ein Messer in die Rippen rammen.

In einem Hauseingang knurrten zwei Hunde. Na wunderbar. Da hätte man seine Anwesenheit auch gleich lauthals in die Nacht hinausposaunen können. Aber Javel war eigentlich nur müde, nicht verängstigt. Obwohl er schon immer ein Torwächter gewesen war, war er wie die meisten Außenwachen bisher nur bis zum Torhaus vorgedrungen. Wie es im Inneren der Festung aussah, war und blieb ein Geheimnis für ihn. Hier hingegen fühlte sich Javel zu Hause, hier fand er sich zurecht. Das Gut, ein Labyrinth aus widerhallenden Gassen und finsteren Schlupflöchern – das alles kannte er so gut wie seine eigene Westentasche. Der ganze Sektor lag in einer Senke zwischen zwei Gebirgsausläufern, wo sich immerzu Nebelschwaden zu sammeln schienen. Nebelschwaden und zwielichtige Gestalten, die etwas zu verbergen hatten.

Endlich erreichte Javel die Eingangstür des *Back End*, von der bereits die Farbe abblätterte. Er warf einen Blick hinter sich, um zu sehen, ob ihm jemand gefolgt war. Nein, da war niemand. Hatte der graue Umhang seine Funktion also wieder mal erfüllt – einem Gardisten wollte niemand ins Handwerk pfuschen. Schon gar nicht jetzt, da die Königin zur neuen Heldin der Armen avanciert war. Sogar Javel, der sich sonst nicht für die Stimmung in der Bevölkerung interessierte, fand den Wandel erstaunlich. Schon jetzt zirkulierten Lieder auf den Straßen. Ganze Horden von Arbeitslosen streiften über die Boulevards und riefen den Namen der Königin. Und alle, die sich ihnen nicht anschlossen, riskierten eine Tracht Prügel. Städter waren eben nicht anders als andere Trunkenbolde auch, dachte Javel. Er selbst eingeschlossen. Sie genossen die langen, rauschhaften Nächte und dachten nicht an morgen. Doch bald schon würden sie wieder nüchtern sein. Gerade jetzt würden die Mort jeden zur Verfügung stehenden Soldaten mobilisieren und auf einen langen Marsch vorbereiten. Die Gießereien würden Überstunden machen, um genügend Stahl zu produzieren.

Beim Gedanken an Mortmesne fiel ihm Allie ein. Ihr langes blondes Haar, das ihr Gesicht verbarg, während sie langsam aus seinem Blickfeld verschwand. Jeden Tag kam ihm ein anderes Detail von ihr in den Sinn und ließ ihn nicht mehr los. Und heute war es eben ihr Haar, ein blonder Vorhang, der im Haus bernsteinfarben aussah und im Freien golden. Javels Hände zitterten, als er die Tür zur Kneipe aufstieß. Drinnen wartete Whiskey auf ihn. Aber auch Arlen Thorne.

Das *Back End* war eine Schenke für Trunkenbolde, eine schäbige Bruchbude ohne Fenster und mit einem billigen Holzboden, den die Bierströme mit den Jahren aufgeweicht hatten. Überhaupt roch das ganze Etablissement wie ein Fass Bierhefe. Nicht unbedingt Javels bevorzugter Aufenthaltsort; aber wenn man nicht zu den Reichen gehörte, hatte man nun mal keine Wahl. In den besseren Gegenden Neulondons schlossen die Lokale um eins. Wollte man bis Sonnenaufgang weitertrinken, musste man ins Gut. Jetzt gerade war die Schenke so gut wie leer. Um fast vier Uhr morgens hatten sich auch die letzten Tagelöhner nach Hause geschleppt. Wer um diese Zeit noch wach war, ging entweder finsteren Geschäften nach oder hatte ein echtes Alkoholproblem. Auf ihn traf wohl beides zu. Eine diffuse Bedrohung schien über ihm zu hängen, die Vorahnung von etwas Dunklem, Unerbittlichem.

Thornes Nachricht, die ihn um Mitternacht am Ende seiner Schicht erreicht hatte, enthüllte rein gar nichts über dessen Absichten. Der Mann war wirklich ein aalglatter Bastard. Und natürlich nicht so dumm, ein belastendes Indiz schriftlich festzuhalten. Es hatte außer Frage gestanden, dass Javel seiner Aufforderung nachkommen würde, selbst wenn er zuvor noch nie ein Wort mit ihm gewechselt hatte. Wenn Thorne nach dir verlangte, hattest du zu erscheinen. Zwar besaß Javel keine Verwandten mehr, die man nach Mortmesne verschiffen konnte, doch er zweifelte nicht daran, dass sich Thorne jederzeit etwas ähnlich Niederträchtiges einfallen lassen konnte. Wieder tauchte Allies Haar vor seinem inneren Auge auf. Seit dem vermaledeiten Tag auf dem Festungsrasen hielt kein Whiskey der Welt diese Bilder mehr in Schach.

Aber ich werde es dennoch weiter versuchen, dachte Javel elend.

Thorne saß mit dem Rücken zur Wand in einer Ecke und nippte an einem Pokal, in dem sich mit ziemlicher Sicherheit Wasser befand. Es war allgemein bekannt, dass er nicht trank. Ein Grund, weshalb die Krawallmacher des Regenten ihn zu Beginn seiner Laufbahn auf dem Kieker gehabt hatten. Seine Abstinenz, die große, dürre Gestalt und die zarten Gesichtszüge hatten ihn ins Visier der Sittenpolizei geraten lassen. Bevor er in den Zensus aufgestiegen war, hatte er einige Prügel kassiert. Ob irgendeiner der Schläger noch lebte? Javel bezweifelte es.

Vil, der hin und wieder mit Thorne zu tun hatte, meinte, es sei offensichtlich, weshalb er nicht trank: weil er keine Sekunde die Kontrolle verlieren wollte.

Wahrscheinlich stimmte das sogar. Die Schenke war fast leer. Thornes verächtlicher Blick blieb an Javel hängen, um gleich darauf weiterzuwandern. Natürlich, er wollte wissen, wer ihn, den Obersten Zensor, mit einer unbedeutenden Torwache sah und ob dieser jemand dem Treffen Bedeutung beimessen würde.

Neben Thorne saß Brenna. Obwohl Javel sie noch nie gesehen hatte, erkannte er sie auf Anhieb. Ihre Haut war von einem zart schimmernden Perlmuttton und wirkte beinahe durchsichtig. Blaue Venen liefen über ihre Arme. Das blonde Haar, das sich wie eine Kappe um ihren Kopf legte, verlieh ihr etwas Altersloses. Genau wie alle anderen hatte Javel schon von ihr gehört, doch da sie das Haus nur nachts verließ, bekam sie kaum einer je zu Gesicht.

Dunkle Geschäfte, dachte Javel wieder und orderte zwei Whiskeys an der Bar. Den zweiten wollte er nur zu seinem Vergnügen, auf den ersten hingegen konnte er auf keinen Fall verzichten, wenn er wirklich vorhatte, sich zu Arlen Thorne an den Tisch zu setzen. Arlen, der Allies Namen eigenhändig gezogen hatte. Als man Javel den Whiskey vorsetzte, kippte er den ersten in nur einem Zug hinunter. Am zweiten hielt er sich fest und starrte auf die Bar, um noch länger dort verweilen zu können.

Drei Stühle weiter saß eine alternde Hure mit einer durchsichtigen weißen Bluse und blondem Haar, das garantiert gefärbt war. Mit einer seltsamen Verrenkung lehnte sie sich nach hinten, sodass sie ihre Brüste noch weiter rausstrecken konnte, als es ihr von Natur aus gegeben war. Geschäftsmäßig musterte sie Javel. »Einer von der Torwache, was?«

Javel nickte knapp.

»Fünf für einen Fick, zehn fürs volle Programm.«

Javel schloss die Augen. Er hatte vor drei Jahren einmal versucht, zu einer Hure zu gehen, doch er hatte keinen hochgekriegt und war am Ende in Tränen ausgebrochen. Die Frau war nett und verständnisvoll gewesen, ihre Anteilnahme jedoch nur oberflächlich. Insgeheim hatte sie es nicht erwarten können, dass er endlich verschwand und sie sich dem nächsten Kunden widmen konnte. Geschäft war nun mal Geschäft.

»Nein danke«, murmelte er.

Die Hure zuckte die Achseln. Als zwei weitere Männer die Schenke betraten, holte sie tief Luft und schob ihre Brüste noch weiter vor. »Selber schuld.«

»Javel«, ertönte Thornes leise, ölige Stimme. »Setz dich zu mir.«

Javel trug seinen Whiskey zu ihm hinüber und setzte sich. Der Zensor verschränkte seine langen, dürren Arme auf dem Tisch. Irgendwie sah Thorne immer aus, als hätte er zu viele Gliedmaßen, dachte Javel. Als er den Blick abwandte, merkte er, dass Brenna ihn anstarrte, obwohl sie doch angeblich stockblind war. Ihre Augen waren so pink wie die eines Albinos. Hätte man ihn gefragt, welche Art Frau Thorne wohl zu seiner Gefangenen machen würde, hätte Javel auf genau so jemanden wie sie getippt: blind und vollkommen abhängig – eine Ausgestoßene eben. Vil hatte mal erzählt, dass sie schon immer mit Thorne zusammen gewesen war. Sie sei ein Überbleibsel aus seiner Kindheit im Gut, das er seit jener Zeit mit sich herumschleppte, und das Einzige auf Gottes Erdboden, was ihm wirklich etwas bedeutete. Doch das war nur das dumme Märchen irgendeines Geschichtenerzählers, der selbst Abschaum wie Thorne irgendwie zu rehabilitieren versuchte. Javel fragte sich, welche Gegenleistung Brenna für Thornes Schutz wohl erbringen musste. Aber eigentlich wollte er sich das lieber nicht vorstellen, also verdrängte er den Gedanken wieder.

»Sie mag es nicht, wenn man sie anstarrt.«

Rasch richtete Javel seinen Blick auf Thorne.

»Du bist eine Torwache, Javel.«

»Richtig.«

»Gefällt dir deine Arbeit?«

»Sie ist in Ordnung.«

»Wirklich?«

»Es ist ein ehrlicher Job.« Javel wollte nicht zu selbstgerecht klingen. In Tearling gab es wohl Menschen, die Thornes Job als ehrlich bezeichnet hätten. Aber das war eine Minderheit, die nie hatte zusehen müssen, wie der blonde Schopf ihrer Frau hinter dem Hügel Pike verschwand.

»Deine Frau wurde vor sechs Jahren verschifft.«

»Meine Frau geht Euch nichts an.«

»Alles, was zur Fracht gehört, geht mich etwas an.« Thornes Augen ruhten auf Javels geballter Faust, und sein Lächeln wurde breiter. Männer wie er schienen dazu geboren, die Geheimnisse ihrer Mitmenschen zu erspüren. Aus den Augenwinkeln warf Javel Brenna einen Blick zu. Irgendwie konnte er in ihrer Gegenwart gar nicht anders, als sich abscheuliche Szenarien auszumalen und sich vorzustellen, was für ein erbärmliches Leben sie wohl führte. Als Thorne nach seinem Wasserkrug griff, musterte Javel ihn mit angewiderter Faszination.

Diese Hand hat Allie in den Käfig befördert. Nur einen Zentimeter weiter links, und das Los wäre auf die Frau eines anderen gefallen.

»Meine Frau war kein Gegenstand.«

»Fracht«, antwortete Thorne verächtlich. »Die meisten Menschen sind nichts als eine Fracht und zufrieden damit. Und ich bin zufrieden, wenn ich ihre Lieferung ermöglichen kann.«

Das stimmte zweifellos. Schon bevor der Sklavenhandel durch die Mortlieferungen legalisiert worden war, hatte Thorne im Untergrund die Fäden gezogen. Und auch jetzt, als Oberster Zensor, war er nach wie vor der richtige Ansprechpartner, wenn es darum ging, extravagante Wünsche zu befriedigen, zum Beispiel den nach einem Kind, einer Rothaarigen oder gar einer Schwarzen aus Cadare. Während Javel noch darüber nachsann, was dieser Fleischhändler wohl von ihm wollte, kam ihm eine Idee. Und je länger der Whiskey durch seine Adern rann, desto deutlicher nahm sie Gestalt an. Genaugenommen hatte er keine Ahnung, weshalb er nicht schon viel früher darauf gekommen war.

Jede Torwache wurde mit zwei Waffen ausgestattet: einem kurzen Schwert und einem Messer. Das Messer steckte in seinem Hosenbund, das spürte er, denn der Griff bohrte sich unangenehm in seinen linken Brustkorb. Er war vielleicht kein besonders talentierter Kämpfer, dafür aber ziemlich behände. Wenn er blitzschnell sein Messer zückte, könnte er Thorne die rechte Hand abhacken. Die Hand, die nach links statt nach rechts gegriffen und alles verändert hatte. Danach würde Javel ihm vielleicht noch weitere Wunden zufügen können. Thorne sollte zwar außerordentlich schnell sein, aber er war ohne seine Wachen gekommen. Offensichtlich empfand er ihn nicht als Bedrohung.

Aufgewühlt kippte Javel seinen zweiten Whiskey hinunter, während er versuchte, den Abstand zwischen Thornes Hand und seinem Messer abzuschätzen. Der Zensus selbst würde nicht zusammenbrechen, dafür war er zu straff organisiert. Aber es wäre ein Schlag, ein lähmender Schlag. Thorne beherrschte den Beamtenapparat, indem er Angst und Schrecken verbreitete. Und Angst funktionierte nur von oben nach unten.

Javel würde keine Zeit haben, mit der Rechten nach seinem Messer zu greifen. Er musste die andere Hand nehmen und das Beste hoffen. Während er immer noch den Abstand berechnete, wanderte sein Blick zwischen sich und Thorne hin und her.

»Das würdest du nie schaffen.«

Als Javel aufsah, lächelte Thorne schmallippig. Kalte Belustigung sprach aus seinem Blick. »Und selbst wenn, müsstest du trotzdem sterben.«

Verständnislos starrte Javel ihn an. Brenna stieß einen hohen, quietschenden Laut aus, der sich wie ein rostiges Scharnier anhörte.

»Ich habe dir etwas in deinen Whiskey getan, Torwache. Und wenn ich dir nicht binnen zehn Minuten das Gegengift verabreiche, wirst du qualvoll sterben.«

Javel blickte in sein leeres Glas. Konnte Thorne ihm da wirklich etwas hineingeträufelt haben? Ja, und zwar als Javel die verfluchte Albinofrau angestarrt hatte. Dass Thorne nicht log, verriet ein Blick in seine Augen. Blaue, von Eis eingerahmte Ozeane. Javel registrierte, wie Brenna ihn anschmachtete und die opaken, pinken Augen keine Sekunde von ihm abwandte.

»Weißt du, was das Schlimmste an meinem Job ist?«, fragte Thorne. »Keiner kapiert, dass es dabei nur ums Geschäft geht. Soweit ich mich erinnere, haben die Familienmitglieder der Ausgelosten ganze fünfzehn Mal versucht, die Fracht irgendwo zwischen Neulondon und der Mortgrenze zu entführen. Normalerweise versuchen sie es an der Quelle des Flusses Crithe, wo es meilenweit nichts als Weideland gibt und sich eine ganze Armee im Weizen verstecken könnte. Und ich habe ihnen den Unsinn zehn Mal ausreden können, weißt du? Das war kein Problem, und bestraft habe ich auch niemanden.«

»Aha«, murmelte Javel. Sein Herz klopfte unbehaglich in seiner Brust. Er glaubte, ein Stechen in seinen Eingeweiden zu spüren, direkt unterhalb des Nabels. Einbildung war es wohl nicht, aber vom Gegenteil konnte er sich auch nicht überzeugen. Er sollte versuchen, Thorne anzugreifen, bevor das Mittel – um was auch immer es sich handeln mochte – richtig zu wirken begann. Aber Thorne war auf ihn vorbereitet. Javel hatte seinen Vorteil verspielt.

»Ich habe niemanden bestraft«, wiederholte Thorne, »sondern den Familien die Situation erklärt und sie dann ziehen lassen. Weil so eben das Geschäft ist. Sie waren fehlgeleitet, aber immerhin haben sie keinen der Käfige beschädigt. Nur die Pferde waren ein bisschen verschreckt, aber das ließ sich schnell in Ordnung bringen. Die dadurch ausgelöste Verspätung betrug höchstens fünf bis zehn Minuten. Ich bestrafe keine Fehler. Zumindest nicht, wenn sie zum ersten Mal gemacht werden.«

»Aber die anderen fünf …«

Thorne beugte sich vor. Eine penetrante Selbstgerechtigkeit glitzerte in seinen Augen. Inzwischen war sich Javel ganz sicher: Irgendwo tief in seinem Bauch entfaltete das Gift seine Wirkung. Ein bisschen wie Verdauungsbeschwerden. Nicht schlimm. Aber zweifellos würden die Schmerzen in Kürze noch sehr viel heftiger werden.

»Die anderen fünf Gruppen wollten nicht auf mich hören. Schon nach einem kurzen Blick in ihre Augen wusste ich, dass ich mir den Mund fusselig reden könnte und sie die Käfige trotzdem ramponieren würden. Manche Leute verstehen einfach nicht, wann sie ihre Chancen verspielt haben. Oder es ist ihnen egal.«

Javel hasste sich für die Frage, die er gleich stellen würde, doch er konnte nicht anders. »Was habt Ihr mit ihnen gemacht?«

»Ich habe ein Exempel an ihnen statuiert«, erwiderte Thorne. »Das bringt die Leute schnell zur Einsicht. Wobei mir natürlich leidtat, dass es so weit kommen musste …«

Ja klar, du Scheißkerl, dachte Javel. *Darauf wette ich.*

»… aber es war nun mal notwendig. Du wärst erstaunt, wie schnell nach einer solchen Maßnahme alles wieder seinen gewohnten Gang geht. Schau dich an …«

Thornes geduldige, dozierende Stimme war unerträglich. Javel hatte das Gefühl, wieder in einem Schulzimmer gefangen zu sein, eine Erfahrung, die er nun wirklich nicht vermisst hatte, seit er mit zwölf von zu Hause weggelaufen war. Erneut sah er zu der Albinofrau hinüber, die seinen Blick aus blinden Augen erwiderte.

»Da wolltest du also dein Messer ziehen und mich aus dem

Weg schaffen … Als wäre ich nicht gestern schon auf dich vorbereitet gewesen. Oder vorgestern. Oder vom Tage meiner Geburt an.«

Javel fiel ein Gerücht ein, das ihm irgendwann einmal zu Ohren gekommen war. Es hieß, Thornes Mutter, eine Prostituierte aus dem Gut, hätte ihn als kleinen Jungen an einen Sklavenhändler verkauft. Wieder spürte Javel ein Stechen im Bauch, stärker diesmal, als würde jemand durch seinen Nabel hindurch nach seinen Eingeweiden greifen und so lange zudrücken, bis etwas aufplatzte. Schwer atmend, lehnte er sich zurück und versuchte, sich auf seinen Plan zu besinnen, doch der Schmerz übertönte die Kraft des Whiskeys. In Sachen Schmerztoleranz war Javel immer schon ein ziemliches Baby gewesen.

»Also, Javel, die Frage ist: Willst du mich immer noch angreifen oder endlich übers Geschäft sprechen?«

»Übers Geschäft sprechen«, keuchte Javel. An das Messer verschwendete er keinen Gedanken mehr. Alles was jetzt noch zählte, war das Gegengift. Seltsam … wie viele Nächte lang hatte er derart viel Whiskey gesoffen, dass er es beim Heimkommen fast nicht mehr vom Pferd geschafft hatte. Wie oft hatte er in solchen Momenten daran gedacht, sich umzubringen? Und jetzt? Jetzt überraschte es ihn, wie sehr er immer noch am Leben hing.

»Gut. Dann lass uns über deine Frau sprechen.«

»Was ist mit ihr?«

»Sie lebt.«

»Unsinn!«, knurrte Javel.

»Doch, das tut sie. Sie lebt in Mortmesne und ist wohlauf. Also, *ziemlich* wohlauf.« Thorne neigte den Kopf, wie um seinem Zusatz Nachdruck zu verleihen.

Javel zuckte zusammen. »Woher wollt Ihr das wissen?«

»Ich weiß es eben. Und ich weiß auch, wo sie ist.«

»Wo?«

»Na, na, na, Javel! Ich werde doch mein Geheimnis nicht verraten. Noch hat dich das nicht zu interessieren. Aber eins solltest du dir merken, Torwache: Ich weiß genau, wo sie ist. Und ich kann sie zu dir zurückbringen.«

Fassungslos starrte Javel ihn an. Sein Verstand arbeitete auf Hochtouren und förderte eine Erinnerung zutage, die er leider gar nicht brauchen konnte, Allies Geburtstag vor neun oder zehn Jahren. Sie hatte erwähnt, dass sie sich Webnadeln wünschte, also war Javel losgezogen, um ein Paar zu kaufen, das solide wirkte und nicht allzu viel kostete. Allie schien hocherfreut, doch in den folgenden Monaten blieben die Nadeln unangetastet in ihrem Nähkorb. Kein einziges Mal sah Javel seine Frau weben, und er war zu verwirrt und zu verletzt, um nach dem Grund zu fragen. Das passte so gar nicht zu ihr. Sie hatte oft erzählt, eins der Kinder gewesen zu sein, die sofort nach dem Heimkommen mit ihren neuen Sachen hätten spielen wollen.

Ungefähr sechs Monate später begann Allie wie aus dem Nichts, Hüte, Handschuhe und Schals zu weben. Später kamen noch Umhänge und Decken dazu.

Javel verdiente nicht viel, doch es reichte, um sie regelmäßig mit neuer Wolle einzudecken. Bis zu ihrer Auslosung hatte sie sich eine ganze Wintergarderobe zusammengewebt, warm und gemütlich. Nach der Lieferung hatte Javel es nicht über sich gebracht, ihre Sachen zusammenzupacken. Ihr Nähkorb lag noch immer neben dem Kamin, zwischen den Nadeln hing ein halbfertiger Hut. Und Javel gefiel es so. Die vielen unfertigen Arbeiten gaben ihm das Gefühl, als sei Allie nur kurz ihre Eltern besuchen und jeden Moment wieder zurück. Manchmal, wenn er besonders heftig getrunken hatte, setzte er sich mit dem Korb im Schoß vor den Kamin, was er natürlich niemandem erzählen konnte. Aber es half ihm einzuschlafen.

Und dennoch, die sechs Monate, in denen die Nadeln unbenutzt herumgelegen hatten, ließen ihm keine Ruhe. Nach der Lieferung suchte sich Javel eine Haushälterin, die für ihn putzte und seine Wäsche wusch. Irgendwann zeigte er ihr die Nadeln und fragte, ob etwas damit nicht in Ordnung sei. So fand er heraus, dass er Allie gar keine Web-, sondern Stricknadeln geschenkt hatte. Und Weben war etwas anderes als Stricken, das wusste sogar Javel, obwohl er nicht hätte sagen können, worin genau der Unterschied bestand. Und Allie, die normalerweise nie hinterm Berg hielt, wenn er etwas falsch machte, hatte keinen Ton gesagt, sondern sechs Monate damit verbracht, stricken zu lernen, während er in der Arbeit war.

Im Nachhinein fielen ihm viele kleine Begebenheiten ein, die er bereute, und jeden Tag schien eine neue dazuzukommen. Aber dass er das mit den Stricknadeln nicht vor der Lieferung begriffen hatte, quälte ihn am meisten. Manchmal, wenn er morgens in ihrem gemeinsamen Bett erwachte (auf seiner Seite natürlich, denn auf Allies konnte er genauso wenig schlafen, wie unter Wasser atmen), wünschte er sich nichts sehnlicher, als ihr zu sagen, dass er Bescheid wusste. Aus irgendeinem Grund war ihm das unglaublich wichtig.

»Wer garantiert mir, dass Ihr sie wirklich zurückbringen könnt?«

»Ich kann es«, gab Thorne zurück. »Und ich werde es.«

Wieder krampfte sich Javels Magen wie nach einem Faustschlag zusammen. Er krümmte sich, als wolle er seine Eingeweide zu einem winzigen Ball komprimieren. Leider konnte das den Schmerz nicht annähernd lindern. Irgendwann ließ der Krampf schließlich nach, und die Faust in seiner Magengrube öffnete sich. Als Javel aufblickte, merkte er, dass Thorne ihn mit klinisch anmutender Distanziertheit musterte. »Du solltest mir vertrauen. Ich breche mein Wort nie.«

Javel, der sich schon auf den nächsten Anfall gefasst machte, presste erneut eine Hand an seinen Bauch. In der Stadt kursierten massenhaft Gerüchte über Thorne, einige davon stimmten, andere waren mehr als zweifelhaft. Natürlich, es gab genügend Geschichten, die einem das Blut in den Adern gefrieren ließen. Aber noch nie hatte Javel gehört, dass Thorne sein Wort gebrochen hätte.

Die Albinofrau atmete schnell und flach, als würde sie jeden Moment hyperventilieren. Ihre Augen waren wie in Ekstase geschlossen, und plötzlich begann sie, ihre Brustwarzen durch ihr pinkfarbenes Hemd hindurch sanft zu kneten.

»Beruhige dich, Bren«, murmelte Thorne. »Wir sind fast fertig.«

Sie ließ ihre Hand in den Schoß sinken. Javels ganzer Körper kribbelte. »Was wollt Ihr?«

Thorne nickte anerkennend. »Ich muss etwas in die Festung schaffen. Dafür brauche ich eine Torwache, die keine unbequemen Fragen stellt.«

»Wann?«

»Wenn ich es sage.«

Javel verstand. »Ihr wollt die Königin umbringen.«

Starr und ohne jede Spur von Unsicherheit sah Thorne ihn an. Javel dachte an die Vision, die er auf dem Festungsrasen gehabt hatte. An das Mädchen, das plötzlich so viel größer, älter und härter ausgesehen hatte, an die Krone auf seinem Kopf. Die Königin *war* vor zwei Tagen gekrönt worden, das wusste Javel. Vil, der immer alles zuerst erfuhr, hatte gesagt, sie sei während der Zeremonie in einen Hinterhalt des Regenten geraten, der jedoch nicht das gewünschte Ergebnis erzielt hatte.

Wenn Javel in der Abenddämmerung durch die Straßen ritt,

schlug ihm die übliche Kakophonie der Händler entgegen, die ihre Buden schlossen und den neuesten Klatsch austauschten. Im Vorbeireiten hatte er sie von der »Wahrhaften Königin« sprechen hören. Der Begriff sagte ihm nichts, aber das Bild dahinter erschloss sich ihm sofort. Die Wahrhafte Königin – für die große, ernste Frau auf dem Festungsrasen hätte es keinen treffenderen Namen geben können. Nur dass es sie noch gar nicht gab.

Aber das könnte es, dachte Javel. *Eines Tages könnte es sie geben.* Und obwohl er kaum in die Kirche gegangen war und seit Allies Verschiffung eigentlich nicht einmal mehr an Gott glaubte, hatte er plötzlich das Gefühl, als würde Verdammnis über ihm hängen, Verdammnis auf der einen und der historische Lauf der Dinge auf der anderen Seite – zwei Hände, die nach ihm greifen, ihn zerquetschen wollten. Die Männer, die Jonathan den Guten ermordet hatten, waren nie gefasst worden. Wahrlich die schwärzesten Stunden in der Geschichte Tearlings. Wer auch immer dahintergesteckt hatte, war verdammt worden, daran hatte Javel keinen Zweifel. Aber natürlich konnte er Thorne seine Ängste nicht mitteilen. Das Einzige, was er sagen konnte, war: »Sie ist die Königin. Ihr könnt die Königin nicht umbringen.«

»Dafür gibt es keinen Beweis, Javel. Sie ist nur ein Mädchen mit einem Brandmal und einer Kette.«

Zum ersten Mal flackerte Thornes Blick, und Javel überkam eine blitzartige Eingebung: Er hatte die große, königliche Gestalt auf dem Festungsrasen auch gesehen. Er hatte sie gesehen und solche Angst bekommen, dass er sich für diesen Weg entschieden hatte. Noch nie hatte ihn Thorne so sehr an eine Spinne erinnert wie jetzt. Da war er also aus seiner dunklen Ritze gekrochen, um sein Netz zu reparieren. Doch bald schon würde er sich wieder verkriechen, seine Intrigen weiterspinnen und mit endloser, heimtückischer Geduld auf ein kleines, unschuldiges Wesen warten, das sich in seinem Netz verfing. Hilflos und wild um sich schlagend.

Javel blickte sich um. Plötzlich sah er die Schenke mit anderen Augen: Da war der Schmutz, der sich in die Dielenbretter gefressen hatte. Der billige Talg, der von den Fackeln tropfte und an den Wänden hart wurde. Die Hure, die jeden Mann, der eintrat, verzweifelt anlächelte. Und ganz besonders: der stechende, alles überlagernde Gestank nach saurem Bier und verschüttetem Whiskey, den Javel liebte und zugleich hasste. Irgendetwas sagte ihm, dass Thorne ihn genau wegen dieses Gefühlswirrwarrs aus Liebe und Hass gewählt hatte. Javel war schwach. Und bestimmt roch seine Schwäche für Thorne genauso gut wie Whiskey für ihn.

Das ist die dunkle Ritze, begriff Javel schließlich. *Dieser Ort hier.*

Wieder krümmte er sich vor Schmerzen. Eine Bestie erwachte in seinem Inneren, die sein Fleisch mit scharfen Klauen und nadelspitzen Zähnen zerfetzte. Er balancierte auf einem Hochseil. Bis zum anderen Ende war es nicht mehr weit, doch unter ihm nichts als unendliche Dunkelheit. Und wenn er nun in diese Finsternis hinabstürzte?

»Was, wenn Euer Plan schiefgeht?«, keuchte er. »Welche Sicherheit habe ich dann noch?«

»Eine Garantie gibt es nicht«, antwortete Thorne. »Aber du musst dir keine Sorgen machen. Nur ein Narr setzt alles auf eine Karte. Ich dagegen habe viele Karten. Wenn Plan A nicht funktioniert, gehen wir zu Variante B über. Und irgendwann werden wir Erfolg haben.«

Thorne griff in sein Hemd und holte eine Ampulle mit einer hellgoldenen Flüssigkeit hervor. Er hielt sie Javel hin, nur um ihn anschließend ins Leere greifen zu lassen.

»Ich schätze, du hast noch ein, zwei Minuten, dann ist es zu spät und das Zeug wirkt nicht mehr. Also, Torwache, ich will nur eins wissen: Bist du dir über deine Situation im Klaren?«

Ich kann nicht gewinnen, dachte Javel, und in diesem Wissen lag ein dunkler, heimlicher Trost. Denn wenn man nicht gewinnen konnte, hatte man auch keine Schuld, egal, für welchen Weg man sich entschied.

Die Lieferung war zu spät. Keine Sekunde konnte die Königin von Mortmesne das vergessen. Nicht heute, nicht gestern und vorgestern auch nicht. Angestrengt versuchte sie, sich auf den Auktionator zu konzentrieren, der ihr die Zahlen des letzten Monats referierte. Der Februar war gut gewesen. Die Krone hatte weit über fünfzigtausend Mark eingenommen. Normalerweise pickte sich die Königin direkt nach Ankunft des Schiffs die beste Ware heraus, um sie entweder selbst zu behalten oder zu verschenken. Die Mehrheit der Sklaven wurde an Mortadelige und wohlhabende Geschäftsleute versteigert, die sie gewinnbringend an die Städte im Norden und in abgelegene Gebiete weiterverkauften. Für gewöhnlich warf die Auktion einen hohen Profit ab, doch die erfreulichen Zahlen konnten die Königin nicht von der nagenden Gewissheit ablenken, dass ihr System ins Wanken geriet. Es braute sich etwas zusammen, und sie konnte nichts dagegen tun. Das Mädchen hatte nie gefunden werden können und inzwischen seinen neunzehnten Geburtstag gefeiert – und nun war die Lieferung überfällig. Was hatte das zu bedeuten?

Kein Zweifel, der Regent hatte es vermasselt. Genau wie damals, als es Elyssa gelungen war, das Mädchen ins Exil zu schmuggeln (wobei auch die Rote Königin diesen Schachzug nicht hätte voraussehen können … Wer hätte gedacht, dass

Elyssa auch nur einen Funken Hinterlist im Leib hatte?). Wie auch immer, in achtzehn Jahren hätte man die Kleine irgendwann finden müssen. Sie, die Königin, hatte den Regenten so lange bedrängt, bis der vor einigen Monaten die Caden angeheuert hatte. Aus irgendeinem Grund hatte sie schon da gespürt, dass es bereits zu spät war.

»Das ist alles, Majestät.« Broussard, der Auktionator, packte seine Unterlagen in sein Köfferchen.

»Gut.«

Broussard blieb stehen, das Köfferchen fest umklammert.

»Ja?«

»Irgendwas Neues von der Lieferung, Majestät?«

Himmel, selbst ihre eigenen Untertanen ließen nicht zu, dass sie das Thema auch nur einen Moment vergaß.

»Sobald ich etwas weiß, weißt du es auch, Broussard. Und jetzt geh, und bereite die Auktion vor. Und denk diesmal daran, das Ungeziefer zu vernichten.«

Broussard wurde rot und presste seine bärtigen Kiefer aufeinander. Er erledigte seine Arbeit gut und hatte ein instinktives Gespür dafür, wie man Fleisch zu Geld machte. Vor Jahren, als die Auktion noch eine große Neuheit gewesen war, hatte sie gerne am Zehnten des Monats auf einem niedriggelegenen Balkon gesessen und begeistert dabei zugesehen, wie er aus jedem Gramm Menschenmaterial Profit geschlagen hatte. Irgendetwas in ihr empfand eine immense Befriedigung, wenn die Tear gehandelt wurden. Doch vor fünf oder sechs Jahren war es zu einem Zwischenfall gekommen, als Broussards Helfer die Sklaven nur nachlässig entlaust hatten. Wenig später hatte es im gesamten Palast und in mehreren Adelshäusern nur so gewimmelt von Läusen. Die Königin hatte gerade noch verhindern können, dass die Öffentlichkeit Wind davon bekam. Sie hatte allen Betroffenen einen Sklaven geschenkt und den Verlust von Broussards Gehalt abgezogen. Wirklich eine schlimme Sache, im Nachhinein aber auch ganz gut, denn so konnte sie dem Auktionator immer etwas vorhalten. Jetzt zum Beispiel, wenn er vergaß, dass er nichts weiter als ein Fleischhändler war und dass es ohne sie, die Königin, gar keine Auktion geben würde.

Broussard verließ den Raum und drückte sein Köfferchen immer noch so fest an sich, als wäre es sein einziges Kind.

Erfreut registrierte sie die steife Haltung seiner Schultern, die ihn gekränkt aussehen ließ. Doch auch jetzt verstummte das Flüstern in ihrem Kopf nicht, die unausgesprochene Frage, die seit Tagen an ihr nagte: *Wo blieb die Lieferung?* Vier Tage bei gutem Wetter, fünf bei schlechtem. Noch nie war sie nach dem Fünften des Monats eingetroffen. Heute hatten sie den sechsten März. Wenn es ein Problem gab, hätten entweder Thorne oder der Regent sie inzwischen informieren müssen. Die Königin drückte sich eine Hand an die Stirn, hinter der sich ein pochender Kopfschmerz ankündigte. Ihre körperliche Verfassung war inzwischen so hervorragend, dass sie kaum mehr krank wurde – mit Ausnahme der Kopfschmerzen, die wie aus dem Nichts auftauchten, keine medizinische Ursache hatten und genauso plötzlich wieder verschwanden.

Was, wenn die Lieferung überhaupt nicht kommt?

Sie fuhr auf ihrem Thron zusammen, als hätte sie jemand gezwickt. Der Menschenhandel war essenziell für die Wirtschaft Mortmesnes. Zyklisch und vorhersehbar wie die Gezeiten. Zwar sandten ihr auch die Callae und die Cadarese Sklaven, doch selbst beide Tribute zusammen konnten die Tearlieferung nicht aufwiegen. Sklaven hielten die Fabriken am Laufen, machten die Adligen glücklich und füllten die Schatzkammer. Ein Fehler im System bedeutete Verlust.

Plötzlich merkte sie, dass sie Liriane vermisste. Wie alle

Angestellten war sie gealtert, während die Königin jung blieb, und vor einigen Jahren gestorben. Liriane war eine echte Seherin gewesen. Nicht nur, dass sie in die Zukunft hatte blicken können, nein, sie hatte auch die Vergangenheit gesehen und alles über die Gegenwart gewusst. Sie hätte ihr sagen können, was in Tearling vor sich ging. Denn sosehr sich die Königin auch vom Gegenteil überzeugen wollte, wurde sie doch das Gefühl nicht los, dass das Ganze etwas mit dem Mädchen zu tun hatte. Wenn es *en route* nicht getötet worden war, musste es die Festung inzwischen erreicht haben. Hatte sich Thorne der Sache schon annehmen können? Der Regent mochte die Inkompetenz in Person sein, doch auf Thorne traf genau das Gegenteil zu. Sollte er scheitern, was war dann der nächste Schritt? Auf das Abkommen verweisen und in den Krieg ziehen? Wenn sie ehrlich war, hatte sie nie wirklich in Tearling einfallen wollen. Um fremdes Territorium zu besetzen, brauchte es Geld und Rüstzeug, und abgesehen davon hatte man nur Scherereien. Die Lieferung war ganz eindeutig die elegantere Lösung.

Zugleich war ihr klar, dass es Schlimmeres gab, als ihre Armee zu mobilisieren. Ihre Soldaten waren seit der letzten Tearinvasion nicht mehr in den Krieg gezogen; es gab keine Probleme an den Mortgrenzen. Und seit die Verbannten ihre Verschwörung ausgebrütet hatten, hatte es keine Kämpfe gegeben. Selbst an ihren schlechtesten Tagen könnte ihre Armee es mit den Tear aufnehmen. Allerdings bestand durchaus die Möglichkeit, dass ihre Männer in all der Zeit etwas verweichlicht waren. Es wäre wohl angebracht, sie in Form zu bringen. Nur für den Fall. Bei dem Gedanken schien sich die Intensität ihres Kopfschmerzes zu verdoppeln. Eine immer wiederkehrende Flutwelle, die ihr an die Schädeldecke brandete.

Vor ihrem Audienzzimmer schien irgendein Tumult ausgebrochen zu sein. Die Königin blickte auf und sah, wie Beryll, ihr Kammerherr, zu den riesigen Türen schlenderte. Er würde sich darum kümmern. Seit Lirianes Tod war er ihr ältester Angestellter und derjenige, dem sie am meisten vertraute. Nach all den Jahren hatte er sich derart auf ihre Wünsche eingestellt, dass sie sich kaum noch für die täglichen Abläufe im Palast interessieren musste. Nach einem Blick auf ihre Taschenuhr beschloss sie, sich für ein frühes Abendessen in ihre Gemächer zurückzuziehen und sich dann einen Sklaven zu gönnen. Den großen aus der letzten Lieferung. Ein muskulöser Kerl mit dickem, schwarzem Haar und Bart, dem Aussehen nach ein Hufschmied. So hoch gewachsene Männer gab es nur in Tearling.

Die Königin gab Eve, einem Dienstmädchen, ein Zeichen und befahl ihr flüsternd, den Sklaven später wieder aus ihrem Zimmer fortzuschaffen. Eve versuchte, so dienstbeflissen wie möglich dreinzublicken, was die Königin wohlwollend zur Kenntnis nahm. Da sich die meisten Männer nicht gerade kooperativ zeigten, hassten die Dienstboten diese Aufgabe. Eve würde den Sklaven unter Drogen setzen, damit die Königin ihn so richtig rannehmen konnte und ihrem Albtraum, der sie schon so lange quälte, noch ein Weilchen entkam.

Natürlich brauchte es die Droge eigentlich nicht. Ihre Transformation war schon so weit fortgeschritten, dass sie nicht sicher war, ob man ihr überhaupt noch etwas zuleide tun konnte. Doch das hatte sie ihren Dienstboten nie erzählt, und heute war sie froh darüber. Bei den Kopfschmerzen, die sich da ankündigten, bevorzugte sie einen anschmiegsamen Mann. Sie verließ das Audienzzimmer durch einen Privatausgang hinter ihrem Thron und schritt über einen langen Korridor zu ihren Gemächern.

Der Gang wurde von Wachen gesäumt, die den Blick wohlweislich gesenkt hielten. Bei diesem Anblick verflüchtigte sich ihre Vorfreude. In seinem letzten Bericht hatte der Regent geschrieben, fast die gesamte Königinnen-Garde habe die Festung verlassen, um nach dem Mädchen zu suchen. Carroll, Mace, Elston … allesamt Namen, die sie kannte und aufgrund ihrer Erfahrungen ernst nahm. Hätte sie Mace vor Elyssa getroffen – vielleicht wäre alles anders gekommen. Aber so hatten sich die Saphire in Luft aufgelöst, und das roch schon ganz gewaltig nach dem Mann mit dem Morgenstern. Wenn die Königin die Saphire doch nur vor Elyssa in die Finger bekommen hätte! Wahrscheinlich hätte sie dann nicht einmal mehr Kopfschmerzen. Und Medizin bräuchte sie auch keine mehr.

Aber nein, alles würde in Ordnung kommen. Die Lieferung würde eintreffen, sie würde die Saphire finden und dem Regenten vielleicht sogar noch eine saftige Verzugsgebühr aufbrummen können. Er würde jammern und heulen, aber natürlich trotzdem zahlen. Sie betrat ihr Gemach, und beim Gedanken an sein bleiches, bestürztes Gesicht lächelte sie. Langsam und in freudiger Erwartung des Sklaven, legte sie ihre Kleider ab.

Ihre Dienstboten waren wirklich schnell. Kaum hatte sie sich fünf Minuten in ihrem Zimmer aufgehalten, klopfte es auch schon an die Tür.

»Herein!«, blaffte sie, verärgert, weil die Kopfschmerzen schlimmer wurden. Vielleicht konnte man ihr in der Küche ein Pulver anrühren, das den Schlaf noch ein wenig hinauszögern würde, wenn sie mit dem Sklaven fertig war.

Die Tür öffnete sich. Sie wandte sich um und erblickte Beryll auf der Schwelle. Sie wollte sich schon nach dem Pulver erkundigen, als ihr die Frage im Hals stecken blieb. Ihr Kammerherr war schneeweiß im Gesicht, in seinen Augen lag unbeschreibliche Angst. Mit zitternder Hand umklammerte er eine Papierrolle.

»Lady«, sagte er mit bebender Stimme.

8

Der Trakt der Königin

»Man vergisst leicht, dass zu einer Monarchie mehr als nur ein Monarch gehört. Eine erfolgreiche Herrschaft ist eine schwierige Sache, eine Symphonie aus unzähligen ineinandergreifenden Zahnrädchen – so auch die Gefolgschaft der Königin. Doch die Bedeutung von Lazarus mit dem Morgenstern, dem Captain der Königinnen-Garde und Hauptvollstrecker Ihrer Majestät, kann nicht hoch genug geschätzt werden. Ohne ihn würde das gesamte Konstrukt in sich zusammenfallen.«

Tearling als Militärnation, Callow der Märtyrer

Als sie erwachte, stellte Kelsea erfreut fest, dass die Zierkissen vom Bett ihrer Mutter verschwunden waren. Von *ihrem* Bett. Denn das alles gehörte ja nun ihr – und das war leider weniger beglückend. Auch sonst fühlte sie sich ziemlich elend. Auf ihrem Rücken klebten zahllose Verbände, und als sie sich durch die Haare fuhr, glänzten ihre Finger fettig. Sie musste eine ganze Weile geschlafen haben. Mace hockte diesmal nicht in ihrem Sessel in der Ecke. Außer ihr war niemand im Raum.

Kelsea brauchte ein paar Minuten, um sich aufzusetzen. Die

Wunde an ihrer Schulter blutete nicht mehr, schmerzte aber bei jeder Bewegung. Irgendjemand – bestimmt Andalie – hatte einen Krug mit Wasser und ein leeres Glas auf den Nachttisch gestellt. Kelsea trank etwas davon und spritzte sich ein paar Tropfen ins Gesicht. Andalie hatte ihr wohl auch das Blut abgewaschen, und Kelsea war ihr dankbar dafür. Der Mann fiel ihr ein, den sie im Kampf getötet hatte. Zu ihrer Erleichterung tangierte sie der Gedanke nicht weiter.

Kelsea erhob sich vorsichtig und lief dann ein paar Schritte im Raum auf und ab, um zu testen, ob die Verletzung sie stark beeinträchtigte. Dabei bemerkte sie ein Seil über dem Fußende ihres Betts. Es war mithilfe mehrerer Haken an der Decke befestigt worden und verschwand in einer kleinen Öffnung in der Wand zum Vorraum. Lächelnd zog Kelsea daran und vernahm den gedämpften Klang einer Glocke.

Mace öffnete die Tür. Als er sie neben ihrem Bett stehen sah, nickte er zufrieden. »Gut. Der Arzt hat Euch noch mindestens einen Tag Bettruhe verordnet, aber ich dachte mir schon, dass er Euch nur unnötig verhätschelt.«

»Welcher Arzt?« Kelsea hatte angenommen, Mace hätte ihre Wunden versorgt.

»Der Arzt, den ich für das kranke Baby habe rufen lassen, Ihr erinnert Euch? Ich kann Ärzte ja nicht leiden, aber dieser hier ist wenigstens kompetent. Dass sich die Wunde nicht entzündet hat, habt Ihr aller Wahrscheinlichkeit nach ihm zu verdanken. Er meinte, Eure Schulter würde langsam, aber dafür vollständig heilen.«

»Noch eine Narbe.« Vorsichtig strich sich Kelsea über den Hals. »Bald habe ich keine einzige unversehrte Stelle mehr am Körper. Wie geht's dem Baby?«

»Besser. Der Arzt hat der Mutter ein Medikament gegeben, das den Magen des Kinds beruhigt hat. Allerdings kostet das

Zeug ein verdammtes Vermögen, und die Kleine wird wohl noch mehr davon brauchen.«

»Ich hoffe, Ihr habt ihn gut bezahlt.«

»Sehr gut sogar, Lady. Aber auf Dauer können wir seine Dienste nicht in Anspruch nehmen und die des anderen Arztes auch nicht. Richtig vertrauenswürdig ist keiner von beiden.«

»Und was sollen wir dann tun?«

»Weiß ich noch nicht.« Mace rieb sich die Stirn. »Ich denke darüber nach.«

»Wie geht es den verletzten Gardisten?«

»Gut. Aber ein paar von ihnen müssen in nächster Zeit etwas kürzertreten.«

»Ich will sie sehen.«

»Das würde ich lieber nicht tun, Lady.«

»Warum?«

»Die Männer der Königinnen-Garde sind sehr stolz. Sie würden nicht wollen, dass Ihr von ihren Wunden Notiz nehmt.«

»Nein?«, fragte Kelsea verwundert. »Aber ich weiß doch nicht mal, wie man ein Schwert hält.«

»So denken wir nicht, Lady. Wir wollen unsere Arbeit einfach nur gut machen.«

»Und wie soll ich mich jetzt verhalten? So tun, als hätte es keine Verletzten gegeben?«

»Genau.«

Kelsea schüttelte den Kopf. »Barty hat immer gesagt, Männer würden sich bei drei Dingen ziemlich dumm anstellen: Wenn es um ihr Bier geht, ihren Schwanz oder ihren Stolz.«

»Jup, das klingt nach Barty.«

»Ich hatte gehofft, das mit dem Stolz wäre ein Irrtum.«

»Ist es nicht.«

»Wo wir gerade von Stolz sprechen, habt Ihr eine Ahnung, wer das Messer geworfen hat?«

Mace presste die Kiefer aufeinander. »Vergebt mir, Lady. Meine Sicherheitsvorkehrungen haben nicht gereicht, und ich übernehme die volle Verantwortung dafür. Ich dachte, ich hätte Euch nach allen Seiten hin abgeschirmt.«

Kelsea wusste nicht, was sie darauf erwidern sollte. Mace blickte zu Boden. Sein furchiges Gesicht war angespannt, als würde er erwarten, jeden Moment ausgepeitscht zu werden. Er ertrug es nicht, unvorbereitet zu sein. Und auch wenn er behauptet hatte, nie wirklich Kind gewesen zu sein, hatte Kelsea so ihre Zweifel. Sein Verhalten wirkte wie das Ergebnis einer allzu unbarmherzigen Erziehung. Sie fragte sich, ob sie genauso gequält aussah, wenn sie eine Frage nicht beantworten konnte. Wie früher bei Carlin. Dann fiel ihr ein, was Mace gesagt hatte: Dass sie seine Dienstherrin sei und nicht sein Beichtvater. Also erwiderte sie: »Ihr seid dabei, den Schuldigen ausfindig zu machen, hoffe ich?«

»Ja.«

»Dann kommen wir zum nächsten Punkt.«

Erleichtert blickte Mace auf. »Nach einer Thronbesteigung wird normalerweise als Erstes eine Audienz abgehalten, aber wenn Ihr nichts dagegen habt, würde ich das gerne um ein, zwei Wochen verschieben, Lady. Ihr seid noch nicht wieder in Form, und es gibt viel zu tun.«

Kelsea ging zu der protzigen Frisierkommode hinüber, griff nach ihrer Tiara und betrachtete sie nachdenklich. Sie war wunderschön, aber zu zart und zu feminin für ihren Geschmack. »Wir müssen die echte Krone finden.«

»Das wird schwierig. Eure Mutter hat Carroll befohlen, sie zu verstecken, und glaubt mir, er ist dabei äußerst geschickt vorgegangen.«

»Gut, aber dann sollten wir wenigstens dafür sorgen, dass dieses aufgetakelte Frauenzimmer aus dem Thronsaal für das Ding hier entschädigt wird.«

Mace räusperte sich. »Wir haben noch einiges vor. Ich lasse Andalie rufen, damit sie Euch ein wenig zurechtmacht.«

»Wie unhöflich.«

»Verzeiht, Lady, aber Ihr habt schon besser ausgesehen.«

Plötzlich donnerte etwas mit voller Wucht gegen die Außenwand. Der Baldachin über Kelseas Bett bebte. »Du lieber Himmel. Was geht da draußen vor sich?«

»Wir bunkern Vorräte für die Belagerung.«

»Für die *Belagerung?* Erwarten wir denn eine?«

»Heute ist der sechste März, Lady. In zwei Tagen läuft die Vertragsfrist aus.«

»Ich werde meine Meinung nicht ändern, Lazarus. Die Frist ist mir egal.«

»Ich bin mir nicht sicher, ob Ihr Euch über die Konsequenzen im Klaren seid, Lady.«

Kelseas Augen wurden schmal. »Und ich bin mir nicht sicher, ob Ihr mich versteht, Lazarus. Mir ist durchaus klar, was ich mit der ganzen Sache losgetreten habe. Wer befehligt meine Armee?«

»General Bermond, Lady.«

»Lasst ihn herbringen.«

»Ich habe ihn bereits verständigen lassen, aber es kann noch ein paar Tage dauern, bis er wieder hier ist. Er hat sich die Truppen an der Südgrenze angesehen, und er ist kein besonders guter Reiter.«

»Der General meiner Armee ist kein besonders guter Reiter?«

»Er ist gelähmt, Lady. Eine Verletzung, die er sich vor zehn Jahren zugezogen hat, als er die Festung gegen einen Staatsstreich verteidigt hat.«

»Oh«, erwiderte Kelsea verlegen.

»Ich warne Euch. Mit Bermond werdet Ihr kein leichtes Spiel haben. Eure Mutter hat ihm freie Hand gelassen, und auch der Regent hat ihn schon seit Jahren nicht mehr aufgesucht. Bermond ist es gewöhnt, dass alles nach seinen Vorstellungen läuft. Es wird ihm nicht gefallen, seine Militärstrategien plötzlich mit einer Frau zu besprechen, selbst wenn es sich dabei um die Königin handelt.«

»Pech für ihn. Wo ist das Mortabkommen?«

»Es liegt draußen und wartet nur darauf, von Euch geprüft zu werden. Aber ich denke, Ihr werdet Euch damit abfinden müssen.«

»Womit?«

»Mit der Aussicht auf Krieg«, erwiderte Mace rundheraus. »Denn nichts anderes habt Ihr getan, Lady. Ihr habt Mortmesne den Krieg erklärt. Und glaubt mir, die Rote Königin wird kommen.«

»Es ist ein Risiko, Lazarus, ich weiß.«

»Vergesst nicht, Lady – Ihr seid nicht die Einzige, die alles aufs Spiel setzt. Ihr bringt ein ganzes Königreich in Gefahr. Euer Einsatz ist hoch, und Ihr solltet Euch auf eine Niederlage gefasst machen.«

Mit diesen Worten verließ er das Zimmer, um Andalie zu suchen. Kelsea ließ sich aufs Bett sinken. Sie spürte, wie ihr Mut sie verließ. So langsam schien Mace sie zu durchschauen, denn er hatte sie genau dort getroffen, wo es am meisten wehtat. Sie schloss die Augen. Vor ihrem geistigen Auge sah sie Mortmesne, in ihrer Fantasie ein düsteres Reich, das aus einem langen Schlummer erwacht war und drohend wie ein Schatten über ihren Plänen aufragte.

Carlin, was soll ich nur machen?

Doch Carlin war verstummt. Keine Antwort für Kelsea.

Das Mortabkommen lag ausgebreitet auf dem großen Esstisch, der sich an einem Ende des Audienzraums befand. Es umfasste nur ein paar dicke Pergamentseiten, die sich über die Jahre bräunlich verfärbt hatten. Ziemlich wenig für ein so bedeutendes Dokument. Kelsea berührte es vorsichtig. Das Kürzel ihrer Mutter faszinierte sie, ein nachlässig hingekritzeltes *E R* in schwarzer Farbe am linken unteren Rand. Auf der rechten Seite entdeckte sie die Initialen *K M* und auf der letzten Seite dann zwei Unterschriften: ein unleserlich hingeworfenes »Elyssa Raleigh« und ein ordentlich geschwungenes »Königin von Mortmesne« in blutroter Tinte.

Sie will um jeden Preis verhindern, dass jemand ihren wahren Namen erfährt, begriff Kelsea. *Es muss unfassbar wichtig für sie sein, dass keiner herausfindet, wer sie wirklich ist. Aber warum nur?*

Enttäuscht stellte sie fest, dass der Vertrag tatsächlich wasserdicht war. Tearling hatte sich verpflichtet, jährlich dreitausend Sklaven in zwölf gleich großen Lieferungen an Mortmesne auszuliefern. Darunter mussten sich mindestens fünfhundert Kinder befinden, von jedem Geschlecht nicht weniger als zweihundert. Auch von Callae und Cadare wurde ein Kontingent an Kindern gefordert. Aber warum? Für den Bergbau oder die Industrie brauchte es Erwachsene, und Bauernhöfe gab es in Mortmesne nur wenige. Selbst wenn deren Markt einen hohen Pädophilenanteil aufwies, wären das viel zu viele Kinder, als dass man sie in einem derartigen Tempo hätte verschleißen können.

Die emotionslose Beamtensprache des Vertrags gab keinen Aufschluss. Kelsea erfuhr nur so viel: Wenn eine Lieferung nicht bis zum Achten des Monats in Demesne eintraf, hatten die Mort das Recht, in Tearling einzufallen und die Sklaven selbst gefangen zu nehmen. Ihr fiel auf, dass weder eine zeitliche Begrenzung noch eine Rückzugsaufforderung vereinbart worden waren. Kelasea drückte ihren Rücken durch. Widerstrebend musste sie sich eingestehen, dass Mace recht hatte: Sie hatte Mortmesne einen Freibrief erteilt, in Tearling einzumarschieren. Was war bloß in ihre Mutter gefahren, dass sie einen derart einseitigen Vertrag unterzeichnet hatte?

Sei fair, sagte eine unbekannte Stimme in ihrem Kopf, die weder zu Carlin noch zu Barty gehörte und so pragmatisch klang, dass Kelsea misstrauisch wurde. *Was hättest du getan, wenn der Feind vor den Toren gestanden hätte?*

Wieder wusste Kelsea keine Antwort. Sie schob die Seiten zu einem ordentlichen Stapel zusammen und strich sie glatt. Ihr war übel. Dann fiel ihr etwas ein, etwas, das noch vor ein paar Wochen undenkbar gewesen wäre. Doch in letzter Zeit schien sich ihr Verstand immer nur das Schlimmste auszumalen, um gegen weitere Katastrophen gewappnet zu sein. An Mace gewandt, fragte sie: »Wurde meine Mutter ermordet?«

»Es wurden mehrere Anschläge auf sie verübt«, erwiderte er ungerührt, doch Kelsea hatte den Eindruck, dass seine Gleichgültigkeit nur vorgetäuscht war. »Einmal wäre sie fast gestorben, weil ihr jemand Nachtschatten ins Essen gemischt hat. Danach hat sie beschlossen, Euch zu Pflegeeltern zu geben.«

»Sie hat mich aus der Festung bringen lassen, um mich zu schützen?«

Mace runzelte die Stirn. »Warum denn sonst?«

»Egal.« Kelsea richtete ihre Aufmerksamkeit wieder auf den Vertrag. »Hier steht nichts von einer Auslosung.«

»Weil das eine innenpolitische Angelegenheit war. Am Anfang hat Eure Mutter nur Strafgefangene und Geisteskranke verschifft, doch das waren schlechte Sklaven, und die Rote Königin hat sich nicht lange damit zufriedengegeben. Der Zensus war eine Idee Eures Onkels.«

»Und niemand wird von der Lieferung verschont?«

»Keiner, abgesehen von Geistlichen. Sogar Babys werden geliefert. Sobald sie abgestillt sind, kommen ihre Namen in den Lostopf. Es heißt, sie seien ein Geschenk der Roten Königin an kinderlose Paare. Manche Frauen haben ihre Kinder sehr lange gestillt, um sie vor einem solchen Schicksal zu bewahren, doch Thorne ist ihnen auf die Schliche gekommen. Er hat in jedem Dorf seine Leute. Und denen entgeht so gut wie nichts.«

»Ist er meinem Onkel sehr zugetan?«

»Er ist ein Geschäftsmann, Lady. Er dreht sein Fähnchen nach dem Wind.«

»Und wohin weht der gerade?«

»Nach Mortmesne.«

»Dann sollten wir ein Auge auf Thorne haben.«

»Ich habe immer mindestens ein Auge auf ihn, Lady.«

»Wie ist meine Mutter eigentlich gestorben? Das hat Carlin mir nie gesagt.«

»Man sagt, sie sei vergiftet worden, Lady. Und das Gift soll ihr Herz allmählich geschwächt haben, bis sie ein paar Jahre darauf verstorben ist.«

»*Man* sagt. Was sagt *Ihr*, Lazarus?«

Ausdruckslos blickte er sie an. »Ich sage nichts, Lady. Genau deshalb bin ich ein Teil der Königinnen-Garde.«

Enttäuscht verbrachte Kelsea den Rest des Tages damit, den Trakt der Königin zu inspizieren und anschließend ihren neuen Stab kennenzulernen.

Da war zum einen Milla, eine überaus zierliche, blonde junge Frau. Wie sie ihren mittlerweile vierjährigen Sohn zur Welt gebracht hatte, mochte Kelsea sich gar nicht vorstellen. In jedem Fall musste sie einem sehr unschönen Broterwerb nachgegangen sein. Als sie ihr mitteilte, dass sie von nun an nur noch fürs Kochen zuständig sei – wenn auch für mehr als zwanzig Personen, denn so viele Bewohner hatte der Trakt mittlerweile –, als sie ihr das also auf Anraten von Mace mitteilte, freute sich Milla derart unbändig, dass Kelsea ihre Hände in den Falten ihres Kleids verbarg. Sie fürchtete, dass die junge Frau sonst noch auf die Idee gekommen wäre, sie zu küssen.

Carlotta, die nach ihr in den Audienzraum kam, war älter, hatte ein rundes Gesicht und leuchtend rote Wangen. Sie wirkte verängstigt und räumte erst nach mehrmaligem Nachfragen ein, einigermaßen anständig nähen zu können. Als Kelsea bat, ihr ein paar schwarze Kleider anzufertigen, willigte sie ein.

»Es wäre besser, wenn ich Eure Maße nehmen könnte, Majestät«, stieß sie zaghaft hervor, obwohl sie schon beim bloßen Gedanken daran zu erschrecken schien. Zwar fand Kelsea die Vorstellung, vermessen zu werden, mindestens ebenso angsteinflößend, doch sie nickte lächelnd, um ihr ein wenig von ihrer Befangenheit zu nehmen.

Im Anschluss empfing sie drei Gardisten, die sie damals nicht zur Festung eskortiert hatten. Zunächst begrüßte sie Caelan, einen grobschlächtigen Kerl, der von allen nur Cae genannt wurde, und dann die Bogenschützen Tom und Wellmer. Obwohl sich Wellmer redlich bemühte, genauso gelassen dreinzublicken wie seine Kollegen, wirkte er zappelig und verlagerte sein Gewicht alle paar Sekunden von einem Bein aufs andere. Für einen Gardisten schien er viel zu jung.

»Wie alt ist der Junge?«, fragte Kelsea flüsternd.

»Wellmer? Zwanzig«, erwiderte Mace.

»Und wo habt Ihr ihn her? Von der Brust einer Amme, oder was?«

»Lady, die meisten von uns waren gerade mal im Teenageralter, als sie rekrutiert wurden. Macht Euch wegen Wellmer keine Sorgen. Gebt ihm einen Bogen, und er trifft noch im trübsten Fackelschein Euer linkes Auge.«

Kelsea versuchte, Mace' Beschreibungen mit dem zappeligen, bleichen Jungen in Einklang zu bringen, gab es jedoch bald auf. Als die Gardisten wieder ihre Posten bezogen hatten, folgte sie Mace in einen Raum, den man zu einem Spielzimmer umfunktioniert hatte und der als einer der wenigen Räume hier Fenster besaß. Das einfallende Licht machte ihn hell und freundlich. Das gesamte Mobiliar war an die Wand gerückt worden, und überall auf dem Boden lag provisorisches Spielzeug. Kelsea erblickte ausgestopfte Lumpenpuppen, denen das Stroh aus den Flicken quoll, Spielzeugschwerter und sogar einen kleinen Krämerladen aus Holz.

In der Mitte des Spielzimmers scharten sich ein paar Kinder im Halbkreis um eine hübsche, rothaarige Frau und hörten ihr wie gebannt zu. Sie erzählte von einem Mädchen mit außergewöhnlich langem Haar, das in einem Turm gefangen war. Unbemerkt lehnte sich Kelsea in den Türrahmen. Die Frau hatte einen deutlichen Mortakzent, doch ihre Stimme war wohltönend, und sie verstand es, Spannung zu erzeugen. Als der Prinz von der bösen Hexe in einen Hinterhalt gelockt wurde, sanken ihre Mundwinkel nach unten, und ein trauriger Ausdruck legte sich über ihr Gesicht. Jetzt erst erkannte Kelsea sie wieder. Überrascht wandte sie sich zu Mace um.

Er zog sie von der Tür weg und sagte leise: »Sie ist toll mit Kindern. Die anderen Frauen lassen ihre Sprösslinge während der Arbeit gern bei ihr. Sogar Andalie ist damit einverstanden. Wirklich ein unerwarteter Segen, andernfalls wären uns die Kleinen ständig im Weg.«

»Stört es die Frauen nicht, dass sie eine Mort ist?«

»Allem Anschein nach nicht.«

Kelsea lugte wieder in das Spielzimmer, wo die Rothaarige

gerade pantomimisch darstellte, wie die Augen des Prinzen heilten. Zwischen der strahlenden Frau und dem jämmerlichen Geschöpf, das vor Kurzem noch vor dem Thron gehockt hatte, lagen Welten.

»Was hat er ihr angetan?«

»Ich habe sie nicht nach ihrem Leben beim Regenten gefragt, Lady, denn ich finde, das ist ihre Privatangelegenheit. Aber wenn ich raten sollte …« Wieder senkte er die Stimme. »Sie war das Lieblingsspielzeug Eures Onkels. Und er wollte nicht, dass sie schwanger wird, denn das hätte ihm den ganzen Spaß verdorben.«

»Wie bitte?«

Mace breitete die Arme aus. »Lady, sie wollte unbedingt ein Kind, und wenn es sein musste auch vom Regenten, daraus hat sie keinen Hehl gemacht. Seine anderen Frauen haben ihre Verhütungsmittel bereitwillig geschluckt – sie nicht. Es heißt, man habe ihr das Zeug ins Essen mischen müssen. Und der Regent hat geschworen, jedes Kind, das sie zur Welt bringt, töten zu lassen. Das habe ich mit eigenen Ohren gehört.«

»Verstehe.« Kelsea nickte ruhig, obwohl sie innerlich kochte. Nach einem letzten Blick auf die Frau und die Kinderschar fragte sie: »Wie heißt sie?«

»Marguerite.«

»Wie ist mein Onkel an eine Mortsklavin gekommen?«

»In Mortmesne sind Rothaarige noch seltener als in Tearling. Marguerite war ein Geschenk der Roten Königin, ein Zeichen ihrer Gunst.«

Kelsea legte den Kopf an die Wand des Gangs. Ihre Schulter begann zu pochen. »Dies ist ein durch und durch verdorbener Ort, Lazarus.«

»Es hätte eine führende Hand gebraucht, Lady. Aber wir hatten keine.«

»Hättet nicht Ihr das Reich regieren können?«

»Gewiss nicht.« Mace deutete auf die offene Tür. »Ich hätte Eurem Onkel sein Spielzeug gelassen. Und ich hätte mich mit der Roten Königin geeinigt, bevor ich die Lieferung unterbunden hätte.«

»Ja, das habe ich vorhin schon begriffen.«

»Ich weiß. Bitte versteht mich nicht falsch, Lady. Ich sage nicht, dass Eure Entscheidung richtig oder falsch war, sondern nur, dass es schon eher jemanden wie Euch gebraucht hätte. Aber Ihr wart eben nicht da.«

In seiner Stimme lag kein Vorwurf. Kelseas Ärger verflüchtigte sich, doch ihre Schulter pochte wieder, heftiger als zuvor. Wie um alles in der Welt konnte es schlimmer werden, wenn sie hier einfach nur rumstand? »Ich muss mich setzen.«

In nur fünf Minuten hatten ihre Gardisten den großen, bequemen Sessel aus Kelseas Schlafzimmer in den Audienzraum verfrachtet, wo sie ihn sicher vor einer Wand postierten.

»Mein Thron«, murmelte Kelsea.

»Den Thronsaal können wir im Moment nicht überwachen, Lady«, erwiderte Mace. »Er hat zu viele Eingänge, und wir bräuchten viel mehr Gardisten als wir haben, um diese zweimal verfluchte Empore zu sichern. Aber wenn Ihr wollt, könnten wir euren Thron fürs Erste hierherbringen lassen.«

»Das käme mir ziemlich sinnlos vor.«

»Vielleicht, vielleicht auch nicht. Die Krone auf Eurem Kopf ist auch ziemlich sinnlos, und dennoch habt Ihr ihre Bedeutung erkannt. Der Thron könnte denselben Zweck erfüllen.«

Nachdenklich neigte Kelsea den Kopf. »Ihr meintet vorhin, ich müsse eine Audienz abhalten.«

»Ja.«

»Schätze, in einem Sessel geht das schlecht.«

»Es ginge schon«, antwortete Mace. Die Andeutung eines

Lächelns umspielte seine Mundwinkel. »Aber für die Raleigh-Monarchie wäre es eher ungewöhnlich. Für welche Sitzgelegenheit Ihr Euch auch entscheidet – diesen Saal hier können wir am leichtesten sichern, denn zum Trakt der Königin gibt es nur einen öffentlichen Zugangsweg. Einen langen Tunnel ohne abgehende Türen. Ihr habt ihn gesehen, als wir Euch hergebracht haben.«

»Ich erinnere mich nicht.«

»Verständlich. Als wir Euch da durchgeschleift haben, wart Ihr beide Male halb bewusstlos. In diesen Trakt münden jede Menge Geheimgänge, aber sie sind allesamt gut bewacht, und nur ich kenne wirklich alle. Die Kontrolle des Zugangswegs verschafft uns einen guten Überblick über alle Bewegungen in der Festung.«

»Gut.« Vorsichtig ließ sich Kelsea in den Sessel sinken. »Blute ich wieder?« Sie beugte sich vor, um Mace unter ihren Verband schauen zu lassen.

»Nein, kein Blut.«

»Ich habe das Gefühl, als müsste ich bald wieder schlafen.«

»Noch nicht, Lady«, erwiderte Mace. »Ihr solltet alle am gleichen Tag empfangen, um niemanden zu brüskieren.« Er bedeutete Mhurn, der am Eingang des Saals Wache hielt, näher zu kommen. »Hol Venner und Fell.«

Mhurn verschwand, und Kelsea lehnte sich in ihrem Sessel zurück. Wie aus dem Nichts tauchte Andalie auf und stellte sich neben einen der Gardisten an die Wand. Sie schien bleiben zu wollen. Kelsea fragte sich, ob Mace etwas dagegen haben würde, doch er übersah die Zofe geflissentlich. Von ihr schien das Gleiche erwartet zu werden. Nachdem sie jahrelang mit Barty und Carlin gelebt hatte, waren nun ständig eine Menge Leute um sie herum. Und anscheinend hatten einige von ihnen unsichtbar zu sein. »Wann können wir Barty und Carlin holen lassen?«

Mace zuckte die Schultern. »In ein paar Wochen, vielleicht. Könnte eine Weile dauern, bis wir sie finden.«

»Sie sind in Petaluma, einem Dorf an der Grenze zu Cadare.«

»Nun, das vereinfacht die Sache.«

»Ich will sie bei mir haben«, sagte Kelsea. Das tat sie wirklich. Bis gerade eben war ihr nicht klar gewesen, wie sehr ihr Barty fehlte. Eine plötzliche, heftige Sehnsucht überkam sie. Nach seinem sauberen, ledrigen Geruch und seinen Augenbrauen, die sich so nett kräuselten, wenn er lächelte. Und Carlin … gut, nach der sehnte sie sich eigentlich nicht. Genaugenommen graute ihr vor dem Moment, wenn sie ihr gegenüberstehen und Rechenschaft über ihre Handlungen würde ablegen müssen. Aber Carlin und Barty gab es eben nur im Doppelpack. »Ich möchte, dass sie so schnell wie möglich herkommen.«

»Für so was ist Dyer der Richtige, Lady. Sobald er wieder da ist, leite ich alles in die Wege.«

»Wieder da von wo?«

»Nun, ich habe ihm schon einen anderen Auftrag erteilt.«

»Was denn für einen Auftrag?«

Seufzend schloss Mace die Augen. »Tut mir einen Gefallen, Majestät, und lasst mich in Frieden meine Arbeit machen.«

Es ärgerte Kelsea, dass er ihr erneut den Mund verbot, doch sie verkniff sich jede weitere Frage. Stattdessen musterte sie die vier Gardisten, die an den Wänden des Audienzraumes standen. Einer von ihnen war Galen. Kelsea hatte ihn noch nie ohne seinen Helm gesehen. Er war schon vollkommen ergraut, und seltsamerweise fielen seine Falten im Schein der Fackel noch mehr auf als damals im Wald. Er musste mindestens fünfundvierzig sein. Bestimmt diente er schon lange in der Königinnen-Garde. Kelsea dachte noch einen Moment darüber nach, bevor sie sich den anderen drei zuwandte.

Elston, Kibb und Coryn – sie alle hatten sie auf ihrer Reise begleitet. Zwar waren die drei nicht so alt wie Galen, aber immer noch deutlich älter als Kelsea. Manchmal wünschte sie, ihre Garde wäre ein kleines bisschen jünger, damit sie sich nicht immer so schrecklich deplatziert fühlen müsste. Alle vier Wachen mieden ihren Blick, was wahrscheinlich durchaus üblich war, aber Kelsea fand es trotzdem entwürdigend. Nach ungefähr einer Minute hatte sie es satt, ignoriert zu werden, und rief quer durch den Raum: »Kibb, wie geht's deiner Hand?«

Er wandte den Kopf, hielt den Blick jedoch gesenkt. »Gut, Lady.«

»Lasst ihn in Ruhe«, flüsterte Mace.

Vom Korridor her näherten sich Schritte. Zwei Männer betraten den Saal, beide in das Grau der Königinnen-Garde gekleidet. Einer war groß und dünn, der andere klein und kräftig. Sie bewegten sich mit der mühelosen Geschmeidigkeit geübter Kämpfer, die Kelsea vor allem von Mace kannte. Im Gleichschritt und mit perfekt aufeinander abgestimmten Bewegungen liefen sie nebeneinander her. Auch ihre Verneigung schien einer einstudierten Choreografie zu folgen. Wäre der Größere nicht mindestens zehn Jahre älter gewesen als der andere, man hätte die beiden für Zwillingsbrüder halten können.

Mhurn, der den Männern gefolgt war, postierte sich wieder vor dem Zugang zum Korridor. Seit über einer Woche waren sie nun schon auf der Festung. Sorgenvoll bemerkte Kelsea, dass Mhurn immer noch genauso abgespannt aussah wie auf seinem Ritt hierher. Sein Gesicht, ein bleiches Oval, leuchtete geisterhaft im Fackelschein, und sogar aus der Entfernung konnte sie die dunklen Ringe unter seinen Augen erkennen. Ob er nachts nicht schlief?

»Venner und Fell, Lady.« Mace' Worte lenkten ihre Aufmerksamkeit wieder auf die Männer vor ihr. »Eure Waffenmeister.«

Kelsea streckte ihnen die Hand entgegen, die diese überrascht ergriffen. Fell, der Kleinere von beiden, hatte eine hässliche Narbe auf der Wange. Die Wunde war entweder schlecht oder überhaupt nicht genäht worden. Kelsea dachte daran, wie unbeholfen sich Mace an ihrem Hals zu schaffen gemacht hatte, und schüttelte den Kopf, wie um den unliebsamen Gedanken zu vertreiben. Ihre Schulter pochte unablässig und erinnerte sie einmal mehr daran, dass sie sich schlafen legen sollte.

Mace erwartet, dass ich wach bleibe, dachte sie störrisch. *Und das werde ich auch.*

»Nun, Waffenmeister, was genau ist Eure Aufgabe?«

Die beiden Männer wechselten einen Blick. Fell ergriff als Erster das Wort: »Ich kümmere mich um die Waffen und Rüstungen der Garde Eurer Majestät.«

»Und ich leite das Training«, fügte Venner hinzu.

»Könnt Ihr mir ein Schwert besorgen?«

»Ja, natürlich. Wir haben einige Schwerter, aus denen Ihr Euch eins aussuchen könnt, Majestät«, erwiderte Fell.

»Nein, kein Zeremonieschwert, obwohl ich mir das wahrscheinlich auch zulegen muss. Ich meine ein Schwert zum Kämpfen, eins, das zu meiner Statur passt.«

Verständnislos glotzten die Männer sie an. Ihr Blick wanderte automatisch zu Mace, was Kelsea so sehr in Rage versetzte, dass sie ihre Nägel in den weichen Stoff des Sessels bohrte. Doch Mace zuckte nur die Schultern.

»Zum Kämpfen, Majestät?«

Sie dachte an Carlin, an die Enttäuschung in ihrem Blick, wenn ihr Schützling die Beherrschung verlor. Kelsea biss sich heftig in die Wange. »Ich brauche ein Schwert und eine Rüstung, die auf meine Körpergröße abgestimmt sind. Und ich möchte trainiert werden.«

»Im Schwertkampf, Majestät?«, fragte Venner mit unverhohlenem Entsetzen.

»Ja, Venner, im Schwertkampf. Mit einem Messer kann ich mich verteidigen, das habe ich gelernt. Aber mit einem Schwert kann ich nicht umgehen.«

Ihr Blick wanderte zu Mace, um zu sehen, wie er ihren Vorschlag aufnahm. Er nickte, und ein leises Lächeln huschte über sein Gesicht. Seine Zustimmung beruhigte Kelseas Wut, und es gelang ihr, einen milderen Tonfall anzuschlagen: »Ich kann meine Männer nicht bitten, für mich zu sterben, während ich tatenlos herumsitze und zuschaue. Warum sollte ich nicht auch lernen, wie man kämpft?«

Beide Männer öffneten den Mund, um etwas zu erwidern, und schlossen ihn dann wieder. Mit einer Handbewegung ermutigte Kelsea sie zum Sprechen, und Feller sagte schließlich: »Es geht nur um den Schein, Lady, aber der ist wichtig. Ein Schwert zu führen hat … nichts Königinnenhaftes.«

»Wenn ich tot bin, habe ich auch nichts Königinnenhaftes mehr. Und da ich mich in letzter Zeit allzu oft verteidigen musste, wird mir ein Messer nicht mehr reichen.«

»Wir werden Eure Maße nehmen müssen, Lady«, antwortete Fell mürrisch.

»Und es könnte eine Weile dauern, bis wir einen Schmied finden, der bereit ist, eine Rüstung für eine Frau anzufertigen.«

»Dann macht Euch lieber schnell auf die Suche. Ihr könnt gehen.«

Die Männer verneigten sich. Bevor sie aus Kelseas Sichtfeld verschwanden, flüsterte Venner Fell etwas zu. Mace schnaubte.

»Was ist? Was hat er gesagt?«

»Dass Ihr Eurer Mutter nicht unähnlicher sein könntet.«

Kelsea verzog den Mund zu einem müden Lächeln. »Schätze, das wird sich erst noch rausstellen. Wer fehlt noch?«

»Arliss, Euer Schatzmeister. Und der Regent liegt uns permanent in den Ohren, dass er Euch sprechen will. Eine echte Nervensäge. Wäre gut, ihn loszuwerden.«

Seufzend dachte Kelsea an ihr weiches Bett und eine heiße Tasse Tee mit Sahne …

Sie schreckte hoch. Offenbar war sie eingenickt. Andalie war fort, aber Mace wartete noch immer geduldig auf eine Anweisung von ihr. Kelsea setzte sich auf und rieb sich die Augen. »Lasst uns erst den Regenten und dann den Schatzmeister empfangen.«

Mace schnippte nach Coryn, der mit einem Nicken in Richtung Küche verschwand.

»Wo wir gerade von Eurem Onkel sprechen … In den letzten Tagen hat er wesentlich weniger komfortabel gelebt als zuvor.«

»Mir blutet das Herz.«

Leise trat Andalie neben sie und überreichte ihr eine dampfende Tasse mit einer milchigen Flüssigkeit. Vorsichtig schnupperte Kelsea daran. Der Geruch von schwarzem Tee mit Sahne stieg ihr in die Nase. Erstaunt sah sie ihre Zofe an, die sich wieder an der Wand postierte und den Blick gleichmütig in die Ferne richtete.

»Was ich damit meine«, fuhr Mace fort, »ist, dass sich der Regent wahrscheinlich ungerecht behandelt fühlt. Ich habe einen Großteil seines Eigentums konfisziert.«

»In meinem Namen?«

»Na ja, Ihr habt geschlafen.«

»Trotzdem habt Ihr in meinem Namen gehandelt. Seid doch bitte so nett, und wartet das nächste Mal, bis ich wieder wach bin.«

Mace musterte sie. Er hielt das Ganze für einen ihrer Puppen-und-Kleidchen-Momente, das merkte Kelsea genau. Sie seufzte. »Was genau habt Ihr denn konfisziert?«

»Schmuck, Whiskey, geschmacklose Statuen, ein paar außerordentlich hässliche Bilder, einen Haufen goldener Teller …«

»Schon gut, Lazarus. Ich lasse Euch das in Ruhe erledigen, wie es Euer Wunsch ist.« Sie spähte zu ihm auf. »Dafür solltet Ihr mir danken.«

Mace verneigte sich. »Meinen ergebensten Dank, Eure glorreiche …«

»Spart Euch das.«

Er grinste und wartete schweigend ab, bis ein dumpfes Klopfen an der Doppeltür der Westwand ertönte. Die Tür war fast sechs Meter hoch und nicht nur abgeschlossen, sondern auf Knie- und Kopfhöhe zusätzlich mit schweren Eichenriegeln gesichert. Während Elston nun seinerseits zweimal an die linke Tür klopfte, öffnete Kibb ein kleines Guckloch in der rechten. Wieder ertönte ein dreimaliges Klopfzeichen, das an der Ostwand des Saals widerhallte, worauf Elston mit einem erneuten Klopfzeichen antwortete. Endlich schien er zufrieden und schickte sich gemeinsam mit Kibb an, die schweren Riegel zurückzuschieben. Die reinste Herkulesaufgabe. Selbst von hier aus konnte Kelsea die Adern auf ihren kräftigen Unterarmen hervortreten sehen.

»Ein gutes System«, sagte sie an Mace gewandt. »Ich nehme, an, Ihr habt Euch das ausgedacht?«

»Nur die Details, die eigentliche Idee stammt von Carroll. Wir ändern das Zeichen jeden Tag.«

»Ziemlich viel Aufwand für einen einzigen Besucher. Warum kann er nicht auf demselben Weg hereingebracht werden, den Coryn eben genommen hat?«

Mace warf ihr einen seiner vielsagenden Blicke zu.

»Oh.«

»Ein paar Leute mögen einige der Gänge kennen, Lady, aber es würde mich geradezu schockieren, wenn ausgerechnet der Regent seinem Bett lange genug ferngeblieben wäre, um auch nur ein Viertel von dem zu erkunden, was ich hier so kenne.«

»Verstehe. Kann jemand die Tür zum Spielzimmer schließen? Ich möchte nicht, dass Marguerite die Unterredung mit anhört.«

Mace schnippte mit den Fingern, worauf sich Mhurn sofort Richtung Tür wandte. Kelsea hätte diese Art Befehl als entwürdigend empfunden, doch die Gardisten schienen nichts dagegen zu haben. Im Gegenteil, offensichtlich waren sie sogar stolz, dass Mace ihnen keine expliziten Anweisungen erteilen musste. Elston und Kibb stemmten nun ihre Schultern gegen die Türen. Kelsea erblickte einen breiten, von zahlreichen Fackeln erleuchteten Tunnel, der für einige Hundert Meter leicht abfiel, bevor er schließlich um eine Ecke zu biegen schien. Dort also hatte Mace sie hinaufschleifen müssen. Warum nur schuf jemand innerhalb eines Gebäudes einen künstlichen Hügel?

Um Feinde abzuwehren natürlich, erwiderte Carlin in ihrem Kopf. *Denk nach, Kelsea. Der Aufgang soll dich schützen, wenn sie mit Forken die Festung stürmen, um dir den Kopf abzuschlagen.*

»Reizend«, raunte Kelsea. »Danke.«

»Wie bitte, Lady?«

»Nichts.«

In diesem Moment trat der Regent in Begleitung von Coryn durch die Tür. Die lässige Haltung des Gardisten sprach Bände. Er schien nicht zu erwarten, dass Kelseas Onkel Ärger machte, ja, er hatte nicht einmal sein Schwert gezogen.

Der Regent wirkte erschöpft. Sein Hemd und die dazu passende Hose waren vom gleichen grässlichen Purpurrot wie das Gewand, das er anlässlich ihrer Krönung getragen hatte. Je weiter er sich ihr näherte, desto sicherer war Kelsea, dass seine Kleider schon seit einiger Zeit nicht mehr gewaschen worden waren. Auf Höhe seines aufgedunsenen Bauchs klebten eingetrocknete Essensreste, und oben auf seiner Brust prangten mehrere Spritzer, die nach Wein aussahen. Mit seinem Bart hingegen schien er sich große Mühe gegeben zu haben, denn er kringelte sich zu jener bauschig-unnatürlichen Lockenpracht, die man normalerweise nur mithilfe eines glühenden Eisens hinbekam.

Etwa fünf Meter vor Kelseas Sessel packte ihn Coryn am Oberarm. »Keinen Schritt weiter, verstanden?«

Der Regent nickte. Plötzlich fiel Kelsea sein Taufname ein, der so gar nicht zu dem Mann passen wollte, der da vor ihr stand: Thomas – so hießen Chöre und Engel. Es war ein biblischer Name, aber doch keiner für ihren Onkel, dessen Augen so verschlagen leuchteten und der sich offensichtlich einen Plan zurechtgelegt hatte, bevor er sie heute aufgesucht hatte.

Als sie vierzehn war, hatte ihr Carlin ohne Vorwarnung und ohne jede Erklärung befohlen, ihre Hausaufgaben beiseitezulegen und die Bibel zu lesen, was Kelsea über alle Maßen überrascht hatte. Ihre Ziehmutter hatte nie einen Hehl daraus gemacht, wie sehr sie die Kirche verachtete, und im gesamten Cottage fand sich kein einziges religiöses Symbol. Aber da es ihr nun mal aufgetragen worden war, quälte sich Kelsea pflichtschuldigst durch die dicke, staubige King-James-Bibel, die normalerweise in der hintersten Ecke des letzten Regals abgestellt war. Sie brauchte fünf Tage und nahm an, das Thema sei damit ein für alle Mal erledigt. Doch weit gefehlt: Den Rest der Woche (die sich auf ewig als »Bibelwoche« in Kelseas Hirn einbrennen sollte) verbrachte Carlin damit, sie zur Handlung und zur Botschaft des Textes auszufragen, und Kelsea musste das Buch gleich mehrfach wieder aus dem Regal ziehen. Irgendwann, nach einer endlos scheinenden Studienzeit, war Carlin schließlich doch zufrieden und erlaubte ihr, den Wälzer endgültig wegzustellen.

»Warum haben wir eigentlich eine so schöne Bibel?«, fragte Kelsea.

»Weil das ein Buch ist, das die Menschheit seit Tausenden von Jahren beeinflusst. Und wie bei jedem bedeutenden Buch sollte man dafür sorgen, dass wenigstens eine wertvolle Ausgabe erhalten bleibt.«

»Glaubst du, dass die Geschichten darin wahr sind?«

»Nein.«

»Warum muss ich sie dann lesen?«, fragte Kelsea verärgert. Das Buch war nicht sonderlich spannend und zudem wirklich *schwer*. Tagelang hatte sie das verdammte Ding von Zimmer zu Zimmer geschleppt. »Was sollte das?«

»Man muss seine Feinde kennen. Auch ein Buch kann in den falschen Händen zur Gefahr werden. In einem solchen Fall sollte man die Hände verurteilen. Aber das Buch, das liest man.«

Kelsea hatte Carlin damals nicht verstanden, doch nach einem Blick auf das goldene Kreuz des Arvath war ihr ein Licht aufgegangen. Sie bezweifelte, dass ihr Onkel die Bibel je gelesen hatte, und als sie ihn jetzt so musterte, fiel ihr noch ein weiteres Detail aus ihrer Bibelwoche ein.

Thomas – das war nicht nur der Apostel, sondern auch der Ungläubige. Als Königin Arla ihren Sohn zum ersten Mal im Arm gehalten hatte, war ihr wahrscheinlich aufgefallen, was auch Kelsea jetzt sah: Schwäche. Eine Schwäche, die umso gefährlicher war, als sie mit Anspruchsdenken einherging.

Er ist dein letzter lebender Verwandter, protestierte eine

Stimme in ihrem Kopf, die sogleich von einer plötzlich aufbrandenden Zorneswelle weggespült wurde. Jeder Familiensinn und jede Neugier schrumpfte zu einem Nichts zusammen. Denn Kelsea konnte rechnen. Ihre Mutter war vor sechzehn Jahren gestorben. Seitdem hatte der Regent auf dem Thron gesessen. Sechzehn mal dreitausend, das waren achtundvierzigtausend Einwohner, die ihr Onkel hatte verschiffen lassen, um seine Haut zu retten. Und in seinem Gesicht sah sie kein Zeichen von Reue, kein noch so leises Bedauern. Nur der verwirrte Ausdruck eines Mannes, der den Eindruck hatte, ihm sei schreckliches Unrecht widerfahren. Was für ein erbärmliches Geschöpf. Und noch immer ging er davon aus, dass die Welt ihm etwas schuldete. Dass der Schaden, den er erlitten hatte, wiedergutgemacht werden müsse.

Weshalb kann ich auf einmal so viel sehen?, fragte sich Kelsea. Wie um ihr zu antworten, begann der Saphir zu zittern und eine Wärme abzustrahlen, die durch ihre Brust in ihr Inneres einzudringen schien. Kelsea erschrak, doch sie geriet nicht so aus der Fassung wie noch vor ein paar Tagen auf dem Festungsrasen. Vielleicht machte sie sich etwas vor, doch allmählich glaubte sie, den Stein zu verstehen, und sei es auch nur ein kleines bisschen. Sie hatte bereits einige Male gemerkt, wie er auf ihre Stimmungen reagierte oder einfach nur ihre Aufmerksamkeit einforderte. Jetzt gerade hätte sie schwören können, dass er sie zur Konzentration mahnte.

»Was wollt Ihr, Onkel?«

»Ich komme, um Eure Majestät zu bitten, mich weiterhin in der Festung wohnen zu lassen«, erwiderte der Regent. Seine nasale Stimme hallte durch den Saal. Es war offensichtlich, dass er die Rede vorbereitet hatte. Die Blicke der Wachen waren nicht länger ins Leere gerichtet. Besonders Mhurn musterte den Regenten mit zusammengekniffenen Augen und dem abwartenden Ausdruck eines hungrigen Hundes. »Ich empfinde meine Verbannung nicht nur als ungerecht, sondern auch als reichlich unüberlegt. Zudem wurde mein Eigentum so klammheimlich konfisziert, dass ich keinerlei Gelegenheit hatte, irgendwelche Einwände vorzubringen.«

Kelseas Augenbrauen schossen in die Höhe. Das förmliche Vokabular ihres Onkels erstaunte sie. Langsam beugte sie sich zu Mace hinüber und fragte: »Was soll ich jetzt tun?«

»Was Ihr wollt, Lady. Gott weiß, ich könnte ein bisschen Unterhaltung gebrauchen.«

Kelsea wandte sich wieder an ihren Onkel: »Und die wären?«

»Bitte was?«

»Ihr sagtet, Ihr hättet keine Gelegenheit gehabt, Eure Einwände vorzubringen. Welche wären das?«

»Die meisten Gegenstände, die Eure Wachen mitgenommen haben, sind Geschenke. Persönliche Geschenke.«

»Ja und?«

»Das heißt, dass die Krone kein Recht darauf hat.«

Mace unterbrach ihn: »Die Krone hat ein Recht auf alles, was sich innerhalb der Festungsmauern befindet.«

Das war neu für Kelsea, doch sie nickte zustimmend. »Korrekt, Onkel. Und da ist Euer ganzer Mortplunder mit dabei.«

»Das war nicht nur Plunder, werte Nichte. Ihr habt mir auch meine Lieblingsfrau entführt.«

»Marguerite steht ab jetzt unter meinem Schutz.«

»Aber sie war ein Geschenk. Ein sehr wertvolles noch dazu.«

»Da bin ich ganz Eurer Meinung«, erwiderte Kelsea mit einem breiten Lächeln. »Sie ist sogar von unschätzbarem Wert. Ich habe keinen Zweifel, dass sie mir hervorragende Dienste leisten wird.«

Der Regent bekam rote Flecken am Hals, die langsam, aber stetig zu seinem Kinn hinaufkrochen. Carlin hatte immer gesagt, die meisten Männer seien wie Hunde. Ein Urteil, dem Kelsea nichts hatte abgewinnen können – es gab einfach zu viele gute Bücher, die von Männern verfasst worden waren. Doch ganz unrecht schien sie nicht gehabt zu haben. »Sollte ich irgendwann genug von Marguerite haben, schenke ich ihr vielleicht die Freiheit. Aber im Moment ist sie glücklich hier.«

Der Regent blickte ungläubig auf. »Blödsinn!«

»Ich versichere Euch, sie ist wirklich gern hier«, entgegnete Kelsea unbekümmert. »Und stellt Euch vor, ich muss sie nicht mal anleinen!«

Elston und Kibb kicherten.

»Diese Schlampe könnte nirgendwo glücklich sein!«, zischte der Regent. Von seinen Lippen regnete es Spucketröpfchen.

»Hütet Eure Zunge vor der Königin!«, donnerte Mace. »Sonst binde ich Euch eine rote Schleife um, und schmeiße Euch gleich hochkant aus der Festung. Ich bin sicher, der Fetch könnte Eure Knochen gut als Tafelbesteck gebrauchen!«

»Ich nehme an, Ihr wolltet nur die Sache mit Marguerite zur Sprache bringen?«, fiel Kelsea ein. »Denn über Eure spektakulär stümperhaften Kunstobjekte werdet Ihr ja wohl nicht ernsthaft diskutieren wollen, oder?«

Dem Regenten klappte die Kinnlade herunter. »Das sind Gemälde von Powell!«

»Wer ist Powell?«, fragte Kelsea.

Keine Antwort.

»Ein bekannter Maler aus Jenner«, erwiderte der Regent schließlich. »Ich *musste* sie einfach haben.«

»Nun, Ihr könnt ja vielleicht ein Gebot auf die unverkäuflichen Bilder abgeben.«

»Und was ist mit meinen Statuen?«

Jetzt meldete sich Coryn zu Wort: »Die werden sich garantiert verkaufen, Majestät. Sie sind zwar abgrundtief scheußlich, aber aus einem kostbaren Material. Schätze, man könnte sie einschmelzen.«

Der Regent blickte gekränkt drein. »Mir wurde versichert, sie würden im Wert steigen.«

»Von wem wurde Euch das versichert?«, fragte Kelsea. »Vom Verkäufer?«

Der Regent öffnete den Mund, brachte jedoch kein Wort heraus. Ungeduldig rutschte Kelsea auf ihrem Sessel hin und her. So langsam machte das Ganze hier keinen Spaß mehr. Außerdem wurde sie wieder müde. Aber immerhin war es ihr gelungen, ihre Gardisten für einen Moment aufzuheitern, und das war ja schon mal etwas. Während Coryn noch versuchte, sich das Lächeln zu verkneifen, wurde das unverhohlene Grinsen von Elston und Kibb immer breiter. Selbst Mhurn sah zum ersten Mal hellwach aus.

»Ich werde Euren Krempel behalten, Onkel. Und offen gestanden kann ich mir nicht vorstellen, welchen Einwand Ihr gegen Eure Verbannung vorbringen könntet. Aber solltet Ihr doch einen haben – ich bin ganz Ohr.«

»Ich könnte Euch nützlich sein, Nichte«, erwiderte der Regent so prompt, dass Kelsea sich fragte, ob er nicht schon die ganze Zeit um den heißen Brei herumgeredet hatte.

»Inwiefern?«

»Ich weiß eine Menge Dinge. Und glaubt mir, Ihr würdet sie auch gerne wissen.«

»Jetzt wird es töricht, Majestät«, unterbrach Mace. »Erlaubt mir bitte, ihn aus der Festung zu werfen.«

»Wartet.« Kelsea hob die Hand. »Was wisst Ihr, Onkel?«

»Ich weiß, wer Euer Vater ist.«

»Gar nichts weiß er, Lady«, knurrte Mace.

»Und wie ich das tue, werte Nichte. Abgesehen davon habe ich so einige Informationen über Eure Mutter, die Euch interessieren dürften. Die Typen da werden nichts rauslassen. Sie haben es geschworen. Aber ich bin kein Gardist. Was auch immer Ihr über Königin Elyssa erfahren wollt, ich kann es Euch sagen.«

Wären die Blicke der Wachen Dolche gewesen, sie hätten ihren Onkel durchbohrt. Als Kelsea sich zu Mace umwandte, sah sie seinen gequälten Gesichtsausdruck. Kein schöner Anblick.

Ich will es aber wissen. Ja, sie wollte unbedingt erfahren, welcher der offenbar unzähligen Liebhaber ihrer Mutter sie gezeugt hatte. Sie wollte die wahre Elyssa kennenlernen. Vielleicht war ja doch alles ganz anders, als es den Anschein hatte. Einen Moment lang klammerte sich Kelsea an die Vorstellung, dass ihre Mutter auch gute Eigenschaften besessen hatte; Eigenschaften, von denen niemand etwas wusste. Trotzdem, sich auf das Angebot ihres Onkels einzulassen barg Gefahren. Kelsea musterte ihn kühl. »Was wollt Ihr, Scheherazade? Asyl in der Festung?«

»Nein, aber ich will ins Tagesgeschäft mit einbezogen werden, einen Beitrag leisten und regieren. Ich habe viele Informationen über die Rote Königin.«

»Und Ihr findet wirklich, dass wir dieses Spiel spielen sollten? Ihr wolltet mich töten lassen, Onkel. Es hat nicht funktioniert, also sei's drum. Aber wie Ihr Euch sicher vorstellen könnt, bin ich Euch nicht besonders zugetan.«

»Wo sind Eure Beweise?«

Mace trat einen Schritt vor. »Zwei Eurer Wachen haben gestanden und Euch belastet. Idiot.«

Der Regent riss die Augen auf, doch Mace war noch nicht fertig: »Mal ganz zu schweigen von den Caden, die Ihr vor drei Monaten damit beauftragt habt, die Königin aufzuspüren.«

»Die Caden geben ihren Auftraggeber nie preis.«

»Tun sie wohl, elender Dummkopf. Man muss sie nur im richtigen Moment erwischen und ihnen genug Ale einflößen. Ich habe alle Beweise, die ich brauche. Ihr könnt von Glück sagen, dass Ihr überhaupt noch hier steht.«

»Und warum stehe ich noch hier?«

Mace wollte gerade zu einer Antwort ansetzen, als Kelsea ihm niedergeschlagen mit einer Handbewegung Einhalt gebot. Egal, wie gerne sie auch über ihre Mutter Bescheid gewusst hätte, sie konnte das Angebot nicht annehmen. Ihr Onkel würde sich zurückholen wollen, was er verloren hatte. Das war schon daran zu erkennen, wie seine Augen in einem fort durch den Raum huschten. Sie kannte diesen Mann überhaupt nicht, und doch war es ein Leichtes, ihn zu durchschauen. Er würde nie aufhören, Ränke zu schmieden. Man konnte ihm nicht trauen.

»Wenn Ihr die Wahrheit wissen wollt, Onkel – Ihr seid mir nicht wichtig genug, dass ich Euch ins Gefängnis sperren lassen würde. Zum Glück gibt es Männer, die von einem ganz anderen Format sind als Ihr. Nehmen wir zum Beispiel Coryn«, sagte Kelsea und deutete auf ihren Gardisten.

Verblüfft, als hätte er völlig vergessen, dass der Wachmann neben ihm stand, wandte der Regent den Kopf. Auch Coryn wirkte ziemlich erstaunt.

»Ich könnte ihm alles nehmen, was er besitzt, seine Kleider, Geld, Waffen und alle Frauen, die er womöglich irgendwo versteckt hält …«

»Und das sind einige«, warf Coryn vergnügt ein.

Kelsea lächelte nachsichtig, ehe sie fortfuhr: »Und trotzdem wäre er immer noch Coryn, ein ehrbarer Mann, der wertvolle Dienste leistet.« Sie machte eine Pause. »Und jetzt schaut Euch selbst an, Onkel. Ohne Kleider, Frauen und Wachen seid Ihr nichts als ein Verräter. Und alle Welt weiß um Eure Verbrechen. Euch einzusperren hieße eine Zelle zu verschwenden. Ihr seid ein Nichts.«

Der Regent wirbelte so plötzlich herum, dass Mace vor Kelsea sprang und sein Schwert zog. Doch ihr Onkel wandte ihnen einfach nur den Rücken zu und rührte sich nicht vom Fleck. Seine Schultern hoben und senkten sich.

»Mein Urteil steht, Onkel. Ihr habt noch fünfundzwanzig Tage, um aus der Festung zu verschwinden. Coryn, bringt ihn zurück ihn seine Gemächer.«

»Eure Eskorte brauche ich nicht«, giftete der Regent, während er sich noch einmal zu ihr umdrehte. Seine Augen waren zornig aufgerissen, doch Kelsea sah auch Schmerz darin. Einen tiefen Schmerz, etwas, das sie nicht gewollt hatte. Sie verspürte das absurde Verlangen, sich zu entschuldigen, das sich jedoch rasch wieder verflüchtigte, als der Regent fortfuhr: »Du treibst in tiefen Gewässern, Mädchen, und ich glaube, nicht mal dein Mace begreift, wie tief sie wirklich sind. Die Rote Königin weiß, was du getan hast – ich selbst habe ihr einen Boten gesandt. Du hast dich in den Sklavenhandel der Mort eingemischt. Und glaub mir, sie wird kommen und dieses Land ausnehmen wie ein Schlachter seine Mastsau.«

Sein Blick richtete sich auf etwas neben Kelsea. Er verstummte, und seine Augen weiteten sich entsetzt.

Kelsea folgte seinem Blick und sah, dass Marguerite unbemerkt in den Saal gekommen und neben sie getreten war. Dort, wo die Leine um ihren Hals gelegen hatte, zeichneten sich immer noch deutliche Striemen ab, die sich tief violett verfärbt hatten und selbst im Fackellicht deutlich zu sehen waren. Sie trug ein formloses, braunes Kleid – der eindeutige Beweis dafür, dass ihre Schönheit nicht von ihrer Kleidung abhing. Marguerite war eine Helena von Troja, groß, imposant, mit flammend rotem Haar. Unbewegt starrte sie den Regenten an. Kelsea bekam Gänsehaut.

»Marguerite?«, fragte ihr Onkel. Keine Spur mehr von dem dramatischen Gehabe, das er bis eben noch an den Tag gelegt hatte. Er musterte sie mit einer derart unverhohlenen Sehnsucht, dass er aussah wie ein Kalb. »Ich habe dich vermisst.«

»Ich weiß nicht, wo Ihr die Dreistigkeit hernehmt, das Wort an sie zu richten«, fuhr Kelsea ihn an. »Aber das macht Ihr nicht noch mal, es sei denn, ich erlaube es Euch.«

Das Gesicht des Regenten verdüsterte sich, und er schwieg, wandte den Blick aber nicht von Marguerite ab. Auch sie fixierte ihn und trat dann einen Schritt vor. Sowohl Mace als auch Coryn legten eine Hand an ihre Schwerter. Ohne von ihnen Notiz zu nehmen, ließ sich Marguerite zu Kelseas Füßen nieder.

Mit schockstarrer Miene betrachtete der Regent die Szene einen Moment lang, dann verzog sich sein Gesicht zu einer hasserfüllten Fratze. »Was habt Ihr ihr gegeben?«

»Nichts.«

»Wie habt Ihr sie dann für Euch gewonnen?«

»Zunächst einmal habe ich ihr keine Leine um den Hals gelegt.«

»Na dann, viel Spaß mit ihr. Die Schlampe ist fähig, Euch mit einem Lächeln auf den Lippen die Gurgel durchzuschneiden.« Wütend starrte er Marguerite an. »Fahr zur Hölle, Morthure.«

»Deine Flüche jagen niemandem Angst ein, Tearschwein«, entgegnete Marguerite auf Mort. »Du hast dich selbst verflucht.«

Verständnislos glotzte er Marguerite an. Kelsea schüttelte angewidert den Kopf. Nicht mal Mort sprach er. »Wir haben nichts mehr hinzuzufügen, Onkel. Geht jetzt. Und viel Glück bei Eurer Wanderung durch das Land.«

Mit einem letzten gequälten Blick auf seine ehemalige

Sklavin wandte sich der Regent ab und stürmte, dicht gefolgt von Coryn, davon. Elston und Kibb öffneten die Türflügel gerade weit genug, um den Regenten hindurchzulassen. Marguerite erhob sich und sagte in raschem Mort: »Ich muss zu den Kindern zurück, Majestät.«

Kelsea nickte. Sie hätte noch ein paar Fragen an sie gehabt, doch jetzt war nicht der richtige Zeitpunkt dafür. Sie sah zu, wie die junge Frau über den Korridor eilte, und ließ sich dann in ihrem Sessel zurücksinken. »Sagt mir, dass das alles war.«

»Der Schatzmeister, Lady«, erinnerte sie Mace. »Ihr habt versprochen, ihn zu empfangen.«

»Ihr seid ein Menschenschinder, Lazarus.«

»Holt Arliss!«, rief Mace. »Nur ein paar Minuten, Majestät. Es ist wichtig. Wer persönliche Verbindungen hat, kann auf die Loyalität seiner Leute hoffen.«

»Aber wir können doch keinem Schatzmeister trauen, der für meinen Onkel gearbeitet hat!«

»Ich bitte Euch, Lady. Der Regent hatte keinen Schatzmeister, sondern nur einen Haufen Söldner. Und die waren die meiste Zeit betrunken.«

»Wer ist dann dieser Arliss?«

»Ich habe ihn selbst ausgesucht.«

»Und wer ist er?«

Mace wandte den Blick ab. »Ein Geschäftsmann aus der Gegend, der sehr gut mit Geld umgehen kann.«

»Was für ein Geschäftsmann?«

Mace verschränkte die Arme; eine recht zimperliche Geste für einen sonst so derben Mann. »Wenn Ihr es unbedingt wissen wollt, Lady – er ist ein Buchmacher.«

»Ein Buchmacher?« Kelsea war völlig perplex, doch nach einem Moment machte ihre Verwunderung Aufregung Platz. »Aber Ihr habt doch gesagt, es gäbe keine Druckmaschinen mehr. Wie stellt dieser Arliss seine Bücher dann her? Von Hand?«

Mace sah sie verständnislos an und brach dann in schallendes Gelächter aus. Jetzt wusste Kelsea, warum er so selten lachte. Er klang wie eine Hyäne, wie ein kreischendes Tier. Mace schlug sich die Hand vor den Mund, und Kelsea spürte, wie ihr die Röte ins Gesicht stieg.

Ich bin es nicht gewöhnt, dass man mich auslacht, dachte sie und versuchte, ihren Mund zu so etwas wie einem Lächeln zu verziehen. »Was ist daran so lustig?«

»Er verlegt keine Bücher, Lady. Er ist ein Buchmacher. Das heißt, er offeriert Wetten.«

»Wetten?«, fragte Kelsea und vergaß ihre Verlegenheit. »Ich soll einem Berufsspieler die Schlüssel zu unserer Schatzkammer in die Hand drücken?«

»Habt Ihr eine bessere Idee?«

»Da muss es doch noch jemand anderen geben!«

»Niemanden, der so gut mit Geld umgehen kann, das versichere ich Euch. Offen gestanden musste ich Arliss ziemlich bearbeiten, damit er überhaupt hier auftaucht, also seid nett zu ihm. Sein Kopf funktioniert wie einer der Taschenrechner aus der Zeit vor der Überfahrt, und er hasst Euren Onkel. Ein ganz guter Anfang, dachte ich.«

»Aber wie könnt Ihr sicher sein, dass er sich ehrlich verhalten wird?«

»Das werde ich nicht«, krächzte eine raue Stimme. Ein alter, runzliger Mann bog aus dem Gang in den Audienzraum. Obwohl er gebeugt ging und sein linkes Bein nachzog, war er so flink, dass sich Kibb beeilen musste, um mit ihm Schritt zu halten. Auch Arliss' linker Arm schien gelähmt, denn er hielt ihn wie ein Baby an seinen unteren Rippenbogen gepresst. Unter seiner Achsel klemmte ein Papierstapel. Das wenige, das von seinem weißen Haar noch übrig war, schien ihm überwiegend aus den Ohren zu wachsen. Seine Augäpfel hatten einen Gelbstich, die Unterlider hingen herunter und entblößten einen Hautlappen, den das Alter zu einem faden Rosa gebleicht hatte. Er war wirklich das hässlichste Geschöpf, das Kelsea je gesehen hatte.

Endlich jemand, neben dem ich gut aussehe, dachte sie und bereute es sogleich wieder.

Der alte Mann hielt ihr seine unversehrte Hand hin. Kelsea drückte sie vorsichtig. Sie fühlte sich an wie Papier: glatt, kühl und leblos. Er roch schrecklich, säuerlich irgendwie, aber das war wohl seinem Alter zuzuschreiben.

»Ich bin nicht ehrlich«, wiederholte der Alte keuchend. Kelsea konnte seinen Akzent – breit und näselnd zugleich – nicht zuordnen. In jedem Fall war es kein Hochtear. »Aber man kann mir vertrauen.«

»Zwei recht widersprüchliche Aussagen«, erwiderte Kelsea.

Arliss blickte sie aus funkelnden Augen an. »Und doch bin ich hier.«

»Man kann ihm trauen, Lady«, sagte Mace. »Und ich denke …«

»Eins nach dem anderen«, unterbrach ihn Arliss. »Wer ist Euer Vater, kleine Königin?«

»Das weiß ich nicht.«

»Verdammt. Mace hier will es mir nicht verraten. Aber wenn das Geheimnis erst gelüftet ist, kassiere ich so richtig ab.« Er beugte sich vor und starrte auf ihre Brust. »Herrlich.«

Empört wich Kelsea zurück, bis sie begriff, dass er ihren Saphir musterte. Sein Blick war der eines gierigen Sammlers. »Ich nehme an, er ist echt?«, fragte sie.

»Das kann man wohl sagen, Majestät. Ein reiner Saphir im Achtkantschliff, nicht der kleinste Makel, wunderschön. Die

Fassung ist auch nicht schlecht, aber der Stein … Ich könnte einen hohen Preis für Euch aushandeln.«

Kelsea beugte sich vor. Plötzlich war sie überhaupt nicht mehr müde. »Wisst Ihr etwas über seine Herkunft?«

»Nur Gerüchte, kleine Königin. Schwer zu sagen, ob da was Wahres dran ist. Es heißt, William Tear habe die Halskette des Königs gleich nach der Überfahrt angefertigt. Als Jonathan Tear das nicht reichte, sollten ihm seine eigenen Leute einen zweiten Stein beschaffen, einen für den Thronfolger. Viel gebracht hat's ihm nicht. Nur ein paar Jahre später wurde der arme Bastard ermordet.«

»Wo hatten sie die Steine her?«

»Aller Wahrscheinlichkeit nach aus Cadare. So was Edles gibt es in Tearling oder Mortmesne nicht. Vielleicht ist sie deshalb so wild darauf.«

»Wer?«

»Die Rote Königin, Lady. Meine Informanten sagen, dass sie mindestens so sehr nach den Steinen giert wie nach Euch.«

»Aber sie könnte sich doch jeden Edelstein, den ihr Herz begehrt, als Abgabe von den Cadare entrichten lassen.«

»Mag sein.« Arliss musterte sie verstohlen unter seinen buschigen Augenbrauen. »Aber Eure Saphire sollen magische Kräfte besitzen.«

»Das ist mehr als unwahrscheinlich«, knurrte Mace. »Königin Elyssa waren sie nie von Nutzen.«

»Wo ist der andere Stein?«

»Wollten wir nicht eigentlich über die Schatzkammer sprechen, Arliss?«

»Ah, ja.« Arliss schaltete sofort, zog den Papierstapel unter seinem linken Arm hervor und nahm seine Zähne zu Hilfe, um die Papiere so lange durchzublättern, bis er das gewünschte Dokument fand. »Ich habe den Besitz Eures Onkels inventarisiert, kleine Königin. Ich weiß, wo man die wertvollen Sachen verhökern kann. Außerdem kenne ich ein paar ausgemachte Narren, bei denen wir den Plunder loswerden können. Der ganze Scheiß, den Euer Onkel für Kunst hielt, bringt Euch mindestens fünfzigtausend Pfund, und auf dem offenen Markt dürfte der Hurenschmuck noch mal doppelt so viel wert ein.«

»Hütet Eure Zunge, Arliss«, blaffte Mace.

»Verzeiht, verzeiht.« Arliss wischte den Einwand weg, und auch Kelsea störte sich nicht an seiner vulgären Ausdrucksweise, im Gegenteil, sie passte irgendwie zu ihm. »In der Schatzkammer war ich noch nicht. Ob Ihr's glaubt oder nicht, ich bin immer noch auf der Suche nach jemandem, der einen Schlüssel dazu hat. Aber ich kann mir ziemlich genau vorstellen, wie es dort aussieht. Ach, übrigens, die Kammer braucht zwei neue Wächter.«

»Offensichtlich«, antwortete Kelsea. Ihre Schulter pochte immer heftiger, doch sie ignorierte den Schmerz. Sie war fast ein bisschen überwältigt von der Energie des alten Mannes.

»Aus den Steuereinnahmen bleiben Tearling nach Abzug der Zensusanteile ungefähr fünfzigtausend Pfund. Seit dem Tod Eurer Mutter hat Euer Onkel weit über eine Million verprasst. Ich würde mal schätzen – und bei sowas liege ich für gewöhnlich richtig –, dass noch zirka hunderttausend in der Staatskasse sind, nicht mehr. Mit anderen Worten, Ihr seid pleite.«

»Hervorragend.«

»Aber«, fuhr Arliss mit blitzenden Augen fort, »ich habe schon ein paar Ideen, wie man Eure Einnahmen erhöhen könnte.«

»Was denn für Ideen?«

»Kommt drauf an, Majestät. Bin ich eingestellt? Umsonst mache ich nämlich nichts.«

Kelsea blickte Mace an, ein stummer Appell. Doch der zog nur die Augenbrauen hoch, als wolle er sie herausfordern, Arliss wegzuschicken. »Ihr seid nicht ehrlich, aber vertrauenswürdig?«, fragte Kelsea schließlich.

»Richtig.«

»Ich denke, Ihr seid weit mehr als nur ein Buchmacher.«

Arliss grinste. Sein schütteres, stacheliges Haar stand ihm vom Kopf ab, als sei er vom Blitz getroffen worden. »Könnte sein.«

»Warum wollt Ihr dann unbedingt für mich arbeiten? Egal, wie viel wir Euch auch bezahlen, es dürfte nicht an Eure nächtlichen Verdienste heranreichen, oder?«

Arliss kicherte. Es klang, als würde Luft aus einem Akkordeon entweichen. »Nun, vermutlich bin ich tatsächlich reicher als Ihr, kleine Königin.«

»Warum dann diese Position?«

Sein Gesicht wurde ernst, und er blickte Kelsea prüfend an. »Auf den Straßen kursieren Lieder über Euch, wusstest Ihr das? Die ganze Stadt ist wie gelähmt vor Angst, weil uns eine Invasion bevorsteht, und trotzdem besingt man Eure Tat. Sie nennen Euch die ›Wahrhafte Königin‹.«

Mace nickte, als Kelsea ihn fragend anblickte.

»Keine Ahnung, ob das stimmt, aber ich gehe lieber auf Nummer sicher«, fuhr Arliss fort. »Es ist nie verkehrt, auf der Siegerseite zu stehen.«

»Und wenn ich nicht die bin, für die das Volk mich hält?«

»Dann habe ich immer noch genug Geld, um mich freizukaufen.«

»Wie viel wollt Ihr als Lohn haben?«

»Auf die Details haben Mace und ich uns bereits geeinigt. Ihr könnt mich Euch leisten, kleine Königin. Ihr müsst nur noch Ja sagen.«

»Würde das bedeuten, dass ich vor Euren übrigen Geschäften die Augen verschließen muss?«

»Das besprechen wir, wenn es so weit ist.«

Glitschig wie ein Aal, dachte Kelsea und wandte sich wieder an Mace: »Lazarus?«

»Ihr werdet in ganz Tearling keinen besseren Finanzmann finden, Lady, und das ist nur eine seiner vielen Qualitäten. Es wird einige Anstrengung erfordern, den Schaden wiedergutzumachen, den Euer Onkel über die Jahre angerichtet hat. Und dies hier ist der Mann, den ich dafür aussuchen würde. Auch wenn er sich in Eurer Gegenwart einen respektvolleren Ton angewöhnen muss.« Mace warf Arliss einen scharfen Blick zu.

Arliss feixte und entblößte einen Mund voller schiefer gelber Zähne.

Kelsea seufzte. Wie ein Mantel schien sich das Unvermeidliche über sie zu legen. Sie begriff, dass dies erst einer von vielen Kompromissen war, die sie würde eingehen müssen. Ein unbehagliches Gefühl, als würde man auf einem reißenden Fluss in ein Boot steigen, ohne jede Möglichkeit, wieder an Land zu gehen. »Gut, Ihr seid eingestellt. Und bitte seid so nett, eine Gegenüberstellung aller Einnahmen und Ausgaben für mich vorzubereiten.«

Der Alte verneigte sich und hinkte rückwärts Richtung Ausgang. »Sobald Ihr ein bisschen Zeit habt, sprechen wir weiter, kleine Königin. Erlaubt Ihr mir, in der Zwischenzeit Eure Schatzkammer zu inspizieren?«

Kelsea lächelte und spürte, wie ihr der Schweiß auf die Stirn trat. »Ich bezweifle, dass Ihr dafür meine Erlaubnis braucht, Arliss. Aber ja, Ihr habt sie.«

Sie wollte sich gerade in ihrem Sessel zurücklehnen, als sie ein Stich in ihrer Schulter wieder nach vorne schnellen ließ. »Jetzt muss ich mich wirklich ausruhen, Lazarus.«

Mace nickte und bedeutete Arliss zu gehen. Der Schatzmeister wich in seinem seltsamen Krebsgang zurück, bis er endlich den Korridor erreicht hatte. Mace und Andalie legten jeweils einen Arm unter Kelseas Achseln, zogen sie hoch und schleiften sie buchstäblich in Richtung ihres Gemachs.

»Wird Arliss bei uns in der Festung wohnen?«, fragte Kelsea.

»Das weiß ich nicht«, entgegnete Mace. »Er ist schon seit ein paar Tagen hier, aber bisher hat er nur die Sachen Eures Onkels inventarisiert. Seine Schlupflöcher sind über die ganze Stadt verteilt. Ich schätze, er wird in der Festung ein und aus gehen, wie es ihm gefällt.«

»Womit verdient er sein Geld?«

»Schwarzmarkthandel.«

»Geht's auch etwas genauer, Lazarus?«

»Sagen wir, er kümmert sich um die Beschaffung exotischer Waren, Lady. Lassen wir es dabei.«

»Waren im Sinne von … Menschen?«

»Nein, Lady. Ich weiß, dass Ihr so etwas nie dulden würdet.« Mace drehte sich um, damit Andalie Kelsea beim Entkleiden helfen konnte. Während er im Raum auf und ab lief, löschte er die Fackeln. »Was haltet Ihr von Venner und Fell?«

Wer?, dachte Kelsea, als ihr die beiden Waffenmeister wieder einfielen. »Die würden gut daran tun, mir das Kämpfen beizubringen, sonst sorge ich dafür, dass sie es bereuen.«

»Es sind tüchtige Männer. Habt Geduld mit ihnen. Eure Mutter konnte nicht mal den Anblick einer Waffe ertragen.«

Kelsea verzog das Gesicht und dachte an Carlin, an jenen verhängnisvollen Tag, als sie das Kleid aus ihrem Schrank entwendet hatte. »Meine Mutter war eine eitle Närrin.«

»Und doch ist das alles hier ihr Vermächtnis«, murmelte Andalie unerwartet, während sie ein paar Haarnadeln aus Kelseas Frisur entfernte.

Nachdem ihrer Zofe das Kunststück gelungen war, sie zu entkleiden, ohne ihre Verletzungen weiter aufzureißen, kletterte Kelsea ins Bett. Sie war so müde, dass sie kaum registrierte, wie kühl und weich sich ihre neuen Laken anfühlten.

Wie konnte das Bettzeug so schnell ausgewechselt werden?, fragte sie sich schläfrig. Aus irgendeinem Grund schienen die frischen Bezüge noch magischer als alles, was sie bislang erlebt hatte. Sie wandte den Kopf, um Mace und Andalie Gute Nacht zu sagen, doch sie waren bereits gegangen und hatten die Tür leise hinter sich geschlossen.

Da Kelsea nicht auf dem Rücken liegen konnte, drehte sie sich behutsam im Bett herum und versuchte, eine bequeme Position zu finden. Schließlich blieb sie auf der Seite liegen, mit dem Gesicht zu den leeren Bücherregalen, und sah sich erschöpft um. Es gab noch so viel zu tun.

Du hast schon viel geschafft, flüsterte Bartys Stimme in ihrem Kopf.

Bilder drängten an die Oberfläche. Die brennenden Käfige. Marguerite, angeleint, vor dem Thron ihres Onkels. Die alte Frau in der Menge, die auf dem Boden gelegen und geweint hatte. Die schreiende Andalie vor den Käfigen. Die Kinder im Spielzimmer. Kelsea wälzte sich von einer Seite auf die andere, unfähig, Ruhe zu finden. Sie fühlte ihr Königreich – um sich herum, unter sich. Ein Reich, das sich endlos in alle Richtungen ausdehnte. Dessen Volk in großer Gefahr schwebte. Und am Horizont zog bereits eine düstere Mortwolke auf. Sie wusste, dass ihr erster Eindruck richtig gewesen war.

Es reicht nicht, dachte sie bedrückt. *Nicht mal annähernd.*

9

Der Stein

»So viele Kräfte arbeiteten gegen die Glynn-Königin, sie hätte zu einem Felsen im Gottesmeer werden können, den die Flut unbarmherzig abtrug. Doch wie die Geschichte beweist, fand sie zu wahrer Größe.«

Die Glynn-Königin: ein Porträt, Karn Hopley

Schneller, Lady! Bewegt Euch schneller!«, bellte Venner. Kelsea tänzelte rückwärts und versuchte, sich an die komplizierten Schrittfolgen zu erinnern, die der Schatzmeister ihr beigebracht hatte.

»Hoch mit dem Schwert!«

Kelsea spürte, wie ihre Schultern protestierten. So ein Schwert war wirklich unglaublich schwer.

»Eure Füße müssen schneller sein als die Eures Gegners«, nörgelte Venner. »Im Moment könnte Euch selbst der unbeholfenste Tölpel besiegen.«

Kelsea nickte errötend und justierte den Griff nach. Das hier war wirklich etwas ganz anderes als ein Messerkampf. Das Schwert war viel sperriger und ihr fülliger Körper ständig im Weg. Wenn sie herumwirbelte, schien sie über ihre eigenen

Füße zu stolpern. Und Venner weigerte sich, sie gegen jemand anderen als ihn selbst kämpfen zu lassen, ehe sie nicht etwas an Tempo zulegte. Kelsea wusste, dass er recht hatte.

»Noch mal.«

Innerlich fluchend machte Kelsea sich bereit. Wie man mit einem Schwert umging, hatte Venner ihr noch gar nicht gezeigt. Im Moment sollte sie es nur hochhalten, was auch schon schwer genug war – immerhin hatte sie eine verletzte Schulter, war nicht trainiert und trug zu allem Überfluss noch Pens schwere Rüstung. Sich obendrein all die komplizierten Schrittfolgen zu merken, schien ihr schlicht unmöglich. Doch Venner war ein anspruchsvoller Lehrer. Zweifellos würde sie die nächsten fünfzehn Minuten durchhalten müssen, denn er bestand auf einer vollen Trainingsstunde. Wieder hob Kelsea das Schwert. Schweiß rann ihr die Wangen hinab.

»Tanzt, Lady, tanzt!«

Um ihrem imaginären Gegner zuvorzukommen, trat sie erst einen Schritt zurück und dann wieder einen vor. Diesmal stolperte sie nicht – wenigstens eine kleine Verbesserung. Doch aus Venners Seufzer schloss sie, dass sie wieder nicht schnell genug gewesen war. Hilflos keuchend wandte sie sich um: »Was soll ich denn *noch* tun?«

Venner trat von einem Fuß auf den anderen.

»Was ist?«

»Ihr solltet wirklich ein bisschen in Form kommen, Lady. Rank und schlank wie eine Tänzerin werdet Ihr wohl nie, aber Ihr könntet Euch garantiert besser bewegen, wenn Ihr etwas weniger Gewicht mit Euch rumschleppen würdet.«

Kelsea wurde rot und wandte sich rasch ab. Ihr war klar, dass sie ein bisschen zu schwer war, doch es jemand anderen aussprechen zu hören war etwas ganz anderes. Vom Alter her hätte Venner ihr Vater sein können, trotzdem gefiel es ihr nicht, von ihm kritisiert zu werden. Wäre Mace im Raum, er hätte so etwas nicht geduldet, das wusste Kelsea. Aber sie wusste auch, dass ihr zwangloses Auftreten derartige Unverschämtheiten geradezu herausforderte … Ihr Auftreten und die Tatsache, dass sie sich weigerte, ihre Untertanen für allzu offenherzige Bemerkungen zu bestrafen.

Nach einer langen Pause sagte sie: »Ich werde mit Milla sprechen. Vielleicht kann sie meinen Speiseplan ein wenig umstellen.«

»Ich wollte nicht unhöflich sein, Lady.«

Mit einer Handbewegung brachte Kelsea ihn zum Schweigen. Sie hatte ein Geräusch gehört, draußen, vor der Tür. »Lazarus, seid Ihr das?«

Mit einem angedeuteten Klopfen blieb Mace im Türrahmen stehen. »Majestät.«

»Spioniert Ihr mir etwa nach, wie die Stunden verlaufen?«

»Nein, ich wollte nicht spionieren, sondern nur dafür sorgen, dass Eure Interessen gewahrt werden.«

»Das sagen alle Spione.« Kelsea griff nach einem kleinen Tuch auf der Bank, um sich den schlimmsten Schweiß vom Gesicht zu wischen. »Ich würde sagen, wir sind fertig, Venner.«

»Aber wir haben noch zehn Minuten.«

»Wir sind fertig.«

Verärgert steckte Venner sein Schwert in die Scheide.

»Nun habt Euch doch nicht so. Nur noch drei Tage, und Ihr könnt mich wieder quälen, Waffenmeister.«

»Ich quäle Euch zu Eurem eigenen Besten, Lady.«

»Sagt Fell, ich erwarte morgen seinen Bericht über den Verbleib meiner Rüstung.«

Venner nickte unbehaglich. »Die Verspätung tut mir leid, Lady.«

»Und wenn Ihr schon dabei seid, könnt Ihr Fell gleich ausrichten, dass ich von jetzt an nur noch einen Waffenmeister beschäftige, wenn er bis morgen keine echten Fortschritte vorweisen kann. Einem Mann, der mir nach zwei Wochen immer noch keine Rüstung besorgt hat, vertraue ich auch sonst nichts an.«

»Aber ich allein kann mich nicht um alles kümmern, Lady.«

»Dann macht ihm das begreiflich, und zwar schnell. Ich habe die ewigen Verspätungen satt.«

Venner entfernte sich mit besorgter Miene. Mace half Kelsea, ihren verschwitzten Oberkörper aus Pens Brustpanzer zu befreien. Als sich das Metall endlich lockerte, pfiff sie durch die Zähne. Wenn sie das Ding trug, schmerzten ihre Brüste fürchterlich, aber sobald sie es ausgezogen hatte, war es noch schlimmer.

»Er hat recht, Majestät«, sagte Mace, als er den Panzer auf der Bank ablegte. »Ihr braucht zwei Waffenmeister. So war es schon immer. Einen, der Eure Männer trainiert, und einen, der Euch alles Nötige besorgt.«

»Von mir aus, aber keiner von beiden wird mehr so lange brauchen, um einen Auftrag zu erledigen, das verspreche ich Euch.« Kelsea fummelte an einem Riemen herum, der die Rüstung an ihrem Knöchel zusammenhielt. Es war offensichtlich, dass das Ding für einen Mann angefertigt worden war – einen Mann mit kurzen Fingernägeln. Sie fluchte leise.

»Der Regent hat die Festung heute Morgen verlassen.«

»Wirklich? Noch vor Ablauf der Frist?«

»Ich denke, er versucht, seinen Verfolgern zuvorzukommen.«

»Wo er wohl hinwill?«

»Nach Mortmesne vielleicht. Aber ich bezweifle, dass man ihm den Empfang bereiten wird, den er sich vorgestellt hat.« Mace lehnte sich an die Wand und betrachtete Pens Brustpanzer. »Aber ganz ehrlich – wen interessiert's?«

»Ihr wolltet etwas mit mir besprechen, Lazarus. Worum geht es?«

Auf seinem Gesicht erschien der Anflug eines Lächelns. »Ich muss dafür sorgen, dass Ihr einen neuen Leibwächter bekommt, Lady.«

»Warum?«

»So wie die Dinge im Moment stehen, kann ich Euch nicht beschützen und gleichzeitig meinen Aufgaben nachkommen. Ihr braucht einen richtigen Leibwächter, jemanden, der immer an Eurer Seite ist.«

»Und wieso fällt Euch das ausgerechnet jetzt ein?«

»Aus keinem speziellen Grund.«

»Lazarus.«

Mace seufzte. Sein Gesicht nahm einen angespannten Ausdruck an. »Lady, ich habe mir die Ereignisse der Krönungszeremonie wieder und wieder durch den Kopf gehen lassen und mit den anderen darüber gesprochen. Unsere Männer waren überall und hatten Euch aus jedem erdenklichen Winkel im Blick.«

»Jemand hat geschrien, bevor mich das Messer getroffen hat. Das habe ich gehört.«

»Ein Ablenkungsmanöver, Lady, nichts weiter. Aber für so etwas sind wir zu gut ausgebildet. Ein Gardist der Königin wendet vielleicht den Kopf, aber seinen Posten würde er nie verlassen.«

»Dann muss es jemand aus der Menge gewesen sein, nicht wahr? Arlen Thorne vielleicht?«

»Möglich, Lady, aber ich glaube es eigentlich nicht. Ihr seid zu gut geschützt gewesen. Es könnte höchstens sein, dass das Messer von der Empore aus geworfen wurde, aber …«

»Aber was?«

Mace schüttelte den Kopf. »Nichts, Majestät. Ich bin mir

noch nicht sicher, das ist der Punkt. Ihr braucht einen Leibwächter, der Euch auf Schritt und Tritt begleitet, einen, dessen Loyalität durch nichts infrage gestellt werden kann. Auf die Art habe ich genug Zeit, das Attentat aufzuklären und alles andere zu erledigen.«

»Was genau meint Ihr mit *alles andere*?«

»Etwas, das Eure Majestät nicht zu erfahren wünscht.«

Kelsea blickte ihn scharf an. »Was soll das heißen?«

»Vergebt mir, Lady, aber Ihr müsst nicht über jede Einzelheit unserer Arbeit Bescheid wissen.«

»Eins sage ich Euch, ich will keinen Ducarte.«

Überrascht blickte Mace sie an, und Kelsea verspürte eine leise Genugtuung. Es gelang ihr nicht oft, Mace zu überraschen.

»Woher wisst Ihr von Ducarte?«

»Carlin hat gesagt, er sei der Polizeichef von Mortmesne gewesen, hätte in Wirklichkeit aber einen Freischein zum Foltern und Töten gehabt. Sie war es, die mir eingebläut hat, dass alle Taten eines Polizeichefs auf den Herrscher zurückfallen.«

»Ducarte ist inzwischen Chef für Internationale Sicherheit, Lady. Und wie so einige von Lady Glynns Aussagen klingt auch diese hier erstaunlich naiv für die heutige Zeit.«

»Lady Glynn?«, fragte Kelsea verblüfft. Mit einem Mal war Ducarte vergessen. «War Carlin eine Adelige?«

»Ja.«

»Woher kennt Ihr sie?«

Ein wenig überrascht zog Mace die Augenbrauen hoch. »Hat sie Euch das nicht erzählt, Lady? Sie war die Erzieherin Eurer Mutter. Wir alle kannten sie, vielleicht sogar besser, als uns lieb war.«

Ja, das passte! Kelsea konnte sich nur allzu gut vorstellen, wie ihre Ziehmutter die junge Elyssa im Königinnen-Trakt unterrichtet hatte. »Wie bitte wird aus einer Edelfrau eine Erzieherin?«

»Lady Glynn war eine enge Freundin Eurer Großmutter, Lady. Ich könnte mir vorstellen, dass sie ihr einen Gefallen tun wollte. Königin Arla hielt Carlin für ausgesprochen klug. Und sie hatte ja auch eine Menge Bücher.«

»Aber warum hat meine Mutter ihr vertraut? Mich sogar in ihre Obhut gegeben? Waren die beiden befreundet?«

Mace presste die Kiefer aufeinander. Sein Gesicht nahm wieder den sturen Ausdruck an, den Kelsea nun schon einige Male an ihm gesehen hatte. »Eigentlich wollten wir doch klären, wer Euer neuer Leibwächter werden soll, Lady.«

Einen Moment starrte Kelsea ihn wütend an, dann wandte sie sich wieder ihrer Rüstung zu. In Gedanken ging sie ihre Gardisten durch. »Pen. Kann ich Pen haben?«

»Du lieber Himmel, was für eine Erleichterung! Pen hat sich die Position so gewünscht, ich hätte nicht gewusst, was ich sonst mit ihm hätte anstellen sollen.«

»Schön und gut, aber haltet Ihr ihn auch für den Besten?«

»Ja. Wenn Ihr mich nicht haben könnt, sind Pen und sein Schwert die erste Wahl.« Er griff nach dem Brustpanzer, trug ihn zur Tür und drehte sich noch einmal um: »Dieser Priester, der Euch gekrönt hat, Pater Tyler. Er bittet um eine Privataudienz.«

»Warum?«

»Ich vermute, der Arvath will Euch im Blick behalten. Der Heilige Vater ist ein gerissener, alter Mann.

Kelsea dachte an die herrliche alte Bibel, die der Priester in den Händen gehalten hatte. »Lasst ihn am Sonntag kommen. Das sollte der Kirche gefallen. Und seid freundlich zu ihm, macht ihm keine Angst.«

»Warum nicht?«

»Die Kirche besitzt bestimmt eine Menge Bücher.«

»Ja und?«

»Die will ich haben.«

»Wisst Ihr, Majestät, im Gut gibt es Etablissements, wo für jeden Geschmack etwas dabei ist.«

»Ich weiß nicht, was ihr meint.«

»Ein Fetisch ist ein Fetisch. Das meine ich.«

»Haltet Ihr Bücher wirklich für so nutzlos?«

»Ja.«

»Dann unterscheidet uns das. Ich will jedes Buch, das wir in die Finger kriegen können. Und der Priester könnte sich als nützlich erweisen.«

Mace warf ihr einen halb verzweifelten, halb ärgerlichen Blick zu und verschwand mitsamt der Rüstung durch die Tür. Erschöpft ließ sich Kelsea auf die Bank sinken. Beim Gedanken an Venners Worte errötete sie erneut. Sie war wirklich etwas zu dick, das wusste sie ja selbst. Aber sie war eben auch schon lange nicht mehr draußen gewesen. Dazu kamen noch ihre Verletzungen … Jede Kondition, die sie vielleicht mal besessen hatte, war inzwischen dahin. Es war aber auch zum Aus-der-Haut-Fahren! In keinem Märchen der Welt mussten sich Königinnen mit derartigen Problemen herumschlagen. Kelsea würde mit Milla sprechen, aber erst morgen, wenn sie nicht mehr so verschwitzt und ausgelaugt war. Und abgesehen davon brauchte sie nach dem harten Training unbedingt eine ordentliche Mahlzeit.

Sie nickte Cae zu, der sich vor einer Tür entlang des Korridors postiert hatte. Dahinter verbarg sich ein Zimmer mit einem großzügigen Balkon, von dem aus man einen herrlichen Ausblick auf die Stadt und die Almontebene hatte. Wann immer Kelsea sich nach ihrem alten Leben sehnte, kam sie hierher – aber natürlich war es bei Weitem nicht dasselbe wie früher im Wald. Hin und wieder überkam sie das starke Verlangen, einfach loszusprinten, hinaus ins Freie, unter das Blätterdach der Bäume.

So also sollen Frauen daran gewöhnt werden, im Haus zu bleiben, dachte sie, und der Gedanke hallte wie ein Grablied in ihrem Kopf wider. *Frauen sollen nicht aktiv handeln.*

Bedrückt trottete Kelsea weiter über den Korridor und in den Audienzraum. Die diensthabenden Gardisten, Pen, Kibb, Mhurn und ein Mann, den Kelsea noch nie gesehen hatte, standen stramm, als sie an ihnen vorbeikam. Aus ein paar Gesprächen, die sie zufällig mitangehört hatte, wusste sie, dass neue Wachen rekrutiert worden waren. Alle Männer, die sich freiwillig gemeldet hatten, mussten Mace' furchterregende Befragung über sich ergehen lassen. Wenn sie den Test bestanden, wurden sie vereidigt und auf Lebenszeit zum Mitglied der Königinnen-Garde ernannt. Noch immer herrschte die Unsitte vor, dass ihr die Männer nicht in die Augen sahen, doch heute war Kelsea dankbar dafür. Sie wusste, dass sie schrecklich aussah, und sie war viel zu müde, um eine Unterhaltung zu führen. Alles, was sie wollte, war ein heißes Bad.

Wie gewohnt stand Andalie vor der Tür zu ihrem Zimmer und hielt ihr ein frisches Handtuch hin. Kelsea hatte von Anfang an klargestellt, dass sie keine Hilfe beim Baden benötigte (und sie wollte sich auch gar nicht vorstellen, welche Art Frau derartige Dienste für sich einforderte). Dennoch schien Andalie immer genau zu wissen, wann sie was vorbereiten musste. Auch jetzt konnte Kelsea sicher sein, dass pünktlich zum Ende ihrer Fechtstunde ein heißes Bad für sie bereitstand. Wahrscheinlich waren Andalie und Milla stundenlang damit beschäftigt gewesen, Bottiche voller Wasser über einem Feuer zu erwärmen und in ihre Wanne zu füllen. Kelsea nahm das Handtuch entgegen und wollte schon das Bad betreten, als sie innehielt.

Irgendetwas war anders an ihrer Zofe. Ihr Gesicht wirkte nicht so undurchdringlich wie sonst, ihre Brauen waren sorgenvoll zusammengezogen, und ihre Hände zitterten verräterisch.

»Was ist los, Andalie?«

Sie öffnete den Mund und schloss ihn dann wieder. »Nichts, Lady.«

»Ist etwas passiert?«

Andalie schüttelte den Kopf. Auf ihrer Stirn bildeten sich verzweifelte Falten. Erst jetzt fiel Kelsea auf, dass sie kreidebleich im Gesicht war, um ihre Augen lagen helle Ringe.

»Irgendetwas stimmt nicht.«

»Ja, Lady, aber ich weiß nicht, was es ist.«

Verwirrt starrte Kelsea sie an. Als Andalie nichts hinzufügte, gab sie es auf und trat ins Bad. Nachdem die Tür hinter ihr ins Schloss gefallen war, seufzte sie erleichtert. Dampfschwaden stiegen aus der Wanne auf und ließen den Spiegel beschlagen. Kelsea hinterließ eine Spur feuchter Kleider auf dem Boden und stieg in das heiße Wasser. Zufrieden legte sie den Kopf an den Wannenrand und schloss die Augen. Sie versuchte, sich zu entspannen, doch Andalie tauchte immer wieder in ihren ruhelos kreisenden Gedanken auf. Andalie, die Dinge wusste, ohne dass ihr jemand etwas gesagt hätte. Wenn sie sich Sorgen machte, dann sollte Kelsea das ebenfalls tun.

Mace und Arliss waren ein effizientes Team. Es war ihnen schon jetzt gelungen, ein Mitglied des Zensus zu bestechen, und so sickerten langsam erste Informationen in den Königinnen-Trakt. Selbst diese wenigen Fakten waren schon besorgniserregend: Die durchschnittliche Tearfamilie hatte sieben Kinder. Die Gotteskirche wetterte gegen jede Art von Verhütung, und der Regent hatte sie unterstützt, obwohl er selbst heimlich durchaus Kontrazeptiva verwendet hatte. Wenn eine Frau der Abtreibung bezichtigt wurde und sich die Anschuldigung als wahr herausstellte, bedeutete das sowohl für sie als auch für den verantwortlichen Chirurgen die Todesstrafe. Natürlich, die Reichen konnten sich freikaufen, aber die Armen hatten keine Wahl. Das alles führte zu einem altbekannten Problem – in Tearling gab es zu viele bedürftige Kinder. Und wenn die junge Generation erst erwachsen war, würden die Ressourcen des Reichs weiter schwinden.

Sofern sie das Erwachsenenalter überhaupt erreichten … Für den Mangel an bezahlbaren Ärzten hatte sich nach wie vor keine Lösung gefunden. Im Amerika vor der Überfahrt hatten die medizinischen Errungenschaften einen mirakulösen Höhepunkt erreicht, den man in Tearling wohl nie wieder erleben würde. Nicht nach dem Untergang des Weißen Schiffs. Tearlings Bedürftige starben zuhauf an verpfuschten Blinddarmoperationen, die in den eigenen vier Wänden durchgeführt wurden.

Immerhin waren die Wasserfilter nach und nach perfektioniert worden und erwischten inzwischen selbst minimale Verunreinigungen. Auch die Herstellung von Hüten wurde weiter vorangetrieben, und die landwirtschaftliche Tradition hatte immer noch einen starken Stellenwert. Alles Dinge, auf denen man aufbauen konnte. Kelsea wusch sich die Arme und blickte zur Decke empor. Andalie hatte eine hochwertige Seife gefunden, die einen leichten Vanilleduft verströmte. Keinen schweren blumigen, wie die Reichen ihn bevorzugten. Wenigstens ihre Zofe hatte das Glück, jeden Tag zum Markt gehen zu können. Allerdings musste sie immer von fünf Wachleuten begleitet werden. Kelsea hatte ihren kräftigen, cholerischen Ehemann nicht vergessen, und sie traute ihm durchaus zu, Andalie auf offener Straße zu entführen. Was wirklich eine Katastrophe wäre. Ihre Dienste waren nicht mit Gold aufzuwiegen, das konnte selbst Kelsea nicht länger bestreiten. Sie musste nur an etwas denken, und einen Moment später hatte

Andalie es parat. Pen hatte gesagt, ihre Zofe habe etwas von einer Seherin – da hatte er ganz bestimmt recht.

Kelsea griff nach dem Saphir und hob ihn hoch. Er hatte wieder zu glühen begonnen und erstrahlte in einem hellen Blau, das von den Wänden der Badewanne zurückgeworfen wurde. Wasser tropfte an ihm herab. Der Stein hatte also magische Kräfte, aber was wollte er von ihr? Kelsea zog eine Grimasse, ließ ihn zurück auf ihre Brust plumpsen und glitt tiefer in das nach Vanille duftende Wasser hinein. Ihre Gedanken wanderten zu ernsteren Problemen.

Neben der medizinischen Versorgung lag auch die Bildung der Bevölkerung im Argen. Mehr als zwei Jahrzehnte waren vergangen, seit es in Tearling zum letzten Mal eine Schulpflicht gegeben hatte. Was das betraf, hatte das Interesse der Obrigkeit kontinuierlich abgenommen, und zwar schon bevor alle Schriftkundigen in den Zensus beordert worden waren. Und wer hatte die Schulpflicht endgültig abgeschafft? Die glorreiche Elyssa natürlich. Sogar Mace hatte beschämt dreingeblickt, als er ihr das gestanden hatte. In der Tat eine effektive Methode, die Produktivität eines Landes zu steigern. Man musste die Kinder nur zu Hause lassen, und schon hatten sie Zeit, die Felder der Reichen zu bestellen. Kelsea schien jeden Tag etwas Neues über die Regierungszeit ihrer Mutter zu erfahren – und eine Enthüllung war schlimmer als die nächste.

Der Saphir loderte auf und versengte ihre Brust. Kelsea riss die Augen auf.

Ein Mann ragte über ihr auf.

Er war von Kopf bis Fuß in Schwarz gekleidet; bis auf seine Augen steckte sein ganzes Gesicht unter einer schwarzen Maske. Er trug feste Lederhandschuhe und hielt ein spitzes Messer auf sie gerichtet. Vielleicht gehörte er zu den Caden, vielleicht auch nicht, doch an einem ließ seine Haltung keinen

Zweifel: Er war ein Scharfrichter. Bevor sie noch Luft holen konnte, hatte er ihr das Messer schon an die Kehle gedrückt. »Keinen Laut oder du stirbst.«

Kelsea riss die Augen auf, doch nirgends war Hilfe zu sehen. Die Badezimmertür war abgeschlossen, etwas, das sie normalerweise nie tat. Ihre Gardisten würden ihr zu Hilfe eilen, wenn sie schrie, aber auf keinen Fall wären sie rechtzeitig da.

»Komm raus.«

Kelsea stützte sich an den Rändern der Wanne ab und zog sich hoch. Wasser spritzte auf den Boden. Der Mann trat einen Schritt zurück, um ihr Platz zu machen, doch das Messer wich keinen Augenblick von ihrer Kehle. Zitternd blieb Kelsea neben der Wanne stehen. Wasser rann an ihr herab und tropfte auf den kalten Steinboden. Sie errötete angesichts ihrer Nacktheit, doch gleich darauf rief sie sich zur Ordnung. In ihrem Kopf meldete sich eine Stimme. Kelsea wusste nicht, ob sie zu Barty oder zu Mace gehörte.

Denk nach.

Der Mann legte die Messerspitze an ihre linke Brust.

»Beweg dich. Aber langsam, hörst du? Ganz langsam.« Durch den Stoff der Maske klang seine Stimme gedämpft, doch Kelsea hatte den Eindruck, als wäre er noch recht jung. Inzwischen zitterte sie heftig, und die Messerspitze bohrte sich schmerzhaft in ihr Fleisch.

»Greif dir mit der rechten Hand in den Nacken, mach die Kette auf, und gib sie mir.«

Entgeistert starrte Kelsea ihn an, doch außer einem dunklen Augenpaar konnte sie nichts erkennen. Warum tötete der Kerl sie nicht einfach und nahm ihr die Kette selbst ab? Er wollte sie doch sowieso umbringen, daran bestand kein Zweifel.

Weil er mir die Kette nicht selbst abnehmen kann. Zumindest glaubt er das.

»Man braucht beide Hände, um den Verschluss zu öffnen«, erwiderte Kelsea vorsichtig.

Sie fuhr zusammen, als es dreimal an der Tür klopfte. Auch der Eindringling erschrak und bohrte ihr die Messerspitze noch tiefer in die Brust. Kelsea stöhnte vor Schmerz auf. Ein Blutstropfen rann über ihre linke Brustwarze. »Na los, antworte«, flüsterte der Mann, dessen Augen jetzt wie kalte Lichtpunkte aussahen. »Aber pass auf, was du sagst.«

»Ja?«

»Lady?« Es war Andalie. »Ist alles in Ordnung?«

»Mir geht's gut«, antwortete Kelsea, die sich innerlich bereits darauf vorbereitete, das Messer noch tiefer in ihrer Brust zu spüren. »Ich läute nach dir, wenn es Zeit ist, mein Haar zu waschen.«

Das Augenpaar hinter der schwarzen Maske glitzerte. Kelsea bemühte sich um ein ausdrucksloses Gesicht. Die Stille draußen vor der Tür schien ewig anzudauern.

»Gut, Lady«, antwortete Andalie. Dann herrschte Stille.Der Attentäter horchte noch ungefähr eine Minute lang auf weitere Geräusche, bis er sich entspannte und der Druck des Messers nachließ. »Die Kette. Du kannst beide Hände benutzen, aber langsam. Nimm sie ab, und gib sie mir.«

Langsam griff sich Kelsea an den Hals und tat so, als würde sie sich am Verschluss der Kette zu schaffen machen. Sie kam sich vor wie auf einer Bühne. Sobald sie den Stein abnahm, war sie tot, das wusste sie. Als sie den Blick senkte, sah sie, dass eine Fliese aus dem Boden herausgelöst worden war und ein großes, quadratisches Loch das Muster unterbrach. Zeit, sie brauchte Zeit.

»Bitte, töte mich nicht.«

»Die Kette. Jetzt.«

»Aber warum?« Aus dem Augenwinkel nahm Kelsea eine

Bewegung wahr. Das Türschloss. Sie hielt den Blick starr auf die Maske des Mannes gerichtet. »Warum nimmst du sie dir nicht einfach?«

»Tja, wer weiß? Das meiste Geld kriege ich jedenfalls nicht für die Kette, sondern wenn ich dir die Kehle durchschneide. Also spiel keine Spielchen mit mir. Runter damit.«

Das Schloss klickte.

In einer blitzschnellen, anmutigen Bewegung wirbelte der Mann herum. Mit einem Satz war er hinter ihr, legte einen Arm um ihre Taille und drückte ihr wieder das Messer an die Kehle. Das alles geschah so schnell, dass Kelsea nichts tun konnte, als hilflos dazustehen. Die Tür öffnete sich.

Langsam betrat Mace den Raum. Hinter ihm erblickte Kelsea an die zehn Gardisten. Der Attentäter drückte ihr das Messer noch fester an die Kehle, und ihr verschwamm die Sicht.

»Keinen Schritt weiter, oder sie ist tot.«

Mace hielt inne. In seinen weit aufgerissenen Augen lag fast etwas Verschlagenes.

»Mach die Tür zu, und schließ ab.«

Mace griff hinter sich und sperrte seine zehn Wachleute aus dem Bad aus. Dabei löste er seinen Blick keine Sekunde von dem Angreifer.

»Du kannst ruhig näher kommen, Gardist der Königin«, fuhr der Mann mit leiser Stimme fort. »Aber dann ist sie tot. Bleib, wo du bist, und antworte auf meine Fragen, und ich lasse sie noch ein bisschen leben. Verstanden?«

Mace nickte, ohne Kelsea anzusehen. Sie biss die Zähne zusammen. Ihr Angreifer trat einen Schritt zurück und zog sie mit sich.

»Wo ist die zweite Kette?«

»Das wusste nur Carroll.«

»Du lügst.« Noch ein Schritt nach hinten. »Das Mädchen hatte beide Ketten bei sich. Wir wissen das.«

»Dann wisst ihr mehr als ich.« Mace hob die Hände. »Als ich das Baby damals fortgeschafft habe, hatte es nur eine Kette um den Hals.«

»Wo ist die Krone?«

»Und noch mal: Das wusste nur Carroll.«

Wieder ein Schritt rückwärts.

Das Loch im Boden, dachte Kelsea. Wollte er mit ihr verschwinden? Natürlich nicht. Zusammen passten sie da ja gar nicht durch. Er wollte ihr einfach nur die Kehle durchschneiden und dann abhauen. Mace schien zu demselben Schluss gekommen zu sein, denn seine Augen huschten immer schneller zwischen dem Loch und dem Angreifer hin und her. »Du kannst nicht entkommen.«

»Und wieso nicht?«

»Ich kenne jeden Gang in diesem Trakt.«

»Offensichtlich nicht.«

Hinter der Wand hörte Kelsea Stimmengewirr und das Klirren von Waffen, die genauso gut Welten entfernt hätten sein können. Hier drinnen gab es nichts, außer dem kühlen Atem des Mannes an ihrem Ohr, flach und gleichmäßig, ohne jede Spur von Angst.

»Das ist deine letzte Chance, die Kette abzunehmen«, murmelte er, während er das Messer noch tiefer in ihre Kehle drückte und sie zwang, sich eng an ihn zu pressen. »Dann lasse ich dich vielleicht leben.«

»Verzieh dich«, knurrte Kelsea. Doch unter ihrer Wut pulsierte tiefe Verzweiflung. Hatte sie wirklich so viel durchgemacht, nur um jetzt auf diese Art umgebracht zu werden? Nackt und wehrlos? Würde das über sie in den Geschichtsbüchern stehen?

Der Attentäter riss nun wie wild an dem Stein, und als dieser sich nicht löste, wurde er immer rabiater. Die Kette schnitt in Kelseas Haut. Plötzlich erstarrte Kelsea, wie aus dem Nichts loderte Zorn in ihr auf. Ein Geschenk, denn ihre Angst schmolz dahin wie Schnee in der Sonne. Sie konnte den Saphir spüren – er wurde zu einem hämmernden Druck in ihrem Kopf. Mit jedem Mal, das der Kerl an der Kette riss, wurde sie wütender. Der Stein wollte nicht von ihrem Hals entfernt werden.

Warum nicht?, fragte sie. Und obwohl sie keine Antwort erwartet hatte, bekam sie eine. Widerstandslos schien sie aus einem dunklen Abgrund an die Oberfläche ihres Bewusstseins zu dringen. *Weil ich dir noch so viel zeigen muss, Kind.*

Die Stimme klang fremd, von unglaublich weit her. Wie von einem Ort jenseits aller Entfernung. Kelsea blinzelte überrascht. Eins war klar, die Kette hatte nicht vor zu kooperieren, und der Attentäter setzte noch mehr Kraft ein. Seine Aufmerksamkeit war nun geteilt, und Mace wusste das. Er bewegte sich nach links, während sein Blick weiter zwischen dem Eindringling und dem Loch im Boden hin- und herflog. Als sich der Druck auf ihre Kehle ein wenig lockerte, dachte Kelsea darüber nach, sich loszureißen, doch sie traute sich nicht. Zudem war Mace noch ein gutes Stück von ihr entfernt. Jetzt riss der Mann so heftig an der Kette, dass sich der Verschluss tief in Kelseas Nacken bohrte. Kelsea verlor die Beherrschung.

Irgendetwas schien in ihr hervorzubrechen und eine gewaltige Hitzeexplosion in ihrer Brust zu entfachen, die sie beinahe umwarf. Mit einem trockenen Krächzen zog Mace das Schwert. Doch er schien meilenweit von ihr entfernt, so als wäre er gar nicht Teil des Geschehens. Der Attentäter ächzte, seine Hände ließen von ihr ab, und einen Augenblick später hörte sie, wie sein Körper hart auf dem Boden aufschlug.

»Lady!«

Mace konnte sie gerade noch auffangen und verhindern, dass auch sie stürzte. Als sie die Augen öffnete, war sein Gesicht nur wenige Zentimeter von ihrem entfernt.

»Es geht mir gut, Lazarus. Bloß ein paar Kratzer.«

Ihr Angreifer rührte sich nicht, sondern lag mit seltsam verrenkten Gliedmaßen auf dem Rücken. Mace ließ Kelsea los und ging vorsichtig neben dem Mann in die Hocke, als habe er Angst, einer Täuschung aufzusitzen. Langsam zog er ihm das Messer aus der starren Faust. Nichts, keine Regung, nicht mal seine Finger zuckten. Obwohl Kelsea keine Wunden an seinem Körper entdecken konnte, wusste sie, dass er tot war. Sie hatte ihn getötet ... der Stein hatte ihn getötet ... Oder hatten sie ihn beide auf dem Gewissen?

»Was ist passiert?«

»Da war ein blaues Licht, Lady. Es kam von Eurem Saphir. Wenn ich es nicht selbst gesehen hätte, ich würde es nicht glauben.«

In diesem Moment registrierte Kelsea, dass sie immer noch splitterfasernackt war. Mace schien es nur einen Augenblick später zu bemerken, denn er warf ihr ein großes, weißes Handtuch zu, das neben der Wanne gehangen hatte. Kelsea hüllte sich darin ein und ignorierte das Blut, das aus der Wunde an ihrer linken Brust austrat und durch den Stoff sickerte. Prüfend betrachtete sie den Saphir. Keine Spur mehr von der Hitze, die so plötzlich aufgelodert war und die er bis eben noch abgestrahlt hatte. Blau funkelnd hing er um ihren Hals.

Zufrieden mit sich selbst, dachte Kelsea.

Mace beugte sich wieder zu dem Attentäter hinunter und tastete fachmännisch nach seinem Puls. »Tot, Lady. Dabei hat er nicht mal einen Kratzer abgekriegt.«

Er fingerte im Nacken der Leiche herum, für die er keinerlei natürliche Abscheu zu empfinden schien, und zog ihr die Maske über den Kopf. Zum Vorschein kam ein dunkelhaariger, junger Mann mit aristokratischem Profil und tiefroten Lippen. Mace murmelte etwas, wälzte ihn auf die Seite und zückte ein Messer. Als er das Hemd des Toten zerschnitt, legte er ein Brandmal auf seinem Schulterblatt frei: einen Hund, dessen Beine wie im Lauf ausgestreckt waren. Mit einem Schaudern registrierte Kelsea, dass sich das Mal an exakt derselben Stelle befand wie ihre Wunde.

»Ein Caden«, murmelte Mace.

Draußen wurde der Lärm immer lauter. Mace erhob sich, klopfte leise an die Tür und öffnete sie dann behutsam, um Elston hereinzulassen. »Ich bin's. Mace. Die Luft ist rein.«

Weitere Gardisten folgten Elston mit gezogenen Schwertern. Ihre Blicke wanderten erst zu Kelsea, dann zu dem Toten auf dem Boden. Coryn eilte mit Verbandszeug herbei. Mace hob die Hände. »Die Königin hat nur einen Kratzer abbekommen.«

Kelsea zog eine Grimasse. Ja, okay, sie war wirklich nur leicht verletzt. Aber jetzt, da die Wirkung des Adrenalins nachließ, schmerzte die Wunde über ihrer linken Brust, sowie das raue Handtuch über ihre Haut scheuerte. Als sie sich prüfend an die Kehle fasste, war ihre Hand blutverschmiert. Resigniert sah sie zu, wie Coryn nach einem dünnen Stoffstreifen griff und ihn in Desinfektionsmittel tauchte. Sie wünschte, sie könnte sich etwas anziehen. Sie wollte nicht, dass all die Männer ihre nackten Arme und Beine sahen. Doch kaum war ihr der Gedanke gekommen, fühlte sie sich noch elender. Eitelkeit. Das war doch eigentlich das Merkmal ihrer Mutter, und mit der wollte Kelsea nun wirklich nichts gemeinsam haben. Einen rebellischen Moment lang dachte sie darüber nach, das Handtuch fallen zu lassen, um den anderen klarzumachen, wie ihr zumute war, doch dazu fehlte ihr der Mut.

Mace starrte durch die Öffnung im Boden. Kelsea konnte sein Gesicht nicht sehen, doch die Art, wie er seine Schultern anspannte, sprach Bände. Bevor sie noch etwas sagen konnte, zog er sein Schwert, sprang in das Loch und verschwand aus ihrem Blickfeld. Niemand schien etwas Merkwürdiges daran zu finden. Die Gardisten scharten sich um die Leiche und starrten sie an wie Ärzte, die zu einer Diagnose kommen mussten.

»Gott steh uns bei – nichts als Verräter«, murmelte Galen, und die Männer um ihn herum nickten.

»Glaubst du, der Regent steckt dahinter?«, fragte Cae.

»Nie im Leben. Das hier ist Thornes Handschrift.«

»Das können wir nicht beweisen«, erwiderte Mhurn kopfschüttelnd.

»Wer ist der Mann?«, fragte Kelsea und zog das Handtuch enger um sich. Als Coryn ihr den Stoffstreifen an den Hals presste, sog sie die Luft ein und biss sich auf die Lippen. Was auch immer das für ein Desinfektionsmittel war, es brannte und stank ganz fürchterlich.

»Ein Lord aus dem Hause der Grahams, Lady«, antwortete ein Gardist. »Eigentlich dachten wir, die Familie wäre Eurer Mutter zugetan.«

Zwar erkannte Kelsea das Gesicht des Wachmanns nicht, dafür aber seine Stimme. Verwirrt begriff sie, dass es sich um Dyer handelte, der sich seinen roten Bart abrasiert hatte. »Dyer, bist das wirklich du?«

Dyer wurde puterrot. Pen prustete los, und Kibb schlug ihm eine Hand auf den Rücken. »Ich hab's ihm ja gesagt, Lady … Wenn er jetzt rot wird, kriegen wir es alle mit.«

»Wo warst du, Dyer?«

In diesem Moment flog die Badezimmertür erneut auf und schlug krachend gegen die Wand. Die Anwesenden wirbelten herum. Kelsea stieß einen leisen Schrei aus. Mit weinrot glühenden Backen stürzte Mace herein. Seine dunklen Augen funkelten so wütend, dass Kelsea fast erwartete, Funken sprühen zu sehen. »*Pen!*«, donnerte er. Seine Stimme klang wie die eines erzürnten Gottes.

Pen machte einen Satz nach vorne. »Sir!«

»Von jetzt an bist du der Leibwächter der Königin, und du wirst ihr nicht eine Sekunde von der Seite weichen, hast du verstanden? Nicht eine Sekunde! Nie!«

»Lazarus«, unterbrach Kelsea ihn so sanft wie möglich. »Ihr habt keine Schuld.«

Mace presste die Zähne zusammen. Seine Augen huschten so verzweifelt umher wie eingesperrte Kreaturen, und Kelsea fürchtete plötzlich, er könne ausholen und ihr eine Ohrfeige verpassen.

»Nicht eine Sekunde, Sir«, wiederholte Pen, während er sich vor Kelsea stellte, um sie demonstrativ von den Wachen abzuschirmen.

Mace wandte sich zu den anderen um und deutete auf das Loch im Boden. »Das ist ein Tunnel, Leute. Ich wusste, dass er existiert, aber das hat mich nicht beunruhigt. Und wisst ihr auch, warum? Weil er unter drei Zimmern durchläuft und dann in einen leeren Raum am Ende des Korridors mündet.«

Die Gardisten wechselten erschrockene Blicke. Elston trat einen Schritt zurück. Mhurn wurde weiß wie die Wand.

»Habt ihr eine Ahnung, was das bedeutet?«

Die Männer standen einfach nur da, als würden sie darauf warten, dass ein Sturm losbrach.

»Es bedeutet«, brüllte Mace, »dass wir einen Verräter in unseren Reihen haben!«

Er griff nach einem Stuhl, der neben der Wanne stand, und schmetterte ihn mit voller Wucht an die gegenüberliegende Wand, wo er in seine Einzelteile zerfiel. Es regnete Splitter und zerklüftete Holzstücke. »Jemand hat diesen Scheißkerl hier reingelassen! Jemand, der entweder einen der Gänge bewacht hat oder unsere Klopfzeichen kannte. Einer von euch ist ein lügendes Arschloch, und wenn ich den erwische …«

»Sir«, unterbrach ihn Galen mit einer beschwichtigenden Geste.

»Was?!«

»Um einen Mörder hier reinzuschmuggeln, braucht es nicht nur einen Gardisten, sondern auch eine Torwache.«

Die anderen nickten und murmelten zustimmende Worte.

»Die Torwachen sind mir egal«, zischte Mace. »Das ist nichts als ein Haufen nutzloser Idioten – genau deshalb sind es ja Torwachen.«

Schwer atmend, stand er da. Kelsea musste an Sturmwolken denken, die entweder vorüberzogen oder sich zu einem alles vernichtenden Tornado zusammenballten. Sie zitterte vor Kälte. Ein kleiner, selbstsüchtiger Teil von ihr fragte sich, wann das ganze Theater endlich ein Ende haben würde und sie sich wieder anziehen konnte.

»Was mir hingegen ganz und gar nicht egal ist«, fuhr Mace fort, »ist, dass einer von euch seinen Schwur gebrochen hat.« Eine leise Drohung lag in seiner Stimme, gemischt mit kaum verhohlener Aggression. »Ich nehme an, es handelt sich um dieselbe Person, die während der Zeremonie das Messer nach der Königin geworfen hat. Eins sage ich euch, ich werde den Schuldigen finden. Er ist ein Narr, wenn er glaubt, er würde davonkommen.«

Immer noch schwer atmend, verstummte er. Kelsea betrachtete ihre Gardisten, diejenigen, die sie während der Zeremonie umringt hatten. Elston, Kibb, Pen, Coryn, Mhurn, Dyer, Cae, Galen, Wellmer … Sie alle hatten dicht genug bei ihr gestanden, um das Messer zu werfen. Nur Pen war über jeden Zweifel erhaben. Mace zog sein Messer und fixierte die Männer mit eisigem Blick, einen nach dem anderen. Kelsea wollte etwas sagen, doch keines ihrer Worte würde etwas an der Situation ändern, das gab ihr das Schweigen der Männer deutlich zu verstehen. Sie versuchte, sich an den Gedanken zu gewöhnen, dass einer oder mehrere von ihnen ihren Schwur gebrochen hatten. Kelsea hatte geglaubt, Fortschritte gemacht und sie auf ihre Seite gebracht zu haben. Wieder mal eine naive Vorstellung.

Nach einer Weile schien sich Mace etwas beruhigt zu haben. Er steckte das Messer in seinen Gürtel und deutete auf die Leiche am Boden. »Schafft diesen Dreckskerl hier raus!«

Sofort sprangen ein paar der Männer herbei, und fast hätte Kelsea es ihnen gleichgetan.

»Wir brauchen etwas, um ihn zuzudecken«, murmelte Kibb. »Die Kinder sollen das Blut nicht sehen.«

Elston hievte die Leiche in eine sitzende Position. »Da ist kein Blut.«

»Hat er ein gebrochenes Genick?«

»Nein.«

»Woran ist er dann gestorben?«, fragte Mhurn, und seine blauen Augen richteten sich auf Kelsea.

»Na los, bewegt euch!«, bellte Mace. Elston und Kibb schulterten den Toten und verließen gemeinsam mit den anderen Wachen das Badezimmer. Eine leise murmelnde Herde, die Kelsea im Vorbeigehen verwirrte Blicke zuwarf.

Mace wandte sich an Pen, der sich als Einziger nicht vom Fleck gerührt hatte. »Also nochmal zum Mitschreiben: Du hast jeden Monat zwei Wochenenden frei, aber für den Rest der Zeit entfernst du dich nicht mehr als drei Meter von der Königin, verstanden? Außerdem braucht sie ein Gemach mit einem Vorzimmer, damit du in ihrer Nähe sein kannst. So hat sie immer noch ein bisschen Privatsphäre.«

»Ein bisschen Privatsphäre«, grummelte Kelsea, doch als sie in Mace' große, zornige Augen blickte, hob sie kapitulierend die Hände. »Ist ja gut, ist ja gut.«

Mace wirbelte herum und stürmte mit riesigen Schritten aus dem Bad.

»Keine Sorge, Lady«, beruhigte Pen sie. »Wir haben ihn schon öfter so erlebt. Er braucht nur jemanden, dem er an die Gurgel gehen kann, dann ist alles wieder okay.«

Kelsea lächelte unsicher. Sollte das ein Witz sein? Sie zitterte, und langsam versagten ihr die Beine den Dienst. Wie aus dem Nichts tauchte Andalie mit einem Stapel sauberer Kleider auf. »Majestät, Ihr seid voller Blut. Ihr solltet wieder in die Wanne.«

Pen grinste sie entschuldigend an. »Ich darf Euch nicht allein lassen, Lady. Wie wäre es, wenn ich mich zur Wand drehe?«

Kelsea schüttelte den Kopf. »Privatsphäre«, sagte sie mit einem humorlosen Kichern.

Pen drehte sich um und sah zur Tür. Da Kelsea keine andere Möglichkeit sah, ließ sie ihr Handtuch fallen und kletterte erneut in die Wanne. Als sich das Wasser in einem trüben Pink färbte, verzog sie das Gesicht. Jeder ihrer Versuche, Pen auszublenden, scheiterte kläglich.

Wen kümmert's? Dann haben sie mich jetzt eben alle nackt gesehen. Eine demütigende Vorstellung. Wieder kicherte sie hilflos. Andalie, die gerade dabei war, Kelseas widerspenstiges, nasses Haar zu einem Knoten zu bändigen und mit einer silbernen Spange festzustecken, schien keine Notiz davon zu nehmen. Ihr Gesicht blieb ausdruckslos, und nichts, rein gar nichts schien sie aus der Fassung bringen zu können. Und zum ersten, aber sicher nicht zum letzten Mal kam Kelsea der Gedanke, dass ein schrecklicher Fehler vorlag: Andalie hätte Königin werden sollen.

»Eine Tasse Tee, Lady?«

»Ja, bitte.«

Auf der Schwelle hielt ihre Zofe inne und sagte, ohne sich umzudrehen: »Vergebt mir Lady, ich habe geahnt, dass etwas passiert, aber ich wusste nicht, was genau. In meiner Vision kamen weder der Mann noch Euer Bad vor.«

Kelsea blinzelte, doch Andalie war schon gegangen und hatte die Tür hinter sich zugezogen.

Die Frist der Mort verstrich, ohne dass Mace wieder aufgetaucht wäre. Eine Zeitlang war Kelsea beunruhigt, bis ihr auffiel, wie gleichmütig die Gardisten seine Abwesenheit hinnahmen. Pen erklärte ihr, dass der Captain von Zeit zu Zeit seinen eigenen Beschäftigungen nachging. Meist verschwand er ohne Vorwarnung, um dann genauso plötzlich wieder aufzutauchen. Pen sollte recht behalten – nach drei Tagen war Mace wieder da. Als Kelsea zum Mittagessen erschien, sah sie ihn frisch gewaschen am Tisch sitzen. Natürlich wollte sie wissen, wo er gewesen war, doch er weigerte sich, ihr zu antworten. Mace war und blieb eben einfach Mace.

Ein paar Gardisten hatten die Leiche ihres Angreifers auf einen Marktplatz im Zentrum Neulondons geschleift und sie auf einen frisch geschärften Pfahl gespießt; etwas, das durchaus den Gepflogenheiten entsprach, wie Kelsea zu ihrem Entsetzen erfuhr. Wenn man Arliss glauben durfte, verbreitete sich das Gerücht, die Königin habe ohne fremdes Zutun einen Caden getötet, wie ein Lauffeuer durch die Stadt. Sie habe Magie benutzt und dem jungen Lord Graham kein Haar gekrümmt. Trotzdem sei er mausetot.

Mehrfach täglich zog Kelsea den Saphir unter ihrem Kleid hervor und starrte ihn an. Sie wollte ihn dazu bringen, wieder mit ihr zu sprechen oder irgendetwas Ungewöhnliches zu tun. Doch nichts geschah. Sie fühlte sich wie eine Betrügerin.

Mace teilte ihre Bedenken nicht, als sie ihn darauf ansprach. »Wen kümmert's, ob Ihr das nun absichtlich getan habt oder nicht, Lady?«

Kelsea lehnte über dem Tisch des Esszimmers und studierte eine Karte der Mortgrenze, die Mace mit Teetassen beschwert hatte, damit sie sich an den Ecken nicht aufrollte. »Mich kümmert es, Lazarus. Ich habe keinen Schimmer, was passiert ist oder wie ich es im Notfall wiederholen könnte.«

»Ja, aber das weiß niemand außer Euch und mir, Lady. Der Vorfall ist ein Segen, glaubt mir. Jeder, der ein Interesse daran hat, Euch anzugreifen, wird sich das von jetzt an gut überlegen.«

Kelsea fielen die Wachen ein, die überall entlang der Wände postiert waren. Sie senkte die Stimme: »Habt Ihr etwas über den Verräter in Erfahrung bringen können?«

Mace runzelte die Stirn, deutete auf die Karte und antwortete leise: »Ich bin tatsächlich weitergekommen, Lady, aber es gibt noch nichts Konkretes, das ich Euch mitteilen könnte.«

»Inwiefern weitergekommen?«

»Ich habe eine Theorie, das ist alles.«

»Das ist nicht viel.«

»Meine Theorien sind selten falsch, Majestät.«

»Muss ich mir Sorgen machen?«

»Nur wenn man Pen unvorbereitet erwischt. Aber da erwarte ich eher, dass die Sonne im Westen aufgeht.« Er stieß eine Tasse um, sodass sich die Karte nun doch an einer Ecke aufrollte. Fluchend strich Mace sie glatt und stellte die Tasse mit lautem Getöse an ihren Platz zurück.

»Was nagt so an Euch, Lazarus?

»Majestät, wer auch immer hinter der Sache steckt, hätte nie so weit kommen dürfen. Verrat stinkt, und bislang habe ich immer rechtzeitig Lunte gerochen.«

Kelsea lächelte und boxte ihn in den Oberarm. »Vielleicht ist es ganz gut, wenn Eure Selbstgefälligkeit mal auf die Probe gestellt wird.« Als sie sah, wie sehr ihn ihre Worte verletzten, wurde sie ernst und legte ihm eine Hand auf die Schulter. »Ihr werdet den Mann finden, Lazarus. Und ich möchte nicht in seiner Haut stecken. Nicht für allen Mortstahl der Welt.«

»Majestät?« Dyer trat aus dem Gang.

»Ja?«

»Wir wollen Euch etwas zeigen.«

»Jetzt?« Kelsea richtete sich auf und sah, dass Dyer grinste. Was war denn nur los? Als Mace sie mit einer Handbewegung zum Gehen aufforderte, folgte sie Dyer über den Gang. Pen blieb ihr dicht auf den Fersen. Zwei Türen hinter ihrem neuen Schlafgemach warteten Tom und Wellmer, die ebenfalls grinsten. Argwöhnisch kam Kelsea näher. Erlaubten sich die Wachen einen Scherz mit ihr? Vielleicht war sie bislang doch zu zwanglos mit ihnen umgegangen.

»Nur zu, Lady«, sagte Wellmer und bedeutete ihr einzutreten. Er war so aufgeregt, dass er noch jünger wirkte als sonst. Wie ein kleiner Junge am Weihnachtsabend hüpfte er von einem Bein aufs andere. Oder zumindest wie ein kleiner Junge, der dringend mal auf die Toilette musste.

Es war ein anheimelndes, wenn auch fensterloses Zimmer mit niedrigen Decken. Fünf Sessel und zwei Sofas standen über den Raum verteilt, und auf allen hockten Kinder. Andalies Kinder wahrscheinlich, aber ganz sicher war Kelsea sich nicht. Als sie Dyer einen fragenden Blick zuwarf, deutete er auf die gegenüberliegende Wand.

Sie erkannte die Regale auf Anhieb. Im Zimmer ihrer Mutter hatte sie die letzten beiden Wochen nichts anderes getan, als sie anzustarren und sich darüber aufzuregen, dass kein einziges Buch darin stand. Ganz im Gegensatz zu jetzt. Wie hypnotisiert trat Kelsea ein. Sie kannte jedes einzelne Exemplar, doch erst, als sie den riesigen, in Leder gebundenen Shakespeare-Band sah, auf den Carlin so stolz gewesen war, begriff sie, was Mace getan hatte.

»Dort bist du also gewesen, Dyer?«

»Aye, Lady«, antwortete er. »Mace wollte Euch unbedingt überraschen.«

Kelsea inspizierte die Bücher. Sie sahen noch genauso aus wie damals in der Bibliothek. Irgendjemand hatte sich die Mühe gemacht, sie alphabetisch nach Autorennamen zu sortieren und dabei Romane und Sachbücher gemischt. Carlin hätte sich schrecklich aufgeregt. Doch Kelsea war gerührt von so viel Mühe.

»Wir haben kein einziges Exemplar verloren, Majestät. Der Karren war gut abgedeckt, aber eigentlich hat es gar nicht geregnet. Ich glaube nicht, dass irgendwas beschädigt wurde.«

Kelsea starrte das Regal noch eine Weile an, ehe sie sich zu ihm umwandte. Tränen verschleierten ihr die Sicht. »Danke.«

Dyer blickte beiseite. Kelsea richtete ihre Aufmerksamkeit auf die Kinder, die vor ihr auf den Sitzmöbeln thronten – zwei halbwüchsige Jungen, ein ungefähr elf- oder zwölfjähriges Mädchen und noch ein jüngeres von vielleicht acht Jahren. »Ihr gehört zu Andalie, nicht wahr?«

Die älteren drei blieben stumm, doch das jüngste Mädchen nickte energisch und rief: »Wir haben geholfen, die Bücher alphabetisch zu sortieren! Wir sind ganz lange aufgeblieben!«

»Das habt ihr gut gemacht«, erwiderte Kelsea. »Danke.«

Die Jungen und das kleine Mädchen lächelten schüchtern, doch das ältere saß einfach nur da und starrte sie missmutig an. Kelsea war verwirrt. Sie hatte noch nie mit dem Kind gesprochen. Von all seinen Geschwistern hatte es die größte Ähnlichkeit mit Andalies Mann. Seine Mundwinkel zeigten nach unten, und die Augen waren dunkel und argwöhnisch. Als sich das Mädchen einen Augenblick später abwandte, war Kelsea beruhigt. Die Kleine mochte vielleicht wie ihr Vater aussehen, aber diese ablehnende Haltung – ganz die Mutter.

Wenig später verließ sie das Zimmer und begab sich auf die Suche nach Mace. Sie fand ihn im Esszimmer, wo er immer noch über die Karte gebeugt dasaß. »Danke für die Überraschung.«

Er zuckte die Achseln. »Ich hatte den Eindruck, dass Ihr Euch auf nichts konzentrieren könnt, ehe wir Euch nicht diese Bücher besorgt haben.«

»Das bedeutet mir unglaublich viel.«

»Ich verstehe nicht, was Euch an den verdammten Dingern so fasziniert. Ihr könnt sie nicht essen, sie schützen Euch nicht, und sie halten Euch nicht am Leben. Aber gut, ich habe begriffen, dass sie Euch wichtig sind.«

»Wenn ich im Gegenzug irgendetwas für Euch tun kann, lasst es mich wissen.«

Mace zog die Augenbrauen hoch. »Vorsicht, Lady. Solche Versprechungen können Euch in Schwierigkeiten bringen, und zwar genau dann, wenn Ihr es am wenigsten erwartet. Glaubt mir, ich weiß, wovon ich rede.«

»Selbst wenn – ich habe es ernst gemeint. Wenn ich Euch irgendwie danken kann, werde ich keine Mühen scheuen.«

»Schön. Dann werft die Bücher auf einen Haufen, und zündet sie an.«

»Was?«

»Das habt Ihr jetzt davon.«

Kelseas Magen krampfte sich zu einem Knoten zusammen. Mace musterte sie interessiert und begann dann zu kichern. »Entspannt Euch, Lady. Es ist ziemlich praktisch, wenn einem die Königin etwas schuldet. Eine solche Gelegenheit werde ich doch nicht verschwenden. Eure Bücher sind harmlos. Aus meiner Sicht zumindest. Und ich bin immerhin für Eure Sicherheit zuständig.«

»Ihr seid ganz schön anstrengend, Lazarus.«

»Ich weiß.«

»Wirklich – danke.«

Wieder zuckte er die Achseln. »Ihr habt es verdient, Lady. Die Tatsache, dass Ihr so zäh seid, erleichtert mir meine Arbeit.«

Kelsea verkniff sich ein Lächeln und wurde gleich wieder ernst. »Irgendeine Nachricht von Barty und Carlin?«

»Noch nicht.«

Kelsea runzelte die Stirn. Es überraschte sie, dass sie sich neuerdings nicht nur nach Barty, sondern auch nach Carlin sehnte. Sie hatte ihr so viel zu sagen. Es wäre eine Erleichterung, endlich mit ihr über Elyssa sprechen zu können, über den Zustand des Königreichs, seinen wahren Zustand, der ihr nie hatte enthüllt werden dürfen. Und es wäre auch eine Erleichterung, dachte Kelsea schuldbewusst, Carlin zu sagen, dass sie damals recht gehabt hatte, ihr das Kleid vom Körper zu reißen. All der Groll, den sie beim Gedanken an jenen Tag empfunden hatte, war wie weggeblasen.

Mach dir nichts vor, flüsterte eine Stimme in ihrem Kopf. *Nichts ist wie weggeblasen, dein Groll hat einfach nur ein neues Opfer gefunden.*

»Sind sie nicht mehr in Petaluma?«

»Sobald ich etwas weiß, wisst Ihr es auch.«

»Gut.« Sie drehte sich um und wäre beinahe mit Pen zusammengestoßen. Er legte ihr eine Hand auf den Rücken. »Entschuldigt, Lady.«

»Wie kommt ihr miteinander zurecht?«, fragte Mace, der seine Aufmerksamkeit wieder auf die Karte gerichtet hatte.

Kelsea blickte Pen an, der lächelnd die Achseln zuckte.

»Ich würde sagen gut«, antwortete sie schließlich. »Bis auf die Tatsache, dass er wirklich unerträglich laut schnarcht.«

»Das weiß Mace, Lady.«

»Wirklich, Ihr macht so viel Lärm wie eine ganze Gießerei. Schade, dass Ihr keinen Mortstahl produziert. Dann wärt Ihr eine unschätzbare Ressource.«

»Er *ist* eine unschätzbare Ressource«, erwiderte Mace abwesend.

»Ganz meine Meinung.«

»Arliss!«, rief Mace in den Korridor. »Wir sind so weit!«

Es war offensichtlich, dass Arliss gelauscht hatte, denn nur wenige Sekunden später betrat er das Zimmer und kam, ein Bein hinter sich herschleifend, näher. Kelsea verzog das Gesicht. Eigentlich hatte sie vorgehabt, bis zum Abendessen in Carlins Büchern zu lesen, selbst wenn das bedeutet hätte, ihren Fechtunterricht bei Venner ausfallen zu lassen. Am liebsten hätte sie das ganze nächste Jahr in der Bibliothek verbracht. Doch in ein paar Tagen würden die Soldaten in der Festung eintreffen, und am Samstag fand ihre erste Audienz statt. Wenn sie auf beides vorbereitet sein wollte, musste sie eine mehrstündige Konferenz mit Arliss in Kauf nehmen und sich außerdem alle Informationen, die Carlin ihr ein Leben lang vorenthalten hatte, in einer Woche aneignen. Ein ermüdendes Programm.

»Nette Sammlung, die Ihr da habt, kleine Königin«, bemerkte Arliss. »In Tearling gibt es ein paar extravagante Buchliebhaber. Ich könnte Euch einen verdammt guten Preis aushandeln.«

»Was denn für Buchliebhaber?«

»Über meine Kunden verrate ich nichts. Also, wollt Ihr verkaufen?«

»Keine Chance. Eher verhökere ich noch meine Krone.«

»Die würde auch ein hübsches Sümmchen einbringen.«

Arliss setzte sich und griff nach dem Stoff seiner Hose, um sein lahmes Bein auf einen Stuhl zu wuchten. »Aber der Markt kann sich natürlich jederzeit ändern.«

Kelsea war nicht die Einzige, der die Bibliothek Freude bereitete. Jedes Mal, wenn sie hereinkam, saß einer der Wachleute, die gerade dienstfrei hatten, mit einem Buch in einem Sessel oder auf einem Sofa. Die Mitglieder ihrer Garde mussten allesamt lesen und schreiben können, und für jeden von ihnen schien etwas dabei zu sein. Für jeden außer Mace, der so gut wie nie einen Fuß in die Bibliothek setzte, obwohl ihm sicher auch ein paar der Geschichten gefallen hätten. Doch lesen schien seiner Auffassung nach nur dazu zu dienen, Botschaften, Rechenbücher und Ankündigungen zu entziffern. Seine Gleichgültigkeit ließ Kelsea schier aus der Haut fahren.

Millas Sohn und Carlottas Baby waren noch zu klein, um an Büchern Gefallen zu finden, doch Andalies Kinder konnten bis auf die kleine Glee alle lesen. Wenn ihre Mutter arbeitete, schienen sie geradezu in der Bibliothek zu leben. Solange sie leise waren, hatte Kelsea nichts dagegen. Und das waren sie. Ohne jede Hilfe hatten sie die sieben Bände von Rowling in den Regalen ausfindig gemacht und dabei jeden Streit vermieden. Amüsiert beobachtete Kelsea, wie sich Wen, der Älteste, mit seinen Geschwistern in die Mitte des Raums verzog und sie einen von vier Zweigen ziehen ließ, die vom Feuerholz aus dem Kamin stammten. Der dreizehnjährige Matthew hatte Glück. Er durfte mit Band eins beginnen, während sich die anderen nach Alternativen umsahen. Wen griff nach einem Anatomiebuch und schlug zielsicher genau die Seite mit den Studien auf, die Leonardo da Vinci so viel Mühe bereitet hatten. Die achtjährige Morryn, ein echtes Mädchen, empörte sich über die in ihren Augen einseitige Auswahl der Bibliothek. Für Liebesromane war sie noch zu jung, aber auch sonst schien es hier nichts für sie zu geben, denn Carlin hatte die so genannte »Frauenliteratur« nie in ihre Sammlung aufnehmen wollen. Irgendwann zog Kelsea die Märchen der Gebrüder Grimm aus einem der höheren Regale – ebenfalls keine besonders weibliche Lektüre, doch sie hoffte, die vielen Prinzessinnen, die darin auftauchten, würden das Mädchen besänftigen. Morryn stapfte zu einem Stuhl, setzte sich und starrte den Umschlag misstrauisch an.

Am genauesten beobachtete Kelsea die elfjährige Aisa, die meist nach exakt den Büchern griff, die auch sie selbst als Kind gelesen hatte. Doch keins davon schien die Zustimmung des Mädchens zu finden. Kelsea hatte inzwischen begriffen, dass Aisas mürrische Miene in erster Linie ihrer Physiognomie geschuldet war – ihrer Himmelfahrtsnase, den buschigen Augenbrauen und dem insgesamt eher maskulin wirkenden Gesicht.

Kelsea nahm all ihren Mut zusammen (aus irgendeinem Grund schüchterte das Mädchen sie mindestens ebenso sehr ein wie Andalie), ging zu ihr und sagte: »Wenn du mir sagst, was du suchst, könnte ich dir etwas empfehlen.«

Aisa wandte sich um. Ihre schwarzen Augen glichen denen ihres Vaters, doch der Ausdruck darin erinnerte an Andalie. »Ich will was mit Abenteuer.«

Kelsea nickte. Sie hatte genau begriffen, was die Kleine meinte. Ihr Blick wanderte über die Regale, doch insgeheim wusste sie bereits, dass sie keine echte Abenteuergeschichte mit weiblicher Heldin in den Regalen finden würde. Mit dem Finger fuhr sie über die Buchreihen, bis sie einen grünen Ledereinband entdeckte, dessen Rücken mit goldenen Ornamenten verziert war. »In diesem hier kommt kein Mädchen vor, aber die Fortsetzung hat eine weibliche Hauptfigur.«

»Warum kann ich die dann nicht lesen?«, fragte Aisa. Ihr Gesicht verdüsterte sich. Kelsea wollte etwas Scharfes erwidern, doch aus irgendeinem Grund schien es ihr fast ebenso wichtig, Andalies Kinder für sich zu gewinnen wie Andalie selbst. Also versuchte sie ihrer Stimme einen sanften Anstrich zu geben und sagte: »Wenn du den ersten Band nicht gelesen hast, bedeutet dir der zweite auch nichts. Das ist eins meiner Lieblingsbücher, also pass gut darauf auf.«

Aisa entfernte sich mit einer Ausgabe des *Hobbits* unterm Arm. Einerseits hätte Kelsea die Kinder nur zu gerne beim Lesen beobachtet, andererseits wünschte sie sich nichts sehnlicher, als sich selbst in den *Herrn der Ringe* zu vertiefen. Leider hatte sie für keins von beidem Zeit. In nur zehn Minuten musste sie fix und fertig angezogen sein, um sich von Venner quälen zu lassen. Also nickte sie Pen zu und griff nach ihren eigenen Büchern und Papieren auf ihrem Schreibtisch und machte sich auf den Weg.

In der Tür drehte sie sich noch mal um. Alle vier Kinder hatten es sich irgendwo in der Bibliothek gemütlich gemacht. Auf einer Couch an der Wand lag Galen. Sein Bein baumelte über die Armlehne, und er las ein in blaues Leder gebundenes Buch. Kelsea dachte daran, wie sehr sich Carlin über diesen Anblick gefreut hätte – ihre geliebte Bibliothek, die von einer ganzen Gemeinde von Lesern genutzt wurde. Eine Oase für eine nach Büchern hungernde Nation.

Nein, die Nation hungert nicht, dachte Kelsea grimmig. Sie war eher wie ein Mensch, der so lange nichts zu essen bekommen hatte, dass er gar nicht mehr wusste, wie sich Hunger anfühlte. Plötzlich kam ihr eine Idee – wie ein Funke entzündete sie sich in ihrem Kopf, um dann in einem leichtfüßigen Tanz zu entschwinden.

Kelsea warf Pen ein entschuldigendes Lächeln zu und überquerte eilig den Korridor. Aus einem Impuls heraus blieb sie vor einem der Zimmer stehen, dem Balkonzimmer, wie es inzwischen nur noch genannt wurde. Heute hatte sich Mhurn davor postiert, der sich verneigte, als Kelsea näher kam. Abgesehen von Pen war er der Einzige, der auf solchen Formalitäten bestand, obwohl Kelsea sich nicht besonders viel daraus machte. Bei den meisten Gardisten hätte eine Verbeugung eher merkwürdig gewirkt, vor allem bei Dyer, der eher mal geneigt war, eine sarkastische Bemerkung fallenzulassen. Mhurn sah immer noch nicht aus, als würde er besonders viel Schlaf bekommen. So langsam fragte sich Kelsea, ob er nicht an chronischer Schlaflosigkeit litt und zu jenen unglücklichen Seelen gehörte, die einfach nie zur Ruhe kamen, egal, was in ihrem Leben gerade passierte. Sie fühlte Mitleid in sich aufkeimen und lächelte ihm zu, als sie durch die Tür trat. Dann fiel ihr die Szene in ihrem Bad wieder ein – der Mann, der sie gezwungen hatte, aus der Wanne zu steigen, die Fliese, die er aus dem Boden gelöst hatte –, und ihr Lächeln erstarrte. Wenn es nach Mace ging, konnte jeder Gardist hinter dem Anschlag stecken.

Der Balkon erstreckte sich über die gesamte Zimmerlänge von vielleicht neun Metern und wurde von einer taillenhohen Brüstung begrenzt. Es war ein frischer Märznachmittag, die Dämmerung zog bereits herauf. Ein eisiger Wind fegte um die Fassade der Festung, um Dachvorsprünge und Zinnen. Kelsea lehnte sich an die Brüstung. Ihr Blick wanderte über das halb erleuchtete Mosaik Neulondons, hin zum Horizont, wo sich das Braun, Grün und Gelb der Almontebene in unendliche Weiten erstreckte und nur von den parallel verlaufenden Windungen des Caddell und Crithe unterbrochen wurde. Das nun war ihr Königreich – wunderschön und beängstigend zugleich. So viel Land, so viele Menschen … Und jedes Leben hing an einem seidenen Faden. Morgen würden die Soldaten in der Festung eintreffen. Kelsea fürchtete sich vor der Konferenz, die ihr bevorstand. Nach allem, was Arliss und Mace ihr erzählt hatten, würde sie General Bermond kein bisschen mögen. Sorgenvoll starrte sie auf ihr Reich. Sie wünschte, sie könnte bis nach Mortmesne sehen, wissen, was kommen würde.

Wie ein fallender Vorhang senkte sich Dunkelheit über sie. Kelsea strauchelte und versuchte, an der Brüstung Halt zu finden. Sie schien jedes Gefühl für sich und ihren physischen Körper zu verlieren. Wie ein Pfeil schoss sie durch den eisigen Nachthimmel. Sie fror, und der Wind pfiff in ihren Ohren.

Unter ihr nichts als unendliche Kiefernwälder. Straßen durchschnitten das weite Land, keine staubigen wie in Tearling, sondern breite, mit Stein gepflasterte Fahrbahnen, die Platz boten für Karren, Karawanen und riesige Gütertransporte. Am nördlichen Horizont erblickte sie hoch aufragende, mit Gruben gespickte Hügel, ja fast schon Berge – Anlagen zur Förderung von Rohstoffen. Statt Bauernhöfen gab es hier Fabriken, gigantische Backsteinbauten, die Rauch und Asche in die Luft bliesen. War es Tag? Nacht? Kelsea wusste es nicht. Die ganze Welt lag in einem blauen Dämmerlicht.

»Lady?« Wie aus weiter Entfernung hörte sie durch den eisigen Wind Pens Stimme. Sie schüttelte den Kopf, eine stumme Bitte, nicht in ihre Vision einzudringen. Sie fürchtete sich, hatte schreckliche Höhenangst, aber ach … sie wollte so gerne alles sehen.

Auf einem Steinplateau, über den Gipfeln der Kieferwäldern erhob sich eine gewaltige Stadt, größer noch als Neulondon. Aus ihrer Mitte ragte ein Palast empor, nicht so groß wie die Festung, dafür aber symmetrisch und von unvergleichlicher Eleganz. Auf dem höchsten Turm wehte eine blutrote

Fahne, die Kelsea kurz betrachtete, ehe sie den Blick erneut nach unten richtete. Eine hohe Holzwand umgab die Stadt, durch deren Zugangstor ein breiter, mit Pfählen gesäumter Weg führte. Straßenlaternen? Nein, als Kelsea näher heranzoomte, entdeckte sie kleine, runde Punkte auf den Pfählen, menschliche Köpfe, manche nur mehr blanke Schädel, andere noch in einem frühen Verwesungsstadium mit deutlich auszumachenden, vermodernden Gesichtszügen.

Der Pikehügel, begriff Kelsea. *Das muss Demesne sein.* Zu ihrer Linken erstreckte sich ein von Fackeltupfen durchsetztes schwarzes Meer. Um besser sehen zu können, stieß Kelsea, einem Beutevogel gleich, im Sturzflug herab.

»Lady?«

Das Meer war in Wirklichkeit eine Armee, ein gigantischer militärischer Block, der sich über mehrere Quadratmeilen hinzog: Zelte, Lagerfeuer, Männer, Pferde und Karren, randvoll mit Feuerwaffen, Messern, Schwertern, Pfeilen, Bögen und Spießen. Kelseas Blick blieb an ein paar gewaltigen Holzgebilden hängen – Belagerungstürme, wie sie aus ihren Büchern wusste. Sie waren gut achtzehn Meter hoch und lagen, bereit zum Transport, flach auf der Seite. Verzweifelt breitete sie die Arme aus, die sich jetzt wie Schwingen anfühlten. Der bitterkalte Wind zauste ihr die Federn.

Kelsea flog eine Schleife und glitt erneut über die kampierenden Bataillone hinweg. Bis zur Morgendämmerung war es noch lange hin. Die Soldaten bereiteten sich auf die Nachtruhe vor. Bruchstücke eines Lieds drangen an ihr Ohr, und es roch nach gebratenem Kalbfleisch und Ale. Kelsea sah so gut wie nie zuvor in ihrem Leben, jedes Detail drang gestochen scharf in ihr Bewusstsein. Sehnsucht wallte in ihr auf, denn sie wusste, dass dieser Zustand nicht ewig währen konnte. Bald würde sie sich wieder mit ihren menschlichen Augen begnügen müssen.

Als sie über die Ostseite des Lagers flog, erblickte sie einen seltsamen, im Feuerschein glänzenden Metallklotz, den sie nicht zuordnen konnte. Mit angelegten Flügeln stieß sie noch tiefer hinab, bis sie sich direkt über dem Camp befand. Der widerliche Gestank zusammengerotteter Körper breitete sich wie Nebel in ihrem Kopf aus, doch statt kehrtzumachen, flog sie noch tiefer und entdeckte weitere Metallobjekte. Sie alle hatten einen eigenen Wagen und standen wie eine Marschkolonne in Reih und Glied nebeneinander. Kelsea musste sie mehrmals umkreisen, und als sie endlich begriff, was sie da vor sich sah, schlug ihre Verzweiflung in abgrundtiefe Hoffnungslosigkeit um.

Kanonen.

Unmöglich! Schießpulver gibt es nicht mal in Mortmesne!

Reglos lagen die schimmernden Kanonen unter ihr – eine stumme Verhöhnung. Insgesamt waren es zehn Stück, allesamt aus Stahl und funkelnagelneu. Sie roch nicht einmal Rost.

Tearling!

Entschlossen drehte Kelsea ab. Sie wollte in ihr Reich zurück, um die Menschen zu warnen. Hier gab es keine Hoffnung, keine Aussicht auf Sieg, nur einen metallischen Geruch, der von einem Blutbad kündete, von Tod und Verderben.

Unter sich hörte sie das Triumphgeschrei eines Mannes. Etwas bohrte sich in ihre rechte Brust, ein flammender Speer, der ihr Herz aufspießte.

»Mhurn! Ein Arzt!«, schrie Pen. Seine Stimme klang gedämpft, wie unter Wasser. »Hol Coryn, sofort!«

Verzweifelt versuchte Kelsea, sich in den Lüften zu halten, doch ihre Flügel funktionierten nicht mehr. Sie merkte, dass sie schrie, doch sie konnte sich selbst kaum hören. Wie ein Stein fiel sie durch die blaue Dämmerwelt. Als sie auf dem Boden aufschlug, spürte sie nichts.

»Ihr versteht nicht«, wiederholte Kelsea zum bestimmt siebten Mal an diesem Tag. »Die Morttruppen wurden bereits mobilisiert!«

General Bermond lächelte ihr vom anderen Ende des Tischs aus zu. »Das könnt Ihr ja ruhig glauben, Majestät, aber das heißt nicht, dass wir nicht noch rechtzeitig mit unseren Nachbarn Frieden schließen könnten.«

Kelsea starrte ihn an. Die Konferenz dauerte nun schon Stunden, und langsam bekam sie Kopfschmerzen. General Bermond musste ungefähr fünfzig sein. Steinalt in ihren Augen. Er hatte eine Glatze, und die Sonne hatte sein Gesicht vorzeitig altern lassen. Seine Uniform war so geschnitten, dass sie seinen gelähmten Arm verbarg.

Neben Bermond saß sein Stellvertreter, der vielleicht fünfzehn Jahre jüngere Colonel Hall. Er war beleibt, etwas untersetzt, hatte einen kantigen Kiefer und sprach nur wenig, doch seinen grauen Augen entging nichts. Beide Männer waren in Uniformen erschienen, wahrscheinlich, um sie einzuschüchtern. Zu ihrem Ärger stellte sie fest, dass es funktionierte.

Neben ihr saß Pen, reglos wie eine Statue. Es gefiel Kelsea, ihn hier zu haben. Dass ihr ständig irgendwelche Gardisten nachliefen, irritierte sie, aber Pen war irgendwie anders, gar nicht aufdringlich. Auch wenn es kein besonders schmeichelhafter Vergleich war, musste sie immer an einen treuherzigen Hund denken, der ihr auf leisen Pfoten folgte. Ihr Leibwächter war wachsam, doch seine ständige Anwesenheit zermürbte sie nicht so, wie es bei Mace zweifellos der Fall gewesen wäre. Der Captain selbst saß rechts von ihr. Alle paar Minuten blickte Kelsea zu ihm hinüber, während sie versuchte, endlich zu einer Entscheidung zu kommen. Gestern hatte sie die Nachricht erreicht, dass eine Burg der Grahams achtzig Kilometer südlich der Festung in einer Feuersbrunst zerstört worden war.

Den Rest des Tages hatte Kelsea über diese unerwartete Wendung nachgedacht. Die Burg war ein Taufgeschenk an den jungen Lord Graham gewesen. Es fiel ihr schwer, die Vorstellung eines unschuldigen Babys mit dem Mann hinter der Maske zu vereinbaren, der versucht hatte, ihren Saphir zu stehlen und ihr danach garantiert die Kehle durchgeschnitten hätte. Natürlich hatten der Lord und seine Familie nach dem Mordanschlag jedes Recht verwirkt, auch das auf ihre Ländereien – aber in der Burg hatten sich Frauen aufgehalten, und da niemand sie gewarnt hatte, waren die meisten zusammen mit den Wachen verbrannt. Das Feuer war garantiert Mace' Werk. Kelsea begriff, dass der Captain eine Seite hatte, die sie nie würde kontrollieren können. Ein vollkommen neuer Gedanke, der ihr das Gefühl gab, mit einem ungezähmten Hund zusammenzuleben, der sich jeden Moment aus seinem Halsband winden konnte. Wie sie damit umgehen sollte, wusste sie noch nicht.

Neben dem Mortabkommen, das immer noch keinen Ausweg bot, lag auch Mace' Karte von Mortmesme auf dem Tisch. Sie war alt und lange vor Kelseas Geburt von geschickter Hand gezeichnet und beschriftet worden. Das ungefähr drei Millimeter dicke Papier deutete auf eine recht ursprüngliche Herstellungsart in den Mühlen Mortmesnes hin. Das Land selbst hatte sich kaum verändert. Kelsea betrachtete die Mortstraße, auf der man ihr Volk die letzten siebzehn Jahre lang in das Nachbarreich transportiert hatte. Sie führte direkt zum Argivepass, der hinter der Teargrenze in einen steilen Abhang überging, und mündete dann in die Pikestraße, einen großen Boulevard, der erst vor Demesnes Toren endete.

Genau wie in meinem Traum, dachte Kelsea und rieb sich die Stirn. Doch für einen Traum waren die Bilder zu klar, zu real gewesen. Als Coryn und Mace auf den Balkon geeilt waren, hatte sie bewusstlos auf dem Boden gelegen. Und obwohl

Coryn jeden nur erdenklichen Trick angewandt hatte, war sie nicht wieder aufgewacht. Ihr sich hebender und senkender Bauch war das einzige Anzeichen gewesen, dass sie überhaupt noch lebte. Ihre Gardisten hatten geglaubt, sie würde sterben.

Aber ich bin nicht gestorben.

Pen hatte erzählt, der Saphir habe den Balkon kurz vor ihrem Sturz in ein gleißend helles Licht getaucht. Kelsea hatte immer noch nicht so recht begriffen, was passiert war, doch es schien, als hätte ihr der Stein alles gezeigt, was sie wissen musste. Danach hatte sie mehrere Stunden geschlafen und war schließlich mit einem Bärenhunger aufgewacht. Wenn das der Preis für ihre Vision war – nun, damit konnte sie leben.

»Majestät?« Bermond wartete immer noch auf eine Antwort.

»Es wird keinen Frieden geben, General. Ich habe eine Entscheidung getroffen.«

»Ich glaube nicht, dass Ihr Euch über die Folgen im Klaren seid, Majestät.« Bermond wandte sich an Mace. »Ihr könnt die Königin in dieser Angelegenheit doch sicher beraten, Sir.«

Mace hob die Hände. »Ich wache über ihr Leben, Bermond, aber ich treffe keine Entscheidungen für sie.«

Bermond wirkte schockiert. »Aber Captain, Euch ist doch wohl klar, dass wir in dieser Sache nicht gewinnen können! Und das müsst Ihr der Königin begreiflich machen! Die Mortarmee ist …«

»Ich sitze direkt vor Euch, General. Sprecht doch einfach mit mir.«

»Vergebt mir, Majestät, aber ich habe es seinerzeit schon Eurer Mutter erklärt: Frauen können keine militärischen Strategien entwickeln, sie eignen sich schlicht nicht dafür. Königin Elyssa hat solche Angelegenheiten komplett in unsere Hände gelegt.«

»Ja, das glaube ich gerne.« Kelsea warf einen Blick zu Colonel Hall, der sie prüfend musterte. »Aber Euch dürfte inzwischen klar geworden sein, dass ich eine ganz andere Königin bin.«

Wütend funkelte Bermond sie an. »Dann noch mal: Ihr könnt nichts weiter tun, als einen Boten nach Mortmesne zu entsenden. Genot ist kein Narr. Er weiß, dass Tearling nur schwer unter Kontrolle zu halten wäre, und garantiert ist er nicht erpicht darauf, hier einzufallen. Aber glaubt mir – sollte er sich dafür entscheiden, wird seine Mission Erfolg haben.«

»General Genot ist nicht der König von Mortmesne, und Ihr seid nicht der König von Tearling. Weshalb, glaubt Ihr, sollte ich ausgerechnet ihn auf meine Seite bringen?«

»Handelt eine reduzierte Lieferung mit der Königin aus, Majestät. Bestecht sie.«

»Ihr scheint sehr darauf bedacht, diesen Leuten eine Sicherheit zu bieten, Bermond. Was, wenn ich Euch anbiete?«

»Die Bevölkerung Tearlings ist die einzige Sicherheit, Majestät. Ich persönlich würde es als großen Dienst an meinem Land erachten.«

Kelsea biss die Zähne zusammen. Ihre Kopfschmerzen wurden schlimmer. »Ich werde keinen einzigen Sklaven mehr liefern lassen, nicht mal Euch. Findet Euch damit ab, und lasst uns weitermachen.«

»Dann muss ich mich leider wiederholen: Ihr habt uns in eine prekäre Lage gebracht. Die Tear können es nicht mit der Mortarmee aufnehmen. Und sollte unser Nachbarreich wirklich über Schießpulver und Kanonen verfügen, wie Ihr behauptet, wäre die Situation sogar noch aussichtsloser. Uns würde das blutrünstigste Massaker in der Geschichte Tearlings bevorstehen – und Ihr habt es ermöglicht.«

»Vorsicht, Bermond«, sagte Mace ruhig. Der General schluckte und wandte den Blick ab.

»Sollten die Mort tatsächlich herausgefunden haben, wie man Schießpulver herstellt, hätte es uns doch auf dem Schwarzmarkt unterkommen müssen, oder nicht?«, fragte Colonel Hall.

»Eigentlich schon«, stimmte Mace zu. »Mir ist nichts dergleichen zu Ohren gekommen.«

»Vielleicht wollten sie das Pulver für sich behalten«, wandte Kelsea ein.

»Darüber haben die Mort keine Kontrolle, Lady. Als die Habichte irgendwann abgerichtet waren, wurde der Markt innerhalb weniger Wochen mit den Tieren überflutet.«

»Und für Habichte braucht man einen Falkner, Futter und Platz«, sagte Pen. »Sonst sind sie wertlos. Schießpulver ließe sich also viel leichter schmuggeln.«

Kelsea wandte sich an Arliss, der schon seit längerer Zeit nichts mehr gesagt hatte. Wenn einer wusste, was auf dem Schwarzmarkt gehandelt wurde, dann er. Er musste eingenickt sein, denn sein Mund stand offen, und Speichel lief ihm aufs Kinn hinunter. Als er heute Morgen in die Festung gekommen war, hatte er ein längliches Papierröhrchen im Mund gehabt. Kelsea hatte keine törichten Fragen stellen wollen und ihm dabei zugesehen, wie er eine Rauchwolke ausatmete. Irgendwann war ihr endlich ein Licht aufgegangen: Er rauchte. Ihr war nicht klar gewesen, dass es überhaupt noch Zigaretten gab – wahrscheinlich waren auch sie auf dem Schwarzmarkt heiß begehrt. Wenn der Tabak allerdings in Tearling hergestellt wurde, hatte sie jetzt eine ganze Reihe neuer Probleme. Sie bog den Rücken durch und streckte sich. Ihre Schulter pochte warnend. Heute war der erste Tag, an dem man ihr keinen Verband angelegt hatte. »Könnten die Mort nicht noch einen Vorrat an Waffen haben, die aus der Zeit vor der Überfahrt stammen?«

Bermond schüttelte den Kopf. »Das wenige Schießpulver, das auf den Schiffen transportiert wurde, ist längst verdorben.«

»Und selbst wenn es unter idealen Bedingungen hätte aufbewahrt werden können, hätte es auf keinen Fall länger als ein Jahrhundert gehalten.«

»Für den Einsatz von Kanonen müssten sie es künstlich herstellen oder irgendeinen Ersatz verwenden.«

»Ganz unmöglich ist das nicht, Sir. Wer weiß schon, was die Mort in ihren Minen so alles zutage fördern?«

Hall verstummte, als Bermond ihn stirnrunzelnd musterte. Kelsea überlegte, ob sie Arliss wecken sollte, ließ es dann aber bleiben. Er würde nur für noch mehr Gezänk sorgen, denn auf das Militär schien er keine großen Stücke zu halten. Bevor er eingedöst war, hatte er jede Gelegenheit genutzt, den General auf Fehler hinzuweisen, die während der Mortinvasion begangen worden waren. Er war so sehr darauf herumgeritten, dass Kelsea sich fragte, ob er sich geirrt hatte, was den Ausgang der Schlacht betraf, und dabei womöglich Geld verloren hatte.

»Also, was wird die Rote Königin zuerst tun?«, fragte sie.

»In unser Land einmarschieren.«

»Eine groß angelegte Invasion?«

»Nein, sie wird erst ein paar Dörfer besetzen.«

»Wozu soll das gut sein?«

Bermond seufzte irritiert. »Lasst es mich so formulieren, Majestät: Man springt nicht einfach von einer Klippe und hofft, dass das Wasser darunter tief genug ist. Jemand wie die Rote Königin wirft Steine, denn sie kann es sich leisten. Sie hat alle Zeit der Welt, und es mangelt ihr an nichts. Wahrscheinlich sieht sie Euch nicht als Bedrohung, aber die Fakten wird sie nicht ignorieren.«

»Aber warum angreifen? Sie könnte doch einfach Spione in unser Land schleusen.«

»Sie macht das, um das Volk zu demoralisieren, Lady.« Bermond zückte einen Dolch – nur eine der unzähligen Waffen, die überall an seinem Körper hingen – und durchschnitt die Luft. »Seht Ihr? Ich habe Euren kleinen Finger abgehackt. Zum Überleben braucht Ihr ihn nicht, aber Ihr blutet. Und ich habe Euch bewiesen, dass ich jederzeit in der Lage bin, Euch etwas anzutun.«

Wieder einmal fühlte sich Kelsea in ihrer Annahme bestätigt, dass Eroberungszüge eine unglaublich dumme Angelegenheit waren. Doch bevor sie etwas sagte, das sie später bereuen würde, hielt sie lieber den Mund. Arliss neben ihr schnarchte leise. »Arliss! Seid Ihr derselben Auffassung?«

Er schreckte auf. »Ja, Majestät«, erwiderte er krächzend. »Aber macht Euch nichts vor. Ganz Tearling ist schon mit Spionen verseucht.«

Als Mace zustimmend nickte, wandte sich Kelsea wieder an Bermond: »Werden sie über die Mortstraße näher rücken?«

»Das bezweifle ich, Majestät. Die Mortstraße führt über den Argivepass, und auf den Serpentinen wären die Soldaten vollkommen ungeschützt. Wir müssen sie aber trotzdem blockieren, um sicherzugehen, dass die Armee sie nicht als Versorgungsweg nutzt.« Kopfschüttelnd beugte sich Bermond über die Karte. »Wirklich schade, dass der Argiveturm nicht mehr steht.«

Kelsea blickte Mace fragend an. »Am Ende des Passes befand sich früher eine Befestigung, Lady, die beim Abzug der Truppen niedergerissen wurde und inzwischen nur noch aus einem Haufen Steine besteht.«

Mit dem Finger zeichnete Bermond die nördliche Mortgrenze nach, wo die Berge zu Hügeln abflachten. »An Genots Stelle würde ich mich für diese Route entscheiden. Das zerklüftete Bergland wird seine Männer aufhalten, aber die vielen Wälder bieten ihnen Schutz. Außerdem hätten sie Platz und müssten keine Engpässe befürchten.«

»Und wie können wir einen solchen Angriff Eurer Ansicht nach abwehren?«

»Gar nicht.«

»Sehr hilfreich, General, ich bin überwältigt.«

»Majestät …«

»Was meint Ihr, Colonel Hall?«, fragte Kelsea.

»Ich muss dem General zustimmen, Lady. Es gibt keine Hoffnung auf einen siegreichen Ausgang.«

»Na wunderbar.«

Hall hob die Hand. »Aber Ihr solltet die Invasion hinauszögern. Und zwar so lange wie möglich.«

»Das müsst Ihr mir erklären.«

Hall beugte sich vor und ignorierte den stirnrunzelnden Bermond. »Eine Verzögerungstaktik ist unsere einzige Chance, Lady. Ein Feldzug, der die Mortarmee aufhält. Das würde einen Guerillakrieg bedeuten.«

»Was soll das bringen?«, fragte Bermond und riss die Arme hoch. »Die Mort werden das Land so oder so einnehmen, ob nun schnell oder langsam ist doch egal.«

»Ja Sir, aber die Königin würde Zeit gewinnen, um vielleicht doch noch ein Friedensangebot auszuhandeln oder einen anderen Weg zu finden.«

Kelsea nickte erfreut. Der Mann konnte wenigstens kreativ denken. Bermond starrte ihn wütend an, doch Hall schien entschlossen, ihn zu ignorieren. »Wenn die Armee tatsächlich die Route nimmt, von der der General gesprochen hat, stehen unsere Chancen sogar noch besser. Ich bin in Idyllwild aufgewachsen, Majestät. Diesen Teil der Grenze kenne ich wie meine eigene Westentasche.«

»Was machen wir mit den Dörfern in der Nähe der Grenze?«

»Die müssen wir evakuieren. Den Mort geht es nicht nur um Eroberungen, sie wollen auch plündern. Wenn sie auf leere Dörfer treffen, werden sie für eine Weile beschäftigt sein.«

»Das wäre aber kein sehr umsichtiger Umgang mit unseren Ressourcen, Majestät«, wandte Bermond ärgerlich ein. »Für eine Evakuierung braucht es viele Einsatzkräfte. Wir würden besser daran tun, unsere Männer hinter der Grenze zu postieren, für den Fall, dass die Mort die Almontebene erreichen.«

»Habt Ihr mir denn gar nicht zugehört, Bermond? Die Mortarmee wurde bereits mobilisiert. Und Ihr habt selbst gesagt, die Invasion würde bei den Dörfern an der Grenze beginnen. Das heißt, den Menschen dort droht unmittelbare Gefahr.«

»Aber sie haben es sich selbst ausgesucht, dort zu leben, Majestät. Sie wussten über das Risiko Bescheid.«

Kelsea öffnete den Mund, um etwas Scharfes zu erwidern, doch Mace kam ihr zuvor: »Eine Evakuierung würde das Innenministerium mit einer wahren Flut an Flüchtlingen konfrontieren, Lady. Und die müssten beherbergt und mit Lebensmitteln versorgt werden.«

»Dann tun wir das eben.«

»Und wie?«

»Ich bin sicher, Euch wird etwas einfallen, Lazarus.«

»Was, wenn sie sich weigern, ihre Häuser zu verlassen?«, fragte Bermond.

»Wenn sie in ihren Häusern bleiben wollen, lassen wir sie dort, wir wollen ja niemanden inhaftieren.« Kelsea warf Bermond ein strahlendes Lächeln zu. »Aber ich bin sicher, Ihr werdet ihnen die Situation begreiflich machen.«

»Ich?«

»Ja, General. Ihr werdet einen Teil Eurer Armee mobilisieren, so viele, wie Ihr für nötig haltet, die Mortstraße sichern und die Dörfer entlang der Grenze evakuieren.«

Bermond wandte sich an Hall: »Die Evakuierung ist Eure Sache.«

»Moment«, unterbrach Kelsea ihn. Sie versuchte sich daran zu erinnern, was Arliss ihr über militärische Strukturen beigebracht hatte. »Hall, als Colonel führt Ihr doch sicher ein eigenes Bataillon?«

»Ja, Lady. Die linke Flanke.«

»Gut. Eure Kompanien werden sich von der Armee abspalten und wie besprochen eine Guerilla-Operation durchführen.«

»Majestät!«, blaffte Bermond, der schon ganz rot geworden war. »Ich stelle meine Truppen auf.«

»Nein, General. Dies ist eine Operation der Krone, und ich habe beschlossen, eins Eurer Bataillone mit einer anderen Mission zu betrauen.«

»Und meinen Stellvertreter auch, oder wie?«

»Ja, den auch.«

Arliss prustete los. Als Kelsea ihm den Blick zuwandte, sah sie, dass er schon wieder eine Zigarette im Mund hatte, und grinste. Es roch genauso schlimm wie vorher, doch sie sagte nichts, schließlich hätte sie ohne Arliss gar nicht gewusst, dass sie das Recht hatte, in das militärische Vorgehen einzugreifen – wohl ein Überbleibsel aus der Zeit, als die amerikanische Exekutive noch das Sagen hatte.

Bermond schien Hall mit seinen Blicken erdolchen zu wollen. Hall wiederum musterte Kelsea. Der Ehrgeiz, der in seinen Augen aufflackerte, war nicht zu übersehen, aber da war noch etwas anderes, etwas, das Kelsea nicht in Worte fassen konnte, das ihr aber dennoch gefiel.

Wenn er kein Soldat wäre, würde ich ihn noch morgen in meine Garde aufnehmen.

»Die Kanonen machen mir Sorgen«, sagte sie an ihn gewandt. »Ich habe zwar nur zehn gezählt, aber die Mortarmee könnte noch mehr davon besitzen. Ob sie aus Eisen oder aus Stahl sind, weiß ich nicht, das konnte ich nicht sehen. Eure erste Aufgabe wird sein, sie zu entschärfen.«

»Zu Befehl, Majestät.«

»Kanonen«, spottete Bermond an Mace gewandt. »Schießpulver existiert nicht, das weiß doch jeder. Soll unsere einzige Strategie wirklich auf den Fieberträumen eines Mädchens basieren?«

Mace wollte zu einer Erwiderung ansetzen, doch Kelsea schnitt ihm das Wort ab: »Das ist jetzt schon das zweite Mal, dass Ihr mich nicht direkt ansprecht, General. Das zweite und letzte Mal, wenn Euch Eure Karriere lieb ist.«

»Aber der Plan ist doch unhaltbar, Majestät!«, fauchte Bermond. »Eine Verschwendung unserer Leute!«

»Das ist die Auslosung auch!«, blaffte Kelsea zurück. »Ich vermute, Eure Angehörigen wurden nie verschifft, General?«

Sanft berührte Pen sie am Ellbogen.

»Nein.« Bermonds Blick zuckte zu seinem Stellvertreter.

Pen beugte sich zu Kelsea hinüber und flüsterte: »Halls Bruder, Lady. Sie standen sich sehr nah.«

»Tut mir leid, Colonel.«

Hall machte eine wegwerfende Handbewegung. Seine Augenbrauen waren grüblerisch zusammengezogen. In Gedanken schien er weit weg an der Grenze. Kelsea hatte keine Ahnung, ob er ihr das mit den Kanonen abkaufte, aber das war auch nicht wichtig. Für sie zählte nur, dass er Ja gesagt hatte.

»Sonst noch was?«

Keine Antwort. Bermond sah aus, als habe er irgendetwas Widerwärtiges verschluckt. Kelsea fragte sich kurz, ob sie sich um seine Loyalität Sorgen machen musste, doch sie verwarf den Gedanken gleich wieder. Selbst mit zwanzig Jahren weniger auf dem Buckel wäre Bermond nicht der Typ, der einen

Putsch anzettelte. Für sowas hatte er einfach nicht genug Fantasie.

»Dann sind wir also fertig«, verkündete Mace. Der General und Hall erhoben sich so rasch, dass Kelsea erschrocken zusammenzuckte.

»Danke«, sagte sie an die beiden Männer gewandt. »Nächste Woche hätte ich gerne einen Zwischenbericht von Ihnen.«

»Majestät«, murmelten sie und starrten sie so lange an, bis Kelsea sich unbehaglich fragte, ob irgendetwas mit ihrem Aussehen nicht stimmte. Sie wollte sich gerade entnervt erkundigen, worauf die beiden noch warteten, als sie endlich begriff.

»Wegtreten.«

Die Männer machten eine Verbeugung und entfernten sich.

10

Das Los des Thomas Raleigh

»Es ist schwierig, die Motive eines Verräters zu ergründen. Manch einer verrät sein Land des Geldes wegen, ein anderer, um Rache zu üben. Dann gibt es solche, die glauben, sie hätten sich den Werten ihrer Heimat entfremdet. Und wieder andere werden zu Verrätern, weil sie keine andere Wahl haben. Die Gründe sind meist nicht eindeutig zu durchschauen, denn Verrat ist keine eindimensionale Angelegenheit. Einer der berühmtesten Verräter in der Geschichte Tearlings hat sein Land aus dem elementarsten aller Gründe verkauft: Weil er nicht wusste, weshalb er es nicht hätte tun sollen.«

Die Frühgeschichte Tearlings, wie Merwinian sie erzählt

Ich hätte es wissen müssen, dachte Javel, und er sollte es an diesem Tag noch viele weitere Male denken. *Ich hätte wissen müssen, dass es so endet.*

Er wusste nicht, warum er Arlen Thorne überhaupt noch zuhörte. Im Nachhinein wurde ihm klar, wie dumm der Plan gewesen war: Thorne hatte nur einen einzigen Caden mit der Ermordung der Königin beauftragt und dann noch nicht mal einen berühmten … Lord Graham der Jüngere war ja fast noch ein Kind gewesen. Gerüchte machten die Runde, die neue Königin hätte den Attentäter eigenhändig getötet, aber das war natürlich Blödsinn. Es war Mace, der den Lord und sein Gefolge zur Strecke gebracht und dann auch noch seine Ländereien in Brand gesteckt hatte. Graham hatte auf der ganzen Linie versagt, und das in aller Öffentlichkeit. Fast eine Stunde hatte seine gepfählte Leiche im Stadtzentrum gestanden, bevor die Menge sie vom Pfosten gezerrt und in Stücke gerissen hatte. Javel hatte sich geschworen, nie wieder einen Finger für Thorne zu rühren, aber dann hatte der Zensor nach ihm rufen lassen, und jetzt saß er natürlich doch wieder hier.

Treffpunkt war ein großes Lagerhaus am Ostrand Neulondons, ein Gebäude, in dem einst Nutzholz eingelagert worden war, das man anschließend verkauft oder nach Crossings End transportiert hatte. Offensichtlich hatte Thorne sich das Lager für seine dunklen Machenschaften unter den Nagel gerissen. Einer seiner Schlägertypen nahm Javel am Tor in Empfang, musterte ihn von oben bis unten und winkte ihn herein.

Javel fand sich in einem kleinen Vorraum wieder. Er wurde von einem schwachen Feuer erleuchtet, um das sich ein paar Männer geschart hatten, die ebenso wütend und verwirrt dreinblickten wie er selbst.

Thorne war noch nicht aufgetaucht, doch als sich Javel umsah, dämmerte ihm, worum es bei dieser ganzen Unternehmung hier wirklich ging: um Geld. Er kam sich töricht vor, dass er nicht gleich daran gedacht hatte. Aber er hatte eben nur Allie im Kopf gehabt und dabei übersehen, welch Riesenverluste die ausbleibende Lieferung für manch einen bedeutete und wie viel die Betreffenden zu verlieren hatten.

An der gegenüberliegenden Wand lehnte Lord Tare. Sein alberner purpurfarbener Hut nahm mehr Platz ein als er selbst. Die Tares besaßen Ländereien im Osten und riesige Weizenfelder, die sich meilenweit über die Almontebene erstreckten. Zusätzlich erhoben sie eine Zollgebühr für die Benutzung der Mortstraße. Javel erinnerte sich an einen Streit, den er zufällig mitgehört hatte: Lord Tare hatte eine Gebühr pro Kopf verlangen wollen, der Regent hingegen pro Fuhrwerk. Der Regent hatte sich nicht durchsetzen können, und falls der Lord immer noch pro Kopf kassierte, war die monatliche Lieferung die reinste Goldgrube.

Auch zwei Caden, die Gebrüder Baedencourt, saßen am Feuer. Mit ihren blonden Haaren, den blauen Augen und den wallenden Bärten, die ihnen fast bis zu den ausladenden Bäuchen reichten, hätten sie Zwillinge sein können. Niemand würde es wagen, eine Verschwörung gegen die Königin anzuzetteln, ohne vorher jemanden aus der Gilde zu konsultieren. Wobei Javel bezweifelte, dass die Baedencourts befugt waren, stellvertretend für ihre Kameraden zu sprechen. Wahrscheinlich waren sie einfach nur am leichtesten aufzutreiben gewesen, denn für gewöhnlich soffen und hurten sie sich quer durch den gesamten Neuen Globus.

Die Caden hatten mittlerweile ihre ganz eigenen Probleme: Im Gut wusste man von der exorbitanten Prämie, die ihnen der Regent für die Ermordung der Thronfolgerin geboten hatte. Um dem Auftrag nachzukommen, waren immer mehr Mitglieder mobilisiert und die alltäglichen Pflichten folglich sträflich vernachlässigt worden. Für gewöhnlich verdienten die Caden ihren Lebensunterhalt damit, bedrohte Adlige zu schützen, Kopfgelder einzustreichen und wertvolle Lieferungen zu eskortieren. Die vergangenen Monate hatten sie eine hübsche Stange Geld gekostet, und obendrein hatten sie viele ihrer Männer verloren. Nun war der kontinuierliche Geldstrom aus der königlichen Schatzkammer versiegt. Und da es ihnen nicht gelungen war, die Thronfolgerin aufzuspüren, hatte ihr Ruf beträchtlichen Schaden genommen, was sich wiederum auf ihre Geschäfte auswirkte. Normalerweise wurde die Lieferung von neun oder zehn Caden begleitet, wenn sie Neulondon verließ – besser konnte man potenzielle Angreifer nicht abschrecken. Die Lieferung zu bewachen galt als relativ einfach und machte dennoch einen beträchtlichen Anteil ihres monatlichen Einkommens aus. Auch damit war es nun vorbei.

Im letzten Monat war Javel zu Ohren gekommen, dass sich die Caden mit Wegelagerei über Wasser hielten oder die Söhne der Adligen im Schwertkampf und im Bogenschießen unterrichteten. Der gut aussehende Ennis war sogar als Gesellschafter eines Edelfräuleins angeheuert worden. Er musste sie zu Bällen begleiten, ihr Gedichte vorlesen und weiß der Himmel was noch alles tun. Selbst Javel, der keine großen Sympathien für die Mördergilde hegte, empfand so etwas wie Mitleid mit ihnen. Er fragte sich, wie sich so ein Niedergang wohl anfühlte, wenn man sich so lange in Arroganz und Exklusivität gesonnt hatte. Er konnte es sich nicht vorstellen. In jedem Fall handelten die Baedencourts hier garantiert auf eigene Faust, und man tat gut daran, ihnen und ihrem Engagement nicht zu trauen.

Noch vier weitere Männer, die Javel nicht kannte, saßen um das Feuer herum. Sein Blick blieb an einem jungen Priester von wieselhaftem Aussehen hängen. Wer hätte gedacht, dass sich sogar die Gotteskirche an der Sache beteiligte. Der kahlgeschorene Kopf des Priesters und seine dünnen weißen Hände wiesen ihn als Asketen aus, und angesichts seiner Jugend schlussfolgerte Javel, dass er zu den persönlichen Assistenten des Heiligen Vaters gehören musste. Neben dem Priester hockte eine verwahrloste blonde Gestalt, die aussah, als hätte man sie gerade erst aus der Gosse aufgelesen. Ein Räuber wahrscheinlich oder vielleicht auch nur ein Taschendieb, der auf ein schnelles Pfund aus war.

Geld, dachte Javel. *Allen geht es nur ums Geld. Allen außer mir.*

Und worum geht es dir?, zischte eine kalte Stimme in seinem Inneren. *Thorne!*, dachte Javel entsetzt. Als hätte er dem Zensor gestattet, in den hintersten Winkel seiner Seele vorzudringen.

Ich will Allie zurückhaben, antwortete er wütend. *Um nichts anderes ist es mir je gegangen.*

Keine Antwort. Thorne war verschwunden. Trotzdem, er hatte seine Frage gestellt, und Javel spürte, dass sie Schaden angerichtet hatte. Er kooperierte, um eine Sklavin zu befreien – zweifellos ein edles Vorhaben, wenn es so etwas denn gab. Aber Allie war nur eine von Zehntausenden, denen das gleiche Schicksal widerfahren war. An den Rest von ihnen hatte er nicht gedacht, im Gegenteil, er hatte nur seine eigenen Interessen verfolgt. Machte ihn das besser als einen dieser Männer?

Doch, ich bin besser, dachte er beharrlich. *Das weiß ich.*

In diesem Moment, er spähte in eine dunkle Ecke des Raumes, machte er die schrecklichste aller Entdeckungen: Keller, ein Mitglied der Torwache, lehnte mit verschränkten Armen und selbstzufriedener Miene an der Wand. Javel erinnerte sich an eine Nacht vor einigen Jahren, als Vil ein paar Wachleute zur *Katzentatze* geschickt hatte, um Keller zu holen, der sich diesmal ernsthaft in Schwierigkeiten gebracht hatte. Schon zuvor hatte er immer wieder Probleme gemacht. Einmal hatte er eine Frau mit voller Wucht gegen eine Wand geschleudert. Zudem lagen mehrere Vergewaltigungsvorwürfe gegen ihn vor, von denen einer erst nach einem Gesuch beim Regenten fallengelassen worden war. Doch selbst Javel war damals nicht auf den Anblick vorbereitet gewesen, der sich ihm und seinen Kameraden in der *Katzentatze* bot: Ein sturzbetrunkener, blutverschmierter Keller, der ein Rasiermesser umklammert hatte, nachdem er eine Hure halb tot geprügelt und ihr dann das Gesicht und die Brüste aufgeschlitzt hatte. Noch immer sah Javel das Bild des weinenden Mädchens vor sich, das in einer Ecke gesessen hatte. Blut war ihr aus den Schnittwunden geronnen, die sich kreuz und quer über ihren Oberkörper zogen. Sie konnte nicht älter als vierzehn gewesen sein. Javel war in der Morgendämmerung nach Hause gegangen, um sich in seinen eigenen vier Wänden ins Koma zu saufen. Gott sei Dank hatte er damals schon allein gelebt, und Allie hatte ihn nicht sehen können. Und nun stand er hier, in dunkle Machenschaften verstrickt, und starrte Keller im trüben Licht des Raums an.

Endlich, bis zum Sonnenuntergang waren es bestimmt noch zwei Stunden, kam Thorne herein. Er trug einen tiefblauen Umhang, der hinter seinem feingliedrigen Insektenkörper herwehte. Javel war erleichtert, dass Brenna ihn diesmal nicht begleitete. Bevor er seinen Umhang ablegte, musterte Thorne die Anwesenden aus seinen stechend blauen Augen. Neugierig beobachtete Javel ihn und fragte sich, was er wohl im Schilde führte. Er leitete den Zensus – allerdings nur bei Tag und auf Kosten der Regierung. Nachts war Thorne der König des Schwarzmarkts. Selbst wenn die Lieferungen ein für alle Mal eingestellt würden, verfügte er noch über genügend Nebeneinkünfte. Natürlich war der Posten des Obersten Zensors ein überaus nützlicher, weil er ihm jede Menge Kontakte verschaffte, auf die er zurückgreifen konnte. Doch jemand, der so gerissen war, hatte noch andere Möglichkeiten, auf die er bauen konnte.

Was hast du vor, Arlen?, fragte sich Javel. *Was treibt jemanden wie dich an?*

Die Antwort lag auf der Hand: Macht. Habgierig war Thorne nicht, im Gegenteil, es war allgemein bekannt, dass er bescheiden lebte. Er machte sich nichts aus Gold, aus Glücksspielen und Huren, und abgesehen von seiner Schwäche für die Albinofrau hatte er keine Laster. Was Thorne hingegen wirklich schätzte, war die Freiheit, uneingeschränkt tun und lassen zu können, was er wollte. Jetzt, da der Sklavenhandel abgeschafft worden war, würde sich die Königin den Schwarzmarkt vornehmen, den Handel mit Waffen, Drogen und Kindern … Sie hatte hinlänglich bewiesen, dass sie nicht wie ihr Onkel war. Das Wohl der Armen lag ihr ebenso am Herzen wie das der Reichen. Und genau deswegen hatte Thorne beschlossen, sie aus dem Weg zu räumen.

»Wir sind vollzählig«, verkündete er. »Kommen wir zur Sache.«

»Ja, tun wir das«, fauchte Lord Tare. »Ihr habt es gründlich versaut, elender Bürokrat. Wir können von Glück sagen, dass Mace den Jungen umgebracht hat, sonst hätte er am Ende noch rausgefunden, dass wir alle in die Sache verwickelt sind.«

Thorne nickte Lord Tare kurz zu und blickte sich um, wie um zu prüfen, ob die anderen Anwesenden der gleichen Auffassung waren. »Ganz meine Meinung«, sagte der Priester, wenn auch in einem etwas versöhnlicheren Ton. »Ich muss Euch leider mitteilen, dass der Heilige Vater sehr enttäuscht ist über die amateurhafte Umsetzung und den Ausgang des Plans.«

»Ich hatte lediglich versprochen, dass unsere Bemühungen *irgendwann* von Erfolg gekrönt sein würden«, erwiderte Thorne mild. »Und nicht gleich beim ersten Mal.«

»Schön gesagt, Tölpel«, erwiderte Arne Baedencourt mit schwerer Zunge.

Du lieber Himmel, er ist betrunken!, dachte Javel entsetzt. *Selbst ich war so schlau, für ein derart zwielichtiges Unterfangen nüchtern zu bleiben.*

»Warum habt Ihr keinen echten Caden engagiert?«, fragte Tare wütend. »Dwyne oder Merritt? Einem professionellen Killer wäre das nicht passiert.«

»Jeder Caden ist ein echter Caden!«, polterte Hugo Baedencourt. Im Vergleich zu seinem Bruder klang er erstaunlich nüchtern. »Der Graham-Junge musste die gleichen Prüfungen ablegen wie wir auch. Also beschmutzt sein Andenken nicht, indem ihr etwas anderes behauptet.«

Tare hob entschuldigend die Hand, ohne den Blick von Thorne zu wenden.

Der Oberste Zensor zuckte die Schultern. »Ich hatte nicht den Eindruck, als sei der Plan zum Scheitern verurteilt gewesen. Der Junge ist ziemlich nah an die Königin rangekommen. Ich weiß aus sicherer Quelle, dass er ihr ein Messer an die Kehle gedrückt hatte. Doch ich gebe zu, ich habe die Königinnen-Garde unterschätzt, vor allem diesen Mace. Während der Zeremonie ist mein Mann so problemlos an das Mädchen herangekommen … Ich hatte wohl geglaubt, Mace sei über die Jahre verweichlicht.«

»Nur ein Narr würde Mace unterschätzen«, bemerkte Hugo Baedencourt düster. »Wir glauben, dass er vier unserer Leute am Ufer des Crithe getötet hat.«

»Nun, seid versichert, dass ich diesen Fehler nicht noch einmal machen werde«, erwiderte Thorne in einem Ton, bei dem sich jede weitere Diskussion erübrigte. »Abgesehen davon ist es müßig, sich über Vergangenes den Kopf zu zerbrechen. Was jetzt zählt, ist die Zukunft.«

»Die Vergangenheit *ist* die Zukunft«, widersprach der Priester sanft. »Wie wollt Ihr dem Heiligen Vater garantieren, dass Ihr es beim nächsten Mal nicht wieder vermasselt?«

Javel war beeindruckt. Nur wenige Männer würden es wagen, so mit Thorne zu sprechen, selbst wenn sie den Arvath hinter sich wüssten. Abgesehen von ein paar Adligen vielleicht. Der Priester hatte Javel aus der Seele gesprochen. So wie die Dinge jetzt lagen, rechnete er mit einer endlosen Reihe missglückter Anschläge auf die Königin. Ein Gedanke, den er nicht ertrug, nicht mal für Allie. So mutig war er nicht. Er wollte raus aus der Sache, wollte keine geheimen Verschwörungen mehr anzetteln und hinter jedem Hämmern an der Tür Mace vermuten, der gekommen war, um ihn zu verhören.

»Ich garantiere für nichts«, erwiderte Thorne kühl. »Das habe ich nie. Und obwohl eine tote Königin viele unserer Probleme lösen würde, räume ich ein, dass ein solches Unterfangen unsere momentanen Kapazitäten womöglich übersteigt.«

»Was ist mit diesem Gardisten?«, fragte Lord Tare. »Kann er das nicht machen?«

»Welcher Gardist?«, fragte der verlotterte Blonde.

Thorne schüttelte den Kopf. »Er ist nicht bereit, seinen Kopf zu riskieren. Mace weiß, dass sich ein Verräter in seinen Reihen befindet. Er hat die Sicherheitsvorkehrungen verschärft und Pen Alcott zum Leibwächter der Königin ernannt. Mein Verbündeter hat Angst, und ich kann es ihm nicht verdenken. Selbst wenn er Erfolg hätte, gäbe es in der Neuen Welt keinen einzigen Winkel, in dem Mace ihn nicht aufspüren würde.«

»Oder uns«, murmelte Javel.

»Ihr habt einen Gardisten auf Eure Seite gebracht?«, fragte der Blonde wieder.

»Das geht dich nichts an, Kleiner«, erwiderte Thorne. »Vergiss nicht, welche Rolle du hier spielst.«

Der Taschendieb schrumpfte in sich zusammen. Javel schüttelte den Kopf. Wie war es Thorne gelungen, einen Gardisten zu bestechen? Die Männer waren der Königin allesamt treu ergeben, waren noch stolzer und noch mehr in ihren Traditionen verhaftet als die Caden. Soweit Javel wusste, war kein Mitglied der Garde jemals zum Verräter geworden.

Aber wenn das jemand schafft, dachte er widerwillig, *dann Thorne.*

»Pen Alcott ist ein begnadeter Schwertkämpfer«, bemerkte Hugo Baedencourt, während er nachdenklich ins Feuer starrte. »Nur wenige von uns würden es wagen, ihn herauszufordern. Merritt vielleicht, aber den könntet Ihr nie für Eure Zwecke gewinnen.«

»Das macht nichts«, entgegnete Thorne. »Ich habe eine bessere Idee, eine, die uns allen zugutekommt. Und Alain hier«, er deutete auf den Taschendieb, »hat mich mit den notwendigen Informationen versorgt.«

Der Blonde lächelte breit und wirkte so glücklich wie ein Hund, der seinem Herrchen eine Freude gemacht hatte. Langsam fragte sich Javel, ob der Kerl noch ganz richtig im Kopf war.

»Ich würde ja gerne sagen, dass diesmal nichts schiefgehen kann«, fuhr Thorne fort, »aber das würde von Arroganz zeugen, und die bringt uns nicht weiter.«

»Was kann nicht schiefgehen?«, fragte Hugo.

»Letztlich braucht Ihr doch alle Geld.«

Javel wollte widersprechen, besann sich jedoch eines Besseren.

»Ihr alle werdet kein Geld mehr aus der Festung erhalten, denn die Königin wird die Lieferung weder jetzt noch in Zukunft finanzieren.«

»Habt Ihr mit ihr gesprochen?«, fragte Lord Tare.

»Das war nicht nötig. Die Hinweise sprechen eine deutliche Sprache. Vor drei Tagen hat sie sich mit General Bermond getroffen. Ihr Plan ist, mehr als die Hälfte der Tearsoldaten an der Grenze nach Mortmesne zu stationieren. Und im Trakt der Königin werden Vorräte für eine bevorstehende Belagerung gebunkert. Ich sage Euch, das Mädchen bereitet sich auf einen Krieg vor, und wenn wir nicht schnell eingreifen, werden die Mort in Tearling einfallen.«

Vor Entsetzen klappte Javel die Kinnlade herunter. Eine Mortinvasion … So etwas hatte er nie ernsthaft in Erwägung gezogen. Selbst als die Königin die Käfige in Brand gesteckt hatte, war er noch davon ausgegangen, dass sie ein neues Abkommen schließen, dass Thorne die Wogen glätten oder irgendetwas anderes in das Geschehen eingreifen würde. Er dachte an die weise, traurige Frau auf dem Festungsrasen … Trotz Thornes heimlicher Intrigen war Javel fest davon ausgegangen, dass die Königin ihr Volk retten würde.

»Gott, steh uns bei«, flüsterte Alain.

»Ich nehme an, jeder von uns will die Invasion verhindern. Und mit meinem Plan schlagen wir zwei Fliegen mit einer Klappe.«

Ohne Vorwarnung sprang Thorne auf. Javel wich zurück, als der Oberste Zensor an ihm vorbeiging. Auf keinen Fall wollte er von diesem widerlichen Skelett gestreift werden, und sei die Berührung auch noch so flüchtig. »Kommt mit!«, sagte Thorne in geradezu enthusiastischem Ton.

Die Männer folgten ihm in einen Raum, der früher einmal ein Büro gewesen sein musste. Ein paar einsame Tische und Stühle standen herum, die von einer dicken Staubschicht überzogen waren. Außer einigen Fackeln an der Wand gab es keine Lichtquelle. Die Fensterscheiben waren mit schwarzer Farbe bestrichen worden. Über einem Schreibtisch hing das Porträt einer pummeligen Frau. Von der anderen Seite der Wand drangen dumpfe Schläge an Javels Ohr, ein gedämpftes Hämmern und Sägen. Es hörte sich an, als sei die Holzfirma noch in Betrieb, dabei existierte sie an sich seit Ewigkeiten nicht mehr.

Am Ende des Büros führte Thorne sie durch eine Tür in das eigentliche Lager, einen nasskalten, höhlenartigen Raum – auch er wurde nur von einem schwachen Fackelschein erleuchtet. Der Geruch nach trockenem Sägemehl kitzelte Javel in der Nase. Überall ragten riesige, viereckige Holzklötze auf. Einige waren beinahe sechs Meter hoch und mit dicken, grünen Planen aus Segeltuch abgedeckt. Wie alle verlassenen Gebäude hatte auch dieses hier etwas Geisterhaftes. Javel hatte das Gefühl, sich an einem toten Ort zu befinden, in dem das Echo einer längst vergangenen Betriebsamkeit widerhallte.

»Hier entlang«, kommandierte Thorne, und die Männer folgten ihm ans andere Ende des gigantischen Raums. Das Hämmern wurde lauter, bis sie schließlich um einen der Blöcke bogen und einen Mann sahen, der emsig damit beschäftigt war, Eichenholz zu zersägen. Präzise zugeschnittene Bretter von etwa drei Metern Länge lagen fein säuberlich übereinandergestapelt neben ihm.

»Liam!«, rief Thorne.

»Aye!«, schallte es hinter einem anderen Holzblock hervor.

»Hierher, bitte!«

Ein Mann von der Größe eines Gnoms tauchte hinter der Plane auf und wischte sich die Hände an seiner Hose ab. Er war von Kopf bis Fuß mit Sägespänen bedeckt. Plötzlich überkam Javel das Gefühl, als befände er sich mitten in einem seiner schlimmsten Albträume. Gleich würde sich das Lager in Luft auflösen, und er würde wieder am Fuß des Argivepasses stehen und zusehen, wie Allie hinter dem Hügel Pike verschwand.

»Das ist Liam Bannaker«, sagte Thorne. »Ich nehme an, ihr habt von ihm gehört.«

Das hatte Javel in der Tat. Liam war einer der bekanntesten Zimmermänner Tearlings, der auch mit Ziegel und Steinen gut umgehen konnte. Die Reichen Neulondons beauftragten ihn gern mit dem Bau ihrer Häuser, und selbst die Adligen engagierten ihn hin und wieder, damit er Schäden am Mauerwerk oder am Fundament ihrer Schlösser beseitigte. Dabei sah der kleine, dürre Mann mit den zarten Armen gar nicht wie ein Bauarbeiter aus. Der andere Zimmermann, der mit der Säge, nahm keine Notiz von ihnen, und Javel fragte sich, ob er wohl taub war.

»Schätze, Ihr wollt eine kleine Demonstration?«, fragte Bannaker an Thorne gewandt. Auch sein hohes, blechernes Stimmchen hatte etwas Gnomenhaftes und schrillte unangenehm in Javels Ohren.

»Das würde helfen.«

»Ihr habt Glück, wir haben alle drei fertig.« Bannaker schob sich durch die Männergruppe und eilte zu dem abgedeckten Holzklotz, bei dem die Gruppe abgebogen war. »Das wird aber nur eine schnelle Vorführung. Seit Philip erkältet ist, hängen wir etwas hinterher.«

Er griff nach der grünen Abdeckplane und riss sie herunter. Javel ahnte, dass darunter etwas verborgen war, das sogar noch schlimmer war als seine Albträume. Er wollte die Augen schließen, doch es war zu spät. Die Plane lag bereits auf dem Boden. *Ich hätte es wissen müssen*, war das Erste, was ihm in den Sinn kam.

Vor ihm stand ein breiter, massiver Käfig von ungefähr vier Metern Länge und vielleicht zweieinhalb Metern Breite. An einem Ende befand sich eine Tür, gerade groß genug für einen ausgewachsenen Mann. Das gesamte Konstrukt – Boden, Stäbe und Räder – war aus Teareiche. Es war nicht so ausgefeilt wie die Käfige, die Javel einmal im Monat gesehen hatte, seit er erwachsen war, doch es wirkte stabil. Stabil genug, um seinen Zweck zu erfüllen.

»Für *sowas* habe ich mich todsicher nicht anheuern lassen«, knurrte Arne Baedencourt, und Javel nickte benommen. Als er den Blick nach rechts wandte, sah er, dass Thorne den Käfig so verzückt beäugte wie ein liebendes Elternteil sein Kind.

Der Zensor zuckte die Schultern. »Wofür Ihr Euch habt anheuern lassen, tut nichts zur Sache. Ihr steckt da alle mit drin. Jeder von uns kann dem anderen gefährlich werden. Aber Kopf hoch! Ich habe schon mit Mortmesne verhandelt. Ihr bekommt die ursprünglich versprochene Belohnung.«

»Und was ist Eure Belohnung, Arlen?«, fragte der Priester, der seine Wieselaugen misstrauisch auf Thorne richtete. »Was erhofft Ihr Euch von diesem Unterfangen?«

»Das geht Euch nichts an.« Thorne fixierte den Käfig. »Der Heilige Vater wird zufrieden sein, wenn er seinen Anteil bekommt.«

»Wie viele Menschen passen in einen Käfig?«

»Fünfundzwanzig, vielleicht dreißig. Noch mehr, wenn es Kinder sind.«

Der Priester senkte den Kopf und bewegte lautlos die Lippen. Javel glaubte zu verstehen: Der Pater fürchtete ebenso wie er, in der Hölle zu landen. Der Wachmann ließ seinen Blick durch das riesige Lager schweifen, über die abgedeckten Klötze, die er für Holzstapel gehalten hatte. Es waren insgesamt acht Stück. Er hatte noch nie gut rechnen können, doch er brauchte nur einen Moment, um die Summe im Kopf zu überschlagen.

Mindestens zweihundert Menschen, dachte er. Ein Schauer lief ihm über den Rücken. *Vielleicht sogar dreihundert*. Acht Käfige und in jedem einzelnen glaubte er, Allies Gesicht zu erkennen.

Zum wohl hundertsten Mal seit er die Festung verlassen hatte, verfluchte Thomas den Regen. In dem Moment, als er und seine Männer die Brücke von Neulondon überquert hatten, hatte der Himmel seine Schleusen geöffnet. Seit drei Tagen goss es nun schon in Strömen. Es war März, ein niederschlagsreicher Monat, aber Thomas hatte trotzdem das Gefühl, als sollte ihn der Dauerregen quälen. Vielleicht hatte ihn das Mädchen mit ihrem verdammten Stein heraufbeschworen, vielleicht war er auch eine Strafe Gottes. Jedenfalls war Thomas bis auf die Knochen durchnässt. Seit mindestens einem Jahr hatte er nicht mehr auf einem Pferd gesessen, und sein Reitdress war ihm viel zu klein geworden. Der nasse Stoff der Hosen scheuerte an seinen Schenkeln und schmerzte bei jedem Tritt. Seine Welt bestand nur noch aus Kälte, Nässe, wunden Stellen und Pferdehufen, die Schlamm aufspritzen ließen.

Seine Männer murrten nicht, trugen aber auch nicht unbedingt zu seiner Erheiterung bei. Nur drei hatten ihn begleiten wollen. Er hatte ihnen eine Belohnung versprochen, sobald sie Mortmesne erreichten, und sie waren dumm genug gewesen, ihm zu glauben. Pine hatte er zu seinem großen Bedauern nicht mehr ausfindig machen können. Und was noch viel schlimmer war: Kein einziger Caden hatte ihn eskortieren wollen, selbst dann nicht, als er versucht hatte, die Männer mit einer doppelten Prämie zu ködern. Natürlich – von Söldnern war keine Loyalität zu erwarten, aber Thomas hatte doch angenommen, wenigstens einen von ihnen überzeugen zu können.

Immerhin war es ihm gelungen, Keever zu der Reise zu überreden, und das war ja schon mal etwas. Keever hatte in etwa so viel Verstand wie ein Sack Bohnen, aber er hatte im Betrieb seiner Familie gearbeitet und Waren nach Mortmesne transportiert. Er kannte die Strecke. Ursprünglich hatten sie vorgehabt, die Mortstraße zu verlassen, sobald Neulondon hinter ihnen lag, das Wetter hatte ihnen aber einen Strich durch die Rechnung gemacht. Vielleicht war es auch gut so, denn auf der Straße brauchte man andere Fähigkeiten als draußen in der Wildnis. Thomas machte sich nichts vor: Hätte sich Keever durch den Wald schlagen müssen, er wäre verloren gewesen – und sie alle mit ihm.

Doch auch die Straße bereitete ihnen Schwierigkeiten. Der Schlamm war so tief, dass Thomas' Pferd die Hufe kaum hochbekam und vor Anstrengung ächzte. Jedes Mal, wenn sie einen Reitertrupp hörten, mussten sie sich im Dickicht verstecken, bis die Luft wieder rein war. Ursprünglich hatte Thomas drei Tage bis Mortmesne veranschlagt, aber das war schon jetzt unmöglich. Sie würden fünf, vielleicht sechs Tage brauchen, und je länger er sich ungeschützt im Freien aufhielt, desto deutlicher spürte er den Tod nahen. Ab und zu warfen ihm seine Wachen unsichere Blicke zu, und Thomas entdeckte eine Art Prophezeiung darin. Das Mädchen hatte ihn ein Nichts genannt. Und aus irgendeinem Grund wusste er, dass er sich tatsächlich bald in Nichts auflösen würde. Er konnte sich dunkel an die kleinen Sternchen in seinen Schulbüchern samt der zugehörigen Anmerkungen am unteren Ende der Seite erinnern. Fußnoten … Genau das würde er sein. In den Erzählungen, die von Generation zu Generation weitergegeben wurden, wäre er nichts als eine Randnotiz. Und selbst wenn er die Mortgrenze lebend erreichte, würde ihn die Rote Königin töten, weil er versagt hatte.

Es war nicht meine Schuld.

Das würde sie nicht kümmern.

»Lasst uns ein Nachtlager aufschlagen«, bat er.

»Nein, hier sollten wir nicht bleiben«, erwiderte Keever. »Die Gegend ist viel zu ungeschützt. Lasst uns bis zum Einbruch der Dunkelheit weiterreiten.«

Thomas nickte und blickte verärgert in den düsteren, grauen Himmel. Es wurde schnell dunkel, und sie hatten noch nicht mal das Ende des Caddell erreicht. Selbst wenn sich das Wetter besserte, würden sie noch mindestens zwei Tage weiterreiten müssen, um zur Grenze zu gelangen. Seine Schenkel fühlten sich an, als hätte man ihnen die Haut abgezogen, und bei jedem Tritt spürte er eine Flüssigkeit aus seinem Fleisch austreten. Seine Männer mussten ähnliche Qualen leiden, aber sie verloren kein Wort darüber. Je mehr sich der Regent wünschte, sie würden sich endlich auch einmal beschweren, desto sicherer konnte er sein, dass sie genau das nicht tun würden.

Ein Geräusch drang an sein Ohr.

Er brachte sein Pferd zum Stehen und wandte sich um. Ein riesiger Felsbrocken versperrte die Sicht auf die in dieser Gegend kurvenreiche Straße.

»Was ist?«, fragte Keever. Er hatte die Rolle des Anführers übernommen, obwohl ihm die alte Garde des Regenten wohl nicht mal zugetraut hätte, eine Expedition zum Markt zu leiten.

»Ruhe!«, blaffte Thomas. Er mochte es, wie seine Stimme klang, wenn er Befehle erteilte. Es war, als würde er keinen Widerspruch dulden. Keever verstummte gehorsam.

Wieder hörten sie ein Geräusch: Hufe, in vielleicht hundert Metern Entfernung, hinter der Wegbiegung.

»Reiter«, sagte Arvis.

Keever lauschte angestrengt. »Sie legen ein ziemliches Tempo vor. Wir sollten uns verstecken.«

Auf Thomas' Nicken hin ritten die vier Männer in den Wald hinein, der so düster war, dass der Regent Mühe hatte, seinem Pferd die Richtung vorzugeben. Immer tiefer begaben sie sich in den Schutz der Bäume, bis man sie von der Straße aus nicht mehr sehen konnte. Bei einem kleinen Dickicht machten sie Halt. Thomas hörte die herannahenden Pferde über den Regen hinweg, der unablässig auf das Blätterdach über ihren Köpfen trommelte. Furcht griff nach seinem Herzen. Vielleicht war es ja nur eine heimkehrende Jagdgesellschaft oder eine Bande Schwarzmarkthändler, die nicht bemerkt werden wollte? Aber nein – der Knoten in seinen Eingeweiden sagte etwas anderes. Er spürte ein Augenpaar auf sich ruhen. Tiefschwarze Augen, die jede seiner Gräueltat, die er je begangen hatte, sahen.

Als die Huftritte nur noch ungefähr fünfzig Meter entfernt waren, verstummten sie plötzlich.

Der Regent schaute sich um. Seine Wachen erwiderten seinen Blick, und ihre Augen schienen nach einer Antwort zu verlangen, die Thomas ihnen nicht geben konnte. Tiefer in den Wald hineinzureiten kam nicht infrage. Dort war es stockdunkel, und er würde sich lieber im Dämmerlicht aufspüren lassen als in totaler Finsternis.

Plötzlich fiel Thomas ein Spiel aus seiner Kinderzeit ein: Gardist der Königin. Ungefähr einmal im Monat hatte er sich damals nach dem Aufwachen seltsam mutig gefühlt. Es war einfach nur eine Stimmung gewesen und hatte keinen besonderen Grund gehabt. Irgendwie schien die Welt in solchen Momenten ein hellerer, besserer Ort zu sein. Den ganzen Tag lang versuchte er dann, wie ein Gardist zu leben und sich nur ehrenvoll zu verhalten. Er zog Elyssa nicht an den Haaren, nahm ihr keine Puppe weg und stritt der Erzieherin gegenüber nicht ab, etwas aus der Küche gestohlen zu haben. Er machte sein Bett, räumte die Spielsachen auf und erledigte sogar seine Hausaufgaben. Seine Mutter oder die Erzieherin bemerkten sein verändertes Verhalten jedes Mal, lobten ihn und steckten ihm vor dem Zubettgehen etwas zu, ein Stück Schokolade oder ein neues Spielzeug. Je älter er wurde und je deutlicher er begriff, dass er nur der Zweitgeborene war, desto seltener kamen diese Tage, bis sie sich um sein dreizehntes Lebensjahr herum gar nicht mehr einstellten.

Wenn ich nur jeden Morgen in dieser Stimmung aufgewacht wäre, dachte Thomas. Der Gedanke erfüllte ihn mit einer tiefen, verzweifelten Sehnsucht. *Dann hätte ich jeden Tag ein Gardist der Königin sein können, und mein Leben wäre anders verlaufen.*

Plötzlich wurde der Regen von Gesang übertönt, von einem sonoren Bariton, der durch den Wald schallte. Der Ton war spöttisch und voller Aggression. Der Magen des Regenten krampfte sich zusammen. Diese Stimme hörte er oft in seinen Träumen – und immer wachte er auf, bevor ihn der Sänger töten konnte. Aber nun war Thomas hellwach.

Die Lieferung naht, das Los ist gefallen,
Eine Stimme ruft die Tear,
Käfige brennen, Schlachtrufe hallen,
Tearling weint, die Königin ist hier.

Der Gesang verstummte so abrupt, wie er begonnen hatte. Thomas blinzelte in die Dunkelheit. Er konnte nichts erkennen, doch er machte sich nicht vor, dass es seinem Gegner genauso ging. Der Bastard hatte die reinsten Katzenaugen. Thomas' Wachen umringten ihn mit gezogenen Schwertern und starrten wie gebannt in das Laub, das sie umgab. Er dachte daran, ihnen zu sagen, dass sie sich die Mühe sparen konnten, entschied sich dann jedoch dagegen. Wenn sie unbedingt heldenhaft sterben wollten, würde er sie nicht davon abhalten. Sie wussten, wer der Sänger war. Natürlich wussten sie das. Inzwischen regnete es noch heftiger, und die Welt schien nur noch aus ihm und seinen Männern zu bestehen, die hier reglos im Wald standen. Endlich ergriff Thomas das Wort: »Lasst meine Leute ziehen!«

Aus allen Richtungen erscholl Gelächter.

»Die Männer, die dir folgen, um der Mortschlampe Treue zu schwören?«, rief ihm der Fetch von seinem verborgenen Standort aus zu. »Da würde ich lieber ein Rudel Wildhunde am Leben lassen. Feiglinge und Verräter, das seid ihr!«

Wieder stimmte er sein Lied an:

Die verborgne Königin ist nicht mehr fern,
Ein Messer trifft sie vor dem Throne,
Nach achtzehn Jahren steigt ihr Stern,
Sie ist die Herrscherin – auch ohne Krone.

»Die Menschen singen es in jedem Winkel der Stadt!«, rief der Fetch. Zorn löste seinen Spott ab. »Wer wird *dich* je besingen, Thomas Raleigh? Wer dich preisen?«

Die Augen des Regenten füllten sich mit Tränen, doch vor seinen Wachen wollte er sie nicht wegwischen. Plötzlich begriff er, weshalb ihn der Fetch trotz der vielen Gelegenheiten, die sich immer wieder aufgetan hatten, nicht getötet hatte. Er hatte auf das Mädchen gewartet, darauf, dass sie aus ihrem Versteck kam.

»Ich werde nicht betteln«, schrie er.

»Ich habe dich oft genug betteln hören.«

Links von Thomas fiel Keever mit einem schrecklichen Gurgeln von seinem Pferd. Ein Messer ragte aus seiner Kehle. Als Nächstes sackten Arvis und Cowell zusammen, durchbohrt von Pfeilen in Kopf und Brust. Als Thomas aufblickte, zeichnete sich ein monströser schwarzer Schatten vor den Bäumen ab, der auf ihn zusprang. Der Regent schrie vor Angst, doch der Schrei blieb ihm im Hals stecken, als ihn der Schatten vom Pferd riss. Hart schlug Thomas mit dem Kopf auf der Erde auf, einen Moment war er ganz benommen. Steine bohrten sich in seinen Rücken, und die Luft war erfüllt vom entsetzten Wiehern seines Hengstes und von Hufschlägen, die sich schnell entfernten.

Als er die Augen öffnete, hockte der Fetch wie eine riesige Fledermaus auf seiner Brust und drückte ihn zu Boden. Er hatte dieselbe Maske auf wie bei seinen Besuchen in der Festung, eins der Harlekingesichter, entworfen für Maskenbälle. In den Läden der Stadt gab es solche Masken zuhauf, doch diese hier hatte der Regent an keinem anderen je gesehen: Der Mund war rotverschmiert und zu einem verächtlichen Grinsen verzogen. Anstelle von Augen klafften schaurige Löcher darüber. Als Thomas einmal aus dem Schlaf hochgeschreckt war, hatte sich die Maske über ihn gebeugt, und er hatte wie ein Baby ins Bett gemacht. Leichtfüßig war der Fetch aus seinem Gemach gewirbelt und wie von Zauberhand aus der Festung verschwunden. Thomas hatte sich so geschämt, dass er niemandem etwas von dem Vorfall gesagt hatte. Er hätte den Fetch für eine Einbildung halten können, wenn er nicht immer wieder vor ihm aufgetaucht wäre, ein Mann aus Fleisch und Blut, und stets mit dieser grässlichen Maske vor dem Gesicht.

»Na, falscher Prinz?« Unsanft packte er ihn an den Schultern und schüttelte ihn wie einen Hund, dabei schlug sein Kopf mehrmals auf den Boden. Der Regent hörte seine Zähne klappern. »Keine Bestechungsversuche, Thomas? Und wo bleibt die Puppenspielerin? Besitzt sie nicht genügend Zauberkraft, um dich zu befreien?«

Thomas blieb stumm. Er hatte schon oft versucht, mit dem Fetch zu verhandeln, und sich dabei nur noch angreifbarer gemacht. Der Typ war höllisch clever und sehr redegewandt. Mehr als einmal hatte Thomas Gott gedankt, dass der Maskenmann seine wahre Identität nicht preisgeben durfte. Sein Einfluss als öffentlicher Redner wäre verheerend gewesen.

Andererseits: Einen öffentlichen Redner hätten wir längst ergreifen und töten können.

»Der Zensus ist erledigt«, sagte der Fetch mit seidenweicher Stimme. »Selbst wenn er den Bau neuer Käfige in Auftrag gibt, wird keiner vergessen, was mit den alten passiert ist. Sollte das Mädchen überleben, wird sie einen Großteil des Schadens, den du angerichtet hast, wiedergutmachen.«

Thomas schüttelte den Kopf. »Die Rote Königin ist auf dem Weg. Noch bevor die Kleine irgendwas bewirken kann, wird sie Tearling dem Erdboden gleichmachen.«

Der Fetch beugte sich so weit zu ihm herunter, bis sein Gesicht nur noch wenige Zentimeter von dem seinen entfernt war. »Die Mortschlampe schert sich einen Dreck um dich, weißt du das?«

»Ja«, erwiderte Thomas. Zum vielleicht tausendsten Mal fragte er sich, woher zum Teufel der Fetch seine Informationen bezog. Seine Überfälle auf die Adligen hatten eine endlose Reihe von Problemen nach sich gezogen, denn er schien immer genau zu wissen, wann welche Steuern gezahlt worden waren und wo das Geld aufbewahrt wurde. Die erbosten Adligen hatten die Festung gestürmt und eine Entschädigung verlangt. Da Thomas ihnen keine Sicherheit hatte bieten können, war er gezwungen gewesen, sie mit hohen Summen bei Laune zu halten, was ihn bei den Bauern noch unbeliebter gemacht hatte. Und wo waren die Adligen jetzt? Sie saßen gemütlich in ihren Burgen, während man ihn vertrieben hatte. Und jetzt lag er hier im Wald und war diesem blutrünstigen Verrückten auf Gedeih und Verderb ausgeliefert.

»Hast du das Messer geworfen?«

»Was?«

Der Fetch gab ihm eine schallende Ohrfeige. »Ob du das Messer nach dem Mädchen geworfen hast?«

»Nein! Ich war das nicht.«

»Wer dann?«

»Keine Ahnung! Das Attentat war Thornes Plan. Irgendein Handlanger.«

»Was für ein Handlanger?«

»Ich weiß es nicht. Meine Männer waren nur zur Ablenkung da – ich schwöre es!«

Der Fetch drückte beide Daumen so fest in Thomas Augen, bis dieser voller Schmerz aufschrie; doch der strömende Regen verschlang jedes Geräusch.

»Welcher Handlanger, Thomas?«

Der Fetch ließ nicht nach, und Thomas spürte, wie sich sein linkes Auge mit einer heißen Flüssigkeit füllte.

»Gleich kommt mein Messer zum Einsatz, und glaub bloß nicht, dass ich leere Drohungen ausstoße. Also: ein Morthandlanger?«

»Ich weiß es nicht!«, rief Thomas weinend. »Thorne wollte es mir nicht sagen.«

»Das glaube ich dir sogar, und weißt du auch warum? Weil ihm klar war, dass du es vermasseln würdest.«

»Es war nicht meine Schuld!«

»Du solltest dir jetzt besser irgendwas einfallen lassen, das mir nützen könnte.«

»Thorne hat einen Plan B!«

»Den kenne ich, du jämmerlicher Haufen Scheiße. Ich kannte ihn schon, bevor er überhaupt darüber nachgedacht hat!«

»Was willst du dann von mir?«

»Informationen, Thomas. Informationen über die Rote Königin. Das ganze Königreich weiß, dass du mit ihr geschlafen hast. Da musst du doch irgendeine brauchbare Information haben.«

Der Fetch ließ von ihm ab, und Thomas wischte sich über

die schmerzenden Augen. Er versuchte, ein ausdrucksloses Gesicht aufzusetzen, was ihm offensichtlich misslang. Wieder beugte sich der Fetch zu ihm herab. Seine Augen funkelten hinter der Maske, die sich jetzt so nah an seinem Gesicht befand, dass Thomas Pferde, Rauch und noch etwas anderes riechen konnte. Einen süßlichen Duft, den er wohl hätte wiedererkennen müssen.

Vor fünfzehn Jahren war er mit ihr im Bett gewesen. Die Luft roch noch nach Sex, als er sie fragte, was genau sie eigentlich von ihm wollte. Selbst damals konnte er sich nicht einreden, dass sie etwas für ihn empfand. Sie hatte ihn auf eine mechanische, unpersönliche Art gevögelt. Jede mittelklassige Hure aus dem Gut verfügte über eine bessere Technik. Und doch kam er nicht von ihr los. Wie eine Krankheit hatte sie sich in seinem Hirn festgesetzt.

»Sag mir etwas, das mir nützt, und ich werde dich nicht leiden lassen, Thomas. Das schwöre ich.«

»Wer ist ihr Vater?«, fragte die Rote Königin. Als sie sich ihm zuwandte, glühten ihre Augen in einem leuchtenden Fuchsrot. Thomas schreckte zurück und versuchte, aus dem Bett zu springen. Sie lachte ihr tiefes Schlafzimmerlachen, von dem er sofort einen Ständer bekam.

Seine Augen brannten weiter höllisch, und über seinem linken Auge lag ein roter Schleier. Der Schmerz in seinen Schenkeln war fast noch schlimmer, doch die körperlichen Qualen waren nichts im Vergleich zur Welle des Selbsthasses, die ihn überflutete. Der Fetch würde alles zu hören bekommen, was er hören wollte. Lange würde es nicht mehr dauern.

»Warum willst du das wissen?«, fragte er mit schwerer Zunge. Ja, das konnte sie, sie schaffte es jedes Mal, dass er sich so betrunken fühlte wie nach acht Humpen Ale. »Elyssa ist tot. Was spielt das noch für eine Rolle?«

»Keine«, hatte sie lächelnd erwidert. Und Thomas, der sonst nie wusste, was sie gerade dachte, begriff, dass es eben doch eine Rolle spielte – eine große sogar. Sie wollte unbedingt erfahren, wer der Vater des Mädchens war, und sie wusste, dass er die Antwort kannte. Es war das einzige Druckmittel, das er je gegen sie in der Hand gehabt hatte, und er hatte sich nie etwas vorgemacht: Wenn er das Geheimnis preisgab, würde sie ihn wahrscheinlich umbringen.

»Keine Ahnung«, antwortete er.

Das Licht in ihren Augen erlosch. Plötzlich war sie nur noch eine schöne Frau, die neben ihm im Bett lag und nach seinem Schwanz griff, als wäre es ein Spielzeug. Sein Geheimnis hatte er bewahrt, aber alle anderen Bollwerke waren eingestürzt. Sie hatte sich vor ihm auf dem Bett ausgestreckt, und er hatte eingewilligt, Elyssas Tochter, seine eigene Nichte, aufzuspüren und zu töten. Er wusste sogar noch, wie er in sie eingedrungen war und »Fick dich« gekeucht hatte. Sein Ausruf hatte einer anderen Königin gegolten, die schon vor Jahren in ein Grab gebettet worden war. Doch die Rote Königin hatte verstanden. Sie verstand ihn immer, und sie hatte ihm gegeben, was er brauchte.

»Nun, Thomas?«

Blinzelnd sah Thomas zum Fetch auf. Tränen rannen ihm über die Wangen. Zeit – sie bestand aus vergangenen und künftigen Jahren, doch kein Ereignis hatte es je vermocht, das vorangegangene auszulöschen. Sogar jetzt, da er nur noch wenige Augenblicke zu leben hatte, empfand er die Ordnung der Dinge als himmelschreiende Ungerechtigkeit. Er nahm sein letztes bisschen Mut zusammen: »Wenn du mir dein wahres Gesicht zeigst, verrate ich dir alles, was ich über die Rote Königin weiß.«

Rasch warf der Fetch einen Blick hinter sich. Thomas, der

mit seinem unverletzten, tränennassen Auge an ihm vorbeischielte, sah, dass seine drei Wachleute tot waren. Keever hatte es am übelsten erwischt. Seine Kehle war aufgeschlitzt, und er lag mit weit aufgerissenen, leeren Augen in einer Blutlache.

Im Dickicht hockten drei maskierte, schwarzgekleidete Männer, die den Regenten abwartend beobachteten. Sie sahen wie Jäger oder Hunde aus, die ihre Beute in die Enge getrieben hatten. Und doch fürchtete er sie weniger als ihren Anführer. Der Fetch war teuflisch intelligent, und intelligente Leute konnten intelligente Foltermethoden ersinnen. Was das betraf, war die Rote Königin einsame Spitze.

Als Thomas zurück zum Fetch sah, hatte dieser die Maske abgenommen. Im schwindenden Licht des Tages war sein Gesicht deutlich zu erkennen. Ungläubig und ohne einen klaren Gedanken fassen zu können blickte Thomas ihn an. »Aber … du … du bist doch tot.«

»Nur innerlich.«

»Ist Magie im Spiel?«

»Magie von der dunkelsten Sorte, falscher Prinz. Und jetzt rede.«

Und das tat Thomas. Zunächst nur zögerlich, als würden ihm die Worte im Hals stecken bleiben, dann immer gelöster. Der Fetch hörte aufmerksam, ja sogar teilnahmsvoll zu und stellte ab und zu ein paar Fragen. Bald schien es vollkommen natürlich, dass sie hier zusammensaßen und sich bei Einbruch der Nacht von ihren Abenteuern berichteten. Thomas erzählte die ganze Geschichte – die Geschichte, die er noch nie jemandem anvertraut hatte, und jedes Wort glitt ihm leichter über die Lippen als das vorige. Ihm wurde bewusst, dass sich auch ein Gardist der Königin für die Wahrheit entschieden hätte, gleichzeitig war genau das die Schwierigkeit. Die Wahrheit. Und so ertappte er sich dabei, wie er wichtige Details mehrfach wiederholte, damit der Fetch sie auch ja verstand. Er gestand ihm alles, an das er sich erinnern konnte, und als es nichts mehr zu sagen gab, verstummte er.

Der Fetch richtete sich auf und rief: »Bringt mir eine Axt!«

Thomas umklammerte seinen Arm. »Vergibst du mir denn nicht?«

»Nein, Thomas. Ich halte nur mein Wort, das ist alles.«

Thomas schloss die Augen. Aus unerfindlichen Gründen kamen ihm die Worte *Mortmesne, Mortmesne brennt lichterloh* in den Sinn. Der Fetch würde ihm den Kopf abschlagen, und Thomas nahm es ihm nicht mal übel. Er dachte an die Rote Königin, wie er sie das erste Mal gesehen hatte, ein flüchtiger Augenblick, eine derart fesselnde Mischung aus Entsetzen und Verlangen, dass ihm beim Gedanken daran immer noch der Atem stockte. Er dachte an das Mädchen, das sich mit einem Messer im Rücken hochgerappelt hatte. Vielleicht würde es ihr gelingen, sie alle aus dem Sumpf zu ziehen, den er und Elyssa geschaffen hatten. In der Geschichte Tearlings waren merkwürdige Dinge vorgefallen. Und vielleicht war sie ja wirklich die Wahrhafte Königin. Vielleicht.

11

Der Abtrünnige

»Die Gotteskirche war ein seltsames Konglomerat aus der Hierarchie des Katholizismus, die noch aus der Zeit vor der Überfahrt stammte, und den Dogmen einer protestantischen Sekte, die sich kurz nach der Ankunft formiert hatte. Dieser Sekte ging es weniger um die Rettung einzelner Seelen als vielmehr um die Erhaltung der menschlichen Rasse an sich. Denn ihrer Ansicht nach hatte Gott genau dies im Sinn gehabt, als er die Neue Welt aus den Fluten gehoben hatte.

Diese merkwürdige Ansammlung grundverschiedener Glaubenssätze diente zum einen rein praktischen Zwecken, und zum anderen bereitete es künftigen Ereignissen den Weg. Die Religion der Gotteskirche war wirklichkeitsnah, die Auslegung der Evangelien gespickt mit pragmatischen Schlupflöchern und der Einfluss der alten Bibel auf das Nützliche beschränkt. Natürlich musste dies das Missfallen einiger Kleriker erregen. Und so genügte vielen Priestern der geringste Anlass, sich angesichts einer immer erbarmungsloser werdenden Religionspolitik vom Glauben abzuwenden.«

Religiöse Dimensionen Tearlings, Pater Anselm

Als Pater Tyler den Audienzraum betrat, hatte Kelsea den Eindruck, als sei er zutiefst bedrückt. Der Priester, den sie in Erinnerung hatte, war zwar schüchtern, aber keinesfalls so schwermütig gewesen. Er bewegte sich noch immer zaghaft, ließ aber zudem noch die Schultern hängen. Die Bürde, die auf ihm lastete, war neu.

»Pater«, begrüßte sie ihn. Der Geistliche richtete den Blick auf den Thron. Seine blauen Augen suchten die ihren, um dann hastig in eine andere Richtung zu huschen. Carlin hatte ihr jahrelang eingetrichtert, dass alle Priester entweder hochtrabend oder fanatisch seien, doch Pater Tyler ließ sich in keine der beiden Kategorien einordnen. Wieder einmal fragte sie sich, welche Funktion er in der Gotteskirche eigentlich innehatte. Aufgrund seines zurückhaltenden Auftretens war er für Zeremonien nicht geeignet. Natürlich gab es auch schwache Priester, wie Carlin nicht müde geworden war, ihr zu versichern. Doch nur ein Narr würde Vorsicht mit Schwäche verwechseln.

»Seid willkommen, Pater. Bitte.« Sie deutete auf einen Stuhl zu ihrer Linken.

Pater Tyler zögerte – wer hätte es ihm verdenken können. Hinter dem Platz, dem sie ihn angeboten hatte, stand Mace. Der Priester näherte sich ihr, als sei er auf dem Weg zum Schafott. Als er auf das Podium stieg, schleifte sein weißer Talar über die Stufen. Er setzte sich, ohne ihren Gardisten anzusehen, doch als er sich Kelsea zuwandte, war sein Blick klar und direkt.

Er fürchtet sich mehr vor Mace als vor mir, dachte Kelsea bedrückt. Tja. Da war er nicht der Einzige.

»Majestät«, begann der Priester mit einer Stimme, die so dünn war wie Papier. »Die Kirche, und besonders der Heilige Vater, lassen Euch herzlichst grüßen und übermitteln die besten Wünsche für Eure baldige Genesung.«

Kelsea nickte wohlwollend. Von Mace wusste sie, dass der Heilige Vater in der vergangenen Woche zahlreiche Tear-adelige zu sich in den Arvath geladen hatte. Mace hielt das Kirchenoberhaupt für äußerst heimtückisch, also hütete sich Kelsea davor, ihn zu unterschätzen. Die Frage war, ob der rangniedrige Priester, der sie jetzt so erwartungsvoll ansah, ebenso gewieft war.

Jeder wartet auf irgendetwas von mir, dachte Kelsea müde. Ihre Schulter, die ihr schon länger keine Probleme mehr bereitet hatte, fing plötzlich wieder an zu pochen. »Der Tag neigt sich dem Ende zu, Pater. Was kann ich für Euch tun?«

»Die Kirche möchte mit Euch über das Amt des Festungspriesters sprechen, Majestät.«

»Soweit ich weiß, ist ein Festungspriester Ermessenssache.«

»Ja, also …« Hilfesuchend blickte Pater Tyler sich um, als hoffte er, jemand würde ihm soufflieren. »Der Heilige Vater möchte wissen, wie Ihr darüber denkt.«

»Welchen Priester will er mir denn zuteilen?«

Das zuckende Gesicht des Geistlichen verriet seine Nervosität. »Das ist noch nicht entschieden, Majestät.«

»Natürlich ist es das, Pater, sonst wärt Ihr nicht hier.« Kelsea lächelte und fügte hinzu: »Ein Pokerspieler seid Ihr nicht gerade, was?«

Pater Tyler lachte verblüfft auf. »Ich habe meiner Lebtag noch nicht Karten gespielt.«

»Steht Ihr dem Heiligen Vater nahe?«

»Ich bin ihm zweimal persönlich begegnet, Lady.«

»Und das in den letzten zwei Wochen, möchte ich wetten. Was führt Euch wirklich her?«

»Es ist, wie ich gesagt habe, Majestät. Ich bin gekommen, um mit Euch darüber zu sprechen, wen Ihr zum Festungspriester ernennen wollt.«

»Und wen schlagt Ihr vor?«

»Mich.« Trotzig blickte Pater Tyler sie an. In seinen Augen lag eine distanziert wirkende Bitterkeit. »Ich stelle mich und meinen geistlichen Beistand in den Dienst Eurer Majestät.«

Niemand wird je auch nur erahnen, wie viel Mut es Tyler gekostet hatte, sich in einer so unglückseligen Mission zur Festung zu begeben. Führte er seinen Auftrag wie gewünscht aus, würde ihn das zu einem verachtenswerten Geschöpf, zu einem Spion machen. Sollte er hingegen versagen, würde der Heilige Vater seinen Zorn an Tylers Bibliothek auslassen. Jahrelang hatte die Kirche die Augen vor der immer umfangreicher werdenden Sammlung profaner Literatur in Tylers Unterkunft verschlossen. Die höherrangigen Priester fanden seine Passion zwar seltsam, aber harmlos. Als Asket hatte er ohnehin wenig Grund zur Freude, und zudem zeigte sonst niemand ein besonderes Interesse an der Historie vor der Überfahrt. Nach Tylers Tod würde man sein Zimmer ausräumen, und die Bücher würden in den Besitz der Kirche übergehen. Das schadete ja keinem.

Hätte man ihn gefragt, hätte Tyler allerdings zugeben müssen, dass er gar kein echter Asket war. Wie jeder andere hegte er eine starke Liebe für weltliche Dinge: Auf Wein, gutes Essen und Frauen hatte er leicht verzichten können. Nicht jedoch auf seine Bücher …

Der Heilige Vater war nicht dumm, und Kardinal Anders ebensowenig. Vor zwei Tagen war Tyler aus einem äußerst real wirkenden Albtraum erwacht. In jenem war seine Mission gescheitert, und bei seiner Rückkehr in den Arvath hatte er sein Zimmer verschlossen vorgefunden. Rauch quoll unter der Tür hindurch. Tyler wusste, dass er träumte, denn er trug eine graue Robe, und die hatte kein Priester der Gotteskirche je besessen. Doch selbst diese Erkenntnis konnte dem Schrecken kein Ende bereiten. Tyler rüttelte am Griff und warf sich gegen die Tür, bis seine schmalen Schultern wund gestoßen waren und er verzweifelt zu schreien begann. Als er schließlich aufgab und sich umwandte, stand Kardinal Anders hinter ihm. Sein Talar brannte lichterloh. Er hielt Tyler eine Bibel hin und intonierte feierlich: »Du bist ein Teil von Gottes großer Schöpfung.«

In den vergangenen beiden Tagen hatte Tyler immer nur ein paar Minuten am Stück geschlafen.

Er war davon ausgegangen, dass die Königin in schallendes Gelächter ausbrechen würde, wenn er zum wahren Anliegen seines Besuches käme, doch das tat sie nicht. Stattdessen starrte sie ihn an, und mit einem Mal bekam Tyler eine Vorstellung davon – wenn auch nur eine schwache –, wie dieses Mädchen eine so furchterregende Persönlichkeit wie Mace im Zaum halten konnte. Man konnte förmlich sehen, wie es in ihrem Kopf ratterte und wie sie eine Reihe schneller, komplexer Berechnungen anstellte. Tyler musste an die Computer aus der Zeit vor der Überfahrt denken, deren eigentlicher Wert darin bestanden hatte, viele Prozesse auf einmal verarbeiten zu können. Er begriff, dass die Königin Hunderte von Faktoren in ihre Erwägungen einbezog, und fragte sich, welche Variable er darin wohl darstellte.

»Einverstanden, aber nur unter ein paar Bedingungen.«

Tyler konnte seine Überraschung nur mühsam verbergen. »Und die wären?«

»Die Festungskapelle wird zur Schule umfunktioniert«, sagte sie und blickte ihn scharf an. Zweifellos war sie auf einen Wutausbruch gefasst, doch Tyler sagte nichts. Was ihn anbelangte, war diese Kapelle ohnehin nie ein Gotteshaus gewesen.

Der Heilige Vater würde Zeter und Mordio schreien, aber darauf konnte er jetzt keine Rücksicht nehmen. Er musste sich auf die Aufgabe konzentrieren, die man ihm übertragen hatte.

»Und Ihr dürft auf keinen Fall versuchen, *mich* zu bekehren«, fuhr die Königin fort. »Das werde ich nicht dulden. Mit anderen dürft Ihr von mir aus ruhig über Eure Lehren sprechen, aber ich werde nach Kräften versuchen, Euch zu widerlegen. Und wenn Ihr in der Lage seid, meinen Einwänden standzuhalten, steht es Euch frei, jeden einzelnen Festungsbewohner zu missionieren, einschließlich der Schweine und Hühner.«

»Ihr macht Euch über meinen Glauben lustig, Lady«, entgegnete Tyler, doch seine Worte klangen nüchtern und frei von Groll. Er war schon längst nicht mehr in einem Alter, in dem ihn zur Schau getragener Atheismus in Rage brachte.

»Ich mache mich über alles Widersprüchliche lustig, Pater.«

Tylers Aufmerksamkeit richtete sich auf die silberne Tiara auf Kelseas Kopf, die er bei der Krönung in Händen gehalten hatte. Wieder einmal war er fasziniert vom Kreislauf der Geschichte, die sich auf solch ungewöhnliche und unerwartete Weise wiederholte. In der Zeit vor der Überfahrt hatte es einen anderen Monarchen gegeben, der inmitten eines grausamen Massakers gekrönt worden war und der den Thron niemals hätte besteigen sollen. Wo war das nur gewesen … in Frankreich? Oder England?

Der Heilige Vater schert sich nicht um die Zeit vor der Überfahrt, flüsterte eine Stimme in Tylers Kopf. Der Priester verdrängte den Gedanken. »Majestät, wenn es keine Kapelle mehr in der Festung gibt und Ihr das Wort Gottes nicht hören wollt – was soll ich dann hier?«

»Wie ich höre, seid Ihr ein Gelehrter. Was ist Euer Spezialgebiet?«

»Geschichte.«

»Hervorragend. Dann habe ich Verwendung für Euch. Denn obwohl ich einige Geschichtsbücher gelesen habe, kenne ich längst nicht alle.«

Tyler blinzelte. »Was für Bücher habt Ihr denn gelesen?«

»Hauptsächlich Werke aus der Zeit vor der Überfahrt. Ich darf von mir behaupten, einiges über die Historie der Alten Welt zu wissen, aber dafür habe ich von den frühen Jahren Tearlings keine Ahnung und erst recht nicht von der eigentlichen Überfahrt.«

Tyler blieb beharrlich. »Was genau habt Ihr gelesen?«

Die Königin setzte ein selbstgefälliges Lächeln auf. »Kommt mit, Pater.«

Ihre Wunde war offenbar auf dem besten Wege zu heilen, denn sie konnte sich ohne Hilfe von ihrem Thron erheben. Langsam folgte Tyler ihr die Stufen hinunter und mied die Wachen, die sich geschickt um die Königin herum formierten und jede Annäherung verhinderten. Er spürte, dass sich Mace dicht hinter ihm hielt, und beschloss, sich nicht umzudrehen.

Die Königin schritt zielstrebig voran, und viele hätten ihren Gang wohl als männlich bezeichnet. Offensichtlich hatte ihr keiner die eleganten Tippelschrittchen beigebracht, die Tyler von den wohlgeborenen Damen kannte. Die Königin machte große Schritte, so große, dass er nur mit Mühe mithalten konnte. In letzter Zeit war seine arthritische Hüfte gar nicht mehr zur Ruhe gekommen. Wieder spürte er, dass er Zeuge außergewöhnlicher Ereignisse wurde, und er hatte keine Ahnung, ob er Gott dafür danken sollte oder nicht.

Ein paar Meter vor ihm hatte sich Pen Alcott an die Fersen der Königin geheftet. Seine Hand ruhte auf seinem Schwert. Eigentlich hatte Tyler gedacht, Mace sei ihr Leibwächter, eine Ansicht, die zweifellos das ganze Königreich vertrat. Doch

Mace war vor ein paar Tagen mit einer anderen Angelegenheit im Süden Tearlings beschäftigt gewesen. Die Nachricht, dass ein Brand den Sitz der Grahams im Süden zerstört habe, hatte sich wie ein Lauffeuer im Arvath verbreitet. Die Grahams waren großzügige Geldgeber, und der alte Lord gehörte zu den ältesten Freunden des Heiligen Vaters überhaupt. Das Kirchenoberhaupt hatte unmissverständlich klargemacht, dass Tyler Mace und seine Herrin zur Rechenschaft ziehen solle.

Später, dachte Tyler. *Jetzt kümmere ich mich erst einmal um mein eigentliches Anliegen.*

Die Königin führte Tyler hinter ihren Thron und einen langen Gang hinunter, von dem mindestens dreißig Türen abgingen. Der Trakt der Bediensteten, wie Tyler zu seinem Erstaunen feststellte. Wie konnte jemand, und sei es die Königin, eine so große Dienerschaft brauchen?

Nur wenige Türen waren bewacht. Eine von ihnen wurde sogleich von einem Wachmann aufgerissen, als sie näher kamen. Tyler fand sich in einem kleinen Zimmer wieder, in dem ein Schreibtisch, ein paar Stühle und Sofas standen. Eine ungewöhnliche Raumaufteilung. Perplex blieb er auf der Schwelle stehen.

Die Wand am gegenüberliegenden Ende des Zimmers war über und über mit Büchern bedeckt, wunderschöne, in Leder gebundene Bände in den satten Farben aus der Zeit vor der Überfahrt: Rot, Blau und – zu Pater Tylers großer Überraschung – auch Purpur. Noch nie hatte er purpurfarbenes Leder gesehen, ja, er hatte nicht einmal gewusst, dass es so etwas überhaupt gab. Wie man die Farbe auch angerührt haben mochte, die Formel war auf immer und ewig verloren.

Als ihn die Königin zu sich winkte, wagte sich Tyler näher an die Regale heran und ließ seinen Kennerblick darüberschweifen. Seine Bibliothek war viel kleiner. Viele seiner Bände waren genauso alt wie diese hier, allerdings waren sie in Leinen oder Pappe gebunden. Man musste sehr sorgsam mit ihnen umgehen und sie immer wieder kleben, damit sie nicht auseinanderfielen. Um diese Bücher hier hatte man sich mindestens ebenso umsichtig gekümmert. Die Ledereinbände wirkten unversehrt. Es mussten weit über tausend Bände sein. Dennoch, so stellte Tyler mit Genugtuung fest, besaß er viele Titel, die der Königin in ihrer Sammlung fehlten. Es juckte ihn in den Fingern. Wie gerne hätte er sie angefasst, aber er wagte es nicht ohne ihre Erlaubnis.

»Nur zu, Pater.« Er sah auf und merkte, dass sie ihn mit unverhohlener Belustigung musterte. Ihr Mund hatte sich spöttisch verzogen, als hätte sie eine lustige Anspielung oder einen Witz gemacht. »Ich sagte doch, Ihr seid kein Pokerspieler.«

Tyler wandte sich dem Regal zu, wo ihm einige Autorennamen sofort ins Auge stachen. Er griff nach einem Band der Historikerin Barbara Tuchman, öffnete ihn behutsam und strahlte vor Freude. Die meisten seiner Bücher waren nur behelfsmäßig instand gesetzt worden und die Seiten zerknittert und verblichen. Diese hier hingegen waren nahezu weiß, fest, dabei aber schön glatt und hin und wieder sogar bebildert. Tyler studierte die Fotografien und merkte gar nicht, dass er zu sprechen begann: »Ich besitze einige Bücher von Tuchman, aber dieses hier habe ich noch nie gesehen. Wovon handelt es?«

»Von verschiedenen Epochen aus der Zeit vor der Überfahrt«, erwiderte die Königin. »Und davon, dass Dummheit früher oder später in jeder Regierung Einzug hält.«

Etwas in ihrem Tonfall veranlasste Tyler, das Buch trotz aller Faszination zuzuklappen. Als er sich umwandte, stellte er fest, dass sie ihre Bibliothek mit Hingabe betrachtete – wie ein verliebtes Mädchen. Oder wie ein Priester.

»Tearling steckt in der Krise, Pater.«

Tyler nickte.

»Der Arvath hat der Auslosung seinen Segen gegeben.«

Tyler nickte wieder und errötete. Jahrelang war die Lieferung direkt am Arvath vorbeigekommen, und selbst von seinem kleinen Fenster aus hatte er diesen unglückseligen Zug gut verfolgen können. Pater Wyde hatte erzählt, dass manche Familien die Lieferung meilenweit begleiteten. Es hieß, eine Familie sei den Käfigen sogar bis zu den Ausläufern des Willingham-Bergs gefolgt.

Soweit Tyler wusste, hatte Pater Timpany dem Regenten die Absolution für seine Sünden erteilt, und das auch noch mit der Zustimmung des Heiligen Vaters. In seiner Kammer war es leichter für Tyler, die Augen zu verschließen und sich auf seine Studien und die Buchhaltung zu konzentrieren. Doch hier unter dem fragenden Blick der Königin konnte er das Wissen, das tief in seinem Inneren lauerte, nicht so leicht verdrängen.

»Was glaubt Ihr?«, fragte sie nun. »Habe ich seit meiner Thronbesteigung Fehler gemacht?«

Die Frage wirkte rhetorisch, aber Tyler begriff, dass sie durchaus ernst gemeint war. Ihm fiel ein, dass die Königin erst neunzehn war und dem Tod seit Jahren ein Schnippchen schlug. Und trotzdem hatte sie gleich nach ihrer Rückkehr in ein Hornissennest gestochen.

Sie hat Angst, dachte er. Er hatte die Möglichkeit nie in Erwägung gezogen, doch natürlich, so war es! Schon jetzt war klar, dass sie die Verantwortung für ihr Handeln übernommen hatte und die Ereignisse schwer auf ihren Schultern lasteten. Tyler wollte etwas Beruhigendes sagen, aber da er Kelsea nicht kannte, fehlten ihm die Worte. »Ich bin nicht befugt, Euch politische Ratschläge zu erteilen, Majestät. Ich bin lediglich für den geistlichen Beistand zuständig.«

»Den braucht hier keiner.«

Tylers Antwort fiel schärfer aus, als er beabsichtigt hatte: »Wer seine Seele verkommen lässt, kann sie später oft nicht mehr retten, Majestät. Gott macht da keine Unterschiede.«

»Wie könnt Ihr bloß erwarten, dass in diesen Zeiten jemand an Euren Gott glaubt?«

»Ich glaube doch auch an meinen Gott, Majestät.«

»Dann seid Ihr ein Narr.«

Tyler reckte sich und erwiderte kühl: »Über meine Kirche könnt Ihr denken, was Ihr wollt. Aber meinen Glauben beschmutzt Ihr nicht. Nicht in meiner Gegenwart.«

»Ihr habt der Königin keine Befehle zu erteilen!«, knurrte Mace.

Tyler zuckte zusammen. Die Anwesenheit des Gardisten hatte er vollkommen vergessen. Als dieser nichts hinzufügte, wandte sich Tyler wieder zur Königin um und sah, dass sich ein seltsames Lächeln auf ihrem Gesicht breitgemacht hatte, das sowohl Verzeihung als auch Anerkennung auszudrücken schien.

»Ihr meint es ernst«, sagte sie leise. »Vergebt mir, aber ich brauchte Gewissheit. In Eurem vergoldeten Schreckenstempel gibt es wahrscheinlich nur noch wenige von Eurer Sorte.«

»Das ist ungerecht, Majestät. Ich kenne viele rechtschaffene, aufrichtige Männer im Arvath.«

»Und der Mann, der Euch geschickt hat, um ein Auge auf mich zu haben – ist der auch rechtschaffen und aufrichtig, Pater?«

Er blieb ihr die Antwort schuldig.

»Werdet Ihr hier bei uns wohnen?«

Tyler dachte an seine Bücher und schüttelte den Kopf. »Ich würde lieber im Arvath bleiben.«

»Dann schlage ich Euch einen Tausch vor«, erwiderte die

Königin rasch. »Ihr könnt Euch das Buch von Barbara Tuchman für eine Woche borgen. Und wenn Ihr es mir nächsten Sonntag zurückbringt, dürft Ihr Euch ein neues ausleihen. Aber im Gegenzug müsst Ihr mir eins von Euren Büchern mitbringen, eins, das ich noch nicht habe.«

»Ein Bibliothekssystem«, entgegnete Tyler lächelnd.

»Nicht ganz, Pater. Ich habe ein paar Schreiber damit beauftragt, Kopien von meinen Büchern anzufertigen. Und mit Euren Büchern werde ich ebenso verfahren.«

»Aber weshalb?«

»Die Originale will ich hier in der Festung aufbewahren. Früher oder später wird sich jemand finden, der uns eine Druckerpresse bauen kann.«

Tyler sog scharf die Luft ein. »Eine Presse?«

»Ich habe eine Vision von einem Land voller Bücher, in dem alle Menschen lesen und schreiben können. Überall soll es etwas zu lesen geben, ja, es soll genauso alltäglich werden wie zu Zeiten vor der Überfahrt. Selbst die Armen sollen sich Bücher leisten können.«

Entgeistert starrte Tyler sie an. Die Kette in ihrem Dekolleté funkelte, und er hätte schwören können, dass der Stein ihm zuzwinkerte.

»Könnt Ihr Euch das nicht vorstellen?«

Doch, das konnte Tyler, auch wenn es einen Moment dauerte. Die Vision war schwindelerregend. Den Druckerpressen würden Buchläden und Bibliotheken folgen. Und neue Texte. Neue Erzählungen.

Sehr viel später würde dem Priester bewusst werden, dass seine Entscheidung in jenem Augenblick gefallen war. Es würde keinen anderen Weg mehr für ihn geben. Doch jetzt war er einfach nur überwältigt. Er taumelte von den Bücherregalen weg und rumpelte gegen Mace, dessen Miene sich zusehends verfinsterte. Tyler hoffte, dass sein Ärger nicht ihm galt, denn er fand den Gardisten wirklich furchterregend. Aber nein, der Hüne mit dem Morgenstern starrte auf die Bücher.

Plötzlich ging Tyler ein Licht auf. Er wollte den Gedanken verscheuchen, doch es war zu spät. Er hatte sich bereits in seinen Hirnwindungen festgesetzt: Mace konnte nicht lesen. Der Priester spürte Mitleid in sich aufsteigen. Hastig wandte er sich ab, bevor ihn sein Gesicht verraten konnte. »Das ist eine gewagte Vorstellung, Majestät«, erwiderte er.

Kelseas Gesicht wurde hart, und ihre Mundwinkel zogen sich nach unten. Mace stieß ein zufriedenes Brummen aus, was sie nur noch mehr zu irritieren schien. Sie schlug einen geschäftsmäßigen Ton an, aus dem alle Leidenschaft verschwunden war. »Dann erwarte ich Euch also nächsten Sonntag. Auch sonst seid Ihr jederzeit an meinem Hof willkommen, Pater.«

Tyler verneigte sich. Er hatte das Gefühl, als sei er gepackt und kräftig durchgeschüttelt worden. *Genau deshalb verlasse ich mein Zimmer nicht,* dachte er. *Dort ist es viel sicherer.*

Mit dem Buch in der Hand trottete er in den Audienzraum zurück und hätte dabei fast nicht gemerkt, dass ihm drei Wachmänner folgten. Zweifellos würde der Heilige Vater erwarten, dass er umgehend Bericht erstattete, doch Tyler würde sich durch den Händlereingang in den Arvath stehlen. Dienstags hatte Bruder Emory Aufsicht, ein junger, fauler Priester, der es oft vergaß, Ankömmlinge zu melden. Wahrscheinlich würde Tyler mehr als hundert Seiten schaffen, bevor das Kirchenoberhaupt überhaupt von seiner Rückkehr Wind bekam.

»Und, Pater?«

Tyler wandte sich um und sah, dass die Königin wieder auf dem Thron saß und ihr Kinn in die Hand gestützt hatte.

»Majestät?«

Sie grinste schelmisch. Zum ersten Mal, seit Tyler ihr begegnet war, sah sie wirklich wie ein junges Mädchen aus. »Vergesst nicht, mir ein Buch mitzubringen.«

Am Montag saß Kelsea auf dem Thron und biss sich unablässig in die Wange. Formal gesehen hielt sie gerade eine Audienz ab, aber eigentlich ging es nur darum, alle möglichen Menschen einen Blick auf sie erhaschen zu lassen und sie ihrerseits unter die Lupe zu nehmen. Sie hatte geglaubt, nach dem Mordanschlag sei sie von dieser Pflicht entbunden, doch Mace hielt es jetzt erst recht für wichtig, dass sie Präsenz zeigte. Ihre erste Audienz verlief ganz nach Plan. Sämtliche ihrer Gardisten waren um sie herum postiert, selbst die, die normalerweise nur nachts arbeiteten.

Mace hatte Wort gehalten und den großen silbernen Thron und das Podium in ihren Trakt bringen lassen. Nachdem sie ungefähr eine Stunde lang gesessen hatte, musste sie wieder einmal feststellen, dass Silber hart und zudem noch kalt war. Wie sehr sehnte sie sich nach ihrem bequemen, abgenutzten Sessel! Aber sie durfte ja nicht mal eine etwas entspanntere Haltung einnehmen. Zu viele Augen waren auf sie gerichtet. Eine ganze Schar Adliger hatte sich versammelt, von denen die meisten schon der Krönungszeremonie beigewohnt hatten. Überall die gleiche Kleidung, die gleichen Frisuren und der gleiche Pomp.

Kelsea hatte Stunden damit verbracht, sich mit Mace und Arliss auf die Audienz vorzubereiten. Auch Marguerite hatte ihr geholfen, die erstaunlich viel über die adeligen Verbündeten des Regenten wusste. Aber natürlich – der Regent hatte sie jede Minute um sich haben wollen, selbst wenn es ums Geschäftliche gegangen war. Wieder ein Beweis für seine mangelnde Urteilskraft. Kelsea war nicht unbedingt überrascht, aber dennoch bedrückt.

»Gefällt es dir hier?«, hatte sie Marguerite nach der abendlichen Besprechung gefragt.

»Ja«, hatte Marguerite so hastig erwidert, dass Kelsea für einen Moment gedacht hatte, die Kinderfrau habe sie nicht richtig verstanden. Marguerite sprach relativ fließend Tear, war jedoch überglücklich gewesen, als sie herausgefunden hatte, dass sie sich mit Kelsea in ihrer Muttersprache unterhalten konnte. Kelsea wiederholte ihre Frage und achtete darauf, sich korrekt auszudrücken.

»Ich nehme an, du bist gegen deinen Willen aus Mortmesne hierhergebracht worden. Möchtest du nicht nach Hause zurück?«

»Nein. Ich kümmere mich gern um die Kinder, und in Mortmesne gibt es nichts, was ich tun könnte.«

»Warum?«, fragte Kelsea verwirrt. Marguerite war gebildet, intelligent und verfügte über eine brillante Menschenkenntnis. Für sie würde es immer eine Verwendung geben.

Was sie allerdings mit den übrigen Frauen des Regenten anstellen sollte, war Kelsea ein Rätsel. Sie war nicht gerade wild darauf, sie alle im Trakt der Königin um sich zu scharen, und eine einträgliche Anstellung konnte sie ihnen auch nicht bieten. Dennoch war sie der Meinung, dass die Krone ihnen etwas schuldete, denn bestimmt war ihr Leben nicht leicht gewesen.

Marguerite hatte Kelsea versichert, dass die Frauen schnell adlige Gönner finden würden, die dem Regenten seinen Harem schon lange geneidet hatten – eine nützliche Information und gleichzeitig ein unangenehmer Einblick in die männliche Psyche. Marguerite hatte sich nicht getäuscht. Als Coryn prüfte, ob Thomas die Festung auch wirklich verlassen hatte, waren die Frauen mitsamt ihren Habseligkeiten ebenfalls verschwunden gewesen.

»Darum«, erwiderte Marguerite und strich sich vielsagend über ihren Körper und ihr Gesicht. »Nur das macht mich aus.«

»Deine Schönheit?«

»Ja.«

Verwundert blickte Kelsea sie an. Sie hätte alles dafür gegeben, wie Marguerite auszusehen. Die Worte des Fetch kamen ihr in den Sinn: *Viel zu unscheinbar für meinen Geschmack.* Schon oft hatte Kelsea beobachtet, wie die Wachleute Marguerite mit ihren Blicken verfolgten, wenn sie das Kinderzimmer verließ. Die Männer machten keine anzüglichen Bemerkungen, die Kelsea dazu veranlasst hätten, sie zur Rede zu stellen, aber manchmal hätte sie ihnen am liebsten eine runtergehauen und geschrien: *Schaut mich an! Ich habe auch was zu bieten!* Kelsea zog ebenfalls Blicke auf sich, aber die waren ganz anderer Natur.

Wenn ich wie Marguerite aussehen würde, würde mir der Fetch zu Füßen liegen.

Anscheinend konnte man ihr die Gedanken vom Gesicht ablesen, denn Marguerite lächelte traurig. »Ihr haltet Schönheit für einen Segen, Majestät, aber glaubt mir, es kann auch eine Strafe sein, so auszusehen wie ich.«

Kelsea nickte und versuchte, teilnahmsvoll dreinzublicken, doch insgeheim war sie skeptisch. Schönheit war ein Kapital, das wusste doch jeder. Und sollte auch nur ein einziger Mann Marguerite für ihre Schönheit abwerten, würden sich im Gegenzug sofort Hunderte Männer und Frauen finden, die sie genau dafür in den Himmel hoben. Da Kelsea Marguerites scharfer Verstand gefiel, schluckte sie ihren Groll hinunter. Doch irgendwas in ihrem Inneren sagte ihr, dass sie unablässig darum würde kämpfen müssen, dieser Frau tagtäglich ohne Neid zu begegnen.

»Wie ist es in Mortmesne?«

»Anders als in Tearling, Majestät. Auf den ersten Blick besser, weil es nicht so viele Arme und Hungerleider gibt. Auf den Straßen herrscht Ordnung. Aber bei genauerer Betrachtung sieht man die Angst in den Augen der Menschen.«

»Wovor haben sie Angst?«

»Vor ihr.«

»Aber hier fürchtet sich die Bevölkerung doch auch. Nicht vor mir. Vor der Auslosung.«

»Damals vielleicht, Majestät.«

Die Menschen im Audienzsaal fürchteten Kelsea gewiss nicht. Einige warfen ihr sehnsüchtige, andere misstrauische Blicke zu. Damit die wogende Menschenmenge keine Schatten und damit Gelegenheit für einen Hinterhalt bot, hatte Mace angeordnet, zusätzliche Fackeln an den Wänden anzubringen. Zudem hatte er von irgendwoher einen Herold herbeigezaubert, einen dünnen, harmlosen, jungenhaften Mann namens Jordan, der über eine ungewöhnlich tiefe, klare Stimme verfügte und all jene ankündigen sollte, die als Nächstes vor den Thron traten. Wer um eine Unterredung mit Kelsea ersuchte, durfte sich ihr nur nähern, nachdem er von Mhurn auf Waffen durchsucht worden war.

Manche kamen schlicht, um ihr Lehnstreue zu schwören, wahrscheinlich in der Hoffnung, Zugang zur Schatzkammer zu erhalten oder Kelsea in Sicherheit zu wiegen. Lord Perkins gelang es sogar, ihr einen feuchten, klebrigen Kuss auf die Hand zu drücken. Danach versteckte sie ihre Hände sicherheitshalber in den schwarzen Falten ihres Rocks.

Rechts von ihr saß Andalie. Um sie kleiner wirken zu lassen, war ihr Stuhl ein paar Zentimeter niedriger als Kelseas Thron.

Was das betraf, hatten Mace und ihre Zofe keine Widerrede geduldet. Als Lord Perkins und sein Gefolge das Podium verließen, reichte Andalie ihr ein Glas Wasser, das Kelsea dankbar entgegennahm. Ihre Wunde verheilte gut, und sie konnte schon länger sitzen als noch vor ein paar Tagen, aber sie hatte bereits geschlagene zwei Stunden damit verbracht, nichtige Höflichkeiten mit ihren Bittstellern auszutauschen, und war inzwischen vollkommen heiser.

Ein Adliger namens Killian trat mit seiner Frau aus der Menge heraus. In Kelseas Kopf ratterte es, und irgendwann fiel der Groschen: Marguerite hatte ihr erzählt, dass Lord Killian gerne Karten spielte und einen anderen Edelmann im Streit beim Poker erstochen hatte. Keines seiner vier Kinder war je Opfer der Auslosung geworden. Die Killians selbst wirkten weniger wie ein Ehepaar als vielmehr wie Geschwister. Beide hatten runde, wohlgenährte Gesichter und beäugten Kelsea mit dem gleichen aufgesetzten Lächeln, das sie im Laufe des Tages an so vielen Adeligen beobachtet hatte und hinter dem sich eine schlecht verhohlene Heimtücke verbarg. Die drei tauschten ein paar belanglose Nettigkeiten aus, und Kelsea nahm einen wunderschönen Wandteppich entgegen, den die Frau angeblich selbst gewebt hatte. Aber derartige Arbeiten verrichteten Edelfrauen längst nicht mehr, und dieses Stück hier würde schon von einer außerordentlichen Kunstfertigkeit zeugen.

Kelsea mochte die meisten Adligen nicht, denen sie heute begegnet war und die ihr gefährlich selbstzufrieden vorkamen. Selbst die verstaubte Vorstellung, »Adel verpflichte«, war in diesem Königreich nicht länger von Belang, und die Privilegierten weigerten sich, über ihren Tellerrand hinauszuschauen – ein Problem, das größtenteils durch die Überfahrt verursacht worden war. Kelsea konnte Carlin förmlich vor sich sehen, wie sie missbilligend das Gesicht verzog und von der herrschenden Klasse längst vergangener Zeiten erzählte.

Als sich die Killians entfernt hatten und die Aufmerksamkeit der Gardisten für einen Moment nachließ, rief Mace sie scharf zur Ordnung. Ein Mann trottete vor den Thron. Sein Gesicht war fast vollständig von einem dichten schwarzen Bart bedeckt. Aus den Augenwinkeln sah Kelsea, wie ihre Zofe zusammenzuckte.

Während der Mann durchsucht wurde, tippte Kelsea mit den Fingern auf den Thron und dachte nach. Andalie sah ihren Mann aus tiefgründigen, dunklen Augen an und ballte die Hände in ihrem Schoß zu Fäusten.

Mace war die Stufen des Podiums hinabgestiegen. Kelsea wusste, wie wachsam er war, selbst wenn er auf alle anderen völlig entspannt wirken mochte. Bei der kleinsten, falschen Bewegung würde er Andalies Ehemann zu Boden reißen – eine Tatsache, über die sich auch der bärtige Kerl im Klaren zu sein schien. Mit einem Seitenblick auf Mace blieb er stehen und sagte: »Ich bin Borwen. Ich komme, um meine Frau und die Kinder zurückzufordern!«

»Du hast hier gar nichts zu fordern«, erwiderte Kelsea.

Einen Moment lang musterte er sie finster. »Dann bitte ich eben darum.«

»Sprich die Königin gefälligst so an, wie es sich gehört«, polterte Mace. »Oder du fliegst raus.«

Borwen atmete ein paarmal tief durch. Wie zur Beruhigung strich er sich sanft über seinen linken Oberarm. »Ich bitte Eure Majestät um die Rückgabe meiner Frau und meiner Kinder.«

»Deine Frau kann uns verlassen, wann immer sie will«, erwiderte Kelsea. »Das steht ihr völlig frei. Aber bevor du deine Bitte an sie richtest, möchte ich wissen, warum sie Narben am Körper hat.«

Borwen zögerte. Kelsea wusste, dass ihm zahllose Ausflüchte im Kopf herumgingen. Schließlich nuschelte er eine hastige Antwort.

»Wie war das?«

»Majestät, sie war keine gehorsame Frau.«

Andalie lachte böse. Kelsea schrak zusammen, denn es klang, als stünde sie kurz davor, ihrem Mann an die Kehle zu gehen. »Borwen, bist du ein Gläubiger der Gotteskirche?«

»Ich gehe jeden Sonntag dorthin, Majestät.«

»Also ist die Frau dem Manne untertan, ja?«

»So steht es in der Bibel.«

»Verstehe.« Kelsea lehnte sich zurück und musterte ihn von oben bis unten. Warum zum Teufel hatte Andalie diesen Kerl geheiratet? »Und hast du sie zum Gehorsam erziehen können?«

»Ich hatte jedes Recht dazu.«

Kelsea öffnete den Mund, ohne für das garantieren zu können, was herauskommen würde. Glücklicherweise kam Andalie ihr zuvor. Sie richtete sich zu ihrer vollen Größe auf und sagte: »Majestät, ich bitte Euch inständig, uns nicht an diesen Mann auszuliefern.«

Kelsea fasste sie am Handgelenk und sagte leise: »Du weißt doch, dass ich das nie tun würde.«

Ihre Zofe blickte zu Boden, und Kelsea hatte den Eindruck, einen Funken Wärme in ihren grauen Augen aufblitzen zu sehen. Gleich darauf war Andalie wieder ganz die Alte, ihre Miene ausdruckslos und kühl. »Ich weiß.«

»Was soll ich deiner Ansicht nach tun?«, fragte Kelsea.

»Das ist mir egal, solange der Kerl nie wieder in die Nähe meiner Kinder kommt.«

Ihr Tonfall war ebenso ungerührt wie ihr Gesichtsausdruck. Während Kelsea sie musterte, kam ihr ein schrecklicher

Gedanke. Bevor er Gestalt annehmen konnte, wandte sie sich wieder an Borwen: »Dein Gesuch wird abgelehnt. Wenn deine Frau möchte, kann sie gerne wieder zu dir zurückkehren. Aber dazu zwingen werde ich sie nicht.«

Die schwarzen Augen des Mannes funkelten, und seinem Mund entrang sich ein merkwürdig animalischer Laut. »Will sich Eure Majestät etwa gegen das Wort Gottes auflehnen?«

Kelsea zog die Stirn kraus. Die Menge, die bis eben noch dahingedämmert hatte, war nun hellwach, und ihre Blicke flogen blitzschnell zwischen den Anwesenden und Borwen hin und her. Alles, was sie jetzt sagte, würde dem Arvath zugetragen werden. Aber sie konnte nicht lügen, dafür waren zu viele Menschen im Saal. Sorgfältig wägte sie ihre Worte ab. »Die Geschichte ist voller gescheiterter Königreiche, die vorgegeben haben, sich allein vom Wort Gottes leiten zu lassen. Aber Tearling ist kein Gottesstaat, und ich kann mich nicht allein auf die Bibel berufen.« Sie merkte, dass ihr Ton schärfer wurde, doch sie konnte nichts dagegen tun. »Lassen wir das Wort Gottes mal beiseite, Borwen. Hättest du den Gehorsam, den du deiner Frau abverlangst, wirklich verdient, müsstest du ihn nicht mit deinen Fäusten einfordern.«

Eine tiefe Röte überzog Borwens Gesicht, und seine Augen verengten sich zu schmalen schwarzen Schlitzen. Dyer, der am Fuße des Podiums stand, trat ein paar Schritte vor und legte die Hand an sein Schwert.

»Führt jemand Protokoll?«, fragte Kelsea an Mace gewandt.

»Ja, der Mann muss hier irgendwo sein. Ich wollte, dass er sich unter die Leute mischt, aber er kann Euch ganz bestimmt hören.«

Kelsea hob die Stimme: »Ganz gleich, was in der Bibel geschrieben steht – unter meiner Führung werden keine Misshandlungen geduldet. Ich mache keinen Unterschied zwischen

Männern, Frauen und Kindern. Sobald jemand die Hand gegen seinen Nächsten erhebt, wird er zur Rechenschaft gezogen.«

Sie richtete ihre Aufmerksamkeit wieder auf Borwen. »Da du der Erste bist, der gegen diese Regel verstoßen hat, werde ich dich nicht bestrafen. Aber du bist das Beispiel, an dem ich meine Gesetzgebung ausrichte. Und wenn du dich jemals wieder vor mir oder irgendeinem Gericht wegen etwas Ähnlichem rechtfertigen musst, wird dir keine Gnade widerfahren.«

»Aber mir wurde doch gar nichts zur Last gelegt!«, rief Borwen, dessen derbes Gesicht vor Wut puterrot anlief. »Ich bin gekommen, um meine Frau und meine Kinder zu mir zurückzuholen, und jetzt stehe ich plötzlich selbst vor Gericht. Das ist ungerecht!«

»Kennst du das Prinzip unlauterer Einwände, Borwen?«

»Nein, tue ich nicht, und das ist mir auch scheißegal!«, schnaubte er. »Man hat mich meiner Familie beraubt! Wenn's sein muss, werde ich das vor ganz Tearling verkünden, um zu meinem Recht zu kommen!«

Mace wollte vortreten, doch Kelsea hielt ihn mit einem Fingerschnippen zurück. »Nicht.«

»Aber Lady …«

»Ich weiß nicht, wie das früher hier gehandhabt wurde, Lazarus, aber ich bestrafe niemanden, nur weil er seine Meinung äußert. Wir werden Andalies Mann zum Gehen auffordern, und wenn er unserer Bitte nicht nachkommt, könnt Ihr ihn gerne in hohem Bogen rauswerfen.«

Borwen atmete schwer und rasselnd. Er erinnerte Kelsea an den schlummernden Braunbären, den sie und Barty mal im Wald gesehen hatten. Auf Bartys Zeichen hin hatten sie sich leise zurückgezogen, und dabei war es geblieben. Doch der Mann, der jetzt vor ihr stand, war ein ganz anderes Kaliber. Wie gerne hätte sie gegen ihn gekämpft! Wenn es sein musste, auch mit bloßen Händen, und wenn sie dabei eine Tracht Prügel kassierte.

In mir ist zu viel Zorn, dachte sie. Aus irgendeinem Grund erfüllte sie der Gedanke mit Stolz. Was immer man ihr auch zur Last legen mochte, sie wusste, dass ihr Zorn sie nie verlassen würde. Dass sie stets Kraft aus ihm schöpfen konnte.

Carlin wäre enttäuscht gewesen, doch Kelsea war kein verschrecktes Kind mehr, sondern eine Königin. Seit ihrem Abschied vom Cottage hatte sie eine Menge gelernt. Jetzt würde sie in Gegenwart ihrer Ziehmutter endlich für sich einstehen können … vielleicht nicht ohne Furcht, aber dafür auch ohne die lähmende Gewissheit, dass Carlin sowieso alles besser wusste. Gut, sie hatte in vielen Dingen recht gehabt, aber auch sie war nicht unfehlbar, und das begriff Kelsea nun eindrücklicher als je zuvor. Es fehlte ihr an Leidenschaft und Einbildungskraft, wohingegen Kelsea reichlich von beidem besaß. Sie betrachtete den Mann zu ihren Füßen, und plötzlich, einfach so, wusste sie einen Ausweg.

»Borwen, ich habe schon viel zu viel Zeit mit diesem Blödsinn vergeudet. Du wirst meinen Audienzsaal augenblicklich verlassen. Selbstverständlich steht es dir frei, Anschuldigungen gegen die Krone zu erheben, aber lass dir eins gesagt sein: Die Aussagen deiner Frau werden deinen gegenüberstehen. Die Entscheidung liegt bei dir.«

Borwen bewegte die Lippen, doch es schien, als hätte es ihm die Sprache verschlagen. Seine schwarzen Augen huschten umher wie die eines in die Ecke gedrängten Tieres. Er schlug sich mit der Faust in die Hand und musterte Andalie. »Du bist immer noch genauso hochmütig wie eh und je, hab ich recht? Weiß sie, wo du aufgewachsen bist? Weiß sie, dass Mortblut durch deine Adern fließt?«

»Genug!« Kelsea richtete sich in ihrem Thron auf und ignorierte den Schmerz in ihrer Schulter. Der Saphir machte sich wie ein kleines, wildes Tier unter ihrer Kleidung bemerkbar. »Meine Geduld ist zu Ende. Du verlässt sofort diesen Saal, oder Lazarus wird dich hinausgeleiten. Auf seine Art.«

Mit einem triumphierenden Lächeln wich Borwen zurück. »Sie ist eine Mort! Durch und durch verdorben!«

»Lazarus, bitte.«

Mace sprang auf Borwen zu, der auf dem Absatz kehrtmachte und in Richtung Ausgang davonsprintete. Die Menge lachte anerkennend. Andalie ließ sich wieder neben Kelsea nieder und trug wie üblich ihre ausdruckslose Miene zur Schau. Als Borwen verschwunden war, gab Mace seine halbherzige Verfolgungsjagd auf und kehrte mit belustigt funkelnden Augen zum Podium zurück. Müde strich sich Kelsea über die Stirn. Was stand ihr jetzt noch bevor?

»Lady Andrews, Majestät!«, rief der Herold.

Eine Frau kam auf den Thron zugestürmt. Sie trug einen raffinierten Hut aus leuchtend rotem Samt mit purpurfarbenen Seidenschleifen und Pfauenfedern. Kelsea erkannte ihren verkniffenen, missgünstigen Mund sofort wieder.

»Ach, um Himmels willen«, raunte sie Mace zu. »Haben wir sie nicht für die verdammte Tiara entschädigt?«

»Doch, Lady. Sie hat mehr als genug bekommen. Arliss wollte ihrer Familie keinen Anlass zur Klage geben. Die sind allesamt ziemlich gerissen.«

Lady Andrews blieb am Fuß des Podiums stehen. Sie war älter, als sie im Dämmerlicht des Thronsaals gewirkt hatte, wahrscheinlich sogar schon um die vierzig. Ihr Gesicht erschien unnatürlich starr. Ein kosmetischer Eingriff? In Tearling gab es keine Schönheitschirurgen, es gab aber Gerüchte, dass es in Mortmesne anders war. Gut möglich, dass ein paar Edeldamen die beschwerliche Reise auf sich nahmen – besonders wenn sie vom Schlag einer Lady Andrews waren. Sie hatte ein zuckersüßes Lächeln aufgesetzt, doch in ihren Augen lag eine andere Botschaft.

Sie hasst mich, konstatierte Kelsea ein wenig belustigt. Hatte die Frau denn keine anderen Sorgen als ihre Frisur?

»Ich komme, um Eurer Majestät Lehenstreue zu schwören«, verkündete sie. Ihre Stimme war so eigenartig rau, dass Kelsea sich fragte, ob sie genau wie Arliss rauchte. Aber vielleicht war Lady Andrews auch einfach nur eine maßlose Trinkerin.

»Ich fühle mich geehrt.«

»Und ich möchte Eurer Majestät ein Geschenk machen.«

Sie überreichte ihr ein Kleid aus feinster Callaeseide. Es war wunderschön und von einem leuchtenden Königsblau, das im Schein der Fackeln schimmerte. Doch als Lady Andrews es hochhielt, sah Kelsea, dass es bestimmt drei Nummern zu klein ausfiel und für eine große, schlanke Frau wie sie selbst geschnitten war. Kelsea wusste, dass die Adlige das Kleid absichtlich und aus reiner Bosheit so hatte schneidern lassen.

»Danke«, erwiderte sie und spürte, wie ihr ein Lächeln auf die Lippen trat. »Wie reizend von Euch.«

Arliss nahm das Kleid entgegen und legte es auf den stetig wachsenden Geschenkstapel. Einige der Präsente waren entsetzlich scheußlich und stammten ganz offensichtlich von Leuten, die den gleichen Kunstgeschmack wie der Regent hatten. Doch zumindest waren sie alle aus wertvollen Materialien. Niemand hatte es gewagt, der Königin wertlosen Plunder zu überreichen. Sie hatte sich schon entschieden, die meisten Sachen zu verkaufen, doch wie immer war ihr Arliss einen guten Schritt voraus. Prüfend musterte er das blaue Kleid und machte sich eine Notiz in sein kleines Buch.

»Außerdem wollte ich fragen, was Eure Majestät wegen Mortmesne zu tun gedenkt.«

»Wie bitte?«

Wieder setzte Lady Andrews ihr falsches, klebriges Lächeln auf. »Nun, Ihr habt gegen das Mortabkommen verstoßen, Majestät. Und ich besitze in Ostalmont am Ende des Crithe ein Stück Land. Ich habe viel zu verlieren.«

Kelsea warf Mace einen verstohlenen Blick zu, doch der starrte stur geradeaus in die Menge. »Ob Ihr es glaubt oder nicht, Lady Andrews, aber ich habe mehr zu verlieren als Ihr. Mehr Land, und mein Leben obendrein. Warum überlasst Ihr diese Angelegenheit nicht einfach mir?«

»Weil meine Pächter sich Sorgen machen, Majestät. Und ich muss sagen, ich kann es ihnen nicht verübeln. Ihre Häuser befinden sich genau auf der Strecke, die nach Neulondon führt. Während der letzten Invasion ist ihnen Schreckliches widerfahren.«

»Und ich bin sicher, Ihr seid damals schon so rührend um sie besorgt gewesen«, erwiderte Kelsea leise. Der Saphir brannte auf ihrer Brust, und plötzlich sah sie ein Bild vor ihrem inneren Auge aufsteigen: ein hoher Turm, dessen Türen und Tore verriegelt waren. »Wer hat Euren Pächtern zur Seite gestanden? Ihr selbst oder Eure Wachen?«

Lady Andrews öffnete den Mund, blieb aber stumm.

»Niemand, hab ich recht? Ihr seid in Eurem Turm geblieben und habt sie ihrem Schicksal überlassen.«

Ihr Gesicht wurde noch maskenhafter als zuvor. »Es hätte ja wohl keinen Sinn gehabt, mit ihnen zu sterben.«

»Natürlich nicht.«

»Was habt Ihr gegen die Lieferung einzuwenden, Majestät?«

»Was ich dagegen einzuwenden habe?«

»Ja, das ist doch ein faires System. Und wir alle stehen in der Schuld unseres Nachbarreichs.«

Kelsea beugte sich vor. »Habt Ihr Kinder, Lady Andrews?«

»Nein, Majestät.«

Natürlich nicht, dachte Kelsea. Sollte diese Frau je schwanger werden, würde ihr Nachwuchs wahrscheinlich von ihrer eigenen Gebärmutter attackiert. Sie hob die Stimme: »Dann habt Ihr in der Auslosung ja nicht allzu viel zu verlieren, nicht wahr? Ihr habt keine Kinder, Ihr seht nicht aus, als wärt Ihr stark genug, um körperliche Arbeit zu verrichten, und Ihr seid definitiv zu alt, um noch als die Sexdienerin von irgendjemandem durchzugehen.«

Lady Andrews' Augen weiteten sich zornig. Das Kichern einiger Frauen hallte hinter ihr im Saal wider.

»Von heute an werde ich mir nur noch Beschwerden über Mortmesne und die Auslosung anhören, wenn die Betroffenen auch wirklich etwas zu verlieren haben«, verkündete Kelsea. »Alle, für die etwas auf dem Spiel steht, dürfen das Thema gerne anschneiden. Sie sind zu jeder Audienz willkommen.«

An Lady Andrews gewandt, fuhr sie fort: »Aber Ihr nicht.«

Die Hände der Adligen krümmten sich zu Klauen. Ihre Nägel sahen aus wie lange, hellviolett lackierte Haken. Die sichelförmigen Ringe unter ihren Augen hatten eine rötliche Färbung angenommen. Kelsea fragte sich, ob sie versuchen würde, sie zu schlagen, aber das konnte sie sich dann doch nicht vorstellen. Wobei, ganz sicher war sie sich nicht. Mace schien es ähnlich zu gehen. Er rückte etwas näher an Kelsea heran und starrte die Frau so einschüchternd an, wie es ihm nur möglich war.

Was sieht sie, wenn sie in den Spiegel blickt?, fragte sich Kelsea. Wie konnte eine Frau, die so alt wirkte, immer noch derart viel Wert auf ein attraktives Äußeres legen? Sie hatte viel über diese Art Selbstbetrug gelesen, aber so jemandem im wahren Leben zu begegnen, war etwas ganz anderes. Und bei aller Qual, die Kelsea in letzter Zeit beim Anblick ihres eigenen Spiegelbilds hatte ertragen müssen, begriff sie nun, dass es etwas sehr viel Schlimmeres gab, als hässlich zu sein. Hässlich zu sein und sich für schön zu halten.

Lady Andrews erholte sich schnell, doch ihre Stimme bebte noch immer vor Wut: »Und was habt Ihr zu verlieren, Majestät? Ihr habt Eure Kindheit gut verborgen verbracht. War Euer Name je im Lostopf?«

Kelsea wurde rot. Vor Verblüffung fiel ihr keine Erwiderung ein. Darüber hatte sie noch nie nachgedacht. Natürlich war ihr Glynn-Name nie in der Auslosung aufgetaucht, da niemand gewusst hatte, dass eine Kelsea Glynn existiert hatte. Aber gab es eine Losnummer für Kelsea Raleigh? Natürlich nicht, genauso wenig wie für Elyssa oder Thomas Raleigh oder einen der unzähligen Adligen, die genug Geld besaßen, um sich freizukaufen.

Lady Andrews trat einen Schritt vor. Dass sie Mace dabei ziemlich nahe kam, schien ihr nichts auszumachen. In ihrem Lächeln lag pure Bosheit. »Eigentlich riskiert Ihr doch weniger als alle anderen, nicht wahr, Majestät? Wenn die Rote Königin hier einfällt, könnt Ihr Euch genauso in Eurem Turm verbarrikadieren wie ich damals. Nur dass Eure Türme viel höher sind als meine.«

Kelsea wurde noch röter, als sie an die vielen Räumlichkeiten der Festung dachte, in denen Vorräte gebunkert wurden. Waffen, Fackeln und Ölfässer. Was sollte sie jetzt tun? Versprechen, dass sie an der Seite des Volks von Neulondon kämpfen würde? Die Momente verstrichen, und die Menschen im Saal begannen zu tuscheln. Hilfesuchend blickte sie sich nach Mace und Pen um, doch die beiden wirkten mindestens ebenso durcheinander wie sie selbst. Lady Andrews entblößte ihre Zähne. Es war das Grinsen eines Jägers, der seine Beute in die Enge getrieben hatte. Und ihre Fangzähne waren perfekte Mordwerkzeuge. Der Gedanke, von dieser Frau besiegt zu werden, gefiel Kelsea ganz und gar nicht. Irgendwo tief in ihrem Inneren, wo keine von Carlins Lektionen sie erreichen konnte, hatte sie das Gefühl, sterben zu müssen.

Verzweifelt griff Kelsea nach ihrer Kette und hielt den Saphir fest umklammert. Im Moment wäre ihr jede Antwort recht gewesen, wenn er ihr nur irgendetwas eingeflüstert hätte. Doch der Stein schwieg. Nicht mal ein Hauch Wärme. Das Getuschel wurde lauter und hallte von den Wänden wider. Jeden Moment würde einer der Anwesenden anfangen zu lachen, und dann hätte diese grässliche Kreatur gewonnen.

»Ich war einer Eurer Dorfbewohner, Lady.«

Kelsea blickte an der Adligen vorbei und sah, dass Mhurn vorgetreten war. Seine blutunterlaufenen Augen hatten sich auf Lady Andrews geheftet, und er war bleicher als je zuvor. Doch diesmal schien seine Blässe nicht dem fehlenden Schlaf geschuldet zu sein, sondern seinem Zorn.

»Wer zur Hölle bist du?«, fauchte Lady Andrews. »Ein Wachmann, der es wagt, eine Edelfrau anzusprechen? Wäre das hier mein Audienzsaal, ich würde dich auspeitschen lassen.«

Mhurn ging nicht darauf ein. »Wir haben es versucht, wisst Ihr? Meine Frau konnte nicht reiten, und meine Tochter war sehr krank. Wir hatten keine Chance, den Mortsoldaten zu entkommen, die vom Horizont her näher rückten. Wir standen vor den Toren Eures Schlosses und haben Eure Leute um einen Schlafplatz angefleht. Ich habe gesehen, wie Ihr vom Fenster auf uns heruntergestarrt habt. Ihr hattet all diese Zimmer, und doch wolltet Ihr uns kein einziges davon zur Verfügung stellen.«

Jetzt erinnerte Kelsea sich: der Tag, an dem sie durch die Almontebene geritten war. Die Bauern auf den Feldern und der hoch aufragende Backsteinturm. Lady Andrews wich zurück, doch Mhurn ging weiter unbeirrt auf sie zu. In seinen Augen glitzerten Tränen. »Ich kenne die Königin kaum einen Monat, doch eins verspreche ich Euch: Wenn die Mortarmee in ihrem Reich einfällt, wird sie versuchen, ganz Tearling in der Festung unterzubringen. Und sie wird nicht darauf achten, ob die Menschen gewaschen, reich oder arm sind. Sie wird für jeden einen Platz finden.«

Sprachlos und mit offenem Mund starrte Lady Andrews ihn an. Mace trat hinter Mhurn und sprach leise auf ihn ein. Mhurn nickte und lief hastig hinter den Thron in Richtung des Flurs, in dem die Gardisten untergebracht waren. Kelsea fiel ein, wie sie Anfang der Woche an ihm vorbei auf den Balkon getreten und ein schrecklicher Verdacht in ihr aufgekeimt war. Ihr Blick wanderte über die anderen neunzehn Gardisten, die mit grimmigen Gesichtern im Saal Wache hielten. Hatten sie alle eine ähnliche Geschichte? Auf einmal fühlte sie sich elend. Selbst wenn einer von ihnen der Schuldige war – wie hätte sie einen ihrer Männer verdächtigen können?

»Ich verlange, dass der Mann bestraft wird, Majestät!« Lady Andrews hatte ihre Stimme wiedergefunden. »Händigt mir den Gardisten aus!«

Kelsea brach in lautes Gelächter aus, ein aufrichtiges Gelächter, das quer durch den ganzen Audienzsaal schallte. Es fühlte sich wunderbar an, vor allem angesichts der Tatsache, dass das Gesicht der Adligen jetzt in einem cholerischen Lila leuchtete.

»Ich sage Euch, was Ihr tun könnt, Lady Andrews. Ihr nehmt Euer Kleid und macht, dass Ihr aus meiner Festung verschwindet!«

Lady Andrews öffnete den Mund, brachte jedoch keinen Ton heraus. In nur wenigen Sekunden schienen sich tausend feine Fältchen über ihr gestrafftes Gesicht zu legen. Mit zusammengezogenen Augenbrauen überreichte Arliss ihr das Kleid und warf Kelsea einen vielsagenden Blick zu, wie um ihr zu bedeuten, dass sie später noch darüber sprechen würden.

Die Frau riss das Kleid an sich und stürmte mit hochgezogenen Schultern davon. Diesmal sah man ihrem Gang ihr fortgeschrittenes Alter genau an. Einige der Anwesenden warfen ihr angewiderte Blicke zu, doch davon ließ sich Kelsea nicht beeindrucken. Bestimmt hatten sie sich während der letzten Invasion keinen Deut besser verhalten. Genau wie am Tag ihrer Krönung befand sich keiner von den Bedürftigen hier. Das würde sie ändern. Wenn sie das nächste Mal eine Audienz abhielt, würde sie Mace anweisen, das Tor aufzureißen und die ersten hundert hereinströmenden Menschen in den Saal vorzulassen.

»Noch jemand?«, fragte sie.

»Ich glaube nicht, Lady.« Mit hochgezogenen Augenbrauen wandte sich Mace an den Herold, und als dieser den Kopf schüttelte, hieb er mit der flachen Hand durch die Luft.

»Die Audienz ist beendet!«, verkündete der Herold. »Den Saal bitte ruhig und geordnet verlassen!«

»Er ist ziemlich gut«, bemerkte Kelsea. »Kaum zu glauben, dass ein so dürres Bürschchen ein derartiges Stimmvolumen hat.«

»Die Dünnen geben immer die besten Herolde ab, Lady, fragt mich nicht, weshalb. Ich werde ihn wissen lassen, dass Ihr mit ihm zufrieden seid.«

Kelsea sank in ihren Thron zurück und bedauerte einmal mehr, nicht in ihrem Sessel sitzen zu können. Sie hätte sich genauso gut gegen einen Felsen lehnen können. Sie beschloss, den Thron mit Kissen zu polstern, wenn niemand in der Nähe war.

Leider bestand wenig Aussicht, dass die Adligen den Saal

geordnet oder ruhig verlassen würden. Schon jetzt scharten sie sich um die Tür, und jeder schien der Ansicht zu sein, als Erster hindurchgehen zu müssen.

»Du lieber Himmel, was für ein Gedränge«, sagte Pen kichernd. Kelsea nutzte die Gelegenheit, um sich an der Nase zu kratzen, die schon die ganze Zeit wie verrückt gejuckt hatte. Dann gab sie ihrer Zofe ein Zeichen und sagte: »Ich brauche heute Abend nichts mehr, Andalie. Du kannst dir freinehmen.«

»Danke, Lady«, antwortete sie und verließ das Podium.

Als die Menge endlich verschwunden war und ihre Wachen die Türen verriegelten, fragte Kelsea: »Was, glaubt Ihr, hatte Lady Andrews vor?«

»Jemand hat sie auf uns angesetzt«, antwortete Mace. »Sie sollte ein bisschen Unruhe stiften.«

Arliss, der vom Fuß des Podiums aus zuhörte, nickte. »Das sieht mir alles sehr nach Thorne aus, aber er ist natürlich nicht so blöd, selbst hier aufzukreuzen.«

Kelsea runzelte die Stirn. Dank Mace und Arliss begriff sie inzwischen viel besser, wie der Zensus funktionierte. Obwohl er ursprünglich als Werkzeug der Krone hatte fungieren sollen, hatte er sehr rasch ein Eigenleben entwickelt, und ein ziemlich schreckliches noch dazu. Mit der Zeit war er zu einer derartigen Macht aufgestiegen, dass er selbst der Gotteskirche Konkurrenz machte. Der Zensus war zu groß, zu mächtig, um ihn einfach dichtzumachen. Man musste ihn Stück für Stück zerlegen, und der größte Brocken wäre Thorne selbst. »Ich werde nicht zulassen, dass er sabotiert, was wir aufbauen. Er muss eine anständige Rente bekommen und abtreten.«

»Im Zensus sitzen die gebildetsten Männer des Reiches, Lady«, warnte Mace. »Wenn Ihr versucht, ihn aufzuspalten, müsst Ihr den Angestellten eine andere gewinnbringende Arbeit in Aussicht stellen.«

»Sie könnten Lehrer werden. Oder Steuerbeamte oder sowas.«

Kelsea sollte noch etwas warten müssen, um zu erfahren, was Mace und Arliss davon hielten, denn plötzlich gluckste Wellmers Bauch in die entstandene Stille hinein. Mehrere Gardisten versuchten, ein Lachen zu unterdrücken. Milla war gerade dabei, das Abendessen vorzubereiten, und es roch nach Knoblauch. Wellmer wurde puterrot, doch Kelsea lächelte nur und sagte: »Wir sind fertig. Ich werde heute Abend auf meinem Zimmer essen. Ihr dürft zu Tisch. Und bitte bringt Mhurn auch einen Teller und zwingt ihn, etwas zu essen.«

Die Wachleute verbeugten sich. Ein paar von ihnen eilten sogleich zur Küche, während die anderen in ihre Quartiere gingen oder zu ihren Familien. Milla hatte ein Machtwort gesprochen und gesagt, dass sie nicht zu jeder Mahlzeit zwanzig Gardisten in ihrer Küche haben wolle. Also servierten neuerdings ein paar von ihnen den anderen und deren Familien das Essen. Sie hatten sich ein ausgeklügeltes System erarbeitet und waren dabei sehr diplomatisch vorgegangen. Mace hatte nicht eingreifen müssen. Es war nur eine Kleinigkeit, doch Kelsea fasste es als positives Zeichen auf, als Zeichen wachsenden Zusammenhalts.

»Lazarus, wartet noch einen Moment.«

Mace beugte sich zu ihr herunter. »Lady?«

»Habt Ihr Neuigkeiten von Barty und Carlin? Irgendeine Ahnung, wo sie sich aufhalten könnten?«

Abrupt richtete Mace sich auf. »Noch nicht, Lady.«

Kelsea biss die Zähne zusammen. Sie wollte ihn nicht drängen, doch sie sehnte sich mehr denn je nach Bartys Lächeln, nach den Fältchen, die sich dann um seine Augen legten. Und aus irgendeinem unerfindlichen Grund war auch ihr Bedürfnis, Carlin zu sehen, stärker als je zuvor. »Habt Ihr das Dorf abgesucht?«

»Es gab viel zu tun, Majestät. Ich werde mich in Kürze darum kümmern.«

Kelsea kniff die Augen zusammen. »Lazarus, Ihr lügt mich an.«

Ausdruckslos starrte Mace sie an.

»Warum lügt Ihr?«

»Lady!«, rief Venner aus dem Gang. »Eure Rüstung ist da!«

Irritiert wandte sich Kelsea um. »Und warum erfahre ich das von Euch, Venner?«

»Fell liegt krank im Bett.«

Noch eine Lüge. Wahrscheinlich hatte Venner die Rüstung letzten Endes selbst besorgen müssen. Doch Kelseas Streitlust nahm mit ihrem zunehmenden Appetit ab. So langsam wollte sie wissen, was Milla in der Küche zubereitete. »Ich werde mir das Ding morgen während meiner schmachvollen Übungsstunde ansehen.«

Venners Mundwinkel zuckten, als er in die Küche ging. Kelsea wandte sich um und wollte ihr Gespräch mit Mace fortführen, als sie merkte, dass er wie Rauch aus dem Audienzsaal verschwunden war.

»Raffinierter Bastard«, murmelte sie. Was nur war Barty und Carlin zugestoßen? Waren sie krank geworden? In ihrem Alter war der Weg nach Süden beschwerlich, und dann war es ja auch noch Winter. Hatten die Caden sie aufgespürt? Nein, Barty verstand es, seine Spuren zu verwischen. Aber irgendetwas stimmte nicht. Sie konnte es Mace am Gesicht ablesen.

Kelsea stieg das Podium hinab. Pen hielt sich dicht hinter ihr. Angesichts des durchdringenden Knoblauchgeruchs knurrte nun auch ihr der Magen. Kelsea unterdrückte ein ironisches Kichern. Nicht mal Angst konnte ihren Appetit dämpfen.

Im Korridor blickte sie sich nach Mace um, doch der schien sich irgendwo versteckt zu haben. Sie dachte daran, Coryn nach ihm zu fragen, aber das wäre ihr kindisch vorgekommen. Also eilte sie flinken Schrittes über den Flur.

Vor der Tür zu ihrem Zimmer hörte sie Andalies Stimme aus dem Nebenzimmer, die ihren Namen sagte. Automatisch blieb Kelsea stehen, und Pen tat es ihr gleich.

»Ich versichere dir, die Königin hat Angst.«

»So sieht sie aber gar nicht aus.« Das war Aisa, Andalies älteste Tochter, deren Stimme man schon anhören konnte, dass sie bald tiefer werden würde, und die sehr missbilligend klang.

»Doch das hat sie, Schatz«, antwortete die Zofe. »Aber sie versteckt ihre Furcht, um uns unsere zu nehmen.«

Kelsea lehnte sich an die Wand. Sie wusste, dass Lauschen ungehörig war, doch sie konnte es nicht lassen. Andalie war und blieb ein Rätsel. Selbst Mace hatte nichts über ihre Vorfahren oder ihre Vergangenheit in Erfahrung bringen können. Sie wussten nur, dass ihre Zofe eine halbe Mort war, eine Tatsache, die Andalie selbst enthüllt hatte. Es war, als wäre sie mit fünfzehn vom Himmel gefallen, um ihren nutzlosen Mann zu heiraten. Alles, was sich zuvor zugetragen hatte, blieb im Dunkeln.

»In diesem Königreich ist schon lange nichts Außergewöhnliches oder wirklich Gutes mehr vorgefallen«, fuhr sie nun fort. »Tearling braucht eine Königin. Eine Wahrhafte Königin. Und wenn sie überlebt, wird Kelsea Raleigh genau das sein. Vielleicht wird sie sogar zur Legende.«

Kelseas Augen weiteten sich. Sie drehte sich zu Pen um, der einen Finger an seine Lippen legte.

»Ich wäre gerne Teil einer Legende, Maman.«

»Genau deshalb sind wir hier.« Andalies Stimme kam näher. Kelsea gab Pen mit dem Finger ein Zeichen, und gemeinsam schlüpften sie in ihre Gemächer. Pen schloss die Tür hinter sich. »Ich habe Euch doch gesagt, dass sie die Gabe hat.«

»Und ich habe Euch zugestimmt. Aber es wäre trotzdem ein Fehler, zu viel auf solche Visionen zu geben.«

Sie standen im Vorzimmer, wo Pen ein Bett für sich aufgestellt hatte, auf dem sich zusammengewürfelte Leintücher und Decken türmten. Schmutzige Kleider lagen über den ganzen Boden verteilt. Pen tat sein Bestes, sie möglichst unauffällig mit dem Fuß unters Bett zu befördern. Es klopfte an der Tür, und Milla trat mit zwei Tabletts ein, auf denen sich etwas befand, das wie Rinderragout aussah. Sie hatte darauf bestanden, Kelsea ihr Essen persönlich zu servieren, und Mace zufolge kostete sie von jeder ihrer Speisen, bevor die Teller die Küche verließen. Eine Geste, die irgendwie sinnlos war, denn bei vielen Giftsorten setzte die Wirkung erst verzögert ein, doch Kelsea war trotz allem gerührt gewesen.

»Wollt Ihr mit mir essen?«, fragte sie an Pen gewandt.

»Ja, gerne.« Er folgte ihr durch die offene Tür in ihr Gemach, wo Mace einen kleinen Tisch hatte aufstellen lassen, für den Fall, dass sie allein essen wollte. Milla stellte die beiden Tabletts auf dem Tisch ab, verbeugte sich und verschwand.

Kelsea stürzte sich auf das Ragout. Es schmeckte ausgezeichnet, wie alles, was Milla kochte. Trotzdem war sie heute nicht ganz bei der Sache und schaufelte das Essen automatisch in sich hinein. Sie dachte an Aisa. Wenn sie es richtig verstanden hatte, waren einige oder alle Kinder Andalies missbraucht worden. So etwas hinterließ immer Narben. Abgesehen davon würde das Mädchen bald ein Teenager sein, und an dieses Alter erinnerte sich Kelsea noch sehr gut. An das Gefühl der Hilflosigkeit und vor allem an die Wut, die so prompt in einem aufstieg, wenn die Erwachsenen wieder nicht verstanden, was wirklich wichtig war. Mit zwölf oder dreizehn hatte sie Barty mal wie von Sinnen angeschrien, weil er etwas auf ihrem Schreibtisch verrückt hatte.

Als sie aufblickte, merkte sie, dass Pen sie interessiert musterte. »Was?«

»Nichts. Es macht mir einfach nur Spaß, Euch beim Denken zuzusehen. Es ist, als würde man zwei eingepferchte Hunde beim Kämpfen beobachten.«

»Ihr verfolgt Hundekämpfe?«

»Nicht freiwillig. Das ist ein abscheulicher Sport. Aber dort, wo ich aufgewachsen bin, hat mein Vater Hunde in Zwingern kämpfen lassen. Daher habe ich sogar meinen Namen – vom alten englischen Wort für Zwinger.«

»Wo war das?«

Pen schüttelte den Kopf. »Mit unserem Eintritt in die Königinnen-Garde haben wir unsere Vergangenheit hinter uns gelassen. Abgesehen davon seid Ihr Kreuzritter genug, um am Ende noch meinen Vater ins Gefängnis werfen zu lassen.«

»Vielleicht sollte ich das. Klingt, als wäre er ein ziemlicher Schlächter.«

Sobald Kelsea den Satz ausgesprochen hatte, bereute sie ihn bereits. Doch Pen dachte nur über ihre Worte nach und antwortete dann mild: »Vielleicht war er das. Aber jetzt ist er ein blinder, alter Mann, der keiner Fliege was zuleide tut. Das Unzulängliche an unserem Rechtssystem ist, dass es ständig Gefahr läuft, Tatumstände nicht in Betracht zu ziehen.«

»Dem stimme ich zu.«

Beide wandten sich wieder ihrem Ragout zu, doch bald schon legte Kelsea den Löffel beiseite. »Ich mache mir Sorgen um das Mädchen.«

»Um Andalies älteste Tochter?«, fragte Pen.

»Ja.«

»Sie ist verstört, Lady. Zwar haben wir keine Informationen über Andalies voreheliches Leben ausfindig machen können – und glaubt mir, Mace und ich haben gründlich nachgeforscht –, aber im Hinblick auf ihre Familienangelegenheiten liegen die Dinge anders.«

»Inwiefern?«

Pen hielt einen Moment inne, und Kelsea sah, dass er überlegte, wie er seine Antwort am besten formulieren sollte. »Lady, in Andalies Viertel ist es allgemein bekannt, dass ihr Mann ein Faible für junge Mädchen hatte. Seine Töchter mögen am schlimmsten dran gewesen sein, aber sie waren beileibe nicht seine einzigen Opfer.«

Kelsea schluckte ihre Abscheu hinunter und bemühte sich um einen geschäftsmäßigen Ton: »Carlin hat gesagt, da es in Tearling keine richtigen Gerichte gibt, haben sich die Gemeinden selbst um solche Dinge gekümmert. Warum haben sie ihn nicht zur Rechenschaft gezogen?«

»Weil Andalie es verboten hat.«

»Das ergibt doch keinen Sinn. Ich hätte eher vermutet, dass sie ihren Mann eigenhändig umbringt, bevor jemand anderer die Gelegenheit dazu hat.«

»Ich auch, Lady. Und auch auf dieses Rätsel habe ich noch keine Antwort gefunden. Die Nachbarn haben sich liebend gerne über Borwen das Maul zerrissen, über Andalie jedoch nicht. Sie halten sie für eine Hexe.«

»Warum das denn?«

»Das wollte keiner sagen. Vielleicht ist es einfach die Art, wie sie durch einen durchguckt. Sogar *ich* fürchte mich manchmal vor ihr, Lady, und normalerweise fürchte ich nicht mal Männer mit Schwertern.«

»Ja, ich mich auch.«

Pen aß noch einen Löffel von seinem Ragout, und nur weil er so gar nicht neugierig zu sein schien, traute sich Kelsea nach einigen Augenblicken, den Kern ihrer Angst zu offenbaren: »Andalie hätte die Königin sein sollen, Pen, nicht ich. Sie sieht aus wie eine Königin, spricht wie eine, und sie ist noch dazu ziemlich einschüchternd.«

Pen dachte kurz nach. Kelsea mochte diese Nachdenklichkeit. Es gefiel ihr, dass er nicht versuchte, die Stille mit leeren Worten zu füllen. Er schluckte noch zwei Löffel Ragout hinunter, bevor er antwortete: »Ihr habt gerade eine perfekte Beschreibung der Königin von Mortmesne geliefert, Lady. Andalie ist vielleicht zum Teil eine Tear, aber im Kern ist sie eine Mort. *Dort* wäre sie die ideale Königin. Aber Ihr wollt doch ganz anders regieren, Eure Herrschaft soll nicht auf Angst fußen.«

»Auf was denn?«

»Auf Gerechtigkeit, Lady. Auf Zuhören. Ob Ihr damit Erfolg haben werdet, weiß niemand von uns. Ganz bestimmt ist es leichter, durch Furcht Macht auszuüben. Aber Andalie hat etwas Hartes, etwas Gnadenloses, und auch wenn ihr das vielleicht gewisse Vorteile verschafft, weiß ich nicht, ob ich es als Stärke bezeichnen würde.«

Lächelnd wandte sich Kelsea wieder ihrem Ragout zu. Gerechtigkeit und Zuhören. Selbst Carlin wäre darüber erfreut gewesen.

Kelsea schreckte in der Dunkelheit hoch. Irgendwo jenseits ihres Zimmers hatte sie ein Kind schmerzerfüllt schreien hören. Automatisch wandte sie den Blick nach links, um nach ihrem Feuer zu sehen, doch da war nichts, nicht einmal mehr glühende Asche. Es musste kurz vor Tagesanbruch sein.

Als sie nach ihrer Kerze greifen wollte, die immer auf ihrem Nachttisch stand, fasste sie ins Leere. Eine Woge der Furcht überkam sie, eine erdrückende Furcht, von der sie nicht wusste, woher sie rührte. Hektisch tastete sie ihre Umgebung ab und begriff schließlich, dass auch ihr Nachttisch verschwunden war.

Draußen ertönte der Schrei einer Frau, der immer schriller wurde, bis er schließlich in einem erstickten Ächzen abebbte.

Kelsea warf die Decke zurück und sprang aus dem Bett. Unter ihren Füßen spürte sie nicht mehr den harten, kalten Steinboden ihres Zimmers, sondern etwas, das sich wie Lehm anfühlte. Sie rannte zur Tür, aber nicht nach links, durch ihr eigenes Zimmer, sondern knapp drei Meter nach rechts durch die Küche – ein Weg, den sie noch im Schlaf gefunden hätte.

Sie riss die Tür auf. Die bitterkalte Nachtluft ließ sie zurückzucken. Das Dorf lag noch in kompletter Dunkelheit, nur am Horizont kündete ein dünner Streifen Licht die Morgendämmerung an. Und dennoch konnte sie dröhnende Schritte und das Geräusch zahlloser rennender Menschen hören.

»Plünderer! Plünderer!«, schrie eine Frau in einem der Häuser hinter ihr. »Sie sind …«

Abrupt brach der Schrei ab.

Voller Angst schlug Kelsea die Tür wieder zu und verriegelte sie. Blind tastete sie über den Küchentisch, bis sie eine Kerze und Streichhölzer fand. Sie entzündete ein schwaches Flämmchen und hielt ihre Hand davor, um den Lichtschein zu verbergen. Jonarl hatte ein solides Haus aus Lehm und Backsteinen gebaut, ja, er hatte sogar ein paar Fensterrahmen gezimmert und Bruchglas eingesetzt, das er auf seinen Streifzügen durch die Stadt hatte retten können. Das Haus war ein wunderbares Hochzeitsgeschenk gewesen, aber die Fenster machten es nun schwierig, unentdeckt zu bleiben.

Als sie ins Schlafzimmer zurückging, fiel ihr Blick auf William, der sich schlaftrunken blinzelnd im Bett aufgesetzt hatte. Er sah ihrem verstorbenen Mann so ähnlich, dass ihr fast das Herz brach. Gott sei Dank schlief Jeffrey noch in der Wiege. Sie nahm ihn in den Arm und achtete darauf, dass er in sein warmes Deckchen gewickelt blieb. Dann hielt sie William die Hand hin. »Es ist alles in Ordnung, Schatz. Komm, steh auf. Heute musst du mal alleine laufen. Kannst du für Mummy laufen?«

William kletterte aus dem Bett. Seine kurzen Beinchen baumelten einen Moment in der Luft, bevor er auf dem Boden landete und nach ihrer Hand griff.

Draußen dröhnte das Geräusch bestiefelter Füße. Männerfüße, dachte sie automatisch. Aber die Männer waren alle in der Stadt, wo sie mit Weizen handelten. Wie Fieber wollte Panik nach ihrem Verstand greifen. Wo sollten sie nur hin? Das Haus hatte nicht mal einen Keller, in dem sie sich hätten verstecken können. Sie verlagerte Jeffrey auf den anderen Arm und suchte in einer Ecke nach ihrem Umhang und den Schuhen.

»Weißt du, wo deine Jacke und die Schuhe sind, William? Lass uns doch mal sehen, wer seine Sachen zuerst findet.«

Verwirrt starrte William zu ihr hinauf und begann, in dem Kleiderhaufen neben seinem Bettchen zu wühlen. Kelsea schob einen Stapel Steppdecken zur Seite und fand Jonarls Winterumhang, der noch immer ordentlich gefaltet auf seinem alten Platz lag und aussah, als würde er sie anstarren. Den Tränen nahe, spürte sie, wie ihr schlecht wurde. Die gute alte Morgenübelkeit, die sich immer zum denkbar ungünstigsten Zeitpunkt meldete.

Die Haustür flog auf, und der windschiefe Holzriegel zersprang in zwei Teile, die auf jeweils eine Seite der Küche flogen. Schützend legte Kelsea eine Hand um Jeffreys flaumigen Kopf, während sie William hinter sich schob.

Im Türrahmen standen zwei Männer mit rußschwarzen Gesichtern. Einer von ihnen trug einen hellroten Umhang, und sogar Kelsea wusste, was das bedeutete. *Caden? Hier?*, dachte sie verzweifelt. Der Mann trat auf sie zu und griff nach dem Baby, das gerade noch selig in ihren Armen geschlummert hatte und augenblicklich zu weinen begann.

»Nein!«, schrie sie. Er stieß sie weg und entriss ihr das Kind. Kelsea taumelte in eine Ecke und versuchte, sich am Tischbein festzuhalten, um nicht auf William zu stürzen. Sie prallte mit der Hüfte gegen die Wand und stöhnte.

»Hol den Jungen«, blaffte der Caden den anderen Mann an, bevor er mit Jeffrey aus der Tür verschwand.

Kelsea kreischte. Sie spürte, wie sich etwas in ihr entfesselte. Das hier war ein Albtraum. Es musste einer sein! Als sie an sich herabblickte, sah sie, dass sie im Fallen mit ihrem linken Fuß in ihrem rechten Schuh gelandet war, der jetzt in einem seltsamen Winkel von ihrem Körper abstand. Allein dies bestärkte sie in der beruhigenden Gewissheit, dass es sich nur um einen bösen Traum handelte. Wieder schob sie William hinter sich und hob die Hände, um den über ihr aufragenden Mann abzuwehren.

»Bitte«, sagte er, während er sich zu ihr herunterbeugte und eine Hand ausstreckte. »Bitte kommt mit. Ich möchte Euch oder Eurem Jungen nicht wehtun.«

Selbst unter dem Ruß wirkte sein Gesicht noch bleich und erschöpft. Er sah aus, als wäre er ungefähr so alt wie Jonarl, vielleicht aber auch ein bisschen älter … Wegen seines ergrauten Haars war sie sich nicht ganz sicher. Er hielt ein Messer in der Hand, aber sie glaubte nicht, dass er es benutzen wollte. Er selbst schien es völlig vergessen zu haben.

»Wo bringt er mein Baby hin?«

»Bitte«, wiederholte er. »Kommt mit. Und kein Laut.«

»Wieso zur Hölle dauert das so lange, Torwache?«, bellte eine heisere Stimme vor dem Haus.

»Ich komme ja schon!«

Mit zuckendem Gesicht wandte er sich wieder an Kelsea. »Bitte, zum letzten Mal: Es gibt keine andere Möglichkeit.«

»William braucht seinen Umhang.«

»Dann aber schnell.«

Sie blickte auf ihren älteren Sohn hinab und sah, dass er sich seine Schuhe bereits übergestreift hatte und seinen Umhang in der Hand hielt. Sie kniete sich vor ihn hin, half ihm beim Anziehen und knöpfte den Umhang mit zitternden Fingern zu. »Das hast du toll gemacht, William. Du warst schneller als Mummy.«

William antwortete nichts, sondern starrte nur auf den Mann mit dem Messer.

»Bitte kommt jetzt.«

Kelsea nahm William bei der Hand und folgte dem Grauhaarigen aus der Tür. Insgeheim verfluchte sie Jonarl, weil er gestorben und sie allein gelassen hatte. Aber natürlich wusste sie, dass das töricht war. Selbst wenn er noch am Leben gewesen wäre – es hätte keinen Unterschied gemacht. Es war Mitte März. Sämtliche Männer aus Haven waren in Neulondon, um mit Weizen zu handeln, wie immer um diese Jahreszeit. Und wie immer hatten sie die Frauen schutzlos zurückgelassen. Darüber hatte sie noch nie nachgedacht. Ihr Dorf war noch nie in solchen Schwierigkeiten gewesen; nicht seit der Invasion. Sie waren viel zu weit von der Mortgrenze entfernt, um Plünderer fürchten zu müssen.

Draußen registrierte Kelsea erleichtert, dass der große Caden Jeffrey vorsichtig im Arm hielt. Der Kleine hatte sich etwas beruhigt, doch das würde nicht lange vorhalten. Hin und wieder gab er ein Schniefen von sich und tastete den Umhang des Mannes nach einer Brust ab. Und wenn er die nicht fand, würde die Schreierei von Neuem beginnen.

»Kommt mit«, sagte der Caden.

»Lasst mich meinen Sohn tragen.«

»Nein.«

Sie öffnete den Mund, um zu protestieren, doch der andere

Mann, der kleinere, griff nach ihrem Arm und drückte ihn sanft. Warnend. Kelsea nahm Williams kleine Hand und folgte dem Caden an den Rand des Dorfs. Am Horizont wurde es heller. Allmählich wurden die Umrisse der Häuser und Ställe um sie herum sichtbar. Grüppchen aus weiteren Frauen und Kindern gesellten sich zu ihnen. Allison und ihre Töchter kamen aus ihrem Haus, und Kelsea konnte sehen, dass ihre Freundin einen Schnitt am Arm hatte und ihre Hände gefesselt waren.

Sie war tapferer als ich, dachte sie unglücklich. Doch die meisten anderen Frauen sahen genauso aus wie sie selbst: betäubt und so verstört, als wären sie gerade erst aus einem Traum erwacht. Stolpernd zog sie William neben sich her. Der Kleine schien nicht zu wissen, wie ihm geschah. Er hatte lediglich begriffen, dass etwas Furchtbares vor sich ging.

Ihre Brust brannte, doch als sie an sich herabblickte, konnte sie nichts entdecken.

Erst als sie bei Johny Taylors Haus um die Ecke bog, begriff sie, was das Ganze zu bedeuten hatte – die unbekannten Männer und die Frauen, die mit ihren Kindern aus ihrem Zuhause gezerrt wurden. Der hohe Käfig hob sich deutlich vor den ersten Sonnenstrahlen ab, ein symmetrischer Scherenschnitt, in dem Menschen auf und ab liefen. Daneben stand ein anderer, noch leerer Käfig, und drum herum warteten Maultiere. Als Kelsea den Blick von ihrem Dorf abwandte, entdeckte sie weitere Käfige, die, in einigen Kilometern Entfernung, in Richtung Mortstraße aufgereiht standen.

Das ist meine Strafe, begriff Kelsea. Sie hatte es nur zweimal miterlebt, dass das Los auf einen Bewohner aus Haven gefallen war. Das Dorf behandelte die Verschifften, als wären sie gestorben. Eine Totenwache wurde abgehalten und gramerfüllt über sie gesprochen. Sie alle hatten den Transport über die Mortstraße viele Male beobachtet, und immer war Kelsea insgeheim dankbar gewesen, dass nicht sie unter den Ausgelosten gewesen war. Sie oder ihr Mann oder ihre Kinder.

Das ist die Strafe für meine Erleichterung.

Wieder wandte sich der Grauhaarige an sie. »Ich brauche jetzt Euren Sohn.«

»Nein.«

»Warum nicht?«

»Das reicht«, sagte eine heisere Stimme. Ein großer, hagerer Mann in einem blauen Umhang tauchte aus der Dunkelheit auf. Im grauen Licht der Dämmerung wirkte sein Gesicht ausgemergelt und erbarmungslos. Kelsea hatte das Gefühl, ihn zu kennen – und dann auch wieder nicht. Instinktiv wich sie zurück und versuchte, ihr Kind vor ihm zu schützen.

»Wir sind nicht dazu da, mit diesen Leuten zu diskutieren, Torwache. Die Zeit drängt. Teil sie auf und dann ab mit ihnen in die Käfige.«

Die Wache griff nach dem Handgelenk ihres Sohnes. William schrie empört auf, woraufhin auch der kleine Jeffrey zu brüllen begann und mit seinen kleinen Fäusten wütend auf den Umhang des Caden eintrommelte. Kelsea versuchte, William an sich zu ziehen, doch der Mann war zu stark, und der Junge schrie vor Schmerz. Wenn sie ihn nicht losließ, würden sie ihn noch entzweireißen. Sie zwang sich, von ihm abzulassen, und begann nun selbst, wie am Spieß zu schreien.

»Lady! Lady, wacht auf!«

Jemand packte sie an der Schulter und schüttelte sie, doch sie wollte zurück zu William, der zu einem der Käfige gezerrt wurde. Es war ein Kinderkäfig, wie sie jetzt bemerkte, in dem sich zahlreiche kleine Gestalten weinend aneinanderdrängten. Der große Caden wandte sich ab und ging mit Jeffrey im Arm davon. Kelsea schrie, schrie ohne Worte, und sie konnte nicht aufhören. Sie hatte eine kräftige, klare Stimme, weswegen man sie in der Kirche oft Soli singen ließ und die nun immer lauter wurde. Es waren schreckliche Schreie, die da über die Almontebene hallten.

»Kelsea!«

Sie spürte, wie ihr jemand ins Gesicht schlug. Kelsea blinzelte und verstummte abrupt. Als sie die Augen öffnete, sah sie Pen auf ihrem Bett sitzen, der sich links und rechts von ihr mit den Händen abstützte. Um sie herum war wieder die vertraute Behaglichkeit ihres Zimmers und der warme Schein des Feuers, das im Kamin prasselte. Pens dunkles Haar war vom Schlafen verstrubbelt, und er trug kein Hemd. Als sie seine muskulöse, wohlproportionierte und erst mit wenig Haar bewachsene Brust vor sich sah, verspürte sie den plötzlichen, unerklärlichen Drang, mit den Fingern darüberzustreichen. Plötzlich merkte sie, wie etwas ihre Haut versengte.

Die Käfige!

Ihre Augen weiteten sich, und sie setzte sich ruckartig auf. »O Gott.«

Mace stürzte mit gezogenem Schwert ins Zimmer. »Was zur Hölle ist hier los?«

»Nichts, Sir. Sie hatte bloß einen Albtraum.«

Kelsea schüttelte den Kopf und sagte: »Lazarus. Weckt die anderen auf.«

»Aber warum denn um Himmels willen?«

Kelsea stieß Pen beiseite, schlug die Bettdecke zurück und erhob sich. Ihr Saphir sprang aus dem Ausschnitt ihres Nachthemds und tauchte den Raum in ein gleißend blaues Licht. »Weckt sie, *sofort*. Wir müssen noch in dieser Stunde aufbrechen.«

»Und wohin, wenn ich fragen darf?«

»In die Almontebene. Zu einem Dorf namens Haven. Vielleicht ganz bis zur Mortgrenze, ich weiß es nicht. Aber wir haben keine Zeit zu verlieren.«

»Wovon zur Hölle redet Ihr? Es ist vier Uhr früh.«

»Thorne ist hinter meinem Rücken einen Handel eingegangen. Er ist auf dem Weg nach Mortmesne, und er hat Tearsklaven im Schlepptau.«

»Woher wollt Ihr das wissen?«

Es war, als würde eine Sicherung in ihrem Kopf durchbrennen, einfach so, und Kelsea hatte nicht das Gefühl, noch allzu viele übrig zu haben. »Verdammt, Lazarus, ich *weiß* es einfach!«

»Lady, Ihr hattet einen Albtraum«, sagte Pen beharrlich. »Vielleicht solltet Ihr einfach wieder ins Bett und …«

Kelsea zog ihr Nachthemd aus und verspürte eine gehässige Befriedigung, als sich Pens Wangen röteten und er sich abrupt zur Wand umdrehte. Sie ging zu ihrer Kommode. Andalie, die wieder einmal aus dem Nichts aufgetaucht zu sein schien, hielt ihr eine schwarze Hose hin.

»Lady«, sagte Mace langsam und im gleichen Tonfall, den er bei einem bockigen Kind anschlagen würde. »Es ist mitten in der Nacht. Ihr könnt jetzt nirgendwo hingehen.«

Noch eine Sicherung. »Denkt nicht mal daran, mich aufzuhalten, Lazarus.«

»Es war ein *Traum*.«

Ruhig und mit fester Stimme ergriff Andalie das Wort: »Die Königin muss gehen.«

»Seid ihr beide völlig verrückt geworden? Was soll das?«

»Sie muss gehen. Ich kann es sehen. Es gibt keinen anderen Weg.«

Als Kelsea sich fertig angezogen hatte, merkte sie, dass sich ihr Saphir schon wieder aus dem Ausschnitt ihres Oberteils befreit hatte und den Raum hell erleuchtete. Mace und Pen versuchten, ihre Augen vor dem Licht zu schützen. Kelsea musste nicht einmal blinzeln. Als sie den Saphir hochhielt, entdeckte sie plötzlich ein Gesicht darin: eine wunderschöne Frau mit dunklem Haar und scharfen, kalten Augen. Sie hatte hohe, geschwungene Wangenknochen und ein kantiges, grausam wirkendes Gesicht. Sie warf ihr ein verführerisches Lächeln zu und verschwand. Zurück blieb nichts als ein im Schein der Fackeln hell strahlendes Aquamarinblau.

Einen Moment lang fragte sich Kelsea, ob sie eventuell verrückt geworden war. Doch das erschien ihr zu einfach. Wenn sie verrückt wäre, wäre die reale Welt nicht so wichtig für sie. Der Tag auf dem Festungsrasen war das Einzige, was ihr Halt gab, und wenn trotz ihres Erlasses eine Lieferung nach Mortmesne vonstattenging, wäre die Königin nichts als eine Lachnummer, und alles, was sie zu erreichen versuchte, wäre zum Scheitern verurteilt.

»Andalie hat recht, Lazarus. Ich muss gehen.«

Mace wirbelte zu Andalie herum und ätzte: »Gut gemacht.«

»Gern geschehen.«

Der leichte Mortakzent in ihren Worten überraschte Kelsea. Er war ihr noch nie an Andalie aufgefallen.

»Ihr schenkt nur Euren eigenen Gaben Beachtung. Die der anderen interessieren Euch nicht«, fuhr ihre Zofe fort.

»Eurer sogenannten Gabe haftet nichts Beständiges an. Nicht mal die Seherin der Roten Königin konnte sämtliche Ereignisse vorhersagen.«

»Und wie, glaubt Ihr, wird diese Sache hier ausgehen, Captain?«

»*Ruhe!*«, rief Kelsea ärgerlich. »Wir werden uns gemeinsam auf den Weg machen. Lazarus, ein paar Wachleute müssen bei den Frauen und Kindern bleiben.«

»Hier geht niemand irgendwohin«, knurrte Mace, während

er sie grob am Arm packte. »Ihr hattet einfach nur einen Albtraum, Majestät.«

»Er hat recht, Lady«, sagte Pen. »Warum legt Ihr Euch nicht wieder ins Bett? Morgen früh sieht die Welt schon ganz anders aus.«

Mace nickte zustimmend und trug wieder jene besorgte Miene zur Schau, für die Kelsea ihn am liebsten geohrfeigt hätte. Sie fletschte die Zähne. »Lazarus, dies ist ein Befehl der Königin. Wir werden aufbrechen.«

Als sie erneut zur Tür ging, stürzten ihr diesmal beide Männer nach. Mace packte sie am Arm und Pen um die Taille. Kelsea verlor die Beherrschung. Es war, als würde etwas in ihrem Kopf implodieren. Mit aller Kraft stieß sie die beiden von sich und spürte, wie ihr Zorn wellenartig aus ihr herausströmte. Ihre Gardisten flogen in hohen Bogen nach hinten. Pen landete unsanft am Fuß des Bettes. Mace prallte an der Wand ab und fiel zu Boden. Beide erholten sich rasch, setzten sich auf und starrten sie ungläubig an. Ihre Gesichter waren in blaues Licht getaucht. Andalie wich zurück und drückte sich an den Toilettentisch.

»Ich zwinge niemanden, mich zu begleiten«, sagte Kelsea. Sie war erleichtert, dass ihre Stimme fest klang. »Aber versucht nicht, mich aufzuhalten. Ich bin wirklich nicht darauf aus, jemandem von Euch wehzutun, aber wenn es sein muss, werde ich genau das machen.«

Ratlos blickten Mace und Pen einander an. Kelsea fragte sich, was passiert wäre, wenn sie ihren Saphir nicht bei sich gehabt hätte. Wahrscheinlich hätten die beiden sie in ihr Zimmer gesperrt und gewartet, bis sie sich beruhigte, so wie Carlin früher. Kelsea suchte nach dem verschütteten Zorn in sich und merkte, dass er immer noch in ihrem Inneren schlummerte. Hatte sie sich einst wirklich für ihre Wut geschämt? Jetzt erschien sie ihr wie ein Geschenk, das sich auf eigentümliche Weise in ihrem Saphir widerspiegelte. Zweifellos konnte sie auch gefährlich werden … Wäre sie nur ein kleines bisschen zorniger gewesen, hätten Pen und Mace ein paar ernsthafte Verletzungen davongetragen.

Pen fasste sich als Erster. »Wenn Ihr das wirklich wollt, Lady, sollten wir nicht als Königinnen-Garde aufbrechen, sondern uns in die Uniform der Armee kleiden. Uns als Offiziere niederen Ranges maskieren.«

Mace nickte langsam. »Und Ihr müsst Euch die Haare abschneiden, Majestät. Die ganze Pracht. Sie dürfen Euch nur noch bis zum Nacken reichen.«

Kelsea atmete erleichtert aus. Zumindest Mace' Unterstützung würde sie brauchen. Sie wusste ja nicht einmal, wo ihr Pferd stand, geschweige denn, wo die Vorräte aufbewahrt wurden. Andalie verließ das Zimmer.

»Ohne Euer Haar«, sagte Mace mit einem bösartigen Unterton in der Stimme, »dürftet Ihr keine Probleme haben, als Mann durchzugehen.«

»Natürlich«, erwiderte Kelsea. *Ein Test,* dachte sie mit einem Hauch Nostalgie. *Es ist alles nur ein Test.* »Sonst noch was?«

»Nein, Lady.« Mace ging nach draußen, schloss die Tür hinter sich und feuerte nach links und rechts Befehle ab. Seine tiefe, wütende Stimme drang durch die dicken Wände zu ihnen herein.

Pen machte es sich in einer Ecke bequem und ignorierte Kelseas starren Blick. Sie begriff durchaus, wie das Ganze auf die Männer wirken musste und doch … Wie konnte es sein, dass die beiden ihr nicht zutrauten, einen Albtraum von einer echten Vision zu unterscheiden? Noch dazu eine, die so viel realer gewesen war als jeder Traum? Sie hatte sogar Gänsehaut von der kalten Morgenluft bekommen. War das dort draußen in der Almontebene eine real existierende Frau? Und ein echter Vogel im Flug über die Mortarmee?

Kelsea hatte keinen Beweis, und dennoch vertraute sie ihren Visionen bedingungslos. Und sie hatte ja auch keine andere Wahl. Sie hätte wohl auch Verständnis für Pens Sichtweise haben sollen – aber sie wollte es nicht.

Du hättest mir glauben sollen, dachte sie, während sie ihn mit zusammengezogenen Augenbrauen anstarrte. *Mein Wort hätte dir genügen müssen.*

Andalie kam mit einem kleinen Handtuch und einer Schere zurück. Kelsea griff nach der Tiara auf ihrem Toilettentisch und besann sich dann eines Besseren. Falsche Krone oder nicht, so langsam hatte sie sich richtig an das Ding gewöhnt. Aber sie würde es hierlassen müssen.

»Setzt Euch, Lady.«

Kelsea tat, wie ihr geheißen, und Andalie machte sich daran, ihre dicken Haarsträhnen eine nach der anderen abzuschneiden. »Ich habe meinen Kindern jahrelang die Haare geschnitten. Wir konnten uns keinen Barbier leisten.«

»Warum hast du ihn geheiratet, Andalie?«

»Wir treffen unsere Entscheidungen nicht immer allein.«

»Hat dich jemand dazu gezwungen?«

Ihre Zofe schüttelte den Kopf und lachte freudlos in sich hinein. Dann beugte sie sich zu Kelsea hinunter und fragte: »Wer ist der Mann, Majestät? Ich habe sein Gesicht viele Male in Euren Gedanken gesehen. Der Dunkelhaarige, der wie ein Schlangenbeschwörer lächelt?«

Kelsea wurde rot. »Niemand von Bedeutung.«

»Aha. Niemand.« Andalie griff nach einer Strähne über Kelseas linkem Ohr und schnitt sie ab. »Er bedeutet Euch viel, und ich sehe, dass Ihr Euch dafür schämt.«

»Ja und?«

»Habt Ihr Euch Eure Gefühle für diesen Mann bewusst ausgesucht?«

»Nein«, gab Kelsea zu.

»Und dennoch hättet Ihr Euch niemand Ungeeigneteren aussuchen können, nicht wahr?«

Kelsea nickte resigniert.

»Wir haben nicht immer eine Wahl, Majestät. Manchmal können wir einfach nur versuchen, das Beste aus unseren Entscheidungen zu machen.«

Kelsea fühlte sich nicht getröstet, im Gegenteil. Eine abgrundtiefe Leere breitete sich in ihr aus. Sie saß noch eine Weile reglos auf ihrem Stuhl und starrte düster auf den größer werdenden Haufen dunklen Haars auf dem Boden. Obwohl sie wusste, dass sie dem Fetch nichts bedeutete, war sie die ganze Zeit über von einer leisen Hoffnung angetrieben worden. Doch jetzt war ihr, als stehe der Akt des Haareschneidens für den Übergang in ein chancenloses Land, als würde sie eine letzte Brücke überqueren.

Ein Gardist klopfte an der Tür, trat auf Pens Geheiß hin ein und legte eine schwarze Uniform auf Kelseas Bett. Bei ihrem Anblick weiteten sich seine Augen, doch als sie ihn unverwandt anstarrte, zog er sich rasch wieder zurück. Pen ließ sich in ihrem Sessel nieder und schien fest entschlossen, sie nicht anzusehen. Andalie bedeutete ihr, sich vornüberzubeugen und schnitt ihr mit ein paar geübten Bewegungen die letzten langen Haarsträhnen ab. Als Kelsea sich aufrichtete, begutachtete die Zofe ihr Werk. »Das sollte fürs Erste reichen, Lady. Ein professioneller Barbier kann das später noch begradigen.«

Kelseas Kopf fühlte sich leichter, ja beinahe schwerelos an. Sie nahm all ihren Mut zusammen und blickte in den Spiegel. Andalie hatte ihre Sache gut gemacht. Es war ein hübscher Schnitt, fast genau wie der von Coryn. Wie eine enge Kappe legte sich ihr Haar um ihren Kopf. Eine andere Frau, eine mit einem ebenmäßigen Elfengesicht hätte vielleicht sogar richtig gut ausgesehen, doch Kelsea hatte das Gefühl, gleich in Tränen ausbrechen zu müssen. Ein junger Mann starrte ihr aus dem Spiegel entgegen, einer mit vollen Lippen und schönen grünen Augen. Aber eben doch ein Mann.

»Scheiße«, murmelte sie. Sie hatte das Wort schon einige Male von ihren Wachen gehört, doch erst jetzt verstand sie seine Bedeutung. Es drückte genau aus, was sie fühlte, besser als tausend andere Worte.

»Kommt, Lady. Als Nächstes ist die Kleidung dran.« In den Augen ihrer Zofe lag Mitleid.

»Werden wir Erfolg haben, Andalie?«

»Das weiß ich leider nicht. Aber Ihr müsst trotzdem gehen.«

DRITTES BUCH

12

Die Lieferung

FRAGE: Ein versteckt lebendes Mädchen mit einer falschen Krone – wer ist das?
ANTWORT: Eine Wahrhafte Königin.

Das Tearbuch der Rätsel

Sie verließen den Königinnen-Trakt bei Sonnenaufgang durch einen von Mace' geheimen Tunneln, der erst durch einen finsteren Gang und schließlich zu einer schier endlos abwärtsführenden Treppe führte. Wie im Traum setzte Kelsea einen Fuß vor den anderen. Der Stein ließ sie keinen klaren Gedanken fassen. Zahllose Gesichter erschienen vor ihrem geistigen Auge: das von Arlen Throne und das des Fetch. Das der Frau mit den kalten Augen und den hohen Wangenknochen.

Als sie die Zugbrücke überquerten, hatte Kelsea keinen Zweifel mehr: Jene Frau war die Rote Königin. Woher sie das wusste, konnte sie nicht sagen.

Sie hatte angenommen, dass es sie über alle Maßen beglücken würde, endlich wieder hinaus in die Natur zu dürfen, doch der Stein ließ keine Freude zu. Als sie Neulondon hinter sich gelassen hatten und sicher sein konnten, dass ihnen niemand folgte, begann er, an Kelsea zu zerren. Anders konnte man es nicht beschreiben. Eine beinahe physische Kraft schien von ihm auszugehen, als hätte ihr jemand ein Seil um den Brustkorb gebunden. In einer schnurgeraden Linie zog er sie nach Osten. Wenn Kelsea eine andere Richtung einschlagen wollte, begann er zu glühen, und ihr wurde so schrecklich schlecht, dass sie sich kaum noch auf dem Pferd halten konnte.

Sie konnte diesen Zustand nicht lange vor Pen geheim halten, und er bestand darauf, Mace zu informieren. Wenig später machte ihr Trupp auf einem niedrigen Hügel Rast, der sanft zum Ufer des Crithe hin abfiel, um die Pferde trinken zu lassen. Bis auf Galen und Cae, die auf Mace' Anweisung hin den Trakt der Königin bewachten, waren all ihre Gardisten anwesend und standen oder saßen jetzt am Ufer. Kelsea hatte keine Ahnung, was Mace mit ihnen besprochen hatte, doch es konnte nichts Gutes gewesen sein. Immer wieder hatte sie die skeptischen Blicke der Männer aufgefangen, und besonders Dyer wirkte noch immer, als hätte er in eine Zitrone gebissen. Als sie sich mit Mace und Pen für eine private Unterredung auf die andere Seite des Hügels zurückzog, hörte sie ihn »verdammte Zeitverschwendung« murmeln.

Kelsea holte die Kette unter ihrer Uniform hervor. Der Stein erstrahlte in einem so hellen Licht, dass sich die Männer eine Hand über die Augen legen mussten.

»Wo führt sie Euch hin?«, wollte Pen wissen.

»Nach Osten.«

»Warum nehmt Ihr sie nicht einfach ab?«, fragte Mace.

Kelsea hob die Hand an ihren Hals, um den Verschluss zu öffnen. Ein seltsamer Widerwille überkam sie. Als sie die Kette abgelegt hatte, fühlte sie sich ausgelaugt. Ein schreckliches Gefühl, als würde ihr jemand Energie abzapfen.

»Du lieber Himmel, sie wird kalkweiß.«

»Sie kann sie nicht abnehmen, Sir«, sagte Pen kopfschüttelnd und hing sie ihr wieder um. Ein Gefühl der Erleichterung durchströmte Kelsea, fast wie eine Betäubung.

Was geschieht mit mir?

»Du liebes bisschen, Pen«, murmelte Mace entnervt. »Was zur Hölle sollen wir mit diesem magischen Ding anfangen?«

»Wir könnten der Königin folgen, Sir. Es muss ja niemand wissen, wer uns die Richtung vorgibt.«

»Sei's drum, mir fällt nichts Besseres ein«, grummelte Mace, während er Kelsea irritiert musterte. »Aber wir werden noch in Schwierigkeiten kommen, das sage ich euch. Die Männer sind sowieso schon sauer, dass wir so weit geritten sind.«

Kelsea schüttelte den Kopf. »Ich weiß, dass Ihr mir nicht glaubt, Lazarus, und im Moment ist mir das ziemlich egal. Aber vergessen werde ich es nicht, darauf könnt Ihr Gift nehmen.«

»Macht das, Lady. Macht das.«

Kelsea ließ den Saphir unter ihrer Uniform verschwinden, während sie, Pen und Mace die Anhöhe langsam wieder hinaufstiegen. Sie legte sich eine Hand über die Augen, um sie vor der Sonne abzuschirmen. Das blaue Band des Crithe wand sich nach Osten. Der südlicher liegende Caddell war hingegen kaum zu sehen. Beide Flüsse verliefen beinahe parallel zueinander, doch während sich der Crithe in engen Schlangenlinien durch die Landschaft wand, floss der Caddell in sanften Kurven dahin. Nirgends eine Spur von Thorne, aber Kelsea ließ sich nicht entmutigen. Der Saphir würde sie weiterziehen, immer weiter, so lange, bis sie am Ziel war.

Mace griff nach den Zügeln seines Pferds, die Wellmer ihm hinhielt, und sagte beiläufig: »Von jetzt an führt uns die Königin. Wir folgen ihr.«

Ein mürrisches Raunen ging durch die Gruppe. Dyer schürzte die Lippen und seufzte vielsagend. Doch dabei blieb es, niemand gab Widerworte. Der Trupp setzte seine Reise fort, und Kibb und Coryn unterhielten sich über die Qualität ihrer Pferde. Bis auf Mace und Dyer schienen sich alle damit abgefunden zu haben, irgendeinen albernen Auftrag erledigen zu müssen, so als hätte es sich Kelsea in den Kopf gesetzt, eine Vergnügungsfahrt auf dem Crithe zu unternehmen.

Von mir aus. Solange ich ans Ziel komme …

»Wir sollten uns aufteilen, Lady«, schlug Mace leise vor. »Wir könnten Euch mit vier oder fünf Männern weiterziehen lassen und …«

»Nein«, entgegnete Kelsea und umklammerte ihren Saphir. »Versucht es gar nicht erst, Lazarus. Es würde mich verrückt machen, wenn wir jetzt vom Kurs abweichen.«

»Vielleicht seid Ihr ja bereits verrückt, Majestät, ist Euch das schon mal in den Sinn gekommen?«

Ja, das war es, doch diese Genugtuung würde sie Mace nicht geben. Sie griff nach ihren Zügeln und lenkte ihr Pferd weiter nach Osten. Das Tier sollte sich seinen Weg allein suchen. Sofort ließ der Druck auf ihre Brust nach, und sie schloss erleichtert die Augen.

Am nächsten Tag stießen sie auf tiefe Furchen, die riesige Räder in die Mortstraße gegraben haben mussten. Abrupt ließ Mace sein Pferd anhalten. Kelsea empfand eine gehässige Freude angesichts seiner Überraschung. Hin und wieder kamen die Spuren von der Straße ab und zogen sich quer über die Felder, doch sie waren immer deutlich zu erkennen. Kelsea wusste, wo Thorne hinwollte: auf direktem Weg zum Argivepass, auf derselben Route, die auch die normalen Lieferungen bisher genommen hatten. Es gab auch andere Übergänge über die Grenze, aber hinter dem Argivepass lag der Hügel Pike, und der wiederum fiel direkt nach Demesne ab. Thorne schien auf Schnelligkeit zu setzen, also musste Kelsea es ihm gleichtun.

Als ihre Garde gegen Abend ein Lager aufschlagen wollte, erklärte sie entschlossen, die Männer könnten gerne rasten, sie hingegen würde weiterreiten. Also mussten die Gardisten wohl oder übel auf ihre Nachtruhe verzichten – eine Tatsache, die Kelsea keine Sympathie einbrachte, doch das war ihr egal. Sie war eine Getriebene, getrieben von dem blauen Feuer in ihrem Kopf, das mit jeder Stunde höher zu lodern schien.

In der zweiten Nacht befahl Mace seinen Leuten anzuhalten. Kelsea widersprach nicht, denn sie drohte vor lauter Müdigkeit aus dem Sattel zu fallen. Sie schlugen ihr Lager in einem riesigen Feld voller Wildblumen direkt neben dem Crithe auf. Kelsea hatte noch nie etwas Vergleichbares gesehen. Wie ein Meer erstreckte sich das Feld in weite Fernen, gesprenkelt in den Farben des Regenbogens. Die Blumen rochen nach Erdbeeren, und das Gras war so weich, dass die Soldaten sich nicht die Mühe machten, ihre Zelte aufzustellen, sondern ihre Schlafmatten einfach direkt in die Wiese legten. Kelsea, die eigentlich gedacht hatte, dass ihr Kopf sie weiterhin quälen und sie sich stundenlang von einer Seite auf die andere wälzen würde, schlief augenblicklich ein.

Als sie aufwachte, fühlte sie sich wunderbar erholt. Sie pflückte ein paar Blumen, die ihr als Glücksbringer dienen sollten, und steckte sie in ihren Umhang. Auch ihre Gardisten schienen gut gelaunt in den Tag gestartet zu sein, denn die meisten behandelten sie wieder wie früher und riefen ihr Scherze zu, während sie neben ihr herritten. Selbst Mhurn, der sie seit dem Vorfall während der Audienz gemieden hatte, ließ sich im Laufe des Morgens auf eine Höhe mit ihr zurückfallen.

»Schön, Euch zu sehen.«

»Lady.«

»Wollt Ihr mir die Sache auch ausreden?«

»Nein«, erwiderte Mhurn kopfschüttelnd. »Ich weiß, dass Ihr die Wahrheit sagt.«

Überrascht blickte Kelsea auf. »Ach ja?«

»Mhurn!«, bellte Mace an der Spitze der Truppe. »Komm sofort her!«

Der Wachmann gab seinem Pferd die Sporen und ritt wieder nach vorne. Kelsea wandte den Kopf zur Seite und fühlte eine verhaltene Wut in sich aufsteigen, als sie sah, dass Pen nun neben ihr ritt. Er hatte seine Hand am Schwert und die Stirn gerunzelt. Sie wünschte, sie könnte ihm die Szene in ihrem Zimmer verzeihen, doch es gelang ihr nicht. Von all ihren Gardisten hätte gerade er ihr glauben müssen, wo er doch wusste, dass sie nicht zur Hysterie neigte. Pen schien ihre Wut zu spüren und warf ihr einen aufsässigen Blick zu.

»Ja, Lady?«

»Wenn Mace den anderen verboten hätte, mich zu begleiten, wärt Ihr dann mit mir gekommen?«

»Ich habe einen Schwur geleistet, Majestät.«

»Ja, aber die Frage ist, wen Ihr dabei im Sinn hattet. Was würdet Ihr tun, wenn Ihr Euch zwischen dem Captain und mir entscheiden müsstet?«

»Zwingt mich nicht zu einer Antwort, Lady.«

»In Ordnung. Nicht heute. Aber entweder Ihr vertraut mir, oder Ihr lasst es bleiben. Sollte Letzteres der Fall sein, will ich einen anderen Leibwächter.«

Verletzt starrte Pen sie an. »Lady, ich habe doch nur an Eure Sicherheit gedacht.«

Kelsea wandte sich ab. Sie war wütend auf ihn, wütend auf all ihre Gardisten … außer vielleicht auf Mhurn. Seit ihrer

Ankunft auf der Festung war über ein Monat vergangen. Viele der Männer hatten Gelegenheit gehabt, sie näher kennenzulernen, und doch hatte sich nichts geändert. Sie war noch immer das Mädchen, das man wie ein Gepäckstück bei Barty und Carlin abgeholt hatte, das Mädchen, das nicht reiten konnte und kaum in der Lage war, sein Zelt allein aufzubauen. Die Männer gehorchten Mace. Sein Wort zählte, und auch er hatte sie wie ein eigenwilliges Kind behandelt. Als Pen erneut das Wort an sie richtete, antwortete sie nicht.

Je weiter der Tag voranschritt, desto heftiger zerrte der Saphir sie Richtung Osten. Es war nun nicht mehr nur ein körperlicher Drang – Kelsea schien wie besessen. Irgendetwas in ihrem Kopf trieb sie an, ohne sich darum zu kümmern, ob der Rest ihres Körpers folgen konnte. Ihre Brust pulsierte, der Saphir pulsierte. Der Stein und ihre Wut schienen sich gegenseitig anzustacheln und alle Grenzen zu sprengen, bis Wellmer den Tross gegen Mittag anhalten ließ.

Sie befanden sich auf einer sanften Anhebung, auf der Weizen und purpurfarbene Blumen wuchsen. Am östlichen Horizont erhoben sich die beiden mächtigen Berge Ellyre und Willingham. Dazwischen verlief ein tiefes blaues V, die Klamm des Argivepasses. Wellmer deutete auf den Fuß der Berge, wo die Mortstraße in eine Reihe von Haarnadelkurven überging.

»Dort, Lady.«

Die gesamte Gruppe richtete sich in ihren Steigbügeln auf, und Kelsea reckte den Hals, um besser sehen zu können. In ungefähr fünfzehn Kilometern Entfernung kroch ein länglicher, schwarzer Schatten über das Vorgebirge.

»Das muss eine Felsspalte sein«, murmelte Dyer.

»Nein, Sir«, erwiderte der bleiche Wellmer und wandte sich zu Kelsea um. »Es sind Käfige, Majestät, hintereinander aufgereiht. Ich kann sogar die Gitter erkennen.«

»Wie viele?«

»Acht.«

»Quatsch!«, brüllte Elston von hinten. »Wie zur Hölle soll Thorne heimlich neue Käfige gebaut haben?«

»Das spielt jetzt keine Rolle mehr. Was geschehen ist, ist geschehen.« Kelsea fühlte Mace' Blick auf sich ruhen. Sie erwiderte ihn nicht. Zu ihrer Rechten starrte Pen mit mahlenden Kiefern ins Vorgebirge. »Wir müssen sie einholen, bevor sie den Argivepass hinter sich lassen. Bestimmt warten dort Mortsoldaten auf sie, um sie nach Demesne zu eskortieren.«

»Woher wollt Ihr das wissen, Majestät?«, fragte Dyer. Er klang erstaunlich kleinlaut, und fast hätte man meinen können, seine Frage sei ehrlich gemeint.

»Ich weiß es einfach.«

Die Männer wandten sich zu Mace um. Noch vor einer Stunde wäre Kelsea wütend geworden, doch jetzt konnte sie einfach nur auf die Karawane starren, die sich in der Ferne langsam den Berg hinaufkämpfte. Mindestens einer dieser Käfige war mit Kindern gefüllt.

»Ich möchte mich entschuldigen, Majestät«, sagte Mace und vermied es, Kelsea anzusehen. »Thorne hat mich schon wieder überlistet. Zum letzten Mal, das verspreche ich.«

Statt einer Antwort trieb Kelsea ihr Pferd an. Sie fixierte die dunkle Linie und bemühte sich, nicht darüber nachzudenken, wie das wohl alles enden würde.

Nach Osten, dröhnte die Stimme in ihrem Kopf, die aus allen erdenklichen Richtungen zu kommen schien. Kelsea konnte sie förmlich auf ihrer Haut spüren. »Lasst uns weiterreiten. Bis zum Einbruch der Nacht müssen wir sie einholen.«

»Haben wir einen Plan, Lady?«, fragte Dyer.

»Natürlich.« Sie hatte keinen Plan. »Kommt, es dämmert bald.«

Als sich Javel über die Stirn wischte, war seine Hand feucht vom Schweiß. Es war untypisch heiß für diese Jahreszeit, und die Maultiere anzutreiben grenzte an Schwerstarbeit. Thorne hatte sie durch die Almontebene reiten lassen, um größeren Dörfern und Städten auszuweichen. Ein vernünftiger Gedanke. Allerdings waren vor allem die kleineren Straßen schon lange nicht mehr repariert worden und in einem schlechten Zustand. Als sie die Quelle und damit das Ende des Crithe erreichten, merkte Javel, wie ihn das Unbehagen an der gesamten Aktion zu überwältigen drohte. Doch beim Gedanken an Allie marschierte er weiter stur geradeaus.

Die Gefangenen in den Käfigen gaben keine Ruhe, und man konnte es ihnen nicht verdenken. In Neulondon hatte Javel nicht daran gedacht, wie es sein würde, ihr ständiges Flehen ertragen zu müssen. Selbst Thorne dürfte nicht damit gerechnet haben, aber da er nun mal war, wie er war, interessierte es ihn vermutlich auch nicht weiter. Durch die Gitterstäbe sah Javel, wie er vor ihm herritt und sein Pferd so gleichmütig lenkte wie ein König auf dem Weg zu einem Picknick. Javel zog einen Flachmann aus der Tasche und nahm einen kräftigen Schluck Whiskey, der angenehm in seiner Kehle brannte. Thorne würde ihm die Hölle heißmachen, wenn er ihn erwischte, doch das war Javel inzwischen egal. Er hatte drei volle Flaschen in seine Satteltaschen gepackt und wusste, dass er sie noch vor Ablauf der Reise austrinken würde.

Thorne ließ jeden Käfig von vier Männern bewachen. Neben Lord Tare wurden sie von weiteren Adeligen und einem guten Teil der Teararmee begleitet. Die Brüder Baedencourt hatten noch zwei andere Caden aufgetan, Dwyne und Avile, beides geübte Kämpfer, mit denen sich der Rest der Gruppe sicherer fühlte. Dennoch, für Verschwörer hatten sie allesamt ein seltsam distanziertes Verhältnis zueinander. Ein gemeinsames

Anliegen hatte sie zusammengeführt, eine Gruppe Wanderer, die in der Wüste von Cadare gestrandet war. Sie hatten wenig füreinander übrig, und sie respektierten sich auch nicht. Bruder Matthew und Alain, der kleine Taschendieb, empfanden gar eine tiefe Abneigung gegeneinander. Lord Tare hatte sich von Beginn an von der Gruppe abgesondert und ritt als Späher voraus. Und Javel – er hasste die Baedencourt-Brüder geradezu, denn sie taten nicht einmal so, als würden sie sich bemühen, die Reise nüchtern zurückzulegen.

Die letzten Tage hatte Javel immer ein Auge auf seinen Käfig gehabt und das andere auf Keller, der ihm zunehmend größere Sorgen bereitete. Bislang hatten sie zwölf Dörfer entlang des Crithe überfallen. Da dort kaum noch junge Männer lebten, waren sie auf wenig Widerstand gestoßen. Javel hatte Keller immer wieder für längere Zeit in Häusern und Hütten verschwinden sehen, und offensichtlich war er mit den Frauen, insbesondere mit den jungen, nicht gerade zimperlich umgegangen. Ihre Kleider hatten anschließend in blutbefleckten Fetzen an ihnen herabgehangen. Der Torwächter hatte überlegt, mit Thorne zu sprechen und ihn zu fragen, ob ihre Ware nicht an Wert verlor, wenn man sie derart zurichtete. Doch er hatte keine Gelegenheit dazu gehabt, und irgendwann hatte er seine Abscheu einfach runtergeschluckt. Er hatte ja sowieso schon so viel schlucken müssen. Alles war so erschreckend einfach. In seinem Kopf fiel eine Schranke nach der nächsten, wie Sandburgen während einer Flut, und er fürchtete, eines Morgens aufzuwachen und feststellen zu müssen, dass er zu Arlen Thorne geworden war, so verdorben, dass alles akzeptabel schien.

Allie.

Obwohl die Dörfer so abseits lagen, dass niemand in der Kürze der Zeit einen Verfolgungstrupp auf die Beine hätte stellen können, hatte Thorne auf zusätzlichen Wachen bestanden. Zum Glück, wie Javel jetzt zugeben musste. Der Regen der letzten Tage hatte den Crithe anschwellen lassen, und sie konnten jede zusätzliche Hand gebrauchen, um die Käfige über die Bethfurt zu transportieren. Abgesehen davon konnte man nie vorsichtig genug sein: Die Käfige waren bei Weitem nicht so stabil wie die ursprünglichen – allein aus Holz gefertigt, würden sie nur wenige Transporte aushalten.

»Bitte«, wimmerte eine Frau so nah neben Javel, dass er erschrocken zusammenzuckte. »Meine Söhne. Bitte. Dürfen sie zu mir?«

Er schloss die Augen. Die Kinder waren das Schlimmste, jedes Mal, bei jeder Lieferung. Thorne hatte gesagt, der Roten Königin seien sie am liebsten. Javel selbst hatte ein paar in den Dörfern eingefangen. In Lowell zwei kleine Mädchen, in Haven ein Kleinkind und ein Baby und in Haymarket einen winzigen Säugling, den er direkt aus seiner Wiege genommen hatte. Javel dankte Gott, dass er ihre Käfige – die Nummer vier und fünf – nicht bewachen musste. Es reichte ja schon, dass er die Kleinen in einem fort wimmern hörte. Die Babys, besonders die, die noch nicht abgestillt waren, hatten während der ersten beiden Reisetage beinahe ununterbrochen geschrien. Inzwischen waren sie verstummt, ebenso wie der Rest der Gefangenen. Wahrscheinlich waren ihre Kehlen zu trocken für weitere Wehklagen. Da Thorne sich nicht zu viel Gewicht hatte aufhalsen wollen, hatte er gerade genug Wasser für seine Männer und die Maultiere mitgenommen.

Im Moment brauche ich dich noch, dachte Javel, während er den Zensor durch das Gitter des Käfigs anstarrte. *Aber sollte ich dich je allein erwischen, nur ein einziges Mal in einer dunklen Nacht im Gut … dann lasse ich mich nicht mehr zum Narren halten.*

»Bitte«, krächzte es neben ihm erneut. »Mein Baby. Der Kleine ist erst fünf Monate alt.«

Wieder schloss Javel die Augen und wünschte, er hätte die Frau in einen anderen Käfig gesteckt. Sie war blond, genau wie Allie, und als er ihr ihren Sohn entrissen hatte, war eine schreckliche Gewissheit in ihm aufgekeimt: Seine Frau konnte ihn sehen. Alles, was er getan hatte. Die Gewissheit war schwächer geworden, als die Karawane weitergezogen und die Morgendämmerung in den Tag übergegangen war, doch das Gefühl hatte ein Problem aufgeworfen, mit dem er sich bislang noch nicht auseinandergesetzt hatte: Wie sollte er Allie ihre plötzliche Freilassung erklären? Sie war eine rechtschaffene Frau und würde lieber sterben, als sich die Freiheit mit dem Leid anderer zu erkaufen. Was würde sie sagen, wenn sie von dem Handel erfuhr, auf den er sich eingelassen hatte?

Als Javel zehn Jahre alt war, hatte ihn sein Vater zum Schlachthof mitgenommen, wo er arbeitete, ein niedriges Gebäude aus billigem Holz. Vielleicht hatte er gedacht, sein Sohn würde irgendwann in seine Fußstapfen treten wollen, doch das Gegenteil war der Fall gewesen. Die Stiere, Dutzende von ihnen, warteten stumm darauf, durch eine riesige Tür getrieben zu werden. Die Kühe hingegen muhten und schrien, eine einzige Kakophonie, und über allem dröhnten schwere Schläge.

»Was passiert mit ihnen?«, fragte Javel. Sein Vater antwortete nicht, sondern blickte ihn nur an, bis er verstand. »Ihr tötet sie?«

»Woher, glaubst du, kommt das Rindfleisch, Sohn? Und wenn wir schon dabei sind, woher, dachtest du, kommt unser Geld?«

Der Gestank nach Blut und nach verwesenden Eingeweiden überwältigte Javel derart, dass er sein Frühstück über die Schuhe seines Vaters spie. Sein ganzes Leben lang hatte er sich an diesen Geruch erinnert, doch noch stärker war in ihm das Bild der weit geöffneten Tür des Schlachthauses haften geblieben und die gähnende Dunkelheit dahinter. Wenn die Stiere einmal hindurchgetrottet waren, gab es kein Zurück mehr. Nur ihre Schreie durchdrangen die Dunkelheit.

Vor sechs Jahren, als man Allie nach Mortmesne gebracht hatte, war Javel mehrere Tage lang hinter der Lieferung hergeritten, ohne zu wissen, was er eigentlich vorhatte. Allie war im vierten Käfig gewesen und ihr hellblondes Haar selbst aus der Ferne deutlich zu erkennen. Egal, wie nah er ihr kam, dank der Gitterstäbe hätten genauso gut unzählige Kilometer zwischen ihnen liegen können. Selbst wenn Javel geschafft hätte, was noch niemandem gelungen war, nämlich die Käfige zu zerstören, wohin hätten sie sich anschließend wenden sollen?

Die Stiere wussten wenigstens nicht, was auf sie zukam. Allies Schicksal hingegen hatte sich einen ganzen Sommer lang in ihrem Blick gespiegelt – eins der wenigen Dinge, an die sich Javel noch in aller Deutlichkeit erinnerte. Für eine schöne Frau wie sie hatte man in Mortmesne nur eine Verwendung, genauso wie die Stiere nur zu einem Zweck zum Schlachter gebracht wurden. Während die Tiere aber nie wieder durch die Tür kamen, würde er Allie zurückholen. Javel konnte sie förmlich vor sich sehen, eine schattenhafte Gestalt in einem dunklen Türrahmen. Die Frau neben ihm, die nach ihren Söhnen rief, hörte er nicht mehr. Irgendwann verstummte sie.

Als es immer heißer wurde, begannen die Maultiere verrücktzuspielen. Sie stammten aus Cadarese und hielten Anstrengungen und hohen Temperaturen normalerweise problemlos stand, doch ihre Fracht schien ihnen genauso zu missfallen wie Javel. Bislang hatte er es vermieden, die Peitsche einzusetzen, doch jetzt ritten er und Arne Baedencourt neben dem dritten Käfig her, bereit, sie anzutreiben, sobald eines der

Tiere langsamer wurde. Es half alles nichts: Die Karawane verlor immer mehr an Tempo, bis Thorne irgendwann selbst zu den Käfigen ritt und auf Ian, den Maultierhirten, einbrüllte: »Wir müssen Demesne bis morgen Nacht erreicht haben! Was zur Hölle ist mit den Viechern los?!«

»Keine Ahnung!«, schrie Ian zurück. »Die Hitze wahrscheinlich! Sie brauchen mehr Wasser!«

Na, viel Glück, dachte Javel. Sie hatten den Crithe gestern hinter sich gelassen und befanden sich jetzt auf halber Höhe des Gebirges. Selbst nach den starken Regenfällen der letzten Zeit gab es hier kein Wasser. Etwa hundert Meter über ihnen öffnete sich der Argivepass. Wenn die verdammten Tiere nur noch ein paar Stunden durchhielten, konnten sie rasten. Der Rest des Weges wäre dann kein Problem mehr.

Nachdem die Hitze ihren Höhepunkt erreicht hatte, sank die Sonne langsam dem Horizont entgegen. Javel sah, wie Alain, der den Käfig vor ihm bewachte, den Gefangenen heimlich ein paar Tassen Wasser hinhielt. Er überlegte, ob er ihn zurechtweisen sollte. Wenn Thorne mitbekam, dass Wasser an die Gefangenen verschwendet wurde, würden sie alle unter seinem Zorn zu leiden haben. Doch Javel hielt den Mund.

Kurz vor Sonnenuntergang stimmte die Frau, die offenbar mit einer Kehle aus Stahl gesegnet war, wieder ihr Klagelied an. Diesmal fiel es Javel nicht so leicht, sie zu ignorieren. Er erfuhr, dass ihre Söhne Jeffrey und William hießen, ihr Ehemann vor zwei Monaten bei einem Unfall auf einer Baustelle ums Leben gekommen war, dass sie ein weiteres Kind erwartete und glaubte, es würde ein Mädchen werden. Diese letzte Information irritierte ihn mehr als alles andere, und er wusste nicht mal, weshalb. Allie war nie schwanger geworden. Torwachen verdienten genug, um sich anständige Verhütungsmittel leisten zu können, und sowohl ihm als auch seiner Frau waren

Kinder als ein zu großes Risiko erschienen. Damals war alles so klar gewesen, doch jetzt bereute Javel seinen Entschluss. Er fühlte sich erschöpfter, als er es je in Worte hätte fassen können. Er fragte sich, warum Thorne nicht daran gedacht hatte, dass sie eine Schwangere erwischen könnten, der man ihren Zustand noch nicht ansah. Als Sklavin war sie wertlos, denn bald schon würde sie nicht mehr in der Lage sein zu arbeiten, und ein besonders tolles Spielzeug gab sie auch nicht ab.

Das ist allein Thornes Problem.

Nach zwei weiteren anstrengenden Kilometern, beim Einsetzen der Dämmerung, hatten sie den Aufstieg bewältigt und konnten die Reihe der Käfige endlich in den Argivepass lenken. Die beiden Wände der Schlucht waren steil und ziemlich zerklüftet – überall ragten riesige Steinbrocken und Felsvorspünge hervor. Zerbrochenes Mauerwerk, die Reste des Argiveturms, lag über den gesamten Boden der Schlucht verstreut. Pflanzen wuchsen hier längst keine mehr, und die vielen Lieferungen hatten die letzte Vegetation fast vollständig zerstört. Im Dämmerlicht sah die ungefähr eineinhalb Kilometer von Osten nach Westen verlaufende Schlucht wie ein dunkelbraunes Band aus. Und darüber nichts als die Weite des purpurgefärbten Himmels.

Die Maultiere waren am Ende ihrer Kräfte, doch Javel beschloss, Thorne nichts davon zu sagen. Er würde schon noch früh genug daraufkommen, spätestens dann, wenn die armen Viecher einfach stehen blieben und sie kein Peitschenhieb der Welt mehr antreiben konnte. Ihr Reisetrupp würde nachts Halt machen müssen, doch Javel glaubte nicht, dass er schlafen könnte. Nicht mit all den Käfigen in der Nähe. Wieder dachte er an Allie. Was sollte er ihr sagen? Auf keinen Fall die Wahrheit, denn dann bekäme sie wieder diesen zerbrechlichen, ausdruckslosen Blick – ihre Art, Enttäuschung auszudrücken.

Was, wenn es ihr egal ist?

Javel wollte sich nicht ausmalen, wie sich seine Frau in all den Jahren verändert haben mochte. So oder so konnte er ihr auf keinen Fall die Wahrheit sagen.

Pünktlich zum Sonnenuntergang zogen Wolken am Himmel auf. In der Ferne ertönte ein Donnergrollen. Dwyne, der Anführer der vier Caden, murrte, dass sie jetzt, da sich die Sonne endlich verzogen hatte, auch keine Abkühlung mehr gebraucht hätten. Die Caden hatten die Strecke während Thomas' Regentschaft unzählige Male zurückgelegt, und auch wenn sie auf die zügellosen Baedencourts hätten verzichten können, war es doch beruhigend, Avile und Dwyne dabeizuhaben. Aus dem Augenwinkel sah Javel, dass selbst diese beiden langsam unruhig wurden. Die Wolken waren wirklich rasend schnell aufgezogen, und der Himmel verdunkelte sich zusehends. Sollte über Nacht ein Sturm losbrechen, würden sie länger für den Pikehügel brauchen als geplant. Andererseits würde ein Gewitter die Gefangenen mit Wasser versorgen. Und wenn sie schon anhalten mussten, könnte Javel versuchen, die Schwangere mit ihren Söhnen zusammenzubringen. Thorne würde das natürlich nie erlauben, doch Alain verstieß schon den ganzen Tag gegen dessen Vorschriften. Vielleicht konnte Javel das ja auch … Bei diesem Gedanken fühlte er sich gleich besser und richtete sich in seinem Sattel auf. Es war nur eine Kleinigkeit, aber wenigstens etwas, das er tun konnte.

Es wurde immer dunkler, und irgendwann lag der Pass in kompletter Finsternis.

»Wie viele?«, zischte Mace. »Neunundzwanzig«, flüsterte Wellmer. »Hinter den Käfigen sind auch noch ein paar, die ich nicht sehen kann. Moment …«

Kelsea wartete. Sie war sich der vielen Schatten um sich herum nur allzu bewusst. Zwar wichen ihr Mace und Pen nicht von der Seite, doch im Dunkeln konnte jeder in null Komma nichts ein Messer zücken. Sie war hier verwundbar, da gab es keinen Zweifel. Ihre Nervosität wurde immer stärker. Endlich kam Wellmer zu ihrem Felsblock zurückgekrochen, hinter dem sich die halbe Truppe zusammengekauert verbarg. »Caden, Sir. Dwyne und noch einer, den ich nicht kenne.«

»Verdammt, die sind bestimmt nicht nur zu zweit. Caden gibt es nur im Rudel.«

Hektisch suchte Wellmer seine Armee-Uniform ab und ließ sein Fernglas schließlich entnervt in den Ausschnitt seines Hemds gleiten. Sie hatten ihre Pferde ein Stück vor dem Eingang des Passes zurückgelassen, und nun schienen alle gleichzeitig festzustellen, dass ihre Uniformen keine Taschen hatten. Kelsea zog am Kragen ihrer eigenen Uniform; sie war aus billigem Stoff genäht und juckte auf der Haut. An ihren Gardisten mutete die Armeekleidung seltsam an. Kelsea hatte beobachtet, wie sich die Männer unbehaglich wanden und an ihr zerrten. Selbst Pen, der sich normalerweise wie ein Chamäleon an jede Gegebenheit anpasste, bildete da keine Ausnahme. Wenigstens bot das Schwarz der Uniform eine gute Tarnung. Am Himmel war nur die winzig kleine Sichel des bernsteinfarbenen Mondes zu sehen, ansonsten versank alles in kompletter Dunkelheit. Obwohl der Rest von Kelseas Garde vielleicht fünf Meter von ihr entfernt hinter einem zweiten Felsblock stand, konnte sie die Gestalten nicht voneinander unterscheiden. Sie waren nichts weiter als ein dunkles Gebilde vor der Steilwand der Schlucht. Und so machte sich Kelsea weitaus größere Sorgen, wie sie ihren Saphir verstecken sollte. Zwar war die Hitze auf ihrer Brust zu einem vergleichsweise angenehmen Pulsieren abgeebbt, und der Stein selbst leuchtete auch nicht mehr ganz so hell, kaum dass sie den Argivepass betreten hatten, dennoch konnte man ihn unter dem dünnen Stoff ihrer Uniform noch immer erkennen.

Sie hörte Metall über Leder schleifen – irgendjemand hinter ihr zog ein Messer. Kelsea versuchte, sich so klein wie möglich zu machen. Ihr Pulsschlag ging so heftig, dass sie fürchtete, die anderen könnten ihn hören. Kalter Schweiß stand ihr auf der Stirn, und die Wunde an ihrer Schulter zog sich zusammen, als würde sie an den erlittenen Schmerz erinnert. Wieder einmal fragte sie sich, welcher der Männer ihr die Verletzung zugefügt hatte.

»Sie sind mehr als wir, Lady«, informierte sie Mace. »Nicht viel mehr, aber einen Frontalangriff können wir trotzdem nicht wagen. Nicht wenn sich Caden dort unten aufhalten.«

»Wellmer, kannst du sie nicht erledigen?«

»Ich kann schießen, Lady, aber sie werden sofort das Feuer löschen, und bis dahin erwische ich höchstens zwei oder drei von den Kerlen. Danach sehe ich nichts mehr.«

Mace tippte Venner auf die Schulter, flüsterte ihm etwas zu und schickte ihn daraufhin zu dem anderen Felsblock hinüber. »Abgesehen von Wellmer haben wir noch drei akzeptable Bogenschützen. Zwei von ihnen sollen sich tiefer im Pass positionieren, sodass sich Thorne und seine Männer nicht hinter den Käfigen verstecken können. Wenn wir die Caden zuerst erledigen können, dürften unsere Chancen besser stehen.«

»Sie können das Feuer jederzeit löschen«, warnte Pen leise. »Wir sollten schnell handeln, bevor wir diesen Lichtvorteil verlieren.«

Kelsea packte Mace am Handgelenk. »Die Menschen in den Käfigen sind unsere oberste Priorität. Stellt sicher, dass Eure Leute das verstehen.«

Mit drei dunklen Gestalten im Schlepptau kam Venner zurückgekrochen. Mace und die Männer steckten die Köpfe zusammen, während Kelsea sich den Schweiß von der Stirn wischte, entschlossen, sich nicht von der Paranoia beeindrucken zu lassen, die sie im Dunkeln überfallen hatte. »Gib mir dein Fernglas«, bat sie Wellmer so leise wie möglich, dann schlich sie, gefolgt von einigen Gardisten, vorsichtig um den Felsen herum, um nach unten zu sehen.

Die acht Käfige bildeten ein Hufeisen, sodass alle Käfigtüren nach innen zeigten. Kelsea war erleichtert, als sie sah, dass sie nicht aus Eisen bestanden, sondern eher wie hastig zusammengezimmerte Holzkisten wirkten. Die Gitterstäbe waren in Wirklichkeit nichts weiter als ein paar dicke, vertikal eingesetzte Holzplanken. Selbst wenn es sich um Teareiche handeln sollte, würden sie ein paar gezielten Axthieben nicht standhalten.

Wellmer hatte von Wachleuten berichtet, die sich rund um die Karawane postiert hatten, doch der Großteil von Thornes Leuten schien sich innerhalb des Hufeisens aufzuhalten. Durch ihr Fernglas betrachtete Kelsea die um das Lagerfeuer aufgereihten Männer. Sie kannte nur wenige von ihnen. Da war zum einen ein gutgekleideter, untersetzter Mann, offensichtlich ein Adeliger, den sie aus ihrer ersten Audienz kannte, dessen Name ihr jedoch nicht einfiel. Dann saßen da noch ein paar Typen, die vermutlich für den Zensus arbeiteten und außerdem einige Soldaten aus ihrer eigenen Armee, die sich nicht einmal die Mühe gemacht hatten, Zivil anzulegen. Und schließlich, mitten unter ihnen, Arlen Thorne. Der Saphir auf Kelseas Brust bebte. Auch wenn von Thorne nichts anderes zu erwarten gewesen war, fühlte sich Kelsea trotzdem verraten. Verraten von einer Welt, die sie von Kindesbeinen an für gerecht gehalten hatte. All ihre Pläne, all das Gute, das sie hatte bewirken wollen … konnte ein einziger Mann das alles zerstören?

»Elston.« Sie reichte dem Gardisten, der ihr gefolgt war, das Fernglas. »Am Feuer, auf zwölf Uhr.«

»Verdammter Hurensohn«, murmelte Elston, als er durch das Binokel starrte. Mace, der ebenfalls den Schutz des Felsens verlassen hatte, seufzte, doch er hatte es inzwischen aufgegeben, die Gardisten zu einer gewählteren Sprache zu erziehen. Und so hatte Kelsea in den letzten Tagen ein paar ganz neue Wörter gelernt. Und sie hatte aus einigen zufällig mitgehörten Unterhaltungen erfahren, dass Elston den Zensor hasste. Irgendetwas wegen einer Frau – die ganze Geschichte wollte ihr niemand erzählen.

»Ich will ihn lebend, Elston«, murmelte sie. »Wenn du ihn mir auslieferst, darfst du bestimmen, wie sein Verlies aussieht.«

Einige Gardisten kicherten.

»Noch fünf Minuten, Lady, dann können wir loslegen«, flüsterte Mace. »Lasst Tom und Kibb noch einen Moment Zeit, ihre Positionen einzunehmen.

Kelsea nickte und fühlte, wie Adrenalin durch ihre Adern flutete. So leise wie möglich zogen die Wachleute ihre Schwerter. Kelsea hörte Metall kratzen und kämpfte gegen ihre Beklemmung an. Der Saphir pulsierte wie eine Trommel auf ihrer Brust – oder vielleicht auch in ihrer Brust. Sie wusste es nicht mehr.

»Lady, ich bitte Euch zum letzten Mal, mit Pen und Venner hier oben zu bleiben. Selbst wenn wir verlieren, könntet Ihr noch entkommen.«

»Lazarus.« Kelsea warf der Silhouette neben sich ein sanftes Lächeln zu. »Ihr versteht nicht.«

»Ich verstehe mehr, als Ihr denkt, Lady. Von mir aus könnt Ihr es auf den verdammten Stein schieben, aber ich habe sehr wohl begriffen, dass Euch der Schatten Eurer Mutter ebenso wütend wie leichtsinnig macht. Eine gefährliche Kombination, für uns alle.«

Kelsea schien in diesem Moment keinen Ärger empfinden zu können. All ihre Energie war auf das Lager unter ihr gerichtet. »Ihr habt auch Fehler, Lazarus. Ihr seid stur, und die ständige Präsenz von Waffen in Eurem Leben hat dafür gesorgt, dass ein paar Teile Eures Hirns ausgefallen sind, die lieber mal in Betrieb geblieben wären. Und trotzdem habe ich gelernt, Euch zu vertrauen. Vielleicht könntet Ihr zur Abwechslung dasselbe mit mir tun.«

Aus der Dunkelheit drang keine Antwort an ihr Ohr.

»Pen und Venner werden die gesamte Zeit bei mir bleiben. Richtig?«

»Ja, Lady«, murmelten die beiden.

»Euch möchte ich ebenfalls bei mir haben, Lazarus. In Ordnung?«

»Schön. Aber ich will nicht, dass Ihr kämpft, Lady. Venner sagt, Eure Fußarbeit sei grauenhaft.«

»Ich werde keine Waffe anfassen, Lazarus. Ihr habt mein Wort.«

Nach einigen Minuten stieß Mace einen schrillen Pfiff aus. Er klang wie der Ruf eines Vogels, der im Wind verhallte. Auch die letzten Gardisten verließen den Schutz der Felsblöcke, verteilten sich und begannen, sich leise einen Weg über die Wände der Schlucht nach unten zu bahnen.

Thorne hatte ausnahmsweise auf Javel gehört und das Lager auf dem schmalsten Teil des Passes errichten lassen, sodass seine Wachen die Karawane nur nach zwei Seiten hin absichern mussten. Javel hatte vorgehabt wachzubleiben, um der Schwangeren ein wenig Zeit mit ihren Söhnen zu ermöglichen, doch irgendwann hatte ihn die Erschöpfung übermannt. Er entschied, wenigstens ein paar Stunden zu schlafen und sich dann um die Angelegenheit zu kümmern. Also rollte er sein Bettzeug aus und machte es sich vor dem hoch auflodernden Feuer gemütlich. Die Wärme ließ seine Beine kribbeln. Torwachen mussten nur selten mehr als ein paar Kilometer am Stück reiten, und die lange Reise hatte seine schwache Oberschenkelmuskulatur strapaziert. Langsam dämmerte er in den Schlaf, und seine Atemzüge wurden immer tiefer, als ihn der erste Schrei hochfahren ließ.

Javel setzte sich auf. Im inzwischen schwachen Feuerschein sah er die anderen Männer, die sich genauso verwirrt umblickten wie er.

»Bogenschützen!«, schrie jemand hinter einem der Käfige. »Sie sind …« Der Schrei riss abrupt ab und wurde von einem erstickten Röcheln abgelöst.

»An die Waffen!«, befahl Thorne. Er war bereits auf den Füßen und wirkte, als hätte er keine Sekunde geschlafen. Zwei der Männer, die um das Feuer gesessen hatten, sprangen auf und verschwanden in der Dunkelheit, doch noch bevor sie irgendwohin gelangen konnten, hatte einer von ihnen einen Pfeil im Rücken und ging zu Boden.

Bogenschützen, dachte Javel verwirrt. *An den Schluchtwänden.* Ob er noch träumte? Früher war er öfter mal geschlafwandelt, das wusste er von Allie. Der Gedanke an seine Frau elektrisierte ihn. Er sprang auf, zog sein Schwert und starrte mit wildem Blick in die Dunkelheit, doch jenseits des Feuerscheins konnte er nichts erkennen. Ein weiterer Pfeil schoss pfeifend über seinen Kopf hinweg.

»Löscht das Feuer!«, schrie Dwyne. »Los, kommt schon, wir sitzen hier wie auf dem Präsentierteller!«

Javel griff nach seiner Decke und warf sie in die Flammen,

die sich sofort durch die Wollschichten fraßen. Der Stoff war nicht schwer genug.

»Wir brauchen mehr!« Javel machte eine Handbewegung in Richtung der benommenen Männer. »Her mit euren Decken!«

Verschlafen rappelten sie sich hoch und griffen nach ihren Schlafmatten. Javel hätte vor Wut am liebsten geschrien.

»Zur Seite!« Mit einem Arm voller Decken drängte sich Dwyer an ihm vorbei und warf sie auf das Feuer, das binnen weniger Augenblicke erlosch. Es roch nach verbrannter Wolle. Hinter den Käfigen klirrten Schwerter. Der hohe, unerträgliche Schrei eines verwundeten Pferdes zerriss die Luft.

»Reiter aus Westen!«, schrie jemand. »Ich kann sie hören!«

»Wir sind umzingelt«, murmelte Dwyne. »Als hätte ich diesem dämlichen Bürokraten nicht gesagt, dass das hier ein schlechter Lagerplatz ist.«

Javel wurde rot und hoffte inständig, Dwyne würde nicht herausfinden, dass es seine Idee gewesen war, das Lager im Pass aufzuschlagen. Javel hatte noch nie mit einem Caden zu tun gehabt. Die Gilde lebte in einer anderen, unerreichbaren Welt. Vielleicht war es dumm von ihm, doch irgendwie sehnte er sich nach der Anerkennung dieses großen Mannes mit dem roten Mantel.

Thorne kam durch die Dunkelheit auf sie zugerannt und packte ihn, sobald er sie erreicht hatte, an der Schulter. Zischend drang sein Atem an Javels Ohr. »Dwyne. Was sollen wir tun? Wir brauchen Licht.«

»Nein, brauchen wir nicht. Wenn das eine Rettungsmannschaft ist, werden es die Bogenschützen nicht riskieren wollen, die Gefangenen zu treffen. In der Dunkelheit haben wir bessere Chancen.«

»Aber wir können doch nicht einfach hier herumstehen und warten! Sobald der Tag anbricht, sind wir leichte Beute.«

Überall um sie herum klirrte Metall, so laut, dass es die Antwort des Caden übertönte. In ungefähr drei Meter Entfernung glänzte ein Schwert im trüben Mondlicht auf. Mit klopfendem Herzen hob Javel seine Klinge. Dwyne brach plötzlich in schallendes Gelächter aus.

»Was ist so lustig?«, fragte Thorne.

»Das ist die Teararmee, Mann! Schaut euch doch die Uniformen an!«

Javel, der Dwyne nicht merken lassen wollte, dass er rein gar nichts sehen konnte, grunzte zustimmend.

»Dunkel oder nicht, mit denen werde ich wohl noch allein fertig. Wartet hier.« Mit erhobenem Schwert eilte der Caden davon. Seine Schritte verklangen in der Dunkelheit. Javel unterdrückte die erstickende, formlose Angst, die in ihm aufstieg. Dass Thorne direkt neben ihm stand, trug nicht gerade zu seiner Beruhigung bei.

»Der Kerl redet Mist«, murmelte Thorne. »Wir brauchen Licht. Genug Licht, um …« Wieder packte er Javel so fest am Arm, dass er zusammenzuckte. »Hol eine Fackel.«

Flankiert von Pen und Jenner, tastete sich Kelsea voran, als plötzlich das Feuer ausging und alles in Dunkelheit versank.

»Unsere Bogenschützen haben mindestens vier von denen erledigt«, hörte sie Mace hinter sich flüstern. »Ob sie Dwyne erwischt haben, weiß ich nicht. Seid bloß vorsichtig.«

»Wie haben sie die Käfige abgeschlossen? Konnte das jemand sehen?«

»Nein«, antwortete Pen, »aber in jedem Fall sind sie nicht aus Stahl, sondern nur aus einfachem Holz.«

Kelsea spürte Zorn auf den unbekannten Konstrukteur in

sich aufsteigen. Thorne war kein Schreiner, also hatte jemand die Dinger in seinem Namen gebaut.

»Hufschläge«, flüsterte Venner.

Die vier verstummten abrupt. Jetzt hörte auch Kelsea die Reiter, die sich ihnen vom Westeingang des Passes her näherten.

»Das müssten ungefähr drei oder vier sein«, flüsterte Mace. »Wenn das noch mehr Caden sind, stecken wir in Schwierigkeiten.«

»Sollen wir uns zurückziehen, Sir?«

Kelsea blickte sich um. Im schwachen Licht des Mondes sah sie vor sich die Umrisse einiger Felsen sowie einen massiven Felsblock zu ihrer Linken. Sonst nichts. Sie konnten nirgendwohin, außer wieder nach oben.

»Nein«, antwortete Mace. »Los, alle da rüber zu dem Felsblock! Wenn wir dort in Deckung gehen, müssten sie direkt an uns vorbeireiten. Und falls nicht – es sind nicht allzu viele; wir sollten den Rückzug der Königin decken können.«

Das Hufgetrappel wurde lauter. Kelsea robbte hinter Mace zu dem Felsblock. Kleine, spitze Steinchen bohrten sich in ihre Handflächen. Sie atmete hörbar aus. *Sei nicht so ein Waschlappen,* ermahnte sie sich in Gedanken und schickte gleich noch ein paar der Flüche hinterher, die sie von Elston gelernt hatte.

Dicht nebeneinander lehnten sie sich an den Felsen, sie waren nun dem Lager zugewandt. Kelsea konnte die Umrisse der Käfige, die sich von dem blau-schwarzen Himmel abhoben, nur vage ausmachen. Dafür hörte sie umso mehr. Überall das Geräusch von Stahl auf Stahl. Die Nacht war erfüllt vom Stöhnen der Verwundeten. Sie dachte an die Paranoia, die sie vorhin überfallen hatte, und merkte, wie ihr die Schamesröte ins Gesicht stieg. Wie zur Antwort pulsierte der Saphir, ganz so, als hätte er ihr Elend gespürt. Die Hufschläge kamen näher.

»Wo …«

»Psst.« Mace duldete keinen Widerspruch.

Ein paar Reiter kamen an ihrem Versteck vorbei. Ihre dunklen Silhouetten verschmolzen beinahe mit dem grauen Hintergrund der Felswand. Ungefähr sechs Meter von Kelsea entfernt hielten sie an. Die Luft war erfüllt vom keuchenden Atem der erschöpften Pferde.

»Was jetzt?«, fragte einer der Männer leise.

»Das ist alles völlig unübersichtlich«, antwortete ein anderer. »Wir brauchen Licht.«

»Wir sollten warten, bis sie das Kämpfen einstellen.«

»Nein. Zuerst müssen wir Alain finden«, befahl eine dritte Stimme. Kelsea sprang auf, und bevor Mace sie aufhalten konnte, eilte sie auf die vier Gestalten zu, die ihre Schwerter zogen. Doch sie lächelte nur. Auf einmal fühlte sie sich vollkommen sicher, und diese Sicherheit hatte nichts mit der Stimme des Mannes zu tun, sondern nur mit der Wärme, die in ihrer Brust aufkeimte.

»Seid gegrüßt, Vater der Diebe.«

»Heilige Hölle.« Einer der Reiter kam ihr entgegen und hielt direkt vor ihr an. Obwohl Kelsea nichts als einen dunklen Schatten erkennen konnte, wusste sie, dass er auf sie herabblickte.

Mace trat von hinten an sie heran und schlang einen Arm um ihre Taille. »Hinter mich, Lady.«

»Nein, Lazarus«, antwortete Kelsea, deren Augen unverwandt auf den großen Schatten vor ihr gerichtet waren. »Passt auf jemand anderen auf.«

»*Was?*«

»Tearkönigin«, sagte der Fetch leise. »Ihr?«

Kelsea hörte, wie auch Pen und Venner hinter sie traten. Sie hob die Hand. »Zurück, alle beide.«

Schweigend blickte der Fetch sie an. Obwohl Kelsea sein Gesicht nicht sehen konnte, wusste sie, dass sie ihn – vielleicht zum ersten Mal – wirklich überrascht hatte. Der Gedanke tröstete sie. Endlich fühlte sie sich ein bisschen weniger wie ein Kind. Sie richtete sich auf und starrte ihn herausfordernd an, während er vom Pferd stieg. Kelsea merkte, dass Mace noch näher an sie herantrat, und legte eine Hand auf seine Brust, um ihn zurückzuhalten.

»Sir?«, fragte Pen mit piepsiger Stimme. Er klang nervöser und jünger als je zuvor.

»Du lieber Himmel. Geh weg, Pen.«

Als der Fetch den Arm ausstreckte, wich Kelsea instinktiv zurück. Doch er berührte nur ihr weiches, kurzes Haar, das ihr Gesicht umrahmte, und sagte: »Nun seht nur, was Ihr Euch angetan habt.«

Kelsea fragte sich, wie er ihre kurzen Haare erkennen konnte, wo sie doch selbst so gut wie nichts sah. Dann, seine Wörter begreifend, blaffte sie errötend: »Warum seid Ihr hier?«

»Wir sind Thornes kleiner Tee-Party gefolgt. Irgendwo hier muss Alain sein. Er hat wochenlang die Lage sondiert.«

Alain, der Blonde, der so gut Karten spielte. Beim Feuer hatte sie ihn nirgendwo gesehen.

»Die Frage müsste eigentlich lauten: Warum seid *Ihr* hier, Tearkönigin?«

Gute Frage, in der Tat. Selbst Mace hatte sie bei allem Murren nicht nach dem Grund ihrer Anwesenheit gefragt. Kelsea dachte einen Moment nach. Sie wollte dem Fetch eine ehrliche Antwort geben, denn er würde es sowieso merken, wenn sie log. Wieder pulsierte der Stein auf ihrer Brust, als wolle er sie antreiben, doch sie zwang ihn zur Ruhe. »Ich bin hier, weil ich mein Wort halten will. Ich hatte versprochen, dass es nie wieder eine Lieferung geben würde.«

»Euer Wort hättet Ihr auch halten können, wenn Ihr in der Festung geblieben wärt, wisst Ihr? Euch steht neuerdings eine ganze Armee zur Verfügung.«

Der Sarkasmus in seiner Stimme ließ Kelsea zusammenzucken. Sie richtete sich zu ihrer vollen Größe auf. »Vor langer Zeit, noch vor seiner Thronbesteigung, hat der König geschworen, wenn nötig, für sein Königreich zu sterben. Nur so konnte das System funktionieren.«

»Ihr seid bereit, hier an Ort und Stelle zu sterben?«

»Ich war schon seit unserer ersten Begegnung bereit, für dieses Land zu sterben, Vater der Diebe.«

Der Fetch neigte den Kopf. Als er wieder zum Sprechen ansetzte, war seine Stimme sanfter denn je. »Ich habe lange auf Euch gewartet, Tearkönigin. Länger, als Ihr Euch vorstellen könnt.«

Wieder wurde Kelsea rot und wandte den Blick ab. Sie hatte keine Ahnung, was er damit meinte. In jedem Fall nicht das, was sie sich gewünscht hatte.

»Streckt Eure Hand aus.«

Sie gehorchte und fühlte, wie er etwas Kaltes hineinlegte. Sie tastete nach dem Gegenstand und begriff, dass es sich um eine Kette handelte – eine Kette mit einem kalten Anhänger, der sich sogleich auf ihrer Haut erwärmte.

»Was auch immer geschieht, Tearkönigin, Ihr habt sie Euch verdient.«

Zu ihrer Linken hörte Kelsea, wie ein Schwert in einen Körper gestoßen wurde. Das Geräusch schien ganz nah, viel näher als der Rest der Schlacht. Der gellende Schrei eines Mannes zerriss die Dunkelheit. Sie ging hinter Mace in Deckung, der sein Schwert erhob.

»Ich verdanke dir das Leben der Königin, Halunke«, knurrte er. »Solange du ihr nicht gefährlich wirst, werde ich dich nicht aufhalten. Aber jetzt verzieh dich, bevor du all unsere Feinde auf uns aufmerksam machst.«

»Einverstanden«, antwortete der Fetch. »Wir gehen.« Mit diesen Worten schwang er sich wieder auf sein Pferd und wurde erneut zu der dunklen Silhouette, die sich von dem nur wenig helleren Himmel abhob. »Viel Glück, Tearkönigin. Auf dass wir uns wiedersehen, wenn alles vorbei ist.«

Verlegen fingerte Kelsea am Verschluss der zweiten Kette herum und legte sie sich um den Hals. Ihr Herz schien Purzelbäume zu schlagen, und das Blut in ihren Adern kochte. Ein Knistern war zu hören, wie das einer statischen Aufladung. Sie senkte den Blick und sah ihren zweiten Saphir leuchten, einer winzigen Sonne gleich. Als sie den Anhänger unter das Hemd ihrer Uniform steckte, vernahm sie ein Klicken, als würde ein Schlüssel in einem Schloss gedreht. Die Welt um sie herum verzerrte sich. Schwarze Gebäude hoben sich von einem strahlend weißen Himmel ab. Als sie blinzelte, war das Bild verschwunden.

Der Fetch und seine Gefährten ließen ihre Pferde wenden und ritten tiefer in die Schlucht hinein, kurze Zeit später ertönten Warnrufe und verängstigte Schreie aus der Richtung des Lagers. Kelsea und ihre drei Gardisten krochen auf die von den Kämpfen abgewendete Seite des Felsblocks zurück und starrten auf das Ende des Passes.

»Sir?«

»Später, Pen.«

Kelsea rechnete damit, dass Mace zu einem Vortrag ansetzen würde. Einem Vortrag übers Weglaufen, über den Fetch und generell über Leichtsinn. Doch er tat nichts dergleichen. Sie konnte sein gezogenes Schwert und noch etwas Zweites glänzen sehen, wahrscheinlich seinen Morgenstern. Aber nein, der Schein war blaustichig, kein Mondlicht. Als Kelsea an sich herabblickte, sah sie, dass ihre beiden Anhänger so hell leuchteten, dass ihr Licht den Stoff ihrer Uniform durchdrang. Um es zu dämpfen, legte sie ihre rechte Hand darüber. Ihr Herz hämmerte, und sie hatte das Gefühl, als würde Feuer durch ihre Adern gepumpt. Fast erwartete sie, dass etwas Schreckliches geschehen würde, etwas, das nicht zu erahnen gewesen war.

Natürlich, wurde ihr plötzlich klar. *Die zweite Kette war bislang immer nur in meiner Tasche. Getragen habe ich sie nie.*

Als sie die Augen schloss, sah sie das Bild von vorhin erneut: die Silhouette einer fernen Stadt, Dutzende Gebäude, und alle höher als die Festung. Der Wahnsinn schien dort Einzug gehalten zu haben und sie zu locken, ein Ort des Wahns, der nur in ihrem Kopf existierte. Vom Zentrum der Schlacht drangen weitere Schreie an Kelseas Ohr und katapultierten sie in die Realität zurück. Als sie die Augen öffnete, war sie von einer gnädigen Dunkelheit umgeben. Pen spähte an dem Felsblock vorbei auf das Kampfgetümmel.

»Sie haben wieder ein Feuer gemacht.«

»Narren«, murmelte Mace. »Jetzt wird Wellmer sie mühelos erledigen.«

Kelsea beugte sich an Pen vorbei – tatsächlich, in ungefähr hundert Meter Entfernung, direkt in der Mitte des Lagers, loderte ein Feuer. Kelseas Saphir versuchte auf alle erdenklichen Arten, sie dorthin zu zerren, doch sie hatte Mace versprochen, nicht in das Geschehen einzugreifen, also versuchte sie, den Stein zu beruhigen. Das Geschrei hielt an. Ihr Puls raste. Da war sie, die schreckliche Enthüllung, auf die sie gewartet hatte. Jetzt wusste sie, weshalb sie so unruhig gewesen war. »Das ist eine Frauenstimme.«

Pen entfernte sich ein paar Schritte aus dem Schutz des Felsens. Selbst im schwachen Schein des entfernten Feuers konnte Kelsea erkennen, dass er bleich wurde. »Du lieber Gott.«

»Was ist?«

»Frauen.« Seine Stimme klang, als befände er sich tief unter Wasser. »Sie haben einen Käfig mit Frauen angezündet.«

Bevor Kelsea einen klaren Gedanken fassen konnte, war sie bereits losgerannt.

»Lady! Verdammt noch mal!« Mace' Rufe schienen weit entfernt. Die Schreie der Frauen hallten von den Wänden der Schlucht und erfüllten die Nacht von einem Horizont zum anderen. Die beiden Saphire sprangen aus Kelseas Hemd und leuchteten ihr den Weg. Jeder Felsen und jeder Grashalm erstrahlte in einem blauen Licht. Sie war keine besonders gute Läuferin, doch die Saphire gaben ihr Kraft. Sie rannte schnell, schneller als je zuvor in ihrem Leben, direkt auf das hell flackernde Feuer zu.

Javel hatte keine Ahnung, was passiert war. Eigentlich hatte er nur losziehen wollen, um eine Fackel aufzutreiben. Ihm war nicht wirklich klar gewesen, was er tat. In Gedanken war er immer noch bei Allie, und er fragte sich, was ihr blühen würde, wenn sie versagten. Thornes Männer waren drauf und dran, den Kampf zu verlieren. Sie hatten das Feuer nicht schnell genug gelöscht, und die Bogenschützen auf den Hängen hatten ihrer Truppe zugesetzt. Er konnte kaum einen Schritt tun, ohne über eine Leiche zu stolpern. Während er noch immer nach einer Fackel Ausschau hielt, tauchten weitere Reiter auf. Das Hufgetrappel schien Thorne in Panik zu versetzen, was darauf schließen ließ, dass sie nicht Teil seines Plans waren. Sie würden den Kampf verlieren. Und was wurde dann aus Allie?

Endlich, am anderen Ende der Feuerstelle entdeckte Javel eine achtlos weggeworfene Fackel. Er hob sie auf und brachte sie Thorne, der sie ihm ohne ein Wort des Dankes abnahm und sich entfernte.

Na Gott sei Dank ist der weg, dachte Javel finster. Doch jetzt, da Thorne verschwunden war, wusste er nicht, wie er sich verhalten sollte. Er war ein Torwächter, kein Soldat, und das hier war nicht das Gut, mit seinen Mauern und den überfüllten Straßen. Javel hatte die freie Natur immer gehasst. Die Felswände des Passes ragten als hohe, geisterhafte Begrenzungen neben ihm auf, die ihn aus der Welt aussperrten. Am liebsten hätte er sich einfach nicht mehr vom Fleck gerührt. Er hörte das Kampfgetümmel um sich herum, doch allein die Vorstellung, sich auf einen unsichtbaren Feind einzulassen, ließ ihn zurückschrecken. Seine Kampferfahrung beschränkte sich auf zwei Irre, die versucht hatten, in die Festung vorzudringen. Er hatte noch nie jemanden getötet.

Bin ich ein Feigling?

Als der Angriff begonnen hatte, hatten die Gefangenen wie verrückt geschrien und um Hilfe gefleht. Ihre Panik erinnerte Javel an den Schlachthof. Beinahe hätte er sich die Ohren zugehalten. Er dachte kurz darüber nach, die schwangere Frau zu befreien, doch es war zu dunkel. Er konnte die Hand nicht vor Augen sehen, und er hatte Angst. Javel dachte an Keller, an die jungen Mädchen in den Käfigen. Ein paar von ihnen waren vergewaltigt worden. Er konnte es nicht länger leugnen, nicht mal vor sich selbst. Ein Mädchen, das kaum älter wirkte als zwölf, hatte seit Haymarket ununterbrochen geschluchzt. Seine durchzechten Nächte im Gut fielen ihm wieder ein. Nächte, in denen er sich vorgestellte hatte, die Kinderhändler aufzuspüren und vor Gericht zu bringen, heroische Taten zu begehen. Doch dann war immer der Morgen angebrochen, und das Sonnenlicht und sein Kater hatten all die schönen Pläne zunichtegemacht. Doch das hier war etwas anderes, das wusste Javel. Dies hier war ein finsteres Werk – und einen Morgen würde es nicht geben. In der Dunkelheit ließ sich so einiges vollbringen.

Er steckte sein Schwert ins Futteral und zog stattdessen ein Messer aus seinem Gürtel. Dann wartete er. Torwächter hielten sich immer in Rudeln auf, und tatsächlich, ein paar Minuten später hatte Keller ihn ausfindig gemacht, ganz wie Javel es erwartet hatte.

»Nicht wirklich unser Pflaster, oder?«

»Nein«, stimmte er zu. »Ich hätte nie gedacht, dass ich mich mal mitten in der Nacht nach dem Festungstor sehnen würde.« Einen Moment lang standen die beiden reglos im Dunkeln. Javel nahm all seinen Mut zusammen. Adrenalin pumpte durch seine Adern. »Findest du nicht auch, dass die Käfigtür dort drüben irgendwie lose wirkt?«

»Welche Tür? Ich kann nichts sehen.«

»Da drüben, links.«

Kaum hatte Keller sich umgedreht, drückte Javel ihm von hinten sein Messer an den Hals. Bevor ihn Kellers große Hände finden konnten, hatte er ihm bereits die Kehle aufgeschlitzt. Gurgelnd rang der Torwächter nach Luft und sackte in sich zusammen. Es war, als wäre die Sonne in Javels Herzen aufgegangen, als hätte sie ihm Stärke und Mut verliehen.

Er sah sich um. Was jetzt?

Natürlich, er würde die Käfige öffnen, genau wie die Königin damals auf dem Festungsrasen. Er würde den Gefangenen die Freiheit schenken.

Er taumelte auf die Käfige zu und fiel dabei fast über eine Leiche. Überall um ihn herum wurde weiter gekämpft. Die Erde war mit Toten gepflastert. Thorne hatte recht gehabt. Sie brauchten Licht.

Noch während er das dachte, merkte Javel, *dass* er bereits sehen konnte. Ein dünnes bernsteinfarbenes Licht beschien einige der Kämpfenden sowie die ersten paar Käfige zu beiden Seiten des Hufeisens. Irgendjemand hatte ein Feuer gemacht.

Dwyne würde außer sich sein, doch Javel empfand nichts als Erleichterung.

In diesem Moment hob eine der Frauen zu einem schrillen, unheimlichen Wehklagen an, das immer lauter, höher, verzweifelter wurde. Javel schlug sich die Hände auf die Ohren, ließ sich auf die Knie fallen und dachte: *Irgendwann muss ihr doch die Luft ausgehen.* Doch das Gegenteil war der Fall. Wenig später schrien sie alle gellend – eine ganze Welt schreiender Frauen.

Als sich Javel umwandte, begriff er, was Thorne getan hatte.

Der vierte Käfig zu seiner Linken stand in Flammen. Die Tür war bereits komplett verbrannt. In vielleicht drei Metern Entfernung entdeckte er den Zensor, der eine Fackel in der Hand hielt und auf das Feuer starrte. In seinen durchdringenden blauen Augen lag das Böse. Nicht nur Niedertracht, nein, etwas viel Schlimmeres. Eine Bosheit, die einem Mangel an Selbsterkenntnis entsprang, eine Bosheit, die nicht wusste, dass sie böse war und deswegen alles vor sich rechtfertigen konnte.

Eine kühl kalkulierende Bosheit.

Das Feuer kroch über den Boden des Käfigs. Die Frauen schrien und drängten sich ans andere Ende, doch es nützte nichts – zwei von ihnen standen bereits in Flammen. Eine war die Mutter von William und Jeffrey. Sie schlug auf ihren brennenden Rock ein und flehte die anderen Frauen um Hilfe an, doch die schienen sie nicht zu hören. Zu verzweifelt waren sie darauf bedacht, vor den Flammen zu fliehen. Die zweite Frau brannte bereits lichterloh, eine menschliche Fackel, eine dunkle, sich windende Gestalt mit wild rudernden Armen. Hilflos starrte Javel sie an, eine Zeitspanne, die sich bis ins Unendliche auszudehnen schien. Irgendwann fielen ihre Arme an ihr herab, und ihr Körper sackte in sich zusammen. Ihr Gesicht war nichts weiter als eine schwarze, formlose Masse.

Die anderen Frauen schrien immer noch, eine markerschütternde Kakophonie, von der Javel wusste, dass sie ihn bis an sein Lebensende verfolgen würde. Endlos hallten die Schreie durch die Nacht, und alle schienen sich Allies Kehle zu entringen.

Endlich erwachte Javel aus seiner Starre und eilte zu der erloschenen Feuerstelle, wo er die Habseligkeiten der Baedencourt-Brüder entdeckte. Hugo Baedencourt hatte immer eine Axt bei sich, die gerade garantiert nicht zum Einsatz kam, selbst wenn er gemeinsam mit seinem Bruder als erste Wacheinheit ins Gefecht geschickt worden war. In einem Kampf wie diesem konnte man keine Axt gebrauchen, doch für seine Zwecke würde sie genügen. Javel durchwühlte den Sack, schob Schwerter und einen Bogen beiseite, bis er sie endlich fand. Sie war massiv und glänzte im Mondschein. Zuerst dachte er, dass sie zu schwer für ihn sein würde, doch dann stellte er fest, dass er sie sowohl heben als auch schwingen konnte. Als er zurück zum Käfig rannte, sah er, dass die Mutter von Jeffrey und William inzwischen ebenfalls lichterloh in Flammen stand. Ihre Haare, ihr Gesicht und ihre Kleider fingen nacheinander Feuer, und ein Teil von ihm, der auch in Situationen wie diesen kühl und distanziert blieb, wusste, dass das Baby in ihrem Bauch bereits tot war. Doch selbst die Flammen konnten die stählerne Stimme der Frau nicht bezwingen. Unaufhörlich gellten ihre Schreie durch die Nacht.

Javel führte den ersten kräftigen Schlag gegen das Gitter. Holz splitterte, doch die Stangen hielten.

Ich bin nicht stark genug.

Er drängte den Gedanken beiseite und hieb erneut mit der Axt auf das Holz ein. Er spürte einen reißenden Schmerz in der Schulter, den er so gut es ging ignorierte. Allie war bei ihm. Sie musterte ihn mit dem gleichen liebevollen Blick wie früher, lange bevor sie geheiratet und überhaupt an die Auslosung gedacht hatten.

Es stank nach einer grauenhaften Mischung aus verbrannter Wolle und verkohlter Haut. Javel war drauf und dran, das Rennen gegen das Feuer zu verlieren, doch er konnte nicht aufhören, die Axt zu schwingen. Irgendwann starb Jeffreys und Williams Mutter. In einer Sekunde hatte sie noch geschrien, in der nächsten war sie verstummt. Dies war der Moment, in dem er beschloss, Arlen Thorne zu töten. Doch der Zensor war verschwunden. Er hatte die Fackel weggeworfen und war in die Dunkelheit geflohen.

Die Frauen pressten sich immer noch ans andere Ende des Käfigs, doch inzwischen schrien nur noch die in der hintersten Reihe. Der Rauch war dem Rest von ihnen in die Lungen gestiegen, und sie konnten nichts weiter tun als jämmerlich zu husten. Die Flammen leckten an ihren Röcken. Javels Augen tränten und brannten vom Rauch. Die Haut an seinen Armen fühlte sich an wie geröstet. Er ignorierte jeden Schmerz, schwang die Axt und endlich – endlich! – spürte er, wie das Holz nachgab. Leider nur ein einziges Brett. Es war zu spät.

Allie, es tut mir so leid.

Flammen tanzten auf seiner Haut. Javel ließ die Axt fallen und sank auf die Knie. Er hielt sich die Ohren zu, doch ihre Schreie hörte er noch immer.

Dann füllte sich die Welt mit einem blauen Licht.

Kelsea war noch ungefähr fünfzehn Meter von dem brennenden Käfig entfernt, als sie feststellte, dass sie von mehreren Reitern flankiert wurde. Die schwarz maskierten Männer des Fetch hielten mit ihr Schritt und schossen Pfeile ab. Vielleicht halluzinierte sie, doch das war ihr inzwischen egal. Abgesehen von den Käfigen und den Frauen zählte nichts mehr. Sie trug die Verantwortung. Sie war die Königin von Tearling.

Ein paar von Thornes Verbündeten versuchten, mit erhobenen Schwertern und mordlüsternen Gesichtern zu ihr durchzudringen. Blaue Lichtblitze schlossen sie ein und streckten sie nieder. Kelsea hatte den Eindruck, als käme das Licht gar nicht von ihren Steinen, sondern direkt aus ihrem Kopf. Sie brauchte sich nur vorzustellen, die Angreifer zu töten, und schon sackten sie leblos in sich zusammen. Ihr Atem ging keuchend, aber sie konnte ihr Tempo nicht drosseln. Die Steine zerrten sie unerbittlich weiter, hin zu den Flammen.

Als sie um den letzten Felsen herumschlitterte, war es, als würde sie gegen eine glühend heiße Wand laufen. Die Hitze ließ sie zurückprallen. Die Frauen hatten sich panisch im hinteren Ende des brennenden Käfigs zusammengedrängt. Das Feuer hatte sie bereits erreicht. Ein grauhaariger Mann attackierte die Gitter mit einer Axt, die jedoch kaum einen Kratzer auf dem Holz zu hinterlassen schien. *Teareiche*, dachte Kelsea. Die Frauen saßen in der Falle. Und was noch schlimmer war – die Flammen züngelten bereits an den Stangen des nächsten Käfigs. Wenn es ihr und ihren Leuten nicht schnellstens gelang, das Feuer zu löschen, würde die gesamte Karawane in Flammen aufgehen. Sie brauchten Wasser, viel Wasser, doch dafür würden sie meilenweit laufen müssen. Verzweifelt ballte Kelsea die Fäuste, so fest, dass sich ihre Nägel in ihre Handflächen bohrten und sie zu bluten begann. Hätte ihr jemand einen Handel vorgeschlagen – ihr Leben gegen das der Menschen in den Käfigen –, sie hätte ohne jede Furcht zugestimmt, genauso wie sich jede Mutter für ihr Kind opfern würde. Doch hier gab es niemanden, mit dem sie einen solchen Tausch aushandeln konnte. All ihre gute Absichten … darauf nun lief es hinaus.

Ich würde alles geben, wenn ich könnte, dachte sie und begriff im selben Moment, dass es stimmte.

Eine blau explodierende Lichtwelle ging von den beiden Saphiren aus, und Kelsea spürte, wie sich sämtliche ihrer Nerven anspannten. Die Wucht der Lichtentladung ließ sie nach hinten taumeln. Plötzlich hatte sie das Gefühl, doppelt so groß zu sein als sonst. Jedes einzelne Härchen stellte sich auf, und ihre Muskeln schienen von innen gegen ihre Körperhülle zu drücken.

Ihre Verzweiflung verschwand.

Der gesamte Pass erstrahlte in einem gleißenden blauen Licht. Kelsea konnte jedes Detail in einer geradezu beunruhigenden Deutlichkeit erkennen, reglos und eingefroren. Überall um sie herum kämpfende Gestalten, die das Licht hatte erstarren lassen:

links von ihr Wellmer auf einer Felszunge, mit angelegtem Pfeil und konzentriert zusammengepressten Kiefern,

dann Elston, der Arlen Thorne über den steinigen Boden der Schlucht jagte. In seinen Augen spiegelten sich die rot lodernden Flammen und eine gefährliche Mordlust,

Alain, zusammengekauert hinter einem der Käfige, ein Messer in der Hand und den Mund wie zum Schreien geöffnet,

der Fetch am anderen Ende des Lagers, wo er, wie immer mit seiner schrecklichen Maske vorm Gesicht, gegen einen bulligen Kerl in einem roten Mantel kämpfte,

der Mann, der mit der Axt auf den Käfig eingeschlagen hatte und nun weinend am Boden kniete, das Gesicht ausgezehrt von einem Kummer, der schon Jahre anzudauern schien,

aber am deutlichsten: die Frauen im Käfig, direkt im Weg der sich hungrig voranfressenden Flammen.

Es ist besser, mit Würde zu sterben.

Spannung durchzuckte Kelsea, eine so starke, dass ihr Körper der Wucht nicht standhielt. Es war, als sei ein Blitz durch sie hindurchgefahren. Wenn es einen Gott gab, dann musste er sich, hoch über der Erdkugel thronend, genauso fühlen wie sie jetzt. Doch Kelsea empfand auch Angst, denn sie spürte, dass sie die Welt entzweibrechen könnte, wenn sie nur wollte. Und sie wusste, dass hinter ihren Kräften mehr steckte, als sie ahnte. Alles hatte seinen Preis.

Wasser.

Sie hatte keine Wahl. Wenn es einen Preis gab, musste sie ihn zahlen. Sie streckte ihre Arme aus, die viel weiter reichten als sonst. Wasser, sie konnte es fühlen, fast schmecken. Sie rief danach, schrie danach, spürte, wie Elektrizität aus ihr herausfloss, eine reißende Strömung, die aus dem Nichts gekommen war und genau dorthin wieder verschwand.

Über dem Pass ein Donnergrollen, das den Boden zum Beben brachte. Die Saphire verloren ihren gleißenden Schein und erkalteten, augenblicklich breitete sich wieder die feuerhellte Nacht über dem Pass aus. Die Menschen erwachten aus ihrer Starre, Frauen schrien, Männer riefen sich etwas zu, Schwerter klirrten. Abwartend stand Kelsea da, jedes einzelne Härchen ihres Körpers aufgerichtet.

Schwallartige Wassermassen fielen vom Himmel und brachten das Mondlicht zum Verschwinden. Der Regen traf sie wie eine Wand, riss sie um, trieb sie über den Boden der Schlucht und drang ihr in Nase und Lunge. In angenehmer Stille driftete sie dahin, ihr Geist völlig frei von jeder Wahrnehmung bis auf das überwältigende Bedürfnis zu schlafen, sich in die einladende Dunkelheit fallen zu lassen, die irgendwo jenseits ihrer Vorstellung auf sie wartete.

Die Überfahrt, dachte sie. *Die* echte *Überfahrt. Ich kann sie fast sehen.*

Kelsea schloss die Augen und trat die Reise an.

Die Königin von Mortmesne stand auf ihrem Balkon und starrte auf ihr Königreich hinab. Wann immer sie nicht schlafen konnte, kam sie hierher, was inzwischen beinahe jede Nacht der Fall war. So langsam machte sich der fehlende Schlaf bemerkbar, und die kleinen Dinge des Alltags begannen ihr zu entgleiten. An einem Abend hatte sie vergessen, einen Stapel Hinrichtungsbefehle zu unterschreiben. Am nächsten Morgen hatte sich die Menge auf dem Hinrichtungsplatz versammelt und gewartet … und gewartet … und gewartet. Ein anderes Mal hatte sie der König von Cadare in sein Reich eingeladen, doch sie hatte sich um eine Woche vertan, ihre Diener verwirrt und alles wieder auspacken lassen. Und als man ihr eines Nachts wie befohlen einen Sklaven gebracht hatte, hatte sie genau dann tief und fest geschlafen. Alles nur Kleinigkeiten, die Beryll zumeist auffangen konnte, aber früher oder später würde auch anderen ihr verändertes Verhalten auffallen, und dann hatte sie ein Problem.

Es war das Mädchen, immer wieder das Mädchen. Wie gerne hätte sie einen Blick auf die Kleine erhascht! Der Wunsch war so drängend geworden, dass die Königin sogar ihre Generäle versammelt und einen Staatsbesuch in Tearling vorgeschlagen hatte. Die Männer widersetzten sich ihren Entscheidungen nur selten, doch diesmal hatten sie ihr in aller Entschiedenheit abgeraten, und irgendwann hatte sie einsehen müssen, dass sie die besseren Argumente hatten. Ihr unvermitteltes Auftauchen wäre ein Zeichen der Schwäche und außerdem sinnlos, hatten sie gesagt, denn das Mädchen würde sich wahrscheinlich weigern, sie zu empfangen. Und selbst wenn sie sich auf ein Treffen einließ, lauerten überall Gefahren. Die Kleine war eine unbekannte Variable, das hatte die Königin inzwischen begriffen – und wirklich ganz anders als ihre Mutter.

Mace, den Hauptmann der Teargarde, hingegen konnte

man leider nicht als unbekannte Variable bezeichnen. Selbst Ducarte wollte sich noch nicht mit ihm anlegen – nicht ohne mehr Informationen über ihn einzuholen und nicht in der jetzigen Situation. Mace war eine Gefahr, das Mädchen eine Unbekannte. Eine Kombination, die nichts Gutes verhieß.

Die Königin mochte den Balkon. Er befand sich zwei Stockwerke über ihren Gemächern, ganz oben in einem der vielen Palasttürme. Sie konnte kilometerweit in alle Richtungen sehen, im Osten bis nach Callae, im Süden bis nach Cadare und im Westen bis nach Tearling. Tearling, das ihr fast zwanzig Jahre lang keine Probleme bereitet hatte. Jetzt hingegen kam sie sich vor, als sei sie in einen Ameisenhaufen getreten. Morgen würde Thornes Lieferung in Demesne eintreffen. Als Notbehelf würde sie ausreichen, doch das Problem löste sie nicht. Wenn sie es durchgehen ließ, dass Tearling seinen Tribut nicht länger entrichtete, wäre es nur eine Frage der Zeit, bis die anderen Länder das Gleiche taten.

In ihrem eigenen Reich war die Situation kaum besser. Seit über einem Jahrhundert hatte die Königin mit eiserner Hand regiert, doch die fehlenden Sklaven hatten mit einem Mal ein ganz neues Problem auf den Plan gerufen: Revolten. Die Spione der Königin berichteten, dass sich die Adeligen heimlich zusammenrotteten und ihre Versammlungen immer größer wurden. Die Befehlshaber ihrer Armee gaben sich weniger geheimnistuerisch. Sie brachten jedem gegenüber, der es hören wollte, ihr Misstrauen zum Ausdruck. Die nördlichen Städte, insbesondere Cite Marche, berichteten immer häufiger von Volksaufständen. In Cite Marche lebten viele junge Radikale, von denen die meisten nie auch nur einen einzigen Sklaven besessen hatten und die jetzt ihre große Chance witterten.

Ich werde Tearling angreifen müssen, realisierte die Königin beunruhigt. Sie stellte sich in die südwestliche Ecke des Balkons und blickte auf den gigantischen Schatten, der sich über die Landschaft vor Demesne gelegt hatte. Schon vor Wochen hatte sie ihre Armee mobilisiert, doch dann hatte sie gezögert, sie in Tearling einmarschieren zu lassen. Ihr Bauchgefühl hatte sie zur Vorsicht gemahnt. Eine Invasion war riskant, und unberechenbare Risiken ging sie nur ungern ein. Ein Sieg konnte ungewollte Folgen nach sich ziehen. Sie brauchte nicht noch mehr Land, das sie verwalten musste. Es sollte einfach genau so weiterlaufen wie immer. Die umliegenden Königreiche sollten ihren Tribut entrichten und das tun, was sie ihnen befohlen hatte. Wenn sie gezwungen wäre, eine Militäraktion zu starten, würde sich ihr Vorhaben verzögern und dafür sorgen, dass alles noch langsamer vor sich ging.

Doch inzwischen hatte sie eigentlich keine andere Wahl mehr. Thornes Einschätzung war deutlich: Die Tearkönigin konnte nicht bestochen werden. Sie war ihrer Großmutter Arla erschreckend ähnlich, und sie schien noch eine andere Kraft in sich zu tragen.

Wer war der Vater?

An manchen Tagen war die Königin überzeugt, dass alles von dieser einen Frage abhing. Sie war eine Genetikerin, vielleicht die fortschrittlichste seit der Überfahrt. Sie wusste um die Macht der Blutlinien, wenn es darum ging, Veränderungen herbeizuführen, und seien es abrupte, abnormale Veränderungen von einer Generation zur anderen. Sowohl Elyssa als auch der Regent waren leicht zu lenken gewesen, gefangen in Eitelkeit und mangelnder Vorstellungskraft. Es gab keinen Grund, warum das Mädchen anders sein sollte, außer eine ganz außergewöhnliche Charakteranlage hatte sich mit der der Raleighs gemischt. Der Regent hatte ihr nicht verraten wollen, wer der Vater des Mädchens war. Sie hätte ihn schon vor Jahren dazu zwingen müssen, ihr diese Information zu enthüllen, doch es war ihr nie so dringlich damit gewesen. Erst jetzt, da Thomas verschwunden war und sie mit ihren Plänen nicht vorankam, wurde ihr klar, dass die Frage nach dem Vater des Mädchens vielleicht die wichtigste von allen war.

Ich bin selbstgefällig geworden, dachte die Königin. Alles war so lange glattgegangen … Doch ein selbstgefälliger Herrscher war jeder Demütigung ausgeliefert, mit der die Evolution nur aufwarten konnte, selbst mit einem neunzehnjährigen Mädchen, das schon seit Jahren hätte tot sein sollen.

An der Grenze zu Tearling regte sich etwas.

Die Königin kniff die Augen zusammen und versuchte zu verstehen, was sie da sah. Es war kurz nach Mitternacht. An der Grenze ragten der Willingham- und der Ellyreberg hoch über dem Wald auf. Die dünne Mondsichel beleuchtete ihre schneebedeckten Gipfel. Schon nützliche Orientierungspunkte, diese Berge. Die Königin war immer dankbar gewesen, genau zu wissen, wo Tearling begann, um das Land aus der Ferne im Blick behalten zu können.

Über dem Argivepass zerrissen Blitze den Himmel und erleuchteten Sturmwolken hoch oben am Himmel. Damit konnte man die Königin nun nicht beeindrucken. Sie war ebenfalls in der Lage, Blitze heraufzubeschwören, wenn ihr der Sinn danach stand. Ein billiger Partytrick. Aber die Blitze dort in der Ferne waren nicht weiß, sondern blau. So leuchtend blau wie ein Saphir.

Angst stieg in der Königin auf, und ihr Magen zog sich zusammen. Mit zusammengekniffenen Augen blickte sie zum westlichen Horizont und versuchte verzweifelt, eine Vision heraufzubeschwören. Doch wie alle Stärken hing Magie nicht nur von dem ab, der sie ausübte, sondern auch von dem, auf den sie angewandt werden sollte. Und da war nichts. Gar nichts. Genaugenommen hatte sie das Mädchen noch nie sehen können. Nur in ihren Träumen.

Sie wirbelte herum und verließ den Balkon. Ihre Wachen erstarrten vor Schreck, eilten dann jedoch dienstbeflissen hinter ihr her. Hastig lief die Königin die Wendeltreppe hinunter, die zu ihren Gemächern führte, ohne darauf zu achten, ob die Männer mit ihr Schritt halten konnten. Eine düstere Vorahnung überkam sie, die Androhung eines furchtbaren Unglücks. An der Grenze bahnte sich irgendeine Katastrophe an, die all ihre Pläne zunichtemachen konnte.

Juliette, ihre erste Zofe, wartete neben der Tür zu ihrem Zimmer. Der Königin wäre es lieber gewesen, Beryll hätte dort gestanden. Beryll, dessen Loyalität durch nichts zu erschüttern war. Doch er war ein alter Mann und brauchte inzwischen seinen Schlaf. Juliette war eine große, muskulöse Blondine von ungefähr fünfundzwanzig Jahren, kräftig und tüchtig, dabei aber so jung, dass sich die Königin fragte, wie sie überhaupt etwas von der Welt wissen konnte. Der Preis ihres langen Lebens wurde ihr schmerzlich bewusst, ja, er stand der jungen Frau ins fröhliche, etwas dümmliche Gesicht geschrieben.

Meine Leute sind alt geworden.

»Bring mir ein Kind«, blaffte sie Juliette an. »Einen Jungen von neun oder zehn Jahren. Und gib ihm ein paar harte Drogen.«

Juliette verbeugte sich und eilte geschäftig über den Flur. Als die Königin in ihr Zimmer trat, sah sie, dass ihre Vorhänge zugezogen waren, etwas, das ihre Laune sonst schlagartig besserte, denn ihr Zimmer kam ihr dann wie ein riesiges Feld aus scharlachroter Seide vor, wie ein Kokon. Genauso hatte sie sich oft gesehen: wie eine Kreatur, die sich aus ihrem Gefängnis befreit hatte und so gestärkt ans Tageslicht trat, wie es niemand für möglich gehalten hätte. Doch jetzt empfand sie keine Freude. Das Geschöpf der Dunkelheit würde wütend sein, wenn sie es heraufbeschwor, und wenn sie es dann auch noch um Hilfe bat, würde sie seinen Zorn erst so richtig entfachen.

Doch da ihre eigene Gabe versagt hatte, gab es keine andere Möglichkeit.

Ihre Wache hatte bereits alles für ihre Rückkehr vorbereitet. In ihrem Kamin prasselte ein behagliches Feuer. Gut. Eine Sache weniger, um die sie sich kümmern musste. Die Königin wühlte in ihren Schubladen, bis sie ein Messer und ein sauberes weißes Handtuch gefunden hatte. Sie schob die Möbel, Sofas und Stühle, die vor dem Kamin standen, zur Seite, bis sie eine große Fläche freigeräumt hatte. Ihr Atem ging schwer, und ihr Puls rauschte in ihren Ohren.

Ich habe Angst, dachte sie kläglich. *Es ist schon so lange her.*

Es klopfte an der Tür. Davor stand Juliette mit einem Jungen aus Cadare. Der Kleine schien im richtigen Alter zu sein, wirkte allerdings sehr dünn. Bewusstlos und mit erschlafften Gesichtszügen, hing er in den Armen der Zofe. Als die Königin sein Lid anhob, sah sie, dass sich seine Pupillen so sehr geweitet hatten, dass man seine Augenfarbe kaum noch erkennen konnte.

»Gut.« Sie nahm Juliette das Kind ab. Die Wärme des kleinen Körpers missfiel ihr. »Was du auch hörst, ich möchte nicht gestört werden. Unter keinen Umständen.«

Juliette verbeugte sich und zog sich ans andere Ende des Flurs zurück. Die an der Wand postierte Nachtwache warf einen lüsternen Blick auf ihren Hintern. Zögernd blieb die Königin auf der Schwelle stehen und fragte sich, ob sie eingreifen sollte. Ihre Zofen durften keinerlei Belästigung ausgesetzt sein, einer der wenigen Vorteile einer ansonsten schwierigen Arbeit.

Egal, dachte sie verärgert. Darum konnte sich Beryll morgen kümmern.

Mit der Schulter stieß sie die Tür zu ihrem Gemach zu, trug den Jungen zu ihrem Bett und ließ ihn auf ihre Tagesdecke fallen. Sein Atem ging tief und regelmäßig. Die Königin starrte ihn an, während ihre Gedanken in alle erdenklichen Richtungen wanderten. Sie konnte Kinder nicht besonders gut leiden. Ständig lärmten sie herum und kosteten zu viel Energie. Sie selbst hatte nie ein Kind gewollt, nicht einmal, als sie noch jung gewesen war. Kinder waren nichts weiter als ein notwendiges Rädchen im Getriebe, etwas, das man tolerieren musste. Nur wenn sie so still waren wie der Kleine hier, fand die Königin sie erträglich; einen kurzen Moment empfand sie sogar so etwas wie Bedauern, dass sie nicht anders würde handeln können.

In ihrer Armee gab es mehrere Kinderschänder, die hohe Positionen bekleideten. Die Königin hegte eine seltsam heftige Verachtung für diese Männer. Sie konnte nicht verstehen, was mit ihnen los war. Auch die Genetik lieferte ihr keine Antworten. Schließlich hatten Kinder nichts Sexuelles an sich. Manche Menschen waren einfach gebrochen. Etwas in ihnen hatte sich falsch entwickelt, in eine ganz und gar verdorbene Richtung. Sie waren krank, und die Königin war sehr darauf bedacht, sie nicht zu berühren, nicht einmal für ein Händeschütteln.

Doch sie brauchte sie, und zwar dringend. Wenn sie nicht gerade taten, was nun mal in ihrer Natur lag, konnten sie äußerst nützlich sein. Besonders Ducarte war zu einer unersetzlichen Stütze geworden. Der Trick bestand schlicht darin, nicht an diese Dinge zu denken, schon gar nicht, wenn sie ein schlafendes, verletzliches Kind betrachtete, das vor ihr auf dem Bett lag.

Eines Tages, dachte sie, *wenn es vollbracht ist, werde ich das Land von diesen Menschen befreien. Um die Krankheit auszurotten, werde ich vom einen Ende der Neuen Welt ans andere ziehen, und beginnen werde ich mit dem Fairwitchgebirge.*

Doch jetzt brauchte sie das Kind. Und sie musste schnell handeln, bevor die Wirkung der Drogen nachließ.

Die Königin griff nach ihrem Messer und zog es über den Unterarm des Jungen. Eine lange Blutlinie zeichnete sich auf seiner Haut ab, die sie mit dem weißen Baumwollhandtuch aufsaugte. Der Kleine rührte sich nicht. Ein gutes Zeichen. Vielleicht konnte sie es jetzt reibungsloser hinter sich bringen als beim letzten Mal.

Die Königin legte ihre Kleidung ab, ließ sie in einem purpurnen Haufen am Boden liegen und ging vor dem steinernen Kamin auf die Knie, um Worte in einer längst vergessenen Sprache in die Flammen zu flüstern. Mit zusammengebissenen Zähnen ließ sie sich auf ihre Fersen zurücksinken. Der Steinboden unter ihren Knien war hart, doch genau das gefiel dem dunklen Geschöpf – ebenso wie der Anblick ihrer Nacktheit. Das Wesen wusste Unbehagen zu schätzen, genoss es auf eine Art, die sie nicht verstand. Hätte sie ihre Unterkleidung anbehalten oder sich auf ein Kissen gekniet, es wäre ihm aufgestoßen.

Eine Stimme erhob sich aus dem Feuer, eine tonlose Stimme, die weder männlich noch weiblich klang. Die Königin bekam eine Gänsehaut.

»Was ist dein Begehr?«

Sie schluckte und wischte sich den Schweiß von der Stirn. »Ich brauche … einen Rat.«

»Du brauchst Hilfe«, korrigierte sie das Geschöpf erwartungsvoll. »Was bietest du mir dafür?«

Die Königin beugte sich so weit vor, wie sie es wagte, und warf das blutige Handtuch in die Flammen. Trotz der Wärme hatten sich ihre Brustwarzen versteift, als wäre es kalt oder als würde sie Erregung empfinden. Das Feuer prasselte laut, als es das Handtuch gierig verschlang.

»Das Blut eines Unschuldigen«, sagte das Geschöpf. »Exquisit.«

Es wurde dunkel vor dem Kamin, und irgendetwas schien Gestalt anzunehmen. Die Königin beobachtete das Geschehen, versuchte, es zu begreifen. Ein tiefschwarzes Loch klaffte vor ihr auf, als würde Luft zu Öl kondensieren.

»Was bereitet dir Sorgen, Mortkönigin?«

»Tearling«, antwortete sie und stellte zu ihrem Missfallen fest, dass ihre Stimme nicht ganz fest klang. Sie versuchte, sich in Erinnerung zu rufen, dass das Geschöpf sie ebenso dringend brauchte wie andersherum. »Die neue Königin von Tearling.«

»Die Erbin. Du hast es nicht geschafft, sie dir untertan zu machen. Ich habe alles beobachtet.«

»Ich konnte nicht sehen, was sich an der Grenze abspielt. Ich kann das Mädchen überhaupt nicht sehen.«

Das Loch wurde breiter und zuckte im Schein des Feuers.

»Ich bin nicht gekommen, um mir dein Gejammer anzuhören. Mach schon, stell deine Frage.«

»Was ist heute Nacht an der Grenze passiert?«

»Heute Nacht ist nichts. Hier gibt es keine Zeit.«

Die Königin schürzte die Lippen und versuchte es erneut: »Arlen Thorne wollte eine Lieferung über die Grenze schmuggeln. Was ist passiert?«

»Er hat versagt.« In der Stimme des Geschöpfs schwang keinerlei Emotion mit, keine einzige Gefühlsregung. »Es gibt keine Lieferung.«

»Aber warum hat er versagt? War das Mädchen dort?«

»Die Tearerbin besitzt nun beide Steine.«

Der Magen der Königin machte einen Satz. Sie starrte ins Feuer, während sie erwog, welche Möglichkeiten ihr noch blieben. Es lief immer auf ein und dasselbe hinaus. »Ich muss in Tearling einfallen und das Mädchen töten.«

»Du wirst nicht in Tearling einmarschieren.«

»Ich habe keine andere Wahl. Ich muss sie töten, bevor sie lernt, wie man die Saphire richtig einsetzt.«

Das schwarze Loch begann zu zittern, wie ein Türrahmen, der durch ein heftiges Beben erschüttert wird. Ein flammender Speer schoss aus dem Feuer und bohrte sich in ihre rechte Hüfte. Mit einem Schrei kippte die Königin nach hinten um. In Panik wälzte sie sich über den Teppich, um die Flammen zu ersticken. Ihre Hüfte war schwarz verbrannt, und als sie versuchte, sich aufzusetzen, litt sie Höllenqualen. Keuchend blieb sie am Boden liegen.

Plötzlich war das Loch verschwunden. Stattdessen ragte ein über alle Maßen attraktiver Mann über ihr auf. Er trug das tiefschwarze Haar nach hinten gekämmt, was sein ebenmäßiges Patriziergesicht, die schmalen Wangenknochen und den vollen Mund noch betonte. Er war wirklich wunderschön, doch mit Schönheit konnte man die Königin nicht mehr zum Narren halten. Kalt blitzten seine roten Augen auf sie herab.

»So hoch du mit meiner Hilfe aufgestiegen bist, so tief kann ich dich fallen lassen«, sagte das Geschöpf ruhig. »Ich lebe schon länger als du, Mortkönigin. Ich kann den Anfang und das Ende sehen. Du wirst der Tearerbin kein Haar krümmen.«

»Werde ich versagen?« Sie konnte es sich nicht vorstellen. Tearling besaß keinen Stahl, nur eine lächerliche Armee mit einem zu alten Anführer. Selbst das Mädchen konnte daran nichts ändern. »Wird die Invasion scheitern?«

»Du wirst nicht in Tearling einfallen«, wiederholte das Geschöpf.

»Aber was soll ich dann tun?«, fragte die Königin verzweifelt. »Meine Armee ist ruhelos. Das Volk unruhig.«

»Das ist dein Problem, Mortkönigin, und für mich sind

deine Probleme nichts als Staubkörner im Wind. Und jetzt her mit meiner Entlohnung.«

Zitternd deutete die Königin auf ihr Bett. Sie wagte nicht, diesem Ding, das so drohend über ihr stand, zu widersprechen, doch wenn sie nicht bald neue Sklaven bekam, würde sich die Lage weiter zuspitzen. Sie dachte an ihren Traum, der sie inzwischen jede Nacht heimsuchte: der Mann in Grau, die Halskette, das Mädchen, der Feuersturm in seinem Rücken. Es war nur allzu offensichtlich, weshalb sie nicht schlafen konnte – sie hatte Angst davor.

Gierig machte sich die Kreatur an dem Jungen zu schaffen. Ihr Atem zischte leise. Die Königin rollte sich auf dem Boden zusammen und legte sich einen Arm über den Kopf, um nichts hören zu müssen. Doch es half nichts. Vom Bett her drang ein Gurgeln an ihr Ohr. Der Sklavenjunge schrie. Seine hohe Stimme hallte im Zimmer wider. Die Königin presste beide Hände so fest an ihre Ohren, bis sie nur noch ein Dröhnen vernahm. Mit geschlossenen Augen blieb sie liegen. Sie hatte das Gefühl, als müssten Stunden vergangen sein. Gewiss hatte das Wesen sein Werk vollbracht.

Als sie herumrollte und die Augen öffnete, entwich ihr ein Schrei. Das Geschöpf war direkt über ihr, sein Gesicht nur wenige Zentimeter von ihrem entfernt. Seine rot leuchtenden Augen starrten auf sie herab, und seine vollen Lippen waren blutverschmiert.

»Ich spüre deinen Ungehorsam, Mortkönigin, ich kann ihn förmlich schmecken. Aber Verrat hat seinen Preis, das weiß ich besser als jeder andere. Wenn du der Tearerbin auch nur ein Haar krümmst, wirst du meinen Zorn zu spüren bekommen, und es wird schlimmer als in deinen finstersten Träumen. Willst du das?«

Sie schüttelte heftig den Kopf. Ihre Brustwarzen waren

inzwischen so steif, dass sie beinahe schmerzten. Sie stöhnte, als die Kreatur zurückwich und sich das Blut von den Lippen leckte. Einen Augenblick später war das Feuer erloschen, und das Zimmer versank in Dunkelheit.

Die Königin rollte sich auf die andere Seite, umklammerte den Fuß ihres Betts und versuchte, sich aufzurichten. Ihre Hüfte schrie vor Schmerz. Die Verbrennung würde eine Narbe hinterlassen. Ein Chirurg könnte Abhilfe schaffen, doch damit würde sie eingestehen, dass sie noch verwundbar war. Nein, sie würde damit leben müssen.

Blind tastete sie sich durch den dunklen Raum und wühlte ungeschickt in ihrem Schreibtisch herum. Auf ihrem Nachttisch stand eine Kerze, aber sie ertrug den Gedanken nicht, im Dunkeln dort hinüberzugehen. Als etwas ihre Hand berührte, stieß sie einen schrillen Schrei aus. Doch es war nur eine Spinne, die eilig davonkrabbelte. Endlich hatte sie eine zweite Kerze gefunden. Erleichtert seufzend, zündete die Königin sie an und blickte sich im Zimmer um. Bis auf den Jungen war niemand da.

Sie wischte sich den Schweiß von Stirn und Wangen. Ihr ganzer Körper war verschwitzt. Wie von selbst trugen ihre Beine sie zum Bett. Sie holte tief Luft, bevor sie den Jungen ansah.

Das Geschöpf hatte ihn ausgesaugt. Sogar im trüben Licht der Kerze konnte sie sehen, wie bleich seine einst so dunkle Haut war. Wie immer hatte die Kreatur den Schnitt genutzt, den die Königin ihrem Opfer zugefügt hatte. Die ersten paar Mal hatte sie ihre Diener noch angewiesen, nach weiteren Verletzungen zu suchen, doch irgendwann hatte sie es gut sein lassen. Eigentlich wollte sie es gar nicht wissen. Die Wirbelsäule des Jungen war durchgebogen und sah aus, als sei sie kurz davor gewesen entzweizubrechen. Sein ausgekugelter

Arm lag schlaff und seltsam abgespreizt auf ihrer scharlachroten Tagesdecke, und sein Mund stand offen, ein erstarrter Schrei. Seine Augen sahen wie leere Höhlen aus, gespenstische Löcher, die an ihr vorbei ins Nichts starrten.

Was sie wohl gesehen hatten?, fragte sie sich. Sicher nicht das hübsche Antlitz, das die Kreatur für sie aufgesetzt hatte. Bis auf ein paar winzige Abweichungen hatten alle Opfer denselben Ausdruck auf dem Gesicht gehabt. Fast hätte man meinen können, der Junge sei an seiner Angst gestorben.

Die Königin spürte, wie sich ihr der Magen umdrehte und Galle in ihre Kehle stieg. Sie schlug sich eine Hand vor den Mund, wirbelte herum und rannte mit weit aufgerissenen Augen Richtung Bad. Etwas Gehetztes lag in ihrem Blick.

Fast hätte sie es geschafft.

13

Erwachen

»Vergleicht man die Glynn-Königin mit der Roten Königin, so stößt man nur auf wenige Gemeinsamkeiten. Beide waren sehr unterschiedliche Herrscherinnen, und wie wir heute wissen, wurden sie auch von ganz und gar unterschiedlichen Zielsetzungen angetrieben. Ich sollte vielleicht anmerken, dass beide einen eisernen Willen besaßen und die Fähigkeit, voller Tatkraft anzupacken, was angepackt werden musste. Doch liefert uns die Geschichte unzählige Beispiele dafür, dass die Urteile der Glynn-Königin milder ausgefallen sind als die der Roten Königin, weil sie Mitgefühl für ihre Untertanen empfand. Viele Historiker halten genau das für den entscheidenden Unterschied zwischen den beiden …«

Professorin Jessica Fenn, Mitschrift einer Vorlesung, Tearling-Universität im März 458

Lady.« Etwas Kühles streifte ihre Stirn. Kelsea drehte den Kopf und versuchte, es zu ignorieren. Mace hatte sie zurückgeholt aus dem … Nichts. Sie konnte sich an keinen Traum erinnern, nur an einen kühlen, dunklen, endlosen Schlaf, so endlos, wie er ihr noch nie in ihrem Leben erschienen war. Eine Reise auf unergründlichem Wasser, die sich über Tausende Kilometer erstreckte. Ihre ganz eigene Überfahrt, und sie wollte nicht wieder zurück.

»Lady.«

Mace' Stimme klang angespannt. Sie sollte wohl aufwachen und ihn wissen lassen, dass es ihr gut ging. Doch die Dunkelheit war so wunderbar warm, als wäre sie in Samt gehüllt.

»Sie atmet zu langsam. Wir sollten sie zu einem Arzt bringen.«

»Welcher Arzt könnte ihr deiner Ansicht nach helfen?«

»Ich dachte nur …«

»Ärzte werden nicht in Magie ausgebildet, Pen. Nur Heiler. Und von denen sind die meisten Quacksalber. Wir müssen einfach abwarten.«

Kelsea konnte die beiden über sich atmen hören, Mace tief und Pen flach. Ihre Sinne waren schärfer als sonst. Während sie Ebene für Ebene aus den Tiefen ihres Bewusstseins emporstieg, konnte sie einen Mann leise singen und ein Pferd in der Ferne wiehern hören.

»Hat sie die Flut über uns gebracht, Sir?«

»Das weiß nur Gott allein, Pen.«

»Hat die alte Königin je etwas Ähnliches vollbracht?«

»Elyssa?« Mace begann zu lachen. »Du lieber Himmel, ich habe sie jahrelang beide Ketten tragen sehen, und das Einzige, was sie damals gemacht haben, war, sich ständig in ihrem Kleid zu verheddern. Einmal waren wir mitten in einem Empfang für die Caderese, und es hat uns eine halbe Stunde gekostet, die verdammten Dinger zu entwirren, ohne gegen jeden Anstand zu verstoßen.«

»Ich glaube, die Königin hat die Flut gerufen. Und das hat sie ihre gesamte Kraft gekostet.«

»Sie atmet, Pen. Sie lebt. Darauf müssen wir uns konzentrieren.«

»Warum wacht sie dann nicht auf?«

In Pens Stimme schwang ein Unterton mit, der schon an Trauer erinnerte, und Kelsea begriff, dass es Zeit war. Sie konnte die beiden nicht länger warten lassen. Also durchbrach sie die dunkle Wärme in ihrem Kopf und öffnete die Augen. Wieder einmal fand sie sich in einem blauen Zelt wieder. Es war, als hätte jemand die Zeit bis zu jenem Morgen zurückgedreht, als sie aufgewacht war und den Fetch neben sich hatte sitzen sehen.

»Gott sei Dank«, murmelte Mace über ihr. Als Erstes fiel Kelseas Blick auf einen roten Fleck an seiner Schulter. Seine Uniform war zerrissen und voller Blut. Pen, der neben ihm kniete, hatte keine sichtbaren Verletzungen abbekommen, trotzdem hielt sie ihn für den bedenklicheren Fall. Unter seinen Augen lagen dunkle Schatten, und er war gespenstisch bleich.

Beide streckten die Arme aus, um ihr in eine sitzende Position zu helfen. Pen zog sie an den Händen, und Mace stützte ihren Rücken. Kelsea rechnete damit, dass sie gleich schreckliche Kopfschmerzen bekommen würde, doch als sie sich aufsetzte, stellte sie fest, dass sie sich wunderbar klar fühlte. Sie hob die Hand und ertastete ihre beiden Ketten, die immer noch um ihren Hals hingen.

»Macht Euch keine Sorgen. Wir haben es nicht gewagt, sie anzufassen«, erklärte Mace trocken.

»Ich wage es ja selbst kaum, sie anzufassen.«

»Wie fühlt Ihr Euch, Lady?«

»Gut. Zu gut. Wie lange habe ich geschlafen?«

»Eineinhalb Tage.«

»Und Ihr beide? Seid Ihr wohlauf?«

»Ja, danke, Lady.«

Sie deutete auf Mace' Schulterwunde. »Ich sehe, jemand hat es endlich geschafft, Eure Deckung zu durchbrechen.«

»Es waren drei, Lady, und einer davon konnte sein Schwert beidhändig führen. Wenn Venner Wind davon bekommt, muss ich mir das bis an mein Lebensende anhören.«

»Was ist mit den Frauen?«

Mace und Pen wechselten einen Blick.

»Raus mit der Sprache!«

»Wir haben drei verloren«, erwiderte Mace unbeholfen.

»Aber Ihr habt zweiundzwanzig gerettet, Majestät«, fügte Pen mit einem finsteren Blick auf Mace hinzu, den dieser glücklicherweise übersah. »Zweiundzwanzig Frauen. Es geht ihnen gut, und allen anderen auch. Sie sind auf dem Heimweg.«

»Was ist mit der Garde?«

»Tom weilt nicht mehr unter uns, Lady.« Mace rieb sich mit einem Handballen über die Stirn – bei jedem anderen keine ungewöhnliche Geste, doch für ihn war sie ziemlich ausdrucksstark. Deutlicher würde er seinen Kummer nicht zeigen können, dachte Kelsea. Sie selbst hatte Tom nicht gut gekannt und würde wohl ebenfalls keine Träne vergießen.

»Was noch?«

»Es hat erst heute Morgen aufgehört zu regnen. Wir haben darauf gewartet, dass Ihr aufwacht, aber ich musste in der Zwischenzeit ein paar Entscheidungen auf eigene Faust treffen.«

»Eure Entscheidungen sind für gewöhnlich akzeptabel, Lazarus.«

»Ich habe die Karawane zurückgeschickt. Ein paar Kinder haben ihre Mütter verloren, aber eine Frau aus ihrem Dorf wollte sich um sie kümmern.«

Kelsea packte ihn am Arm, direkt unter dem Ellbogen. »Geht es ihm gut?«

Pen runzelte die Stirn; Mace hingegen warf ihr einen irritierten Blick zu. Er wusste genau, von wem sie sprach. Sie wappnete sich für einen Vortrag, doch ihr Captain war ein guter Mann. Er holte nur einmal kurz Luft, um dann seufzend zu erwidern: »Es ist alles in Ordnung, Lady. Er und seine Männer sind gestern kurz nach Sonnenaufgang weitergeritten.«

Kelsea spürte, wie ihr das Herz schwer wurde, aber da Mace das nicht unbedingt mitbekommen sollte, reckte sie sich so herzhaft, dass ihr Rücken mehrmals angenehm knackte. Als sie sich erhob, ertappte sie ihre beiden Gardisten dabei, wie sie einen vielsagenden Blick wechselten.

»Was ist?«

»Dort draußen gibt es ein paar Dinge, um die Ihr Euch kümmern müsst, Majestät.«

»Schön. Dann lasst uns gehen.«

Wie sehr das Wetter alles verändern konnte! Sie hatten ihr Lager am tiefsten Punkt des Argivetals aufgeschlagen, an derselben Stelle wie Thorne. Der gesamte Pass lag im Sonnenlicht, und die Schlucht, die in der Nacht so finster und abschreckend gewirkt hatte, war in Wirklichkeit atemberaubend schön. Eine raue, karge Schönheit aus weißem Fels. Hoch über Kelseas Kopf leuchteten die Wände des Passes wie Marmor.

Ihre Garde saß um die Reste von Thornes Lagerfeuer. Als sie näher kam, sprangen die Männer auf, und zu ihrer Überraschung verbeugten sich alle, sogar Dyer. Kelseas schwarze Uniform war schlammverkrustet, und ihre Haare sahen bestimmt schrecklich aus, doch das schien niemanden zu stören. Abwartend standen sie da, und irgendwann wurde Kelsea bewusst, dass sie nicht auf Befehle von Mace warteten. Sie warteten auf sie.

»Wo sind die Käfige und die Karawane?«

»Ich habe sie denselben Weg wieder zurückgeschickt, den

sie gekommen sind, Lady. Die Gefangenen konnten unmöglich die ganze Strecke zu Fuß laufen, und da die meisten Maultiere überlebt haben, haben wir die Decken von den Käfigen abgeschlagen und sie in rollende Wagen verwandelt, um den Leuten die Reise zu erleichtern. Sie sollten inzwischen in der Almontebene sein, auf dem Weg nach Hause.«

Kelsea nickte. Eine gute Lösung. Überall lagen abgesplitterte Holzgitterreste und die Überbleibsel der Käfigdecken herum. In einiger Entfernung kräuselte sich der Rauch eines Feuers in den Himmel. »Was brennt dort drüben?«

»Tom«, entgegnete Mace mit angespannter Stimme. »Er hat keine Familie, und er hätte es so gewollt. Ganz ohne Zeremonie.«

Als sich Kelsea in der Gruppe umblickte, fiel ihr auf, dass noch ein weiterer Mann fehlte. »Wo ist Fell?«

»Ich habe ihn nach Neulondon zurückgeschickt, Lady. Zusammen mit ein paar Frauen, die aussahen, als könnten sie einen Einkaufsbummel in der Großstadt vertragen.«

»Sehr geschmackvoll, Lazarus. Sie hätten sterben können, und du hast sie nach Hause gehen lassen, um Propagandaarbeit zu machen.«

»So ist es nun mal, Lady. Und Fell durfte sich sowieso nicht länger im Freien aufhalten. Bei der ganzen Feuchtigkeit hat er sich irgendeine Lungenkrankheit zugezogen.«

»Ist sonst noch jemand verletzt?«

»Nur Elstons Stolz, Lady«, sagte Kibb.

Elston warf seinem Freund einen bösen Blick zu und starrte dann auf seine Füße. »Vergebt mir, Majestät. Ich habe es nicht geschafft, Thorne dingfest zu machen. Er ist mir entwischt.«

»Dir sei verziehen, Elston. Thorne ist ein harter Brocken.«

Auf Bodenhöhe erklang ein bitteres Lachen. Kelsea starrte durch mehrere Beinpaare hindurch und sah einen an den Händen gefesselten Mann neben dem Feuer sitzen.

»Wer ist das?«

»Aufstehen!«, knurrte Dyer und tippte den Gefangenen mit dem Fuß an. Müde, als trüge er eine schwere Last auf den Schultern, erhob er sich. Kelsea runzelte die Stirn, als sich etwas in ihrer Erinnerung regte. Der Gefangene war nicht alt, vielleicht dreißig oder fünfunddreißig, und doch war sein Haar fast vollkommen ergraut. Apathisch blickte er sie an.

»Javel, Lady. Ein Torwächter und der einzige Überlebende, der nicht entkommen ist. Er hat es aber auch gar nicht versucht.«

»Was soll ich jetzt mit ihm machen?«

»Er ist ein Verräter, Lady«, sagte Dyer. »Er hat gestanden, das Festungstor für den jungen Lord Graham geöffnet zu haben.«

»Auf Thornes Befehl hin?«

»Das behauptet er zumindest, Lady.«

»Wie habt ihr ihm diese Information entlockt?«

»Entlockt? Himmel, Lady, wir mussten gar nichts tun. Wenn er gekonnt hätte, hätte er es auf den Marktplatz hinausgeschrien.«

Kelsea wandte sich wieder an den Gefangenen. Trotz des warmen Sonnenscheins lief ihr ein eisiger Schauer über den Rücken. Dieser Mann sah genauso aus wie Carroll damals auf der Lichtung: Alle Hoffnung war aus seinen Zügen gewichen, als wäre etwas in ihm gestorben. »Wie kommt es, dass sich eine Torwache mit Thorne eingelassen hat?«

Mace zuckte mit den Achseln. »Seine Frau wurde vor sechs Jahren verschifft. Wahrscheinlich hat Thorne ihm angeboten, sie zurückzuholen.«

In Kelseas Erinnerung regte sich etwas. Sie trat näher an den Gefangenen heran und bedeutete Coryn und Dyer, einen Schritt zurückzutreten. Es war offensichtlich, dass er für niemanden mehr eine Bedrohung darstellen würde; tatsächlich sah er eher so aus, als wolle er auf der Stelle tot umfallen.

»Er ist ein Verräter, Lady«, wiederholte Dyer. »Und einen Verräter kann nur ein Schicksal erwarten.«

Kelsea nickte; sie wusste, dass er recht hatte. Doch aus ihren verschwommenen Erinnerungen an jene Nacht, die bereits Jahrhunderte entfernt schien, stieg ein lebhaftes Bild vor ihrem geistigen Auge auf: Sie sah, wie der Mann, der jetzt hier vor ihr stand, mit einer Axt in der Hand wild auf die Gitterstäbe des Käfigs einschlug. Einen Moment lang lauschte sie in sich hinein, ob Carlin ihr sagen würde, was sie zu tun hatte. Doch nichts dergleichen geschah. Sie hatte ihre Stimme schon seit geraumer Zeit nicht mehr gehört. Kelsea musterte den Gefangenen noch einen Moment, dann wandte sie sich zu Dyer um. »Bringt ihn zurück zur Festung, und steckt ihn in eine Zelle.«

»Aber er ist ein Verräter, Majestät! Statuiert jetzt ein Exempel an ihm, und der nächste Mistkerl wird zweimal darüber nachdenken, mit Thorne gemeinsame Sache zu machen!«

»Nein«, antwortete Kelsea bestimmt. Ihre Saphire begannen hell leuchtend zu pulsieren – das erste Mal seit ihrem Erwachen, dass sie die Steine spürte. »Bringt ihn zurück. Und seid nicht zu hart zu ihm. Er wird nicht versuchen zu fliehen.«

Einen Moment lang biss Dyer die Zähne zusammen, doch dann nickte er. »Lady.«

Kelsea hatte erwartet, dass Mace ihr widersprechen würde, doch seltsamerweise machte er keinen Mucks.

»Können wir jetzt aufbrechen?«

»Noch einen Moment.« Mace hob den Arm und beobachtete, wie Dyer den Gefangenen hinter einen hoch aufragenden Felsen führte. »Wir haben noch etwas zu klären. Eine Garde-Angelegenheit.«

Elston und Kibb stürmten los und packten Mhurn, der bei

Mace' Worten bereits Anstalten zur Flucht gemacht hatte. Elston hob ihn hoch, und Kibb schickte sich an, seine Beine zu fesseln.

»Was …«

»Unser Verräter, Lady.«

Kelsea blieb der Mund offen stehen. »Seid Ihr sicher?«

»Absolut sicher.« Mace hob eine Satteltasche vom Boden auf und kramte darin herum, bis er eine sorgfältig zusammengerollte und versiegelte Lederbörse hervorzog. Ein bisschen sah es so aus, als habe man einen Diamanten oder einen anderen Wertgegenstand darin verpackt. Er öffnete den Beutel, wühlte wieder kurz darin herum und sagte dann: »Seht her.«

Kelsea trat näher an Mace heran. Ein feiner weißer Puder lag in seiner Hand, fast wie Mehl. »Opium?«

»Nicht einfach Opium, Lady«, bemerkte Coryn vom Lagerfeuer her. »Sondern ein hochwertiges Morphiat. Und irgendjemand hat sich beim Auskochen ziemlich viel Mühe gegeben. Wir haben auch ein paar Nadeln gefunden.«

Entsetzt wirbelte Kelsea herum. »*Heroin?*«

»Nicht ganz, Majestät. Nicht einmal die Cadarese können Heroin synthetisch herstellen, wobei ich keinen Zweifel habe, dass es ihnen eines Tages gelingen wird.«

Kelsea schloss die Augen und rieb sich die Schläfen. Als William Tear aus Amerika losgesegelt war, um sein Königreich auf einem Hügel zu errichten, war es ihm kurzfristig gelungen, jede Art von Rauschmitteln auszurotten. Aber natürlich hatte sich der Drogenhandel einen Weg zurück in die Gesellschaft gebahnt. Die Menschen würden nie aufhören, sich nach einer Fahrt auf dem Karussell zu sehnen. Heroin … Das war wirklich die schlimmste Entwicklung, die Kelsea sich hätte ausmalen können.

»Wie habt Ihr das rausgekriegt?«

»Arliss. Er und Thorne konkurrieren auf mehreren Märkten. Kein Gramm Drogen gelangt nach Neulondon, ohne dass Thorne davon weiß, Lady. Es ist das Einfachste der Welt, einen Süchtigen von seinem Nachschub abzuschneiden und ihn unter Druck zu setzen.«

»Und Ihr wusstet nichts von Mhurns Sucht?«

»Hätte ich es gewusst, Lady, er wäre umgehend rausgeflogen.«

Kelsea drehte sich um und näherte sich dem Gardisten, der immer noch in Elstons kräftigen Armen hing, während Kibb ihn jetzt auch noch an den Händen fesselte.

»Mhurn, habt Ihr etwas dazu zu sagen?«

»Nichts, Majestät.« Er weigerte sich, sie anzusehen. »Es gibt keine Entschuldigung.«

Kelsea starrte ihn an, diesen Mann, der einen Mörder in ihren Trakt geschmuggelt und ein Messer auf sie geworfen hatte. Plötzlich erinnerte sie sich an die Nacht am Lagerfeuer und an die Tränen in seinen Augen, als Lady Andrews diese grässliche Szene während der Audienz aufgeführt hatte. Carlin hatte kein Mitleid mit Süchtigen. Ein Süchtiger, hatte sie Kelsea einmal erklärt, war von Natur aus schwach und angreifbar. Seine Sucht konnte jederzeit dazu benutzt werden, ihn zu brechen. Auch wenn Carlins Stimme partout nicht mehr in ihrem Kopf erklingen wollte, wusste Kelsea, was ihre Ziehmutter in einem solchen Moment gesagt hätte: Mhurn war ein Verräter, und ein Verräter verdiente es, hingerichtet zu werden.

Barty hingegen war großmütiger mit solchen Schwächen umgegangen. Er hatte Kelsea erklärt, eine Sucht sei wie ein Riss im Leben. »Ein tiefer, tödlicher Riss, Kel, aber man kann verhindern, dass er sich ausbreitet. Man kann Zäune drum herum bauen.«

Kelsea empfand keine Wut, nur Mitleid. Bestimmt war es furchtbar schwierig gewesen, die Sucht vor Mace zu verbergen. Mhurn musste nahezu jeden Tag seines Lebens auf Entzug gewesen sein.

»Gesteht Ihr Euren Verrat, Mhurn?«

»Ja.«

Kelsea sah sich um und stellte fest, dass sich der Rest der Gardisten mit kalten Blicken um sie versammelt hatte. Sie wandte sich wieder an Mhurn, darauf bedacht, ihnen zuvorzukommen, sein Leben zu verlängern. »Wann wurdet Ihr süchtig?«

»Was spielt das jetzt noch für eine Rolle?«

»Es spielt eben eine.«

»Vor zwei Jahren.«

»Was zur Hölle hast du dir dabei gedacht?«, brüllte Mace, unfähig, sich zurückzuhalten. »Ein Gardist der Königin, drogensüchtig? Was dachtest du, wo das enden würde?«

»Hier.«

»Du bist ein toter Mann.«

»Ich war schon seit der Invasion tot, Sir. Nur dass ich in den letzten paar Jahren auch noch angefangen habe zu verwesen.«

»Was für ein Haufen Mist.«

»Ihr habt keine Ahnung, was ich verloren habe.«

»Wir haben alle etwas verloren, du selbstmitleidiger Idiot.« Eisige Wut lag in Mace' Stimme. »Aber wir sind die Garde der Königin. Wir verkaufen unsere Ehre nicht. Wir verraten unseren Eid nicht.«

Er wandte sich an Kelsea. »Wir sollten das hier regeln, Lady, unter uns. Gebt uns die Erlaubnis, ihn zu töten.«

»Noch nicht. Elston, werdet Ihr müde?«

»Soll das ein Witz sein, Majestät? Ich könnte diesen ehrlosen Bastard noch den ganzen Tag festhalten.« Elston spannte die Muskeln an, bis Mhurn stöhnte und sich wand. Kelsea hörte es knacksen, als eine seiner Rippen brach.

»Das reicht.«

Elston lockerte seine Umklammerung. Mhurn war an Händen und Füßen gefesselt und hing jetzt leblos wie eine Puppe in den Armen seiner Mitwache. Seine blonden Haare hingen ihm ins Gesicht. Kelsea fiel ein, was er ihr damals im Reddickwald gesagt hatte: dass Kriegsverbrechen entweder aus der Situation erwuchsen oder in der jeweiligen Führung begründet lagen. Der andere Gefangene, der Torwächter, hatte in einem Moment äußerster Not zur Axt gegriffen und versucht, sein Unrecht wiedergutzumachen. Mhurn hatte nichts dergleichen getan. Ganz bestimmt befand er sich in einer schwierigen Situation – aber war das Kelseas Schuld? Lag es an ihrer Führung? Mace hatte gesagt, Mhurn sei ein talentierter Schwertkämpfer, nicht ganz so gut wie Pen, aber durchaus eindrucksvoll. Außerdem war er einer der Vernünftigsten der Garde, einer, auf den Mace immer gesetzt hatte, wenn es darum ging, Takt zu beweisen. Mhurns Tod wäre ein schrecklicher Verlust, und sosehr Kelsea es auch versuchte, sie konnte einfach keine Wut aufbringen. Sie verspürte nichts als Trauer und die Gewissheit, dass diese Tragödie irgendwie hätte vermieden werden können, dass sie etwas Wichtiges übersehen hatte.

»Coryn, wisst Ihr, wie man dieses Zeug spritzt?«

»Ich habe unseren Leuten Antibiotika verabreicht, Lady, aber über Morphin weiß ich nur wenig. Könnte gut sein, dass ich ihn umbringe.«

»Darauf können wir jetzt keine Rücksicht nehmen. Verpasst ihm eine anständige Dosis.«

»Lady!«, blaffte Mace. »Das hat er nicht verdient!«

»Das ist meine Entscheidung, Lazarus.«

Mit verstohlenem Interesse beobachtete Kelsea, wie Coryn eine kleine Flamme entzündete und das weiße Pulver in einem seiner medizinischen Behälter erhitzte. Als sich das Morphin verflüssigte, sackte es wie ein winziges Gebäude in sich zusammen. Coryn zog die Flüssigkeit in eine Spritze. Kelsea wandte sich ab. Sie wollte nicht zusehen, wie Mhurn der Schuss gesetzt wurde.

»Fertig, Lady.«

Sie drehte sich um und bemerkte, dass Mhurns hartes, kantiges Gesicht weicher wirkte und sich ein Schleier über seine kalten, schönen Augen gelegt hatte. Sein ganzer Körper war erschlafft. Wie konnte eine Droge so schnell wirken?

»Was ist Euch während der Mortinvasion zugestoßen, Mhurn?«

»Ich habe Euch die Geschichte doch schon erzählt, Majestät.«

»Ich habe inzwischen zwei Versionen gehört, Mhurn, und keine war vollständig. Und jetzt will ich wissen, was *Euch* zugestoßen ist.«

Verträumt starrte Mhurn über ihre Schulter in die Ferne. Als er zum Sprechen ansetzte, wirkte seine Stimme so distanziert, dass sich Kelseas Magen zusammenzog. »Wir haben in Concord gelebt, Lady, an den Ufern des Crithe. Unser Dorf lag so weit abgelegen, dass wir nicht mal mitbekommen haben, dass die Mortarmee nach Tearling vorrückte. Als uns ein Bote eine Warnung überbrachte, konnten wir den Schatten bereits am Horizont sehen … den Rauch ihrer Feuer … die Habichte, die ihnen am Himmel folgten. Wir sind geflohen, aber wir waren nicht schnell genug. Meine Tochter war krank, und meine Frau konnte nicht reiten. Und selbst wenn, wir hätten sowieso nur ein Pferd gehabt. Auf halbem Weg zwischen dem Crithe und dem Caddell haben sie uns eingeholt. Lady, meine

Frau war schon schlimm dran, aber Alma, meine Tochter … Ducarte selbst hat sie sich geschnappt und kilometerweit mit seiner Armee mitgeschleppt. Monate später habe ich ihre Leiche zwischen all den Toten gefunden, die die Mort nach ihrem Rückzug auf dem Festungsrasen zurückgelassen hatten. Sie hatte überall Quetschungen … und noch Schlimmeres. Ich sehe sie vor mir, Lady, die ganze Zeit. Außer wenn ich an der Nadel hänge … die einzigen gnädigen Momente, wo ich blind sein darf.« An Mace gewandt, fuhr er fort: »Ihr irrt Euch, Sir, wenn Ihr glaubt, dass mich die Art oder der Zeitpunkt meines Todes interessieren.«

»Du hast uns nie etwas von alldem erzählt«, blaffte Mace.

»Könnt Ihr mir das verdenken?«

»Carroll hätte dich auf keinen Fall in die Garde aufgenommen, wenn er gewusst hätte, wie fertig du bist.«

Kelsea hatte genug gehört. Sie beugte sich hinab und zog ihr Messer, das Messer, das Barty ihr vor langer Zeit geschenkt hatte. Auch er hatte einst zur Königinnen-Garde gehört. Hätte er das hier gewollt?

Mace blieb der Mund offen stehen, als sie sich aufrichtete. »Lady, jeder von uns würde das gerne für Euch erledigen! Ihr müsst nicht …«

»Natürlich muss ich es tun, Lazarus. Er hat die Krone verraten. Und die Krone bin ich.«

Mhurn sah auf. Mühsam fokussierten sich seine geweiteten Pupillen auf das Messer. Er lächelte benebelt. »Die anderen verstehen Euch nicht, Lady, aber ich sehr wohl. Ihr habt mich gut behandelt, und jetzt wollt Ihr mir auch noch eine Ehre erweisen.«

Kelseas Augen füllten sich mit Tränen. Sie richtete den Blick auf Elston, den sie nur noch verschwommen wahrnahm. »Haltet ihn ruhig. Ein zweites Mal kann ich das nicht tun.«

»Natürlich, Lady.«

Kelsea blinzelte die Tränen weg, packte Mhurn an den blonden Haaren und riss seinen Kopf nach oben. Sofort entdeckte sie seine Halsschlagader, die sanft unter seinem Kiefer pulsierte. Barty hatte ihr geraten, sie nach Möglichkeit zu umgehen. Ein ungenauer Schnitt konnte nur allzu leicht in einem schrecklichen Blutbad enden. Sie umklammerte ihr Messer noch fester. Plötzlich war sie überzeugt, dass ihr Ziehvater genau das gewollt hätte: dass sie saubere Arbeit leistete. Sie drückte Mhurn die Klinge an die Kehle und zog sie mit einem entschlossenen Schnitt über seinen Hals. Warmes scharlachrotes Blut troff ihr auf die Hand. Kelsea hielt Mhurns Kopf hoch, sah das breiter werdende rote Lächeln auf seinem Gesicht und die Rinnsale, die über seine Kehle liefen. Fast träumerisch hielt er seine blauen Augen auf sie gerichtet. Langsam ließ sie ihn los, trat einen Schritt zurück und beobachtete, wie sein Kopf auf seine Brust sank.

»Gut gemacht, Majestät«, bemerkte Venner. »Ein schöner, sauberer Schnitt.«

Kelsea setzte sich auf den Boden und legte den Kopf auf ihre verschränkten Arme. Sie konnte die Tränen nicht länger zurückhalten.

»Lasst sie einen Moment in Ruhe«, befahl Mace rau. »Und werft seine Leiche ins Feuer. Coryn, du hast die Verantwortung für die Reste von diesem Mist in seinem Beutel. Vielleicht kann Arliss etwas damit anfangen, wenn wir nach Hause kommen.«

Bis auf Pen, der sich neben sie setzte, entfernten sich alle Männer von ihr.

»Lady«, murmelte er. »Zeit zu gehen.«

Kelsea nickte, doch es schien, als könnte sie nicht aufhören zu weinen. Egal, wie sehr sie auch versuchte, sich wieder unter

Kontrolle zu bekommen, die Tränen rannen weiter über ihre Wangen. Ihr Atem ging stoßweise und keuchend. Sie spürte Pens Hand auf ihren Händen, der ihr sanft das Blut abwischte.

»Pen!«

Pens Hand verschwand.

»Sorg dafür, dass sie auf die Beine kommt! Wir sind schon viel zu lange hier!«

Pen griff Kelsea unter die Arme, seine Berührung nun wieder unpersönlich. Er zog sie hoch und stützte sie, während sie stolpernd auf die Felsen zuhielten. Endlich erreichten sie Dyer, der Kelseas Pferd am Zügel hielt. Wie ferngesteuert stieg Kelsea auf und wischte sich mit dem Ärmel übers Gesicht.

»Können wir aufbrechen, Lady?«

Kelsea spähte hinter sich zum östlichen Ende des Passes, doch sie konnte nichts sehen. Der Anstieg war zu steil. Obwohl ihnen keine Zeit mehr blieb, spürte sie plötzlich das dringende Bedürfnis, den höchsten Punkt des Passes zu erklimmen und einen Blick auf Mortmesne zu werfen, dieses sagenumwobene Land, das sie bislang nur in ihren Träumen gesehen hatte. Doch alle warteten auf sie. Mhurns Gesicht hatte sich in ihr Gedächtnis eingebrannt. Kelsea umklammerte die Zügel und versuchte, das Bild ebenso wie ihre Tränen wegzuwischen.

»In Ordnung. Lasst uns nach Hause reiten.«

Sobald sie den Argivepass hinter sich gelassen hatten, kamen sie gut voran. Die Schlucht selbst war schlammig, doch mit dem Abstieg wurde das Land alsbald staubtrocken, denn hier hatte es nicht geregnet. Ab und an umklammerte Kelsea die Saphire unter ihrem Hemd. Sie spürte nichts, doch davon ließ sie sich nicht täuschen. Die Steine würden nicht lange Ruhe geben. Sie dachte an die Übelkeit, die sie auf der Hinreise überkommen hatte, an die Art, wie sie gnadenlos angetrieben worden war. Das schreckliche Gefühl, als sie versucht hatte, die Kette abzulegen.

Was werden die Steine mit mir anstellen?

Vom Vorgebirge aus konnte sie die dunklen Umrisse der Karawane sehen, die ihnen vielleicht einen halben Tagesritt voraus war und sich einen Weg durch das Grasland bahnte. Als Kelsea in ihren tiefen Traum gesunken war, hatte Mace lange mit den Dorfbewohnern gesprochen und dabei ein paar interessante Dinge in Erfahrung gebracht: Thorne hatte insgesamt zwölf Dörfer entlang des Crithe überfallen – Dörfer, deren männliche Bewohner jedes Frühjahr aufbrachen, um in Neulondon mit Gütern zu handeln. Just an dem Abend, als sich die Männer auf den Weg gemacht hatten, waren Thornes Leute aufgetaucht, hatten ein Feuer gelegt, um Verwirrung zu stiften, und waren anschließend in die Häuser eingedrungen, um die Frauen und Kinder gefangen zu nehmen.

Kelsea spürte, wie es ihr kalt den Rücken hinunterlief, als sie sich den bitterkalten Morgen im Dorf ins Gedächtnis rief, die Schreie der Frau, die ihre Söhne verloren hatte. Sie verspürte keinen Drang, die Karawane einzuholen, doch sie machte sich Sorgen um die Frauen und Kinder, die ohne Wachen unterwegs waren. Sie wollte sie auf jeden Fall im Blick behalten.

Und was könntest du mit deinen fünfzehn Wachen tun, wenn sie angegriffen werden?, höhnte eine Stimme in ihrem Kopf.

Ich könnte eine Menge tun, antwortete Kelsea grimmig. Das gleißend blaue Licht fiel ihr ein und die Spannung, die ihren Körper durchzuckt hatte. *Eine ganze Menge.*

Tief in ihrem Inneren war sie überzeugt, dass ihnen keine Gefahr mehr drohte. Coryn war so geistesgegenwärtig gewesen, Thornes Pferde freizulassen. Damit mussten die wenigen Männer, die tatsächlich entkommen waren, den langen

Marsch – wohin auch immer – zu Fuß zurücklegen. Kelseas Trupp hatte mehrere der Tiere wiedergefunden, die im Vorgebirge gegrast hatten, und Mace war es gelungen, sie mit einem Lasso einzufangen. Ein Pferd hatte er Javel, dem Torwächter, gegeben. Dyer hatte seine Beine an den Sattel gefesselt und ritt nun dicht hinter ihm, um ihn mit Argusaugen zu beobachten. Kelsea hielt das für unnötig. Immer wieder sah sie Javel vor sich, wie er mit rußverschmiertem Gesicht auf einen der Käfige einschlug.

In ihm steckt noch mehr, dachte sie, *und Mace weiß das.*

Als sie sich nur noch wenige Kilometer hinter der Karawane befanden, drosselte Mace das Tempo und wies die Gruppe an, den Abstand beizubehalten. Die Sonne hatte bereits einen Großteil ihres Weges über den Himmel vollendet, und ihr Trupp hatte über die Hälfte der Strecke zum Crithe zurückgelegt, als er plötzlich anhielt.

»Was ist?«

»Ein Reiter«, antwortete er und starrte in Richtung der Karawane. »Wellmer, komm her!«

Es war in der Tat ein einzelner Reiter, der von Norden her mit einer derartigen Geschwindigkeit über die Ebene galoppierte, dass er eine Staubwolke hinter sich herzog, und das, obwohl er doch überwiegend über Gras ritt.

Elston, Pen und Mace postierten sich in einem Dreieck um Kelsea, deren Magen sich zusammenzog. Was war denn jetzt wieder schiefgelaufen?

»Ein Caden«, murmelte Pen. »Ich kann seinen Mantel sehen.«

»Aber es ist nur ein Bote«, erwiderte Mace nachdenklich. »Dwynes Tod wird uns wohl noch eine Menge Schwierigkeiten machen.«

»Er ist tot?«, fragte Kelsea.

Mace wandte den Blick nicht von dem Reiter ab. »Euer

Freund hat ihn getötet. Aber das können die Caden nicht wissen. Sie werden glauben, wir wären es gewesen.«

»Na ja, sie haben ja sowieso schon mehrmals versucht, mich zu töten. In größere Schwierigkeiten kann ich kaum noch geraten.«

»Es sieht den Caden nicht ähnlich, einen einzelnen Reiter auszusenden, Lady, egal, um was es sich handelt. Lasst uns auf Nummer sicher gehen und einfach hier warten.«

Kelseas Blick wanderte über die Landschaft, die sie umgab: Weite Wiesen, Kornfelder und Felsformationen erstreckten sich bis an die Ufer des Crithe. Fast hatte sie das Gefühl, ein anderes Land vor sich zu haben. Doch nicht das Land hatte sich verändert, sondern sie selbst.

»Sir?« Wellmer näherte sich ihnen vom anderen Ende des Trupps her. Seinen Bogen hielt er bereits in der Hand. »Er trägt einen Caden-Mantel, das stimmt, aber er hat noch ein Kind dabei.«

»Was?«

»Einen kleinen Jungen, vielleicht fünf oder sechs Jahre alt.«

Nachdenklich runzelte Mace die Stirn. Plötzlich glättete sich sein Gesicht, und dieses ehrliche, fröhliche Lächeln breitete sich auf seinem Gesicht aus, das Kelsea so selten an ihm sah. »Fortuna, du wunderbares Miststück.«

»Was ist?«

»Die Bastarde der Caden sind über das ganze Königreich verstreut, und glaubt mir, Lady, die Männer sind nicht gerade für die Vaterschaft geschaffen. Die Anständigeren unter ihnen geben der Frau immerhin etwas Geld und verschwinden dann.«

»Wie schön für sie.«

»Sowas wie Zuneigung sucht man da meist vergebens«, fuhr Mace fort, als habe Kelsea gar nichts gesagt. »Trotzdem: Ich habe von einigen Caden gehört, die versuchen, nebenbei ein geheimes Leben zu führen. Ein normales Leben, mit einer versteckten Frau und heimlichen Kindern. Sie setzen alles daran, dass diese Familien nicht entdeckt werden, denn das würde sie natürlich erpressbar machen. Ich könnte mir vorstellen, dass Thorne so dumm war, ein Kind der Caden zu entführen. Kannst du den Reiter identifizieren, Wellmer?«

»Nein, Sir, ich kenne nicht alle aus der Gilde.«

»Beschreib ihn.«

»Sandfarbenes Haar. Ein Schlägertyp. Bewaffnet mit Schwert und Messer. Und er hat eine hässliche Narbe quer über der Stirn.«

Elston, Pen und Mace starrten einander an, und in den wenigen, wortlosen Sekunden schien sich ein ganzes Gespräch zwischen ihnen zu entspinnen.

»Was?«, fragte Kelsea.

»Lasst uns einfach abwarten, was er als Nächstes tut«, erwiderte Mace. An Pen gewandt, fügte er hinzu: »Du konzentrierst dich nur darauf, dass die Königin in Sicherheit ist. Auf nichts sonst, verstanden?«

In etwa fünfzig Meter Entfernung zügelte der Caden sein Pferd. Kelsea sah, dass er tatsächlich ein kleines Kind auf dem Arm hatte und den Jungen vorsichtig auf dem Boden absetzte, bevor er selbst aus dem Sattel stieg. »Wer ist das?«, fragte sie.

»Merritt, Lady«, antwortete Mace. »Die Caden haben keinen Anführer, dafür ist ihre Gilde zu sehr in einzelne Grüppchen aufgespalten. Aber er hier hat Macht, mehr noch als Dwyne.«

»Wenn das Kind geheim bleiben sollte, dann wartet in einem der Dörfer vielleicht auch die entsprechende Frau«, warnte Elston. »Wir müssen vorsichtig sein.«

»Richtig.«

Merritt nahm die Zügel seines Pferds in die eine Hand und ergriff mit der anderen die Hand seines Sohnes. Mit langsamen, bedachtsamen Schritten näherte er sich Kelsea. Er war blond, von breiter Statur und ragte hoch über dem Kind auf. Die beiden waren einander offensichtlich sehr zugetan, was man schon allein daran erkennen konnte, wie der Mann seine Schritte an die Geschwindigkeit des Kindes anpasste und wie der Junge alle paar Sekunden zu ihm aufsah, um sich zu versichern, dass sein Vater noch da war.

»Sehr ungewöhnlich«, sagte Mace leise und hob dann die Stimme: »Keinen Schritt weiter!«

Merritt blieb stehen und nahm seinen verwirrt dreinblickenden Sohn auf den Arm. Kelsea betrachtete die Narbe auf der Stirn des Caden, eine wirklich scheußliche Wunde, die offensichtlich nie genäht worden war und nicht wie eine Verletzung aussah, die aus seiner Kindheit herrühren konnte. Im Gegenteil, sie wirkte recht frisch – ein hässlicher roter Striemen, der sich quer über seine fahle Stirn zog.

»Ist die Königin unter euch?«

»Ich bin die Königin!«

»Pen«, knurrte Mace. »Pass auf.«

Merritt murmelte seinem Sohn etwas zu und setzte ihn wieder ab. Mit erhobenen Händen – eine Geste der Kapitulation – wagte er sich ein paar Schritte näher heran. Kelsea rechnete damit, dass Mace ihm Einhalt gebieten würde, doch der zog nur sein Schwert und trieb sein Pferd vor sie.

»Ich bin Merritt von den Caden, Majestät.«

»Sehr erfreut. Kommt Ihr, um mich zu töten?«

»Nein, wir trachten Euch nicht länger nach dem Leben, Majestät. Das bringt uns nichts ein.«

Der kleine Junge hatte sich hinter seinen Vater geschlichen und schlang einen Arm um sein Bein. Ohne nachzudenken, griff Merritt nach ihm und hob ihn wieder hoch. »Sean sagt, ich habe Euch sein Leben zu verdanken.«

»Letzte Nacht wurden viele Menschenleben gerettet. Ich bin froh, dass Euer Sohn dabei war.«

»Mace, erlaubt Ihr mir, ein wenig näher zu kommen?«

Mace nickte. »Ihr könnt auf zwei Meter herankommen, wenn Ihr die ganze Zeit über Euren Sohn im Arm haltet.«

»Ziemlich vorsichtig für jemanden, der am helllichten Tag über eine offene Ebene reitet.«

Mace verzog empört das Gesicht, sagte aber nichts und lenkte sein Pferd zur Seite. Kelsea sah, dass der kleine Junge kurz davor war einzuschlafen und seinen dunklen Haarschopf am Hals seines Vaters vergrub. Als Merritt knapp drei Meter vor ihr stehen blieb, betrachtete sie erneut die Narbe auf seiner Stirn. Doch als seine Augen die ihren suchten, konnte sie den Blick nicht mehr von ihnen lösen. Sie waren von einem hellen, aufmerksamen Grau, das in einem harten Gegensatz zu seinem sonst so rohen Aussehen stand.

»Majestät, ich muss Neulondon für ungefähr einen Monat verlassen, um meine Familie zu verstecken. Aber ich bin ein ehrenwerter Mann, und Ihr habt meinem Sohn das Leben gerettet. Ihr habt mein Wort: Ich werde nie die Hand gegen Euch erheben, und sollte es irgendwie in meiner Macht stehen, Euch einen ähnlichen Gefallen zu erweisen, werde ich das tun.«

Er deutete auf die Karawane am nördlichen Horizont. »Ich entschuldige mich für meine Brüder, die in diese Sache verwickelt waren. Sie haben auf eigene Faust gehandelt. Im Falle einer Abstimmung hätten wir anderen einer solchen Mission keinesfalls zugestimmt.«

Überrascht zog Kelsea die Augenbrauen hoch. Sie hätte nie vermutet, dass sich die Caden demokratisch organisierten.

»Solltet Ihr meine Hilfe benötigen, müsst Ihr nur den Bäckerjungen in Wells ausfindig machen«, fuhr Merritt an

Mace gewandt fort. »Er weiß, wie er mir eine Botschaft überbringen kann, und er wird die Aufgabe diskret erledigen.«

Mit einer Verbeugung drehte er sich um und ging langsam zu seinem Pferd zurück, um den Jungen nicht zu wecken. Das Kind immer noch im Arm, schwang er sich in den Sattel (wie stark er sein musste, dachte Kelsea. Sie schaffte es ja kaum, sich mitsamt ihrer Rüstung in den Sattel zu hieven) und ließ sein Pferd langsam Richtung Westen angaloppieren.

»Na, das war ja mal was«, sagte sie.

»Das war sogar ganz unglaublich, Lady«, entgegnete Mace. »Die Caden verbeugen sich vor niemandem. Ich bin überzeugt, dass er jedes Wort ernst gemeint hat.«

Sie blickten Merritt nach, bis er kaum mehr war als ein winziger Punkt auf den grasbewachsenen Ebenen. Endlich schien Mace sich zu entspannen. Er schnippte mit dem Finger und musterte Kibb streng, der Anstalten machte, vom Pferd zu steigen. »Weiter geht's!«

Sie zogen nach Westen. Das glitzernde, sich windende Band des Crithe rückte immer näher, bis sie schließlich am Wasser entlangritten. Es würde die Karawane einige Mühe kosten, den Fluss zu überqueren, doch aus irgendeinem Grund machte Kelsea sich keine Sorgen. Hin und wieder warf sie einen Blick auf ihre Saphire. Schwer und kalt hingen sie um ihren Hals. Zumindest heute waren sie nichts weiter als zwei simple Steine.

Sie hielten sich dicht hinter der Karawane, bis diese das erste Dorf am Crithe erreichte. Mace hatte die Bewohner angewiesen, im Laufe der Reise Ballast abzuwerfen und die leeren Käfige zurückzulassen. Wellmer versicherte Kelsea, dass Thornes teuflische Gefängnisse zu nichts anderem mehr verwendet würden als zum Feuermachen.

Aber er kann trotzdem wieder neue bauen, sagte eine warnende Stimme in ihrem Kopf. Bei diesem Gedanken biss sie die Zähne zusammen. Wenn es ihnen doch nur gelungen wäre, Thorne gefangen zu nehmen! Sie empfand keine Wut auf Elston, doch sie wusste um die Gefahr, die der Zensor für sie bedeutete. Vielleicht würde er eine Weile brauchen, um einen neuen Plan zu schmieden, aber ganz bestimmt würde er nicht lange untätig bleiben.

Als die Karawane das letzte Dorf erreicht hatte, aus dem Thorne Menschen geraubt hatte, wandten Kelsea und ihre Garde die Pferde Richtung Mortstraße, um nach Neulondon zu reiten. Ereignislos plätscherte die Reise dahin. Die Wachen unterhielten sich leise miteinander. Coryn, der so geistesgegenwärtig gewesen war, ihre Wasservorräte im Argivepass aufzufüllen, reichte Flaschen herum. Eine Zeitlang mussten sie sich Kibbs schrecklich schiefe Reitlieder anhören, bis Kelsea irgendwann drohte, ihn aus der Garde auszuschließen, sollte er nicht augenblicklich den Mund halten.

Einen Großteil der Reise unterhielt sie sich mit Wellmer, was sie bislang nur selten getan hatte. Er erzählte, dass er mit fünfzehn von Mace rekrutiert worden war, dass er auf den Straßen Neulondons gelebt und sich seinen Lebensunterhalt mit Dartspielen verdient hatte. »Er hat mir das Schießen beigebracht, Lady. Er meinte, zwischen Bogenschießen und Darts bestünde kein großer Unterschied. Und das stimmt wirklich. Man muss nur das richtige Augenmaß haben.«

Kelsea blickte nach vorne, wo Mace an der Spitze der Truppe vorneweg ritt. »Was wäre passiert, wenn Ihr Euch ungeschickt angestellt hättet? Hätte er Euch dann auf die Straße zurückgeschickt?«

»Wahrscheinlich schon. Dyer sagt immer, in der Königinnen-Garde sei kein Platz für unnötigen Ballast.«

Das klang ganz nach Dyer, hart, aber fair. Und bestimmt hatte er recht. Wenn Kelsea ihren Blick über die Männer schweifen ließ, schien keiner von ihnen um Mhurn zu trauern, ja, sie sprachen nicht mal über ihn. Hatte er ihnen so wenig bedeutet? Konnte die Garde totes Gewicht genauso leichtfertig abwerfen wie die Karawane die leeren Käfige? Ihr selbst fiel es nicht besonders leicht, ihn zu vergessen. Immer wieder erschien das Bild seiner leeren, drogenverschleierten Augen in ihrem Kopf. Sie betrachtete das Land um sich herum, das tiefe Bernsteinbraun der Weizenfelder, die vom gelblichen Braun der Straße durchschnitten wurden. Wie gerne hätte sie die Welt ein klein wenig freundlicher gemacht.

In der letzten Nacht ihrer Reise errichteten sie ihr Lager auf einem kleinen Hügel am Ufer des Caddell. Neulondon war bereits in Sicht. Dankbar ließen sich die Wachen auf ihre Schlafrollen fallen, doch Kelsea, die jede Nacht wunderbar geschlafen hatte, seit sie den Argivepass hinter sich gelassen hatten, fand plötzlich keine Ruhe mehr. Ungefähr eine Stunde lang wälzte sie sich unruhig hin und her, bis sie schließlich aufstand, sich in ihren Umhang hüllte und davonschlich. Es machte sie stolz, dass Pen nicht aufgewacht war.

Ungefähr sechs Meter von der Flanke des Hügels entfernt saß Mace, der über den Caddell und die dahinterliegende Almontebene hinwegsah. Er drehte sich nicht mal um, als sie sich ihm näherte.

»Könnt Ihr nicht schlafen, Lady?«

Kelsea tastete nach einem flachen Stein, der breit genug für sie war, und ließ sich neben ihm nieder. »Ich weiß dieser Tage nie, was ich im Traum sehen werde, Lazarus.«

»Wo ist Pen?«

»Der schläft.«

»Aha.« Er umschlang seine Beine. »Darüber werde ich beizeiten mit ihm sprechen müssen, aber für den Moment bin ich froh, dass Ihr mich allein angetroffen habt, Lady. Der Moment ist gekommen, ich muss Euch meinen Rücktritt erklären.«

»Aber weshalb denn?«

Mace lachte bitter. »Wisst Ihr, Lady, all die Jahre habe ich Carroll so neidisch beobachtet. Ich war in vielen Dingen besser als er … Ich hatte eine bessere Menschenkenntnis, war der bessere Kämpfer und insgesamt einfach disziplinierter. Jedes Mal, wenn der Regent die Garde auflösen oder unsere Gehälter kürzen wollte, habe ich seine Versuche vereitelt. Ich hatte immer gedacht, wenn die Zeit reif wäre, würde ich einen besseren Captain abgeben. Aber mein Stolz ist mir in die Quere gekommen.«

Kelsea biss sich auf die Lippen. Trotz der Geschehnisse der letzten Wochen hatte sie nie auch nur daran gedacht, dass Mace zurücktreten könnte. Wer sollte seinen Posten übernehmen? Sie öffnete den Mund, um ihn genau das zu fragen, und schloss ihn sogleich wieder. Rührseligkeiten halfen ihr jetzt nicht weiter. »Ihr seid in der Tat einige Male spektakulär gescheitert, Lazarus.«

»Ich weiß, Lady.«

»Das war enttäuschend, aber ich vergebe Euch.«

»Das solltet Ihr nicht tun müssen.«

Kelsea dachte einen Moment nach, dann fuhr sie fort: »An jenem Tag in meinem Gemach, als Ihr mich mit Pen zusammen festgehalten habt, hätte ich Euch töten können. War Euch das klar?«

»Zum damaligen Zeitpunkt nicht, Majestät. Aber inzwischen zweifle ich nicht mehr daran.«

»Ich könnte Euch auch jetzt noch töten, Lazarus, trotz Eures vielgepriesenen Talents im Umgang mit Schwert und Morgenstern. Und tatsächlich würde ich Euch eher töten, als Euren

Rücktritt zu fordern. Ich fühle mich am sichersten, wenn Ihr an meiner Seite seid. Und nicht irgendwo da draußen neben jemand anderem.«

»Ich habe Euch die Treue geschworen, Lady. Daran wird sich auch nach meinem Rücktritt nichts ändern.«

»Das sagt Ihr jetzt. Aber selbst Ihr könnt nicht vorhersehen, was Euch letztlich umstimmen könnte. Das Risiko gehe ich nicht ein. Das Rücktrittsgesuch ist abgelehnt.«

Sie packte ihn am Arm, nicht fest, aber auch nicht allzu sanft. »Und täuscht Euch nicht: Solltet Ihr es noch ein einziges Mal wagen, Euch meinem Befehl zu widersetzen, werde ich Euch töten. Meine Wut hat mich schon einmal fast dazu gebracht, und sie wird es wieder tun. Ich bin kein Kind mehr, Lazarus, und auch keine Närrin. Entweder bin ich die Königin, oder eben nicht … Dazwischen gibt es nichts.«

Sie konnte Mace schlucken hören. »Ihr seid die Königin, Lady.«

»Tut mir leid, dass ich Euch gedroht habe. Ich will das genauso wenig wie Ihr.«

»Ich fürchte den Tod nicht, Lady.«

Sie nickte. Mace fürchtete gar nichts. Das hatte sie bereits begriffen.

»Aber ich möchte nicht durch Eure Hand sterben.«

Kelseas Lippen öffneten sich, doch darauf wusste sie nichts zu erwidern. Stumm starrte sie auf den glitzernden Lauf des Caddell.

»Was nun, Lady?«

»Wir machen weiter, Lazarus. Wir bereiten uns auf den Krieg vor, von dem wir beide wissen, dass er ausbrechen wird. Dann denken wir darüber nach, wie wir all diese Leute ernähren, bilden und medizinisch versorgen sollen. Was jedoch am wichtigsten ist …« Sie wandte sich ihm wieder zu: »Ich habe lange über die Lieferung nachgedacht, über all diese Leute aus Tearling, die nach Mortmesne gebracht wurden.«

Hast du das?, fragte eine verwunderte Stimme in ihrem Kopf. *Wann?* Kelsea begriff: während sie geschlafen hatte. Und irgendetwas wollte aus dieser dunklen Zeitspanne an die Oberfläche dringen, doch es verlor sich mit einem Kräuseln, und der Teich ihres geistigen Selbst lag wieder still da. Sie hatte geträumt. Zu viel, um es sich merken zu können.

»Viele der Ausgelosten sind inzwischen tot, Lady. Wahrscheinlich mussten sie sich zu Tode schuften, oder man hat sie getötet, um an ihre Organe zu kommen.«

»Das weiß ich. Aber nur wegen der Organe kann Mortmesne doch nicht all diese Sklaven brauchen. Arliss meinte, die Transplantationschirurgie sei noch nicht weit genug fortgeschritten. Nein, bestimmt geht es um die beiden ältesten Anliegen der Welt: Arbeit und Sex. Ich habe keine Zweifel, dass viele der Leute *wirklich* tot sind, aber die Menschheit findet immer einen Weg, um zu überleben. Ich glaube, ein Großteil der Gefangenen ist noch am Leben.«

»Also? Was sollen wir tun?«

»Ich weiß es noch nicht. Aber irgendwas müssen wir tun, Lazarus. Irgendwas.«

Mace schüttelte den Kopf. »Ich habe mehrere Spione in Demesne, Lady, doch niemanden in dem Büro, das Ihr im Sinn habt, denn das wäre ja das für Versteigerungen. Die Mort stehen unter ständiger Kontrolle. Sie auf unsere Seite zu bringen dürfte schwierig werden.«

»Carlin hat gesagt, Menschen, die unter der Tyrannei eines Herrschers leiden, bräuchten nur einen saftigen Tritt, um aufzuwachen.«

Mace schwieg eine ganze Weile.

»Was ist?«

»Eure Pflegeeltern sind tot, Lady.«

Die Worte trafen Kelsea wie ein Schlag. Sie öffnete den Mund, doch kein einziges Wort kam über ihre Lippen.

»Dyer hat sie gefunden, als er die Bücher geholt hat. Sie müssen beide schon seit einigen Wochen tot gewesen sein.«

»Wie?«

»Sie saßen im Wohnzimmer. Vor ihnen auf dem Tisch standen zwei Teetassen und Zyanid. Dyer ist beileibe kein Detektiv, Lady, aber selbst für ihn war der Anblick leicht zu deuten. Barty und Carlin haben gewartet, bis Ihr weg wart, dann haben sie sich ihren Tee eingeschenkt und Zyanid hineingeträufelt. Als die Caden das Cottage erreichten, waren die beiden längst tot.«

Kelsea starrte auf den Fluss und spürte, wie ihr heiße Tränen über die Wangen liefen. Sie hätte es wissen müssen. Ihr fiel ein, wie seltsam sich ihre Zieheltern in den Wochen vor ihrem Aufbruch benommen und wie schlampig sie gepackt hatten. Es war, als hätte es ihnen an Tatkraft, an Dringlichkeit gefehlt. Sie erinnerte sich ihrer schrecklich bleichen Gesichter an jenem Morgen vor dem Cottage. Das ganze Gerede von Petaluma war also nur eine Ausrede gewesen, um Kelsea zu beruhigen. Sie hatten nie vorgehabt aufzubrechen.

»Als Ihr gekommen seid, um mich zu holen … Wusstet Ihr da von ihrem Vorhaben?«

»Nein.«

»Warum haben sie mir nichts gesagt?«

»Aus demselben Grund, aus dem auch ich geschwiegen habe, Lady. Um Euch den Schmerz zu ersparen. Glaubt mir, es war eine ehrenwerte Tat. Ganz gleich, wo sie hingegangen wären und wie gut sie sich auch versteckt hätten, Barty und Lady Glynn hätten Euch immer in Gefahr gebracht.«

»Warum?«

»Weil sie Euch aufgezogen haben, Lady. Kein anderer hatte so viele Informationen über Euch – über Eure Schwächen, was Ihr mögt und was nicht, was Euch antreibt und wer Ihr wirklich seid.«

»Aber wer soll denn etwas mit diesen Informationen anfangen?«

»Ach, Lady, das ist es doch genau, worauf Eure Feinde aus sind. Mir geht es nicht anders, wenn ich Spione anwerben oder einfach nur ein bisschen Chaos anrichten will. Es ist unglaublich nützlich, die Dinge zu kennen, mit denen man seinen Gegner unter Druck setzen kann. Abgesehen davon, Lady, was wäre gewesen, wenn jemand Eure Pflegeeltern entführt und Lösegeld gefordert hätte? Was hättet Ihr dann nicht alles geopfert?«

Kelsea wusste keine Antwort. Sie kam nicht darüber hinweg, dass sie Barty nie wiedersehen würde. Sie dachte an ihren Stuhl, an »Kelseas Platz« in dem Sonnenfleck vor dem Cottagefenster. Sie spürte, wie sich ihre Augen mit immer mehr Tränen füllten, die wie Säure hinter ihren Lidern brannten.

»Lady Glynn war eine Historikerin, die sich auf die Zeit vor der Überfahrt spezialisiert hatte, und Barty war einst Mitglied der Königinnen-Garde. Schon damals, als ich Euch bei ihnen abgeliefert habe, war ihnen klar, worauf sie sich einließen.«

»Aber Ihr habt doch gerade gesagt, Ihr hättet nichts von alldem gewusst!«

»Habe ich auch nicht, Lady, aber die beiden schon. Hört mir genau zu, denn ich werde die Geschichte nur einmal erzählen.« Mace dachte einen Moment nach. »Vor achtzehn Jahren, als ich mit Euch zu Eurem Cottage im Reddickwald geritten bin, hat es in Strömen geregnet. Wir waren schon seit drei Tagen unterwegs, und doch hat der Regen nicht einen Moment nachgelassen. Ich hatte Euch in einem wasserdichten Tuch vor meine Brust gebunden. Trotzdem wart Ihr am Ende der Reise vollkommen durchnässt.«

Trotz ihrer Trauer war Kelsea fasziniert. »Habe ich geweint?«

»Kein bisschen, Lady. Ihr habt das Tuch geliebt. Die Verbrennung an Eurem Arm musste noch abheilen, aber solange wir ritten, habt Ihr kein einziges Mal geschrien. Ich musste eher dann für Ruhe sorgen, wenn Ihr vor Vergnügen gelacht habt. Als wir beim Cottage anlangten, öffnete uns Lady Glynn die Tür. Ihr habt ein bisschen geweint, als ich Euch aus dem Tuch heben wollte. Aus irgendeinem Grund wusstet Ihr, dass die Reise zu Ende war – oder zumindest kam es mir so vor. Doch als ich Euch in Lady Glynns Arme legte, habt Ihr Euch sofort beruhigt und seid eingeschlafen.«

»Carlin hat mich im Arm gehalten?« Der Gedanke schien Kelsea so unwahrscheinlich, dass sie sich fragte, ob Mace die ganze Geschichte erfunden hatte.

»Ja, Lady. Und Barty hat mich, sehr zu ihrem Missfallen, zum Abendessen eingeladen. Schon wenig später war klar, dass er sich Hals über Kopf in Euch verliebt hatte. Es stand ihm geradezu ins Gesicht geschrieben.«

Kelsea schloss die Augen und spürte erneut, wie ihr Tränen über die Wangen liefen.

»Nach dem Essen hat Barty mir angeboten, über Nacht zu bleiben, doch ich wollte so schnell wie möglich aufbrechen, damit der Regen meine Spuren verwischte. Als ich meine Satteltaschen gepackt hatte und mich von den beiden verabschieden wollte, saßen sie im Wohnzimmer und hatten mich bereits völlig vergessen. Sie hatten nur noch Augen für Euch.«

Kelseas Magen zog sich zusammen.

»Als Barty Euch halten wollte, hat Lady Glynn Euch in seine Arme gelegt und gesagt: ›Von jetzt an wirst du es sein … du musst ihr Liebe geben‹. Dieser Moment wird mir immer im Gedächtnis bleiben.« Mace schwieg kurz und sprach dann leise weiter: »Barty blickte genauso verwirrt drein wie ich, bis Carlin schließlich zu einer Erklärung ansetzte: ›Vor uns liegt eine gewaltige Aufgabe, Barty. Kinder brauchen nicht nur Liebe, sondern auch Härte, und was das betrifft, bist du leider nicht zu gebrauchen. Wenn wir der Kleinen alles geben, was sie will, wird sie wie ihre Mutter. Einen von uns muss sie hassen, zumindest ein bisschen, damit sie irgendwann ohne einen Blick zurück aus dieser Tür treten kann.‹«

Kelsea schloss die Augen.

»Sie wussten es, Lady. Sie wussten es die ganze Zeit. Sie haben sich geopfert, und Ihr solltet um sie weinen, doch Ihr solltet sie auch in Ehren halten.«

Und Kelsea weinte. Sie war froh, dass Mace weder ging noch versuchte, sie zu trösten. Er saß einfach nur neben ihr, die Arme um seine Knie geschlungen, und blickte auf den Caddell. Irgendwann mündeten Kelseas Tränen in ein keuchendes Schluchzen und schließlich in ein pfeifendes Atmen.

»Ihr solltet Euch wieder schlafen legen, Lady. Wir brechen morgen in aller Herrgottsfrühe auf.«

»Ich kann nicht schlafen.«

»Wenn Ihr es versucht, lasse ich Pen gegenüber Nachsicht walten, weil er zugelassen hat, dass Ihr Euch einfach so davonschleicht.«

Kelsea öffnete den Mund, um zu sagen, dass ihr Pen egal war, besann sich dann jedoch eines Besseren. Irgendwann auf dem Weg zurück vom Pass war ihr Zorn auf ihren Leibwächter verflogen. Sie begriff, dass es die Wut eines Kindes gewesen war, unversöhnlich und unproduktiv … die Art Wut, auf die Carlin immer so enttäuscht reagiert hatte.

Sie legte eine Hand auf Mace' Schulter, um sich auf die Beine zu hieven, und wischte sich übers Gesicht. Als sie etwa fünf Schritte weit gegangen war, drehte sie sich noch einmal um. »Was habt Ihr verloren, Lazarus?«

»Lady?«

»Ihr habt Mhurn gesagt, jeder von euch hätte etwas verloren. Was habt *Ihr* verloren?«

»Alles.«

Die Bitterkeit in seiner Stimme ließ Kelsea zurückzucken. »Habt Ihr inzwischen auch etwas gewonnen?«

»Das habe ich, Lady, und ich weiß es zu schätzen. Und nun geht schlafen.«

14

DIE KÖNIGIN VON TEARLING

Hier ist Tearling, dort Mortmesne,
Eins ist schwarz, das andere rot,
Eins voller Licht, das andere dunkel,
Eins voller Leben, das andere tot.

Hier die Glynn-Königin, dort die Rote Königin,
Eine wird zu Grunde gerichtet,
Eine ist beherzt, die andere verzweifelt,
Die Lady triumphiert, die Hexe ist vernichtet.

Beliebter Kinderreim im Mittleren Terar-Imperium

Zwei Tage später geschah etwas Merkwürdiges. Kelsea saß an ihrem Schreibtisch in der Bibliothek, neben ihr Pater Tyler, und beide schrieben sie eins seiner Geschichtsbücher ab. Mace hatte vier Schreiber aufgetrieben, die die Arbeit für sie erledigen sollten, doch Kelsea und der Pater waren schneller und setzten sich an seinen Besuchstagen öfter zusammen, um die Abschriften selber zu machen und sich zu unterhalten. Kelsea hätte nie geglaubt, sich in Gegenwart eines Priesters wohlfühlen zu können, und doch war es so. Auch wenn sie keine öffentliche Schule besucht hatte, stellte sie es sich dort genau so vor.

Der Pater wusste eine Menge über die Überfahrt, und Kelsea war eine dankbare Zuhörerin, denn seit ihrer Rückkehr vom Argivepass hatte sie viel darüber nachgedacht. Wie mochten sich die Tearutopisten gefühlt haben, als sie den denkbar gefährlichsten Ozean überquerten, ohne zu wissen, ob sie jemals Land erreichen würden? Ohne zu wissen, ob es überhaupt ein anderes Land gab? Pater Tyler sagte, dass nicht alle auf Anhieb ums Leben gekommen waren, als das Weiße Schiff in den hohen Wogen kenterte. Einige Ärzte und Krankenschwestern hatten auf Rettung hoffend im Wasser getrieben, doch die übrigen Schiffe waren kaum zu steuern gewesen und die See zu stürmisch für jede Art von Wendemanöver. Und so hatte man die Überlebenden zurücklassen müssen, all jene, die sich über Wasser gehalten und mit den Wellen gekämpft hatten, bis sie irgendwann untergegangen waren. Kelsea bekam das Bild nicht aus dem Kopf. Sie träumte sogar davon: von der stürmischen, eiskalten See, von sich selbst, wie sie nach Atem rang, wie ihre Bewegungen immer schwächer wurden und sie zusehen musste, wie die Schiffe auf ihrem Weg in eine neue Welt am Horizont verschwanden. Auf ihrem Weg nach Tearling.

Kelsea hatte dieselben beiden Abschnitte wieder und wieder gelesen und legte die Feder nun beiseite. Sie fragte sich, ob es schon Nachricht von Thorne gab. Er war irgendwo in den Weiten Tearlings untergetaucht, doch Mace würde ihn schon aufspüren. Genauer gesagt: Er und Elston würden ihn aufspüren, denn beide hatten es als persönliche Niederlage empfunden, dass ihnen der Zensor entwischt war. Sie würden ihn finden und herbringen. Allein die Vorstellung ließ Kelsea zittern – eine Mischung aus Wut und Vorfreude.

Nach einem Seitenblick auf Pater Tyler merkte sie, dass auch er nicht bei der Sache war. Zwei tiefe Falten hatten sich in seine Stirn gegraben, und statt zu schreiben, starrte er abwesend auf die Bücherregale in der Ecke des Raums.

»Ihr trödelt, Pater«, neckte sie ihn.

Der Priester blickte auf und schenkte ihr ein schüchternes, sympathisches Lächeln. Seit Neuestem zogen sie sich ab und an ein wenig auf; eine Entwicklung, die Kelsea gefiel. »Ich war in Gedanken woanders, Lady. Entschuldigung.«

»Was ist los?«

Pater Tyler presste die Lippen aufeinander, zuckte die Schultern und sagte: »Ihr werdet es ja ohnehin herausfinden, Majestät. Der Heilige Vater ist schon wieder an einer Lungenentzündung erkrankt, und es heißt, diesmal wird er die Krankheit nicht überleben.«

»Das tut mir leid.«

»Es tut Euch nicht leid, Majestät, und ich wünschte, Ihr würdet es nicht behaupten.«

Kelsea musterte ihn scharf, ebenso Pen, der in einer Ecke saß. Sie dachte daran, den Priester zurechtzuweisen, aber da sie seine Offenheit schätzte, ließ sie es gut sein. »Was passiert jetzt?«

»Die Kardinäle ziehen sich in das Konklave zurück und wählen einen neuen Heiligen Vater.«

»Welche Kandidaten stehen zur Wahl?«

Pater Tylers Mund wurde schmal. »Offiziell mehrere, Lady, aber eigentlich ist die Sache schon entschieden. Es heißt, Kardinal Anders werde innerhalb des nächsten Monats das Amt des Heiligen Vaters übernehmen.«

Kelsea wusste nicht viel über Kardinal Anders, nur dass Mace ihn für einen ziemlich üblen Kerl hielt. »Und das beunruhigt Euch?«

»Für Verwaltungsdinge hat er Talent, Lady. Aber er ist nicht wirklich gläubig.« Pater Tyler richtete sich auf und presste die Lippen zusammen, seine übliche Reaktion, wenn er das Gefühl hatte, zu viel gesagt zu haben. Kelsea tunkte ihre Feder in ein Tintenfass und nahm ihre Arbeit wieder auf.

»Seid auf der Hut, Lady.«

»Bitte?«

»Ich weiß … Ich habe niemandem gesagt … dass Eure Majestät in etwa so fromm wie eine Hauskatze ist. Kardinal Anders ist … Ich habe Angst um Eure Majestät. Um uns alle.«

Überrascht vom Ausbruch des sonst so wortkargen Priesters schreckte Kelsea zurück. »Was hat er Euch angetan?«

»Mir nichts, Majestät.« Er blickte sie mit weit aufgerissenen Augen an. »Aber ich glaube, dass der Kardinal zu schrecklichen Dingen fähig ist. Ich glaube …«

Pater Tyler verstummte, als Mace und Wellmer die Bibliothek betraten. Kelsea warf Mace einen verärgerten Blick zu und sah auf ihre Taschenuhr. Es waren noch mindestens zwanzig Minuten bis zu ihrem Treffen mit Arliss – Zeit, die sie eigentlich mit dem Priester hatte verbringen wollen.

»Lady, da ist etwas, das Ihr sehen solltet.«

»Jetzt?«

»Ja. Draußen auf dem Balkon.«

Kelsea seufzte und musterte den Pater mit echtem Bedauern. Sie wusste nicht, was er gerade hatte sagen wollen, aber es hatte sich so angehört, als sei es wichtig. »Für heute war es das wohl, Vater. Kommt gut in den Arvath zurück, und übermittelt dem Heiligen Vater meine besten Genesungswünsche.«

»Danke, Majestät.« Mit einem Blick auf Mace klappte Pater Tyler sein gebundenes Schreibheft zu. Er sah immer noch beunruhigt aus, so sehr, dass Kelsea sich zu ihm hinüberbeugte und flüsterte: »Seid unbesorgt, Pater. Ich unterschätze niemanden, und ganz gewiss nicht Euren Kardinal.«

Er nickte ihr kurz zu, doch trotz ihres Zuspruchs wirkte sein bleiches Gesicht nicht weniger bekümmert. Mace hatte mehrere Spione im Arvath, und deren Berichten zufolge war der Heilige Vater unzufrieden mit Pater Tyler, weil er ihm nicht die gewünschten Informationen überbrachte. Kelsea fragte sich, wie prekär die Lage des Priesters wohl war, doch sie standen sich noch nicht so nahe, als dass sie ihn hätte fragen können.

Als er gegangen war, führten die Gardisten Kelsea den Gang hinunter zum Balkonzimmer. Jordan, ihr Herold, tauchte verschlafen aus seinem Zimmer auf. »Ihr habt mich rufen lassen, Sir?«

Mace winkte ihn mit dem Finger heran. Jordan folgte ihnen, sich am Hinterkopf kratzend, ins Balkonzimmer. Wie immer hatte Mace zwei Wachen vor den Balkontüren postiert. Heute waren es Coryn und Dyer. Sie verneigten sich, als Kelsea eintrat.

»Hier draußen, Lady.« Mace machte die Türen weit auf und ließ das fahle Sonnenlicht herein. Der Winter wich gerade erst vor dem Frühling zurück, doch der Himmel sah schon sommerlich aus, tiefblau bis zum Horizont. Kelsea trat in die Sonne und erschauerte wohlig. Nach der kalten Düsternis im Trakt der Königin bereitete ihr die Wärme ein außerordentliches Wohlgefühl. Mace winkte sie zu sich an die Brüstung heran und deutete nach unten. »Seht nur.«

Kelsea bereute es sofort, über den Rand gespäht zu haben, denn die Höhe war wirklich schwindelerregend. Sie mussten sich fast ganz oben auf dem Festungsturm befinden. Doch sie wollte noch weniger nach oben schauen, um das zu überprüfen, als nach unten.

Tief unter ihr lag der Festungsrasen, auf dem sich Menschen drängten, eine Ansammlung, die sich vom Festungsgraben bis zur Kuppe des Hügels erstreckte, ein einziger, auf dreihundert

Meter Breite angeschwollener, atmender, summender Organismus. Kelsea rief sich den Tag der Lieferung ins Gedächtnis, der nur einen Monat zurücklag, und doch kam es ihr wie eine Ewigkeit vor. Heute gab es keine Warteschlangen und keine Käfige. Plötzlich fiel ihr eine merkwürdige, die Menge überragende baumartige Gestalt ins Auge. »Ich sehe so schlecht. Was ist das?«

»Das, Lady, ist ein Kopf auf einem Pfahl«, erwiderte Wellmer.

»Wessen Kopf?«

»Der Eures Onkels. Ich bin nach unten gegangen, um mich selbst davon zu überzeugen. An dem Pfahl hängt ein Schild, auf dem geschrieben steht: *Ein Geschenk für die Tearkönigin mit den besten Wünschen vom Fetch.*«

Auch wenn es ein grausames Geschenk war, musste Kelsea schmunzeln. Sie warf Mace einen Blick zu, dessen Mundwinkel sich verzogen, weil er versuchte, sich ein Lächeln zu verkneifen. Plötzlich verstand sie. Das hier war wie damals mit den Büchern und der Bibliothek. Mace wollte ihr eine Freude machen, nur konnte er das nicht zugeben. Aber er wurde ja auch das Misstrauen nicht los, das er schon sein ganzes Leben lang mit sich herumschleppte. Kelsea wünschte, sie könnte ihn umarmen, so wie sie Barty sonst umarmt hätte, aber da sie wusste, dass es ihrem Gardisten unangenehm wäre, schlang sie stattdessen die Arme um sich, als würde sie frieren.

Wie ist Mace nur so geworden? Was ist ihm zugestoßen?

Wieder ergriff Wellmer das Wort: »Der Pfahl wurde so tief in die Erde gerammt, dass ihn niemand ohne Zuhilfenahme einer Schaufel herausziehen kann. Der Kopf ist in einem einwandfreien Zustand, Lady. Jemand hat ihn einbalsamiert, damit er nicht verwest.«

»Ein hübscher Rasenschmuck«, bemerkte Mace.

Kelsea spähte wieder über die Brüstung. Bestimmt stand der Fetch irgendwo dort unten in der Menge. Er hatte ihr das Geschenk selbst überbracht und nun gelang ihm das Kunststück, sich auf offener Fläche zu verstecken. Wie gerne hätte sie ihm Auge in Auge gegenübergestanden, um ihm zu sagen, dass ihr Handel bessere Früchte getragen hatte, als er je hätte ahnen können. »Was wollen all die Menschen hier?«

»Euch, Lady«, erwiderte Mace. »Eure Mutter hat sich nie in die Stadt gewagt, sondern nur von diesem Balkon aus zu ihrem Volk gesprochen. Seit die Menschen herausgefunden haben, dass Ihr wieder in der Festung seid, pilgern sie hierher. Eine Torwache hat berichtet, dass viele hier genächtigt haben.«

»Aber ich habe nichts zu verkünden.«

»Dann lasst Euch etwas einfallen, Lady. Ich glaube nicht, dass sie von selbst wieder gehen.«

Wieder spähte Kelsea nach unten. Die Menge schien sich zum Bleiben eingerichtet zu haben. Überall sah sie Zelte, die sich wie bunte Farbkleckse auf dem Festungsrasen verteilten, und der Geruch von Grillfleisch stieg ihr in die Nase. Bruchstücke eines Liedes tönten herauf. So viele Menschen, so unglaublich viele Menschen …

»Ergreift das Wort, Jordan. Sagt dem Volk, dass seine Königin hier ist.«

Jordan hustete derart viel Schleim ab, dass man ihn für einen sehr viel älteren Mann hätte halten können. »Verzeiht, Lady«, flüsterte er errötend. »Ich war erkältet.« Dann atmete er tief ein, lehnte sich über die Brüstung und rief: »Die Königin von Tearling!«

Die Menschen auf dem Rasen blickten zu ihnen empor und brachen in einen derart mächtigen Jubelschrei aus, dass Kelsea das Gefühl hatte, der Boden unter ihren Füßen gerate ins Wanken. Sie blickte in ein Meer aus Gesichtern, die alle auf sie gerichtet waren, und beugte sich nun so weit vor, dass Pen sie vorsichtshalber hinten am Kleid festhielt. Kelsea hob um Ruhe bittend die Hände und wartete, bis der massenhafte Jubel abebbte. Der Tag auf dem Festungsrasen schien eine Ewigkeit zurückzuliegen, doch genau wie damals flogen ihr die Worte wie von selbst zu.

»Ich bin Kelsea Raleigh, Tochter von Elyssa Raleigh!«

Stumm wartete die Menge ab.

»Aber ich bin auch die Pflegetochter von Bartholemew und Carlin Glynn!«

Ein vielstimmiges Flüstern ging durch die Menge. Als Kelsea die Augen schloss, sah sie ihre Pflegeeltern im Cottage stehen, Barty mit seinem Gartenwerkzeug und Carlin mit einem Buch in der Hand. Kelsea hatte gewusst, dass die beiden tot waren. Irgendwo tief in ihrem Inneren hatte sie es gewusst. Wochenlang hatte sie ihre Stimmen nicht mehr gehört. Nach und nach waren sie leiser geworden, und irgendwann hatte eine andere Stimme sie übertönt, eine grimmige, entschlossene, die immer dann zu ihr sprach, wenn sie in der Klemme saß und nicht weiterwusste.

Meine Stimme, begriff Kelsea erstaunt. *Nicht Carlins, nicht Bartys, sondern meine eigene.*

»Meine Pflegeeltern haben mich zu der Person gemacht, die ich heute bin, und sie haben ihr Leben für mich geopfert!«, rief sie heiser. »Deshalb werde ich meinen Namen ändern. Meine Dynastie und meine Kinder werden den Namen der Glynns tragen. Und ich selbst bin keine Raleigh-Königin, sondern die Glynn-Königin! Kelsea Raleigh Glynn!«

Diesmal brach ein Jubel los, der sie fast umriss und die Mauern erzittern ließ. Kelsea konnte nichts weiter tun, als der Menge zuzuwinken. Doch das schien zu reichen. Noch minutenlang johlten die Menschen auf dem Rasen. Sie wollten nichts anderes, als Kelsea hier vor sich zu haben. Das Wissen um ihre Anwesenheit schien zu genügen.

Ich bin nicht allein, begriff sie. Tränen stiegen ihr in die Augen. *Also hat Barty doch recht gehabt.*

Sie wischte sich mit dem Ärmel übers Gesicht und flüsterte Mace zu: »Die sind aber leicht zufriedenzustellen.«

»Nein, Lady, sind sie nicht.«

Die Menge hatte ein Lied angestimmt, doch abgesehen von ihrem Namen konnte Kelsea nichts verstehen. Ihre Augen schweiften über das weite Land. Der Blick, der sich ihr bot, war spektakulär. Auch wenn der Horizont der Almontebene ihrer Sicht Einhalt zu gebieten schien, hatte Kelsea das Gefühl, ganz Tearling und jeden Quadratzentimeter ihres Landes sehen zu können – das Fairwitchgebirge im Norden, die Grenze nach Mortmesne im Osten, ja, sogar die felsigen Flanken der Hügel, wo sich Hall und sein Bataillon für die Invasion bereit machten und Verteidigungsanlagen auf den Hängen errichteten.

Als Kelsea blinzelte, erblickte sie Mortmesne. Die kilometerweiten Wälder mit ihren gut erhaltenen Straßen, die bevölkert waren von langen, schwarzen Soldatenreihen, von Wagen, Belagerungstürmen und in der Sonne glänzenden Kanonen. Ein gigantischer Tross aus Menschen und Material, der unaufhaltsam Richtung Tearling marschierte.

Das Bild vor Kelseas Augen verschwamm, und plötzlich konnte sie noch viel weiter sehen, über Berge und Grenzen hinweg, bis hin zu Meeren, die noch auf keiner Karte der Neuen Welt existierten, bis hin zur Skyline einer Stadt, die vor ihren Augen zu Staub zerfiel. Die Geografie hatte sich verändert, das Land befand sich in Aufruhr. Kelsea erblickte wundersame Errungenschaften, so flüchtig nur, dass ihr keine Zeit blieb, sie zu verstehen oder ihr Verschwinden zu beklagen. Sie konnte alles sehen, die gesamte Distanz zwischen Zukunft und

Vergangenheit, und vor ihrem geistigen Auge erschien ein Ort, an dem Zeit und Raum eins wurden.

Dann war alles verschwunden. Sie blinzelte erneut, und ihre Augen füllten sich mit Tränen. Jetzt lag nur noch ihr Königreich vor ihr, Ackerflächen, die sich bis an den Himmel erstreckten. Das Herz wurde ihr schwer, und sie verspürte das gleiche undeutliche Gefühl eines Verlusts, das sie überkam, wenn sie aus einem Traum erwachte, an den sie sich nicht erinnern konnte.

Sie war Kelsea Glynn, das Mädchen aus dem Wald, ein Mädchen, das sich für Geschichte interessierte und Romane las. Aber sie war auch noch etwas anderes, mehr als nur Kelsea. Und so verharrte sie noch einen Augenblick auf dem Balkon, ließ den Blick über ihr Land schweifen und reckte sich, um der Gefahr hinter dem Horizont entgegenzublicken.

Ich trage Verantwortung, dachte sie, und diesmal bereitete ihr der Gedanke keine Angst, sondern nur ein tiefes Gefühl von Dankbarkeit.

Für mein Königreich.

Kelseas Abentuer
gehen weiter in:

DIE KÖNIGIN DER SCHATTEN – VERFLUCHT

DIE TEARLING-SAGA 2

Danksagung

Mein erster und größter Dank muss Dorian Karchmar gelten. Er ist nicht nur ein Superagent, sondern auch ein Freund und ein sehr begabter Redakteur, der viel Aufwand betrieben hat, um dieses Buch für die Welt da draußen fertig zu machen. Danke auch an Cathryn Summerhayes, Simone Blaser, Laura Bonner, Ashley Fox, Michelle Feehan und den Rest der wirklich hilfreichen Truppe bei William Morris Endeavor. Ihr seid großartig.

Danke an Maya Ziv, Jonathan Burnham und an alle bei Harper, die so an mich und meinen Erstling geglaubt haben. Ein besonderer Dank geht an Maya, die bis zur letzten Sekunde über mein Buch gewacht hat. Einen ähnlich großen Dank an Transworld Publishers, besonders an Simon Taylor. Sollte es jemanden geben, mit dem man noch besser zu Mittag essen und über Bücher plaudern kann, habe ich ihn noch nicht gefunden.

Danke Dad und Deb, dass ihr mich auf allen verschlungenen Pfaden, die mich zu diesem Punkt gebracht haben, unterstützt habt und immer Verständnis für mich hattet. Ein großes Dankeschön auch an Christian und Katie, die mich stets daran erinnern, dass es wirklich die Liebe ist, die diese große weite Welt antreibt.

Ein großes Dankeschön und alles Liebe an Shane Bradshaw,

der meinen Irrsinn unter Kontrolle hält, meine Stricksucht akzeptiert und mir immer wieder sagt, dass alles gut wird.

Ich bin sicher, viele Autoren bekommen auch ohne Mentor ganz wunderbare Werke zustande, doch ich gehöre nicht zu ihnen. Einen großen Dank also an alle Lehrer dort draußen, besonders an Edward Carey, Chris Offutt und alle jene, die ihre Schüler im Iowa Writers Workshop von ihrem Talent profitieren lassen. Danke auch an die unvergleichliche Professorin Betsy Bolton vom Swarthmore College. Danke an Jonas Honick, den besten Lehrer der Welt. Ich wüsste nicht, wie es ohne dich um meinen Sinn für soziale Gerechtigkeit bestellt wäre (oder um den von Kelsea).

Zu guter Letzt noch ein großes Dankeschön an meine Leser. Ich hoffe, ihr hattet Spaß!